KB236746

韓國現代小說의 批評的 省察

丘 仁 煥

國學資料院

◆ 머리말

소설의 자율성과 소설의 비평적 이해

世暮의 종소리가 거리를 누빈다. 바삐 움직는 발길이 그 종소리에 몰려 한해의 마감을 재촉한다. 돼지의 己亥가 가고 쥐의 丙子년이 다가 온다. 그렇게 대형 사고가 많이 난 한해가 말없이 병자의 여명의 품속으로 들어 가고 있다. 세월은 흘러 가는 것이기는 하지만 그 세월 속의 앙금이 너무 큰 진폭으로 세상을 놀라게 한 기해도 역사의 뒤안 길로 살아져 간다. 이런 세월의 현장 속에서 역사의 證人이 되고 또같이 삶의 공간에서 21세기를 바라보는 것은 여간 고맙고 가슴이 설레이는 일이 아니다. 2천년대에는 고속전철로 2시간여만에 부산에 가 일을 보고 올 수 있는 일일권이 더욱 축소되고 컴퓨터의 발전으로 테크노피아의 시대가 올 것이다. 사람들은 앉아 삼천리 서서 구만리라는 선인의 혜안이 실현된 사회에서 모든 것이 자동으로 이루어지는 낙원에서 무료하게 살게 될지도 모른다. 하지만 아무리 세상이 첨단과학에 의한 낙원이 된다고 해도 산골짜기에 조약물이 흐르고 개나리 진달래가 피며 장미와 망초꽃이 다투어 피는데 나비가 날아 들고 종달새가 우짖는 아름답고 순수한 속삭임은 변하지 않을 것이다.

현대는 격동의 시대다. 불확실하면서도 복합적인 역사의 지도가 함수적인 연관 속에서 전개된다. 이데올로기의 종언에도 아직 포화가 그치지 않는 이 지구상의 평화는 기대 지평이 암울하기만 하다. 성인들을 비롯하여 많은 논자들이 이 지상의 낙원을 열망해 오고 있으나 지상 낙원의 실현을 요원하기만 하다, 전자 산업의 발달로 부처님 손 안에 있는 것과 같이 이 세상을 다 드려다볼 수 있으면서 테크노피아에 의한 유토피아의 현실화는 응집의 축이 흔들리고 있다. 여기에 삶이 그 존엄성이나 소우주적인 신비성은 메카니즘과 산업 사회의 성숙으로 비인간화되고 부품화되어 절대적인 인격의 경지에 다다르려는 정신의 세계가 왜소화되어 가고 있다. 여기에 레저나 통속에 기우는 개인주의의 팽배는 공동체 의식을 잊고 자기만족에 기우는 소비의 전승을 이루고 있다. 소비자의 취향을 혼동하게 하는 레저산업이나 눈 앞의 이익에만 눈이 어두운 행동이 선비 나라로서의 신용 사회가 무질서한 전위라는 미명 아래 불확실한 사회가 되고 있다. 이런 정신 세계의 暗雲을 맑게 하고 인간이 인간을 알고 인간답게 살 수 있는 삶의 광장을 마련하기 위해서는 정신 세계의 신장으로 물질 세계와 雙璧을 이루어야 한다. 眞善美聖의 세계가 융합되어 완전한 세계의 성취를 위한 역동적인 삶을 창조해야 한다.

小說은 이런 정신세계의 한 기둥을 이루면서 삶의 본질을 추구하고 역사와 현실을 반영한다. 소설이 바로 인간 정신의 총결산이며 그 시대나 사회의 산 거울이라는 말도 바로 소설의 자율성에 의한 만화경적인 인생의 탐구이며 현대사회를 치유하고 유토피아의 지상 낙원을 성취하기 위한 지평의 언어예술임을 두고 하는 말이다. 소설의 성찰과 이해는 바로 인간의 존재적인 본질을 이해하고 격동의 현실과 역사의 산 증인을 볼 수 있으며, 그 치열한 현실을 직접 소요할 수 있어서 소설은 현대인의 정겨운 친구가 되고 있다. 이러한 소설의 비평적 성찰과 그 이해는 소설 이해와 감상의 폭을 넓고 깊게 하여 삶과 현실, 그리고 사회와 역사 인생을 총체적으로 이해할 수 있는 이정표가 될 것이다. 이에 소설을 쓰고 또 교육을 하는 양면의 위상에서 한국현대소설에 관심을 기울인 문학비평을 한 권의 비평집으로 상재한다.

이 ≪한국 현대소설의 비평적 성찰≫은 소설 연구와 병행된 비평적 시각의 소설 텍스트에 투영된 陰影이다. I '텍스트의 형성과 그 비평'은 한국현대소설의 부감과 그 이정표를 정립해 보려는 노력이고, Ⅱ '텍스트와 작가의 새로운 조명'은 현대소설에서 중요한 텍스트의 비평적 접근이며, Ⅲ '텍스트의 해석과 감상의 소요'는 성찰을 주로 한 중요 텍스트의 비평적 감상의 소요이며, Ⅳ '텍스트의 이해와 작가의 지향'은 소설집 등의 평설을 주로 한 텍스트의 미지의 안내이며, Ⅴ '비평적 시각의 표집적 진단'은 관심이 집중되는 테마의 세미나적 접근으로, 한국현대소설의 비평적 성찰에 의한 소설 이해의 안내자의 역할을 자청한 것이다. 비평집 ≪한국문학 그 양상과 지표≫ 이후에 발표된 것에 추린 것이다.

이 한권의 책이 많은 사람의 지원으로 상재하는 것을 감사한다. 한국문학과 한국학의 출판을 희생적으로 내서 학계에 기여하고있는 정찬용 사장에 감사하고, 바쁜 가운데 전체를 검토해 준 우한용교수의 수고에 감사한다. 또한 교정에 수고한 편집부 여러분의 노고를 잊을 수 없다. 이 한권의 비평집이 소설을 연구하거나 깊이 이해하려는 많은 사람의 반려가 되기를 빈다.

1995.12 세모에

丘 仁 煥

차 례

Ⅴ. 비평적 시각의 표집적 진단

Ⅰ. 텍스트의 形成과 그 批評

Ⅰ. 텍스트의 形成과
그 批評

1. 韓國小說의 유토피아와 소설의 持續과 變革

1. 그날을 그리면서

세상은 쉬지 않고 변모한다. 때로는 역사의 激動 속에 휘말리어 표류하기도 하고, 또는 성숙된 사회 속에 지속적 송장과 현실적 안주에 기울면서도 세상은 흘러가게 마련이다. 하지만 겉으로 봐서는 조금도 움직이는 것 같지가 않다. 그저 평범한 나날이 계속될 뿐이고, 거대한 역사적 흐름이라는 감도 잡히지 않는다. 다만 각자의 일에 쫓기어 동서로 뛰어다니다 보면 한 달이 지나가고, 계절이 바뀌어 1년이 지나가 버린다. 연말이 돼서 문학상 시상식이나 망년회니 하고 뛰어다니다 보면, 또 새 달력을 걸게 된다.

하지만 그것은 겉으로 보이는 現象이지 실제는 엄청난 격동 속에 세월이 흐르고 있는 것이다. 헝가리를 선두로 東歐와 소련의 해빙 무드가 번져가 헝가리와 한국이 정식외교 관계가 수립되고 한·소 합작회사가 설립되며 한국에서 가장 돈을 많이 버는 經營人의 한 사람이 북한의 초청으로 동경과 북경을 거쳐 북한에 입국하여 고위층의 영접을 받고 金剛山을 개발추진 한다는 소식이고 보면, 세월이 그대로 흘러가는 것이 아니다. 어쩌면 京元線을 타고 그 유명한 白川溫泉과 釋王寺를 거쳐 금강산에 갈 수 있을지 모르고, 元山의 명사십리로 해수욕을 갈 수 있는 날이 올지도 모른다. 또는 금강산과 설악산을 연계해서 개발하여 남북한인은 말할 나위도 없고, 국제 관광객이 설악산과 금강산을 오르내리면서 한국의 山水의 아름다움과 그 絶景에 감탄 할 날이 다가올지도 모른다. 그렇게 되면 강릉과 원산 사이에 관광선이 가설되어 동해의 굽이치는 파도와 끝없는 水平線을 바라 보면서 삶을 반추하는 즐거운 시간을 가질 수 있을지도 모를 일이다. 어디 그뿐이겠는가. 강릉에서 원산에 가는 유람선을 타고 태백산맥의 줄기를 바라 보면서 海金剛에 잠시 머물러 휴식의 날개를 펴고 마음의 정화를 하고는 원산의 명사십리에 가서 해수욕을 즐기든가 아니면 백천온천에 가서 온천을 즐기면서 격동의 세상을 照應하며 그날의 의미를 되씹어 볼 수 있을 것이다.

이렇게 보면 쉬지 않고 흐르는 세상은 겉으로 보이는 사회적인 현상과는 달리 내적인 격동의 치열한 견인작용에 의해서 빚어지는 하나의 무대라고 할 수 있다. 그것은 세월을 따라 그대로 흘러가는 듯하면서도 새로운 변혁을 위한 격동과 이미 성숙된 것을 그대로 진전시키려는 지속 사이에 쟁투 속의 역사적 현실이 전개되고 있는 것이다. 그것을 헤겔(Hegel)의 辨證法에 새로운 고차원의 단계에 지양할 수도 있고 서로 충돌하여 逸脫이나 견인작용을 거듭할 수도 있다.

단군 신화로부터 한민족의 이러한 변혁과 지속의 상관성 속에서 弘益人間의 그날의 성취를 위하여 집요하게 살아오고, 그런 연관 속에서 문학도 발전을 거듭해 왔다. 이런 홍익인간의 그날의 지평선은 고려 이후에는 朱子學에 기저를 둔 經世思想에 의해 그 성취를 시도하고 조선 후기에 이르러 人乃天의 사상에 의해 새로운 地坪을 可視化시키고 있다. 인내천이야말로 한민족이 지향하는 인본정신의 발로이며 丁茶山 등의 실학사상과 그 맥을 같이하는 것으로 수평적 인간 유대 속에 이 지상을 낙원화 시키려는 유토피아의 발로이기도 하다. 그런 의미에서 <東經大典>은 실로 주목 할만한 名典이라 할 수 있다. 전봉준 등의 民의 해방을 위한 동학혁명은 바로 이 인내천의 실천에 의한 낙원 성취의 집요한 발로이다.

사람은 그 누구나 그날을 위하여 오늘을 산다. 멀리 可視化되어서 몽롱하게 아롱거리는 그날의 세계로 현실과의 부단한 충돌을 야기시킨다. 그것은 현실의 지속을 지향하는 기존의 힘과 새로운 유토피아를 지향하는 혁신적인 힘과의 갈등과 충돌을 의미한다. 그것은 새로운 지향을 위한 모순적 전진이다. 칼 만하임(K.Mannheim)이 그의 자본주의 사회의 시대 診斷學이라고 일컬어지는 <이데올로기와 유토피아>(*Ideology and Utopia*)에서

우리들에게 있어서는 역사적 사회적 존재를 언젠가는 변형시킬 만한 작용을 갖는 존재를 초원한 표상은 모두 다(따라서 다만 소망의 투영 뿐만 아니라)유토피아라고 생각된다. 주제를 푸는 실마리로서 이 일은 확인 함으로써 보다 더 많은 문제가 열려지게 된다. 그런데 이 경우, 여기에서 우리들이 관심을 갖게 되는 것은 존재를 초원한 표상이 처음으로 능동적이 된 시점을, 바귀어 말하자면 현실을 변형하는 힘이 된점을 규명하는 일이다. 또, 이 경우 의식의 존재 초월적인 요소 가운데서 어느것이 그때그때 이 능동적인 기능을 다했는가 하는 것도 물어야 된다. 왜냐 하면 인간의 의식 가운데서 유토피아적인 기능, 즉 존재를 파괴 당하는 기능을 다 할 수 있는 것은 힘, 실체, 표상만은 아니기 때문이다.

우리는 의식 중에 유토피아적인 요소는 실제나 형태의 변화를

모면하지 못한다는 것, 각시기의 존재는 언제든지 그때그때에 따라서 다른 존재를 초월한 요소에 의해서 파괴 당하는 것을 볼 수 있다.

라고 말하면서 존재를 파괴하는 유토피아적 지향적 의미를 詳論하고 있다. 이런 의미에서 현실적 존재를 망라하여 가시화할 수 있는 그날의 실상을 설계한 유토피아는 우리의 시야를 감미롭게 한다. 우리의 鄭鑑錄에 의한 계룡산의 낙원상이나 전설에 의한 청석골이나 제주도의 이어도, 또 陶淵明의 《도원원기》의 武陵桃園 등 몽롱하게 아지랑이같이 펼쳐진 유토피아의 허상이 우리를 유혹한다. 이 같은 동양의 유토피아가 낭만적이고 추상적인데 반하여 서양의 그것은 보다 현실적이고 구체적이다.

당시 전제정치를 날카롭게 비판하고 새로 아마우로툼이라는 전형적인 도시를 중심으로 새로운 낙원상을 보여준 무어(T.More)의 <유토피아>나 新政政治에 새로운 사회를 지향하는 캄파넬라(T.Companelle)의 <태양의 나라> 같은 것이 그 예이다. 마이클(D.Michael)의 《未來社會》도 그 궤를 같이하는 새로운 투시라고 할 수 있다. 특히 <유토피아>는 구체적인 도시의 구도와 생활 양상을 제시하고 있어서 우리의 관심을 끈다. 가장 넓은 폭이 1백마일, 두 끝으로 길어져 둘레 5백 마일의 원으로 만들어진 초생달 같은 섬. 약 11마일의 해협에 갈라져 있는 섬에서 아마우로툼이란 전형적인 도시를 중심으로 공무원 제도, 생업, 사후 관계, 여행과 생활, 노예제도, 군사, 종교 등 구체적인 구도를 라파엘씨가 얘기하는 것으로 제시되어 있어서 추상적인 우리의 유토피아상과 대비가 된다.

이럴 때 우리는 새로운 유토피아인 그날을 바라보면서 겐스(H.J.Gans)

의 ≪대중문화와 고급문화(*Popular Culture and High Culture*)≫나 마이
클의 <미래사회> 등을 읽어 본다.

  이러한 변혁과 지속에 의한 새로운 그날의 성취를 위한 집요한 추
구는 문학에도 여실히 반영되고 있다. 현실의 새로운 거울이라고 할
수 있는 문학은 끊임없이 투쟁의 현실을 수용하면서 새로운 변혁과
지속을 시도한다.

  이런 의미에서 한국의 근대 이후의 소설이 어떻게 변혁과 지속을
거듭하면서 오늘의 소설로 성장되었는지 우리의 관심사가 된다. 물론
그것은 표면적인 현상과 심층적인 原流와의 상관성 속에 변모하는 한
국 소설의 주체적인 역동성을 가시화하는 의미에서 진단이 절실해짐
을 의미한다.

2. 한국문학의 지속적 의미

  한국문학도 이젠 동시적 의미만이 아니고 繼時的 의미에서 파악하
고 체계화 할 필요가 절실해지고 있다. 안이하게 고전문학과 현대문학
의 二元的 영역에 의한 斷層的인 의미 파악에 안주 할 것이 아니라,
古詩歌 이후 여러 장르의 생성과 소멸에 의한 변혁과 지속을 통한 유
산의 계시적 의미의 투시가 선행되어야 한다. 문학의 전통과 현상이
함수적으로 나타나는 한국인의 삶에 情恨과 삶의 總體像이 어떤 미적
구조에 의해 형태화되어 있는가를 규명하여 한국문학의 현실적 의미
를 정립하는 일이 절실해지고 있다.

  여기에서 문제가 되는 것이 문학을 대하는 기본 시각이다. 스탈만

(R.W.Stallman)의 ≪비평선집(*The Crtics Note Book*)≫은 우리에게 시사
하는 바가 크다.

　　문학비평은 시와 시인과의 관계인 창작 과정의 통찰, 시 자체의
　　문제와 시적의미와 형식과 같은 예술작품의 본질파악, 그리고 시와
　　독자와 비평가의 관계인 시적 감상에 의한 비평가의 분석 작업의
　　세 영역에 중점을 두어야 한다.

　<청산별곡>이나 <서경별곡>과 같은 고려속요는 고려인의 삶의 소박
한 정한이 韻律的으로 형상화되어 있고, 소월의 <진달래 꽃>이나 서정
주의 <春香遺文>과 같은 작품은 고려 가요의 전통을 계승하면서도 새
로운 삶의 의미가 독특한 기법으로 형상화되어 있다. 이런 경우 우리
는 그 작품 자체의 문제와 그 작품이 가지는 예술작품의 본질적 의미,
그리고 시적 감상의 세 영역의 면에서 논의되어야 비로소 그 의미를
규명할 수 있다는 말이 된다.

　여기에서 한국 문학의 과거와 미래라는 관점에서 한국 문학을 진단
하는 것이 의미가 있으며, 한국 문학의 총체상을 투시할 수 있는 기본
적인 자세가 정립되어진다.　여기에선 한국소설을 중심으로 그 동시적
인 의미를 탐색해 보면서 생명이 약동하는 문학의 흐름 속에서 그 계
승적 의미를 가늠하여 한국소설의 그날을 위한 지향적 지평의 가시화
를 시도해 본다.

3. 한국 근대소설의 지속과 변혁

한국의 근대소설도 이광수의 <어린희생>(1910년)에서 그 起點을 잡는다면, 근 90년의 역사를 가지게 된 셈이다. 물론 현대소설이 1950년 이후의 전후소설에서 출발하는 것으로 보면, 근대소설은 약 40년 동안의 문학적 공간에서 이룩된 한국문학의 한 斷層이라고 할 수 있다. 그 단층 속에서 격동하는 근대화 과정에서 현대소설로 변모하면서 근대소설은 한국 소설의 새로운 典型을 형성하면서 소설문학에 유산을 남기고 있다.

그것은 조선 왕조의 迷夢에서 깨어난 한민족의 생활의 정서와 삶의 총체상의 새로운 기법에 의한 수용이고 치욕의 식민지 치하에서 집요하게 민족의 내일을 추구하는 삶의 指標이며, 영원한 미를 추구하는 에술의 새로운 창조이기도 하다.

근대소설이 개인의 자각과 그 자각을 민족적 자아로 확대시키는 근대 의식을 수용하고 있음을 말하며 사실주의적 기법에 의한 風俗史나 삶의 처절한 현실을 그린 격동적인 현실의 상관적 조응이라고 할 수 있다. 그것은 이광수의 <無情>이나 김동인의 <운현궁의 봄>에서 염상섭의 <三代>, 채만식의 <太平天下>, 이기영의 <고향>, 김남천의 <大河>, 한설야의 <塔>, 박태원의 <川邊風景>, 김유정의 <동백곶>, 이효석의 <花粉>, 정비석의 <城隍堂>으로 이어지는 근대소설의 동시성을 보여주는 것이다.

이러한 근대 소설의 역사의식의 자각에 의한 사상성을 강조하며 삶의 지표를 제시하려는 경향과 생활의 美化와 예술을 추구하려는 경향, 기법의 부정과 혁신 등 새로운 기법에 의한 현대의식을 수용하여 새로운 문학을 지향하는 경향 등 세 경향으로 나누어 볼 수 있다. 앞의 두 경향이 근대 소설의 軸을 이루면서 지속하는 근대 소설의 두 주류인데 반하여, 셋째 경향은 새로운 변혁을 시도하는 시험적인 미래성을 띄고 있는 것이 그 차이임을 알 수 있다.

1) 역사 의식과 삶의 지표

이 경향의 소설은 격동하는 현실을 역사의식에 의해 수용하고 현실을 개조할 수 있는 삶의 지표를 제시해야 한다는 소설의 역동적 의미를 강조했다. 그것은 반영과 수용에 의한 그날의 유토피아를 추구함을 말한다. 이광수 <무정>, 염상섭의 <萬歲前>이나 <삼대>와 <無花果>, 조명희의 <낙동강>, 이기영의 <고향>, 채만식의 <탁류>나 <태평천하>로 이어지는 작품이 이 경향의 주축이 된다. 거기에는 식민지 상황이면서 각기 다른 배경에서 역사적인 현실을 자각하고 내일에의 지향을 위해 전력을 다하여 살아가는 한국민의 삶에 總體像이 부각되어 있다.

무엇보다 이런 작품에는 민족의 비극적 현실을 투시하고 극복하려고 강력한 역사 의식의 자각에 의해, 그 狀況을 극복하려는 투철한 삶의 자세가 행동으로 나타나 있다. 그것은 삼랑진의 수해 복구를 위한 자선음악을 마치고 이형식이 영채, 선형, 병욱의 세 처녀에게 다짐하는 교육과 과학에 의한 立國의 주장은 <무정>의 민족의식을 나타내고, 한말의 닫힌 사회와 개화기의 과거와 미래의 교량적인 사회, 식민지 치하이면서도 새로운 미래의 가시화의 열망이 나타나는 시대에 사는 <삼대>와, 식민지 치하의 가혹한 사회를 태평천하라고 역설적으로 구가하는 <태평천하>의 尹直員에서와 같이 개인의식의 자각이 사회의식으로 확산되어 삶의 역할 제시로 나타날 수 있다. 또한 원통골을 한 유토피아로 변형시키기 위해서 지주와 소작인, 노동자와 농민의 연계에서 실현시키려는 <고향>의 사회주의의 이념이나 한 시대를 풍속사적으로 조명하여 새로운 로망을 형성하려는 김남천의 <대하>와 같은 작품의 경향도 엿볼 수 있다.

이러한 역사의식에 의한 현실의 투시나 解剖, 또는 그러한 의식의 확산을 그 放出體의 하나인 작가의 문학적 자세에 의해서도 엿볼 수 있다. 염상섭은 <個人과 藝術>에서 문학이 개인의식의 예술적 실현이고 그 무엇에도 예속되지 않은 독자적인 것이라하여 문학의 자율성을 강조한 것이다. 로망 개조론에 의하여 새로운 소설의 지향성을 말한 김남천의 입장, 이광수의 민족주의적 자세가 그러한 좋은 예이다. 이광수는 <余의 作家的 態度>에서

> 내가 소설을 쓰는 근본 동기는 민족의식, 민족에의 고조, 민족운동의 기록, 檢閱官이 허락하는 한도의 민족운동의 찬미, 만일 할 수만 있다면 선동, 이것은 과거의 나의 주의가 되엇을 뿐 아니라, 아마도 나의 일생을 원할 것이라고 믿는다.

라고 민족주의적인 자세를 보여주고 있다. 이광수의 민족주의에 바탕을 둔 역사의식은 <무정>과 <再生>, <흙> 등에 나타나고, 채만식의 역사의식에 의한 현실의 투시는 <레디메이드 인생>이나 <치숙>, <濁流>, <태평천하>와 같은 작품에서 식민지 치하를 살아가는 피어린 삶의 현장을 그리고 있다. 또한 조명희의 <낙동강>이나 이기영의 <서화>나 <고향>, <인간수업>에는 사회주의에 기반을 둔 개혁적인 삶의 치열한 현장이 나타나 있다. 염상섭은 <만세전>에서 동경에서 경성까지의 공간에서 식민지 치하의 질곡에서 유인되고 소외되는 처참한 삶을 간접시점으로 보여주고 있으며, 채만식은 <치숙>이나 <레디메이드 인생>

에서 식민지 치하에서 삶의 터전을 잃고 방황하는 지식인의 소외상을 풍자적으로 그리고 있다.

특히 <삼대>의 조의관 <태평천하>의 윤직원은 구세대인 봉건주의 사회에서 자본주의 사회로 이행하는 과정에서 문벌과 돈을 중심으로 하는 명예를 존중하는 身分社會의 상승적 귀족의식을 강렬하게 부각시키고 그 상승을 위한 비치를 그리고 있다.

<삼대>의 신세대적인 조덕기나 병화의 개인 의식의 자각과 사회의식의 긍정적 확산으로 식민지의 현실을 극복하려는 새로운 인간상으로 나탄는 것은 주목할 일이다. 그러나 <만세전>의 질곡 속에서 유린되는 치욕의 현실을 관찰하고 비판하는 데 그치는 이인화 같은 나약한 인델리의 非行動性은 역사의식에 투철하지 못한 데서 결과되는 현상이다.

이러한 역사의식에 의해 삶의 지표를 제시하려는 경향은 그날을 위한 오늘의 삶의 총체상을 보여준다.   그것은 유토피아를 실현하려는 처절한 개인이나 집단의 삶을 말하며, 헤겔의 절대정신이나 사회주의에서 말하는 지상낙원을 실현하려는 쉬지 않는 인간의 지속적 추구의 양상이기도 하다. 또한 개인이나 민족의 그날을 성취하려는 오늘의 의미를 정립하는 것으로 볼 수 있다.

이러한 경향은 李無影의 <農民>, 安壽吉의 <北間島>, 徐基源의 <前夜祭>, 崔仁勳의 <廣場>, 朴景利의 <土地>, 구인환의 <일어서는 山>, 이청춘의 <당신들의 天國>, 李文求의 <冠村隨筆> 등으로 계승되어 한국소설의 한 주류를 형성하고 있다.

2) 기법의 미화와 예술

이 경향은 소설적 기법의 美化에 의해 인간의 존재적 의미를 해명하고 예술에 도피하려는 匠人精神의 발현으로 나타난다. 이 기법의 미화와 예술을 추구하는 경향은 이광수가 지나치게 소설을 사회 개혁의 수단으로 확대시키는 데 반하여 소설은 문학의 자율성에 의해 예술을 추구하여야 한다는 김동인의 反春園論에서 비롯된다. 그것은 <춘원연구>나 <조선문단 30년전>에서 볼 수 있듯이 문학의 역사의식에 의한 사회적 일탈을 비판하여 문학의 자율성으로 환원시키려는 것을 의미한다. 또한 '얻은 것은 이데올로기요 잃은 것은 예술'이라며 전향한 박영희의 말과 같이 카프소설을 비판하면서 순수문학을 지향한 30년대의 이효석, 김유정, 정비석 등에 의해 또 하나의 주류가 형성된다.

김동인은 「創造」 창간호의 後記에서 개인의 자각에 의한 새로운 소설이 나온다고 장담하면서 <약한 자의 슬픔>이나 <배따라기>와 같은 작품으로 개인의 자각과 운명의 현실을 미화시키고 있다. 그는 低邊人生의 비극적인 현실에서 사랑의 자각에 의한 자아의 새로운 성취를 그린 <감자> 이후에 예술을 위해서 어떤 신비성을 추구하는 <狂畫師>나 <狂炎소나타> 등 탐미주의 작품을 발표하여 예술의 美의 황홀경에 몰입한다.

金東里가 <자연주의 구경>에서 김동인의 자연주의의 소설이 인생을 버리고 예술적 기법과 미의 추구에 몰입하고 있음을 통박하고 있는 것과 같이, 김동인은 아무것에도 예속되지 않은 문학의 자율성에 의한 예술적 창조를 추구한다. 김동인이 비록 <붉은 산>이나 <笞刑> 등에서 민족의식을 강력히 내세워, 문학의 多邊性을 보여주고 있기는 해도 김동인은 소설의 문학성 성취와 그 미의식에 의한 삶의 의미를 규명하려는 생활의 미화와 예술의 성취를 지향하려는 경향으로 일변하고 있다.

이러한 경향은 30년대에 와서 기법의 자각에 의한 미적 추구와 그 속에서 원초적 인간성을 탐구하려는 경향으로 나타난다. 그것은 카프파의 이데올로기 宣揚을 위한 목적문학에 대한 반발과 식민지 치하에서 탈이데올로기에 의한 문학적 맥락의 지속론의 한 예술에의 도피와 자연으로서의 인간의 존재를 해부하려는 경향으로 나타나게 된다.

먼저 李孝石은 초기의 동반 작가적인 경향에서 탈피하여, 생명의 신비를 암시하는 <메밀꽃 필 무렵>, 자연 속에서의 인간의 존재를 해명하는 <산>이나 <들> <분녀> 등의 단편과 <花粉>과 같은 장편에서 인간의 원시성을 보여주고 있다. 또한 김유정은 갈등과 애환을 통해 인간의 의미를 추구하고 <소나기>, <정조> 등을 통해 윤리의식을 자각하지 않은 속에서의 인간의 원시성을 추구해 가며, 정비석은 <성황당>이나 <卒哭祭> 등으로 육과 영 사이에서 방황하는 인간상을 보여주고 있다. 이러한 생활의식을 자각하지 못하고 자연이나 물안에서 그저 남들과 같이 평범하게 살아가는 인간성의 존재적 의미를 추구하는 것이 30년대 소설의 특성이기도 하다.

그것은 이효석의 <산>이나 <들>에서 볼 수 있는 자연과 인간의 同一性 속에서 인간의 原型을 탐구하기도 하고, 김유정의 <소나기>, <정조>, <동백꽃> 등과 같이 그저 습관화된 삶의 여정에서 살아가는 인간성의 탐구로 나타나기도 한다. 지나치게 사회의식을 강조하는 계열의 작품이 격동의 현실을 투시하고 생활의 지표를 마련하는 대신에, 예술성을 경시하기 쉽고, 기법과 미의식을 추구하는 경향은 예술성을 심화시키는 반면에 삶의 문학을 상실하기가 쉽다. 그것은 김동인이 <광염 소나타>와 같이 탐미주의에 흐르거나 이효석이 자연과 동일율

속에서 성의 유회에 도취하며, 김유정이 모럴 이전의 토속적 생활에서
식물적으로 살아가는 인간성을 부각시키는 사실로 나타난다. 그러나,
이러한 경향의 착각 등에 의해 기법이 심화 확대되고, 문학어가 탁마
되어 문학적 기법이 확대되고 예술화된 것을 간과해서도 안된다. 여기
지금도 농촌에 살아있는 부부생활의 생태를 그린 <아내>에게 고백의
독백제로 서두 강조법을 구사하고 있는 장면을 그 한 예로 들어본다.

　　우리 마누라는 누가 보든지 이쁘다고는 안 할 것이다. 나도 일상
같이 지내기는 하나 아무리 잘 고쳐 보아도 요만큼도 이쁘지 않다.
　　하지만 계집이 낯짝이 이뻐 맛이냐 제기랄, 황소 같은 아들만 잘
빠져 놓으면 그만이지, 사실 우리 같은 놈은 늙어서 자식까지 없다
면 꼭 굶어 죽을 밖에 별 도리가 없다. 가진 땅 없어 몸 못써 일
못하여, 이걸 누가 망쳤다고 먹여 줄테냐, 하니까 내 말이 이왕에
젊어서 되는 대로 자꾸 자식이나 낳아 사육 잘하는 것이지, 그리고
어미가 낯짝 글렀다고 그 자식까지 도로운 법은 없으렸다. 아 바로
우리 똘똘이를 보아도 알겠지만 즈 어머니년은 쥐었다 논 개떡 같
아도 좀 똑독하게 깨끗이 생겼느냐. 비록 먹고도 대구 또 달라구
불사귀처럼 텅비기는 한망정, 찬 이놈이아 말로 나에게는 이비지
보담도 할아버지 보담도 아주 말할 수 없이 끔찍한 인물이다.

俗語를 문맥 속에서 문학어로 탁마하고 1인칭 고백제를 대담하게
구사하여, 마치 시골의 사랑에서 구수하게 말하는 노인의 말소리같이
토속적이면서 친근감이 갔다. 이러한 문학성의 심화와 확대는 이 경향
의 작가들이 추구하는 예술성의 추구로 집약한다. 김동인, 나도향, 이
효석 등에 의한 다양한 소설 기법을 구사한 단편의 한 典型의 형성이
라든지, 김동인의 한 문학어의 탁마, 나도향의 <물레방아>나 <벙어리
삼룡이>에서 볼 수 있는 소설의 미의식의 심화, 이효석에 의한 修辭의

확대 김유정에 의한 속어의 문학어화 등은 주목할 만한 소설의 기법 적 승화라고 할 수 있다.

이러한 경향은 <움직이는 성>, <독짓는 늙은이> 등의 황순원과 <갯 마을>, <명암> 등의 吳永壽 <TABU>, <젊은 느티나무>의 姜信哉 등에 이어지고, 전후의 朴敬洙, 張龍鶴을 거쳐 60년대의 金承鈺 등으로 그 계보가 이어져 역사의식과 삶의 지표를 제시하는 경향과 더불어 한국 소설의 두 주류를 형성한다.

3) 새로운 기법과 현대의식

이 경향은 기법의 자각과 혁신에 의한 현대의식을 수용한 실험적인 변혁을 시도하는 경향을 말한다. 역사 의식과 삶의 지표와 기법의 미 화와 예술의 종류에 의한 근대소설의 지속적 지향을 거부하고 비극적 인 현대의식을 새로운 기법에 의해 소설적인 실험을 한 李相이 변혁 의 기수이다. 李箱은 일체의 근대소설의 美學을 부정하고 현대의식의 파편화시켜 그것을 織造하는 새로운 소설을 시도한다. 그것은 기법의 부정과 변혁에 의한 일대 반역의 가치였다.

근대소설의 기법을 부정하고 의식의 흐름에 기저하여, 自由聯想法, 自動記述法, 內的獨白, 그리고 逆說과 솔리로퀴(soliloquy)를 구사하여, 단절되고 소외된 자의식의 해체를 보여주고 있다. 그것은 화폐가 가진 기존의 역할을 부정하고 기존의 생활의 관습을 상실된 날개가 돋아 다시 날개를 절규하는 <날개>나, 동경에 있는 여인과 서울에 여인을 넘나면서 자의식을 몽타주의 방법으로 되씹는 <失花>, 자서적인 삶을 기록하면 碑銘까지 써 놓은 <終生記>와 같은 작품에서 볼 수 있는 충 격을 주는 소설 등으로 나타나고 있다. 초현실주의 평가의 논쟁으로

문단을 회오리 바람 속에 몰아넣은 <烏敢圖>라는 시에서 시도한 鬼才
를 소설에서 심리주의의 기법으로 보여주고 있다. 그것은 다음에 드는
예로 입증할 수 있다.

剝製가 되어버린 天才를 아시오 ?
나는 愉快하오, 그런데 戀愛까지 愉快하오.
肉身이 흐느적 흐느적 하도록 疲勞했을 때만 精神의 銀貨처럼 맑
소.
니코틴이 내 蛔 배 앓는 밸 속으로 스미면, 머리 속의 으레히 白
紙가 準備되는 법이요.
그 위에다 나는 위트와 파라독스를 바독 布石처럼 늘어놓고 可
憎한 常識의 病이요.
나는 또 女人과 生活을 設計하오. 戀愛技法에 마저 서먹서먹해진,
知性의 極致를 흘깃 좀 들여다 본 일이 있는 말하자면, 一種의 精
神奔逸者 말이요. 이런 女人의 半 - 그것은 온갖 것의 半이요-만
을 領收하는 生活을 설계한단 말이요. 그런 生活 속에는 한 발만
들여 놓고 恰似 두 개의 太陽처럼 마주 처다보면서 낄낄거리는 것
이요. 아마 어지간히도 人生의 諸行이 싱거워서 견딜 수가 없게금
되고 그만 둔 모양이요. 굿빠이.

<날개>의 프로로그인 이 대목은 사색의 파편을 질서없이 자동기술
법으로 뱉어 놓은 것이다. 그것은 프라이(N.Frye)가 소설의 형태에서
말한 '로맨스, 노블, 고백, 해부'의 네 요소 중에서 해부(anatomy)를 구
사한 것이다. 이런 기법이 <종생기>나 <실화>에서는 소설형태를 의심
케 하는 기법으로 구사되고 있다.

墓地銘이라. 一世의 鬼才 李箱은 平生의 大作<終生記> 一篇을 남
기고 西歷 紀元後 一千九百三十七年 丁丑 三月三日 未時 여기 白日

아래서 그 波瀾萬丈(?)의 生涯를 끝맺고 문득 卒하다. 亨年滿二十五歲와 十一個月. 嗚乎라! 傷心커다. 虛脫이야 殘存하는 또하나의 李箱. 九天을 우러러 號哭하고 寒曲一片石을 세우노라, 愛人 貞姬는 그대의 殘後 數三人의 秘妾된 바 있고 오히려 長壽하니 天下의 李箱아 ! 바라건대 瞑하라. <종생기>

　슬퍼? 응―슬플박에 20世紀를 生活하는 데 19世紀의 道德性밖에 없으니 나는 永遠한 절름발이로다. 슬퍼야지 ―萬―슬프지 않다면 ―나는 억지로라도 슬퍼해야지 ―슬픈 포우즈라도 해 보여야지 ― 왜 안 죽느냐고 ? 헤햄 ! 내게는 남에게 自殺을 勸誘하는 버릇 밖에 없다. 나는 안 죽지, 이따가 죽을 것만 같이 그렇게 衆俗을 속여 주기만 하는 거야 아 그러나, 이제 다 틀렸다. 봐라 내 팔. 皮骨이 相接, 아야아야, 웃어야 할 터인데 筋肉이 없다. 울여야 筋肉이 없다. 나는 形骸다. 나―라는 正體는 누가 잉크짓는 약으로 지워 버렸다. 나는 오직 내―痕跡일 따름이다. <실화>

　근대소설의 미학에서 보면 이건 소설이 아니다. 하지만 프라이의 소설에 따르면 고백(confession)과 해부에 의한 내적 독백에 의한 심리주의 소설이 아닐 수 없다.

　이와 같이 이상은 <날개>의 서두에 나오는 독백, <幻視記>의 상징적 警句와 플롯의 부정, <실화>의 1인시점에 의한 平行的 進行, <종생기>의 파라독스와 고백체 등 플롯을 부정하는 기법으로 구사하여 소설의 새로운 변혁을 시도하고 있다. 또한 소외와 지성의 비극적 의식이나 19세기의 도덕율을 부정한 세계관이 이상의 변혁적 일탈을 더 깊게 하고 있다.

　이러한 경향은 전후소설에 와서 그 소설의 동시적인 진행성을 가지게 된다. <요한시집>이나 <원형의 전설>의 장용학이 그 주제를 이루면서 <환선지대>의 吳尙源이나 <잉여인간>, <비오는 날>의 孫昌涉,

<오분간>, <바비도>의 金聲翰, <前夜祭>의 徐基原 등이 이상의 변혁적인 실험을 계승하여 동시적 지속성을 획득하고 있다. 또한 60년대의 <산정의 神話>, <촛불 결혼식>의 丘仁煥, <매잡이> <이어도>의 李淸俊, <霧津紀行>의 金承鈺, <사부, 사모님>의 李外秀 등에 의해 그 계승적인 맥락이 이어지고 있다.

이와 같이 한국근대소설은 역사의식과 삶의 지표를 제시하는 경향과 기법의 미화와 예술을 추구하려는 두 경향이 그 주류를 이루어 지속적 성숙을 형성하면서 이상 등에 의한 새로운 기법과 현대의식에 의한 변혁적인 실험에 의해 새로운 地平을 향하여 한국소설의 공간을 획득하면서 그 특수성을 나타내고 있다.

4. 다시 그날을 바라보며

인간의 꿈은 잠시도 머물지 않고 새로운 세계를 孕胎한다.

'희랍의 꿈'은 헤겔의 말대로 완벽한 질서의 창조이며, 중세의 꿈은 神政에 의한 그날의 성취요, 근대의 꿈은 이상과 인간에 의한 새로운 유토피아의 창조에 있다. 마이클의 ≪미래사회≫에서 말한 컴퓨터와 온라인에 의한 그날이 이미 실현되고 있다. 테크노피아와 에너토피아에 의한 영원한 지상 낙원이 가시화되고, 우주의 개발에 의한 새로운 질서의 세계가 서서히 그 막을 올리고 있다. 그런데 지상에서는 분규가 끊이지 않고 기아에 시달리고, 학대받고 빈곤에 시달리는 소외계층이 사라지지 않고 있다. 소련에서 복수 출마가 가능해지고 북한의 南浦에서 인천 방향으로 북한산 석탄을 실어나르고 금강산 개발이 추진이 되고 있는 긴박하고도 격동적인 현실이다.

하지만 인간의 希求하는 낙원이 그렇게 쉽게 실현될 리가 없다. 2천년을 지구상에서 방황한 이스라엘의 천국은 아직도 그 빛을 보여주지 못하고 있다. 유토피아는 그 성취가 불가능한 환상에 지나지 않는 것인가? 아니면 현실에 좌절로 갈등을 희석화시켜 주고 환상적 자아도취에 빠지게 하는 정신적 마취제에 지나지 않는 것일까.

그러나 문학은 그날을 추구하여 형극의 길을 쉬지 않고 새로운 낙원을 보여 줄 것이다. 그것은 소설이 그날을 위해 격동하는 현실과 그 속에서 집요하게 살아가는 인생의 문학적인 수용이며, 인간이 역사의 소용돌이에서 추구하는 연원한 유토피아의 성취를 위한 여정이기 때문이다. 그 여정을 따라 인간의 시원과 같이 시작된 그날의 꿈은 변증법적 상승적 구조 속에서 언제나 새로운 변혁에 의한 가시적 지평을 그려 갈 것이다.

세상은 쉬지 않고 변모하지만 내일의 그날을 추구하는 인간의 욕구는 간단없이 새로운 유토피아의 현실화를 위해 집요하게 오늘을 산다. 그러므로, 오늘은 바로 유토피아의 성취를 위한 디딤돌이라고 할 수 있다.

지속과 변혁 속에서 그날을 성취하려는 한국소설은 이런 현실의 삶과 조응하여 이해할 때 그 의미가 훤하게 보일 것이다.

(우봉 정종복박사 회갑기념논문집, 간행위원회, 1990)

2. 한국 소설의 系譜的 양상

1. 역사의식과 미의식의 교차

한국의 근대소설은 이광수에서 시작된다. 그전에 이인직·이해조의 신소설이 있으나, 그것은 朝鮮小說의 쇠퇴기의 소설로 그 권선징악의 내용이나 해피 엔드의 결말이 조선소설의 그것을 넘지 못한다. 이광수의 <이린희생>과 <소년의 비애> 등 일련의 단편이 개성의 자각이나 추구, 비극적 결말, 언문일치의 표현등으로 근대소설의 새로운 시기에 접어들게 된다.

이광수는 1910년에 <어린희생>, <희생자> 등을 발표하고, 玄相允이 <逼迫> 등 단편을 발표한다. 그 중 <어린희생>은 플롯의 짜임새나 갈등, 비극적 결말, 그리고 개인적인 표현 등으로 이광수의 처녀작인 동시에 근대소설의 출발이라고 할 만하다. 이는 최남선이 「소년」에 발표한 <해에게서 소년에게>(1908)와 함께 근대문학의 효시를 이루는 작품으로 근대문학의 기점을 1908년으로 잡은 이유는 여기에 있다. 이광수는 <소년의 비애>, <어린 벗에게>, <방황>과 같은 단편을 발표할 뿐만 아니라 「매일신보」에 <무정>을 발표하여 조선 천지를 진동시킨다.
<무정>은 이광수의 민족적 계몽주의의 사상이 짙게 나타난 작품으로,
① 한국최초의 근대 장편소설이며, ② 구조의 이완이 좀 있다고 해도
새로운 기법으로 인물을 창조 했으며, ③ 새로운 문체의 확립이라는
문학적 의의를 지니고 있다. <무정>의 서두는 선형의 가정교사로 가는
심리묘사와 삼랑진 수해민을 위한 자선음악회를 끝내고, 이형식·김선
형·박영채·신우선 기자 등이 한자리에 앉아 교육과 과학입국을 다
짐하면서 각기 내일을 위해 떠나는 장면은 강렬한 인상을 준다. 또한
이 결말은 앞으로 전개 될 이광수의 문학이 나아가는 열린 가능성으
로 끝난다. <개척자>, <재생(再生)>, <군상> (3부작), <흙> 등과 수다한
비극적 작품의 결말을 거쳐 <사랑>의 北韓療養院의 안빈 박사의 60회
생일날에 한자리에 모여 석순옥의 고난의 여정이 꽃피는 낙원성취로
이광수 문학의 한 완결을 보여준다.

　이러한 이광수 문학의 사회적 확대에 반기를 들고 金東仁이 문학의
미적추구의 본령으로 돌아가야 한다고 반춘원운동을 벌린다. 김동인이
<약한자의 슬픔>, <감자> 등을 발표하고, 廉想涉이 <표본실의 청개구
리>, <윤전기> 등으로 사회적 관심을 보이고, 나도향이 <젊은이의 시
점>, <물레방아> 등으로 낭만적인 경향을 띠고, 현진건의 <타락자>,
<술 권하는 사회>, <운수좋은 날> 등 사실주의적 경향의 작품을 발표
하여 예술과 개인의식을 추구하는 1920년대의 문단이 형성된다. 이것
은 1910년대의 이광수를 주로 한 개성과 민족을 추구하는 것에 대한
반동으로 예술의 미의식을 추구하려는 경향을 띤다. 물론 현진건의
<술 권하는 사회>나 염상섭의 <윤전기>, 나도향의 <물레방아>나 <뽕>
과 같은 작품이 없지 않지만, 김동인의 <광화사>나 <광염 소나타>, 나
도향의 <벙어리 삼룡이> 같은 미의식을 추구하는 경향으로 변모한다.

이러한 1920년대 전반기의 소설 경향과는 달리 崔曙海의 <탈출기>, <박돌(朴乭)의 죽음>, <기아와 살육> 등 신경향파의 작품이 발표되고, 趙明熙의 <낙동강>, 韓雪野의 <씨름>, <과도기>, 李箕永의 <서화>, <홍수> 등이 발표되어 카프운동을 전개하면서 계급과 사회의식을 짙게 나타낸다. 이광수가 민족계몽을 지향한 데 비하여, 신경향파·카프·동반작가들은 사회와 계급의식을 짙게 나타내었고, 카프작가들은 직접 사회운동에 참여하여 투옥되기도 했다. 그러면서도 兪鎭午의 <김강사와 T교수>, 朱耀燮의 <사랑의 값> 등 지식인들의 자의식을 부각한 작품도 나타난다.

1930년대는 카프의 지나친 계급의식의 선양에 대한 반동으로 인간의 본질이나 토속을 추구하는 경향이 등장하고, 카프의 변신과 그 흐름을 같이하는 작가들이 사회의 식이나 희석된 계급을 다루는 경향, 그리고 현대문학적인 변모를 시도하는 실험적 경향의 세 유형이 나타난다.

먼저 인간의 본질이나 토속적인 생활을 조명하는 경향은 이태준·이효석·심유성 등이 중심이 된 九人會를 주로 하는 소위 순수문학파라고 불리는 유파가 있다. 역사소설을 통해 민족의식을 펼치는 <아함의 정조>의 朴鍾和가 있고, 李泰俊은 <가마귀>, <달빛>, <복덕방> 등의 작품을 통해 치밀한 소설기법으로 평범한 삶을 부각하여 소설미학을 새롭게 하고 桂鎔默은 <백치 아다다>, <마부>, <캥거루의 조상이> 등으로 무지하고 선량한 사람이 변화 속에서 어떻게 피해를 입고 몸부림치는가를 그리고 있다. 이 시기에는 <동백곶>, <봄봄>, <소낙비> 등으로 농촌의 빈궁상과 따뜻하고도 비극적인 삶을 그린 김유정, <메밀꽃 필 무렵>, <豚>, <산>, <들>, <皇帝> 등으로 자연과 同一律에서의 인간탐구와 원시성을 추구한 李孝石, <무녀도>, <바위>, <황토기>

등으로 무격사상에 바탕을 두고 인간의 **究竟**을 추구하여 제 3휴머니즘을 지향하는 김동리, <모범 경작생>, <어머니> <목화씨 뿌릴 때>, <동정> 등으로 농촌생활과 그 비극적 삶 속에서 내일을 희구하는 삶을 그린 **朴榮濬**, <팔년간>, <반역자>, <제일과 제일장> 등으로 농민생활과 그 속에서의 삶의 얼룩진 세계를 그린 **李無影**, <성황당>, <졸곡제>, <제신제> 등으로 인간의 적나라한 삶의 모습과 성의 생명적인 추구를 그린 **鄭飛石**, <흉가>, <인맥>, <지맥>, <천맥>의 '삼맥' 등으로 여성의 섬세한 심리와 그 삶에서 빚은 비극적 양상을 그린 **崔貞熙**, <성탄제>, <소설가 구보씨의 일일>, <수풍금>, <말한 사람들> 등으로 시정의 생활을 관조하고 풍자하여 현대문명을 비판한 **朴泰遠**, <레디메이드 인생>, <치숙> <인텔리와 빈대떡>, <쑥국새> 등으로 역사의식과 풍자성으로 식민지 치하의 삶과 그 비리를 비판한 **蔡萬植**, <봉선화>, <전치기>, <후처기> 등으로 여성 특유의 가정생활을 묘파한 **林玉仁** 등이 대체로 인생을 탐구하고 한국적 생활 속에서 삶의 애환을 형상화하여 1930년대 소설의 한 주류를 형성하고 있다.

다음은 카프를 중심으로 한 역사의식이나 계급의식을 주로 펼치려는 경향으로 대체로 **李箕永**의 <고향>, 채만식의 <태평천하>, 김남천의 <대하>, 한설야의 <탑> 등 장편이 주로 나타나는데, 단편의 흐름 속에서 그 의식이 강하게 나타나 있다. <질소비료공상>, <**女工**>, <답싸리>, <민보의 생활표> 등으로 공장과 노동장에서 계급을 위해 투쟁하는 변혁의 지평을 그린 **李北鳴**, <공장신문>, <소년행>, <누나와 사진>, <요지경> 등 노동자의 계급의식과 그 투쟁을 그린 **金南天**, <사하촌>, <추산당과 곁사람들>, <항진기> 등 노동 현장이나 농촌의 소작인들의 생활과 계급적 투쟁을 그린 **金廷漢**, <숲 속의 농부>, <지하촌>, <채전> 등 빈민의 처절한 생활을 그린 **姜敬愛** 등이 이기영·한설야·권한 등 카프 계열의 작가와 같이 장편으로는 가족사 소설을 쓰면서 단편으로는 이데올로기와 같은 정도의 작품을 쓴다. 그것은 김기진의 <붉은 쥐>, 박영희의 <사냥개> 등과 같은 같은 계열로서 1930년대 소설의 순수소설과 대응되는 소설의 한 주류를 이룬다.

셋째 현대소설적인 실험을 하는 경향이 1930년대 중반에 이상·최명익·허준 등에 의해 나타난다. 이 경향은 현대의식을 현대소설적인 기법으로 형상화하려는 것으로, 단절되고 소외된 자의식을 자유연상법이나 자동기술법으로 나타내려는 <날개>나 <지주회사>나 <失花>, <종생기>와 같은 작품을 쓴 李箱은 시 <오감도>에서 쉬르리얼리즘의 기법을 써서 독자를 깜짝 놀라게 하고, <날개>나 <실화>로 심리적인 소설 기법을 구사한다. 이미 서있는 질서를 부정하고 새로운미적 질서를 모색하는 소설로서 현대의식을 기법의 부정과 변혁의 방법으로 나타내고 있다. <탁류>, <습작실에서>, <잔등> 등으로 현대인의 내부에 칩거한 의식을 의식의 흐름 기법으로 쓴 許俊, <무성격자>, <심문>, <張三李四> 등으로 자의식의 심리적 갈등을 치밀하게 묘파한 崔明翊은 현대인의 내부세계와 그 갈등을 그리고 있다. 이러한 현대소설의 새로운 실험적 경향은 전후에 와서 장용학·손창섭·오상원 등에게 계승되어 현대소설의 한 중요한 주류를 형성하고 있다.

1930년대의 인간본질의 추구와 토속적 삶의 조명과 사회와 계급의식에 의한 변혁적 지향성, 현대소설의 새로운 기법적 실험에 의한 새로운 소설모색의 새 경향은 1940년대 일제 말기의 암흑시대와 8·15 해방 후의 모색기를 넘어 1950년대의 전후문학에 이르러서야 1930년대 실험성의 계보를 이어 현대소설의 성격을 띠고 발전하게 된다.

대체로 20세기에 시작된 한국의 근대소설은 이광수와 현상윤에 의해 시작되어 1920년대 전반의 예술과 개인의 단계에서 카프를 주로 계급의식의 사회적 확산으로 넘어간다. 1930년대에 이르러 인간 본성의 추구와 土俗的 生活의 조명과 계급의식에 의한 변혁운동의 고발과 그 선양으로 나가는 역사의식이 강한 경향, 그리고 현대소설의 실험으로 새로운 소설을 시도하는 경향으로 나누어진다. 1940년대는 암흑기와 해방공간의 좌우대립 속에서의 이데올로기에 의한 소설의 갈등 양상을 보이다가 6·25전쟁 뒤의 전후문학으로 불리는 현대소설에 계승된다.

2. 민족과 사회의 갈등

한국의 현대소설은 6·25전쟁 후의 戰後小說에서 시작된다. 1930년대 중반에 이상이 <날개>, <실화> 등으로 '무의식의 흐름'에 의한 자유연상, 자동기술법과 같은 새로운 기법으로 현대소설의 면모를 보여준바가 있다. 이상은 <烏瞰圖>나 <거울>과 같은 쉬르리얼리즘과 <날개> 등으로 심리주의에 의한 현대소설을 실험하여 <와사등>이나 <외인촌>의 金光均과 같이 모더니즘의 기치를 올렸다. 1930년대 중반기를 현대문학적인 공간으로 확대시키려고 했으나, 이효석·김유정 등의 인간 본성과 원시성의 추구와 한설야·김남천·이기영·채만식·염상섭 등의 민족과 역사의식을 추구하는 장편의 흐름에 가려져 1930년대 중반 문학의 주류로서 출발하지 못한다. 더구나, 1940년대 전후는 일제의 문화말살정책에 따른 암흑시대로 그 실험적 시도가 연속되지 못했으며, 해방 공간에서도 <인간동의>나 <혈거부족>의 김동리, <독 짓는

늙은이>, <목너머 마을의 개>의 황순원, <남이와 엿장수>, <머루> 등의 吳永壽, <삼팔선>, <고목>, <빙화> 등의 박연희 <장씨일가>, <6인 공화국>의 柳周鉉 등과 카프 계열 작가들의 근대문학적 기법에 의한 경향에 해방 공간은 근대문학의 성격이 되고 있다. 그간 이상의 사망과 허준과 최명익의 월북으로 실험 주체의 부재의 탓도 있지만, 아직 현대문학이 현성할 수 있는 내적 요인의 성숙이 없었던 탓이기도 하다.

서구에서는 제1차 세계대전 전후에 메카니즘에 빠지고 황금만능에 빠져 物神主義에 인간성이 유린되고 말살되어 가는 것을 체험해 그것을 문학적으로 승화시키고 있었다. 1915년을 전후하여 제임스 조이스(J. Joyce)나 미르셀 프루스트(M. Poust), 리처드슨(Richardson) 등에 의한 심리주의 소설의 실험으로 소설의 새로운 영토를 확대하고 브르통(Breton)의 쉬르리얼리즘 선언 후 시의 혁명을 가져와 새로운 현대문학의 변혁을 가져오지만, 한국에서는 문학적 환경이 마련되지 못했다. 그것은 일제 강점에 의한 문화말살정책으로 작가들은 皇道文學의 회오리 속에서 방황하여 대개 집필할 수 없는 상황에 이르고 만다. 여기에 8·15 해방으로 잃었던 모국어를 되찾았으나 현대소설의 기법으로 현대의식을 형상화할 수 있는 상황에 이르기 전, 좌우 이데올로기의 대립으로 소설의 근대문학적인 정체현상을 가져온다. 민족의 한이 되는 6·25 전쟁을 겪고 나서야 비로소 전후의식을 자각하고 새로운 기법을 구사하여 戰後文學이 현대문학의 영역으로 들어서게 된다. 바로 <문예>, <현대문학>, <자유문학>, <사상계> 등의 잡지에 의해 새로운 현대소설이 발표된다.

한국의 전후소설은 대체로 세 가지 유형으로 나누어진다.

첫째는 전후의식을 새로운 다향한 기법으로 형상화하는 경향,

둘째는 전후의식을 전통적인 소설 기법으로 그리려는 경향,

셋째는 전통의식을 전통적인 기법으로 그리려는 수구적인 경향

　　　　등이 그것이다.

첫째 경향은 본격적인 현대소설의 성격을 띤 전후소설이요, 둘째는 소설의 내용이나 의식은 전후적인 성격을 띠나 기법은 근대소설의 미학을 그대로 구사하는 경향이며, 셋째는 시대의 변화에 관계 없이 근대소설적 성격을 소설에 그대로 실은 경향을 말한다. 좁은 의미의 전후소설은 첫째만을 지칭하고 1950년대 소설을 지칭할 때는 둘째와 셋째의 경향도 포함하여 전후소설이라고 한다.

첫째의 경우로 <신의 희작>의 자서전적 소설을 비롯하여 <비오는 날>, <혈시>, <인간동물원초>, <잉여인간>과 같이 전후 폐허의 非情 속에서 기존 질서를 거부하고 피해자로서 몸부림치는 전쟁의 피해자와 어딘가 모자라는 듯이 缺如되고 木石化된 인간상을 그리면서도 삶의 긍정적 지평 속에서 이야기하고 전달해 주는 소설의 혁신을 꾀한 孫昌涉, <요한시집>, <미인탄생>, <현대의 야>, <상립인간> 등과 같은 작품으로 인간이 처한 부조리의 현실을 고발하고 그 격동의 현실을 희화하고 추상화 시키면서 극한상황과 그 속에서 질식하는 인간상황을 파헤친 張龍鶴, <개구리>, <오분간>, <바비도> 등의 작품을 통해 지적으로 인간을 투시하고 그것을 우화시키기도 하고 또 자의식으로 투시하며 현대문명을 회회시키는 金聲翰, <謀反>, <백지의 기록>, <유예>, <황선지대> 등으로 전쟁이나 다른 극한상황에서 행동하는 인간의 처절한 현실을 그린 吳尙源 등이 전후소설의 기수들이다.

이런 상황에서 순응과 수구도 아닌 지식인의 비극을 그린 安壽吉의 <제3인간형>, 전후의 상흔을 그린 최상규의 <포인트>, 메카니즘의 횡포에 상실되어 가는 인간상을 그린 김광식의 <213호 주택>, 전후의 처

절한 현실을 형상화한 서기원의 <암사지도>, 아버지와 아들에 걸친 전쟁의 비극을 그린 송병수의 <쑈리킴>, 전쟁의 폐허 속에서 한 가족의 비극을 통해 한국인은 오발탄이라고 존재를 해명한 이범선의 <오발탄>, 해방과 전쟁의 상황을 헤치고 순응 하며 살아가는 전형을 그린 전광용의 <꺼삐딴 리>, 상황의 연속 속에서 인간의 갈등을 묘파한 이호철의 <닳아지는 살들> 등이 모두 전후문학의 현대문학적인 성격을 가진 작품들이다.

둘째, 바닷가의 회색빛 삶을 그린 오영수의 <갯마을>, 어떠한 상황 속에서도 굽히지 않고 전통을 지켜나가는 정한숙의 <전황당 인보기>, 여인의 섬세한 삶을 그린 손소희 <창포 필 무렵>, 삶의 아프고 깊은 곳을 관조한 한무숙의 <감정이 있는 심연>, 존재의 의미를 부여하려는 실존의식이 나타난 한말숙의 <신화의 단애>, 사상검열 속의 인간성을 형상화한 박연희의 <환멸>, 혼란기의 인간 불신의 상황을 그린 박경리의 <불신시대>, 권력의 횡포에 유린되는 인간상을 표현한 유주현의 <장씨 일가>, 의남매의 비극적 애정을 그린 강신재의 <젊은 느티나무>, 존제의 의미를 부여히는 유현종의 <뜻 있을 수 없는 돌멩이>, 젊은이의 발랄한 삶을 그린 이문희의 <하모니카의 계절>, 불의에 반항하는 남정현의 <부주전상서>, 비참한 상황에서 인간의 구제를 그린 구인환의 <동국주변>, 이미지 변이 속에 자의식의 분열을 나타낸 김승옥의 <무진기행>, 인간 존재와 그 의미를 조명한 이청준의 <퇴원>, 현대문명을 조소하고 풍자한 최인훈의 <웃음소리>. 등이 1960년대를 전후한 전운이 감돌고 보릿고개의 빈국 속에서 헤매는 한국인의 존재와 그 상황, 그리고 자조와 풍자의 시각으로 조명하고 투시하며 한국인의 삶을 진단하고 그의미를 정립시키는 작품들이다.

이렇게 전후소설은 전쟁의 메카니즘의 비리와 그 비극의 현장과 피

해자의 상황을 부정의 미학과 근정의 시각의 이중적인 시각으로 수용
하여 새로운 소설 기법과 전통적인 집법으로 새로운 소설을 형성함을
볼 수 있다. 또한 1960년대 전후의 소설은 민족과 사회의 갈등과 개인
의 내적 갈등에서 현대의 메카니즘에 유린되고 왜소해 가고 방황하는
인간상, 또는 삶의 본질인 사랑의 성취나 자신의 내적 관조에 의한 장
의식의 단계로 변하고 있다.

3. 인간소외와 소설의 레저화

한국의 현대소설은 1960년대 중반을 넘어서면서 분단의 한을 비극
화하여 조명하는 경향과 産業社會의 문턱을 넘어서는 새마을운동이
전개되어 옛 것을 간직하고 거기에서 한국인의 원류를 찾으려는 경향
이 대두되고, 정치적인 조직과 산업의 메카리즘에 유린되는 인간을 고
발하고 옹호하려는 경향, 그리고 자의식의 반추와 낙원을 이루려는 생
의 약동을 추구하는 경향 등이 대두한다.

첫째 분단의 한과 그 비극을 조명하고 치유하려는 경향은 흔히 분
단문학이라고 일컬어진다. 그것은 채만식의 <落照>, 황순원의 <카인의
후예>, 전광용의 <꺼삐딴 리> 등의 분단비극의 에시적 투시의 경향을
넘어, 곽학송의 <독목교>, 김동리의 <홍남 철수>, 황순원의 <너와 나
만의 시간>, 서기원의 <성숙한 밤의 포옹>, 이문희의 <하모니카의 계
절>, 강용준의 <철조망>, 이호철의 <裸像> 등은 전쟁상황과 대량학살
과 포로수용소의 잔혹성을 보여 주고 있다.

최태응의 <전후파>, 손창섭의 <피해자>, 秋湜의 <인간제대>, 구인환

의 <판자집 그늘> 등은 전쟁 후 삶의 의미를 드러내는 경향으로 나타나며, 유재용의 <누님의 초상>, 전상국의 <아베가족>, 문순태의 <철쭉새>, 강용준의 <羅城에서 오다> 등은 민족의 동일성을 추구하는 경향으로, 최인훈의 <광장>, 이문열의 <영웅시대> 등은 분단의 한을 극복하려는 경향으로 나타난다.

송원희의 <분단>이나 강용준의 <어머니>, 김원일의 <어둠의 혼>, 현기영의 <순이 삼촌>, 유재용의 <누님의 초상>, 윤흥길의 <기억 속의 들꽃> 등이 다 분단의 한과 그 아픔, 또는 이데올로기의 대립에서 오는 비극을 그리고 있다. 전쟁의 비극과 이산가족의 한, 그것은 쉽게 아물 수 없는 민족의 질곡이요 상흔이다. 그 아픔을 어떻게 조명하고 치유하느냐는 바로 현대소설이 해결해야 할 중요한 과제이다.

<광장>의 주인공이 이데올로기의 대립에서 오는 갈등과 전쟁의 현장 속에서 두 여인과의 사랑을 짙게 추구하다가 제3국으로 가는 선상에서 갈매기가 우짖는 가운데 남중국해의 푸른 바다에 몸을 내던지는 것은 바로 분단극복의 한 자세라고도 할 수 있다.

다음으로 근대화에 의한 사회적 변화외 메커니즘에 의한 인간소외 현상의 극복을 위한 방향은 수구적으로 한민족의 원류를 보전하고 인간성을 옹호하는 경향으로 나타난다. 정을병의 <어리석은 농부>, 박경수의 <무성한 숲길>, 이동희의 <지하수>, 구혜영의 <하오의 발라드>, 오영석의 <어떤 산>, 황석영의 <삼포가는 길>, 조정래의 <빙하기>, 안장환의 <잃어버린 문패>, 김용성의 <도주>, 이문구의 <화무십일>, 한승원의 <울려고 내가 왔던가>, 오인문의 <하늘에 걸린 얼굴>(알골), 전상국의 <고려장> 등이 잃어져 가는 우리의 고유한 것을 가꾸고 그 소중함을 간직하며 근대화에 의한 훼손된 명암을 밝히고 있다.

산업화에 의해 그 메커니즘에 유린되는 인간소외와 그 치유의 지표를 추구하는 경향은 1980년대 소설의 주류를 이루지만, 박완서의 <이별의 김포공항>, 조세희의 <뫼비우스의 띠>, 정연희의 <대합실>, 김용운의 <다 닳은 사나이>, 윤흥길의 <기억 속의 들꽃>, 이문열의 <익명의 섬> 등에는 산업화의 길목에 선 한국에서의 인간쇠퇴의 문제가 조명되고 있다. 이러한 경향은 1980년대에 들어 제5공화국 치하에서의 창작의 탄압과 검열제도의 강화에 의해 소설이 역사소설에의 도피, 통속소설로의 타락, 상징소설에의 우화, 인간의 본질을 추구하는 서정성의 강조등 네 가지 방향으로 칩거하는 것과 관련이 있다. 갇혀진 현실의 고발과 그 유린은 게오르규의 <25시>나 솔제니친의 <수용소 군도>에서 보듯이, 처참한 역사의 죄로 굳어지게 되어 이것을 고발하고 치유할 수 있는 지표를 제시해야 한다. 그런 의미에서 조세희의 <난장이가 쏘아 올린 작은 공>이나 윤흥길의 <장마>, 이청준의 <낮은 데로 임하소서> 등의 장편소설은 1970년대의 격동과 억압의 사회를 고발하고 치유의 가능성에 대한 지평을 열어 주는 중요한 작품들이다.

끝으로 自我意識의 반추와 낙원을 추구하는 경향은 제1차 세계대전 이후 《서양의 몰락》이나 《신세계》 등 현대 과학문명에 의해 소외되는 인간의 구제와 그 영원성을 지닌 낙원을 추구하는 모습이 강렬히 나타난다. 1970년대 전후의 소설에서도 최인호의 <타인의 방>, 구인환의 <산정의 신화>, 문순태의 <황홀한 귀향> 등이 그러한 경향을 나타내고 있다. <산정의 신화>에서 볼 수 있듯이 순수한 원시성에서 인간구제의 가능성을 추구하여 산 위에서 가시내와 뒹굴던 때의 그 눈빛을 찾아 방황하면서 옆에 있는 여인의 눈에서 그 가능성을 느끼듯이, 산업사회 정치적 조직의 메커니즘에서 벗어나 자유로운 나상으로 마음껏 뛰어놀며 살 수 있는 세상, 그 세상을 원시로의 회귀에서 구제의 길을 모색하고자 하는 경향이 1970년대 또 하나의 경향을 이룬다.

1980년대를 전후하여 한국소설은 그 고개를 움츠리거나 옆으로 내둘러 소설이란 설화성과 독자에게 메시지를 전달하면서도 등산이나 낚시와 같이 소설이 되고 짓눌린 현실을 외면하고, 소설의 위상이 오락의 대상으로 축소되어 통속소설이 횡행하여 대중의 기호에 만족을 주는 결과를 가져온다. 최인호의 <별들의 고향>, 조선작의 <미스 양의 모험>, 조해일의 <겨울여자>, 김병촌의 <내일은 비> 등의 대중소설이나 김홍신의 <인간시장>과 같은 작품이 역할을 하고 있다.

또한 대 로망의 등장도 그 특색으로 꼽을 수 있다. 박경리의 <토지>나 김주영의 <객주>, 유현종의 <정감록>, 고원정의 <빙벽>, 조정래의 <태백산맥> 등이 민족 격동기의 수난과 그 한, 그리고 가족사와 민족사의 점철 속에서 치유할 수 없는 한을 조명하고 그 의미를 드러내고 있다.

레저의 대상이 되는 오락소설은 그 사회적 의미를 벗어날 수 없어 소비문화의 한 축을 이룬다. 대작들이 나오는 로망시대가 열리는 것은 소설이 한 시대나 한민족의 역사저 현실에서 살아가는 삶을 총체적인 세계관의 시각에서 조명한다는 의미에서 한국소설이 지향해야 할 방향이며, 인간의 존재해명과 부조리한 현실의 고발과 그 치유의 지표를 제시하는 소설의 양면적 시도가 요청된다.

또한 이 경향이 한국소설의 主流로 정착하고 있다. 이제는 레저화로 전락된 소설의 위상을 견인하면서, 피어린 역사의 흐름 속에서 내일을 지향하여 비극을 극복하려고 집요하게 살아 온 한민족 존재의 의미와 그날의 성취를 위한 삶의 총체상을 현상화하여 한국소설의 밝은 지평선을 열어 가야 할 것이다.

(한국대표작선 소설1-3, 明文堂. 1995)

3. 천상과 지상의 變革과 回歸

1. 金東里 文學의 양상

한국의 많은 작가 중에서 김동리와 같이 자주 평필에 오르고 또 문제를 제기하는 작가도 드물다. 그것은 <巫女圖>에서 <乙火>에 이르기까지의 많은 작품이 多面的인 조명이 가능한 데서 오는 현상이다. 또한 유진오와 신세대론을 비롯하여 이어령과 실존주의론 김수영 등과의 참여문학론의 논쟁을 통한 그의 論客으로서의 筆鋒만이 아니고, 究竟的 生의 추구를 통한 제 3 휴머니즘의 문학을 지향하는 그의 문학 사상의 폭량이 넓은 데서 오는 문학적인 관심이다. 그 많은 소설에서도 <사반의 十字架>은 인구에 회자되고, 비평의 관심이 집중되고 있는 것이 바로 이런 사실을 말하는 것이다. 그것은 노벨 문학상이 운위될 때마다 한국에서 <사반의 十字架>이 중요한 추천작으로 논의되고, 김동리 문학을 추구할 때에 <乙火>과 더불어 그 중요한 대상으로 삼는 것만으로도 이 작품에 대한 這間의 관심을 짐작할 수 있다. 그것은 <사반의 十字架>이 李無影의 <農民>이나 安壽吉의 <北間島>, 黃順元의 <움직이는 城> 등과 같이 해방 후의 한국의 가장 주목되는 문제작이라는 데서 오는 관심이며, <巫女圖>에서 <乙火>에 이르는 제 3 휴머니즘을 바탕으로 究竟的 生의 형식으로서의 자아 속에 천지의 分身을 발견하는 神明을 찾는 김동리 문학의 주축을 이루는 작품이기 때문이다. 또한 시인으로 등단했다가 <花郞의 後裔>(1935, 중앙일보)와 <山火>(1936, 동아일보)로 다시 소설로 데뷔한 김동리가, 초기의 <巫女圖>, <黃土記>, <바위> 등의 한국적인 샤머니즘에 바탕을 둔 신비적이며 상징적 경향과, <人間動議>, <穴居部族>, <歸還壯丁>, <興南撤收>, <密茶苑時代> 등의 인간의 본질을 추구하고 그 신장을 추구하는 휴머니즘의 경향으로 나타나다가, <문학하는 것에 대한 思考>를 비롯하여 제3 휴머니즘을 강조한 <純粹文學의 진의>, 이데올로기 문학론을 통박한 <본격문학 제3 세계관의 전망>, <毒瓜의 文學의 본질> 등에서 펼친 제3 휴머니즘을 근저로 하는 구경적인 생의 형식으로서 집요하게 神明을 찾는 창조 활동의 한 결산이 <사반의 十字架>로 나타나 있기 때문이다.

이 <사반의 十字架>는 이 광수의 <無情>이나 <사랑>을 비롯하여, 염상섭의 <二代>, 채만식의 <太平天下> 등과 같이 문학의 현실과의 대응성과 그 초극을 위한 지향성의 문제를 부각시키고, 독자의 수용에 의한 공감대가 넓게 형성되고 있는, 한국소설에 있어서 새로운 이정표를 정립한 작품으로, <乙火>과 쌍벽을 이루는 김동리의 대표작이다.

작가 스스로가 '작가 생활 36년만에 비로소 작품다운 작품을 가지게 되었다'고 술회하리만큼 작가 김동리 문학의 본령, 곧 지향 의지에 의한 내일의 실현을 위해 오늘을 초극하려는 신명찾기의 창조 정신이 응고된 <사반의 十字架>, 그것은 작가가 일제의 탄압과 수탈이 절정에 달하던 20년 전에 희망과 구원의 상징인 예수를 주인공으로 쓰려던 모티브를 가졌던 것으로 알려져 있다. 우리말과 글을 빼앗으려는 것에 대해 전율과 통분을 내적으로 응고시키면서, 민족의 밝은 내일을 암시하려고 예수를 주인공으로 한 창작 의식을 8·15와 6·25의 민족의 참담한 현실에서 재생시킨 것이다. 내일에의 지향 의지로 오늘의 부조리를 극복하여 민족 정기를 이 땅 위에 실현하려는 사반을 주인공으로 하는 그 시각을 작가의 민족사적인 인식의 소산으로 영원한 천국과 대응시키면서 제시하는 강력한 삶의 지표를 비춰주는 데 <사반의 十字架>의 또 하나의 意味網이 형성된다는 점에서 주목을 끌게 된다. 이 <사반의 십자가>에 대한 논의는 대체로 이것이 <을화>나 <이것에 던져지다>과 같이 김동리 문학을 가늠한 중추적인 작품이라는 데는 의견을 같이하면서도 작품이 해석이나 비평은 각기 시각을 달리하고 있다.

먼저 金允植은,

　　작가 김동리의 본령을 확인하는 그의 최초의 장편이라는 점에서, 그리고 성경과 이스라엘 역사에서 그 소재를 취했다는 그 착상의 패기에서, 그리고 기독교와 관련되어 있다는 점에서 문제작이라 할 만하다.[1]

라고 제재와 종교의 입장에서 <사반의 十字架>을 해설하고 있으며, <巫女圖>를 '한국의 토속 신앙과 기독교 신앙의 대립'으로 보는 李炳基는 <사반의 십자가>를 김 동리의 신인간주의가 서구적 욕망과 동양적인 구제의 가능성을 제시하고 있다고 비평하고,[2] 金佑圭는 <하늘과 땅의 변증법>에서 예수가 '하늘 [神]에 근본을 두는 사상'을 상징하듯이, 사반은 '땅 [人間]에 근원을 두는 사상'을 상징한다고 말하면서, 전자는 헤브라이즘을 계승한 기독교의 신본주의 그리고 초자연주의와 비합리성, 초월성, 彼岸主義에 기울고 있는데 반하여, 후자는 헬레니즘으로 계승한 휴머니즘의 인간 중심주의 그리고 자연성과 합리성, 내재성, 彼岸主義를 특징으로 하고 있다고 그 의미를 추구하고 있다.3) 또한 李洧植은 <續 푸 로메테우스의 인간상>에서 사반과 예수의 사상을 地本主義와 천상주의, 현세주의와 내세주의, 육체성의 중시와 영혼의 중시, 합리주의와 비합리주의, 인본주의와 신본주의로 대비하여 그 본질을 추구하고 있으며,4) 金炳翼은 예수와 사반으로 표상되는 여호와의 신에 근원을 둔 기독교의 천상의 왕국과 유태 민족의 인간에 근원을 둔 휴머니즘의 왕국의 대결로 파악하면서 작가가 예수의 이적행위에 깊이 몰입되어 있다면서 기독교보다 샤마니즘의 세계로 윤색되고 있다고 보고 있다.5) 또한 李東夏는 예수를 하늘에서 관심을 쏟는 예수보다 지상의 낙원을 꿈꾸는 사반의 接神的인 데 더 비중을 두고 있다고 비판을 하고 있다.6)

그러나, 이러한 제재나 사상에 대한 구명에도 불구하고, 김동리는 서구 정신을 '하늘 [神]에 근원을 두는 사상' 인 기독교와, '땅 [人間]에 근원을 두는 사상' 인 휴머니즘으로 나누고, 이 양자는 서도 대결하는 것이라기보다 대척적인 것으로 파악하여 <사반의 十字架>에서 예수와 사반을 통하여 기독교 사상과 휴머니즘의 이율 배반을 대위적으로 집약시켜 근대 정신이 남겨 놓은 숙제인 신과 인간의 대립이라는 精神史的 과제를 풀어보려고 시도하고 있다. 그러므로, 여러 평가에도 불구하고 <사반의 십자가>은 그 창작의 원천인 문학 의식이나 창작 의식을 구명하고, 그 의식이 형상화되어 있는 작품의 갈등 구조를 분석하며 그 지향 의식을 추구해 봄으로써, 그 문학적 의미가 분명해 질 것이다.

2. 神明의 究竟的인 삶

　작가 金東里는 소설가이면서 논객이다. 치열한 작가 의식으로 구경적 생의 제 3 휴머니즘의 문학관을 정립하고 당대에 대두한 문학의 논쟁에 기수로 예리한 필봉을 내둘러 문학비평의 기수가 되고 있다. 자기의 작품에 대해서 自律性을 부여하고 일체 변호를 하지 않는 황순원과는 달리 자기 작품의 문학적 조명이나 변설과 비평에 대해 反論으로 맞서는 것은 물론 신명을 찾아 구경적 생의 문학론을 전개하여 비평집 ≪文學과 人間≫을 펴내고 있을 정도이다.

　김동리는 등단한 지 얼마 안 되어 <純粹異議>,<新世代의 精神>으로 兪鎭午와 신세대론으로 논쟁을 하고, 해방 후 金秉逵, 金東錫의 인민을 위한 이데올로기의 문학론과 <文學과 自由의 擁護>, <純粹文學의 眞義>, <民族文學論>, <순수문학과 第 3 世界관> 등으로 맞서 논쟁을 벌였으며, 이어령과 격심한 筆戰을 벌였을 뿐 아니라, 순수와 사회 참여의 문학 논쟁에 참여하는 등 아직도 評筆을 들고 있는 문학비평가의 구실을 다하고 있다. 문학가동맹의 기수인 金東錫이

　　현민이나 춘원이 재사이듯이 김동리군도 재사다. 다만 한 세대 뒤떨어진 재사일 뿐이다. 현민이나 춘원이 작가로서 낙제한 것은 벌써 일제시대의 이야기지만, 동리는 바야흐로 작가 정신을 상실하고 있다. 우리 문단이 이미 춘원 등의 재사를 일제한테 빼앗긴 것도 원통한데 김동리를 '순수'라는 허무한 귀신에게 빼앗긴다는 것은 애석한 일이 아닐 수 없다.[7]

고 김동리가 才士인 것을 인정하면서도 유물사관적인 시각으로 혹평을 하고 있다.

　<사반의 십자가>는 이러한 작가의 비평으로 귀결되는 문학 인식과 지향성의 창조적인 결정으로 볼 수 있다. 이 작품의 갈등 구조와 지향 의식에 의한 작품의 이해와 평가를 위해선 먼저 그 작품의 원천인 김동리의 문학 의식을 구명할 필요가 있다. 그것은 <사반의 십자가>이 김동리의 문학 의식의 한 분수령을 이루는 創造的 結晶이기 때문이다.

　김동리의 문학 의식 중에서 究竟的인 생의 형식으로서 문학적 자세를 천명한 것으로는 <문학하는 것에 대한 思考>, 그리고 순수문학과 민족문학의 본질을 추구하여 제 3 의 휴머니즘의 문학을 밝힌 <순수문학의 진의>, <본격 문학과 제 3 세계관의 문학> 등을 들 수 있다. 그 논의 중에서 <사반의 십자가>에 형성된 문학 의식을 추출하면 다음의 세 견해로 좁혀진다.

　첫째는 문학은 인류가 가지고 있는 무궁 무한을 향한 神明을 찾는 究竟的 生의 형식이라는 섯이나. 문학은 어떤 목적이나 이데올로기의 수단이 되는 것이 아니고 신명을 찾아 삶의 그것을 보여주는 것이라고 한다.

　　①그러나, 여기에는 생의 연속성은 없다. 또 그 다음은 어떻게 되느냐 하는 것이다. 비교적 안일하게, 비교적 편리하게, 비교적 여유있게, 비교적 즐겁게 몇십 년 사는 대로 살다가 없어져 버리는 것, 여기서 우리는 그칠 수 있느냐 하는 것이다. 생의 의욕이 여기서 채워질 수 있는 사람은 여기서 그칠 것이다. 그들의 모든 생산 (문화적)도 이 범주에 그칠 것이다. 그러나, 여기서 만족할 수 없는 사람들, 여기서 생의 의욕이 끝나지 않은 사람들, 그 사람들은 다시

다음의 제 3 단계의 생의 방식을 찾는 것이다.

그것이 위에서 말한 究竟的 삶 [生]이라 일컫는 것이다. 여기서
인류는 그가 가진 무한무궁에의 의욕적 결실인 신명을 찾게 되는
것이다. '神明을 찾는다'는 말이 거북하면 자아 속에서 천지의 분신
을 발견하려 한다고 해도 좋을 것이다. 이 말을 좀 더 부연하며, 우
리는 한 사람씩 한 사람씩 천지 사이에서 살아가고 있다는 사실을
통하여 적어도 우리와 천지 사이엔 떠날래야 떠날 수 없는 유기적
인 관련이 있다는 것과 이 유기적 관련에 관한 한 우리들에게는 공통
된 운명이 부여되어 있다는 것을 발견하게 되는 것이다. 우리는 우리들
에게 부여된 우리의 공통된 운명을 발견하고 이것의 전개에 志向하지
않으면 안 된다. 우리가 이 사업을 수행하지 않는 한 우리는 영원히 천
지의 파편에 그칠 따름이요, 우리가 천지의 분신임을 체험할 수는 없는
것이며, 이 체험을 갖지 않는 한 우리의 생도 천지에 동화될 수 없기
때문이다. 그리고, 우리에게 부여된 이 공통된 운명을 발견하고 이것의
타개에 노력하는 것, 이것을 곧 究竟的 삶이라 부르며, 또 문학하는 것
이라 이르는 것이다. 왜 그러냐 하면, 이것만이 우리의 삶을 구경적으
로 완수할 수 있는 길이기 때문이다.8)

김동리 문학은 원초적으로 自我 속에서 구경적 삶을 찾는 신명의
문학이라고 할 수 있다.

그것은 인본주의에서 다시 神本主義(구속하지 않는 자기의 신)로 회
귀하려는 것이요, 신과 인간이 혼효되는 제 3의 휴머니즘인 것이다.

둘째는 宗敎는 이미 구현된 神에 복종하고 귀의하지만, 문학은 영원
한 자기의 신을 찾는 것이라는 것이다. 이것은 종교에 의한 인간 구제
나 신을 버린 이데올로기나 어떤 것으로도 그 가능성을 배제하고 인
간이 새로운 인간 구제의 신을 추구하여 자아의 성취를 해야 한다는
것이다.

② 그 형식에 있어서 宗敎는 찬송하고 기도하고 귀의하지만, 文

學은 사색하고 상상하고 창조하는 것이다. 그리고, 그 내용에 있어 종교는 이미 발견되고 體驗된 神에 대하여 복종하고 신앙하고 귀의하지만, 문학에 있어서는 각자가 자기 자신 속에, 혹은 자기 자신들을 통하여 영원히 새로운 神을 찾고 구하는 것이다. 그리고, 이 사실은 문학의 自律性을 침해하는 것이 아니다. 왜 그러냐 하면 '各自'의 '자기 자신' 들은 모두 인간들이기 때문이다. 모든 인간들의 인간인 所以은 인간이 동물(인류 이외의)과 같다는 데 있지 않고, 일면 같으면서도 다른 일면에 있어 그[동물] 이외의 것 또는 그 이상의 것을 가진다는 데 있다.……그리고, '그 이외의 것', 또는 '그 이상의 것'을 찾고 구한다는 말은 '各自가 자기 속에 혹은 자기 자신을 통하여 신명을 찾고 구한다고 한 것과 별개의 것'은 아닌 것이다. 그리고, 우리가 문학의 자율성을 옹호한다는 말은 인간성과 본질과 그 이상을 찾고 구한다는 것과 별개의 것이 아닐 때, 위에서 말한 '각자의 자기 자신 속에 혹은 자기 자신을 통하여 영원히 새로운 신의 모습을 찾고 구한다는 사실'은 문학의 자율성을 침해하지 않는다는 말을 이해하기에 힘들지 않을 줄 믿는다.9)

이것은 이미 신이 君臨하고 오랜 세월 동안 그 본질이 훼손되어 하나의 偶像化로 전락한 종교에 의한 구제는 불분명하고 문학에서 추구하고 정립한 새로운 신에 의해 인간을 구제해야 한다는 것이다. 그것은 니체가 신은 죽었다고 절규한 것에 대한 새로운 신의 換置일 수도 있고, 인간의 자아 성취에 의한 인간 구제일 수도 있다.

세째는 순수문학이 문학정신의 本領의 문학이며, 개성과 자유와 인간의 尊嚴性을 강조한 제 3휴머니즘이라는 것이다.

③ 이러한 과학주의적 現代偶像崇拜熱이란 세계사적 문화 창조 의욕에 저해될 뿐 아니라 진실로 민족 문화 수립에 있어서도 암이 된다는 것을 반성해야 한다. 왜 그러냐 하면, 민족문학이란 원칙적으로 민족 정신이 기본이 되어야 하는 것이며, 민족 정신이란 본질

적으로 민족 단위의 휴머니즘 이외의 아무것도 아니기 때문이다. 우리는 민족적으로 과거 반세기 동안 이 민족의 억압과 모멸 속에 허덕이다가 오랜 역사에서 배양된 豪邁한 민족 정신이 그 해방을 초래하여 오늘날의 민족 정신 신장의 역사적 현실을 보게 되었거니와 이것은 곧 데모크라시론에 표방되는 세계사적 휴머니즘의 연쇄적 필연성에서 오는 민족 단위의 휴머니즘으로서 규정할 수 있는 것이다. 이와 같이 이 민족 정신의 휴머니즘으로 볼 때 휴머니즘을 그 기본 내용으로 하는 순수문학과 민족 정신이 기본이 되는 민족 문화과의 관계란 벌써 본질적으로 별개의 것일 수 없다는 것을 알 수 있다. 우리가 목적하는 민족문학의 세계문학의 일환으로서의 민족문학인 것처럼 우리의 민족 정신이란 것도 세계사적인 휴머니즘의 일환인 민족 단위의 휴머니즘으로서 규정될 것이며, 이러한 민족 단위의 휴머니즘을 세계사적 각도에서 내포하고 있는 것이 오늘날 순수 문학의 문학 정신인 것이다.[10]

이러한 김동리의 문학 의식은 다음과 같이 정리할 수가 있다.

①은 인류가 갖고 있는 무한 무궁에의 의욕적 결실인 신명을 찾는 구경적 생의 형식으로서의 문학을 말한 것이고, ②는 종교로 이미 具現된 神에 복종하고 귀의하는 데 비하여 문학은 자기 자신에 의하여 영원한 새로운 神을 찾는 것이라는 종교와 문학의 차이를 말한 것이며, ③은 순수문학은 문학 정신의 本領의 문학이며, 개성의 자유와 인간의 존엄성을 강조한 제3휴머니즘과 민족문학의 상관성을 밝힌 것이다. ①은 문학하는 자세요, ②는 종교와 문학의 지향성, ③은 민족 문학으로서의 휴머니즘의 문학을 말한 것이다. 그러므로, <사반의 十字架>는 신명을 추구하고 새로운 신을 창조하여 제3휴머니즘의 문학을 창조하려는 김동리 문학의식의 한 결정이라고 볼 수 있다.

3. 병렬과 대립의 서사 구조

<사반의 十字架>는 6·25의 처참한 피해의 殘骸가 뒹구는 때에 「現代文學」(1955.11.~1957.4.)에 연재한 김동리의 장편이며, 그의 문학 의식이 집약된 비평에서 표명한 제3휴머니즘과 이스라엘의 민족 정신을 기저로 하여 정신 세계와 현실을 성취하려는 자아 속에서 천지의 분신을 발견하여 신명을 찾는 究竟的인 삶의 형식으로서 문학의 한 결정이다. 바리새 교인과 제사장과 로마의 통치를 벗어나 해방된 이스라엘 民族의 지상의 영광을 실현하려는 사반의 피어린 쟁투와 범 인류적인 사랑으로 천상의 영광을 성취하려는 예수의 說敎에 의한 확신과 순교로 신명의 길을 추구하는 변혁적 의지의 집요한 추구 양상을 제시하며 천상과 지상의 영광을 위한 삶의 지표를 제시해 주고 있다.

<사반의 十字架>는 地上을 혁명하려는 사반과 天上의 영광을 추구하려는 예수와의 갈등, 사반을 온몸으로 불태우는 실비아와 예수를 흠모하고 깍듯이 모시는 막달리나 마리아와의 견인과 일탈의 갈등, 그리고 점성술가 하닷과 예수를 저버리는 유다와의 相照, 로마의 통치자와 이스라엘 백성의 피어린 갈등 등 서사 구조는 대립적 갈등으로 형성되어 있다. 표면적 구조(suface structure) 는 사반을 중심으로 하는 血盟團의 지상의 낙원을 위한 투쟁과 로마 壓政에서의 이스라엘의 해방에 의한 천상의 낙원을 지향하는 병립적이면서 대응적인 담론이 전개되면서도 심층구조(deep structure)에 실비아와 마리아의 대조적인 사랑과 그 갈등이 짙게 전개되면서 혈맹단원과 사반, 실비아와 하닷의 부디침, 마리아를 둘러 시기와 갈등의 작은 화소(micro-sequense)가 결합되어 큰 담론을 이루고 있다.11)

개인이나 집단은 언제나 **對應的 位相**에 서게 된다. 그것은 다른 개인이나 집단과 존재 양식을 형성해 가면서 **竝列的**이 아니면 **對立的** 관계를 이루게 된다. 앞의 경우는 질서와 조화 속에 평온을 누리지만 위의 경우는 질서의 동요나 파괴로 대립적 양상을 나타낸다. <사반의 **十字架**>는 바로 이 병립과 대립의 갈등 구조에 의해 작품이 형성되어 있다.

<사반의 **十字架**>는, 먼저 그 나라와 의를 구하려는 **靈的 昇化**로 천상의 **榮光**을 추구하여 인간구제를 성취하려는 예수와 '땅 위에서 맺은 것은 땅 위에서 맺게 하소서'라고 **地上**의 **樂園**을 실현하려는 사반이 **竝立**의 양상을 보인다. 그러면서 오늘의 **不條理**의 벽을 무너뜨리고 이스라엘의 민족적 영광을 성취하려는 사반과, 민족을 초월하여 **汎人類**의 영광을 성취하려는 예수를 같은 **軸**으로 하는 개혁적인 집단과 **治者**의 현실을 지속하려고 온갖 간교와 억압을 일삼는 사제장과, 로마의 권력을 한 축으로 하는 통치적인 집단의 **對立** 양상으로 갈등 구조를 이룬다. 예수와 사반의 병립적 갈등과 예수와 사반의 개혁적인 집단과 바리새 교인, 사제장, 그리고 로마의 통치집단과의 갈등 양상은 서로 혼합과 상호 견인 작용을 하면서 **談論**의 긴장과 견제의 작용을 한다. 여기에 사반의 여인인 실비아와 사반의 **生動力**의 원천이 되었다가 예수의 옆으로 가는 막달라 마리아와의 갈등을 비롯하여 혈맹단이었다가 예수의 문하에 들어간 유다의 개인적인 갈등 등 수많은 대립과 병립의 갈등이 얽히어 <사반의 **十字架**>는 그 삶의 현장을 보여 준다. 우선 예수와 사반의 대립적 갈등은 상호 견인 작용을 한다. 천상을 지향하는 예수와 지상을 실현하려는 사반의 갈등은,

　　예수는 그 뒤에도 그 죄인의 얼굴을 잊을 수가 없었다. 그는 지

금도 그 사나이의 떡 벌어진 넓다란 어깨와 벌겋게 핏대 선 종지같
이 커다란 두 눈과 근이 얕고 準頭가 쭉 솟은 코와 바로 그 아래
노기를 품은 듯한 검은 수염이, 그 맹수의 포효 소리 같기도 하고
때로는 정에 기운 호한의 그것과도 같던 목소리와 함께 지금 그를
에워싼 수많은 군중을 헤치며 자기에게 달려들려고 하는 것을 보고
있는 것이다. 그는 지금은 그에게 요구하고 있는 것이다.
　'랍비여! 우리는 땅 위에 있나이다. 땅 위에서 맺은 것을 땅에서
이루게 하여 주소서.' 그럴 때마다 예수는, '사탄이여! 들어라. 사람
이 땅 위에 있음은 오직 하늘에 맺기 위함이니라. 사람과 사탄이
더불어 맺으면 사탄과 함께 멸망할 것이다. 사람과 땅이 더불어 맺
으면 땅과 함께 또한 허망할지로다.
　진실로 진실로 그대에게 이르노니, 사람의 귀중한 생명은 오직
하늘에 맺음으로써 하느님 아버지의 끝없음을 누릴 수 있을지니
라.12)

와 같이 잘 부각되어 있다. 사반의 '땅 위에서'와 예수의 '하늘 나라를
위해서'의 두 지향 의지의 차이는, 로마와 바리새 교인의 질곡에서 이
스라엘 민족을 해방하여 영광된 조국을 세우려는 깊은 변혁적 의지에
불타면서 서로 다른 양상으로 전개된다. 하나는 무저항적인 자세와 신
의 권능에 의한 기적으로 영광된 천상의 나라를 실현하려는 예수의
모습이요, 다른 하나는 힘으로 싸워 로마와 바리새 교인의 억압과 수
탈을 벗어나 조국 곧 지상의 영광을 실현하려는 사반의 모습인 것이
다. 이 차이는 서로 다른 양상으로 전개되면서 갈등은 더욱 심화된다.
　작가는 이 사반과 예수의 갈등을 제 I 장 '메시아를 찾는 사람들'에
서부터 평행적 진행으로 사반과 예수의 두 축의 병립을 강조하고 있
다.
　마치 蔡萬植의 <濁流>의 도도히 흐르는 錦江의 묘사에서 시작되듯
이 요단강 물의 흐름을 서술하여 도도히 흘러갈 作中 現實을 암시하

고 있다. 그리하여 사반이 마나니아, 스카랴, 도마, 야일 갈리오, 유다를 중심으로 영광된 祖國의 광복을 위하여 혈맹단을 조직하고 예수가 성 요한의 뒤를 이어 奇蹟을 동반하면서 천상의 영광을 위하여 설교를 시작하는 데에서 시작하여, 사반의 인간의 본질을 추구하면서 그날을 성취하려는 집요한 행동을 보여 준다. 여기에 점성술에 의해 사반의 지도자가 되는 하닷과 그 딸 실비아, 비라의 여인 막달리나 마리아가 등장하여 상호 병립과 대립의 葛藤 양상을 보인다.

투지의 사나이요, 조국의 영광된 그날을 성취하기 위해 생명을 바치는 사반이 실의의 여인 마리아의 견인에 耽溺되어 하닷의 질책을 받고 내적 갈등을 느끼며, 실비아를 아내로 맞은 뒤 그 두 여인 사이에서 고민하는 사반은 인간의 희로애락에 의한 고뇌를 갖는, 어디까지나 인간적인 갈등에서 방황한다. 그러면서 천상의 영광을 추구하는 예수의 權能으로 로마를 격퇴하고 그 벽을 뚫는 데 차용하려고 견인 작용을 기대한다. 그러면서 아굴라의 奸計에 의해 실비아를 빼앗겨 마리아의 지략과 사반의 힘으로 탈취하려는 원시적인 욕구를 발현하기도 한다. 그러나, <사반의 十字架>는 사반과 예수의 변혁적인 욕구를 가로막는 로마와 바리새 교인과의 대립적 갈등이 極限을 이루면서 그 절정으로 치닫는다. 여기에 힘의 대항이 발견되고 체험된 신을 추구하여 그것을 확신시키려는 예수의 靈的對抗이 평행적으로 진행하며, 그 극한적 양상을 이룬다. 사반은 겔게사의 혈맹단의 본부를 공략하려는 로마軍과 아굴라의 간계를 극복하여야 하는 이중적인 압박과 대결하고, 예수도 유다와 글로바의 反逆을 예감하면서 그날의 성취를 위해 철야 기도를 하는 극한 상황이 對位的으로 진행한다. 이런 병렬 구조로 다불산에서의 아굴라의 간계에 의한 사반의 逮捕와 유다의 반역에 의한 예수의 押送으로 사건은 대위적으로 진행하여 긴장을 고조시킨다. 예루살렘으로 압송된 예수는 總督 빌라도가 예수를 석방하려는 의도에도 불구하고 바리새 교인의 횡포로 천상의 영광을 추구하는 예수와 지상의 낙원을 실현하려던 사반과 같이 십자가에 못박혀 숨을 거둔다. 결국 대립적 갈등 속에서 상호 견인하는 共感帶가 형성되었던 사반과 예수의 변혁적인 추구는 로마와 바리새 교인의 통치적 힘에 의해 패배하는 비극적인 終末을 가져온다.

이러한 병립과 대립의 갈등에 의한 변혁적이면서 當爲的 욕구와 統治的 현실의 충돌과 좌절로 서사화된 <사반의 十字架>는 그 지향 의식과 그 의식을 추구하려는 인간형에 의해 신명을 찾는 구경적 삶의 제3 휴머니즘을 가시화하는 새로운 指標를 보여준다.

4. 현실 변혁의 양극성

사실 어느 시대나 사회도 인간으로서 수치스러운 폭력과 그 간계를 짐작할 수 없는 횡포와 부조리의 수단으로 통치를 지속하려는 현실과 그것을 극복하여 변혁을 성취하려는 지향적 욕구의 갈등과 쟁투가 있게 마련이다. 멀리는 왕위를 위해 형제를 몰살한 王子의 亂이나 思悼世子를 영월로 몰아내고 한명회의 살생부로 학사들을 처형한 세조의 찬탈은 말할 것도 없고, 삼족을 멸하면서 권좌를 탐하던 四色黨爭 등 이루 다 들 수 없는 역사적 현실을 볼 수 있다. 며느리를 왕비로 맞이하기 위해 아들을 처형한 진시왕, 형을 독살하고 형수를 왕비로 맞이한 <햄릿>의 왕 등 현실이나 작품에 부지기수로 나타난다. 문제는

<再生>의 임순영이나 <흙>의 정선 그리고 <三代>의 조상훈과 같이 그 현실에 순응하여 지속적 현실에 吸引되느냐, <움직이는 城>의 성호나 <천둥 소리>의 주인공, 그리고 <일어서는 山>의 승환이와 같이 지향적 욕구의 성취를 위해 집요하게 그 현실과 싸워 나가느냐에 있다. <페스트>에서 류醫師와 류의사를 따르는 페스트 退治隊가 페스트가 만연되어 사람들이 쓰러지는 극한적인 현실을 극복하려는 지향적 욕구를 성취하려는 집요한 삶의 자세로의 삶의 지표가 바로 닫혔던 오랑市의 城門을 열게 하는 해방과 성취의 그날을 누리게 된 것이다.

<사반의 十字架>에서는 로마의 압제를 벗어나 祖國의 해방과 지상의 영광을 실현하려는 사반과 바리새 교인의 형식주의와 로마 통치의 질곡을 해방시켜 천상의 영광을 실현하려는 예수의 투철한 지향적 욕구가 피어리게 추구되어 간다. 여기에 막달리나 마리아와 실비아 여인과의 인간적인 욕구의 탐닉, 하닷의 지표에 의한 맹목에 가까운 결정적 시기와 허황되게 보이면서 사반의 행동의 표적인 지상 왕국의 실현 가능성의 제시, 유다와 글로싸의 아비탈(시녀) 등의 유혹(주로 돈이나 보석과 같은 물질)에 빠져 현실에 순응하고 배반하고, 목적을 위해 의리는 물론 민족까지 저버리는 아굴라의 간계 등, 인간 생활에서 볼 수 있는 탐욕적인 의식에 의한 삶의 소용돌이가 펼쳐지고 있다.

문제는 로마나 바리새 교인들의 박해와 그 부조리의 지속을 극복할 수 있는 삶의 자세를 어떻게 갖느냐에 있다. 여기에 사반의 힘에 의한 적극적인 鬪爭으로 지상의 영광을 실현하려는 지향적 욕구와 예수의 무저항에 의한 그리고 영의 糧食에 의한 천상의 영광을 실현하려는 지향적 욕구로 현실에 대응하는 서로 교차할 수 없는 평행적인 삶의 자세로 나타난다. 땅 위에서 맺어진 것은 땅 위에서 열매를 맺게 하려는 사반과 모든 것을 하늘의 영광으로 귀결시키려는 예수는 바로 그

들이 추구하는 지향 의식의 다름에서 오는 행동 양식의 차이라고 볼
수 있다. 힘은 힘으로의 헬레니즘적인 의식과 힘은 사랑으로의 헤브라
이즘의 의식에 표상되어 나타나는 서구 의식의 二元的 정신적인 축을
볼 수 있다. <사반의 십자가>의 사반과 예수가 처형당하는 현장의 상
황은 이 두 지향의 의미가 무엇인가를 잘 보여주고 있다.

> 이리하여 세 사람의 손목과 발목에서는 다같이 피가 흘러 내리
> 기 시작했다.
> 사반은 예수에게로 고개를 돌렸다.
> "예수여 "
> "……"
> 예수는 대답이 없었다.
> "왜 표적을 보이지 않는가? 메시아의 표적을……"
> 예수는 역시 대답이 없었다.
> "그대는 일찍이 그것을 보지 못했던가."
> 예수는 들릴 듯 말 듯한 낮은 목소리로 간신히 이렇게 되물었다.
> "지금이 그때다. 지금 다시 보여야 한다!"
> "때는 지났다. 나는 항상 잊지 않으리라."
> "예수여 임자는 유대를 버리는가?"
> "그대는 고통 속에서도 오히려 유태를 생각하는가?"
> "이 아픔 속에서 우리를 구하라!"
> "육신의 아픔은 육신과 함께 사라지리다."
> 두 사람의 문답은 신음 소리와 함께 지극히 낮게 건네졌다.
> 하늘엔 구름이 조금씩 끼기 시작했다. 13)

로마 군사들이 세 사람의 옷을 골라 잡기 위하여 제비를 뽑고 있고,
群衆들이 네가 하느님의 아들이거든 十字架에서 내려 오라고 야유조
로 고함을 지르고 있는데, 사반의 공격과 힐난조의 말에 諦念 어린 예
수의 말에는 무엇인가 인간으로서의 고뇌가 담겨져 있다. '오오 아버

지여 아버지여'를 부르짖으면서 '죽음이여 어서 나를 데려가 다오. 이제 내가 밟을 수 있는 땅은 아무데도 없다!'고 무의식중으로 중얼거리는 데서 밟을 大地가 없는 天使의 의미가 무엇인가를 암시하고 있다. 또한 사반도 '오오 어여쁜 실비아여! 내가 눈 하나를 잃던 그날 아침 나는 왜 너의 말을 듣지 않았던고. 나는 왜 그렇게도 어리석었던고. 나는 왜 진작 하닷 대신 너를 나의 단사로 하지 않았던고. 오오 그리운 나의 실비아여. 나의 실비아여!'라고 絶叫하는 것으로 봐서 地上의 樂園을 위한 투쟁에 대한 悔悟와 실비아에 대한 열망의 평범으로 회귀하려는 것을 볼 수 있다.

여기에서 예수는 천상의 그날을 위한 지향적 인식에 의한 생활 자세인 데 반하여 사반은 그런 인식이 없이 하닷의 지시에 따라 행동하는 데 그친 데서 양자는 서로 다른 지향점을 보이면서도 人間回歸의 양상을 보이게 된다. 예수의 십자가는 바로 베드로에 계승되어 온 천하를 밝히는 새로운 神으로 창조되어 기독교의 불빛을 비치고 있는데 비해, 인식이 결여되어 하닷의 지시에 의한 행동에 그친 사반의 지향적 욕구는 이천 년의 암담한 방황과 학대를 거쳐서 이스라엘의 독립으로 비로소 그 성취를 얻게 된다.

그러나, 사반이 예수로 표상되고, 인간 중심과 휴머니즘의 서구 정신과 神中心의 내세주의의 병립이나 대립의 양상으로 정지되는 것은 아니다. 이 두 정신의 回歸的인 조화에 의한 변증법적인 통일을 지향하는 것을 <사반의 十字架>는 결말에서 암시하고 있다. 사반은 지상의 영광의 성취를 이루지 못하고 오히려 그 성취의 벽인 로마인에게 십자가에 못박혀 처형되면서도 '나는 왜 이렇게 죽음이 두렵지 않고 오히려 시원한 지 알 수가 없다'고 독백하리만치 죽음을 超越하는 반면에, 예수는 오히려 '주여 당신은 나를 버리나이까'하고 고통을 이기지 못하는 최후의 순간이 바로 그 回歸意識에 의한 調和의 가능성을 보여 주고 있는 것이다. 여기에서 사반의 지향적 욕구에 의한 인간적인 고뇌와 삶의 자세는 죽음을 두려워하지 않은 내일에의 가능성에 의해 그 성취의 광장이 마련되고, 예수의 천상의 영광을 위한 現實的인 고난은 인간적인 회귀에 의해서 그 영토가 마련되는 것이다. 하닷의 점성술은 東洋精神의 상징이며 그 동양 정신에 의해 서구의 헬레니즘과 헤브라이즘을 근저로 하는 정신을 승화시킬 수 있는 가능성을 보여 주고 있다. 서술에 의한 요약이 구조의 긴장감을 이완시키고, 사반과 실비아의 애정이 救濟의 地平線을 가시화하면서 바로 죽음의 超克과 인간 회귀에 의한 변증법적인 지양을 하고 있는데 어떤 새로운 의미가 있다. 성경과 이스라엘 역사에 나오는 수많은 인물을 등장시키면서도 사반과 예수, 그리고 하닷, 마리아, 실비아, 유다 등의 인물의 지향 의식으로 압축하여 삶의 자세를 지상과 천상의 영광으로 집약하면서 <사반의 十字架>는 어딘지 산만한 듯한 그 美的構造를 형상화하고 있다.

한 작가의 創作意識이 그대로 작품으로 형상화되기는 어려운 일이다. 그러나 투철한 그 의식이 한 작품으로 형상화되고 獨創性으로 한 예술 작품이 될 때에 그 문학적 의미는 삶의 지침이 될 수 있고 삶의 대응적 공간이 될 수 있다. <사반의 十字架>도 바로 이런 성격의 작품으로 한국소설의 한 금자탑을 이루고 있다.

<사반의 十字架>는 個性의 자유와 인간성의 존엄을 신장하려는 제3 휴머니즘의 정신적인 기조로 사반의 지상의 영광과 예수의 천상의 영광을 성취하려는 지향 의식이 그 축을 이루고 있다. 神明을 찾는 삶의 자세가 부각되어 있고, 의식이 결여된 사반의 행동과 인지와 의식

을 성취하려는 예수의 자세와의 차이를 보이면서, 十字架의 기적을 기원하는 최후의 순간과 사반의 죽음의 超克과 예수의 인간 回歸로 새로운 지평을 가능케 하는 변증법적인 지양을 보여 주어, 인간 중심 사상과 신중심 사상의 새로운 조화에 의한 가능성도 암시해 주고 있다.

이러한 <사반의 十字架>은 민족 정신이 구현된 究竟의 삶의 형식으로서의 신명을 찾는 작품이며, <乙火>나 <이곳에 던져지다>과 같이 김 동리 문학의 중추가 되어 <무녀도>나 <까치 소리> 등 단편과 같이 한국소설의 새로운 지표를 이루어 가고 있다.

(<柳基龍敎授 頌壽紀念論>, 1995)

1) 金允植 ; 韓國文學全集, 民衆書館, 1976, p. 554.
2) 李炳基 ; <新人間主義>, 三中堂, 1973.
3) 金佑圭 ; <하늘과 땅의 辨證法>, 現代文學, 1959. 12.
4) 李洧植 ; 「續푸로메테우스의 人間像」, 現代文學, 1963. 7.
5) 金炳翼 ; <自然에의 總和와 歸依>, 東里文學硏究, 서라벌 문학 8집.
6) 李東夏, 한국문학의 전통지향의 보수주의 연구 서울대 대학원 1989
7) 金東錫, 「부르조아지의 인간상」 探究堂書店 1949 p.37
8) 金東里 ; <文學하는 것에 대한 思考>, 文學과 人間, 靑春社, 1952, pp.99~100.
9) *lbid.*, pp.101~102.
10) 金東里 ; <純粹文學의 眞義>, *op. cit.*, pp.107~108.
11) R.Kenan(崔翔圭 역), 소설의 시학 ·(문학과 지성사, 1992.pp.22-25
12) 김동리, <사반의 十字架>, 현대문학, 1955.11- 1957.4
13) 김동리, op.cit

4. 社會的 馴致와 純粹의 人間的 地平

1.

　인간은 언제나 많은 문제에 부딪히며 살아 간다. 수많은 문제가 살아가는 길을 가로 막고 고통을 안겨 준다. 바로 가족의 갈등과 사회와의 갈등이 문제가 되고 사랑의 明暗의 갈등이 있는가 하면, 성취 욕구의 갈등이 있고, 병과의 싸움과 죽음을 넘치 못하는 사람의 한계에 부디치게 된다. 그 모두가 인간이 인간으로서 살아가는 길을 방해하는 것들이며, 인간의 欲求를 다할 수 없게 방해하는 장애 요소들이다. 그 가운데서도 사랑과 죽음의 문제가 영원한 삶의 문제로 대두된다. 또한 개인의 成就나 권력의 욕구도 그에 뒤지지 않는다. 古今의 영웅 호걸이나 절세 미인들이 결국은 이 인간의 삶의 욕구를 성취하려는 피어린 삶의 廣場의 주인공으로 화려하고도 처절하게 살아 오면서도 결국 사랑과 죽음을 초극하지 못하고 초로인생의 삶을 아쉽게 마치고 마는 주인공이 된다. 초 나라의 西施와 당 나라의 楊貴妃가 그렇고, 크레오파트라나 잉그릿드 버그만 등 수 많은 美人들이 사랑의 현혹 속에서 황홀한 삶을 누렸으나 결국 죽음을 초극하지 못하고 한 줌의 흙으로 변하고 만 것이다. 천하를 통일하여 富貴榮華를 한 손에 쥔 秦始王도 아무리 불로초를 구해도 극복하지 못하는 죽음의 벽을 넘치 못하고 兵馬俑의 보호를 받으면서 西安의 진시왕릉에서 영면하고 있으며, 단구의 몸으로 천하를 호령하고 모스크바까지 넘보던 나폴레옹도 외로운 섬에서 고고의 혼으로 변하고 만 것이다. 이런 인간 조건을 벗어나고 자유로운 선택에 의한 행동을 강조한 실존주의의 巨匠인 싸르트르나 까뮈도 결국은 자유롭게 선택할 수 없는 죽음의 벽 앞에 무릎을 꿇지 않을 수가 없었다. 여기에서 '인간에게는 행복과 똑 같이 불행도 필요하다'라고 말한 도스토에프스키의 말은 명언이 아닐 수 없다. 인간이 인간의 욕구를 성취하려는 욕구와 그것을 가로막는 요소와 갈등은 격동의 역사의 회오리 속에서 인간의 행복과 불행을 가늠해 가는 처절한 현실을 처절한 점철이 바로 인류의 역사다.

이렇게 인간은 어려서 형제간과 부모와의 葛藤 속에서 살아야 하고, 사회 생활을 하거나 權力의 회오리 속에서 인간이 서로 의지하고 안식을 느끼면서 살 수 있는 안락하고 편안한 생활의 터전이 절대 필요하게 된다. 거기에는 서로 돕고 의지하여 살 수 있는 이웃이 있고, 따뜻한 부모의 손길이 있게 마련이다. 이러한 손길 속에서 어두운 삶의 현장에 밝은 빛이 비치고 영원이 안주할 수 있는 樂園을 형성해 나가게 된다. 그 낙원을 형성하는 核을 이루는 것은 사랑과 죽음이다. 사랑을 성취로 삶을 上乘的으로 신장하게 할 수 있고, 죽음을 초월하여 영원한 軌道에 올라 영생의 꿈을 실현할 수 있다. 하지만 사랑의 성취가 그렇게 쉽게 이루어지는 것이 아니고, 또한 인간이 죽음을 超越하여 새로운 삶의 광장을 찾을 수 없는 벽으로 嚴存하는 이상, 인간이 추구하는 사랑의 성취와 영원한 낙원의 완성은 실현될 수 없는 인간의 헛된 욕망일지도 모른다. 그것은 인간 역사에 나타나고 있는 인간의 獸性과 얽히고 설킨 분쟁이 처절한 현실을 보더라도, 어떤 욕구를 성취시키기 위한 그 피비린내 나는 쟁투의 현장에 인간의 실체가 무엇인가를 의심하게 된다. 唯物史觀에 의한 이데올로기의 실현을 위해 2천만명을 죽게 한 스탈린이나 민족주의라는 명분을 걸고 6백만명의 유태인을 학살한 히틀러, 그리고 종교의 교리로 비참한 현실을 통치의 수단으로 삼고 있는 인도를 비롯한 많은 지역이 바로 이런 역사의 격동 속에서 인간의 행복할 수 있는 욕망을 유린하고 있는 현실이다. 제2차대전 때보다 더 많은 전상자를 낸 6·25전쟁도 바로 이데올로기의 한국적 적용을 위해 저지른 인간의 욕심의 극대화에 지나지 않는다. 결국 인간은 그렇게도 모질게 자기 욕구를 추구해 가는 짐승과도 같은 존재라고 지탄을 받기 십상이다. 그것은 滅私奉公하여 이 지상에 낙원을 세우려는 천사와 같은 인간의 지향적인 지평을 가로막는 어두운 한 면이어서, 여기에서 '인간은 천사도 아니고 금수도 아니다'라는 파스칼의 말의 의미를 되씹게 한다. 여기에서 우리는 인간의 본질이 무엇인가를 되묻게 된다.

　인간이 착한가 악한가에 대한 인간관은 예로부터 많은 賢哲들에 의해 논의되어 왔다. 성선설과 성악설의 論爭이 그것이다. 맹자를 비롯하여 전통적인 儒家의 많은 사람들은 인의도덕과 인간의 본성을 구별하여 '성은 선도 어니고 불선도 아니다'라고 말하면서 인의예지를 성의 본질이라고 하면서 성선설을 주장하고, 유교의 한 지류인 荀子는 인간은 원래 포악한 獸性을 지닌 동물이라고 하여 성악설을 주장한다. 루소도 '인간은 태어났을 때는 착하나 이 사회가 인간 악하게 만든다'라고 하면서 그의 명작 <에밀>에서 성선설을 주장하고, 칸트는 '머리 위에는 반짝이 별이 있고 지상에는 나의 양심이 있다'라고 하면서 인간은 하늘의 질서에 대응되는 양심이라는 에티몬이 있어서 지상의 질서를 이끌어 간다고 倫理的인 指標를 제시하고 있다.

사실 인간이 착한가 악한가하는 문제는 그 본질과 현상으로 보면 분명하다. 인간이 어떻게 그 유토피아를 성취하기 위하여 끊임없이 자연과 다른 생물과 쟁투해 왔는가를 보면 인간은 착하다는 성선설이 옳다고 보여진다. 하지만 눈을 뜨고 볼 수 없는 사건들이 일어나고 있는 것을 보거나, 王權이나 권력을 위하여 그 수를 알 수 없는 많은 사람을 무참하게 살육하는 것을 보면 인간은 악한 존재가 아닌가 하고 회의에 빠지게 된다. 서양에 있어서는 인간은 신과 자연, 理性과 情意의 양쪽을 왕래하면서 다윈의 進化論에 의한 약육강식하는 투쟁론이 그 바탕이 되어 있는 것으로 봐서는, 파스칼이 그의 <暝想錄>에서 '인간은 천사도 아니고 금수도 아니다'라고 말한 대로 인간은 중간자인지도 모를 일이다. 이와는 달리 동양에서는 언제나 인간이 중심이 되고 주체가 된다고 여겨, 東學에서는 人乃天, 사람이 곧 하늘이라고 말하여 인간이 하늘과 같이 선한 것이라고 말하고, 孟子도 위대한 인간이란 자기의 본성을 최대한으로 실현하는 사람이라고 하여 인간성의 성취를 삶의 최고의 지평으로 삼고 있다. 弘益人間 곧 널리 사람을 이롭게 하여 이상향을 이루려는 檀君思想도 인간이 하늘과 땅의 중심이요 그 인간과 더불어 살아가려는 한국인의 이상 추구의 사상을 말하고 있는 것이다.

이러한 인간은 민족이나 나라마다 이상적인 樂園을 설정하여 그것을 성취하는데 최선을 다하려고 한다. 또 그런 것을 소설로 쓰기도 하고 역사적으로 펼치기도 한다. 시인을 추방하는 플라톤의 <共和國>이나 존재와 유토피아를 변증법적으로 보고 있는 만하임의 ≪이데올로기와 유토피아≫ 등이 바로 유토피아 추구의 한 구도요, 구체적으로 유토피아를 설계하고 그 안에서의 어떻게 살아 가야 하는가를 구체적으로 그리고 있는 토마스 무어의 <유토피아>와 카톨릭 사상에 의한 낙원을 현세화하고 있는 켄타베리의 <太陽의 나라>, 그리고 새로운 천지를 그려 낙원의 빛을 보여는 헉슬리의 <신세계> 등은 물론 복숭악꽃 향기가 그윽하고 천일주를 마시며 신선들이 사는 도연명의 武陵桃園의 <桃園源記>, 세상의 모든 영화를 버리고 硨島國을 찾아 가는 허균의 <홍길동전>, 무인공도를 낙원하는 박지원의 <허생전>, 이어도의 피안에 영원한 낙원이 있을 것이라는 착각에서 깨어나 女人과 술과 사랑이 있는 이 뭍에 낙원이 있음을 보여 주는 이청준의 <이어도> 등은 다 문학적으로서 유토피아를 추구한 한 현상이다.

이러한 유토피아의 추구에서 문제가 되는 것은 결국 성선과 성악의 갈등과 싸움이다. 선과 악의 갈등과 악의 음해 속에도 어떤 신념이나 신앙을 가지고 전력을 다하여 한 자그마한 유토피아를 이루려는 피어린 노력과 봉사가 꽃을 피우고 있는 것을 보면 가슴 벅차는 감동을 느낄 때가 있다. 바로 황순원의 장편 <人間接目>과 중편 <내일> 그리고 단편들이 그런 예의 하나이다.

2

한국의 많은 작가 중에서 黃順元과 같이 시종 일관으로 같은 문학적 경향으로 창작 활동을 지속하는 작가도 별로 없다. 그것은 작가정신의 숭고한 성취요, 求道的인 창작 생활이며, 문학의 새로운 지평을 여는 삶의 여로이다. 그것은 「骨董品」同人으로 시에서 출발하여 소설로 그의 시적인 통찰로 투시된 삶의 서사화에 전력을 다하고 있는 그의 작가 정신의 소산이요, 자기 작품의 객관적인 自律性을 견지하기 위하여 일체 評筆을 들지 않고, 자기의 인생관이나 세계관은 물론 작가적인 모습을 보이지 않기 위하여 수필을 비롯한 일체의 잡문을 쓰지 않는 작가적인 순수한 자세이다. 가끔 황순원의 문학이 피어린 현실을 외면한 상아탑의 순수문학이라고 비판을 받는 것도 이런 고집스럽게 순수의 시각에 의한 텍스트의 자율성을 부여하여 문학적인 낙원의 광장을 구축하려는 투명한 작가 정신을 추구하고 있기 때문이다.

황순원은 詩 <나의 꿈>(1931)을 발표하여 시집≪放歌≫ <1934) ≪骨董品≫(1936)을 내고, 단편 <거리의 副詞>(1937)로 소설을 발표하기 시작하여 장편 <神들의 주사위>(1981)에 이르는 50년 동안 인간 존재를 해명하고 그 본질을 추구하며 인간을 옹호하는, 흔히 말하는 순수문학의 지평을 추구하는 작가로 김동리, 안수길과 같이 한국문학의 한 層位를 이루는 문학적 공간을 이루고 있다. 20년대에 사회의식을 추구하는 염상섭과 순수 지향의 나도향의 양축의 중간에 이 양 경향에 끌려가면서도 중심으로 견인하는 중간축으로서의 현진건의 작품 세계가 있듯이, 이 시기에 와서는 <北間島>나 <제삼인간형> 등 사회의식을 추구하려는 安壽吉의 축과 <인간접목> <내일> <움직이는 城> 등 인간이 본질을 추구하는 순수 경향의 黃順元과 그 양 축 사이에 <巫女圖><까치 소리>, <사반의 十字架>의 金東里가 그 중간에 서는 位相을 볼 수 있다. 염상섭과 안수길이 역사적 사회적인 삶을 조명하고, 현진건이나 김동리는 사회의식과 미적 추구를 통해 개인의 삶과 사회와 역사적인 삶을 동시에 추구하고 하고 있는데 반하여, 나도향이나 황순원은 미의식에 의한 인간의 존재 해명과 낙원 추구의 경향을 추구하고 있다. <말과 삶과 자유>에서

타자와의 관계에 속에서 나를 확인해 보려고 지금 여기까지 걸

어 왔다. 한데 지금까지 막막하기만 하다.

　일단 활자화된 내 작품에 대해 이야기하지 않기로 하고 있다. 이유는 아주 간단하다. 작품으로 하여금 독립된 생명을 스스로 지니게 하기 위해서요, 작품에 대한 독자의 자유로운 감상을 작가로서 방해하지 말자는 생각에서이다.

라고 한 말에서 황순원의 작품 세계와 그 작가적 자세를 볼 수 있다. 인간 관계의 존재적 해명과 그 본질의 추구, 그리고 창작된 작품의 독자성의 부여로 예술 자체의 의미를 강조한 이 두 말은 황순원의 문학 세계를 이해하는 지름길의 역할을 하고 있다.

　이러한 황순원의 작품세계는 장편소설인 <인간접목>(1955)과 중편 <내일>(1957)과 <두꺼비>(1946) <몰이꾼>(1947) <모자>(1948) <황노인>(1949) <산>(1956) <언색오뚜기>(1966) <차라리 내 목을>(1967)에 공통적으로 나타나 있다. 그 가운데에서도 <人間接目>은 토지개혁에 얽힌 북한의 이데올로기의 문제를 형상화한 <카인의 후예>(1954)를 발표한 뒤에 나온 작품으로, 更生院의 비리와 왕초의 사회적 비리를 고발히면서도, 짙은 휴머니티로 인간을 옹호하고 독버섯과 같은 고아들을 순치하여 갱생원이라는 한 낙원을 세우련는 피어린 삶을 그려, 리얼리즘에 관심을 두지 않고 순수한 소설의 미학을 구사하고 있는데 그 특색이 있다. 또한 <내일>이나 <다시 내일>, <황노인>, <두꺼비> 등 단편은 거의 인간의 순수성과 그 삶의 소중함을 그리고 있다. 이러한 작품의 線形的 지향과 문학적 공간은, 인간의 원초적인 숙명을 조명한 <日月>이나 사랑과 종교의 합일을 통해 인간 구제를 구도한 <움직이는 城>, 그리고 다층적이고 다양한 삶의 지양을 사회적인 시각으로 추구한 <神들의 주사위>에 이르는 장편으로 이어져 황순원 소설의 정수를 이루고 있다.

3.

<人間接木>은 <별과 같이 살다>(1951), <카인의 後裔>(1953)이후에 발표한 세번째의 장편소설이다. 황순원은 그 뒤에 <나무들 비탈에 서다>(1960), <일월>(1964), <움직이는 성>(1968), <신들의 주사위>(1978) 등 7편의 장편소설을 발표하고 있는데 <인간접목>은 버려진 독버섯과 같은 고아들을 인간애로 감싸고 동거 동락하여 조그마한 낙원을 건설하려는 집요한 생활과 그 현장을 부각시키고 있다. 갱생원이라는 한 安息處를 가꾸고 만들어 가는데 얼마나 수다한 고난과 어려움이 가로막는가를 리얼하게 보여주면서 그것과 치열하게 대응하는 인간상을 형상화하고 있는 작품이다.

<인간접목>은 부상으로 한 팔을 잃은 종호가 김목사가 건네 주는 갱생아의 자술서를 읽는 데서 시작된다. 일하다가 떨어진 아버지를 여의고 고아가 된 차돌이, 불장난 하다가 동생을 죽이고 전쟁의 폭격으로 부모를 잃은 남준학, 평양에서 피난 오다가 부모를 놓치고 고아가 된 김배석, 어려서부터 거지와 쓰리 노릇을 한 짱구대가리 등 모두가 6·25전쟁이 낳은 비극적인 환경을 헤매이던 고아들이 작품의 중심이 되고 있다. 이 고아들을 갱생원이라는 이름으로 수용하여 미군부대나 정부의 지원을 받아 그들을 훈도하면서 잇속을 챙기면서 허울 좋게 救濟事業을 내세우고 있다. 織造業을 하다가 6·25 때에 다 날라버린 뒤에 같이 일하던 홍집사와 김목사의 교회에 나간 인연으로 갱생원에서 같이 하고 있었다. 그저 시키는 대로 하는 유선생이 있지만 시키는 대로 따르고 있고, 종호가 병원을 하면서 대학에 나가는 정교수의 소개

로 이 갱생원에 부임하여 무엇인가 원생을 새로운 천지로 이끌려고 최선을 다한다. 그러나, 그 최선이 그대로 실천되는 것이 아니고 비리와 폭력과 부딛쳐 충돌하고 挫折하고 격분하면서 인간애의 정신으로 그것을 극복하여 다시 출발할 수 있는 樂園의 길목을 연다. 원생들의 갈등과 홍집사와 한 원장의 횡포, 이를 테면 禁食의 수련을 쌓는다고 일요일에 점심을 굶겨 곡식을 착복하고, 공무원과 결탁하여 원생을 마구 잡아 오는 일, 미군부대에서 현지 답사를 한다는 소식에 눈가림으로 시설이나 대우를 고치는 일 등 종호는 그 非理와 맞서 싸운다. 또한 왕초를 주로 한 양아치의 무리의 갱생원의 침투나 협박을 전쟁에서의 투혼과 의지로 극복하면서 유선생의 무기력을 한탄한다. 갱생원들의 몸에 밴 버릇으로 나타나는 否定的인 현실은 사랑으로 다듬어 주고, 특히 전쟁 때에 아들을 잃은 식모 할머니의 개똥(철수)에 대한 헌신적인 사랑이나 배석의 누나에 얽힌 비극적인 현실 등 눈물 없이는 볼 수 없는 비극적 현실을 쓰다듬어 준다. 보조 간호원으로 일할 수 있는 현재를 마다 하고, 더럽혀진 씨가 낳은 아이를 먼저 목졸라 죽이고 자살한 배석의 누나가 남긴 유언장은 가슴이 아파 더 볼 수 없을 정도이다.

　　저는 지금 말할 수 없이 행복하옵니다. 다시는 상봉치 못할 줄 아랐든 우리 배석이도 만나고 선생님 가튼 훌륭하신 어른을 만나게 되었으니 무얼 더 바랄게 있겠읍니까. 더구나, 저가튼 천하고 더러운 여자에게 일자리까지 주시겠다니 백번 죽어도 못닞을 일이옵니다. 하오나 선생님 이 더러운 여자는 선생님의 은혜를 바들 자격이 업는 몸입니다. 잘못하다가 선생님의 은혜에 먹칠하게 될지도 모를 몸 이대로 선생님 곁을 떠나려고 하옵니다. 그리고, 제가 저질러 놓은 저 죄덩어리도 가치 대리고 갑니다.

라는 편지와 동생 배석에게 남기는 편지를 남기고 이 고통스러운 현실을 하직하고 만다. 종호는 정교수의 적극적인 후원으로 갱생원을 낙원으로 만들기 위해서 다시 한 번 손을 쥐고 일어선다. 여기에는 갱생원을 볼모로 한 이욕을 위한 비리와 왕초의 독버섯과 같은 暴力과 사창가의 비정한 物慾이 잘 반영되어 있으며, 정교수를 支柱로 하는 휴머니티의 발현과 새로운 질서의 세계를 만들기 위한 피어린 삶의 자세가 잘 부각되어 있다.

이러한 <인간접목>은 6·25전쟁의 처참한 현실을 반영하면서 그 폐허 속에서도 밝은 내일을 지향하는 인간애와 낙원 추구 사상이 짙게 나타나 있다. '인간애야말로 이 세상을 낙원화할 수 있는 유일한 빛이다'라는 말과 같이 인간을 인간 그대로 살 수 없게 가로막는 모든 요건을 제거하고 또 그렇게 할 수 있게 순치하는 것이야 말로 문학이 추구해야 할 낙원화의 지향적 地平이 되는 것을 <인간접목>은 형상화하고 있다.

산다는 宿命을 벗어날 수 없는 인간은 살아야 하는 숙명을 가지며 어딘가를 향하여 그 삶을 영위해야 한다. 그것은 <인간접목>에서 볼 수 있듯이 선에 의한 낙원에의 지향과, 악에 의한 물욕과 폭력의 카인에의 墮落으로 나타난다. 하지만 아무리 천사도 아니고 금수도 아닌 중간자라고 해도 그 중간자로서 정체되어 있을 수 없는 것이 또한 인간이다. 인간은 중간자에서 天使 지향성으로 낙원을 추구하고 금수 하락성으로 타락하지만, 인간은 거기에 만족하지 않는다. 천사 지향의 인간은 지드의 <좁은 문>의 아리사와 같이 인간으로 다시 돌아오려는 인간 回歸의 양상과 졸라(E.Zola)의 <나나>와 같이 금수의 죄를 씻고 贖罪로서 인간으로 상승하여 중간자의 인간으로 복귀하려는 인간 회귀의 양상으로 나타난다. 그것은 결코 초극할 수 없는 인간 조건의 逸脫과 牽引 현상으로서, 인간으로서 인간답게 살 수 있는 낙원적 공간을 창조하는 것이 바로 소설이 추구하는 휴머니티의 지향적인 지평이다. <인간접목>은 바로 이런 낙원적 공간으로 가는 고행어린 修道의 도정을 개인과 사회의 순치의 논리로써 형상화하고 있다.

4.

<내일>은 낙오자라고 부를 수 있는 두 남녀의 순수 지고의 사랑을 그린 작품으로 황순원의 대표적인 중편으로 꼽힌다. 이 사이에 고추가루가 끼었다고 버림 받은 남자와 倦怠와 무관심으로 약혼한 지 2년만에 파혼한 여자가 우연히 만나 순수한 삶의 의미를 찾으면서 同伴의 길을 걸어 '우리 집'의 꿈을 키워가는 중편이다. 이 소설은 <내일>과 <다시 내일>이라는 연작의 형태로 발표되어 거기라고 부르는 여인과의 꿈 같은 생활을 그려보는 순수한 연정을 그린 소설로서, 저승에 가 있을 어머니를 그리워하면서 별의 이미지를 찾는, <별>로 表象化되는 황순원 소설의 진수를 보여주는 작품이다.

> 이 속에 한 사람의 중년 사내의 소생된 생활이 숨을 쉬고 있다는 것이 얼마든지 귀한 것이다. 거기엔는 젊은 여자의 아지 못할 힘이 관여되어 있었다. 원고 맨 겉장에다 적어 넣었다.
> '여기 서려있어라. 어느 젊은 여자의 고운 숨결은.'

라고 이쪽 사내가 기록하고 있는 것으로 보아 이 작품은 어딘지 체험적 요소가 곁들여 있는 것같이 보이는 **理想鄕**을 추구하고 있다. 이쪽에서 그리는 '우리 집'의 꿈은 지극히 소박하고 단순하다. 남향으로 앉은 안방 한 간에 부엌 한 간, 그리고 서재가 될 방 한 간의 조촐한 집, 닭을 세 마리 정도 기르고 마당에 등나무가 한그루, 거기는 내가 입을 스웨타를 짜고 나는 새로 나온 잡지책을 뒤지고 있는 꿈과 같은 나날을 보낼 수 있는 곳, 이것이 바로 이쪽인 내가 그리는 낙원이다.

'……아무튼 저는 이상해요, 웬만한 사람은 어린애같이 봬서 못견디겠어요'라는 여인의 말에서 여심이 끌리고 있다는 것을 암시하고, 다음의 對話에서 서로 무엇인가 끌리고 서로 가까와지려는 심리를 잘 나타내고 있다. 草家三間집을 짓고 위로 부모를 모시고 아래로 妻子를 거느리고 살고 싶은 소박한 전통적인 꿈이 바로 이쪽이 그리는 유토피아이다.

> "저번에 나는 대합실이구 거기는 다음 기차를 가다리는 손님이라구 한 적이 있지?"
> "그래서요?"
> "기다리는 기차가 연착이 되었으면 좋겠어."
> "어째서요?"
> "대합실이 텅 빌 테니까."
> "그래 얼마 동안이나 연착이 되었으면 좋겠어요?"
> " 내 대합실에 새 손님이 들어와 앉을 때가지만,"
> "에고이스트."
> "좀더 에고이스트가 될까? 영 기차가 안왔으면 좋겠어."
> "그보다 기차가 와두 안타면 되잖아요?"
> "그럴 수가 있을까?"
> "방향이 다른 기차라면 안 타는거죠."

작가는 극적 구조를 구사하면서 두 사람이 가까와지는 것을 간접적인 기법으로 敍事化하고 있다.

<내일>은 삶의 권태에 빠진 두 사람이 만나 서로 끌리어 흡인되면서 같이 그날의 삶을 성취시키려는 과정을 抒情的으로 그리고 있다. 무엇인가 삶에 不安을 느끼면서 이 불안이 계속되는 한 생활은 지속되는 것이라면서 지나치게 淸敎徒的인 데가 있기는 해도 서로 아끼고 서로 엔돌핀을 주면서 나와 너가 아니고 우리의 그날을 성취시키려는 치열한 삶이 아로새겨져 있다.

사랑은 순수하고 아름다운 것이다. 사랑은 죽음을 超克하고 영원성을 획득할 수 있다. 이 숭고한 사랑의 다양한 層位와 그 양상이 갈등과 좌절의 인간 비극의 회오리바람을 일으킨다. <인간접목>은 이 사랑의 낙원의 可視的空間을 창조하고 있는 황순원소설의 진수이다.

초기에서 60년대까지의 대표작에 해당하는 다른 단편들도 거의가 소중한 옛 것을 간직하고 그것을 성취시키려는 작품들이다. 아내 없이 회갑을 맞는 황노인의 쓸쓸함을 그린 <黃老人>이나 친구인 두껍이 같은 두갑이에게 속아 거지꼴이 되어 나도 살아야겠다고 다짐하는 <두꺼비>의 현세, 모자의 횡재가 오히려 창피한 꼴이 되고마는 <帽子>의 장, 화통간 저 앞으로 달리면서도 오뚜기 모양 앞으로 굴러가는 것 같이 살으려는 <原色 오뚜기>의 윤노인 등 모두가 이 험악한 세상을 살아가기가 힘겨우면서도 소중한 그 무엇을 간직하면서 그날을 성취하려는 인간상을 간결한 문체로 현상화하고 있다. 하지만 늘 수모당하거나 다른 사람의 웃음거리로만 지낼 수 있는 것이 아니다. 거기에는 삶에 대한 확고한 意志와 그것을 이룰 수 있는 행동이 있어야 하고 葛藤의 극복이 있어야 한다. 황순원 소설이 행동이 없는 존재론적인 인간의 해명의 문학이라고 말하는 이유도 여기에 있다.

또한 <山>은 1951년 10월 산 속을 헤매이던 낙오병이 처한 극한 상황에서 목숨과 여인을 둘러 싸고 벌어지는 인간의 悲劇的現實을 묘파한 작품이다. 여군을 혼자 차지하는 포악한 소대장, 서로 살기 위하여 죽이고 당하는 총잡이, 노랑 수염, 배낭 메기, 그 속에서 길을 안내하고 먹을 것을 구해 오면서 목숨을 부지하는 바위, 어디선가 처녀를 끌고 와 극적인 사건이 벌어진다. 총잡이가 바위의 헌 옷과 군북을 갈아 입고 바위 마저 없애고 처녀를 끌고 도망 가려고 한다. 바위는 총잡이를 때려 눕히고 처녀를 차지하기 위한여 제비를 뽑자는 두 사람의 말을 등뒤로 하고 처녀의 손을 잡고 달려 가다가 처녀를 기절시키고 등에다 업고 달려 간다. 이 종말 부분에서 極限狀況에서도 사람을 아끼고 구제의 길을 찾아 巨步를 내딛는 휴머니즘의 불빛을 볼 수 있다. 이것은 황순원이 他者와의 관계 속에서 나를 확인해 보려는 한 시도라고 볼 수 있다.

5.

황순원은 <인간접목>이나 <내일> 그리고 <산> 등의 작품에서, 인간의 여러 가지 조건으로 처한 현실에서 있는 그대로 주어진 狀況에 대응하여 견디고 이겨 내는 집요한 삶을 통해 인간성을 高揚하려는 강한 휴머니티의 지평을 추구하고 있다. 他者와의 관계에서 나를 확인해 보려는 작가 정신이 뿌리 없는 부초와 같은 인간의 '작은 안식의 집'인 갱생원이나, 나와 너의 안옥한 낙원이요 초가 삼간인 '우리 집', 그

리고 인간에게 주어진 자유의 조건 속에 마음대로 살 수 있는 自由의
오늘을 찾아 굳세게 살아가는 인간의 존재를 해명하여, 간결한 문체로
서사화하고 있는데 황순원 소설에 우리의 관심이 집중된다.

(「현대소설연구」 (3) 1996.1)

5. 한국 분단소설의 양상

1. 現實과 分斷小說

근자에 분단문학에 대한 논의가 자주 일어나고 있다.[1] 그것은 분단
된 지 40년이 넘어 이젠 상당히 이질화된 남북의 문학적 현상을 부정
적 시각에서 투시하여, 민족의 동질성 회복에 의한 새로운 문학에의
상승을 위한 모션의 일환으로 나타나고 있다. 이런 관심은 문학이 자
칫하면 레저용의 상품으로 전락하거나 고고한 이데아를 추구하는 超
脫의 경지에 안주하려는 문학적 현상에 대한 자성적 경향이기도 하며,
또한 타락과 순수를 극복하며 새로운 기능성을 추구하는 새로운 광장
을 성취하려는 현상이기도 하다. 그것은 또한 해방공간의 그것과 같이
한문학적 공간(literary space)으로서의 의미가 정립되어 가고 있는 전후
문학[2]과의 상관적 연관 속에서 한국문학의 通時的 脈絡을 분명히 하
고 그것을 극복하려는 공시적 욕구의 발로이기도 하다.

세월은 덧없이 흘러간다고 하는데, 그것은 바로 우리의 분단현실을
두고 하는 말이다. 일제의 식민지 치하보다 긴 40년간 분단은 민족의

한을 더 깊게 하고 있다. 이제는 분단 비극의 淵源과 현실을 투시하여 반만년의 역사의 흐름 속에서 이 恨의 장을 심화시킬 수만은 없는 일이다. 서독이 이데올로기를 넘어 내적인 통일을 지향하고 중국과 대만이 자유왕래하며 동질성을 회복하고 있는 현실에서, 유독 한반도에서만 휴전선의 철조망이 펼쳐져 있는 현실이 분단문학이 절실해지는 문학적 환경이기도 하다. 한국소설이 분단의 비극적 현실을 직시하고, 그 상황 속에서 통일에의 지향성을 제시하여 그 지평선을 모색하고 있는 것도, 바로 우리 스스로 분단의 비극적 현실을 인지하고, 그 극복의 가능성을 모색하기 위해서 이루어지는 문학적 욕구의 발로이다.

사실 현실과 문학은 상응적인 관계를 지닌다. 문학은 현실을 수용하여 새로운 질서를 창조하여 변혁과 지속의 미학을 형성해 가는가 하면, 현실은 문학 형성의 土壤을 이루면서 문학에 의한 가변성을 지닌다. 문학이 내일의 성취를 가로막는 현실을 고발하거나, 문학이 보편적인 인간의 본질을 추구하여 인간 존재를 해명하는 경우는 전자의 경우요, 현실이 변혁적인 문학의 질서나 세계관에 의해 변모하거나 변혁을 일으키는 깃은 후자의 경우이다. 그리므로, 격동하는 역사의 변동 속에서 피어린 삶의 현장인 현실은, 문학의 단순한 제재로 수용하는데 그치는 것이 아니라 그 현실에서 절규하는 삶의 아픔을 수용하고 그것을 치유할 수 있는 사람의 자세와 변혁의 力動性을 제시하게 된다. 해방이후 분단 비극의 아픔이 뒹구는 현실에서, 분단의 역사적 의미를 되새기며, 그 아픔을 노출시키고 그 상흔의 의미를 되새기며 통일을 지향하는 생활자세를 제시하는 한국소설의 창조가 중요한 과제가 되고 있는 것도 바로 이런 까닭이다.

역사의 수레바퀴에 의해 남북으로 분단되어 망향의 한을 안고 이산의 아픔 속에서 통일을 절규하며 살고 있는 것이 우리의 현실이다. 臨

津閣에서 자유의 다리를 애타게 바라보거나, 통일전망대에서 지척에 있는 해금강이나 뻔히 보이는 金剛山을 눈물로 바라보는 망향의 한, 판문점으로 표상되는 이데올로기의 대립의 장이 바로 우리의 비극적 현실이다. 일본군의 무장해제를 위해 그어 놓은 38선이 6·25전쟁 이후에는 휴전선으로 변하였으며, 수 많은 사회적 변동을 거쳐 희망의 여명인 7·4 남북공동성명으로 통일의 지향이 집약되었으나 대화 중단으로 수포로 돌아가고 말았다. 여기에서 이런 분단의 비극적 현실을 어떻게 극복하여 통일에의 지향성을 펼치는가가 중요한 과제로 등장한다.

이런 역사적인 격동 속에서, 한국소설은 이런 분단의 비극적 현실을 어떻게 투시하여 그 아픔과 상흔을 진단하고 치유하여 통일의 의지를 형상화하고 있는가에 분단문학에 실상과 그 지향성을 모색할 수 있게 된다.

2. 分斷小說의 層位

한국소설의 다양한 경향 중에서 분단의 현실과 그 극복과 지향을 추구한 소설은 대체로 다음의 세 가지의 단층 위로 유형화되어진다. 그것은 共時的인 층위를 이루면서 通時的인 맥락으로 나타난다.

첫째는, 해방 후 6·25전의 분단의 현실을 수용한 소설이다. 이 경향은 해방공간의 소설과 그 위상을 같이 하면서도, 분단의 현실이나 그 아픔을 인지하기보다는 일제의 질곡에서 벗어나, 주권을 회복한 자주독립국을 성취한다는 흥분에 싸인 현실에서 배태하고 있는 분단의 비극을 예시하는 경향을 띤다. 남북의 이데올로기의 대립과 상충이 극심해가는 정치적 狀況에서 분단의 현실이 비극화을 투시하여 반영하고 있다. 그것은 역사적 인식에 의한 현실의 소설적 수용이요 예시적 제시라고 할 수 있다.

둘째는, 한국전쟁과 그 후 이데올로기의 대립으로 한민족이 피투성이가 되어 싸우는 비극적 현실과 그 분단의 상흔과 이산의 아픔을 수용한 소설층이다. 이 斷層은 전후소설과 그 문학적 공간을 같이 하는 경향으로, 해방 이후의 이데올로기 대립이 한국전쟁의 비인간적인 참혹한 현장과 그 상처, 그리고 자유를 찾아 월남하고, 전쟁의 소용돌이에서 헤여진 이산가족의 한이 얽혀 있어서 분단소설의 중요한 중추요 핵심이되고 있다.

셋째로, 분단의 아픔을 극복하여, 통일에의 지향을 추구하는 소설의 층이다. 이 경향은 분단의 현실을 직시하고, 그 현실의 아픔을 극복할 수 있는 내일에의 지향성을 추구하여 통일 방안을 정립하려는 경향이다.

이렇게 분단소설의 단층을 분석해 보면, 첫째 경향은 비극의 원친적 추구이고, 둘째 경향은 분단의 비극적 현실의 체험적 반영이며, 세째 경향은 분단현실의 客觀的 透視와 그 극복을 모색하는 지향의식의 발로라고 볼 수 있다. 여기에서, 첫째 경향은 분단 비극의 예시적 현실의 투시로 나타나고, 둘째 경향은 비극적 분단의 격동이 얽혀진 체험으로 노출되고, 셋째 경향은 비극적 분단을 극복하려는 의지의 발현으로 나타난다. 이 전후 소설의 세 가지 경향은 사회적·역사적 변동과 대응관계를 이루면서 소설 기법의 혁신에 의한 새로운 소설미학을 형성하고 있다.

3. 分斷小說의 實相

한국의 분단의 실상은 위에서 말한 세 가지 층위로 유형화되면서 통시적인 접맥을 지니게 된다.

첫째는, 분단비극의 例示的 현실투시의 양상을 볼 수 있다.

분단의 비극은 8·15해방의 동시에 잉태된다. 무장 해제를 위해 편의적으로 분할했던 38선이 민족 분단의 두꺼운 벽이 되어 남북이 이데올로기가 다른 미소의 군정을 받게 되고, 급기야 이질적인 정부가 서고 만다. 여기에 해방의 감격과 자유를 추구하는 의지로 민족성의 앙양과 미군정하의 비리에 작가의 관심이 집중된다.[3] 그 지향성은 다르면서 민족문학 건설의 슬로건으로 대립된 朝鮮文學家同盟과 全朝鮮文學家協會의 갈등[4]속에서 채만식의 <落照>, 황순원의 <카인의 後裔>, 全光鏞의 <꺼비딴리> 등은 분단비극의 예시적 투시의 경향을 띤다. 이 경향의 소설은 분단이 장벽화되지 않은 현실에서 이데올로기의 갈등 속에서의 사회변동과 그 현실을 소설에 수용한다. 그것은 48년 남북한에 이데올로기를 달리한 두 정부의 수립으로 분단의 벽이 쌓여질 때까지의 식민지 치하를 벗어나 모국어를 되찾은 흥분 속에서 해방을 맞는 현실을 그린 작품으로 남북의 변모하는 현실을 노출시켜 민족의 변동을 예시하는 경향으로 나타난다.

황순원은 <카인의 後裔>에서 농지 분배를 내세워 전통사회를 붕괴시키면서 프롤레타리아 계급 사회를 형성하려는 북한 사회의 암담한 현실을 그리고, 전광용은 <꺼삐딴 리>에서 일제치하에서 소련 지배의 북한, 그리고 한국의 이질적인 사회를 곡예하면서 생존의 길을 찾는

한국인의 **典型性**을 창조하면서 한국전쟁 이전의 북한사회를 그려 분
단 비극을 예시하고 있다. 그것은, 한지아 테아지아 기자가 <北韓訪問
記>5)에서 이 지구상에 조지 오웰의 <1984年>과 같은 곳이 北韓이고
金日成이 바로 大兄(big brother)이라고 말한 오늘의 북한 사회가 도래
할 것을 예시하고 있다. 일제의 압박에서 해방을 맞아 그 아픔과 상흔
을 치유할 사이도 없이 분단을 비극화하고 있음을 작가들이 투시한
것으로 볼 수 있다. <落照>에 나타나 있는 8·15 해방과 분단으로 인
한 비극이 잉태하고 있는 상충적 현실이 그것을 잘 보여 준다.

> 8·15해방이 되었다.
>
> 연준은 해방의 고마움이 살이 아프도록 느낀 사람 가운데 한 사
> 람이었다. 그 기승스럽고, 야속히 굴던 일본아들이 그만 풀이 꺾여
> 버리는 것이며, 죽은 소리도 못하고 봇짐을 싸는 것이며……주먹덩
> 이 같은 여러 해 동안 뭉쳤던 가슴에서 단박에 후련히 씻겨 내려가
> 는 것만 같았다. 해방의 기쁨은 그러나 순간적이었다. 형 박재순이
> 형수와 함께 학살을 당하였다. 현장에 가 시체를 거두어 올 엄두조
> 차 못하고 있는데 군중이 짐을 습격하였다.
>
> 모자가 피하여 산에서 이틀을 보내고 내려왔을 때는 집은 지붕
> 과 기둥만이 앙상하게 남아 있었다.
>
> 사람은 없고 맹수만 시글시글 고장에 잇는 듯싶은, 공포와 불안
> 속에서 해가 바뀌고, 이듬해 2월에는 재산의 몰수와 추방명령을 내
> 리었다. 모자는 꿈에도 뜻하지 아니한 고달픈 남행을 다시 한 번
> 해야만 하였었다.
>
> 영준은 타고난 천품도 천품이였지만 아울러, 일찍부터 그러한 생
> 활상의 신고와 골절을 유난히 치른 것으로 하여 그는 20이라는 나
> 이보다 훨씬 어른스러워진 것이 있었다.

채만식의 역사의식에 비친 분단 현실의 예시적 투영이 <落照>에 나

타나 있다. 일제의 식민지 치하의 비극적 현실을 희화적으로 그려 민족수난과 아픔을 확산하고 그 치유의 방향을 암시한 <太平天下>, <疾叔>과 같은 작품을 남긴 채만식이 <落照>에서 남북회담을 통해 민족의 전통과 동질성을 기축으로 하여 분단의 비극을 억제해야 한다고 강조하고 있다. 투철한 역사의식에 의한 민족적 자아정립에 대한 예리한 시각이라고 할 수 있다.

하지만, 현실은 작가의 현실의 투시나 상상력에 의한 조화적인 상승보다 더 빨리 변모하여 한국전쟁으로 치달아, 소설도 그 비극에 휘말리면서 분단의 현실과 그 아픔을 공감하는 체험적 확산으로 나타난다.

둘째는, 분단의 비극적 현실의 체험적 반영의 소설 경향을 들 수 있다.

한국전쟁은 한국민족의 대수난인 동시에 민족과 사회, 그리고 문화의 혼란과 파괴를 가져온다. 종군작가단의 일환으로 그 문학적인 명맥을 유지해 온 작가들은, 종전 후에 채 정리도 안 된 상황에서 전쟁의 체험과 그 상흔, 그리고 전쟁으로 인해 파괴된 전통사회와 이산가족의 피어린 생활을 수용한 소설을 발표하게 된다. 이 경향의 소설은 전후소설과 그 맥을 같이하면서 메카니즘에 유린되고 인간성이 상실되어가는 전쟁의 현장성과 기존 가치의 파괴와 사회의 혼란상, 그리고 이산가족의 망향의 한 등의 세 경향으로 나타난다.

먼저 전쟁의 현장성을 나타내는 경향은 소위 전후소설의 중추를 이루는 경향으로, 전쟁의 와중에서 처참하게 소멸되는 인간의 비극을 부각시키고 있다. 이 경향은 김동리의 <興南撤收>, 郭鶴松의 <獨木橋>, 오상원의 <猶豫>, 황순원의 <너와 나만의 시간>, 서기원의 <이 성숙한 밤의 抱擁> 등과 같이 전쟁의 극한 상황 속에서의 개인의 의미를 보여주는 작품들과, 하근찬의 <山中告發> 이범선의 <鶴마을 사람들>, 이

문희의 <하모니카의 **季節**>, 안수길의 <**第三人間型**>, 최상규의 <포인트> 등과 같이 전쟁의 잔혹성과 비극성을 그린 작품들, 그리고 강용준의 <**鐵條網**>, 오상원의 <**白紙의 紀錄**>, 이호철의 <**裸像**> 등 대량 학살과 포로수용소의 비인간성을 보여주는 작품들로 유형화된다.

전쟁의 메카니즘과 비인간성, 처절한 극한상황, 이데올로기의 대립으로 엄청난 인간 상실의 비극이 전후문학에서 나타나고 있다. 황순원의 <나무들 비탈에 서다>에서 그 전반부는 전쟁의 현장에 투영된 비극적 양상을 그리고 있으며, 홍성유의 <**悲劇**은 없다>는 전쟁의 비극성을 극복하려는 집요한 인간성을 표상한 작품이다. 휴전으로 4년의 비극이 잠시 멎고, 그 현장을 판문점으로 상징화하여 옮기고 있는 이 역사적 현실을 **李浩哲**은 <**板門店**>에서 다음과 같이 투시하고 있다.

> 2백년쯤 후 판문점이란 고어로 '**板門店**'이 될 것이다. 그때 백과사전에는 이렇게 쓰일 것이다. 1953년에 생겼다가 19××년에 없어졌다. 지금의 개성시의 남단 문화회관이 바로 그 자리이다. 이 어휘의 창시자는 확실치 않으나 시초부터 익살과 여유가 섞여 있었던 듯하고, 하여튼 문이 판자로 되어 있는 점포라는 것은 확실했다.……일테면 사람으로 치면 가슴패기에 난 부스럼 같은 거였다. 부스럼은 부스럼인데 별로 아프지 않은 부스럼이다. 아프지 않은 원인은 부스럼을 지닌 사람이 좀 덜 됐다. 불감증이다. 어수룩하다. 그런 말씀이다. 한데 그 부스럼은 그 사람으로서도 딱하게 알기는 아는 모양인데 어쩔 도리가 없다.

위와 같이 비꼬아 말하고 있는 것은 한국전쟁의 현장적 의미를 정시한 시각이다. 이문구의 <**冠村日記**>나 김원일의 <어둠의 **魂**>은 전쟁의 현장성이 후방적인 양상으로 나타난 것이다. 이 전쟁의 와중에는 인간이 비인간화되고 메카니즘에 유린되는 처참한 현장이 있을 뿐이다.

다음으로, 전쟁의 와중과 그 여운으로 붕괴되는 사회질서·관습·가치관의 파괴와 전도 등 변동하는 사회질서의 혼란과 인간상실이 분단문학의 주류를 형성한다. 최태응의 <戰後派>, 손창섭의 <剩餘人間>과 같이 지주를 상실하고 방황하는 삶의 현장과 손창섭의 <血書>, <비오는 날>, 이호철의 <닳어지는 살들> 등 무너지는 윤리의 혼동 속에서 진통하는 삶의 현장, 秋湜의 <人間除隊>, 이범선의 <誤發彈>, 하근찬의 <受難二代>, 구인환의 <板子집 그늘>과 같이 전쟁이후의 삶의 의미를 조응하는 경향으로 나타난다.

<誤發彈>에서 폐허가 된 서울에서 처참한 삶의 현장을 누비는 주인공 송철호가 외직 주변에 얽힌 상황을 헤쳐 나가기 위해 몸부림치다가 다음과 같은 결말로 비극적인 인간존재를 해명한다.

> "어쩌다가 오발탄 같은 손님이 걸렸어. 자기 갈 곳도 모르게."
> 운전수는 기아를 넣음 중얼거렸다. 철호는 까무룩히 잠이 들어가는 것 같은 속에서 운전수가 중얼거리는 소리를 멀리 듣고 있었다. 그리고 마음속으로 혼자 생각하는 것이었다. -----아들 구실, 남편구실, 애비구실, 형 구실, 오빠구실, 계리사 사무실 서기 구실, 해야 할 구실이 너무 많구나. 그래 네 말대로 아마도 조물주의 오발탄인지 모른다.(中略)
> 차가 네거리에 다다랐다. 차가 섰다. 또 한 번 조수애가 뒤를 돌아다보며 물었다.
> "어디로 가시죠."
> 그러나 머리를 폭 앞으로 수그린 철호는 아무 대답도 없었다. 긴 자동차 행렬이 움직이기 시작했다. 철호가 탄 자동차도 목적지를 모르는 대로 행렬에 끼어서 움직이는 수밖에 없었다. 철호의 입에서 흘러 내린 선지피가 홍건히 그의 와이샤스 가슴을 적시고 있을 것을 아무도 모르는 채 교통신호대의 파란 불빛 밑으로 차는 네 거

리를 지나갔다.

한국 전쟁의 와중에서 한국인의 존재를, 비극을 잉태한 오발탄으로 해명한 것이다. <板子집 그늘>에서 상이용사인 형식이 종전 이후의 처참한 생활에 "이것도 사는 거라고 쫓아내는 거야. 이 돼지 같은 놈들. 숫제 나를 철거해라. 인간 축에 끼지 못하는 이 병신을 철거해라. 이 세상에서 병신을 제거하고 편안하게 살아라. 이 더러운 새끼들, 너희들만 살으란 말이냐……"하고 절규하는 것이 그런 경향이다. <受難二代>은 식민지 치하와 6·25 전쟁에서의 이대에 걸친 피해로 전쟁에서의 인간의 존재를 해명하고 있다.

셋째로, 이산가족과 전쟁의 상흔, 그 한을 그려 분단 아픔을 비극화하고 동질성을 추구하여 한국전쟁을 객관적으로 관조하여 이산의 슬픔을 직시하는 경향으로 나타난다.

鮮于煇의 <鎭魂>을 비롯하여 강용준의 <羅城에서 온 사내>, 구인환의 <숨 쉬는 影幀> 김문수의 <告別寒>, 양문길의 <껍질벗기>, 윤홍길의 <露題>, 등 수 많은 작품으로 나타난다. 두고 온 산하와 가족이 그리워 설빔을 않거나 망향제를 지내는 현실이 그려져 있다. 이산가족 찾기의 비극적인 현실이 이산의 한을 심화시키고 있는 현실의 소설적 수용은 분단문학의 동질성 회복의 중추를 이룬다. 애끓게 그리워하던 남하한 형을 찾았으나 영정과 해후하는 비통한 이산의 현실을 나타낸 <숨쉬는 影幀>의 끝장면은 우리의 심금을 울리고 남는다.

기언이 조용히 앞으로 걸어왔다. 재규 앞에서 발을 멈추었다.
"아버지이십니다."
재규를 바라보면서 기현이가 나직히 말했다. 재규는 눈 앞이 캄캄하고 정신이 아찔 했다. 몸을 바로 가누고 눈을 다시 떴다. 영정이 번히 보였다. 망연히 바라봤다. 주먹코며 이마며 엉굴 모습이 택규 형님이 틀림 없었다.

"오늘 정오에 가셨읍니다. 제 손을 잡으시고, 재규야 하고 부르며 운명하셨습니다.

기현의 말이 떨어지자 재규가 무릎을 구부리고 영정을 응시하다가는

"형님! 택규 형님! 재규가 왔읍니다. 재규가요!"

채 말을 끝 맺지 못하고 영정을 안고 딩굴었다.

"택규 형님! 재규 예요. 말 좀 해 봐요. 네! 형님!"

"작은 아버지!"

망연히 서있던 기영이도 안고 딩구는 재규를 부여안고 울음을 터뜨렸다.

"작은 아버지! 왜 일찍 오지 않았어요. 예? ……"

같은 한국에 있으면서도 만나지 못하는 아픔은 물론이요, 두고 온 산하와 천지를 그리는 망향 30여 년의 한은 바로 통일로 지향되는데 그 의미가 있을 것이다.

4. 分斷의 恨의 치유와 그 可能性

분단소설은 분단의 비극적 현실을 투시하며 그 아픔을 확산하는 기능이 통일지향의 상상적 현실로 연계될 때 그 의미의 지속성을 엿볼 수 있다. 이 분단의 비극을 어떻게 초극하여 민족의 통일성을 성취할 수 있을 것인가의 문제에 대하여 채만식의 <落照>에서 남북회담을 제기하고 있는 것도 그 의지의 발현으로 볼 수 있다. 全商國의 <아베의 家族>, 李淸俊의 <낮은 대로 임하소서>, 강용준의 <羅城에서 온 사나

이> 등에서 보여준 통일성의 회복이 분단의 아픔과 통일의지의 한 결실로 보여진다.

사랑이 그 모티브가 되고는 있지만 이데올로기가 대립되어 있는 남북 양쪽을 버리고 중립국으로 향하는 이명준을 그린 崔仁勳의 <廣場>은 지향의식의 한 결실을 보여준다.

> 자 이제는? 모르는 나라 아무도 자기를 알리 없는 먼 나라로 가서 전혀 새 삶이 되기 위해 이 배를 탔다. 사람은 모르는 사람들 사이에서는 자기 성격까지도 마음대로 골라잡을 수도 있다고 믿는다. 성격을 골라잡다니? 모든 일이 잘 될 터이었다. 다만 한가지만 없었다면, 그는 두 마리 새들을 방금까지 알아보지 못한 것이었다. 무덤 속에서 몸을 푼 한 여자의 용기를, 그리고 마침내 그를 찾아내고야만 그들의 용기를, 돌아서서 마스터를 올려다본다. 그들은 보이지 않는다. 바다를 본다 큰 새와 꼬마새는 바다를 향하여 미끄럼치듯 내려오고 있다. 바다, 그녀들이 마음껏 날아 다니는 광장을 명준은 처음으로 알아본다. 부채골 사복까지 뒷걸음질 칠 그의 펑크로 뒤로 새 정신이 든 눈에 비친 푸른 광장이 거기 있다.

이런 통일 의지의 결실들은 한 예에 불과하다. 따라서, 이 분단의 비극적 현실을 극복하여 그 아픔과 한을 치유할 수 있는 지표를 제시하는 문학으로 그 의지를 벅차면서도 집요하게 발현하고 있다.

50여 년 심화되고 비극적으로 응고된 분단의 한과 아픔을 투시하고, 그 현장과 아픔을 노출하여 확산시키며 통일의 미래를 가늠하는 지향성을 추구하는 분단문학은 이제 그 성숙을 기대할 수 있을지도 모른다. 그것은 분단의 비극의 예시적 단계와 체험적 층위를 지나 사회변동에 상응하면서 객관적으로 투시하여 통일의 그날을, 상상적으로 구조화할 수 있는 단계에 와 있기 때문이다. 다만 격동의 국제사회의 변동과 우리의 통일의지가 어떻게 조화되어 민족의 통일성을 기본으로 하는 통일된 그날을 성취할 수 있는 통찰과 역사의식, 그리고 문학적 역량이 상충하면서 변증법적 조화를 이루는가에 그 성취의 관건이 좌우될 것이다. 끝으로 柳在用의 <짐군 이야기>은 이런 의미에 대해 한 시사를 주고 있다.

　　요즘 나는 옛 양조장 어른이 차려준 가게를 지키며 근심 없는 여생을 보내고 있다. 하지만 삼팔선 짐꾼 노릇을 할 때 지은 죄를 감춰 두고 지낼 수 없는 심정이었다. 어느날 나는 동네 교회 목사를 찾아가서 경찰에 자수할 일을 의논했다. 그런데 목사님이 검찰에 알아본 결과 내 죄는 이미 삼십년이나 지난 것이어서 벌을 받지 않게 돼 있다는 것이었다. 벌을 받지 않아도 되다니, 나는 조금도 용서 받을 느낌이 생기지 않았다. 나는 생각다 못해 내가 날 벌주는 뜻으로 이 글을 썼다. 남은 여생을 벌 받는 마음으로 살아갈 생각으로.

경건에 가까운 자세로 분단의 아픔과 상처를 치유하면서 통일을 지향하고 추구하는 자세가 바로 분단의 아픔과 상혼을 치유하여 통일의 그날을 지향하는 미적 상상력의 결정체를 형성하는 분단소설의 한 좌표가 될 것이다. 이런 의미에서 최인훈의 <廣場>을 비롯하여 이문열의 <英雄時代>, 송원희의 <목마른 땅>의 連作, 박경리의 <土地>, 조정래의 <太白山脈> 등은 분단문학의 새로운 가능성을 보여주는 작품들이다.

(心山 文德守先生 華甲紀念論文集, 刊行委員會, 1988)

1) 그 한 예로 「表現」의 다음과 같은 <오늘의 分斷文學심포지움> 「表現」(14),
   1987, 具常, <統一의 未來像 定著에 관한 <人文的 考察>, 崔一秀, <오늘의
   分斷文學>, 丘仁煥, <分斷文學의 實相>, 「北韓」의 <민족적 분단과 한국문
   학 40년사>(1984.6)을 들 수 있다.
2) 그 업적을 몇가지 들 수 있다.
   金相善, 新世代作家論, 日新社, 1964.
   金允植, 現代文學史, 一志社, 1979.
   金宇鍾, 現代小說史, 成文閣, 1979.
   辛卿得, 韓國前後小說研究, 一志社, 1983.
   柳鶴永, 韓國50年代小說研究, 成均館大大學院, 1987.
3) 吳鉉奉, 解放空間小說의 文學社會學的研究, 慶熙大大學院, 1986.
4) 權寧珉, 解放直後의 民族文學運動研究, 서울대 出版部, 1986.
5) 포스턴 클로보紙, 1980. 10. 21.

6. 韓國文學 研究의 方向과 課題

1.

한국현대문학이론연구회에서 발표할 기회를 얻게 된 것을 기쁘게 생각합니다. 지방에서 젊은 연구자들에 의해 열기 높은 연구가 이루어지고 있다는 것은 우리 학계에 대단히 고무적인 일이라고 생각합니다. 이러한 모임에 함께 할 수 있다는 것은 매우 의미깊은 일로 생각됩니다. 문학을 공부하는 동도를 걷는 입장에서 몇 가지 말씀을 드리려고 합니다.

프란시스 베이컨은 그의 수필에서 학문의 효용에 대해 다음과 같이 말한 적이 있습니다. "학문은 즐거움을 돕는 데에, 장식용에, 그리고 능력을 기르는 데에 도움이 된다. 즐거움의 효용은 혼자 한거할 때에 나타나고, 장식용은 담화할 때에 나타나며, 능력을 기르는 효과는 일의 판단과 처리에 나타난다." 여기서 우리는 학문의 몇 가지 성격을 짚어볼 수 있습니다. 학문이 즐거움을 돕는다거나 장식적인 효용을 지닌다는 것은 학문의 현상적 측면을 뜻하는 것이라 할 수 있습니다. 능력을 기르는 데에 학문의 효용이 있다는 것은 학문의 인식적 측면을 뜻한다고 하겠습니다. 그러나, 베이컨이 말하는 학문의 효용은 일에 대한 전반적인 계획·구상·통제에서 드러난다는 점에 유의할 필요가 있습니다. 현상과 그에 대한 인식이 동떨어지는 것이 아니라는 점을 깊이 음미할 필요가 있다고 봅니다. 특히 문학의 경우 현상 혹은 형상과 인식이라는 두 측면은 매우 밀접한 관계를 가지기 때문에 그 統合的性格은 더욱 중요한 의미를 띠는 것입니다.

학문의 효용이 현상을 탐구하고 인식을 깊이 하는 데에 효능을 가진다면, 이는 어떤 측면에서 학문은 그 자체에 목적이 있다는 말이 되기도 합니다. 학문을 진리 탐구가 그 목적이라는 것도 그러한 까닭입니다. 이는 文學理論의 경우 그 자체가 통과의례적인 성격을 지니기도 한다는 뜻으로 이해되는 측면입니다. 즉 학문의 자유나 가치가 보장되어야 한다는 뜻인데, 학문이 어떤 외적 여건에 의해 지배되는 경우 학문의 자율성을 상실한다는 것, 따라서 학문의 진전을 위해서는 자유의 이념이 대단히 중요하다는 점을 알 수 있습니다. 파스칼은 그의 <명상록>에서 "앵무새는 그 주둥이가 아무리 깨끗해도 그것을 씻는다"는 잠언을 남기고 있습니다. 주둥이가 더럽기 때문에 씻는 것이 아니라 씻는 행위 그 자체가 목적이라는 것이겠지요. 이는 학문의 자율성이나 자기목적성을 밝힌 것이라고도 할 수 있습니다. 학문을 하는 데에 어떠한 외적인 제약조건도 극복하고 더욱 진전하고자 하는 순수열정이 중요한 까닭도 여기 있는 것이 아닌가 합니다.

일상적인 삶이라도 궁극적으로 보다 나은 내일을 지향하는 점에서는 예외가 있을 수 없습니다. 이러한 향상 발전의 의지는 학문의 경우도 마찬가지입니다. 달리 말하자면 학문에 유토피아 개념이 결여되어 있다면 학문으로서 자기소임을 다하기 어렵습니다. 이때의 유토피아는 현실적인 생활의 향상이나 학자의 지위 신장을 뜻하는 것은 아닙니다. 학문의 순수한 발전을 도모하는 지향성을 의미합니다. 학문의 논리 측면보다는 학문 그 자체를 밀고 나가는 에토스나 파토스라 할 수 있습니다. 인간은 현실을 뛰어넘어 그 이상의 세계를 지향하는 초월적인 존재입니다. 이러한 삶의 초월지향적 속성은 학문의 경우라고 예외일 수 없습니다. 칼 만하임은 초월지향적 속성을 다음과 같이 언급하고 있습니다. "우리들에게 있어서는 역사적 사회적 존재를 언젠가는 변혁시킬 만한 작용을 갖는 존재를 초월한 表象은 모두 다 유토피아라고 생각한다. 주제를 푸는 실마리로서 이 일을 확인함으로써 보다 더 많은 문제가 열려지게 된다." 만하임이 말하는 부정으로서의 유토피아는 현실에 대한 문제의식에서 비롯되는 것이라 할 수 있습니다. 현실에 안주하지 않고 거기서 문제를 발견하고 해결 방안을 모색하는 의지는 일단 현실에 대한 부정에서 출발합니다. 그러한 점에서 유토피아의식은 현실에 대한 批判意識을 바탕으로 하는 것입니다. 학문을 연구하는 일 일반에도 그러한 속성이 나타나는 것은 물론입니다만, 문학연구에서 그러한 경향은 더욱 특징적입니다. 이는 문학 자체가 인류의 현실과 함께 꿈을 다룸으로써 유토피아 指向性을 짙게 드러내기 때문일 것입니다.

문학연구는 文學現像의 실상을 점검하고, 그러한 실상의 근거를 밝히며, 순수의지를 지니고 유토피아를 지향하는 데에 그 지향점이 높아게 되는 것입니다. 그러한 점에서 문학연구는 그 자체가 성스러운 영역을 향해 나아가는 노력의 한 양상이라고 해도 지나치지 않을 것입니다. 문학이론 모색을 위한 도정 또한 그렇게 험한 길을 돌아 가야 하는 것입니다. 외로움과 고립감을 극복하고 전도의 목표를 향해 나아가는 연구자의 의지 여하에 따라 문학을 향한 성문은 열리는 것입니다.

2.

한국문학 연구의 방향을 모색하기 위해서는 현황을 점검하는 작업이 우선되어야 할 듯합니다. 그런데 한국문학 연구의 현황을 인상지우는 것은 오만한 동굴에서 빛이 뿜어져 나올 뿐 그 빛을 골고루 나누고 다른 빛을 수렴하는 그러한 노력이 부족하다는 것입니다.

첫째 지적할 수 있는 것이 우리 문학연구를 지배하는 분위기가 偶像으로 가득 차 있다는 점입니다. 이는 다소 극복되는 면이 없는 것은 아니지만 아직도 자주적인 문학연구가 이루어지고 있다고 하기는 어려운 단계에 있다고 보아야 할 것입니다. 권위에 맹종하는 劇場의 우상과 대중 지향성으로 드러나는 시장의 우상이 우리 연구 풍토를 지배하고 있다는 느낌을 감추기 어려운 실정입니다. 이는 연구의 종속성과 우상적인 수용을 뜻하는 것인데, 예컨대 1970년대의 「문학과 지성」을 주도한 불문학 전공자들의 연구를 반성 없이 추수적으로 수용한 것이 그러한 예에 속할 것입니다. 물론 그들의 작업이 어떠한 성과를 거두었는가 하는 데는 엄정한 평가가 있어야 할 것입니다. 권위적인 군림이나 대중적인 추수 경향은 문학현상을 통합적으로 바라보는 데에 대단한 역기능을 합니다. 문학연구의 추수주의나 대중지향성을 극복한 예로 '比較文學'의 경우를 들어도 좋을 것입니다. 비교문학에서는 원천과 매개작용, 그리고 그것이 어떻게 수용되었는가 하는 수용사를 큰 영역으로 설정하고 있습니다. 그렇기 때문에 문학의 이데올로기

지향성이라든지 권위적인 맹종은 허용하지를 않습니다. 그 결과 폭넓은 연구 범위를 설정할 수 있게 되고, 따라서 질낮은 문학으로 치부되는 문학도 그 나름의 가치를 지닌다는 점을 영향의 측면에서 구명할 수 있었던 것입니다.

둘째, 집단적 이기와 폐쇄적 안이성을 지적하지 않을 수 없습니다. 연구와 논문은, 그것이 價値로부터의 자유를 스스로 제한하는 문학연구라고 하더라도, 객관적 성과를 정당하게 평가하는 데서 비로소 더 높은 단계를 지향하게 됩니다. 이론의 현격한 차이를 보인다든지 이념의 차이가 연구를 장애하는 경우가 아니라면, 그 연구 결과는 정당하게 수용해야 합니다. 그런데 우리 현실은 자신이 소속된 학파 —학파라기보다는 학연이나 학문적 집단의 성격을 띠는 모임—를 벗어나지 않으려는 완고성을 드러내고 있습니다. 연구자 자신이나 그가 소속된 집단과는 경향을 달리하는 연구자들의 연구 성과가 정당하다고 하더라도 의도적으로 배제하는 정신적 幼兒性을 노정하는 것을 자주 목도하게 됩니다. 이는 학문의 발전을 위해 바람직하지 못합니다. 어느 대학에서는 어느 특정대학의 논문을 인용하지 않는다든지 어느 계열의 평론가는 어느 특정 계열의 작가를 언급하지 않는다든지 하는 것이 온당한 풍토라고 강변된다면 이는 학문연구의 장래를 위해 우려되는 점입니다.

셋째, 한국문학 연구에서 경계하지 않으면 안되는 것 가운데 하나는 연구자의 自我喪失로 인한 종속적 자만입니다. 특히 외국 문학 이론을 수용함에 있어서 한국 문학 자체의 이론을 정립하려는 노력보다는 외국이론의 가치를 증대시켜 놓고 거기에 종속됨으로써 자만하는 태도는 재고되어야 마땅합니다. 북한의 문학이론 가운데 '종자론'이라든지 주사파의 이론이 비판 없이 수용되어 문학의 理念論爭을 야기했던 것도 이러한 자만에 대한 배타적인 의식의 경직화 결과라 할 수 있읍니다. 한국문학을 바탕으로 한국문학의 이론을 정립해야 한다는 논지는 많은 연구자들이 추구하는 이상이기도 하고 또 그러한 실천을 보여온 학자들이 없는 바는 아닙니다. 예컨대 조동일 교수라든지 고전문학을 연구하는 학자들의 노력을 우리는 섬세하게 검토할 필요가 있는 것입니다. 어느 이론에 자신을 종속시키는 자만을 경계하기 위해서라도 말입니다.

넷째, 방법론에 관하여 한 가지 꼭 말해두었으면 하는 것이 있습니다. 구미의 방법론 가운데 미국의 신비평이라든지 프랑스의 구조주의 등을 수용하는 가운데 미시주의적인 分析方法이 널리 퍼져 있다는 것은 누구나 인정하는 사실입니다. 이는 비유컨대 낱낱의 나무를 살피는 데에 골몰한 나머지 숲은 못 보는 격이라고나 할까요. 숲을 외면한 벌목으로 말미암아 학문 연구 방법의 영토가 황폐화된다면 이는 결과적으로 비극적 상황을 초래하게 됩니다. 이 점에 대해 심각한 반성이 있어야 할 줄 압니다. 미시적 방법론을 택하되 통시적인 축을 고려할 필요가 있을 것이고, 또한 공간적인 연계성이 동시에 고려되어아 할 것입니다. 이는 골드만의 지적대로 "극단적 풍부성과 극단적 섬세함의 통합"을 지향하는 가운데 성취될 수 있을 것으로 생각됩니다. 과도한 미시주의가 방법론의 우위를 내세운 결과 문학을 죽게 한다면, 지나친 보편주의는 문학을 문화현상의 하나로 보게 함으로써 문학을 상실하게 하는 결과로 치달을 수도 있는 것입니다. 문학에서 이데올로기를 강조하던 경향이 이제 와서는 문학의 문학됨을 강조하고 나오는 것이 최근의 현상입니다. 이러한 최근의 경향은 우리에게 시사하는 바가 매우 크다고 생각됩니다. 예컨대 <창작과 비평>의 경향 변화가 그러한 인식 변화의 예가 될 것입니다. 문학연구의 방법론이 미시적 분석과 통합적 해석을 동시에 요구하는 것은, 문학은 형상이며 동시에 사유인 까닭입니다. 즉 문학 스스로의 목소리를 확인하는 방법론이 아쉬운 것입니다.

다섯째, 문학연구가 평론의 주도성을 지향한 나머지 지나친 誇示欲求를 드러낸다는 점이 문제점으로 지적될 수 있습니다. 그 결과 자신의 연구 성과를 전시적으로 선양하려는 욕구를 보이게 되고 상업성에 의존하는 연구의 P.R을 일삼는 경우를 목도하게 되는 것이 현실의 한 면입니다. 물론 문학연구가 르네 웰렉의 지적대로 학문으로 독자성을 지니기보다는 '앎의 일종'이라는 특수성이 있기는 합니다. 그렇기 때문에 연구와 비평이 때로는 혼란을 겪기도 합니다. 그러나, 연구자의 자세가 과시적이거나 저널리즘을 등에 업고 자신의 연구 결과를 시장에 급히 쏟아놓는 것은 학문의 윤리상 문제가 없지 않아 문학 연구는 역시 아카데미즘을 견지하는 것이라야 할 것입니다. 물론 문학연구가 논리적 특성을 앞세우고 상상력의 빈곤과 감수성의 척박함을 드러내는 것이라면 연구에 값하기 어려운 것은 물론입니다. 이를 경계한다면 문학연구는 의당 순수성을 견지해야 합니다.

위에서 지적한 몇 가지 현상을 극복하기 위해서는 한국문학의 '문학현상' 혹은 總體象을 복원하는 방향으로 우리들의 노력이 경주되어야 할 것입니다. 그러기 위해서는 연구자의 사각지대에 숨어 있는 작품을 찾아 섬세하게 읽는 성실성이 회복되어야 합니다. 1920년대 소설을 논하는 가운데 그 동안 크게 주목되지 못했던 한용운의 소설 <薄命> 같은 작품은 작품의 질이 매우 우수한 것을 볼 수 있습니다. 그러한 작품은 정당한 평가를 받아야 하고, 우리 소설사에 제 자리를 찾아 주어야 할 것입니다. 연구 결과를 정당히 수용하는 열린 시각이 필요하고, 다른 연구자의 연구결과를 수용하기에 게을러서는 안됩니다.

<동명일기> 같은 작품의 작자 문제도 그러한 예에 해당하겠지요. 그 작자가 연안김씨로 알려져 왔고 거의 의심이 없었습니다. 그런데 유탁일 교수에 의해 연안김씨의 소작이 아니라 의령남씨의 작품이라는 연구 결과가 나온 지 이미 오래인데도 그러한 연구 결과를 수용하려는 의지는 잘 확인되지 않습니다. 그렇게 안일한 태도로는 국문학 연구의 진전에 가속도가 붙을 수 없습니다. 여기에 국문학을 연구하는 연구자들의 자세를 가다듬어야 할 필요가 있다는 점을 새삼 환기하고자 합니다.

3.

우리가 모색해야 할 문학연구의 방향을 짚어 볼 차례입니다. 현실의 모순이나 열악함만을 지적하는 것으로는 충분하지 않습니다. 현실에 대한 비판은 새로운 모색으로 이어질 때라야 비로소 가치를 지니기 때문입니다. 그러한 점에서 몇 가지 방향을 생각해 보기로 하겠습니다.

우선 "문학은 결국 문학인가" 하는 문제를 생각해 보기로 하겠습니다. "문학은 결국 문학인가" 하는 질문은 "문학은 문학 그 이상도 그 이하도 아니다"라는 의미로 들릴 수도 있습니다. 그러한 시각은 금방 문제점을 드러내게 됩니다. 문학은 문학일 따름이니 문학에서 어떤 이념을 구하지도 말 것이며 문학의 教育的 價値를 찾으려고도 하지 말라는 허명의 순수주의로 전환되는 것이지요. 이는 문학의 순수성을 내세워 문학의 본질을 탐구하려는 제반 노력을 무화시키는 결과를 가져

오게 됩니다. 달리 말하자면 문학의 본질에 대한 이해에 도달하지 못
한 논리의 미숙함에 속하는 것입니다. 잘 알 듯이 문학은 우리가 생각
하는 것처럼 순수한 것이 아닙니다. 문학에 관한 순수 비순수를 논하
려면 많은 전제를 달지 않으면 안됩니다. 우선 문학은 '형상적 사유'
라는 양면성을 지닌다는 것은 여러분도 잘 알지 않습니까. 문학은 논
리성과 예술성, 형상화와 실천이란 양면성을 지니는 것이지요. 그리고,
문학을 가능하게 하는 매개인 언어는 역사성과 사회성을 기본 속성으
로 하는 것이 아닙니까? 문학이 이데올로기의 실천이라는 의미를 지
니는 것은 이러한 때문이지요. 그리고, 문학의 言語가 문학의 주체인
인간의 삶을 대상으로 하는 것이기 때문에 언어를 연구의 대상으로
하는 언어학의 경우와는 전혀 다른 방법으로 접근해야 하는 것입니다.
문학의 언어는 살아 있는 언어인 것입니다. 문학의 언어는 자료 차원
의 언어가 아니라 언어를 담지하는 주체의 실천에 연관되는 언어인
것입니다. 문학은 역사, 심리, 사회 등의 외연과 연관되지 않고서는 그
자체로는 해석되기 어려운 점이 있습니다. 그러니까 '문학은 결국 문
학인가' 하는 질문은 스스로 부정되지 않을 수 없습니다. 문학은 문학
이되 역사, 사회, 심리, 신화 등 다양한 외연을 문학의 內包로 동화하
는 강력한 힘을 지니는 것입니다. 이러한 측면이 문학의 고유한 속성
이라는 점이 정당하게 인정되어야 문학연구가 제 방향을 잡을 수 있
지 않겠나 하는 생각입니다.

　둘째 문제점에서 지적한 바이기도 합니다만, 한국문학 자체의 이론
정립이 매우 중요한 문제로 부각되고 있습니다. 서구 편향의 문학이론
을 벗어나야 할 시점에 이르렀다는 인식은 널리 퍼져 있습니다. 그러
나, 실천적 측면은 아직 약세에 머물러 있다고 보아야 할 것입니다.
소위 제삼세계 문학에 대한 관심에서 더 나아가 동아세아 문학을 연

구한 주목할 만한 연구 성과도 나와 있습니다. 이는 한국문학의 이론을 한국문학 내에서 찾아야 한다는 논지를 더욱 강화시켜 나갈 수 있는 바탕을 마련하는 데에 시사하는 바가 클 것입니다.

셋째, 문학의 言語的 條件이며 문학의 실체인 文體의 연구가 한국문학연구의 바탕을 마련할 것으로 봅니다. 문체는 매우 폭넓은 개념으로 규정됩니다. 우선 국어문체를 생각할 수 있습니다. 한국어의 표현자질에 대한 조명이 그러한 영역에 해당할 것입니다. 그런가 하면 표현의 문체론으로 불리는 작가의 언어적 특이성, 혹은 언어의 藝術的 逸脫로 규정되는 문체론이 문학에서는 중요한 의미를 지닙니다. 문학적 형상의 언어적 표현인 문체의 탐구와 그 예술성을 규명하는 작업은 문학연구의 핵심에 자리잡는다고 할 수 있습니다. 한국 근대문학의 지각변동이 이루어진 20세기 초부터 오늘에 이르기까지 문체가 어떤 변화를 겪어 왔는가 하는 데에 대한 현상적 기술이 필요함은 물론, 그러한 변화를 가능하게 한 근본 요인이 무엇인가 하는 점도 아울러 규명되어야 할 것입니다. 또한 언어학 이론의 진전을 문학의 연구에서 적극적으로 수용하는 자세도 필요하나고 봅니다. 화용론이라든지 기호학의 이론을 문체에 적용시키는 연구가 가능할 것입니다. 최근 담론의 이론으로 문학에 접근함으로써 많은 성과를 올리고 있는데 이는 문체론의 발달을 위해 큰 공적이 될 것입니다. 그리고, 앞으로 언어학의 방법론과 부단히 제휴해 나가야 할 것입니다.

넷째, 성격을 달리하는 시학의 相融, 혹은 상보적인 협조가 필요할 것입니다. 달리 말하자면 미시시학과 거시시학의 제휴, 마이크로 포에틱스(micro-poetics)와 매크로 포에틱스(macro-poetics)의 변증법적 지양이 필요하다는 것입니다. 構造主義 문학연구만 해도 처음에는 미시적인 텍스트 분석에서 출발하였지만 나중에는 거시적 안목의 구조를 찾아 나서고 어떠한 구조를 가능하게 하는 사회 역사적 조건을 탐색함으로써 소설을 중심으로 한 문학연구가 학문의 차원으로 승화될 수 있었다는 점을 우리는 잘 알고 있습니다. 기본적인 발상은 한 곳에서 뻗어나온 것이라도 그것이 실제 적용되는 가운데 방법론의 승화를 도모할 수 있는 것입니다. 비유적으로 말하자면 나무와 숲의 상관성을 함께 고려하는 방법론이 모색되어야 하고, 숲의 위상이 보다 분명하게 부각될 필요가 있습니다. 이는 문학의 제재별 연구, 테마별 연구 등의 방향으로 나갈 수 있을 것입니다. 최근에 그러한 연구가 활기를 띠고 있기도 합니다.

끝으로 기본 이론을 敎材化하는 작업이 필요하다는 점을 이야기하고 넘어가기로 합니다. 어떤 방향의 이론이든지 소위 原典을 독파하지 않고는 이론을 잘 소화할 수 없습니다. 그러한 점에서는 번역이 매우 중요한 의미를 지니는 것입니다. 어떤 이론을 간략히 소개한 것을 원전 대신 인용하는 것은 인용의 방법이 정당화될 수 없을 뿐만 아니라, 깊이 있는 학문을 위해서는 피해가야 할 방법입니다. 그런데 요즈음은 평론가들이 자신의 논리를 강화하기 위해 어떤 이론의 한 부분을 인용한 것을 다시 인용하는 경우를 보기도 하고 어떤 이론가의 전체 이론을 조감할 수 있는 독서가 이루어지는 것이 아니라 현실적으로 금방 인용할 수 있는 책만을 독서함으로써 이론의 부분만 수용되는 결과를 빚기도 합니다. 이론을 어느 부분만 수용할 경우 연구의 혼란을 초래할 수 있을 것입니다.

이상에서 말한 것은 우리 문학연구의 방향을 잡아 나가는 데에 커다란 지평에 해당하는 것입니다. 그러나, 어떤 학문이든지 큰 얼개만 가지고는 소기의 성과를 거둘 수 없습니다. 보다 정밀한 부분을 추구해야 하고, 실천적인 방향을 잡아 나아가야 할 것입니다.

4.

　어떤 연구든지 그 연구가 마무리되는 데에는 언제나 새로운 문제점이 수반되기 마련입니다. 여기서는 앞에서 말한 넓은 의미의 지평을 보다 구체적으로 살펴 보기로 하겠습니다. 그러나, 이것이 근본적인 해결책은 될 수 없을 것입니다. 다만 제안적인 성격을 지니는 방향으로 이야기해 볼까 합니다.

　연구의 開放性과 自律性이 유지되어야 할 것입니다. 연구자들이나 연구집단의 폐쇄성을 극복하고 개방적인 시각으로 연구를 진행해 나가야 할 것입니다. 또한 연구 결과를 집대성해 나가야 할 것입니다. 그래야 이미 연구된 것을 다시 연구하는 학자적 무식을 드러내지 않게 됩니다. 연구는 개체발생의 반복을 거듭할 것이 아니라 후학들이 연구 결과를 이용하고 널리 펴 나가야 생산적일 테니까 말입니다.

　리얼리즘으로 통칭되는 문학의 사회적 연관을 추구하는 방법론과 문학의 언어미학을 주구하는 언어적 접근의 양분 논리는 방법론적으로 극복되어야 합니다. 리얼리즘 일변도의 연구는 문학의 텍스트를 훼손하기 쉽습니다. 문학의 사회적 연관을 앞세울 때 문학은 이데올로기 전달의 도구로 화할 수 있기 때문입니다. 문학의 예술적 속성이 보다 면밀히 탐구되어야 할 것입니다. 이는 문학의 자율성을 위해서도 그렇거니와 문학의 존재조건을 우선하는 연구가 되어야 하기 때문입니다.

　한국문학 연구를 위해서는 개인 연구자의 역량이 못 미치는 분야가 있습니다. 문학사의 연구가 그 하나일 것입니다. 처리해야 하는 자료가 방대하고 시각을 단일하게 조정하기 어렵기 때문입니다. 그러한 한계를 극복하는 데는 共同硏究가 매우 효율적일 것입니다. 주제별 연구라든지 문헌의 정비 같은 경우도 여기 해당할 것입니다. 국가 차원의 지원이 있으면 더욱 좋겠지만, 개인들의 경우라도 공동연구를 시도하고 몇 개년 계획으로 지속적인 연구를 수행할 필요가 있을 것입니다.

외국 이론의 수용에 있어서 主體的 受容이 중요하다는 점을 거듭 강조하지 않을 수 없습니다. 이는 한국문학의 텍스트를 보호하는 작업이 되기도 하는 것입니다. 외국문학의 이론으로 한국문학을 해부하고 가치매김하는 것은 그 문학이 생성된 역사 문화적 풍토가 다르다는 것을 고려하지 않은 처사가 되기 쉽습니다. 외국 이론을 적용할 경우, 전거는 정확히 밝히되 이론을 수용하는 경우는 변형하여 수용하는 것이 온당한 방법일 것입니다.

한국문학 연구자들에게는 한국문학의 실체를 보호할 의무가 있습니다. 그리고, 문학의 자율성을 견지하면서 실상을 연구할 필요가 있습니다. 그러한 점에서는 原典批評의 중요성이 거듭 강조되어도 좋을 것입니다. 예컨대 한국문학의 원전과 이본에 대한 검토와 비판을 거쳐 결정판을 만드는 작업이 필요할 것입니다. 그러한 다음에라야 문학의 해석과 평가가 정당하게 이루어질 수 있기 때문입니다.

문학연구는 문학에 대한 애정에서 출발합니다. 한국문학에 대한 애정을 바탕으로 해서만 외국이론을 수용할 경우라도 자생성을 띨 수 있는 것입니다. 지루한 이야기를 경청해 주어서 대단히 고맙습니다. 한국현대문학이론연구회가 튼튼한 하나의 학파로 자리잡기를 기대하면서 이야기를 마치도록 하겠습니다.

(現代文學理論研究, 3輯, 1994)

※ 이 글은 1993년 8월 21일 한국현대문학이론연구회 논문발표회에서 특강으로 발표된 내용을 정리한 것이다. 질의자들의 질문과 답변은 생략한다.(편집자)

Ⅱ 텍스트와 作家의 새로운 照明

1. 李箕永의 〈두만강〉

세상이 쉬지 않고 변모하듯이 문학은 때에 따라 변화의 축을 달리하면서 변모해 간다. 그것은 산곡에서 흐르는 여울물일 수도 있고, 망망대해를 누비는 파도일 수도 있다. 성숙된 사회에서의 인간 성취의 삶의 총체상이 표출되기도 하고 격동하는 역사의 소용돌이에서 절규하면서 내일을 가늠하는 낙원추구의 처절한 삶의 양상일 수도 있다. 이와 같이 문학은 그 자율성의 창작 공간에서 문학성의 창조적 형성으로 삶의 현실과 역사의 변동을 투사하는 새로운 질서의 세계를 창조하게 된다. 그래서 문학이 삶의 현실과 역사적 변동의 연관성 속에서 등가적이 아닌, 문학은 문학이지 문학 이상이나 이하일 수 없다는 표출이 나오게 된다.

그러나, 일시적인 폐쇄현상이나 化石化된 시각의 차이로 문학을 正視하고 그 의미를 정립하기는 쉽지 않다. 분단의 상황이 북한의 문학을 대할 수 없었던 것이다. 시각의 차이로 그 지향이 다른 문학현상이나 문예운동을 볼 수 있는 것이 그러한 예의 하나다. 다행히 개방정책에 의해 고 동안 사장되었던 작품이나 작가가 빛을 보게 된 해금은 물론 북한의 작품이 다량으로 출판되어 그 일부나마 북한문학을 직접 대하여 그 실상과 의미를 조명할 수 있게 된 것은 우리 문학의 새로운 확대를 可視化하게 하고 있다.

근간에 출판되고 있는 월북 작가의 작품은 물론이요 북한에서 항일혁명 운동시기에 창작되어 온 작품들은 물론 70년대에 와서 집체창작으로 창작된 작품까지 서가에 나와 우리 시각에 생소하게 수용되어지고 있다. 같은 카프계의 작가이며 북한에서 文名을 겨룬 李箕永의 <두만강>이나 韓雲野의 <설봉산>이 출판되고, 9人會의 한 사람이면서 리얼리즘의 확대를 추구했다고 평을 받던 朴泰遠의 <갑오농민전쟁>이 출판될 것은 앞의 경우요, 북한에서 '3대 불후의 고전적 명작'이라고 정평을 받고 있는 <피바다>나 <꽃파는 처녀>, 그리고 <한 자위단원의 운명>이 나오고 있는 것은 후자의 예이다. 앞의 작품들이 일제 때의 저항운동이나 갑오의 농민항쟁의 삶의 처절한 현실을 전형적으로 형상화하고 있는 데 반하여, 후자는 주체적 혁명사상을 바탕으로 현실의 새로운 확대와 집단적 변화를 지향하는 삶의 총체상을 그리고 있는 문학적 공간의 다른 양상을 보이고 있다.

이러한 그 형성의 배경이 다르고 창작방법이 다른 북한문학은, 북한문학의 한 유형으로 볼 수 있는 것으로, 개인 창작이 가능했던 60년대 초기까지의 작품과 집체창작으로 이루어진 그 이후의 작품은 우리에게 북한문학을 이해하고 그 실상을 바탕으로 민족문학을 형성해 가는 데 하나의 自照의 거울이 될 수 있을 것이다. 그것은 8·15전후까지 <故鄕>이나 <塔>, <川邊風景> 등 그들의 대표적 작품은 물론 많은 작품을 통해 친숙하고 그들의 문학세계에 익숙해진 데 비해 조기천의 <백두산>은 물론이요 그 이외 많은 작가들이 북한에서 성장한 낯설은 작가라는 데서 오는 생소함도 있으나, 기실은 세계관의 엄청난 차이나 문학의 지향성의 이질화에서 오는 共感帶의 불협화음에서 오는 결과

일지도 모른다.

어쨌든 닫혀 있어 自律性이 경직되고 폐쇄된 현실에서 벗어나, 그 일부나마 북한문학을 직접 감상하고 그 실상을 탐색할 수 있게 된 것은 문학의 자율성의 확대와 문학성의 심화를 위해서 거쳐야 할 도정이기도 하다.

이기영의 대장편인 <두만강>을 照明하여 그 문학적 의미를 추출하고 이기영 문학의 한 지향적 위상을 정립해 보는 것도 바로 분단문학의 문을 열어 동질성으로서의 북한문학의 실상을 정시해 보자는 의도에서이다.

2

<두만강> 3부작은 1954년부터 1961년 사이에 발표된 이기영의 대장편소설이다. 제2부를 발표하여 1960년에 인민상을 수상할 정도로 북한에서 주목을 끈 작품이다.

民村 李箕永은 「開闢」발간 4주년 현상모집에서 <오빠의 비밀 편지>(1924)가 3등으로 당선된 이후 카프에 가입하여 <쥐 이야기>(1926), <농부 정도령>(1926), <아사>(1927) <고난을 뚫고>(1928) 등 일련의 작품을 발표한 다음 농촌의 어린 시절을 그린 <서화>(1934)와 농민소설의 백미라고 하는 <故鄕>(1934)을 발표하여 자본부와 지주, 그리고 식민지 치하에서 삶의 비참한 현실과 저항을 하면서 원터를 낙원화하려는 작가의식을 보여 준다.

이기령운 카프 해체 이후에 현대문명을 통매하는 장편풍자소설인 <人間修業>(1936)과 없는 자를 수탈하고 유린하는 친일지주와 자본가를 신랄하게 질타하는 <新開地>와 동학농민에서 한일합병에 이르는 사이에 한 兩班의 가정을 중심으로 봉건세대의 멸망과 자본주의 대두를 그린 <봄>(1946)을 발표하면서 창씨개명을 거부하는 등 저항을 계속한다.

이기영은 일제가 창씨개명과 문화말살 정책으로 신문 잡지를 폐간하자 1944년 봄 서울을 떠나 강원도 내금강변의 무지리로 내려가 해방되기까지 그곳에서 농사를 짓다가 해방이 되자 희곡 <해방>을 창작하여 해방 일주년 기념으로 철원극장에서 상영하였다. 토지 개혁을 다룬 단편 <개벽>과 북한의 토지 개혁과 새로운 삶의 현실을 그린 북한에서의 최초의 장편소설인 <땅>(1948~1949)을 발표하여, 일제의 탄압과 검열로 갇혔던 창작의 자유를 누리면서 <고향> 등에서 훼손된 새로운 삶의 현실을 가시화시키고 그의 프로의식을 구사한다. 이기영은 이런 창작의 도정을 거쳐 6·25의 격동이 끝난 1954년 <두만강>을 발표하게 된다.

<두만강>은 제1부가 1954년에 발표되고, 1957년에 제2부를 발표하며 1961년에 제3부를 발표하여 3부작을 완성한다. <두만강>은 조선 왕조가 기울어지는 19세기 말부터 세계공항과 일제의 탄압이 가속화되는 1930년에 이르는 기간에 송월동을 중심으로 하는 국내와 만주에서 민중들이 지주나 자본주, 그리고 일제에 수탈당하고 짓눌리는 비참한 현실과 저항하고 투쟁하는 삶의 총체성을 서사시적인 양식으로 형상화한 작품이다. 이것은 루카치가 그의 《역사 소설론》에서 역사의 변혁적 현실 속에서의 삶의 총체상을 그리는 역사 소설은 약 60년 뒤의 시간적 거리를 가지고 써야 된다는 소설에 알맞은 거리를 두고 그 현실을 투시하고 반영하면서 새로운 그날을 추구하고 있는 것이다.

우선 <두만강> 제1부는 19세기 말에서 20세기 초에 이르는, 곧 부

패한 봉건사회가 붕괴하는 조선말을 역사적 배경으로 하여, '고향' 원터의 이웃인 충청도의 두메 산골인 송월동을 무대로 하여 삶의 처절한 현실과 역사적 사건을 생동감있는 서사구조로 표현하고 있다. 여기에서는 빈농인 박곰손의 봉기와 지식인인 이진경의 애국계몽운동을 주로 하여 부패한 봉건적 통치와 청일전쟁 이후 가속화되는 일본 제국주의자들의 악랄한 침략과, 농민을 수탈하고 비인간시하여 군림하는 지주와 그에 동조하는 계층과의 갈등과 충돌, 그리고 저항의 피어린 삶의 양상을 보여 준다. 이런 저항과 투쟁의 변혁적 현실 속에서도 곰손과 봉임의 사랑의 강한 삶의 열정이 그 저류를 이루어 개인적인 삶의 성취와 사회적인 낙원 추구를 위한 처절한 삶의 현실을 전개한다. 그의 할아버지는 봉건적인 억압에 맞서 일어난 민란의 주동자로 송월동에 숨어 지내다가 죽었고, 그의 아버지는 대원군 시절 경복궁 축성에 부역군으로 이끌려가 일하다가 죽은 박곰손은, 조선조 말에 짓눌려 고통받고 헐벗고 굶주리는 농민을 구하고 싶은 인간성을 발휘하면서 풍요하게 살 수 있는 그날의 成就를 위하여 선봉에 나서 싸우는 순박하고 단순한 농민의 전형적인 인물로 나타난다. 한양에서 송월동으로 낙향하여 봉건사회의 조선조 말기의 부패하고 수탈하는 지배계급의 전형적인 인물인 한길주와 맞서 싸우면서도 봉임과 선녀와 나뭇꾼의 전설의 주인공이 되기를 그리는 서정에 넘치는 삶의 짙은 체취를 보여주고 있다. 양반의 특권으로 농민을 착취하고 호의호식하는 한길주는, 자본주의의 도래로 돈의 위력이 커져 금광에도 손을 대보나 실패하고, 결국 일제의 비위를 맞추어 묘목장 이권을 얻으나 방탕한 생활에 빠진 아들 한경직에 의해 더욱 속락하게 된다. 박곰손은 계몽운동 사상가인 이진경의 감화를 받아, 최동우 의병부대와 연계를 가지면서 지배계급인 한길주와 홍의관의 지주집을 습격하고, 조선을 약탈하기 위해 세운 제사공장에 포탄을 던지는 등 적극적인 투쟁을 전개한다. 이진경이 김진해와 윤용석의 동참으로 학교를 세우고 대중들의 계몽에 나서는 가운데, 박곰손은 일제의 간악한 손에 넘어가자, 그는 간도를 중심으로 만주 지방에서 반일운동을 전개하기 위하여 두만강으로 떠나게 된다. 여기에 결국 한길주와 같이 농민을 착취하는 홍의관과 임생원, 빈농출신 맹덕삼, 이춘길, 임봉임 등과 그 후대인 씨동이 옥이, 분이 등이 빈농의 비참한 현실을 바라보며 그 극복을 위해 전력을 다하는 처절한 삶의 현실이 리얼하게 묘사되어 있다.

<두만강> 2부는 상하 2권으로 일제의 강점에 의해 한일합병이 이루어진 1910년부터 민족의 봉기인 1919년 전후까지를 역사적 배경으로 하면서 송월동을 위시하여 함경북도 무산 7소와 만주의 동북부가 그 주무대가 되어 박곰손의 아들 씨동이의 세대를 중심으로 저항과 항일 투쟁을 하는 사건이 전개된다. 일제가 통감부에서 총독부로 개편하고 경찰과 헌병제를 실시하며 토지조사사업으로 경작지 수탈이 벌어지는 격동 속에서, 봉건사회의 붕괴와 한길주의 몰락과 일제에 더불어 토지 조사 사업으로 송월동까지 그 힘을 뻗치는 김진해가 제이의 한길주로 등장하여 일제의 권력에 의한 새로운 계층이 등장하게 된다. 또한 돈의 위력이 커져서 돈이 군림하는 새로운 세도 변화를 가져온다.

또한 박곰손이 이강년 의병대장의 편지를 가지고 무산7소로 가 일제 헌병에 잡히자 씨동을 의병부대에 보내고 헌병대의 고문에 죽으면서 씨동의 투쟁이 시작된다. 이것은 씨동세대의 새로운 세계관에 의한 투쟁을 유도한 것으로 봉건적 지주와 자본주에 대한 저항이나 투쟁과 식민지화한 일제의 탄압에 저항하는 이중적 투쟁의 표본이 된다. 한편 이진경은 일제의 강점 후에도 변함없이 반일애국 운동을 하다가 옥중 생활을 하면서 그 의지를 굽히지 않는 데 반하여, 윤용섭은 이진경과

같이 사립학교를 세워 민족의 내일을 위한 교육사업을 시작했다가 일제의 감시를 의식하여 홍일덕 신흥 부자인 김진해에게 넘겨주는 변절자로 변신한다.

그리고 <두만강> 2부에서는 봉건지주와 한길주와 그 아들 한결식, 친일지주인 김진해와 그 아들 김동원, 그리고 무산 7소의 화전민과 빈민을 착취하는 허부자, 윤풍선, 김장 등과 같이 농민과 민중의 지탄과 배척을 받는 부정적 인물들이 핍박한 농촌을 더욱 암울하게 한다. 그것은 국권 상실 후의 일제하의 처참한 삶의 현실이며 민중의 일제 저항이나 투쟁의 이중적 투쟁을 유발시키는 삶의 부정적인 현실이다.

또한 2부의 무대가 충청도의 송월동의 농촌과 함경도 국경지대의 화전민이어서 그 서정적 배경과 삶의 정서가 잘 그려져 있다. 통나무 올릴 때의 소리라든가 농촌의 평화로운 배경묘사, 그리고 풍속 등이 여실하게 그려져 있어서 분단으로 장벽이 가려진 민족의 동질성을 돌이키는 데 매우 중요한 가교적인 구실을 할 수도 있다. 일제의 토지조사 사업과 척식회사의 침투로 해서 얼마나 농촌이 피폐해지고 급기야 간도로 쫓기어가야하는 저참한 생활상이 그려저 있어 일제와 그에 동참하는 지주에 의해 얼마나 처참한 생활을 하는지 여실히 보게 하며 씨동이 등의 투쟁이 얼마나 힘겨웁게 이루어지는지 충격을 느끼게 한다.

<두만강> 3부는 노동자계급에 의한 민족 해방투쟁이 시작되는 1920년초부터 만주에서의 항일무력 투쟁이 시작되는 1930년대초에 이르는 사이에 송월동, 무산7소 만주 동북방지방 그리고 일본을 무대로 하여 벌어지는 삶의 현실이다. 민족해방운동인 3·1운동의 실패로 국내에서 민족 개량 운동으로 변질되어 민중이나 노동계급을 주로 한 민족해방을 전개한다. 박곰손의 죽음으로 실패로 돌아간 민족해방운동은 씨동

이 세대를 주로 한 민족해방투쟁으로 전개된다. 만주에서는 대중의 기반이 없는 테러나 독립군의 파벌싸움으로 실망한다. 연길 감옥에서 최혁은 의병이나 독립운동이 아닌 노동계급에 의한 투쟁이어야 한다는 감화를 받고 대중과의 연계에 의해 춘황투쟁을 주도하고 항일무력 투쟁을 전개한다.

한편 분이는 새로운 세계관을 바탕으로 독서회를 조직하고 송월동의 제사공장으로 철도 파업과 때를 맞추어 파업을 주도하다가 한창복과 박근이의 밀고로 체포된다. 이것은 맑스주의 행세를 하면서 기회주의자들로 변한 계급이나 민족보다 개인의 출세를 앞세운 추종주의자들에 의해 벌어지는 암담한 삶의 현실이다. 또한 박곰손이 떠난 뒤 송월동을 지키는 이춘실이, 술집을 거쳐 건실한 여공으로 급변하는 곱단이, 삐라 공장에서 항일 민족해방운동을 可視化시키는 씨동의 아들 박창일 등 수많은 인물들이 유기적으로 계급투쟁의 중요한 구실을 하고 있다.

이러한 <두만강>은 이기영이 8·15전에 쓴 <고향>(1934), <신개지>(1938), <봄>(1942) 등과 깊은 연관성을 맺고 있다. 모두가 원터나 송월동을 무대로 한 농민이나 근로자들의 지주와 자본주 그리고 일제와 저항하고 싸우는 양상들을 보여주고 있는데 그 淵源의 상관성을 지니고 있다. <두만강>에 어떤 문학적 의미를 도출해 낼 수 있는지 또 하나의 관심사가 된다.

3

　<두만강>은 이기영의 문제작이면서 이기영소설의 한 완결이라고 볼수 있다. 그러면서도 그것은 일제하의 비참한 삶의 현실과 그 현실에 저항하는 농민이나 없는 자, 망국 백성의 처절한 투쟁이 그려져 있다. 또한 전설을 모티브로 한 삶의 서정이 그 저류에 깔려 있으며, 도식에 가까운 삶의 유형이 설정되어 있다. 이러한 <두만강>이 지닌 문학적 의미를 몇 가지로 나누어 볼 수 있다.

　첫째는 농민의 저항과 항일운동이 도식적으로 제시되어 있다. 박곰손이나 그의 아들 씨동이, 그리고 봉임이나 곱단이 등 수많은 등장인물이, 봉건지주와 자본주 그리고 일제의 지배자, 맑스주의자인 척하면서 일제와 동참하여 농민을 착취하는 개량주의자, 소지주 등 적대 계급과의 충돌과 파탄, 좌절 등으로 나타난다. 여기에서 사건의 지나친 과격성이나 파괴에 의한 건설을 도모하는 맑시즘이 그 정신적 기조를 이루어 인물의 전형성을 형성하고 있는 것이 그 특색이기는 하나, 지나지게 노식성에 예속되어 있음을 볼 수 있다.

　농민 봉기를 주도하거나 지주집을 습격하는 등 저항과 투쟁의 전형성을 획득한 박곰손나 농민봉기에서 세계관의 획득으로 농민계급에 의한 저항과 일제에 대한 무력항쟁으로 변혁시키는 박씨동이, 그리고 삐라 공작에서 지혜로운 투쟁방법을 짜내면서 항일민족 해방운동의 서광을 가져오게 하는 박씨동의 아들인 박창일 등 朴氏一家가 농민봉기, 계급투쟁, 항일투쟁의 전형을 획득한 인물들인 데는 틀림이 없으나 지나치게 도식화되어 그 생동성을 희석화시키고 있다. 또한 봉건지주인 한건주와 타락에 빠지는 그의 아들 한경식, 그리고 친일지주인 김진해와 그의 아들 김동원, 무산 7소의 허부자와 윤풍헌, 김장 등이 모두 농민의 적대계급으로 규탄되고 있는 것은 계급적 묘사에서 오는 동굴의 현상이다. 그리고 봉임이나 분이, 의식의 변화를 가져온 곱단이 등 여인들의 의식의 확대와 투쟁 일변도로 치닫고 있는 것도 도식성에서 벗어나지 못한 현상이다. 여기에서 정성의 획득과 눈물과 가슴이 아쉬운 삶의 현실에서 오는 의식이나 행동의 다양성에 의한 지향이 요청되어진다.

둘째로는 뿌리의 모티브와 유토피아 지향이 강하게 나타나 있다.

<두만강> 제1부에서 나타난 '옥녀전설'의 전설에서 민속적 전통에 기저한 뿌리의 모티브를 볼 수 있으며, 끊임없이 지주나, 일제와 투쟁하고 세계관이나 박곰손이가 봉임과 씨동이의 사랑, 그리고 밝은 미래를 위해 현실에서 투쟁하는 행동, 특히 분이가 내려와 파업을 일으키는 송월동은 유토피아를 반사하는 한 연결고리로 그려져 있다.

> 이와 같은 불순한 일기가 며칠 동안 계속되다가 날이 들었다.
> 금시에 바람은 가벼웠고, 맑게 갠 하늘 위로 따스한 햇빛이 비쳐 나왔다.
> 어느덧 용소의 얼음도 풀리고 냇물은 새소리 치며 흐른다. 버들가지는 눈마다 새 움이 트고 마른 잔디에 속잎이 파릇파릇! 이 모든 것들은 음랭한 겨울에서 해방된 생의 자유를 한껏 기뻐하는 듯했다. 그리하여 모든생물은 자기의 성장과 종족의 번영을 위하여 또한 청춘의 행복을 무한히 즐기는 것만 같았다.

만하임이 ≪이데올로기와 유토피아≫에서 말한 대로 이데올로기의 투영은 결국 현실로 되돌아와 송월동을 낙원화하려고 한다. 여기에는 내일을 지향하는 삶의 절규가 현실과 부딪혀 실망과 좌절로 뿌리의 모티브와 결합한다. 곰손이와 봉임의 선녀전설의 대화가 이를 암시하고 있다.

“여기에 이렇게 앉았으니 당신과 처음 만날 때 생각이 나지 않
소? 그때가 벌써 10년이 넘었구려.”

“그날밤 당신은 선녀와 목동의 이야기를 하였지요. …… 그 선녀
와 목동은 지금 어떻게 되었나요.”

봉임이는 야릇한 감정으로 곰손이를 쳐다보며 고소에 가까운 웃
음을 띄운다.

“나는 그때 우리들을 그 선녀와 목동에게 비겨서 말했는데……
그날밤에 내가 하던 말이 틀리진 않소. 당신은 정말 선녀같이 아름
다웠으니까!”

“그만둬요. 나는 선녀도 아무것도 아니어요.”

봉임은 왈칵 분통이 터져서 쏘아붙였다.

“우리도 잘 살 수 있었는데……하나 그 선녀와 목동은 지금도 내
마음 속에 살아 있소.”

“마음 속에만 있으면 뭘해! 밤낮 고통과 가난 속에서 시달리고
있으면서……”

“우리가 누리지 못한 것을 씨동이 대에나 누릴지 모르지…… 만
일 씨동이 대에도 못누린다면, 그 아들 대에서 누리든지.…… 당신
은 아여 낙심일랑 하지마우.”

“그만 둬요. 그만 둬요.”

청춘을 속절없이 보낸 봉임이는 자기의 처녀시절의 아름다운 꿈
을 회상하고서 아픈 상처를 긁히운듯 통분한 설움이 왈칵 치밀었
다. 그때 그는 얼굴을 가리우며 먼저 일어났다.

여기에서 유토피아 지향과 뿌리의 歸巢가 전형적으로 그 섭취를 희
구하고 있음을 볼 수 있다. 인간은 새로운 지평을 위해 혁명투사만은
될 수 없다. 그것은 미래를 위한 오늘의 해야 할 삶의 자세일 뿐이다.
여기에 투사의 전형성을 형성한 인물의 한계가 있게 된다. 내일의 유
토피아의 성취를 위하여 오늘을 살피면 다시 낙원의 뿌리로 회귀하려

는 데 세계관과 삶의 서정이 충돌하는 포카스가 된다. 송월동이나 함경도 북방의 화전의 자연에 어린 서정이나 풍속에 삶의 모습이 짙게 그려져 있는 것은 미식의 휴식을 원하는 인간성의 한 발로로 고려되고 반영하는 것일지도 모른다.

셋째로 쓰러지는 나약성에 비해 강인한 생명력에 의한 역사의 지속성을 볼 수 있다. 봉건지주나 친일지주 그리고 전향자들이 모두가 쓰러져 가는 계급이면서 인텔리의 나약성을 나타내는 반면, 빼앗기고 짓눌리고 밟히면서도 집요하게 살아가 역사의 주동을 이루는 민중은 강인한 생명력의 지속과 확산으로 미래를 지향한다. 원래 지식인은 턱밑의 먼지만 털고 향락과 금욕에 빠져 의식을 수용한다고 비판을 받기가 일쑤인데 여기에서도 그 유형을 벗어나지 않고 있다. 더구나, 작가의 **教條性**에 의해 지식인은 더욱 나약하게 부각되고 농민은 강인하고 지속적인 생명력이 잠재해 있는 역사의 동력으로 형성되어 있다.

이런 작가의 교조성은 작품을 관념의 시녀로 전락시킬 위험성이 내포되어 있다. 폭력은 파괴를 낳고 파괴는 재생과 발전을 낳는다고 교조성이 이 작품을 대립의 구조의 경직성을 벗어나지 못하게 하고 있다.

이러한 몇 가지 점에서 이기영의 <두만강>은 19세기 말에서 1930년 초에 이르는 봉건과 망국, 3·1운동, 그리고 계급운동이 전개되는 격동기에서 봉건지주와 친일지주, 그리고 일제의 수탈에 대항하고 항일운동을 펼치는 민중의 투쟁과 삶의 지향을 나타낸 리얼리즘적인 작품이라고 할 수 있다.

4

현실이나 역사는 언제나 격동과 변혁을 가져온다. 더구나, 삶의 현실은 개인은 물론 집단의 낙원을 위한 내일에의 지향성이 유린되고, 때로는 말살되기까지 한다. 여기에서 충돌과 갈등, 좌절과 파탄의 소용돌이 속에서 현실의 유토피아적인 내일로 변화시킨다. 문학은 그러한 현실을 반영하여 자율적인 창조의 공간에서 문학성의 예술의 세계로 변용한다. 그것은 문학의 발생에서부터 지속해온 문학적 변모의 축이요 동력이다.

<두만강>은 <故鄕>이나 <新開地>, <봄>의 연속적 성취의 작가의식이 투영된 작품으로서 한설야의 <설봉산>이나 박태원의 <갑오농민 전쟁>과 맥을 같이 하면서도 뿌리의 모티브와 유토피아 추구의 강력한 욕구가 사랑의 서정으로 형상화되고 있다. 그러므로, <두만강>은 70년대의 집체창작으로 넘어가는 데 분수령을 이루면서 문학의 자율성이 훼손되고, 개인의 독창성이 배제되는 분단문학의 회귀를 가늠할 수 있게 하는 작품이며, 이기영 문학이 성취해 가는 한 절정을 이루는 작품이기도 하다.

(月刊文學, 1989.12)

2. 〈별〉의 이미지와 空間

Ⅰ. 序

인간은 언제나 영원히 의지할 수 있는 안식을 원한다. 가파르고 메마른 생활을 벗어나 정말 인간성이 제대로 꽃 피울수 있는 낙원을 그리게 된다. 그것은 有限한 인간이 영원의 세계에 안주할 수 있는 불멸의 그날을 얻기 위한 것이고, 세상에 흩어져 있는 불완전한 것을 초극하여 완성된 形態를 형성하려는 것이며, 可視的인 세계를 조탁하며 超越的인 세계로 상승하려는 것이다.

석가나 예수가 極樂과 天堂의 영원성을 획득한 樂園으로 현세의 유한성과 불완전성을 초극하려고 한 것이 그 한 예이요. 헤겔이 그의 《歷史哲學講義》에서 그리스를 한 완성된 국가로 설정하고 있는 것이나, 토마스 무어가 제시한 이상적인 국가와 사회, 조직을 圖式化한 〈유토피어〉, 인간의 傳說인 듯하면서 상당한 전파력을 가진 〈鄭鑑綠〉도 다 완성된 형태의 국가(낙원)를 제시하고 있는데 지나지 않는다. 어디 그 뿐인가, 陶淵明의 武陵桃源은 동양이 그리는 이상향으로서, 복숭아꽃이 피고 개가 울며 사람이 늙지 않는 별천지로 동경의 대상이 되어 왔다. 한국의 경우도 옛부터 靑鶴洞의 전설이 전해와 학이 기거하는 신선의 경지를 동경하고 있으며, 許筠의 <洪吉童傳>에선 硉島國이란 이상향을 歸依處로 그려져 있다. 朴趾源의 <許生傳>에서는 無人空島로 집단이주하여 낙원을 성취하는 것을 볼 수 있다. 이광수의 <사랑>의 北漢療養院은 이광수가 <無情>의 종말에서 보여 준 교육과 과학에의 한 立國을 성취할 수 있는 열린 가능성에서 <開拓者>, <再生>, <상봉이네집>, <흙> 등 수많은 작품을 통해 추구한 樂園이고, 沈熏의 <常綠樹>의 청석골은 심훈이 박동혁과 채영신으로 하여금 이룩케 하려는 낙원이며, 李淸俊의 <이어도>은 제주도 민요에 전하는 이어도의 낙원을 재정립해 본 것이다. '神은 죽었다'고 이미 낡은 신을 버린 니체가 <未知의 神에게>라는 놀랄만한 詩의 끝에서,

나는 당신을 알고 싶습니다. 미지의 자여.
그대 깊이 나의 영혼을 사로잡는 자여.
폭풍처럼 나의 삶 속을 떠돌아다니는 자여.
그대 이해할 수 없는 자여. 나의 친척이여.
나는 당신을 알고 싶고,
나 자신을 당신에게 바치고 싶습니다.

라고 절대의 존재에 대한 열망을 절규하고 있다. 야스퍼스의 <理性과 實存>에 의하면 니체는 인간과 낡은 신을 잃고 그의 孤獨 가운데 멸망하면서 짜라투스트라를 찾아내고 永遠回歸를 사유하면서, 깊이 만족시키는 초월적인 내용을 드러낸다고 한다. 또한 키에르케고르와 니체 두 철학자는 超越者로 비약하면서, 키에르케고르는 절대적인 逆說로, 현세 포기의 부정적인 결단으로, 그리고 필연적인 殉敎로 파악되는 그리스도교로, 니체는 영원회귀의 超人으로 따라갈 수 없는 초월자에의 存

在로 비약한다고 말하고 있다. 이와 같이 인간은 영원히 安息할 수 있는 유토피어의 실현을 위하여 집요하게 오늘을 살아간다.

사실 메카니즘과 맘보니즘에 휘말린 현실을, 通過祭儀와 같이 무심하게 살아 갈 수는 없다. 격동하는 현실 속에 자기를 내던져 값진 것을 成就하려고 한다. 여기에서 문제가 되는 것이, 값진 것이 무엇이며, 그것을 어떻게 성취하느냐의 문제다. 그것은 영원한 안식처 곧 유토피어와는 다른 소중한 것을 말하며, 유토피어를 지향하는 데서 얻어지는 結實을 말하는 것이다.

복잡하고 비인간적인 現代社會에서 값지고 가장 소중한 것이 무엇인가의 대답은 그리 간단하지가 않다. 더구나 都市化現象과 부로크리시(bureaucracy), 기대수준의 向上으로 교차된 産業社會에서, 메카니즘에 휘말리는 현대인들은 조직이나 기능에 있어서 파트이즘(partism)으로 전락되어 있으니 값지고 소중한 것을 지향하기조차 힘든다. 그저 순환적으로 나날을 살아갈 뿐이다. 하지만 값진 것을 실현하려는 꿈을 버릴 수도 없다. 그 소중한 것은 개개인의 행복의 추구일 수도 있고, 사회발전의 역동적 지향일 수도 있다. 또한 게오르그의 <25時>에서 나타나 있듯이 조직의 메카니즘에 유린된 인간성의 회복일 수도 있으며, 니체에 의해 상실한 신의 再臨일 수도 있다. 아니면 메테링크(Maeterlinck)의 상징극 <파랑새>에서와 같이 지루지루와 미지루가 추구하여 손에 넣으려는 파랑새일 수도 있다. 아니면 이청준의 <이어도>에서 파도 저쪽의 이어도가 아니고 뭍에 있는 이어도 주점과 그 주점의 여인일 수도 있으며, 김동리의 <사반의 十字架>에 나오는, 정신의 안주에 의해 天上의 영광을 성취하려는 예수와 변혁에 의해 지상의 영광을 성취하려는 사반을 매료케 하는 막달라 마리아나 실바아일 수도 있다.

하지만 엄격하게 구분해 보면, 가장 소중한 것은 결국 두가지 類型으로 나누어진다. 그 하나는 언제 어디서나 소중히 여기는 보편성을 띤 것이요, 또 하나는 사상이나 지역에 있어서 다른 개별적인 것이다. 이를테면, 죽음의 공포나 그 공포에서 벗어나 영원한 안식처를 찾으려는 믿음, 그리고 어머니를 그리고 그 품에 안기려는 것 같은 것은 전자에 해당하고, 자기의 욕구를 달성하여 만족을 느끼려 하거나 한 지역이나 한 국가의 利益을 위하여 다른 지역이나 다른 국가와의 갈등을 일으키는 것은 후자를 말한다. 이 두 경향 중에서 보편성 속에서 安息을 지향하는 경향은 대개가 정신적인 경우가 많고, 個別性 속에서 욕구를 추구하려는 경우 물질적인 경우가 많다. 子息을 위해 헌신하는 어머니, 어머니의 품 속을 그리는 안식, 지상에서의 공포를 벗어나려는 信仰, 어디서나 사람이 사는 곳에는 반드시 있게 마련인 사랑 들이 다 정신적인 추구요, 알뜰살림을 해서 집을 마련하는 것이나, 국가의 부강을 위해서 산업을 발달시키는 것, 소득이 많을수록 衣食住가 풍요해진 것 같은 것은 다 물질적인 것이다. 이 중에서 정신적인 것은 가령 <春香傳>이니 <로미오와 줄리엣>에서 볼 수 있는 사랑이나, 서구의 이역만리에서 어머니를 찾아 한국에 와 가진 고생을 하면서 수소문하고 다니는 入養兒의 어머니를 그리는 것 같은 가장 보편성과 恒久性을 띤 것이다. 그 가운데에서도 어머니에 대한 憧憬과 어머니의 품에 안기고 싶은 욕구는 시공을 초월한 가장 보편성을 지닌 樂園 추구의 양상이다. 黃順元의 <별>이 바로 영원히 안기고 싶은 어머니의 이메지를 그리고 있는 작품이다. 거기에는 그저 순응해서 살아가는 현실에서 있을 수 있으며, 또 동경의 대상으로서의 별의 이미지가 보편성의 공감대 속에서, 어머니의 존재의 의미와 어머니를 동경하고 그의 품에 안기려는 본능적이면서도 원초적인 삶의 의미가 처절하게 浮刻

되어 있다. 또한 男妹라는 개별성 속에서 별이라는 永遠性과 交合되어 어머니란 이미지가 주는 현실적 정착의 의미가 무엇인가를 치밀한 구조 속에 전개하고 있다.

Ⅱ. 黃順元의 소설 세계

한국의 많은 작가 중에서 黃順元과 같이 인구에 회자되고 자주 논의 되는 작가도 많지 않다. 그것은 옆길을 바라보지 않고 오로지 창작에 전력투구한 황순원문학에 대한 외경스러운 심정으로 감상하는 자세이며, 그가 성취하고 있는 문학에 대한 비평적 접근의 관심을 말한다. 황순원은 일찌기 숭실중학 재학때 東光에 <나의 꿈>(1931.7) <아들아 무서워 마라>(1931.9)로 문단에 나와 제1시집 ≪放歌≫(1934)를 간행하면서 신예시인으로 주목을 받고 「三四文學」 同人으로 활동하면서 제2시집, ≪骨董品≫(1936)을 上梓하여 시인으로 주목을 받았으나 <돼지>(1938)를 발표하고 단편집 ≪늪≫(1940)을 발표하면서부터 소설로 장르를 바꾸어 창작에 전념한다. 일제 말기 발표할 수 없는 상황에서 단편을 썼다가 8·15광복 후에 발표하면서 집요하게 창작에만 전념하여 한국소설계의 巨匠이 되어 12권의 黃順元全集의 수확을 거두고 있는 그의 문학적 공간에 대한 관심이 집중된다.

이러한 황순원에 대한 관심은 여러 비평과 논문으로 황순원문학의 문학적 가치를 평가하고 연구하고 있는 데서 집약되어 나타난다. 丘昌煥의 汎生命的인 생의 충동과 욕구의 성취를 밝힌 <黃順元文學序說> <傷處받은 世代>, 金永和의 꿈의 이미지도 황순원소설을 분석한 <黃

順元의 소설과 꿈>, 元亨甲의 언어적 발달의 면에서 본 <버림 받은 언어권>, 鄭昌範의 문예미학적인 입장에서 본 <黃順元論>, 趙演鉉의 순수문학적인 추구의 면에서의 <黃順元論>, 구인환의 소설의 구조 면에서 본 <황순원 소설의 극적 구조의 양상>등에 대개 황순원 문학에 대한 비평적 관심이요, 方龍三의 애정의 양상과 그 상응성을 구명한 <黃順元 소설에 나타난 애정관>, 李正淑의 주인공의 인간형과 그 상호관계 양상을 밝힌 <황순원 소설의 인간상>, 安永禮의 꿈의 이미지에 의해서 황순원 소설을 분석한 <黃順元 小說에 나타난 꿈의 연구>, 崔玉男의 구조와 문체의 기법적 분석에 의한 <황순원소설의 기법연구>등이 황순원 문학에 대한 문학연구적인 관심이 결실된 것이다.

사실 잡문을 전혀 쓰지 않고 문학론이나 작품에 대한 해설도 전혀 하지 않고 오로지 작품만을 창작하여 세상에 내놓은 황순원의 孤高한 창작의 자세는 순결을 넘어서 畏敬스러운 求道者의 단계에 있는 자세이다. 이것은 작품 이외에는 일체 생활의식이나 문학의식에 대해 언급하지 않고 창조와 작품만을 수용의 공감대에 내놓고 있어서, 기실은 황순원 문학의 비평이나 문학연구의 어려움을 말하는 것이요, 문학이 단순한 창작행위가 아니요, 가장 소중한 창조를 전력투구하며 그 속에서 삶의 의미를 추구하려는 황순원의 문학의식의 소산이라고 볼 수 있다.

대개 작가는 세가지 유형의 어느 한쪽에 속하게 된다. 첫째는 자기의 作品에 대해서 문학적 이론을 적용할 수 있는 창작과 이론을 겸비하여 비평가와 맞설 수 있는 작가요, 둘째는 그런 이론의 겸비가 없이 비평가의 논평에 부단히 관심을 표명하는 작가이요, 세째는 비평가의 말에도 귀를 기울이지 않고, 그렇다고 문학론을 펼치지도 않으면서 작품 이외에는 초연한 자세를 취하는 작가이다. 이광수나 김동인, 김동리와 같은 작가가 첫째의 경우요, 현진건이나 황순원, 손창섭 같은 작가가 세째의 경우이며, 그외의 대부분의 작가가 둘째의 유형에 속한다. 이런 점으로 보아, 첫째는 오스카 와일드나 엘리옷이 말한 창작과 비평을 겸비한 이상적인 경우요, 세째는 창조성에 생의 의미를 부여한 求道者의 자세요. 둘째는 디보데의 말대로 노동자인 작가의 비평에 민감한 반응을 보이는 풍속적 작가를 말한다.

이와 같이 구도자의 순수성속에서 창작에 전력을 다한 黃順元 文學의 특성을 서너 가지면으로 압축해서 볼 수 있다.

첫째 황순원 소설은 인간존재의 의미를 해명하는 인생의 본질을 추구하고 있다. 그것은 황순원소설이 시에서 출발한 시적인 성취욕의 소설적인 결과일지 모르는, 어느 시대나 지역에 있을 개별적인 것에 대한 관심이 아니요, 언제 어디서나 있을 수 있는 보편성을 띤 것을 의미하며, 사회의 變革的 指向보다는 개인의 指向的 욕구에 의한 存在論的인 인생의 조명이라고 할 수 있다. <별>이나 <독짓는 늙은이>, <목넘이 마을 개>, <鶴>, <소나기> 등의 단편은 물론이요. <별과 같이 살다>, <카인의 후예>, <움직이는 城> 등의 장편에 이르기까지, 보편성 속에서 人生의 의미를 해명하고 그 성숙의 지향성을 보이지 않은 작품이 거의 없다. 흔히 황순원소설을 가리켜 역사의식이나 사회의식이 결여된 온상 속의 문학이라고 비판을 하는 것도 황순원소설의 보편성에 의한 인생의 본질 추구를 왜곡해서 하는 평가이다.

둘째로 황순원소설은 휴머니티에 기저하여 인생의 구제를 추구하고 있다. 인간은 의식속에서 生을 성취하고 풍요하게 가꾸기 보다는 그저 世流에 따라 살아가면서 五福과 같이 그 세상에서 추구하는 행복을 성취하는 경우가 있다. 바로 이것이 성취열과 변혁의 상응적 관계이다. 여기에서 주의깊게 관심을 둘 것은 역사의식에 의해서만 사회나 개인생활의 진로가 정립되고 修正되는 것은 아니라는 사실이다. 인생은 도도하게 흐르는 탁류와 같이 흘러가게 된다. 문제는 그 탁류 속에서 어떻게 삶의 의미를 認知하고 그것을 성숙시키고 풍요하게 하느냐에 있다. 가장 소중한 휴머니티의 사랑을 위해 조용히 대응한다. 그러나, 그 대응은 人生의 새로운 조명이며, 성숙을 위한 진로의 진단이며 진로의 설정이다. 그 기저가 되는 것은 휴머니티이다. 문학의 고향은 인생이요, 인생의 활력소요, 역동력은 휴머니티 곧 인간성에 있다. <카인의 후예>에서의 김훈과 오작녀의 對岸的이면서도 깊은 인간애, <나무들 비탈에 서다>에서의 동이와 숙이의 성숙을 위한 存在的 現實의 克服, <日月>에서 기룡과 인철의 運命的 現實의 本質과 대결하는 처절한 자세, <움직이는 城>에서 준태와 지연의 자아의 投影에 의한 사랑의 成熟을 위해 견인하고 이탈하며 산다는 것이 무엇이고 사랑한다는 것이 어떤 것인가를 처절하게 대결하는 자세를 볼 수 있다. 바로 보편성을 띤 인간성을 바탕으로 한 삶을 救濟를 나타낸 것이다.

세째 황순원소설은 匠人精神에 의해서 성숙된 小說美學이 형성되어 있다. 소설은 건축적인 서사구조이며, 언이의 미직인 구사에 의한 개성적인 문체의 형성이다. 또한 예술적 추구에 의한 技法의 심화이며, 언어의 개성화에 의한 독창성의 획득이다. 이러한 의미에서 볼 때, 황순원소설과 같이 성숙한 서사구조와 언어의 절약에 의한 함축적이면서 多義的이고 세련된 표현으로 형상화되는 작품도 많지 않다. 소위 장면의 전환에의 극적인 소설인 <소나기>나 장면으로 구조된 <움직이는 城>의 劇的 構造나 終末强調, <늪>, <기러기> 등, 초기소설의 3人稱의 객관화에서, <별>이나 <산골 아이>, <曲藝師> 동시점의 객관화 등 다양한 시점, <산골 아니>의 현실—꿈, 현실—과거, 꿈—현실의 심리기법에 의한 시간성과 <움직이는 城>에서 城이 동요가 없는 '정신적인 支柱'인데 비해 유랑민 조성으로 나타나는 '정신적인 支柱'가 없는 '동요하는 존재의 공감'으로 의미를 확대한 공간성의 활용과 서정에 바탕을 둔 간결하면서도 세심한 의장으로 다듬어진 문장, <산골아이>, <골목아이> 등 꿈에 의한 내면적 대화와 <오뚜기>의 '오뚜기' <독짓는 늙은이>의 '터져나간 돌조각', <비늘>의 '잉어', <카인의 후예>의 '큰애기 바윗골 전설', <日月>의 '인철네 머리에 있는 바다' 등 象徵的 裝置에 의한 소설기법이 匠人으로서의 특이성을 지닌다.

　<별>은 이러한 황순원소설의 초기에 발표된 작품으로 황순원 소설의 한 원형을 이루고 있다.

Ⅲ. 별의 이미지와 超越的 空間

　<별>은 「人文評論」(1941.2)에 발표된 黃順元의 초기단편이다. 또한 <별>은 「東光」에 김해강, 모윤숙, 이응수 등과 함께 신예시인으로 소개될 정도로 시인으로 활약하고, ≪黃順元 短篇集≫(1940)이 上梓된 다음해에 발표되고 있어서 주목되는 작품이다. 그것은 <별>이 황순원소설의 한 원형을 이루는 작품이라는 것과 시에서 小說의 장르로 전환하는 작품이기 때문이다. <별>은 영원한 안식처요 낙원인 어머니를 천상의 별이미지로 상징하고 그 모방에 가까운 누이를 지상의 그것으로 대응하여 어머니의 상징적 의미를 별의 이미지로 형상화한 맑고 생기가 넘치는 작품이다. 먼저 별의 이미지로 펼쳐지는 이 작품의 내용을 검토해 보자.

1. 어머니 이미지와 갈등

<별>의 서두에는 어머니의 이미지를 누이에 전이시키는 데 갈등을 그리고 있다.

① 산애는 자동복위가 꼭 죽은 어머니 닮았지 한 말에 놀기를 멈추고 누이의 얼굴을 생각해 내려 했으나 누이의 얼굴이 떠오르지 않는다.

② 산애는 어머니를 수없이 부르며 이복동생을 업고 있는 누이를 찾아 그 얼굴을 들여다보면서 참으로 어머니는 누이의 얼굴과 같았을까 의심해 본다.

③ 열한살난 누이를 바라보던 산애는 누이의 지나치게 큰 입술 새로 드러난 검은 잇몸을 발견하고 어머니는 예뻤을 것이라고 생각한다.

④ 산애는 누이가 꼭 어머니 같다고 말한 과수노파를 찾아 입이 다르다는 확인을 받고 누이가 비단색 헝겊을 모아 만들어준 남자를 든 이쁜 부인인형을 묻어 버리고 당나귀에게 그 사실을 말하고, 타다가 딩군다.

⑤ 누이가 자기를 꺼리는 것을 느낀 산애는 누이가 업은 이복동생을 꼬집어 누이를 혼내 주려고 했으나, 누이의 태도는 오히려 어머니의 애정 같은 것이 풍겨옴을 느낀다.

여기까지가 <별>의 동기 부여가 되어 있는 서두이다. 여기에서 우리는, 어머니를 그리워하는 산애의 집요한 자세, 누이와 같다는 말을 부정하는 어머니의 환상의 순수성, 누이에게서 느끼는 모성애의 세모티브를 볼 수 있으며, 어머니를 그리는 집요한 자세에 現實 否定과 肯定의 양극의 갈등 현상을 볼 수 있다. 이런 갈등의 양극성이 어머니의 이미지와 어떻게 相應하며 照明되는가가 또한 문제가 된다.

2. 별과 이슬의 이미지

<별>의 사건의 전개에서는 지상의 이슬이 될 수 없는 누이에 대한 하늘의 별의 이미지의 換置에 의한 분류가 그려져 있다.

① 옥수수를 좋아하는 산애는 누이와 쌍둥이 떼어내는 일로 심술이 나면 하늘의 별이 땅의 이슬과 흡사하다고 생각하는데 누이가 큰 옥수수를 산애에게 주었으나 산애는 뜸물항아리 속에 집어 넣는다.

② 땅바닥에 갖가지 지도를 그으며 놀기를 좋아하는 산애는 옆집애 와 땅뺏기 놀이를 하는데, 누이가 와 산애가 좋아하는 대로 그렸 으나 산애는 오히려 지워 버리면서 그게 아니라고 소리를 지른다.

③ 뒷집의 예쁘장한 계집애와 싸움에서 누이가 몰리는 것을 보면 산 애는 그곳을 그대로 지나쳐 버린다.

이 사건의 전개는 산애는 결코 누이의 애정을 받아 들이지 않고 地上의 이슬을 해는 별과의 相應的거리를 두고 누이를 대하게 되는 갈 등을 나타내고 있다. 그것은 결코 合―될 수 없을 이질적인 것이며 지상의 이슬이 되지 못하는 누이는 결코 하늘의 별의 이미지인 어머니와 대치될 수 없음을 보여준다. 여기에서 어머니와 누이를 상징하는 별과 이슬의 同質性을 닮을 수 없는 이질적인 현실 인식을 보여준다.

3. 별의 이미지의 轉移

어머니를 상징하는 별의 이미지는 空間을 이동하면서 그 상상을 추구해가는 **轉移樣相**을 보여준다.

① 산애는 뒷집 계집애보다 더 예쁘고, 깊고 맑고 깊은 눈과 신선하
  고 건강한 볼과 약간 붉은 듯한 머리털에서 풍기는 순한 향기를
  가진 소녀와 알게 된다.

② 맑은 눈에도 연보라빛 하늘이 가득차 있는 소녀를 들여다보다가
  입술을 부비고 난뒤 이미 소녀도 어머니가 아니란 것을 깨닫는다.

③ 한번 동수의 오빠를 만난 일로 누이가 아버지에게 혼나는데 의붓
  어머니가 감싸주는 것을 보고, 이붓어머니에게 죽은 어머니를 들추
  어내는 누이가 미워진다.

④ 나혼자 엿드믄 벌서 죽구 말었어. 죽구말지 살몬 무엇하노 네가
  있어서 그렇지라고 말하는 누이를 보고 누이를 강물에 집어넣는의
  식을 하다가 넣지 않고 그곳을 떠난다.

 이 사건의 진전에서 결코 합일될 수 없는 **時空**의 이질을 어머니의
이미지를 뒤집어 아이보다 더 예쁜 소년의 눈에서나 찾으려 하지만
허사에 돌아가고 의붓어머니에게서 그 가능성을 발견하게 되는 기나
긴 편력을 볼 수 있다. 하지만 그것도 누이의 현실적인 고뇌에 다시
갈등을 일으켜 누이를 강물에 집어넣는 **消滅**의 **祭儀儀式**을 지내려다
가 그곳을 떠난다. 여기에 새로운 전환의 가능성을 보여준다. 실체나
이미지의 모방이 얼마나 덧없고 의미 없는가를 보여주며, 산애는 또
별의 이미지를 찾아 힘겨운 **遍歷**을 떠나게 되는 **絶頂**에 이르게 된다.

4. 별의 超越的 空間

 여기에서 우리는 어머니의 별은 결코 하늘에 있는 것이 아니고,

바로 나의 눈에 있다고 느껴지는 별의 **超越的 空間**의 이미지를 볼
수 있다.

① 실없이 망나니아들과 아무 불평없이 혼약을 맺어, **結婚**하는 날,
  의붓어머니를 잡고 무던히 슬피우는 누이를 담가에 숨어 지켜 보
  고 있었다.

② 얼마 안된 어느날 빨간 노을이 진 저녁때 누이의 부고를 받았다.

③ 골무에 묻은 **人形**을 파보았으나, 이미 썩고 없는 것을 발견하고
  당나귀를 타고 왜 누이를 죽여 하고 절규했으나 이미 누이는 없
  었다.

④ 하늘의 별이 산애의 눈에 내려오는데, 오른켠 내려온 별은 죽은
  어머니라고 느끼면서 왼켠별은 죽은 누이의 별이라고 느낀다. 아
  무래도 누이는 어머니처럼 아름다운 별이 되어서는 안된다고 느
  끼면서 눈의 별을 내몰았다.

누이의 결혼과 의붓어머니의 슬픈 울음이 **暗示**하듯이 누이가 죽자
산애는 이미 어머니의 이미지가 아니라고 느껴 울었던 인형을 찾지
만 그것은 이미 썩어 없었다는 **認知**와 **喪失**의 아픔을 드러낸다. 당나
귀를 매개로 누이의 이미지를 재생하려고 하지만 그것도 실패로 돌
아간다.

산애는 비로소 눈물 속에 하늘의 별이 내려와 있음을 느끼는 이미
지의 현실 초극을 인지하게 된다. 하지만 어머니와 누이의 별의 이미
지는 결코 동일할 수 없어, 누이가 어머니의 별과 같이 예쁠 수 없다
는 것을 느끼게 되어 어머니의 별의 이미지와 결코 **同一性**일 수 없
음을 깨달으며, 눈물을 내몰아 초월적 별이 이미지의 내면화를 보여
준다.

이러한 별의 이미지로 초월적 공간을 획득한 <별>은 산애와 누이

의 **等價的** 상관성을 견지하면서 어머니의 이미지를 현실의 누이와 하늘의 별로 대응시켜 영원한 안식처요, **憧憬**인 어머니를 내면화함으로써 인간의 본질을 추구하여 보편성을 획득하고 있다.

Ⅳ. 〈별〉의 文學的 成就

어머니는 영원한 안식처이며, **歸巢**의 낙원이다. 황순원의 초기 단편인 <별>은 어머니를 하늘의 별의 이미지로 상징하여 그 별을 찾으려는 산애의 **遍歷**의 여정과 새로운 인지의 **冒險**을 그리고 있다. **血肉**인 누이에서 시작하여 뒷집 소녀보다 더 예쁜 소녀로 어머니를 상징하는 별의 이미지로 전위하고, 누이의 내적 지향을 상응적으로 비치면서 누이의 죽음으로 죽은 어머니와 동질성을 획득하게 된 누이의 별의 이미지에서, 어머니의 별과 누이의 별의 다름을 인지하게 된다. 그것은 별의 이미지의 초월적 공간의 획득이라고 할 수 있다. 이런 어머니의 이미지의 **轉位**와 그 초점의 **歸一**을 누이와 대응하여 어머니의 별의 이미지를 내면화하고 있는 것이 이 소설의 핵심이다. 황순원은 결코 맑을 수 없는 **地上**의 이슬이 영원한 어머니의 이미지인 하늘의 별과 **相照的**인 대응성에 있으면서 **超越的 空間**을 획득할 때 그것이 내면화되어 삶의 의미를 정립함을 이 <별>에서 보여주고 있다. 그런 의미에서 <별>은 어머니란 영원한 안식을 동경하는 인간의 본질과 그 의미를 부각하여, <소나기>나 <기러기> <움직이는 **城**> 등에 성숙되어 가는 황순원소설의 한 **原型**을 이룬다고 할 만하다.

(鳳竹 朴鵬培博士回甲論文集, 刊行委員會, 1986)

3. 피해적 상실과 성취적 지향

현대사회는 쉬지 않고 변해간다. 변화를 가져오는 역동성은 다르다고 해도 지속과 변혁의 함수 속에 새로운 그날의 성취를 위하여 달린다. 더구나 지향적 욕구에 불타는 변혁기에는 그 변화의 속도가 빨라진다. 이러한 욕구에 불타는 변혁의 양면성은 상호 견인과 부조화의 함수적 양상을 보인다. 오랜 관습과 인간 관계 속에 머물러 있으려는 힘과 새로운 성취를 위해 나아가려는 힘은 서로 밀고 당기면서도 변혁적 지향이 그 주현상으로 나타난다. 여기에서 머물러 있으려는 지속성은 종횡으로 형성되어 있는 관습과 인간애를 고수하려는 守舊의 자세가 되고, 개혁과 창조에 의한 새로운 그날을 실현하려는 변혁성은 활력에 넘치는 역동성으로 전진하려는 진취적 양상으로 나타난다.

이러한 수구와 변혁의 선형적(lineary) 변화에 대응하는 자세는 세가지로 나타난다. 그 하나는 변혁적인 격동에 동참하여 변혁을 주동하거나 동렬에 서는 진취적 자세이고, 다음은 옛것을 지키고 그에 집착하는 수구의 자세이며, 세째는 변혁이나 수구의 적극적 자세는 아니고 이 둘에 끌려다니면서 변혁에 동조하는 순응적 자세이다. 여기에서 진취와 수구는 서로 견인하면서 대척하여 대결의 양극을 이루게 된다.

진취적 자세는 새로운 미래의 성취에 불타는 변혁의 선두에서 견인차의 역할을 하여 그 표면의 대열에 서며, 수구의 자세는 변혁적 현실을 거부하면서 옛것을 아끼고 그 속에서 삶을 성취하려고 한다.

그것은 루카치가 ≪소설의 이론≫에서 말한 추상적 이상주의와 환멸의 낭만주의로 나타나게 된다. 이러한 변혁적인 진취와 수구적인 지속은 상호 조화로 나타나는 상승적인 변화에 의한 변이보다는 갈등과 균열에 의한 비극적 양상으로 나타나기 쉽다. 그것은 가해와 피해의 양상을 띠어, 설 자리를 뒤흔들어 놓는 가해적 모험과 수구를 지속할 수 없는 피해적 상실의 비극으로 나타난다. 시행착오를 거듭하면서도 진취를 위한 변혁을 쉬지 않고 거듭하는 경우는 전자의 예요, 산업입국에 의한 근대화의 새로운 진취를 거부하고 옛것을 소중히 하여 변화와 향유의 대열에서 소외되고 탈락되는 현상은 후자의 경우이다. 여기에서 전자의 진취적 모험을 견제하는 후자의 역반응이 그 비극성을 상쇄하여 그 빛을 더하는 경우가 적지 않다. 우리는 文淳太의 ≪징소리≫과 柳在用의 ≪聖河≫이 이러한 수구의 빛을 형상화하여 피해적 상실의 새로운 의미를 부각하고 있는 것을 볼 수 있디.

이 두 소설은 비록 그 상황이나 서사구조는 다르다고 해도, 변혁적 현실변화의 선두에 서거나 쉽게 순응하지 못하고, 가장 소중한 옛것을 간직하려는 수구의 빛을 개인과 민족사의 격동기의 비극 속에 점철하여 삶의 의미를 조명하고 있는 데 공통의 광장을 찾을 수 있다. <징소리>는 水資源開發이라는 근대화의 변혁에 소외되는 방울재라는 수몰지구를 정지공간으로 하고 생활의 변혁을 상징하는 광주를 이동공간으로 하여, 징소리에 상징되어 있는, 6·25의 비극과 변혁의 현실을 조응하면서 처절한 수구의 자세로 피해적 상실을 극복하려는 농도가 깊은 연작의 형태로 보여주고 있다. 이에 반하여 <聖河>는 민족의 비극인 6·25의 상처의 체험공간이 다양한 현실의 생활 속에 원형적으로 잠재해 있는, 과거와 현재가 조화되지 못하고 갈등의 심연으로 빠져들어가 허탈에 빠지고, 또는 소중한 것을 認知하는 데 나타나는 피해적 상실의 현재성을 보여주고 있는데, 이것이 이 두 소설의 편차로 나타나고 있다. 그러면서도 6·25라는 피해적 상실의 체험의 현재적 조응과 지나간 소중한 것을 통해 삶을 성숙시키려는 수구적 자세에 두 소설의 동질성을 찾을 수 있으며, 山谷의 여울물과 같은 생명력이 넘치는 문학적 향취를 맛보게 된다.

≪징소리≫은 장성호 댐으로 수몰된 방울재라는 수몰지구의 고향을 상실한 사람들의, 6·25의 격동기에 얽힌 恨에 서린 피해적 상실의 비극이 연작의 형태로 쓰어진 장편소설이다. <징소리>은 첫 작품 <징소리>에서 마지막 <달빛 아래 징소리>까지 '78년 가을부터' 80년 봄에 이르는 1년 반에 걸쳐 집필한 것으로, 단편 <징소리> <저녁 징소리> <마지막 징소리> 3편과 중편 <말하는 징소리> <달빛 아래 징소리>등 3편 등 6편으로 된 연작소설이다. 작자의 말대로 내 고향이며 모두의 고향이며 우리들의 고향인 許七福의 고향 방울재를 잃고 귀소의 집념으로 방황하고 절구하는 허칠복 일가와 수많은 사람들의 피어린 삶의 절규가 우리를 압도한다. 거기에는 6·25전쟁의 상처와 수몰지구가 되어 고향을 상실한 이중의 격동기에 희생된 속죄양의 한에 맺힌 수구적 저항이 비극적 상황에서 전개되고 있다.

<징소리>는 문제적 인물인 허칠복과 그 일가를 중심으로, 18대에 걸쳐 살아온 사람이 있을 정도로 뿌리 깊은 방울재란 수몰지구에서 징소리로 상징되는, 한에 서린 삶의 절규가 그려져 있고, 낙원을 상실하면서 희구적 욕구에 충만한, 꿈을 찾는 구도자의 통과제의를 정서적 구조에 의해 부각시킨 작품이다. 연작이란 장르를 극복한 <징소리>는

서너 관점에서 우리의 관심을 끌고 있다.

첫째는 역사적 변혁에 의한 비극적 현실이 우리를 압도하고 있다. 6·25의 격동에서 뿌려진 비극적 상황이 수자원개발에 의한, 댐 건설에 의한 수몰지구의 고향을 상실한 현실에 선형적으로 중첩되어 비극은 더욱 심화된다. 그것은 징소리의 상징적 장치로, 비극의 모티프와 그 연계성에 의해 허탈·소외·절망에 빠지면서도 귀소의 한에 젖은 암담한 현실로 나타난다. 허칠복 일가를 중심으로 방울재와 칠복이 나타나는 이동공간에서 벌어지는 상황은 6·25란 민족의 비극에 연계되어 절규하고 있는 삶의 현장이 縱的線形을 이루면서 그 비극을 심화시키고 있다. 징잡이 아버지의 죽음과 실향의 한을 징에 응집시키는 허칠복을 필두로, 징에 얽힌 아버지의 비극을 화석화시켜 단절시키려는 장필수 과장, 변혁되는 현실에 유혹되었다가 징소리로 상징되는 안식처를 찾아 수몰된 방울재에 몸을 던지는 칠복의 아내 순덕, 6·25의 처참한 피해적 상처를 치유하던 제 2의 고향인 시골을 지키기 위하여 딸 길녀와 같이 집에 불을 질러 그곳에 묻히는 맹 계장 어머니, 피해적 현신을 안으로 삼키면서 현신에 순응하려는 강촌 영감과 미을 사람들 및 징소리의 상징적 장치로, 비정과 잔인, 한과 슬픔, 애욕과 안주 등 버려지고 소외된 피맺힌 한이 서린 역사적 현실이 감동 깊게 나타나고 있다.

둘째는, 고향 상실의 실향민의 고향 회귀의 집요한 현실 대응 자세가 우리를 전율케 하고 있다. 고향은 귀소본능의 안식처요, 인간이 추구하는 영원한 낙원이다. 그것은 무어의 '유토피어'이기도 하고, 플라톤의 <共和國>이기도 하며, 도연명의 '무릉도원'이나 이청준의 <이어도>이기도 하다. 하지만, 허칠복이나 방울재 사람들이 안주하고 싶은 고향은 관념적이거나 추상적이 아닌 구체적이며 현실적인 고향이다.

그것도 18대를 살아온 방울재란 역사와 삶의 호흡이 서린 공간이요, 그 속에서 이웃과 흙과 더불어 오순도순 살아온 공동사회로서의 공간이다. 거기에는 수자원개발과 같은 새로운 변혁도, 문명의 수용도 거부하고, 산과 물, 흙과 들과 같은 자연과 사람들과 호흡을 같이 하는 인정의 세계가 있을 뿐이다. 봉구의 舍廊으로 상징되는 고향의 공간은 내가 있고 네가 같이 있고 우리가 있는 공간이요, 생명이 살아 있는 곳이다. 징소리는 바로 이 고향을 연계시켜주는 중개자(mediator)이다. 허칠복이 고향을 떠난 지 3년 만에 징을 치면서, 이미 물에 잠긴 방울재를 바라보는 장면은 고향의 의미가 무엇인가를 계시하고 있다. 조선 때 인물로 착각될 정도로 옛것을 수구하려는 허칠복은, 수다한 역경 속에서도 상실한 낙원을 한을 삼키면서 집요하게 추구하는 문제적 인물로 볼 수 있다. 변해가는 세태에 순응하는 것이 아니고 일회적 인상은 상실되었지만 가장 소중한 낙원을 추구하는데 전력투구하고 있는데 그 의미가 확대되어 보인다.

세째는, 정서적 구조와 리얼한 표현에 의한 미의식의 성취가 주목된다. 18대가 살아온 허구적 시간을 단 1년의 담론적 시간으로 객관적 서술 시점에서 장면을 제시하고 있는 예술적 구조와 방울재의 자연모사, 사투리의 구사등 구조미와 표현에서 예술성을 획득하고 있다.

이러한 <징소리>는 자의적으로 구사되는 허칠복의 성격, 간혹 보이는 회상과 예측의 부조화, 징소리의 지나친 함축적 상징 등의 문제는 있으나, 징소리로 상징되는 초월적 공간을, 마을 사람들이 살아가는 정지적 공간에서 역사와 선인과 이웃과 같이 사는 정신적 공간으로 확대하여 실향민의 모티프로 한에 서린 방울재의 삶의 절규를 부각시키고 있어, <징소리>는 문순태 소설의 한 이정표가 되고 남는다.

柳在用의 ≪聖河≫는 '조연현문학상'을 받은 단편 <聖河>와 <孵化>

그리고 <環>등 단편 11편이 수록된 소설집이다. 이 소설집은 <손 이야기>로 시작하여 <누님의 肖像> <비바람 속으로 떠나가다> 등 주로 실향민의 한과 귀소의 지향성을 보여주어 '이상문학상' 등 많은 문학상을 받은 작가가 근래 발표된 단편을 모아 상재한 것이다. <聖河>는 작가가 <작가의 말>에서 '창작에는 숙련이란 있을 수 없고, 그래서 작품을 새로 만들고자 할 때에는 황무지에 숲이나 농경지를 조성하거나 도시를 건설하자고 마음먹었을 때처럼 막막한 느낌을 가슴에 안게 된다. ……작품 쓰는 일이 어렵다는 생각을 가지게 된다'라고 말하면서 '여기에 실린 작품은 작품 쓰는 일이 갈수록 어려워진다고 생각하면서 쓴 것들이다.' 라고 말하고 있듯이 더욱 진지하게 대결의 자세로 씌어진 작품들이다. 이 ≪聖河≫는 주로 6·25의 상흔을 안고, 현실에 순응하거나 극복하며 살려는 사람들의 역사적 상처와 현실적 변이를 說話性을 바탕으로 하는 서사구조에 의해 스러져가거나 소멸되어 가면서도 격동과 변혁을 조용히 대응하여 살아온 인간상을 부각시키고 있다. 거기에는 강력한 현실 대응의 삶의 자세와 상실한 고향에 대한 집요한 回巢와 향수의 욕구가 서려 있으며, 변혁적 현신의 거부로 수구의 세계에 칩거하려는 강한 무의식이 도사리고 있다. 6·25를 주로 한 역사적 격동기의 체험이 오늘을 사는 생활인의 행동을 가늠하는 좌표나 장치가 되고, 있어온 관습을 일탈하는 것을 거부하고 자기의 정신적 공간을 수구하려는 자세가 ≪聖河≫의 많은 작품에 나타나 있다. 이것은 남북분단의 상황에서 고향을 안식을 추구하는 유재용 소설의 연계적인 양상이면서도 새로운 지향성을 추구하는 또 하나의 변이이기도 하다. ≪聖河≫는 역사 체험의 한계성, 옛것을 지키려는 수구의 자세, 운명과 자기 성취에 의한 삶의 지향성 등 여러 면에서 우리의 관심을 응집시키고 있다.

첫째는, 역사적 체험을 주로 한 정신적 공간의 현재성이 우리를 압도하게 한다. 사람의 체험과 그 아픔과 한은 시간에 따라 소멸되는 것이 아니고 무의식의 앙금으로 잠재되어, 그것이 현실의 촉매에 의해 현재화하여 생활의 리듬을 깨는 경우가 많은데, <聖河>의 많은 소설은 앙금으로 잠재되어 있는 민족의 비극인 6·25의 체험이 현실의 지향성을 가늠하는 장치로 나타남을 보여준다. 포로수용소에서의 잔인상에 충격을 받아 제3국인 인도에 가서 조국을 등진 한장석과 권성철, 힌두교에 귀의하고도 임종 때 고향의 서홍강을 부를 정도로 6·25의 상처로 잊으려고 했던 조국에 안주하려는 귀소의 인정에 젖은 권성철은 물론, 6·25때 학생으로 신출귀몰의 공을 세우고 제대하여 C시의 정화에 그 공을 거듭하고나서 마지막 자기를 인지하기 위해 C시 시장문제에 개입하는 <세월의 덫>의 김관준, 6·25때 부모를 두고 월남하고는. 이제 아들 식구가 미국에 나가 총소리의 환청에 시달리는 <어제 울린 총소리>의 조한세 노인이 다 지나간 체험의 현재성에 삶의 아픔을 겪는 인물들이다.

둘째는, 옛것을 지키려는 수구의 자세에 의한 삶의 비극을 볼 수 있다. 그것이 관습이건 가풍이건 개인의 집념이건 지속되어오다가 스러지는 옛것을 수구하려는 자세는 새로운 변혁을 거부하고 옛것을 현재화하려는 데 비극성을 지니게 된다. 한 가정을 가부장 의식으로 다스리다가 무너지는 <環>의 김좌근노인, 딸 정님의 허혼을 거부하여 죽은 딸이 환생했다고 믿는 희귀조를 자기 손으로죽이는 <어디서 날아온 새>의 김광도 영감, 옛과 현재의 갈등이 시인이란 응집력으로 옛것에 안주하려는 <시인의 집>의 배창돈 등이 바로 소중한 옛것의 향수에 젖어 사는 사람들이다.

셋째는, 운명과 자기 성취에 의한 삶의 지향성이 강력히 나타나고 있다. 우연의 일치에 의해 죽음을 맞는 <날아 온 돌 하나>의 김진환이 그저 살아가는 대로 빚은 운명의 비극의 주인공이요, 새 생명을 소중히 가꾸는 <孵化>의 김금일과 정애, 가장 소중한 창작을 위해 방황하는 <아버지 돌아보다 >의 이민수, 자기 헌신으로 대중을 매혹시키는 <구경꾼>의 오광도, 친구와 술도 마시고 장 여사와의 정사 등의 사이를 누비면서 애띤 명칭에 대한 피책에 고민하는 <하오의 길목>의 박한영 등이 다 무엇인가 삶을 성숙시키려고 지향의식에 불타는 사람들이다.

이 세째의 경향이 유재용 소설이 분단된 고향의 집요한 추구에서 성취의식 속에서 겉으론 평범하게 살아가는 개인에 대한 관심으로 변모하는 양상이다.

그러나, 이러한 경향으로 나누어지는 ≪聖河≫는 유재용의 소설 기법의 원숙성을 보여주는 데 또하나의 의미가 있다.

원래 匠人의 기법에 뛰어난 작가이기도 하지만, 흡인력을 가지면서도 평범한 서두, 조급하지 않고 자연스럽게 진행되는 사건의 배열, 회상과 예측의 적절한 구사, 종말까지 끌리게 하는 상치의 효과, 산산한 톤의 표현 등 설화자로서의 작가의 특이한미적 현상화의 기법이 구사되고 있어, ≪聖河≫는 유재용 소설의 또하나의 이정표가 될 소설집이다.

여기에서 이 두 작품을 논의하면서, 우리는 피어린 체험에 의한 피해적 상실과 고향이나 개인의 지향의식이 어떻게 상충하고 흡인되는가 하는 삶의 현장을 엿볼 수 있고, 소설의 예술과 사상의 二元性의 합일은 큰 목소리보다는 평범하고 잔잔한 생활의 수용에서 가능함을 인지할 수 있다.

결국은 일회적인 인생에 지나지 않는 우리가 가장 소중한 것을 위해 어떻게 전력투구하여 그것을 성취하려는가를, 역사적인 체험과 지향적 현실의 함수적 연관성의 전개속에서 삶의 의미와 그 지향성을 장인의식으로 해명하고 제시하는 데에 소설의 광장이 있음을 알 수 있다.

(現代文學, 1986.8)

4. 역사적 현실과 허구적 진실

소설은 작가의식과 문학환경의 치열한 대결 속에서 창조된다. 시나 희곡 등 문학의 다른 장르도 그 軌를 같이하지만, 특히 소설의 경우는 소설이 서구적 서사물(narrative fiction)이면서도 현실과의 대응적 확산 기능을 내포하고 있기 때문에 그 상관성이 긴박하게 나타난다. 소설이 인생의 본질을 추구하여 인간 존재를 해명하거나, 고발과 지향적 정신에 의해 현실과의 대응에 의해 삶의 지표를 제시하든 간에 장인정신에 의해 손재적 현실과 낭위석 현실을 창조하넌 그반이시만, 문학 환경은 이러한 창조의 자율성을 방관하지는 않는다. 문학환경은 창작의 자율성을 견제하여 소설의 직접적인 사회적 전파 기능을 희석화하여 간접적이거나 일탈에 의한 소비나 여과의 한 매개물로 전락시킨다. 여기에서 소설은 궤도를 수정하여 우회하거나 칩거하여 전파 기능의 다양화를 모색하게 된다. 한국소설이 서정과 역사·풍자·타락현상으로 다분화하는 현상이 바로 그런 양상이다. 소설의 서정에의 복귀는 현실과의 치열한 대응에 의한 지향적 추구의 자율성이 견제되어 원시에의 복귀나 평범한 생활속에서 한국인의 존재를 해명하려는 경향이고, 역사에의 회귀에 의한 지나간 과거에의 관심은 현실과 상응적인 이미 지나간 현실의 투시에 의한 간접적 전파 기능을 다하려는 창작의 자율성의 극복 양상이며, 풍자는 의인화나 상징체계에 의한 현실을 우화적으로 희화하여 소설의 기능을 다하려는 경향이며, 타락은 상업성과 결탁하여 소설을 관능적인 쾌락이나 청량음료수와 같은 일시적인 청량제를 주는, 등산이나 낚시, 스포츠 같은 레저의 하나로 전락시켜 소설문학의 사회적 전파 기능에 역작용하는 자율성을 포기한 양상이다. 이 가운데에서, 서정에의 복귀는 현실과 사회적 변동의 역동성을 응시하면서도 자율성의 한계를 극복하지 못하고 보편성에 의한 인생을 해명하려는 경향이고, 역사와 풍자에 기우는 경향은 제재의 도피와 기법의 심화에 의한 창작의 자율성의 견지이며, 타락 현상은 배금주의에 매혹되고 기법유희에 의한 장인정신의 상업화를 말한다. 물론 한국소설이 문학 환경의 견제에 과감히 도전하며 고발과 삶의 지표를 추구하는 경향이 또하나의 주요현상이 되어 있음을 간과할 수 없다. 하지만, 이 대결의 경향은 의욕의 역동성이 제대로 결실하지 못하여 당시대의 문학적 공간(literary space)의 부조화 양상으로 나타난다. 여기에서 소설은 역사에의 도피를 고발과 지향적인 작가의식에 의해 상습적으로 극복하여, 개인과 역사와의 상관성에 의해 그 현실을 투시하고 역동성에 접맥하여 삶의 의미와 그 지향성을 추구할 필요가 있다. 그것은 바로 문학환경의 견제를 극복하면서 당위의 문학으로 상승시킬 수 있는 소설의 한 방법이기 때문이다. 全商國의 <길>과 金龍雲의 <끝없는 合唱>이 바로 이러한 방법에 의해 문학의 자율성을 획득한 소설들이다.

　이 두 소설은 비록 그 역사적 배경은 다르다고 해도, 격동기의 한국 사회에서 가장 소중한 것을 위해 집요하게 삶을 영위하는, 민족사의 변이 속에서 생을 성취해가는 개인사가 점철되어 있는 데에 그 공통분모를 찾을 수 있다. <길>이 8·15해방 직전 식민지 치하에서부터 4·19까지 약 20년 동안의 민족의 격동기의 移動空間 속에서 한 가정의 여러 인물의 逸脫과 응집 속에서 겪고 추구해가는 삶의 현장을 연작의 형태로 보여주는 데 반하여 <끝없는 合唱>은 4·19를 중심으로 하여 일 년 동안 서울 한 마을의 정지공간에서 대학생을 중심으로 역사의 격동에 능동적으로 대응하면서 삶을 성취해가는 역사의 역동성과 개인의 성취가 점철되어 있는 삶의 현장을 전작 소설로 창조하고 있는 것이 이 두 작품의 이분모로 나타나고 있다. 이런 양상 속에서 이 두 작품은 역사의 격동 속에서 유전하고 성취해가는 개인사의 수용과 그 지향성에 있어서 양성반응의 미묘한 그 서사구조에 있어서 적지 않은 거리를 보여준다.

　<길>은 <出鄕>에서 시작하여 <山넘어 江>으로 끝나는 연작소설이다. 6편이 각기 완결된 작품이면서 <길>이라는 선형으로 연계되어, 이동공간 속에서, 대호리의 박준섭의 한 가정이 6·25의 격동을 연원으로 이산과 응집의 생활의 지향 속에 비극의 심언으로 삐져들어간다. 거기에 이데올로기와 상황의 교차에 의해 실향민을 주로 한 한민족이 通過 祭儀와 같이 지내야 하는 냉혹하고도 피어린 생활의 늪을 헤치게 된다. 해방이 되자 아버지의 재산을 몰수하고 처·자식을 버리는 광신적 공산주의자가 되었다가 그 실상에 실망하여 월남하여 정치를 통해 욕구를 성취해보려는 안타고니스트인 박태혁, 소학교때부터 대립적 갈등속에서 태혁의 아내가 되어 버림을 받아 혼탁한 현실을 유전하는 초분에 성취의 과녁을 집요하게 추구하는 최영재, 남편 태혁의 소유욕에 희생되어 6·25의 격동 속에 월남하여 딸 은하와 아들 덕수와 서로 이산과 응집의 비극적 현실에서 명재의 헌신적 사랑을 냉철

하게 등거리로 유지하면서 자식과 남편의 歸巢를 지향하는 초분이, 월남하다가 어머니와 헤어져 하우스보이, 미군부대, 고아원, 원주의 중학교, 서울의 대학 등 이동공간 속에서 전란의 비극적 현실과 명재아저씨와 어머니의 포용의 애정 속에서 성장하여, 4·19때 총상을 입는 등 6·25의 비극을 상승적인 선형상에서 체험하는 박덕수, 아들에게 가산을 몰수당하고 폐가가 되었는데도 고향에 다가오는 비극을 회피하지 않고 정시하여 대응하는 덕수의 할아버지인 박준선 등 대호리의 한 가족이 이데올로기의 갈등과 상황의 변이 속에서 피어리고 한 많은 비극에 휘말리면서도, 할아버지의 啓示的인 장치와 명재의 헌신적인 애정에 의해 비극적 상처가 어루만져지고 미래의 지향성을 가능케 한다. 더구나, 월남 도중에 누군지도 알 수 없는 사람들에 열 세살의 나이로 몸이 망쳐져, 두 다리를 잃고, 벌써 여섯 살짜리 딸과 아들을 낳고 나이 든 구원자와 인제에서 더 들어간 산중에서 은거하고 있는 은하의 모습에 비극은 더 심화되고, 제삼의 지원자인 송씨가 하루아침에 알거지가 되는 일, 미군 병사에서의 톰의 학대, 아담스의 매정한 이별, 명재를 따르는 여인, 태혁의 다시 만난 부인 등 크고 작은 비극적 소연속(micro-seguense)이 압도하여 현실을 넘는 비극이 확대된다. 이런 부정적인 상황에서도 우리는, 덕수의 생일인 음력 삼월 사흘 의정부 역전 전보대와 같은 미래예측적인 장치와 어렸을 때의 명재·덕수·초분의 학교생활의 과거회상의 기법이 적절히 구사되어 비극적 현실이 내적 체험으로 승화됨을 볼 수 있다. 태혁으로 나타나는 인간의 맹목에 가까운 성취욕과 6·25라는 격동기가 빚어낸 엄청난 이 비극적 현실에 우리는 숙연히 실향민을 주로 한 이산가족의 비극에 충격을 받게 된다.

　<길>에 이러한 부정적인 상황이 선형적으로 연속되어도, 할아버지

의 계시를 따르면서 집요하게 현실과 대결하는 초분의 강인한 자세와 초분을 위해 생의 의미를 구현하려는 명재의 헌신적인 애정, 비극적인 통과제의를 겪으면서도 강인하게 자율성을 견지하는 덕수의 자의식이 역동성으로 나타나기 때문에, 그 비극적인 현실의 치유가 가능해진다. 정서적 질서(emotional ordered)의 서사구조로 微視小說詩學의 기법이 세련되게 구사되어 있는 <길>은 억수를 주로한 성장소설로서의 이동공간에 의한 계시성의 모호, 태혁과 명재의 도식에 가까운 대립과 갈등, 담론적 시간(discourse time)과 허구적 시간(story time)의 지나친 혼유, 명재와 초분이 등 主人에 가까운 등거리, 때로는 지리한 서사 등 논의될 요건이 있으면서도, 6·25의 격동으로 파생되고 심화된 이 민족의 비극적인 현실을 '길'이란 선형적 이미지에 의해 극복하려는 전상국 소설의 한 정수라고 할 수 있다.

　<끝없는 合唱> 은 「현대문학」에 4회에 걸쳐 분재한 전작소설로 4·19혁명을 중심으로 일 년 동안 왕십리를 중심으로 변혁적 격동에 대응하는 젊은이들의 지향적이며 역동적인 삶의 양상을 부각한 작품이나, 4·19직전의 <대풍의 계절> 4·19이후의 <그 해 여름>이 3부로 되어 있는 이 소설은 <土亭秘訣> <階段>로 등단 후 문단생활 20년의 연조가 성숙한 뒤에 나온 장편 <안개꽃>으로 장기 베스트셀러의 탑을 쌓은 김용운 소설의 한 이정표를 보여주는 작품이다. 왕십리를 정지공간으로 하면서 향림다방과 엄해섭선생을 각기 공간과 정신적 응집력으로 해서 동우회를 중심으로 한 대학생들이 각기 성취욕에 불타면서 4·19라는 광장에 대응하면서 속물성이 넘실대는 현실과 상응적인 관련을 형성해간다. 부패와 탄압으로 얼룩진 자유당 정권의 역사적 치욕에 대응하는 젊은이들, 역사의 격랑에 휘말리면서도 오로지 소중한 것을 위해 전력투구하는 백정립, 달동네에 공민학교를 세워 새로운 내일

을 지향하는 한승엽, 실질적으로 동우회의 일 뛰어다니는 역동성 있는 김태환, 자유당 소속 유달수 의원이 아들이면서도 개인의식이 강한 유동석, 대학생들의 관심의 초점이 되는 응집력을 지니면서도 냉철한 오현주, 그리고 정립의 동생인 정혜, 또 옥금 등 젊은이들이 엄해섭을 정신적 지주로 하여 4·19의 유랑 속을 헤맨다. 자유당의 극한적 횡포와 민주당을 선두로 한 민의의 쟁투로 격전화되는 4·19 전후의 역사적인 사건이 빈틈없이 수집된 자료에 의해서 그 상황이 전개되면서 4·18전후의 격동의 양상과 그 와중에서 각기 전력투구하는 지향성을 보여주면서, 공민학교의 휴교, 4·19때 백정립의 부상의 격랑을 거쳐 엄해섭의 출마로 인한 피해받은 상처로 젊은이의 합창은 조단음이 된다. 정치브로커 홍범에 휘말려 현실 극복의 이상이 수포화되는 마당에서 엄해섭의 정신적 상징력의 상실, 한승엽의 달동네의 실의, 김태환의 배반 등 합창은 갈기갈기 찢어진다. 한승엽의 옥금의 애정의 외면, 백정립과 오현주의 내일의 동반이 대조되면서 젊은이의 합창은 백정립의 지향적 가능성을 보여준다.

이렇게 정지적 공간에서 4·19란 한 역사적 현실을 극복하는 민의 성취의 상징으로서의 이 작품은, 고지적 질서(informative ordered)의 남용, 반복과 빠른 속도의 문체, 동우회의 응집력의 일탈, 역사적 현실내의 완전수용의 욕구, 서사구사의 인색 등 논의할 요건이 없지 않으나 4·19를 제재로한 최초의 소설이요, 4·19세대의 현장성에서 역사와 젊은이들의 욕구 성취, 그리고 세류의 함수성을 허구적 서사물화한데, <끝없는 合唱>은 김용운 소설의 한 기념탑이 될 수 있을 것이다.

여기에서 이 두 작품을 논의하면서, 우리는 견인되고 일탈되는 역사의 역동력과 다양한 개인의 지향적 욕구가 어떻게 상호 흡인되어 삶의 장을 형성하는가를 투시하는 투철한 작가의식과, 제재와 지향의식

을 수용할 수 있는 허구적 서사구조에 대한 장인정신의 전력투구가
소설의 창조성과 위대성을 어떻게 가늠하는가에 관심이 집중되어진다.
그것이 바로 역사적 현실과 허구적 진실의 상관적인 창조 양상이다.

(現代文學 1986.7)

5. 역사적 현실과 신앙, 그리고 행동

1

소설과 현실은 언제나 상응적 관계를 지닌다. 소설이 현실의 반영이건, 현실의 투시이든간에 소설과 현실은 상호 견인작용을 하면서 자기의 세계를 견지한다. 그것은 소설이 아무리 현실적이라도 현실 그 자체는 아니고 현실이 아무리 소설적이라고 해도 현실이 소설 그 자체일 수도 없는 것을 말한다. 우리는 소설 이상으로 처절하고 집요하게 그 무엇을 위하여 살아가는 삶의 체험적 현장을 그린 체험기를 소설이라고 하지 않고 논픽션이라고 말하는 사실 자체에서도 두 세계의 상응성을 이해할 수 있다. 그것은 현실이 바로 소설이 아님을 말한다.

하지만. 아무리 상상에 의한 소설이라도 현실을 떠나서는 소설이 존재할 수 없다. <어린 왕자>나 <갈매기의 꿈>과 같은 소설도 현실을 변형적으로 반영하고 있을 뿐이고, 카프카의 <변신>도 현실의 일탈이 아니라 현실의 변형적인 수용이라고 할 수 있다. 그것은 소설이 현실의 모사가 아니고 새로운 질서의 창조요, 현실을 토대로 한 가공의 세계임을 의미한다. 사실 소설이 현실보다 더 박진하고 리얼한 경우가 많다. <개선문>이나 <젊은 사자들>은 1·2차세계대전의 현장보다 더 전쟁의 현장을 잘 나타내고 있으며, 모라비아의 <권태>는 아웃사이더로서의 현대인의 고독한 인간상을 나타내고 있다.

여기에서 우리는 현실을 어떤 시점에서 투시하고, 그 지향적 역동성을 파악하여 소설이라는 새로운 질서로 창조하는가라는 문제에 부딪치게 된다. 여기에는 두 가지의 자세가 관련된다. 그 하나는 현실을 역사적 역동성에 의해 인지하느냐 아니면 개인이나 집단의 생활환경으로 파악하느냐 하는 현실인식의 문제요, 또하나는 인식된 현실을 어떻게 새로운 질서로 창조하느냐 하는 문제이다. 전자는 작가의 현실인식의 자세를 말하고, 후자는 인식되거나 상상화된 현실을 소설화하는 창작방법의 문제가 된다. 앞의 자세는 역사적 현실과 생활환경의 현실. 뒤의 것은 인형조종에 의한 현실의 재구성과 리얼리티에 의한 새로운 창조의 것으로 분류되어진다.

소설은 바로 이 앞뒤의 요건의 조합에 의해 창조된 세계라고 할 수 있다. 여기에서 우리는 현실인식과 창작방법이 소설과 현실의 상응적 견인작용을 문학으로 승화시키는 동력임을 알 수 있다. 따라서, 소설은 작가의 치열한 현실인식과 인지된 현실의 새로운 질서 부여임을 알 수 있다. 여기에 집요하고도 치열한 작가정신에 의한 창조의 열화가 불타서, 역사적 현실을 조명하여 삶의 의미를 추구하고 그 지향적 현실을 수평선에 보이게 하는 새로운 현실창조가 요구된다. 우리는 宋媛熙의 <大地의 꿈>과 윤정모의 <그리고 함성이 들렸다>에서 그런 예를 볼 수 있다.

이 두 장편은 우리의 역사적 현실의 아픈 상처를 재수술하려는 공통성을 지니고 있으면서, 현실의 인식과 그 창작방법의 차이를 볼 수 있는 데에서 우리의 관심을 끈다. <大地의 꿈>이 조선 말에서 6·25까지 근 백년의 한 민족사를 배경으로 여인을 중심으로 한 한 가족의 생활을 연대기적으로 서술하고 있는데 반하여, <그리고 함성이 들렸다>는 해방 전 몇 년 동안 나병환자가 겪어야 했던 현실을 삶의 현장과 그 지향성으로 형상화하고 있는 것이 두 작품의 공통적인 맥락이면서도 다른 양상임을 볼 수가 있다.

그것은 두 여류작가의 현실인식의 시각의 차이와 창작방법의 다름에서 오는 결과이며, 백 년이란 시간 속에 전국토를 누비는 이동공간과 소록도라는 정지적 공간에서 살아가는 인간상이 어떻게 생을 성취해가는가의 삶의 인식과 자세의 다름에서 나타나는 세계이기도 하다.

또한 <대지의 꿈>이 인형조종에 의한 인간상의 창조인 데 비해, <그리고 함성이 들렸다>은 리얼리티에 의한 삶의 성취라는 창작방법이 빚어낸 양상이기도 하다.

2

<대지의 꿈>은 「현대문학」에 3회에 걸쳐 분재한 장편을 수정하고 보완하여 上梓한 작가의 세번째 장편이다. 이미 <花蛇> <비틀거리는 중간> <잃어버린 날개> 등의 단편집과 중편집 <고려청자>, 그리고 <고독의 문> <여신들의 피리소리>의 장편 등으로 문명을 굳힌 작가가 민족의 수난과 개인사를 점철하여 역사속의 인간의 전이양상을 3대란 역사적 시간과 승지 마을에서 시작하여 신의주에 이르는 이동공간 속에서 격변해가는 역사적 현실 속에서 유전하는 인간상을 그린 장편이

<대지의 꿈>이다.

이미 뿌리박힌 전통 속에 서구의 이질적 문화가 들어와 거부되기도 하고 수용되기도 하는 격동기 속에서 '나는 그 기나긴 세월을 통해 신의 모습이 개개인의 가슴속에 일으키는 변화의 과정을 그려보고자 한다. 과연 이들의 신앙은 이 땅의 역사 속에 정신적 기념비를 세울만한 것인지, 실제와 창작 사이를 넘나들면서 작품화하고 싶다.'라는 작가의 창작의도로 형성된 장편이 <대지의 꿈>이다.

이 작품은 몇 가지 점에서 우리의 주목을 끈다. 첫째, 백 년에 걸친 역사적 시간 속에서 신앙이 어떻게 역사적 현실 속에 전이되고 심화되는가를 보여준다. 유교의 생활윤리에 철저한 조씨부인, 무당을 믿으면서 야소교라는 낯선 신을 믿게 되는 분이, 야소교에 젖었다가 예수를 버리고 결국 믿음을 내면화시키는 선임의 3대에 걸친 신앙의 정착과 그 변이양상을 격동기의 역사적 현실을 배경으로 추구하고 있다.

근 백 년에 걸친 갑오경장·동학란·임오군란·한일합병·식민지 상황·해방공간 및 6·25전쟁에 이르는 수다한 역사적 격동은 조씨부인·분이·선임의 3대에 걸친 전통적 신앙과 외래적 신앙의 대립과 갈등, 무교와 야소교의 대치적 변이, 야소교 신앙의 허실을 점철하는 배경에 불과하다. 또한 한말의 몰락 양반인 김병수대감이나 가부장제도의 기강을 벗어나지 못하는 김성준, 식민지 말에서 해방 그리고 6·25를 거치는 격동기의 비판적 지성인인 정시행 등은 역사적이면서 변이하는 현실에서 신앙이 어떻게 현실과 배합되어 나타나는가 하는 신앙의 허실을 조명하는 배우인물에 지나지 않는다.

그것은 김 대감의 돌연한 죽음이나 김성준의 장외적인 양상, 정시행의 무성격적이면서도 격변에 휘말리는 상황에서 그 예를 찾을 수 있다. 조씨부인의 유교적 신앙과 분이의 무교에서 야소교로 대치되는 보상적 신앙이, 선임의 신앙과 생활에 얽힌 편력이, 이 작품의 배가되는 분량을 차지하고 있는 것으로 봐도 야소교가 민족의 시련적인 격동기에 어떻게 개인 생활과 상충·조화되어가는가를 집중적으로 부각시키고 있음을 볼 수 있다. 조씨부인의 유교적 신앙, 분이의 무교에서 야소교에로의 변이, 선임의 야소교 신앙의 편력, 여기에 박영보의 구도적 신앙의 추구와 윤용심의 개방적 신앙, 많은 교역자들의 위선적이며 허구적 신앙이 신앙의 변이와 성숙의 양상으로 나타난다. 그러면서 선임의 가족 분산과 아픔을 치유하려는 피어린 노정은 가정과 민족과 역사의 원죄를 자각하는 편력으로 나타난다. 그것은 이 숨쉬는 대지에 전이·수용되는 신앙의 새로운 사각이요, 내일의 지평선을 지향하는 오늘의 자세이다.

둘째는 가정을 중심으로 하는 역사와 신앙의 수용양상을 볼 수 있다. 조씨부인이나 분이, 선임의 신앙편력은 결코 그 종교의 기본원리에의 공감에 의한 신앙의 정착이나 변이가 아니다. 조씨부인의 유교적 신앙도 비록 몰락했지만 양반의 지체를 견지하려는 가정을 주로 한 생활윤리의 고수요, 김 대감이 영보의 야소교를 긍정적으로 받아들이는 것도 변혁적 현실에 대한 관심에 의한 가정의 보호라는 개방적 자세이다. 분이의 무교에서 야소교에의 변이도 아들의 죽음에서 오는 충격과 보상심리에서 온 것이다. 선임의 야소교에 대한 비판과 대상의 인식의 변화도 남편과 자식들의 보호심리에서 형성되고, 자매간이나 목사와의 갈등도 야소교의 본질보다는 가족적 보상에서 길러지고 있다. 이런 의미에서 이 작품은 신앙의 변이를 통해서 본 3대에 걸친 가족사라고 할 수 있다.

세째는 인형조종에 의한 세련된 서술자의 모습을 볼 수 있다. 소설의 리얼리티를 자주 문제삼기는 하지만, 전지전능하신 신이 우주만물을 자유자재로 조종하듯이, 인형조종의 경우도 등장인물을 조종하게 된다. <대지의 꿈>에서 몰락한 김 대감의 돌연한 죽음, 윤용성이 목사가 되었다가 무교회파로 변신하는 불행한 종말, 박영보의 가출과 수도적인 편력, 정시행이 니체의 초인주의를 신봉하면서도 현실과의 상응성을 지니지 못하는 비극적 현실…… 이 모두가 인형과 같이 조종된 인물들이다. 그러면서도 여성적인 시각에 의한 생활에 단순적인 적응, 식물성적인 생활감정 등을 토대로 여인의 수난사를 원숙하게 서술하고 있는 데에 이 작품의 유니크한 면이 있다. 그러나 배경적인 사실에 그치지 않는 역사의식에 의한 인지나 피부적이 아닌 의식에 의한 집요한 생활의 추구가 아쉽게 느껴지는 것은 민족의 수난과 개인사의 조화적 상승을 바라는 기대의 소치이리라.

<그리고 함성이 들렸다>은 소록도의 이채로운 제재를 수용한 윤정모의 장편이다. 작가는 이미 소설집 <관계> <가자, 우리의 동지로>, 중편집 <에미 이름은 조센삐였다>, 장편 <광화문통 아이들>을 발표하여 소설세계의 성숙을 지향하면서 특이한 제재와 강력한 의식을 보여주고 있다. 소록도에서 교편을 잡아 일제친략 당시의 상황을 집중적으로 조명한 작가가 뭍에서 소록도라는 나환자수용소의 고도에서 탈출하여 뭍의 자유를 스스로 추구하려는 젊은이들의 처절한 삶의 현장을 조명한 것이 이 작품이다.

거기에는 나환자라는 개아와 집단이 일제식민지 상황에서 외로운 고도이며 일제의 노력의 착취 공간인 소록도에서 현실극복을 위한 집단적 저항의 현장과 해방 후 영록원의 성취를 보여준다. 거기에는 이 영록의 내일에의 지향성과 준영의 변혁적 행동, 휘범의 집요한 성취의 연계적이면서도 화합된 변혁적 의지가 나타나있다. 따라서 우리의 관심도 몇가지로 집중된다.

첫째는 존재적 현실의 인지와 변혁적 지향성이 투철하게 발현되어 있다. 영록·준영·휘범을 주로 한 나병의 현실을 인정하면서 일제의 탄압과 이상향 건설이라는 미명 아래 수탈과 억압, 살인, 실험의 대상이 되고 마는 집단수용을 거부하면서 나환자만의 시상촌을 세우려는 낙원추구 의식과 행동을 집요하게 추구한다. 와룡장에서의 장처놀이, 노루사냥의 집단적 행동, 이춘성의 우상을 거부한 비수, 영록의 죽음으로 끝나는 구출작전, 섬에서 나가 영록원의 정착촌을 이루던 조엽, 영록원을 지켜온 휘범 등 모두가 현실을 직시하고 그 현실을 극복하기위한 주어진 행동에 전력 투구한 사람들이다. 그들의 행동과 죽음에는 노루 사냥에서 사또우를 때려눕힐 때나, 원장의 동상 제막식날 비수를 던진 것, 그 이춘성을 구출하려는 영록의 죽음이 다 필연성을 지닌 모티프에 의한 리얼리티를 획득한 행동이나 죽음이다.

둘째는 피부로 주고받는 뜨거운 정과 인간미가 넘쳐 있다. 이 작품에는 예외적 존재가 없다. 모두가 크고 작은 위치에서 제 몫을 다 하면서 피와 눈물로 엉긴 인간성에 짙게 쌓여져 있다. 강변 사람들의 뜨거운 정이나 기아와 피로 속에서 노역에 시달리는 살아 있는 주검이면서도 서로 주고받는 인정과, 신극단의 익살스러우면서도 재미있는 희극속에 풍기는 인정미 등이 다 버려진 인간들의 숨쉬고 脈動하는 삶의 현장과 그 의미를 보여준다.

세째, 리얼리티가 획득한 역사의식의 조명을 볼 수 있다. 소록도의 나환자의 질식된 현실을 역사의식에 의한 조명으로 수용하면서 박진한 서사구조에 의한 표현으로 리얼리티를 획득하여 소록도란 정지공간을 질식된 현실로 변형하여 지향적 극복을 위한 삶의 모랄을 형성하고 있는 데에 이 소설의 주축이 서 있다. 그런 의미에서 이 작품은 한 현실을 투시하고 그 지향적 성취의 삶의 지표를 리얼하게 형상화한 작품이다.

3

소설은 언제나 현실과 내응적 관계속에서 새로운 질서를 창조한다. 그 현실의 내응적 관계는 작가의 시계와 역사의식의 조명에 의해 여러 양상으로 수용되며, 인형조종이나 리얼리티의 획득 등의 작가의 창작자세에 의해 여러 경향으로 나타난다. 인간생활의 환경의 생활공간과 역사적 공간의 인식이 인물들의 식물적·의식적 행동을 유발하여 복잡한 소설을 형성한다.

이런 의미에서 <대지의 꿈>과 <그리고 함성이 들렸다>의 두 작품은 같은 여류작가의 작품이며, 지난 역사적인 현실을 공간으로 하고 있으면서도, 하나는 격동하는 민족사의 생활공간 속에서 신앙의 이동적 양상을 가정과 모성애를 기축으로 인형조종의 비법으로 부각시키고 있는 반면에, 또 하나는 현실의 겸허한 인식과 그 현실을 리얼리티에 의해 초극하려는 삶의 지표를 제시하고 있는 데에 차이가 있음을 볼 수 있다. 그러면서도 공간은 다르다고 해도 민족사의 현실을 조명하여 수난의 원죄적 인지와 그 수평선을 위한 삶의 자세를 보여준 데에서 두 작품의 견인성과 새로운 지향성을 엿볼 수 있다.

(現代文學, 1986.12)

6. 현실을 초월한 사랑의 지향

1. 한 번뿐인 삶의 의미

사람은 누구나 자기 성취를 위해 이 세상을 산다. 무엇인가 하고 싶고 이루고 싶은 그것을 위해 전력 투구하여 그날을 누리고자 한다. 그것은 가장 소중한 것이 무엇이라는 투철한 인지에서 시작하여, 그 소중한 것의 성취를 위해 어떻게 살아야 한다는 자각에서 집요한 자세로 오늘을 살면서 내일을 지향하려는 삶의 인지를 의미한다. 또한 그것은 산다는 것은 삶의 자각이요 그 지향적인 성취임을 터득한 자세이기도 하다.

하지만 이 세상의 모든 사람이 그렇게 살고 있지는 않다. 그저 세상의 흐름에 따라 순응하며 살아가는 사람, 소중한 것을 자각하여 그것을 이웃에 확산하여 더불어 그날을 이루려는 사람, 그리고 소중한 것을 위해 집요하게 오늘을 사는 사람으로 나누어 볼 수 있다.

이러한 삶의 자세로 살아가는 사람의 유형은 순응적 인간상, 수구적 인간상 지향적 인간상이다. 많은 사람이 순응적으로 세상을 살아가는

데 비해 새로운 의식을 펼치고, 그것의 실천을 위해 성실하게 오늘을 살아가는 사람은 그리 많지가 않다.

사람은 한 번밖에 이 세상을 살지 못한다. 이 세상을 연습 삼아 살아가는 것이 아니다. 하지만 많은 사람은 마치 연습 삼아 사는 듯이 그저 세상에 순응하여 살고 있다. 일회적 인생을 多回的 인생으로 착각하고 있는 셈이다.

그 착각 속에서 세상에는 탁류가 도도히 흐르게 되고, 그 탁류 속에서 수많은 사람들이 허우적거리게 된다.

문제는 일회적인 생을 어떻게 집요하게 살아서 이루고 싶은 그날을 성취하느냐에 있다. 그것이 실현될 때 베르그송이 말하는 창조적인 생활이 이루어지고, 밝고 빛나는 그날이 실현될 것이다. 삶의 의미가 무엇인지를 자각하고 가장 소중한 것을 위해 오늘을 집요하게 살아갈 때에만 인간이 희구하고 실현하려는 그날은 실현될 것이다. 우리는 이광수의 <사랑>의 여주인공 석순옥에게서 그런 삶의 자세를 엿볼 수 있다.

2. 인간의 경지를 초월한 사랑

석순옥은 이광수의 전작 소설이자 작가가 知天命에 들어서는 성숙한 시기에 발표된 <사랑>의 여주인공이요, <사랑>에서 성취된 구원의 여인상이다.

<사랑>은 이광수의 첫 장편인 <무정>의 종말에서 삼랑진의 수해 자

선 음악회를 마치고 교육과 과학의 입국을 다짐하는 열린 가능성에서 수다한 작품의 여정을 지나, 북한 요양원에서 지상의 낙원을 실현한 작품이다.

<사랑>은 인간의 보편적이며 본질적인 조건의 하나인 사랑의 지향적 추구이며, 그것의 성취에 의해 인간이 지향하는 낙원을 실현한 이광수의 대표작이자 이광수 소설의 완성이다.

<사랑>은 <춘향전>에서 춘향이 사회적 단층을 초월하여 인고로써 사랑을 성취하고, <데미안>에서 에바 부인을 표상으로 하여 싱클레어가 험난한 도정을 추구하여 성숙을 지향하듯이, 석순옥이 인간의 경지를 초월하여 지고의 경지에 이르는 피 어린 노정을 그린 작품이다.

상향적인 사랑의 비극을 그린 토마스 하디의 <테스>에 나오는 테스나, 사랑하는 사람을 양보하고 천주교에 귀의하며 사랑을 추구하는 앙드레 지드의 <좁은 문>의 알리사 등 수많은 작품의 여주인공이 보여주듯이, <사랑>의 여주인공은 신비에 싸인 삶의 원천인 사랑을 통해 삶의 의미를 정립하고, 그 성취를 위해 험난한 여로를 밟고 있다.

그것은 세상의 어디에나 흩어져 있고 또 어디에서나 볼 수 있는 세속적인 애정의 양상이 아니고, 생명을 던져서 사랑을 통해 삶을 인지하고, 또 성취하려는 집요한 삶의 의지가 점철되고, 聖者를 향한 고난의 길을 걸음으로써 純愛의 외경스러운 모습을 보여 준다.

이광수가 <사랑>에서, 성자적 우상인 안빈을 흠모하여 그 성인 지향성을 추구하는 순애의 화신인 석순옥을 구원의 여인상으로 부각시켜 만인의 심금을 울리고 있다.

이광수는 <사랑>의 序에서 '세상에는 육체의 결합으로 하는 사랑이 가장 많겠지마는, 그것은 마치 생물계에 사람보다도 벌레가 많다는 것과 다름없는 것이다. 육체의 결합과 아울러 정신에 대한 사모를 짝하는 사랑이야말로 비로소 인간이라는 이름으로 불려질 자격을 가지겠지마는 한층 더 올라가서 육체에 대한 욕망을 전연 떼어 버린 사랑이 있는 것이 인류의 자랑이 아닐 수 없다. 그것은 일시적인 우리의 육체 속에 있는 '영원한 존재'를 인식하는 데서만 생길 수 있기 때문이다.' 라고 말하고 있듯이, 석순옥은 육체 속에 있는 영원한 존재를 지향하기 위하여 육체의 욕망을 전부 떼어 버리고 사랑을 추구하며 성자의 경지를 성취하려고 한다.

<사랑>에선 그러한 사랑을 추구하는 석순옥의 피어린 수도의 여정을 그리고 있다.

<사랑>은 성자적인 안빈 박사를 숭앙하고 사랑하며 그를 따라서 영원한 사랑을 성취하려고 순애의 화신이 되어 고행의 길을 걸어가는 순옥의 피맺힌 삶의 여정을 그리고 있다. 그것은 자아를 버리고 지고의 성자적인 안빈의 곁에 있으면서 그 안빈을 모방하여 영원한 세계를 지향하려는 순옥의 고난의 여정이요, 인격 성숙의 기나긴 여정이다.

<사랑>에는 순옥 이외에도 그녀의 성취를 가로막는 허영, 순옥이 가는 길의 동반자가 되는 인원, 순옥의 사랑을 중심으로 한 낙원 추구의 견인력이요, 중개인이 되는 안빈 박사 등 수많은 인물이 등장하여, 순옥과 안빈이 서로 끌어당기고 끌어올리는 견인 작용에 의해 영원한 사랑을 성취하여 낙원을 상징하는 북한 요양원을 정립하여 인간이 이루려는 낙원 추구의 한 結晶을 보여준다.

일시적인 우리의 육체 속에 있는 영원한 존재를 인식하는 데서만 생길 수 있는, 육체의 결합과 아울러 정신의 사모를 짝하는 인간적인

사랑의 단계를 초월하여 한층 더 올라가 육체에 대한 욕망을 다 떼어 버린 성자의 사랑, 그 사랑을 피 어리게 추구하여 인간이 이루고 싶어 하는 낙원의 상징인 '북한 요양원'의 영원한 안식처를, <사랑>은 우리에게 보여 주고 있다.

田大雄이 지적했듯이, 이 <사랑>은 불경이나 성경의 개념을 참된 생활 윤리로 전환하여 비종교적인 해석을 하고 있고, 작품을 통해 세속 사회 혹은 사바 세계의 성인으로서의 인산상을 그리고 있으며, 불교사상과 인생 문제에 대한 聖訓으로서 애정의 이상주의를 그리고 있다.

왜 이러한 사랑을 추구하여 피 어린 삶을 누려야 하고, 그 사랑의 의미는 무엇이며, 또 낙원인 북한 요양원은 어떤 세계인가. 또한 이러한 것이 어떻게 묘미있게 나타나며 그 묘미가 우리를 매료시키고 있는가.

우리는 순옥의 피 어린 도정이 나타나 있는 <사랑>의 구조를 보면서, 순옥의 구도의 발원에서 성도에 이르는 집요하고도 피맺힌 도정을 살필 수 있다.

3. 순옥의 갈등의 정체

<사랑>은 그 전체 구조를 보면, 결국 지고한 사랑의 실현을 위하여 고행의 길을 인고 속에서 걸어가는 순옥의 삶의 여정을 그린 작품이다.

서두에서 그리워하던 안빈 박사의 병원을 친구인 인원과 같이 찾아가는 장면으로 시작하여, 결말에서 안빈 박사 생일에 북한 요양원의 한자리에 모여 앉아 지난날의 피 어린 생활에 대해 회고와 그 지향성을 서로 얘기하면서 안식처에 자족하는 장면까지의, 순옥의 피 어린 인생 행로가 그 주축을 이루고 있다.

<사랑>은 옥남과의 갈등과 허영과의 결혼, 귀득과의 갈등 등 수많은 사건이 점철되면서도, 서두에서 종말에 이르기까지 안빈을 성자로 따르며 영원한 사랑을 성취하려는 순옥의 욕구를 갈등과 실의와 파탄으로 심화시키고 있다. 그러면서 그것을 극복하여 성자의 경지를 추구하는 순옥의 인생 여정이 아로새겨져 있다.

부처님의 사랑에 가까이 가기 위해 스스로 그 자비심을 실천해 가는 인생의 길은 희망→갈등→도피→귀의→정진→대성(성불)의 단계로 진행된다.

먼저 희망의 단계는 순옥이 그리워하던 안빈의 병원 간호원이 되기 위하여 병원을 찾아가는 장면에서 시작된다. 안빈의 문학 작품을 보고 그를 사모한 나머지, 순옥은 교사직을 버리고 간호원 시험에 합격하여 안빈의 병원에 취직하기 위하여 친구 인원과 같이 간다. 사모하는 사람의 곁에 있고 싶어하는 희망이 이 단계를 지배한다.

간호원으로서 취직이 결정된 뒤에 귀가하면서 친구인 인원에게 '내가 안 선생을 사모하는 사랑은 연애라든지 혼인이라든지 보다 훨씬 높은 사랑이라고 나는 믿어요. 드디어 내 사랑에 연애라든지 혼인이라든지 그런 생각이 털끝만큼도 보이면 그것은 타락이라고 믿어요'라고 말하듯이, 열서너 살 때부터 사모하던 그의 곁에 날마다 있으리라는 생각에 기쁘고 두려워 잠을 이루지 못하리만큼 희망에 넘친다. 이것은 순옥의 사랑의 발원이며 영원한 낙원에 대한 지향적 가능성을 말한다.

그렇지만 희망이 그렇게 쉽게 성취될 리는 없다. 그 지향성을 방해하는 장애가 앞을 가로막게 된다. 여기에서 갈등 단계가 생긴다.

순옥이 순애의 마음으로 안빈의 곁에 있지만, 안빈의 부인인 옥남의 오해와 허영의 등장에 의한 안빈의 실망 등 여러 가지 외적 상황에 의해 순옥은 갈등에 빠지게 된다.

옥남과의 문제는 허영과 혼인하는 도피의 단계에서 해결되지만, 허영과의 관계는 거의 결말까지 순옥의 지향성의 장애 요소로 나타난다. 순옥은 대립하거나 대결하지 않고 좀더 높은 차원의 사랑을 성취하기 위하여, 인고의 길을 말없이 걷는다. 참는자에게 복이 있다는 말대로, 순옥이 어려움을 참고 견디어 나감으로써 사랑의 성취는 가능해진 것이다.

4. 사랑을 위해 현실을 극복하는 길

어려움을 극복하는 길에는 대결과 도피의 방법이 있다. 대결은 사생결단을 하는 삶의 현장이요, 도피는 격동의 현장을 피하며 그날을 성취하려는 일보 후퇴의 자세다.

순옥은 인고의 고난을 도피로서 극복하고 있다. 갈등을 해소하기 위하여 표면상으로 상황의 변화를 시도한다. 그것은 순옥의 내면적 변화를 의미하는 것이 아니다. 다만 안빈에 대한 아우라몬적 사랑의 지속을 위하여 허영과 봉사적인 혼인을 하여 현실적인 갈등에서 도피하는 것이다.

순옥은 첫째 옥남의 죽음에 대한 의혹을 피하기 위해서, 둘째는 허영이 안빈과 순옥 사이를 비방하는 글을 씀으로써 정신적인 지주인 안빈에게 누를 끼치지 않기 위하여, 그리고 아우라몬적인 사랑의 성취를 위하여 떠나지 않을 수가 없게 된다. 순옥이 안빈에 대한 사랑을 위하여 허영과 혼인하는 것은 내적 변화가 없이 외적 상황의 변화를 가져 보는 도피이다.

귀의 단계는 허영이 실패하여 생활이 어려워진 상황에서, 순옥이 의사 시험에 합격하여 안빈의 병원으로 돌아가는 데서 시작된다.

허영은 그전에 알던 귀득에게서 섭이란 아이까지 낳았으므로 순옥은 허영과 이별하여 귀득과 그를 맺어 준 다음, 안빈 곁으로 다시 돌아가 정신적인 안정을 얻는다. 동정과 도피적 상황에서 맺어진 허영을 떠나서 정신적 지주인 안빈에게 귀의한 것이다. 그것은 바로 현실을 극복하여 사랑의 성취를 위한 지향 의식의 발로가 아닐 수 없다.

도피로써 무엇이 극복되지는 않는다. 더 집요하게 성취를 위하여 정진할 때 그 성취가 가능해진다. 이 정진의 단계에서는 순옥이 수도적인 자세로 자비를 실천한다.

순옥은 순애와 布施的인 사랑의 실천을 위하여 병약한 허영에게로 돌아간다. 이렇게 허영 곁으로 가는 것은 사랑의 상황적 도피 단계와 달리 지고한 사랑의 실천 단계다. 이 의사로 인한 오해, 시어머니 한씨의 질시와 핍박 속에서, 이를 극복하고 그들을 구제하기 위하여 헌신적인 노력을 기울이는 고행의 길을 걷는다.

그리하여 안빈의 60세 생일에 북한 요양원의 한자리에 모여 서로 사랑의 성취에 환희하고 눈물겨워한다.

순옥은 '저는 이 세상에서 가장 행복한 사람 중의 하나라고 믿어요. 제 소원은 완전히 성취되었으니까요……. 앞으로 소원이 있다면, 그것은 제가 죽기까지 선생님을 곁에 모시는 거야요.'라고 말하여 안빈과 같은 대성의 경지에 이름을 보여 주어 희망에서 대성에 이르는 순옥의 고행 여정은 그 절정에 이른다.

5. 사랑의 낙원을 이룩한 구원의 여인상

<사랑>에서 순옥은 자비와 순애의 윤리로써 천사 지향으로 고행을 하여 '북한 요양원'의 낙원을 성취한다. 자비의 윤리로써 사회적인 개아로서의 의미를 제시하여 낙원을 추구하며, 중생을 무명 속에서 구제하여 궁극적으로 사랑에 대한 낙원 지향의 욕망을 성취시킨다.

순옥의 지향 의식은 사랑이다. 그런데 그 사랑도 사회적 윤리인 자비와 개인적 추구인 순애로 나타나는 이중적 의미를 가진다.

<사랑>에서 보여 준 순옥의 지향 의식은 이광수 소설의 맥락 속에서 사랑의 성취를 의미한다. <무정>의 사랑은 변혁 시대의 신세대 젊은이의 변모하는 사랑이며, <유정>의 사랑은 제약 속에서 성취될 수 없는 사랑인데 비해, <사랑>의 순옥의 사랑은 인간을 초월한 사랑이며 이는 북한 요양원으로 표상되는 낙원을 이룬다.

<사랑>은 열린 가능성인 <무정>에서 출발하는 이광수 소설의 완결인 동시에 사랑의 낙원을 성취하는 유토피아며, 순옥은 그 유토피아를 실현하여 안주하는 구원의 여인상이다.

북한 요양원! 거기에는 밝은 빛과 대기가 있다. 그것은 사랑이다.

사랑에서 솟는 기쁨이다. 북한 요양원에서 치료한 어느 시인의 말대로, 북한 요양원은 바로 이광수가 추구한 자비와 순애에 의해 이룩된 낙원이며 내일에의 지향성이요, 순옥은 그 낙원과 지향성을 성취한 구원의 여인상이다.

(文學思想, 1984.6.4)

Ⅲ 텍스트의 해석과 鑑賞의 소요

1. 사랑과 교육의 열린 지평

1

산다는 것은 복된 일이요, 더구나 먼 지평을 그리면서 남보다 앞서서 산다는 것은 더욱 복된 일이다. 이 산 좋고 물 좋은 나라에 태어나 맑은 공기를 마시면서 정든 사람과 같이 삶을 누리고, 나와 너, 그리고 우리를 위해서 무엇인가 횃불을 들어 길을 밝혀 주면서 또 사랑의 여울길을 따라 그 사랑을 가꾸고 다듬어 꽃피우게 하는 삶은 그 누구도 이루고 싶은 낙원이 아닐 수 없다. 하지만 이러한 삶의 지평이 쉽게 열리는 것은 아니고, 그 길목에 수없는 장애물이 가로막고 부조리가 고개를 들어 먼 지평을 향해 오늘을 굳건히 살아가는 것을 방해한다. 일제의 한국의 强占이 그렇고, 이데올로기로 물들어 세상을 온통 평등이라는 환상 속에 독재화하는 것이 그러하며, 사회 제도나 관습 그리고 가문 등에 의한 개인적 욕구의 성취를 사회적 진로에 동승케 하려는 현실이 그렇다. 일제 강점으로 얼마나 많은 사람이 자유와 독립을 위해 싸우다가 쓰러지고 또 수많은 선량한 민중이 혹독한 압정 속에 시달리고, 이데올로기의 확산과 그 실현을 위해 얼마나 많은 사람이 무고하게 희생되고 어두운 질식 속에 시달렸으며, 그 얼마나 많은 사람이 사회 제도나 관습, 그리고 집안이나 이웃의 간섭과 눈총에 의해 이루고 싶은 소망이 꺾여 좌절되고, 사랑의 성취가 가로막혀 몸부림쳤는가. 그러면서도 그날의 영광을 성취하고 이루고 싶은 樂園의 정통에 이르려고, 가로막는 부조리에 대응하면서 몸부림치는 처절한 삶을 볼 수 있다. 그것은 내일을 희구하는 인간의 집요한 낙원추구의 몸부림이요, 오늘보다 나은 세상을 이루려는 인간의 끊임없는 욕구의 발로이며, 또한 어쩌면 蜃氣樓일지도 모르는 유토피아를 성취하여 영원한 낙원을 현실화하려는 인간의 영원한 소망의 희구일지도 모른다.

우리는 한국 최초의 근대 장편소설이요 그 열린 가능성으로 출발을 보여 주는, 이광수의 <무정>에서 그런 예를 볼 수 있다.

2

李光洙의 <無情>은 「매일신보」에 1917. 1.1~6.4(126회)에 걸쳐 발표한 최초의 근대 장편소설로 조선 천지를 진동시키고 조선의 젊은이들을 열광케 한 소설이다. <무정>을 읽기 위하여 십리길을 가는 것은 보통이요, 여운형 교장은 학생들에게 읽지 말라고 훈화하고, 중추원에서는 <무정>을 중지하라고 항의까지 할 정도로 이광수의 <무정>은 일제 치하의 한국인 삼천리 강산을 밝히는 횃불이었다. 어디를 가나 젊은이들 사이에는 이형식과 박영채의 이야기요, 김선형과 배학감의 애기이며, 갖은 고초를 겪으면서도 정조를 지키며 생명을 바치려는 영채를 버리지 말라는 독자와 자기 뜻이 아닌 과거의 인연에 메이지 말고 선형 쪽으로 가야 한다는 독자로 갈라져 논쟁이 벌어지기도 했다. 이러한 <무정>은 그 당시만이 아니고 지금도 누구나 먼저 읽어야 하는 한국 최초의 근대 장편소설이요, 가장 많이 評筆에 오르내리는 작품으로 그 위상을 드러내고 있다. 백 철은 그의 ≪신문학사조사≫에서

> <무정>은 이 계몽기의 신문학을 여기에서 종합해 놓은 기념탑과 같이 용립(聳立)한 작품이었다. 말하자면 초창기의 신문학을 결산해 놓은 巨作이다.

라고 <무정>의 의미를 밝히고 있다.

<무정>은 文士로 자처하기를 거부하면서 민족 의식, 민족애의 고조, 민족운동의 기록, 검열관이 허하는 한도 내의 민족 운동의 찬미, 만일 할 수만 있다면 선동이 일생을 통해 서설을 쓰는 동기라고 말하여 민족주의 문학을 추구한 이광수가 집필 동기를 밝히고 쓴 소설이다. 이광수는 <다난한 반생의 도정>에서

> 내가 <무정>을 쓸 때 의도로 한 것은 그 시대의 조선 청년의 이상과 고민을 그리고, 아울러 조선청년의 진로에 한 암시를 주자는 것이었다. 이를테면 일종의 민족주의, 자유주의 이데올로기를 가지고 쓴 것이다.

라고 <무정>을 쓴 동기를 분명히 말하고 있다. 말하자면 일로 전쟁으로 눈뜬 조선을 배경으로 조선청년의 이상과 고민을 민족주의와 자유주의 사상을 사실적으로 써 조선청년의 진로에 도움을 주기 위해서 쓴다고 말하고 있다. 이렇게 씌어진 <무정>의 내용은 네 사람의 주인공에 의해 사랑의 성취와 자유주의를 바탕으로 한 교육과 과학에 의

한 조선의 입국을 강조하면서 그 성취를 위한 열린 가능성을 보여 주고 있다. 그 내용은 다음과 같이 요약될 수 있다.

올바른 교육을 실천하려는 이형식이 사회 지도자인 김 장로의 딸 김선형에게 영어를 가르치기 위해 선형의 집으로 간다. 그 집에서 선형의 성숙한 모습을 보고 왠지 호기심이 간다. 한편 기생이 되었어도 개화파인 아버지가 정해 준 배필인 형식을 위해 정조를 지키려고 애를 쓰는 박영채는 수소문 끝에 형식의 하숙집을 찾아 간다. 형식은 난데없이 영채가 나타나 당황하면서도 영채의 성숙한 모습에 끌려 선형과 영채 사이에서 고민한다. 한편 영채를 좋아하는 배학감은 영채를 교외로 꾀어내어 영채의 정조를 짓밟는다. 생명과 같은 정조를 잃은 영채는 죽기를 각오하고 평양행 기차를 타고 출발한다. 기차속에서 영채는 형식과의 백년가약을 지키지 못한 자기 신세를 한탄하면서 시름에 잠겨 있다. 마침 일본유학에서 돌아오던 김병욱을 만나 그 사실을 고백하고 죽어야 한다고 한탄한다. 그러나, 영채는 병욱의 설득으로 마음을 가라앉히고 병욱을 따라 황주의 병욱이네 과수원으로 간다. 이 소식을 들은 형식은 영채를 구하려고 평양에 가서 백방으로 찾다가 기생 계향을 만나 같이 놀다가 실망에 겨워 돌아온다.

한편 학교에서 학생 처벌로 인한 문제가 생기자 형식은 구제의 편에서 힘쓴다. 형식은 결국 선형과 약혼하고 미국 유학을 떠난다. 영채도 병욱의 도움으로 일본 유학의 길에 오르기 위해 부산행 기차에 몸을 싣는다.

이 두 쌍은 우연히 기차에서 서로 만나게 된다. 세상에는 별 희귀한 일이 다 많고 또 이 네 사람의 邂逅도 그런 예이기는 하다. 미국이나 일본에 유학가기 위해서는 부산에서 배를 타야 하고, 부산에 가기 위해서는 기차를 타야 하니, 이 두 쌍이 유학길에 기차에서 만나는 것은 어쩌면 우연이 아니고 필연일지도 모른다. 여기에서 당황하는 사람은 물론 형식이다. 두 여인의 사이에 끼여서 어떻게 할 줄을 모른다. 여기에 새로운 전기의 구세주가 다가선다. 그것은 삼랑진에 수해가 나서 갈 수 없게 되어 그 현장을 목격한 이들이 수재민을 위해서 도울 수 있는 것이 없는가 하고 궁리하던 끝에, 수해민 위문 음악회를 열기로 한 것이다. 갑작스러운 재해로 실의에 빠져 있던 수해민들은 이 젊은 이들의 음악회에 감탄하고 새로운 용기를 찾는다. 서울에서 취재하러 내려온 신우선 기자와 같이 세 처녀와 형식은 조선을 위해 교육과 과학의 입국을 다짐한다. 그리고, 더불어 젊은이들에 의해서 펼쳐질 조선의 장래를 밝힐 횃불이 되기 위하여 유학의 길을 떠난다.

3

이러한 내용인 <무정>은 교육과 과학에 의한 입국을 강조하며 그 가능의 지평을 찾아 가서 유학을 떠나는 것으로 끝나 열린 가능성을 보여준다. 이 <무정>의 열린 가능성은 <개척자>나 <재생>, <군상> 3 部作을 거치고 <흙>과 <애욕의 피안> 등 수다한 소설의 성취 과정을 거쳐 <사랑>의 北韓療養院으로 상징되는 유토피아를 성취해 가는 열린 가능성의 지평을 가시화시키는 출발의 의미가 응축되어 있다. 이 <무정>은 다음 몇 가지 면에서 주목되고 그 의미가 심화되는 장편이다.

먼저 <무정>은 당시의 시대 상황과 현실을 잘 보여주고 있다. 식민지 치하에서 사회 봉사를 내세우면서도 개인의 욕구에 기우는 김 장로를 비롯하여 교육에 종사하면서 민족주의 정신으로 교육 입국을 실천하는 형식과 달리 애욕을 쫓는 배학감 등 지도층의 부패하고 일탈한 사회와, 자유주의를 바탕으로 개성의 자각에 의한 구습의 타파로 새로운 내일을 이루려는 젊은이들의 의욕적인 삶의 양상을 아울러 대응하여 보여 주어 당시 기존 사회에 대응하는 신세대의 삶의 양상을 잘 반영하고 있다.

다음으로는 인물들의 전형성과 지향적 갈등을 들 수 있다. <무정>에 등장하는 인물은 기성 세대의 인물과 새로운 세대의 인물로 나누어진다. 김 장로나 배학감, 초기의 영채 등 구습에 젖어 있는 인물이요, 안이하게 현실에 안주하여 개인의 영달을 취하려는 인물들이다. 그러나, 이에 반하여 이형식이나 김병욱, 신우선 기자의 등 젊은이들은 민족의 새로운 내일을 꿈꾸는 신세대다. 여기에서 한가지 조심해서 볼 것은 영채가 구세대의 인물에서 신세대의 인물로 변이하는 과정이다. 영채는 초기에는 개화인인 아버지의 가르침을 그대로 따라 어려서 청혼한 이형식과의 百年佳約을 지키기 위해서 정조를 지키다가 배학감에게 정조를 빼앗기자 죽음을 택하는 구여성에서, 김병욱의 개인의 자각과 자유 연애, 그리고 근대 사회가 나아가야 할 진로에 대한 설득을 듣고 근대의식을 자각하여 일본 유학을 떠나는 신여성으로 변한다. 이것이 <무정>의 가장 중요한 변화의 軸으로 나타난다. 이것은 김장로나 배학감이나 김병욱의 오빠와 같이 구세대의 대다수 인물과 일반 시민들이 눈을 떠서 근대의식의 자각으로 신세대의 대열로 나서, 식민지 치하의 어둡고 험난한 사회에서 벗어나 밝고 열린 내일로 나가자는 작가 의식을 드러내 주는 것이다. 어두운 조선 사회는 이형식이나 김병욱 같은 선각자가 앞서고 영채와 같이 근대 의식의 자각으로 새롭게 출발할 때에 이 나라는 구제되어 밝은 그날을 성취할 수 있음을 <무정>은 잘 보여 주고 있다.

끝으로 교육과 과학 입국의 열린 가능성을 보여 주고 있다. <무정>의 재미는 자살하러 떠난 영채를 찾으려고 평양에 간 형식이 기생 계향과 노니는 장면이요, <무정>의 생명은 삼랑진 수해 이재민 자선 음악회를 하고 세 처녀 외 이형식 그리고 신우선 기자가 한자리에 앉아 교육과 과학 입국을 다짐하면서 각기 유학길에 오르는 열린 가능성을 보여 주는 결말 구조에 있다. 여기에 자유주의에 의한 근대의식의 고조와 암울한 식민지 치하에서의 질곡을 교육과 과학의 발흥으로 극복하려는 민족주의 사상이 짙게 나타나 있다. 사랑의 갈등으로 서로 엇갈리고 질투하고 고민하던 조선의 젊은이들이 삼랑진 수해라는 민족의 수난을 보고 더 뼈아프게 조선을 구해야겠다는 召命感에 불타면서 서로 헌신하여 그날을 성취할 것을 다짐하는 장면은 감동을 주고도 남음이 있다.

4

이광수는 6·25때 납치당하여 민족의 손에 수난을 당하다가 세상을 떠났다. <무정>은 영원히 살아 우리의 심금을 울리고 있다. 일본어로, 영어로 번역되어 세계에 그 문학성을 널리 알리어 한국문학을 빛내고 있으니 인생은 짧고 예술은 길다라는 말이 여기에도 해당된다. <무정>은 비평가들의 말대로 <흙>이나 <사랑>, <원효대사>, 그리고 <무명>

과 같이 이광수의 대표작으로 근대 한국문학의 금자탑으로 영원히 남
을 것이다.

(李光洙, <無情>, 신원문화사, 1994)

2. 소설의 풍속과 역사성

1

　소설은 언제나 현실을 반영하면서도 새로운 세계를 창조한다. 그것은 인간의 존재론적 해명이면서 새로운 삶과 역사 진전의 지평을 가시화시켜 인간의 삶과 역사를 상승시킴으로써 새로운 현실을 전개함을 말한다. 오스카 와일드의 <옥중기>는 영국의 감옥 제도를 바꾸어 안락한 교도소가 되게 했고, 루소의 교육소설 <에밀>은 그의 <계약론>과 같이 불란서 혁명의 도화선이 되게 했으며, 입센의 <인형의 집>은 여성해방운동의 旗幟가 되었다. 또한 전기적인 소설이라고도 할 수 있는 이청준의 <낮은 데로 임하소서>는 달동네나 꽃동네와 같은 그늘진 곳에 몸바쳐 낙원화시키려는 삶의 귀감이 되었고, 조세희의 <난장이가 쏘아 올린 작은 공>은 80년대 학생 운동의 한 성서가 되다시피 큰 영향을 주었으며, 문순태의 <철쭉제>나 <녹슨 철길>은 한과 화해의 미학으로 중도적인 삶의 자세를 확산시키고 있다. 그것은 소설이 사회나 역사성의 수용에 의한 전파적 성격을 가지고 있으며 전파성의 예술과 사회라는 표리의 상환성으로 상호 견인하면서도 또 상승적인 逸脫作用을 하는데 까닭이 있다. 그러므로, 소설은 인생이나 사회 역사와 상호 吸引하면서도 변형에 의해 또 새로운 세계의 지평을 可視化하여 그것을 현실화시키려는 함수적인 작용을 한다.

염상섭의 소설 경향 역시 대체로 서울의 중산층 생활을 반영하면서 보다 그 사회의 認知에 의한 새로운 사회의 胚胎를 지향하려는 노력의 흔적들이 엿보인다.

廉想涉, (1897~1963)은 「廢墟」(1920) 동인으로 활동하면서 창작과 비평을 같이 전개한 대작가이다. 염상섭은 그 누구도 따르기 힘든 다작의 작가로 첫 작품 <표본실의 청개구리>(1921)로 시작하여 붓을 놓을 때까지 <삼대>, <무화과>, <백구>, <모란이 필 때>, <취우> 등 장편 28편과 <제야>, <두 파산>, <임종>, <일대의 유업>, <수절내기> 등 단편 150편을 발표하고 있다. 그의 소설은 현실과 그 삶의 풍속성을 관찰하는 자세로 일관하여 서민의 생활이나 그 世情을 평면적이고 사실적으로 반영하고 있다. 또한 비평가로 크게 활동하여 사실주의와 개성의 문학론을 펼친 <개성과 예술>(1922)과, 문학은 이데올로기든 종교든 아무 것에도 예속될 수 없다고 강변한 <계급문학 시비론>(1925), 문학과 생활의 상관성을 규명한 <문예와 생활>(1927), 현대에 있어서 소설의 본질을 추구한 <현대인과 문학>(1931) 등의 비평을 발표하여 문단을 주도하고 있다. 해방 후에도 소설에서의 사회성과 시대성을 중요시한 <조선 문학 재건에 대한 제의>(1948), 리얼리즘을 주로 한 반영의 창작 자세를 말한 <나의 소설과 문학관>(1948), 계급문학에 대립되어 있는 민족문학을 옹호한 <민족문학 수립의 이론>(1950), 자연주의에 대한 견해를 분명히 한 <나와 자연주의>(1955) 등을 통해 비평 활동을 활발히 하였다. <만세전>은 자연주의가 아닌 사실주의로 일관하여 창작해 온 것을 치열하게 대응하여 살아가는 격동의 역사적 현실을 반영하여 암담한 역사적 현실을 인지케 하고 그 변형의 방향을 암시하고 있는 소설이다.

2

<萬歲前>은 「신생활」(1922.7~8)에 <墓地>라는 제목으로 발표한 작품인데 주인공 이인화가 소설의 화자인 '나'로 등장하는 1인칭 주인공 시점의 소설이다. 이 소설은 동경 유학생인 이인화가 아내의 위독으로 동경에서 경도를 거치고 下關에서 연락선을 타고 부산을 거쳐서 京城(지금의 서울)에 와서 장례를 치르고 다시 동경으로 떠나는 旅程과 그 여정에서 일어나고 본 사건을 조명하고 있다. 동경 유학생인 나는 만세가 일어나기 전 해 겨울, 사랑하지도 미워하지도 않는 아내가 위독하다는 소식을 듣고 망설이다가 떠나기로 한다. 동경에서 靜子를 만나서 석별의 정을 나누고, 경도에서 내려 乙羅를 만나 회포를 풀다가 하관에서 연락선을 탄다. 형사들의 조사와 감시를 받고, 배 안에서 조선의 노무자들을 학대하고 경멸하는 일본인의 말을 듣고는 나라를 잃은 울분을 느끼면서 부산에 내려서 카페에 들러 술로 울분을 토한다. 부산에서 조선이 완전히 일본의 것이 되어 있음을 보고, 조선인이 얼마나 무지하고 무능한가를 한탄하면서 일본인 술집에서 술을 마신다.

여인의 유혹을 거절하고 기차를 타고 김천역에 내린다. 마중나온 형님의 집에 가서 새 형수를 얻은 형과 형수의 생활을 보고 조선이 얼마나 옛날 관습에서 벗어나지 못하고 고루하게 살고 있는가를 통탄한

다. 형은 경성에 가면 아내의 옆에 붙어 있으며 약탕도 보살피고 좀 위로라도 해주라고 당부를 한다. 나는 형의 살아가는 태도에 불만을 표시하고 경성행 기차를 탄다. 기차 속에서 비참하게 살아가는 조선인들의 모습과 상인들의 참상을 보면서 '이것이 산다는 꼴인가? 모두 뒈져라. 무덤이다! 구더기가 끓는 무덤이다.'라고 외치면서 일본의 침략으로 나라를 잃고 방황하고 또 거기에서 벼슬이라도 하겠다고 야단인 주변을 한탄한다. 경성의 집에 오니 아내는 한약만 쓰고 앓다가 아들을 부탁하면서 숨을 거두고 만다. 정자의 간절한 편지를 보면서 동경으로 건너가는데 맏형이 내년 봄에 졸업하면 續鉉할 것을 권하지만 별장이나 하나 장만하고 거드럭거릴 때가 되거든요라고 웃어 넘기고는 기차에 오른다. 이런 사건이 순열법으로 진행되고 있다.

3

이러한 <만세전>은 몇 가지 측면에서 우리의 주의를 끌고 있다. 그건 어딘가 완전한 구조가 되지 못하고 좀 산만한 듯하면서도 길이라는 선형(線形-linery)에 의해 관찰자의 시각에 의해서 대상이 수용되어 있는 데 그 특징이 있다.

첫째 <만세전>은 방관적 지성에 의한 현실의 관찰과 비판을 특징으로 한다. <만세전>은 <표본실의 청개구리>에서 <二心>(1928)과 <삼대>(1931)로 이어지는 과정이 드는 작품이다. 그것은 <표본실의 청개구리>의 개인 의식이 <만세전>에서 사회 의식의 각성과 그 투영으로 나타나고 <이심>에서 식민지 상황의 처참함을 부각시키고, <삼대>에

와서 식민지 상황에서 살아가는 삼대의 의식 구조를 나타내어 <만세
전>의 사회 의식의 자각과 조명이 염상섭 소설의 軸이 되고 있음을
알 수 있다. 특히, <만세전>에서는 지성에 의한 현실의 총체적 인식으
로 그 현실을 조명하고 분석하여 거기에 대응할 수 있는 삶의 지표를
모색하고 또 직접 참여해야 하는데 <만세전>에서는 하관이나 연락선
안 그리고 부산과 김천, 경성의 식민지 상황을 관찰하고 비판만을 하
고 있을 뿐이지 그 현실을 극복하기 위한 참여나 행동을 볼 수 없다.
그것은 방관적 지성의 식민지 상황의 현실에 대한 관심의 표명일 뿐
이요, 그 역사적 의미의 투시나 사르트르가 말한 변화시키기 위한 대
응이나 성직자화되고 있는 작가의 삶의 지표를 제시하지 못하고 있다.
그래서 방관자의 조소로 나타나고 울분으로 표현되고 있는 것도 이
방관자의 지성의 표출이라고 볼 수 있다.

둘째는 술과 더불어 생활을 즐기고 여인을 추구하는 양상을 볼 수
있다. 이는 학기말 고사 중 아내의 위독 소식을 듣고 경성으로 가는
路程에서 잘 나타나 있다. 별로 사랑하지도 않고 미워하지도 않았다고
느 해두 아내가 위독하다는데 떠나기 전에 징자를 만나 술을 나누고
경도에 들러 을라를 만나 술을 즐길 뿐만 아니라, 부산에 들러 조선의
처참한 상황을 보면서도 일식에 들러 여급과 노닥거리면서 술을 마시
는 등 역사의식에 의한 현실의 인지와 그와 대결하려는 것이 아니고
생활을 즐기면서 여인들을 추구하고 있다. '나'는 또한 김천에 들러
구습을 비판하고 경성에 와서 아내의 죽음을 보고 정자에게서 온 편
지에 답장을 쓴 뒤 동경으로 건너간다. 이것은 「학지광」이나 「창조」
등 잡지를 내면서 조선의 개화와 청년의 각성에 의한 조선 장래를 위
해 적극적으로 대응하는 것과는 아주 다른 일면이다. 여기에 지성인의
나약한 현실 도피의 일면을 볼 수 있다.

4

<일대의 유업>(1949), <속 일대의 유업>(1950)은 염상섭이 대표작이라고 자천한 리얼리즘의 소설이다. <임종>(1949)은 비평가들이 <표본실의 청개구리>와 <두 파산>, <일대의 유업>과 같이 염상섭의 4대 단편이라고 지칭하는 작품이다. 또한 <수절내기>(1958)와 <짖지 않는 개>, <절곡>, <굴레>, <의처증> 등은 많은 염상섭의 작품 중 뛰어난 작품들이다. 이 단편들은 정서적이면서 극적인 현진건의 소설과는 달리 정적인 관찰자의 입장에서 주로 가회동을 중심으로 조선의 일반 서민들의 세정과 식민지나 해방 후의 상황에서 주로 가회동에 사는 일반인의 삶과 그 세정을 리얼리즘 기법으로 줄기차게 쓴 한 매듭들이다.

(廉想涉, <萬歲前>, 신원문화사, 1994)

3. 귀농과 농촌의 이상향화

1

우리는 내일을 그리며 오늘을 산다. 오늘이 아무리 어렵고 치열하다고 해도 내일의 지평을 위해 그것을 극복할 수 있고, 내일이 아무리 신기루와 같이 멀다고 해도 오늘을 성실하게 살며 그 길목에 들어설 수도 있다. 하지만 이 치열한 오늘을 성실하게 살아가기란 그렇게 쉬운 일이 아니다. 그것은 우선 그날의 지평을 그리며 삶의 여로를 순탄하게 길으면서 성실하게 나날을 살아가게 그대로 놓아 두지를 않기 때문이다. 무엇인가 많은 장애물들이 앞을 가로막고 자유분방하게 오늘을 살 수 없게 방해하고 유린한다. 하지만 내일의 理想鄕을 그리며 오늘을 사는 열망은 불굴의 자세로 앞을 향해 전진하려고 한다. 이 둘은 서로 충돌하여 유린되고 갈등의 소용돌이로 빠져 혼탁한 사바세계의 양상으로 나타난다. 우리는 이러한 혼탁한 사바세계를 맑고 티없는 樂園으로 만들려고 치열하게 대결하는 수많은 인간상을 볼 수 있다. 활빈당으로 활약하여 율도국을 이상향화하는 허 균의 <홍길동전>이나 일확천금으로 돈을 벌어 거지떼를 이주시켜 무인공도를 이상향화하는 박지원의 <허생전>도 그 낙원을 이룩하기 위하여 오늘을 치열하게 살아가는 인간상이요, <흙>의 혼탁한 현실에서 귀농의식으로 낙원 추구에 불타는 것 또한 바로 그러한 인간상이다.

2

<흙>은 이광수가 불혹의 나이에 접어든 41세때 「동아일보」에 291회 (1932.4.12~1933.7.10) 동안 발표한 작품이다. 1930년대의 조선의 단면을 그리겠다는 <군상> 3부작을 발표한 지 2년만에 나온 장편이요, 만세운동 이후 1925년까지의 조선의 현실을 부각시키겠다는 <재생>을 발표한 지 8년만에 나온 장편이다. 이 <흙>은 1930년대의 일제 치하의 가난과 암울한 현실 속에서 도시의 향락에의 타락을 보고 농촌의 이상화하려는 허 숭과 인텔리이면서 개인지향적인 정선과 전통의식으로 순수하게 습관에 따르는 유 순, 그리고 부자의 욕구로 횡포하는 정근 등의 욕망과 갈등이 얽혀 한민교 선생의 조선주의 사상이 나타나 있는 작품이다.

1930년대는 세계 경제대공황의 늪에서 빠져나려는 상황에서 농촌은 가난과 실의에 빠져 가는 암울한 시대이다. 일제는 조선척식회사를 만들어 농토를 사들이고 농민들은 지금 연변인 間島로 쫓겨 나가고 있었다. 도시는 일제의 상업의 수탈로 피폐하고 농촌은 일제의 쌀수탈과 이주정책으로 가난과 불안 속에서 방황하게 된다. 이 때 동아일보의 편집국장인 이광수가 주동이 되어 '아는 것이 힘이다', '농민 속으로'라는 슬로건을 내걸고 농촌 계몽운동을 벌인다. 여기에 조선일보도 합

세하여 대학생을 주로 한 지식인들이 농촌계몽 운동에 동참하여 귀농 의식을 고취한다. 이러한 조선주의를 바탕으로 한 농촌계몽 운동이 브나로드 운동이며, 이런 내용을 소설화한 것이 이광수의 <흙>과 沈熏의 <常綠樹>(「동아일보」 1932.9), 그리고 李石薰의 <황혼의 노래>(신동아 20~26호 1932.6~12) 등이다. 여기에 李箕永의 <故鄕>(「조선일보」 1933.11~1934.9.21)이 발표되어 농촌을 이상화 하려는 운동이 크게 벌어지다가 1935년 조선 총독 우가기(宇征一郎)의 탄압으로 중단되고 만다.

브나로드 운동은 원래는 소련에서 인텔리들이 농촌으로 들어가 농민과 더불어라는 슬로건을 내건 프롤레타리아 운동이었으나 이광수에 의해 동아일보를 중심으로 전개된 민족주의 운동이 되었다. 이러한 운동의 일환으로 발표된 <흙>은 심훈의 <상록수>와 같이 농민소설의 雙璧을 이루면서 <고향>의 새로운 프롤레타리아 문학으로서의 농민소설을 낳게 된다. 이 세 소설은 그 배경이나 갈등 양상이 서로 다르면서 농촌을 낙원화하려는 지향적 욕구는 같은 것으로 나타나 있다. <흙>의 '살여울'과 <상록수>의 '청석골', <고향>의 '원터골'은 농촌으로 가자고 외치면서 농촌 계몽운동을 전개하여 농민과 더불어 이룩하려는 낙원이다. 물론 각기 농촌의 계몽과 그 낙원화하려는 사상이나 지도상이 달라 새로운 모습으로 나타나고 있다. 우선 <흙>은 한민교 선생의 조선주의 사상을 기반으로 타락한 도시를 떠나 농촌으로 가 농민을 지도하여 농촌을 낙원화하려는 허 숭의 수직적인 지도상이 중심이 되어 있고, <상록수>는 청석골의 농촌으로 들어가 농민과 같이 농촌을 낙원화하려는 박동혁이나 채영신의 수평적 지도상이 중심을 이루며, <고향>은 농촌과 공장을 연결하여 농민과 근로자들을 중심으로 프롤레타리아의 낙원을 건설하려는 공동적 지도상이 기반이 되어 농촌과 도시를 동시에 이상화하려고 한다. 그래서 수직적 지도상은 관념적인 이상주의라고 일컬어지고, 수평적 지도상은 농민과 더불어 하는 낭만적 실천주의라고 하며, 공동적 지도상은 都農을 함께 낙원화하려는 이데올로기의 현실적인 실천이라고 일컬어지기도 한다. 그러므로, <흙>은 이광수의 조선주의 사상을 바탕으로하여 농촌을 낙원화하려는 이상주의가 발효되고 있는 작품이라고 할 수 있다. 여기에 도산 안창호 선생의 준비론 사상을 바탕으로 농촌 계몽운동을 소설화한 <흙>의 의미가 있다.

3

<흙>은 허 숭을 중심으로 도산 안창호 선생의 준비론에 기저한 조선주의 사상을 바탕으로 '농촌으로 돌아가자'는 귀농의식에 의한 농촌 계몽운동을 펼치면서 허 숭, 유 순과 정선 등의 애정과 그 갈등을 형상화한 작품이다. 이 소설은 농촌 계몽운동을 주로 그리면서도 도시 생활의 향락에 의한 무질서를 고발하고 농촌의 낙원화를 지향하면서도 이리저리 얽힌 애정을 그려 흥미를 더하고 있다. 거기에는 계층간의 갈등이 있고, 사람 사이에 愛憎의 갈등이 있으며, 悔悟와 속죄의 재생도 있다.

도산 안창호 선생의 쭌비론에 기저한 조선주의 신봉자인 한민교 선생을 정점으로 경성(서울)에는 윤 참판과 허영기가 있는 그 딸인 정선, 그리고 정선을 사모하는 갑진이가 도시 생활의 전형을 보이고, 살여울에는 여름 방학 때 야학 선생이었던 허 숭을 사모하는 유 순과 허

숭을 따르는 한갑, 작은갑 등과 유사장의 아들 정근, 그리고 일제의 관리 등이 농촌을 낙원화하려는 층과 그것을 가로막는 층으로 나뉘어 서로 반목한다. 서울에서는 정선과 갑진의 애정 행각으로 타락해 가는 도시 생활의 면모를 보여 주고 산월이란 기생집에서 향락에 빠져가는 그들의 삶을 보여주고 있다. 살여울에서는 허 숭에 동조하는 한갑이나 작은갑을 중심으로 농촌을 잘살게 하기 위한 계몽운동이 벌어지는데 일제의 관리와 정근이가 이를 방해한다. 정선은 잘못을 뉘우치고 철도 자살을 하려다가 발이 잘리고 산월은 허 숭에 감동되어 살여울로 내려와 선희란 자기 이름으로 유치원을 만들어 봉사한다. 이에 정근이가 일제 관리와 같이 반동인물로 나타나 유 순이가 허 숭을 사랑한다고 한갑을 꼬여 유 순을 구타하여 죽게 하고, 일경에 밀고하여 허 숭, 선희, 한갑, 작은갑 등 살여울 사람들을 살인과 독립운동의 혐의로 투옥 되게 한다. 살여울은 정근의 횡포로 점점 어려워지는데 먼저 출감한 작은갑이 정근을 위협하여 자신의 잘못을 시인하고 살여울을 위하여 6만원을 내놓겠다고 약속을 받아내는 기적이 일어난다. 결국 도시 지향적 귀농의식 그리고 사랑의 갈등으로 투옥되고 죽어가는 비극적 상황도, 모두가 석방되고 한민교 선생이 살여울에 내려오고 갑진이도 개간 사업을 하러 내려와 살여울은 다시 낙원화를 위하여 첫발을 내딛게 된다.

<흙>은 이와 같이 정선과 갑진을 주로 한 도시 지향과 허 숭과 유순, 작은갑 등의 귀농의식의 상충과 상호 交合으로 수많은 고초를 겪는 살여울을 두 기적으로 낙원화하고 있는 작품이다. 도시지향에서 귀농의식을 자각하여 살여울에 내려와 탁아소 비슷한 유치원을 통해 귀농의식을 실천하는 선희의 귀농의식의 자각이 제1기적이요, 밀고하고 횡포를 부려 살여울을 수라장으로 만든 정근이가 작은갑의 위협으

로 타의적이나마 잘못을 뉘우치고 살여울의 농촌 사업을 위하여 6만
원을 희사한다는 것이 제2기적이다. 이것은 카뮈의 <페스트>에서 랑베
르 기자가 애인도 만나고 자기와는 관계가 없는 오랑 시를 탈출하려
다가 자기도 구성원의 하나라는 사회의식을 자각하여 탈출을 포기한
제1기적과 류 의사를 중심으로 하는 페스트 퇴치대와 랑베르 기자로
표상되는 무관심한 많은 대중의 참여로 페스트가 퇴치되어 성문이 열
린 뒤 미쳐 죽는 코타르의 양심의 자각이라는 제2기적과 비슷하다. 정
근의 자성과 희사가 타의적이기는 하지만 것은 있도 대체로 그 구도
에 있어서는 비슷한 것을 알 수 있다. 어떤 긴박한 상황이나 현실에
대처하여 극복하기 위해서는 그 상황이나 현실을 정확히 진단하고 대
처하는 것을 자각한 허 숭이나 류 의사와 같은 선각자의 힘으로만은
이루어지지 않는다. 또한 한갑이나 작은갑, 그리고 페스트 퇴치대와
같은 동조자의 힘으로만도 극복될 수 없다. 거기에는 선희나 랑베르
기자와 같은 사회의식 자각에 의한 대중적인 동조가 있을 때에 극복
될 수 있고, 정근이나 코타르와 같은 양심의 자각에 의한 재생의 기적
이 일어나야 다시 새로운 도약이 가능하다는 것을 <흙>과 <페스트>는
잘 보여준다.

4

　<흙>은 도시지향이 미화되고 그것은 많은 분량을 할애하여 구조의
이완과 파탄을 가지고 있으면서도 <상록수>나 <고향>과 같이 브나로
드 운동을 중심으로 한 농민소설의 대표작으로 꼽히고 있다. 그것은

단편을 주로 한 한국소설이 1930년대에 들어와서 장편소설로 바뀌어 가는 초기에 나온 작품이고, <유정>(1934), <애욕의 피안>(1936), <이차돈의 죽음>(1936) 등 이광수의 다른 장편이 발표되어 염상섭의 <삼대>, 박태원의 <천변풍경>, 채만식의 <태평천하>, 한설야의 <황혼>, 김남천의 <대하>가 나와 장편소설의 흐름의 출발을 이룬 작품이기 때문이다.

<흙>에 나타난 사상이나 지향의식은 이런 의미에서 중요시된다.

먼저 조선주의에 입각한 귀농의식이 짙게 나타나 있다.

한민교 선생을 정점으로 허 숭과 살여울 사람들이 동조하여 농촌을 낙원화하려는 조선주의에 근저한 농촌 계몽운동이 전개된다. 그것은 이광수가 신봉하는 도산 안창호선생의 준비론을 이어받은 것이요, 또한 도시지향의 퇴폐와 향락을 귀농의식으로 전환한 기생 산월의 선희에로의 변모는 조선주의의 전파에 중요한 역할을 담당하고 있다. 그것은 도산의 준비론이 한민교 선생에서 허 숭으로, 허숭에서 한갑과 작은갑과 선희에게로 전파되어 가고, 급기야 정근과 갑진에게로 전파되어 모두의 공감대기 형성되이지는 것을 볼 수 있다. 여기에서 중요한 것이 선희의 전파작용이다. 도시 지향에서 귀농의식으로 변모하는 것부터가 중요하지만, 살여울에 가서 계몽 활동에 전력을 다하는 실천이 더 중요하다. 그것은 기생이란 도시 지향의 꽃에서 허 숭에게 감화되어 실천자로 변하는 일대 기적이요, 이것이 무관심하거나 반대의 입장에 있는 대중의 표상으로 보면 의식의 확대와 전파의 활력소를 이루고 있는 것을 알 수 있다. 이 조선주의의 발로와 그 전파의 활력에 의한 농촌의 낙원화의 실천이 <흙>의 테마의 핵을 이루게 된다.

다음으로 애정의 갈등과 그 비극적 상충이 짙게 나타나 있다.

어느 소설이고 애정이 나타나 있지 않은 것이 없지만 이 소설에서는 애정의 두 양극 현상을 볼 수 있다. 허 숭과 유 순, 정선의 삼각 관계에의 갈등과 정선과 허 숭, 갑진의 향락과 갈등, 그리고 한갑과 유 순, 허 숭의 애정의 상충, 그리고 허 숭과 정선, 선희의 미묘한 애정의 흡인과 갈등 등이 삶의 짙은 양상으로 그려져 있다. 급기야는 정선과 갑진이 정을 통하고 한갑이 정근의 꼬임으로 유 순을 구타하여 죽게 하는 비극적인 상황이 전개된다. 그러나 이런, 모든 갈등은 살여울을 낙원화하려는 유토피아 사상으로 응결되어 재생의 첫발을 내딛게 된다.

<흙>이 <무정>과 <사랑>과 같이 춘원 문학의 정수를 이루는 것도 바로 이런 조선주의에 의해 농촌을 낙원화하려고 하는 데 있고 사랑의 갈등과 도시의 타락을 재현하여 당대의 삶을 조명하며 새로운 삶의 지표를 제시하려는 데 있다.

(李光洙, <흙>, 신원문화사, 1994)

4. 원터 이상화의 한 지평

1

사람은 누구나 잘살기를 원한다. 하지만 사람은 그렇게 쉽게 잘살
수 있는 것이 아니다. 누구는 태어나면서부터 좋은 집안에서 호의호식
하고 귀여움을 받으면서 잘사는데, 이건 밑구멍이 찢어지게 가난한 집
에 태어나서 고생을 바가지로 하면서도 배 고파서 눈이 나올 지경이
니 세상은 왜 이리 고르지 못한지 알 수 없다. 제 팔자가 그러니 할
수 없다며 운명론에 따르는 사람도 있고 인간은 어차피 사회적 동물
이니 그저 전력을 다해 살면 밥은 물론 굶지 않고 뜻을 펼칠 수야 있
지 않겠느냐며 적극적으로 대응할 수도 있으나 반드시 그 의지대로
되는 것도 아니다. 부자도 3대를 넘기기가 어렵다고 말하고 음지에도
햇빛이 들 때가 있다는 속담은 무엇인가 인생 그 자체의 희비 양면을
말하는 것이요, 가능성의 폭이 넓음을 말하는 것이다. 그 누가 못 살
고 싶은 사람이 있고 하는 일이 어긋나 고생만 하고 싶은 사람이 있
으리요만, 세상은 야속하게도 부자와 가난한 사람으로 나누어지고 또

부자는 아니면서 가난하지도 않은 층이 있게 된다. 소위 **中産層**이라고 하는 계층이 생겨나게 되는데, 이는 어느 나라나 그 나라의 중심적인 **軸**이 되는 계층이다. 사회의 구성은 중산층이 대부분이고 아주 부자와 좀 가난한 사람이 적어서 다이아몬드식으로 형성되어야 가장 안정되고 발달한 나라라고 한다. 소위 지세븐(G7)에 들어가는 7개국을 비롯하여 선진국은 모두 그러한 구조로 이루어져 있다. 더구나, 성숙한 자본주의 사회들이니 모두가 잘 살 수 있는 사회 복지 정책이 잘 되어 있어서 빈부의 격차를 줄이고 있는 것이다. 물론 북구 4국과 같이 아주 잘사는 사람도 없고 아주 못사는 사람도 없이 중산층으로만 이루어진 낙원 같은 사회가 있을 수 있으나 그것은 극히 일부의 경우요, 수많은 사람들의 집권 욕심 때문에 인류는 어느 때보다 위기에 처해 있다고 할 수 있다. 그래서 농민과 노동자를 중심으로 하는 무산 계급에 의한 사회의 변혁과 낙원의 지평을 추구하는 운동이 일어나게 된다. 한때 마르크스의 《자본론》에 심취하고 무산자 독재를 표방하면서 지상의 낙원을 추구하던 공산주의 운동과 소련이나 **東歐**, 그리고 중국의 사회주의 국가가 쇠락하고 있는 것은 역사의 새로운 이면이기도 하다. 그것은 무산 대중에 의한 낙원의 그날을 위한 사회주의 확산을 전제로 독재에 의한 새로운 정치 형태가 빚은 잘못된 형상이다. 30년대의 한국의 현실에서 이런 사회주의 운동의 시범으로 농촌과 공장에서의 이데올로기 의식의 확대와 그 실천의 장을 여는 작품으로 이기영의 <故鄕>을 들 수 있다.

2

　이기영의 <고향>은 「조선일보」(1934~1935)에 발표한 장편소설로 식민지 시대 최고의 리얼리즘 소설이라고 일컬어진다. 이때는 카프의 1차 검거가 있을 때로 이기영이 투옥되어 마지막 부분은 이기영이 구상해 놓은 대로 金基鎭이 집필하여 끝낸 것으로 알려지고 있다. 이기영은 신경향파적인 작품으로 문단 활동을 시작하여 그의 문학이 어떻게 사회주의 문학으로 변모하여 발전하여 나가는가를 잘 보여주고 있다. 일제 강점기의 사회주의 문학은 신경향파 문학(카프 창설 전후)— 목적 의식기(카프 제1차 방향전환)— 볼세비키화 단계(제2차 방향전환) — 사회주의 리얼리즘 논쟁 및 창작방법기라는 과정을 겪는데 이기영은 이 모든 변모 양상을 잘 보여주고 있다.

　이기영은 초기에는 <오빠의 비밀 편지>(1924), <가난한 사람들>(1924) 등에서 볼 수 있듯이 그저 소박하게 빈궁의 어려움에 시달리고 희망 없이 살아가는 농촌의 삶을 반영하고 있으나, <서화>(1933)와 <고향>에 와서는 짙은 사회주의 정신으로 농민, 노동자 계급과 지주와의 대립으로 갈등을 고조시키고 그 해결을 위한 싸움과 사보타주, 그리고 인내와 사랑의 묘약에 의한 치유의 지평을 여실하게 나타내어 카프문학의 巨峰이 된다. 일제의 탄압으로 카프가 해체되고 맹원들의 구속이 시작되고 있을 때에 이기영은 이 <서화>와 <고향>을 발표하여 흩어지는 의식을 회복시키고 새로운 지평을 제시한다. 카프 해체 이후 카프 계열이 김남천의 <대하>, 한설야의 <탑> 등 풍속소설이나 세태소설로 변모하는데 이기영은 풍자적으로 안으로 응축해 가는 인간의 자기성장을 그린 <인간수업>(1936)을 발표하고 <고향>과 연계되는

<봄>(1940)을 발표한다. 또한 <어머니>(1937), <신개지>(1936) 등의 장편소설과 <가을>(1934), <비>(1937), <형제>(1939) 등 수많은 작품을 발표한다. 8 · 15해방 후에 이기영은 문학가동맹에 가담했다가 북쪽에서 <두만강>(1963)을 발표하여 소설의 정수를 보여 주고 있다. 이기영은 카프를 주축으로 하는 리얼리즘의 소설을 쓰고, 농민소설과 노동소설을 쓰면서 원터골을 낙원화하려는 삶의 현장과 그 指標를 추구해 간 소설가며 사회운동가이다.

3

<고향>은 이기영의 대표작이면서 일제 강점기의 리얼리즘 소설의 전형을 이루는 작품이고, 이광수의 <흙>(1932)과 심훈의 <상록수>(1935)와 같이 30년대 농민 문학의 대표작이다. <흙>이 경성의 지식인 허숭이 살여울의 농촌을 낙원화시키려는 수직적 지도상으로서의 농민문학이고 <상록수>는 도시의 박동혁과 채영신과 같은 청년이 농촌에 들어가 농민의 개화 운동과 문맹퇴치 그리고 봉사 활동에 힘을 기울이는 수평적 농촌 운동을 전개하고 있는 반면에, <고향>은 농촌 태생의 청년이 대학을 나와 농촌에 들어가 지주의 수탈에 맞서 농촌 운동을 하면서 공장으로 그 공간이 변이되면서 노동 운동을 전개하는 노동소설적인 요소를 지니고 있다. 또한 <흙>에서 '살여울'을 낙원화하려는 데 가교 역할을 하는 기생이던 선희가 등장하듯이, <고향>에서는 원터골을 무대로 마름 안승학의 딸인 갑숙이가 그 가교의 역할을 하고 있다. 이 <고향>은 몇 가지 면에서 그 소설의 의미가 압축되어

나타나고 있다.

1. <고향>은 농촌의 농민과 도시의 노동 운동을 통해 바르고 보람 있게 살 수 있는 낙원을 만들려고 한다. 흔히 농민소설은 어느 지도자가 와서 소작인들의 수탈을 일삼는 지주와 대응할 수 있게 두레를 하고 소비조합을 만들고 고리대금에 시달리지 않게 겨울에도 수입원이 될 수 있는 일을 하게 지도하고 공동체를 이끌어 모두가 동참할 수 있게 하는 것이 보통이다. 그러나, <고향>에서는 농민의 힘을 합치고 모두가 동참하여 마름 안승학과 민 판서의 수탈에 대응할 뿐 아니라 공장에 나가 노동자로서 파업을 일으켜 새로운 변화를 가져오게 하여 농촌에서 도시로 그 운동을 상승시키고 있다는데에 <고향>의 새로운 면이 있다. 그것은 브나로드 운동으로 '농촌으로 가자!'의 기치를 들고 귀농의식을 고취했으나 농민의 힘만으로 궁핍을 벗어날 수도 없고 지주나 관리의 수탈을 벗어날 수가 없음을 알고 노동자의 힘에 의한 새로운 변혁을 시도하고 있다. 이것은 사회주의 운동이 농촌의 농민에서 도시의 노동자로 轉移되어 감을 말한다. 또한 농공의 연대로 새로운 대응을 하면서 눌린 세급을 상승시키려는 새로운 삶의 지표라고 할 수 있다.

2. 소작인의 아들로 농촌 출신으로 동경 유학을 마치고 온 김희준이 운동의 선두에 서 동참하는 것이 특이하다. 김희준은 마을 청년들과 서로 이해가 엇갈려 갈등을 겪고 마름 안승학의 횡포에 시달리지 말고 힘을 합쳐 대처할 것을 강조한다. 김희준은 지식계급이면서도 소작인 출신으로 농민의 자기 계급을 위해 투쟁하여 긍정적 인물로 제기된다. 한편 아버지 안승학의 횡포를 보다 못해 가출한 갑숙은 김희준의 주선으로 근처의 제사 공장에 들어간다. 김희준이 공장의 여러 사람을 교육하고 갑숙을 노동 운동의 전사가 되게 하면서 가뭄의 수확

시 소작료 감면 문제로 안승학과 대결되어 결국 마을 사람들의 승리로 이끌게 하는 이론과 실천의 논리가 맞게 나타나고 있다. 이래서 <흙>의 허숭은 관념적으로 농촌을 부흥하려고 하는 수직적 지도상이 되고, <상록수>는 박동혁과 채영신이 농촌에 들어가 계몽과 동참으로 농촌을 일으키려는 수평적 지도상이 되어 있는 데 비하여, <고향>은 농촌 출신인 김희준이 대학을 마치고 농촌에 들어와 農工의 이행적 참여에 의하여 농촌을 새롭게 일어나게 하려는 동화적 지도상을 나타내고 있다. 김희준은 허숭이 살여울과 경성을 넘나들면서 사랑과 귀농의식을 동시에 추구하고, 박동혁과 채영신은 학생으로서 브나로드 운동에 참여하여 청석골을 일깨우고 일으키려는 도시에서 농촌으로 투입되는 데 반하여, 김희준은 농촌에서 소작인으로 태어나 동경에 가서 대학을 마치고 다시 농촌으로 돌아와 농민과 노동자의 연대속에 원터골을 낙원화하려는 계급적 기반이 확고하고 대학을 나온 머리와 농민이나 노동자와 같이 하는 발로 눌리고 소외된 계급의 상승을 꾀하는 실천궁행의 典型性을 획득하고 있다.

3. 안승학 일가의 양면적인 인물로 보수와 진보의 대립 현상을 나타내고 있는 점이 주목된다. 마름 안승학은 보수적이고 교활하고 모진 마름의 전형으로 부각되어 그전의 소설에서보다 좀더 리얼하게 그려져 있고 갑숙은 아버지의 보수적인 마름에 반발하여 집을 나와 위급할 때에 농민을 도와 주고 직접 제사 공장에 들어가 노동운동의 기수가 되는 진보적이고 행동적인 인물로 변하여 <고향>에서 그 의식이 투철해지고 행동으로 눌리고 소외된 농민이나 노동자의 한 지도가 되는 전형성을 획득하고 있다. 이것은 갑숙이 마름이란 중간 계급을 탈피하여 농민과 노동자의 계급의식의 자각과 행동으로 사회주의의 확대의 촉매제가 되어 있음을 말한다. 농민이나 노동자가 갑숙을 닮아

갈 때에 새로운 차원의 운동이 결실을 맺게 될 것이다.

<고향>은 김희준을 내세워 현실적인 지식인상을 창조하는 동시에 투쟁의 대상이나 결과에서 눈에 보이는 현실성을 직시하고 그에 대응하고 있다. 지주인 민 판서보다 마름인 안승학을 대상으로 싸움이 벌어지고 싸움은 우연적인 계기를 활용해서라도 현실적인 승리로 끝난다. 사회주의 운동이 무너지기 시작한 시기에 작가는 관념이 아닌 눈앞의 현실에서 사회주의적 투쟁의 승리를 이끌어 내고 있어, <고향>은 30년대 한국 장편소설의 한 전형을 이루고 있다.

(李箕永, <故鄕>, 신원문화사, 1994)

5. 몰락과 상승의 이데올로기적 미학

1

사람은 언제나 환경의 지배를 받는다. 아무리 사람이 만물의 靈長이라고는 해도 사람은 절대 불변의 위상에서 세상을 살아갈 수는 없다. 그것은 역사적 변동에 대응하는 사람들의 자세를 보면 분명해진다. 어떤 격동의 시기에 사람은 대개 세 가지 유형으로 그 상황에 대응한다. 첫째는 그 상황에 재빨리 순응하여 동화하는 경우요, 둘째는 수구(守舊)의 입장에서 옛 것을 지키려는 경향이며 셋째는 어느 쪽도 택하지 못하고 방황하는 제삼의 경향이다. 첫째는 <무정>의 김선형과 같은 순응적인 인간형이고, 둘째는 <삼대>의 조의관과 같은 수구적 인간형이며, 셋째는 <제삼인간형>의 석과 같은 제삼인간형이다. 이러한 인간형은 이데올로기의 행동으로 나타날 수도 있고, 종교나 관습에 의해 그 성격이 나타날 수도 있다. 하지만 격동기적인 역사의 변동이나 시대 상황의 변화에 따라 사람의 행동이 달라질 수도 있다. 아리스토텔레스가 '인간은 사회적 동물이다'라고 일찍이 설파하고 있는 것도 바로 인간이 상황이나 환경의 지배나 영향을 받는다는 것을 지적한 것이다.

역사가 영웅을 만든다는 말도 바로 상황이나 환경이 인간의 변화를 가져온다는 말이다. 더구나, 이데올로기의 상승이나 몰락의 과정에서 사람들은 이 세 가지 유형의 어느 한 속성에 대응하고 방황하게 된다. 흔히 진보 세력과 보수 세력으로 나누는 것도 따지고 보면 이 세 가지 유형의 양극의 경향을 말하는 것이다. 진보와 수구의 대립과 갈등은 숙명적이요, 역사의 한 진전의 축으로 작용한다. 진보의 경향은 역사의 진전에서 한발 앞서 나가 있는 것이고, 보수는 그보다 한발 뒤에 서 있으며 일반 대중은 그 사이에서 역사의 현장을 이룬다. 일반 대중은 보수가 이룩해 놓은 현실에서 진보가 지향하는 미래를 바라보면서 살아간다. 이 양극 사이에서 진보를 현실로 끌어내리려는 轉向과 보수를 현실로 끌어올리려는 順應의 작용이 中庸이라는 대도의 축을 중심으로 이루어진다. 이러한 작용은 공시적인 공간에서 전개되면서 동시적인 연속성을 지니게 된다. <황혼>은 프롤레타리아 운동을 중심으로 이러한 중용에 의한 황혼의 의미가 무엇인가를 잘 나타내고 있는 30년대 장편소설이다.

2

<黃昏>은 「조선일보」(1936.2.5~10.28)에 발표한 한설야의 장편소설로 카프가 쇠퇴하여 풍속사나 가족사 소설로 변모할 때에 발표한 소설로 주목된다. 한설야는 <인조폭포>(1928), <교차선>(1933)을 발표하고 <황혼>을 발표한다. 그 뒤에 <청춘기>(1937)와 <마을의 향촌>(1939), <탑>(1941) 등의 장편을 발표하는데 그 중에서 <황혼>과 <탑>이 유명

하다. 또한 이광수의 <흙>(1933)이나 이기영의 <고향>(1934), 염상섭의 <삼대>(1931)를 비롯하여 채만식의 <태평천하>(1938)와 김남천의 <대하>(1939), 박태원의 <천변풍경>(1936), 이태준의 <제2운명>(1938) 등 많은 장편소설이 발표되어 카프 해체 이후 세태와 풍속사 소설 시대에 접어들고 있을 때에 노동소설의 형태로 중간 인텔리의 관념적 허위와 그 운명을 나타내고 있는 소설이 <황혼>이다.

<황혼>은 동경 유학을 한 인텔리가 사랑과 이데올로기의 와중에서 무기력해지고 가난 속에서 공부한 한 여성이 공장으로 뛰어들어가 노동운동의 선봉에 서는 것을 보고 중간층 인텔리의 관념적인 허위와 그 무기력을 부각시킨 작품이다. 여순은 집이 어려워 김재당 집에서 가정교사를 하면서 학교를 다닌다. 그 집의 큰아들 경재는 동경 유학을 마치고 사회주의 운동을 했으나 조선에 돌아와서는 무기력한 생활을 하고 있다. 경재는 안현옥과 약혼했으나 처음에는 느긋하던 현옥의 집에서 아버지인 안중서가 탄광에서 돈을 벌어 기울어지는 경재네의 방직회사를 인수하자 결혼을 재촉한다. 경재는 진보적 모습을 잃어버리고 사치에 기운 현옥보다 여순에게 더 마음이 간다. 경재의 주선으로 안중서의 비서로 취직한 여순은 경재에게 연정을 느낀다. 그러나 안중서와 김재당의 양가에서 이들 사이를 갈라 놓고 연락도 못 하게 방해한다. 그 사이에서 새로운 활로를 찾지 못하는 것을 회의하여 여순은 준식의 말도 있고 경재의 동경 유학 때의 친구인 형철의 의견도 들어 경재와 연락을 끊고 노동자로 변신한다. 경재는 여순이 잠적한 가운데 점차 소시민의 안온함에 젖어 들어간다. 그리고, 안중서가 세운 인원 감축 계획에 반발하여 여순이 앞장서서 노동자들이 일어섰을 때에 그 상황을 보면서 경재는 자신의 황혼을 느낀다. 이 소설은 이렇게 카프의 해체로 나약해지는 노동운동의 상황과, 경재라는 한 인텔리

의 관념적 허위와, 그래도 불이 꺼지지 않고 이어지고 있는 노동운동의 한 양상을 여순을 통해서 보여 주고 있다. 또한 가난하던 현옥이가 졸부의 사치와 과시로 기우는 양태를 보여주고 있기도 하다. 이러한 <황혼>은 다음과 같은 점에서 30년대 소설에서 주목되어진다.

1. 인텔리의 관념의 허위와 그 몰락의 귀착을 부각하고 있다.

경재는 동경 유학을 하고 사회주의 운동을 하던 젊은이였다. 조선에 들어와서는 카프가 해체되고 노동 운동이 탄압을 받아 경재는 방황하면서 소시민의 생활에 젖어 들어간다. 현옥과 약혼을 했으나 갑자기 부자가 되어 사치하고 낭비하는 것이 싫어 가난하면서도 청순한 여순에게 끌릴 정도로 순수성을 잃지 않으면서도 적극적인 활로를 찾지 못하고 방황하는 관념의 허위성을 나타낸다. 일제의 강압과 수탈에 어두운 현실을 비판하면서도 거기에 대응하지 못하고 여순에 대한 사랑도 적극적으로 성취하지 못하고 편안한 생활에 안주하면서 평범한 생활인으로 변해 간다. 경재와 여순은 다 같이 계급의식을 투철하게 실천하느냐의 갈림길에 직면하여 경재는 안락한 인물로, 여순은 상승하는 인물로 정립되어 경재를 주로 하는 부르주아 인텔리의 관념의 허위와 그 귀착짐을 보여 주고 있다. 이것은 사회주의 운동의 약화로 무력화된 인텔리의 방황과 그 나약성(儒弱性)을 나타낸 것이요, 채만식의 <레디메이드 인생>이나 <치숙>과 같이 일제 강압이라는 시대 상황에 대응하지 못하는 관념의 추상화와 안락한 부르주아 생활에 안주하는 그 안이한 자세를 형상화한 것이다.

2. 수동적으로 변모하는 노동 운동의 선봉에 서는 것은 쓰러지는 사회주의의 새로운 변혁적 지향이라고 할 수 있다. 그러나, 여순이 노동운동에 참여하고 그 지도자가 되는 것은 경재와의 애정을 끊을 때와 같이 자의식에 의한 적극적인 것이 아니고 상황과 다른 사람의 권고에 의한 수동적인 것인데 그 한계가 있다. 어릴 때부터 준식의 권고도

있고 경재와 같이 동경 유학생이요 인텔리인 형철의 의견도 듣고하여 비로소 노동자가 되어 안중서의 감원 계획에 반대하여 그 선봉에 서서 싸우게 된다. 경재가 부르주아의 안락에 젖어 들어 이데올로기에 무력해지고 애정에 관심을 기울이는 데 반하여, 여순은 양가에서 방해하는 사랑에 집착하지 않고 과감하게 그것을 끊어 버리고 노동자가 되어 노동 계급을 지도자하는 것은 하강과 상승의 대극을 이룬다고 할 수 있다. 여기 <황혼>이 카프 계열의 쇠퇴기 작품으로 그 계열을 이어 주는 의미가 드러난다.

3. 애정의 유동성과 일탈을 볼 수 있다.

사랑은 관습과 실상에서 그 갈등과 합일의 조화로 나타난다. 약혼에 의한 사랑의 합일은 관습에 의한 성취요, 연애에 의한 사랑의 합일은 자의에 의한 사랑의 성취다. 이 두 가지도 그것이 합일이 되지 못할 때는 갈등과 좌절로 나타난다. 사랑의 다양한 형태는 바로 이런 양상의 복잡한 현상이다. 경재는 약혼자 현옥이 있는데도 여옥에게 마음이 쏠리고 여옥도 경재에 끌리기는 하나 양가의 방해로 사랑을 성취할 수 없게 되어 갈등에 빠진다. 가난하던 현옥 아버지가 광산의 성공으로 새로운 부르주아로 변하는 것이 경재의 눈에 거슬리는 것이나, 옛 고향 친구인 준식의 말을 여순이 쉽게 받아들이는 것도 바로 동질의식의 異同에 따르는 한 양상으로 보여진다. 여순이 노동자가 되어 그 지도자가 되는 것은 바로 경재와의 사랑의 갈등에서 나온 반동 작용이라고 볼 수 있다. 경재와 사랑이 성취되었다면 여순은 노동자가 되고 지도자가 되지 않았을 것이다.

이처럼 <황혼>은 카프가 해체되어 노동 운동이 쇠퇴할 때에 여순과 같은 노동운동의 한 전형을 만들고 몰락하는 인텔리의 관념의 허상으로 소시민으로 안주하는 비관적 현실을 사랑과의 관련 속에서 형상화한 30년대를 대표하는 리얼리즘 장편소설이다.

(韓雪野, <黃昏>, 신원문화사, 1994)

6. 인간 문제의 비극적 지평

1

인간은 개인이면서 사회적 동물이다. 인간이 누구나 행복하기를 원하는 것은 개인적인 욕구의 추구를 말하고, 관습이나 가풍, 법의 제약을 받으며 사회의 구성원으로서 살아가는 것은 사회적 동물로서의 인간의 삶을 말한다. 이 두 가지는 서로 평행으로 진행할 수도 있고, 서로 부딪치고 어긋나 갈등에 빠질 수도 있다. 서로가 부딪치지 않고 평행으로 진행할 때는 개인적 욕구와 사회적 욕구가 합치하여 마찰없이 성취됨을 말하고 서로 부딪치는 것은 개인적 욕구의 성취에 사회적 제약이 가해지고 오히려 방해하여 쟁투하는 것을 말한다. 전자의 경우는 사회가 안정되어 발전하는 성숙기의 현상으로 나타나고 후자의 경우는 쇠퇴와 胎動의 변혁기의 현상으로 나타난다. 인간의 역사는 이런 성숙과 변혁의 끊임없는 반복과 그 진행의 발자취다. 로마의 흥망사가 그렇고 이성계의 위화도 회군으로 시작된 易性革命이 그렇고 잔 다르크나 유관순이 그 비극적인 희생아이며 동학란이나 프랑스 혁명이 바로 그런 변혁의 격동이다. 프랑스 혁명은 성공하여 공화국을 건립하여

의회 민주주의 기틀을 마련하고 그 꽃을 피웠지만 동학란은 실패하여 人乃天의 동학사상을 펼쳐 이 강산을 낙원화하지 못하고 역사의 한 앙금으로 점철되고 있을 뿐이다. 이러한 개인이나 집단의 욕구는 기존 왕권이나 집권의 횡포와 충돌하여 사회의 병폐를 수정하고 진로의 지평을 열기 위하여 끊임없는 충돌과 쟁투를 벌이게 된다. 그 중에서도 마음놓고 제 힘으로 일하여 가족들이 오손도손 살 수 있는 행복의 추구는 여러 가지 요건들에 의해 유린되고 수탈되며 비극을 불러일으킨다. 또한 지주들에 수탈되어 빈곤의 桎梏 속에서 암담하게 살아가는 농민과, 자본가에 노역되고 수탈되어 가난과 질병에 시달리는 노동자의 성취가, 행복하게 살려는 욕구충족의 갈망과 그 좌절의 양상으로 대두한다. 이런 갈등의 비극을 30년대 일제 강점기의 조선의 농촌과 공장된 속에서 전개하여 그 지평을 찾고 있는 강경애의 <인간 문제>에서 인간 문제 해결의 한 지평을 볼 수 있다.

2

　姜敬愛(1907~1943)의 <人間 問題>는 「동아일보」(1934.8.1~12.22)에 발표한 작품으로서 강경애의 단 한 편의 장편소설이다. 황해도 松禾에서 출생한 강경애는 평양 숭의여고를 다니다가 동맹휴학으로 퇴학당하여 학업을 중단했다. 그 뒤 조선일보에 단편 <파금>을 발표하여 문단에 나와 주로 30년대 몇 년 동안 단편 <어머니와 딸>(1931~1932), <소금>, <해고>, <지하촌>, <검둥이> 등 22편과 장편 <인간 문제>를 발표하고 수필 <간도를 등지면서>, <이역의 달밤>, <漁村點描> 등 20여편 및 평론 <염상섭 씨의 논설 '평일'을 읽고>와 <장혁주 선생에게> 두 편을 발표하였다. 강경애는 장하일씨와 결혼하여 만주로 이주하여 <北鄕> 동인으로 활약하고 조선일보 간도 지국장을 지내다가 1943년 장연에서 세상을 떠난 투철한 역사의식으로 일관한 여류작가이다. 강경애는 초기의 작품 <어머니와 딸>에서부터 가난한 여성들의 수난과 그 비극을 고발하고 사회적 비리를 파헤치고 항거하는 인간상을 부각하여 일제 강점기의 조선의 궁핍과 지주의 횡포 농민이나 노동자의 수탈과 삶의 절규를 굵은 필치로 작품화하고 있다. 강경애의 작품 속에는 농촌의 빈궁과 지주나 고리대금업자의 착취와 비인간성, 그리고 있는 자의 축첩과 향락과 유린 등과 공장의 비리와 노동자의 착취당하고 비인간적인 어둠 속에서의 비인간적인 현실과 노동운동을 통해서 그 비리를 개혁하려는 어두운 사회 현실을 고발하여 지하촌과 같은 현실을 고발하고 치유하려는 치열한 역사 의식이 투영되고 있다. 또한 언론에도 종사하고 수필을 통해 서사화하지 못하는 자기의 견해나 단상을 쓰고 있는 것으로 보아 여고 시절 동맹휴학으로 퇴학 당한 그 자세로 일생을 살아간 것 같이 보인다. 이런 강경애의 문학에서 그 한 결정으로 볼 수 있는 장편소설 <인간 문제>는 강경애의 대표작일 뿐만 아니라 노동소설의 한 전형을 이루는 작품이다.

3

<인간 문제>는 용현 마을을 중심으로 지주에 의한 소작인의 수탈과 농촌의 빈극상, 그리고 인천의 제사공장을 중심으로 하는 노동운동과

그 의식의 확산과 비극적인 현실을 부각하여 농민과 노동자를 양극으로 하는 인간 문제 해결의 지평과 그에 대한 투철한 의식을 자각하는 결말로 된 작품이다. 지주 장덕호의 횡포에 시달리는 용현 마을 선비는 아버지를 때려 앓다가 죽게 한 덕호의 종으로 들어가고 첫째는 남정네들에게 몸을 파는 어머니 밑에서 지주와 싸우다가 불구자가 된 이 서방과 같이 덕호의 그늘에서 살아가며, 덕호의 딸 옥정은 경성대를 다니는 신철을 사랑하여 마을로 데리고 들어와 한 달여 동안 지내면서 마을 사람들의 질시를 받는다. 덕호는 타작의 현장에 가서 모든 부채를 거두어들이고 농민들은 헛농사를 지은 것을 탄식한다. 첫째는 견디다 못해 인천의 제사공장의 직공으로 들어가고 선비도 여공이 되어 노동운동을 전개한다. 옥정과의 혼사의 강권을 거절하고 집을 나온 신철에게 감화를 받아 첫째는 어엿한 노동자가 되어 간다. 여자 반장이 된 선비와 신철에게 감화를 받은 첫째의 주동으로 파업이 이루어지고 신철도 구속된다. 선비는 폐병으로 쓰러지고 신철은 일제와 아버지의 강권으로 아름다운 여자를 얻고 편하게 따뜻한 잠자리에서 살 수 있는 전향의 길을 택한다. 선비의 죽음 앞에서 첫째는 이려시부터 사모하던 사랑을 말도 못 하고 보내 버린 것을 슬퍼하며 이미 식어 버린 선비의 주검 앞에 통곡한다. 장사를 치르고 나서 선비의 죽음과 신철의 전향을 슬퍼하면서 이런 불행하고 어두운 현실의 인간 문제를 해결하는 한 역군이 될 것을 다짐한다. 이러한 <인간 문제>는 몇 가지 측면에서 우리의 주목을 끈다.

 (1) 이 작품은 용현이란 마을을 둘러싼 농촌과 인천 제사공장이란 공장의 노동자를 중심으로 농민과 노동자의 이원의 공간을 무대로 한 농민소설적이면서 또 노동소설적인 성격을 띠고 있다. 선비와 첫째가 악독한 지주이면서 면장까지 되는 장덕호의 그늘에서 소작인으로서

종으로서 갖은 고초를 당하며 용현 마을의 풍속과 농민들이 굶주리고 수탈당하는 현실을 그린 데서 농민소설적인 성격을 띠고 있으나, 그것은 이기영의 <고향>에서와 같이 정말 소작인으로서의 농민의 아픔과 수탈 그리고 불만과 저항을 그린 것이 아니고, 그 주변이라고 볼 수 있는 여종이나 논매는 것을 그리는, 땅을 직접 대하지 못하는 농민이 등장하고 있어서 본격적인 농민소설이라고 볼 수는 없다. 이들이 한결같이 이행해 가는 인천의 제사공장에 가서야 비로소 노동자가 되어 노동운동에 참여하여 신철에 의해 더욱 무장되어 파업의 주동자가 되는 것으로 보아 노동소설의 의미를 가지게 된다.

(2) 이 작품은 자의적으로 농촌과 공장이란 열린 공간과 닫힌 공간을 설정하여 필연적인 경로 없이 무대를 농촌에서 공장으로 옮겨 선비와 첫째를 노동자로 변신시키고 있다. 서사 양식에서는 인과 관계에 의한 그 필연적 전개를 중요시한다. 물론 이러한 소설의 서사 구조를 일탈한 내적 세계의 소요나 탈구조의 경향도 있을 수 있으나 결국 소설은 이 인과의 필연성을 부정할 수는 없다. 선비가 어머니마저 죽어 아버지를 죽게 한 원수인 덕호의 종으로 들어가 덕호가 딸 옥정과 같이 공부를 시켜 준다는 등의 유혹에 끌려 몸을 빼앗기는 것이나, 이 서방이 전반부에서는 중요한 인물의 위상을 하고 있는 것, 용현에 와서 한 달여를 살면서 옥정의 사랑을 느끼면서도 선비의 아름다운 자태를 못 잊어 접근하려고 엿보는 신철이가 노동운동의 지도자가 되는 것, 일자무식의 첫째와 선비가 금시 제사공장의 노동운동의 기수가 되고 파업의 주동자가 되는 것 등은 농촌의 빈궁상을 피상적으로 접근하고 공장의 노동운동도 피상적으로 인식되고 다루어져 있는 듯한 인상을 주므로 문제로 남는다.

(3) 선비의 아름다움에 장덕호, 신철, 첫째가 다 끌리면서도 지주인

장덕호에 의해 범해지고 신철은 노동자를 가까이할 수 없다는 이유로 가까이 다가가지 못하고 첫째는 일생을 사모하다가 죽은 시체 앞에서야 통곡하면서 선비의 사랑을 자각하고 그 생명력으로 노동자에 의한 인간 문제 해결의 기수가 되겠다고 다짐하는 주제의 초점화가 뚜렷하게 나타나 있는 것이 돋보인다. 이로써 농촌에서의 어두운 현실을 직접 경험하게 하고 공장에 와서 신철의 도움으로 그런 의식을 자각하면서 노동운동을 하여 파업의 주동자가 되고 급기야 선비는 죽고 첫째는 계급의 장벽을 타파해야 할 의식을 뚜렷하게 자각하게 되고 그 기수가 될 것을 맹세하게 된다.

이런 의미에서 <인간 문제>는 이광수의 <흙>이나 심훈의 <상록수>, 이기영의 <고향>과 같은 농민소설에서 한설야의 <황혼>에 이어지는 노동소설의 성격을 띠고 있어 30년대의 일제 강점기에서 중요한 위치를 차지하는 소설이다.

(姜敬愛, <人間問題>, 신원문화사, 1994)

7. 濁流에 휘말린 순수의 비극

1

인간의 욕심은 한이 없다. 그 중에서도 물욕은 식욕이나 성욕보다 더 강하게 세상 사람들을 유혹한다. 살아가는 데 그렇게 많은 물질이 필요한 것은 아니다. '나물 먹고 물 마시고 팔을 베고 누웠어도 즐거움이 그 속에 있다'는 先人의 경지까지는 못 가더라도, 한평생 살아가는 데 그렇게 물욕에 빠져 허우적거리고 살 필요는 없다. 아흔아홉 석을 가진 부자가 백 석을 채우기 위해서 없는 사람보고 한 석을 빌려 달라고 했다는 이야기와 같이 인간의 욕심은 한이 없다. 그러기에 동서를 정복한 알렉산더 대왕이 '나는 왜 저 달을 정복하지 못할까'라고 한탄했다고 하지 않는가. 사람은 가지면 가질수록 더 가지고 싶고 돈이 많으면 여인과 술에 빠지기 쉽다. 인간의 비극은 바로 많이 가지려는 탐욕과 여인의 향취를 탐내려는 것, 그리고 그런 것을 이용하여 자기의 욕심을 채우려는 데에 있다. 고리대금이나 가짜를 만들어 폭리를 취하든 딸을 미끼로 한몫을 보려고 하든 사람들은 그저 돈을 벌려고 애를 쓰고, 또 그 노예가 된다. 자본주의의 비정상적인 상황이 바로 그런 것이요, 돈 앞에서는 매정하고도 몰인정한 것이 바로 자본주의가 낳은 병폐이다. 사실 돈은 사람의 생활의 편리를 위하여 만들어진 것이나 그 교환의 수단을 넘어 이젠 돈이 사람을 지배하고 있다. 돈 앞에서 비굴해지고 탐욕스러워지고 돈을 위해 재벌이라는 작자들이 사기나 눈가림을 일삼고 관리가 뇌물 앞에 맥을 못 쓰고 높은 감투도 쓸 수 있으니 옛부터 '돈이면 처녀의 불알도 살 수 있다'라는 말이 있어 온 것이다. 냄새도 안 나고 형체도 없으며 말도 없는 돈이 이토록 요긴하면서도 인간의 비극의 씨앗이 되는 것은 비단 자본주의의 폐단에서만 오는 것은 아닐 것이다. 그것은 순수하게 현실에 순응하는 인간의 나약한 욕구가 변형되고 행복을 추구하려는 사랑의 고리들이 얽히며 도도히 흐르는 역사의 수레바퀴가 빚어내는 삶의 유전이요, 탁류 속에서 빚어내는 비극이다. 우리는 <탁류>에서 이런 비극적인 양상을 볼 수 있다.

2

　30년대의 역사의식으로 현실을 투시한 채만식의 <탁류>는 1937.12 ~1938.5.17일에 걸쳐 「조선일보」에 연재한 장편소설로, 일제치하에 米 쬬로 몰락한 가정의 자녀들이 어떻게 자본주의와 식민지 상황에서 사랑과 돈의 회오리 속에 말려 들어가 비극을 겪는가를 리얼한 기법으로 표현한 장편소설이다. 채만식은 <과도기>, <세 길로>, <산적>과 같은 동반작가적인 사회의식이 짙은 작품을 발표하다가 30년대에 와서 본격적인 활동을 하게 된다. 그것은 <레디메이드 인생>, <치숙>, <인형의 집을 나와서>와 같은 지식인의 식민지 치하에서의 실의와 사회주의 운동의 참여 상황을 그리는 작품과 <탁류>, <태평천하>, <금의 정열>과 같은 역사의식이 짙게 나타나고 식민지 치하의 탁류에 휘말리는 인간상을 풍자적으로 그린 장편소설, 그리고 <간도행>, <당랑의 전설>과 같은 희곡을 발표하여 30년대 소설의 주류를 이룬다. 30년대는 카프의 해산에 의한 전형기로 李孝石이나 朴泰遠, 李箱 등을 주로 하는 모더니즘 경향의 소설과 이기영, 한설야, 김남천, 채만식 등과 같은 풍속과 역사의식을 주로 하는 리얼리즘 경향으로 양립되고 단편소설과 장편소설이 병립하여 한국소설의 성숙기를 맞이하는 시기이다. 또한 브나로드 운동에 의해 李光洙의 <흙>과 沈熏의 <상록수>, 李箕永의 <고향>과 같은 장편소설이 나오고 金南天의 <대하>와 韓雪野의 <탑>과 같은 풍속소설과 박태원의 <천변풍경> <소설가 仇甫氏의 일일>과 같은 세태소설이 나와 이효석의 <화분>, 이광수의 <사랑>, 兪鎭午의 <華想譜>와 같은 순수소설의 경향과 병립하게 된다. 채만식의 <탁류>는 이런 상황에서 미두로 몰락하는 정 주사의 딸 초봉이와 계봉이가 식민지 치하와 자본주의 그리고 사랑과 애욕의 탁류 속에 휘말리어 겪는 비극을 리얼한 기법으로 형상화한 소설이다. 또한 <탁류>는 <태평천하>의 풍자적인 기법에 의한 현실의 인식과 조명과는 달리 통속성을 가미한 리얼한 기법으로 의해 형상화하고, <쑥국새>와 같은 인간의 본질을 추구하는 순수지향과는 다른 경향이라는 점에 그 의의가 있다.

3

<탁류>는 미두의 몰락에 의해 한 가정이 돈과 애욕에 휘말리어 겪는 비극적인 이야기를 토속적인 뉘앙스를 풍기면서 발자크의 <고리오 영감>을 연상케 하는 소설이다. 서두의 백제의 한을 품고 도도히 흐르는 금강 묘사로 시작되는 <탁류>는 群山의 米豆의 바람과 거기에 심취하는 정 주사의 몰락의 상황으로 시작되고 있다. 정 주사는 미두에 열중하여 한 몫을 잡으려고 하지만 실패를 거듭한다. 정 주사의 큰 딸 초봉은 아름다우면서도 극히 수동적인 인물이다. 자기 집에 하숙한 의학도인 남승재를 사모하지만 정 주사의 타산적인 강권에 의해 은행원인 고태수와 결혼한다. 하지만 결혼한 지 얼마 안 되어서 태수는 정을 통하고 있던 여자의 남편에게 죽고 초봉은 그녀를 탐내고 있던 곱추 장형보에게 겁탈을 당한다. 태수가 죽은 지 얼마 안 되어서 초봉은 자신이 일하던 약국 주인 박제호의 첩이 되고, 그 뒤에 초봉은 누구의 아이인지도 모르는 딸 아이를 낳는다. 제호는 딸 송희에게만 정성을 쏟는 초봉에게 싫증을 느끼고 장형보에게 초봉을 넘긴다. 초봉은 기구한 자기의 신세를 한탄하면서도 장형보에게 애정을 베풀어 장형보의 도움으로 미두로 몰락한 친정을 도와간다. 그러나, 딸에게 함부로 구는 데 격분하여 장형보를 발로 차서 죽게 한다. 그로 인해 자살을 결심하는데 승재와 동생 계봉이가 찾아와 극구 말린다. 초봉과는 달리 활발하고 주관이 뚜렷한 계봉과 의사가 된 승재는 서로 사랑하는 사이가 되어 있었다. 그러나, 이 사실을 모르는 초봉은 승재가 아직도 자기를 사랑하고 기다려 줄 것으로 믿고 자살 대신 징역살이를 택하겠다고 다짐을 한다.

　　<탁류>는 이와 같이 정 주사의 몰락과 초봉의 수동적인 전락을 주축으로 고태수의 불륜, 박제호와 장형보의 여인 섭렵 등을 통속적인 멜로드라마로 엮고 있는 장편소설이다.

4

　　<탁류>는 30년대의 장편소설의 하나이면서도 서두의 금강 묘사에서 암시하고 있는 작가의 창작의도가 빗나가 통속화된 소설이다. 그러나 풍자적으로 식민지 상황에 대응하는 <태평천하>와는 달리 통속소설의 범주에 속하면서도 그 문학적 의미를 抽出해 볼 수 있다.

　　첫째는 식민지 상황을 투시하는 역사의식이 나타나 있다. 일제의 식민지 상황에서 미두를 중심으로 한 민족의 몰락은 군산을 중심으로 전개된다. 일제는 호남에서 생산된 쌀을 군산항을 중심으로 일본으로 실어 가면서 미두를 통해 민족 자본을 탈취해 간다. 홍이섭 교수가 <탁류>에 나타난 사회의식과 자본주의에 의해 몰락해 가는 한 가정을 분석하면서 <탁류>의 문학적 의미를 고양시킨 것도 이 때문이다. 미두는 쌀로 하는 증권으로 일종의 놀음인데 정 주사는 거기에 휘말리어 가산을 탕진하게 되는데 이것이 초봉에게는 비극적인 인생유전의 근원을 이룬다. 식민지와 자본주의의 이중적 상황 속에서 정 주사로 표상되는 개인적인 비극을 역사와 사회적인 안목으로 형상화하고 있는 데 <탁류>의 의미가 있다.

　　둘째는 순응적인 여인의 비극적 상황을 잘 나타내고 있다. 사람은 전통과 관습 속에서, 그 압박 밑에서 살게 된다. 그러면서도 상황과 대응하면서 자기의 욕구를 성취하려고 한다. 하지만 초봉은 내성적이어서 아버지 정주사의 말을 거역할 수는 없다고 해도 이 남자 저 남자에게로 전전하는 것은 초봉의 삶의 자세가 자기를 상실한 탓이다. 그리하여 초봉의 삶은 의해 이루어지고 그저 시키는 대로 따르고 상황에 따라 순응하는 여인의 수난의 旅程으로 나타날 뿐이다. 초봉이가 정 주사의 말에 따르지 않고 승재에게 보다 적극적인 자세였다면, 고태수의 비극을 예방할 수 있었더라면, 근무하는 약국 주인인 박제호의 첩이 그렇게 쉽게 되지 않았더라면, 또 장형보에게 넘어가지 않았더라면, 초봉의 삶은 전혀 달라졌을 것이다. 동생 계봉과 사랑하는 사이가 된 남승재를 보고 그렇게 몇 남자를 전전한 자기를 사랑하고 있을 것이라고 착각할 정도로 둔한 초봉의 순진한 성격이 운명의 여신의 손길대로 따라가는 숙명적인 비극의 주인공이 되도록 한 것이다.

끝으로 <탁류>는 통속적안 흥미를 돋우면서 비극미를 심화시키고 있다. 사람의 행동에는 반드시 동기가 있고 무엇인가 성취하려는 욕구가 있게 마련이며 또 그 결과가 나타나게 된다. 확고한 생활 자세가 있으면 싱횡에 대응하는 인묵과 지향싱도 마련되는 데 반하여 그저 관습에 따르고 부모를 거역하지 못하고 거기에 따라가면 그저 타인의 노예나 노리개로 전락하여 비극의 주인공이 될 뿐이다. 이럴 때는 독자의 흥미를 유발할 수는 있으나 통속성을 벗어나지는 못한다.

<탁류>는 이와 같이 식민지 치하 속에서 전전하는 탁류를 역사의식으로 부각하려다가 흥미 위주의 통속성으로 운명적인 여인의 비극을 그린 30년대의 장편소설이다.

(蔡萬植, <濁流>, 신원문화사, 1994)

8. 풍자적 태평천하의 비극

1

사람은 누구나 잘 살고 싶어한다. 누가 보아도 부럽게 부귀와 영화를 누리며 백 년이고 천 년이고 살고 싶어한다. 떵떵거리면서 호의호식하고 살고 싶은가 하면 초가삼간도 그저 마음 편하게 내가 하고 싶은 일을 하면서 그것을 이루어 가는 것이 가장 보배롭다는 사람이 있다. 또한 무슨 수단이든지 권력을 잡아 사람 위에 서서 세상을 다스리면서 큰소리를 치며 살고 싶어하는 사람도 많다. 도스토예프스키는 인간은 행복 이외에도 그것과 꼭 마찬가지로 불행도 필요하다고 말하고 있지만 그건 천만의 말씀이다. 하기야 아담이 선악과를 따먹지 않았더라면 인간은 불안이나 부끄러움, 성과 노여움 등을 모르고 에덴 동산에서 행복하게 살았을 것이고 프로메테우스가 불을 훔쳐 주지 않았으면 인간은 욕심과 싸움이 없는 평화로운 이 지상에서 살았을지도 모른다. 아담과 프로메테우스는 천상의 계율을 어기고 인간에게 위를 향하는 새로운 지표를 준 것이다. 그렇지 않았으면 인간은 아무 가치나 윤리 의식 없이 이 세상을 살았을 것이고, 영원한 평온이 있었을지도 모른다. 평온과 안식에 인간은 견디기가 어려웠던 모양이다. 무엇인가 새로운 광야를 향하여 평온과 안식을 버리고 과감히 나아가 인간은 오늘의 삶의 광장으로 뛰어나오고 있다.

그러면서 사람은 만물의 영장으로 군림하여 이 세상을 낙원화하여 잘살려고 한다. 사람의 욕심 중에서 가장 강한 것이 먹고 자고 성을 만족시키는 것이라고 하지만 이 모두가 잘살아가는 길목을 이루는 것들이다. 그러기에 인간은 壽, 富, 康寧, 攸好德, 考終命, 말하자면 오래 부자로 살고, 건강하게 살며 덕을 좋아하고 행하며, 제 명대로 자손이 임종하는 데 죽는 五福을 가장 큰 행복의 덕목으로 삼은 것이다. 여기에 하나를 더하여 貴하게 사는 것이 세상 사람들의 소원이기도 하다. 오복을 다 누리고 살아도 천하게 사는 것을 그리 원치 않는다. 간디처럼 천민과 같이 살면서 자기가 믿는 진리를 실천하는 사람이 없지 않긴 하지만 중국의 귀족에서 볼 수 있듯이 남들이 우러러볼 수 있게 귀하게 살고 싶은 것이 인간의 욕심이다.

하지만 잘산다는 것은 그렇게 쉬운 일이 아니다. 우선 잘사는 행복은 그렇게 쉽게 누릴 수 있는 것이 아니고 또 사람마다 각기 달리 행복을 추구하기 때문에 오복이나 민족, 국가가 추구하는 그날의 지평과 같이 하는 경우가 많다. 하지만 오로지 자기의 행복만을 위해서 사는 몰염치하고 반민족적이며 반인륜적인 경우도 있다. 일제 식민지 치하에서 국민은 질곡 속에서 어떻게 시달리든지 나라는 망하든지 속국이 되든지 관계 없이 자기만을 위하여 사는 친일파들이나 군사정권 아래서 그 뒷시중이나 하면서 자기의 영광과 권력의 그늘 아래에서 호의호식한 일부 지식인이나 정치가들이 그런 부류이다. 채만식의 <太平天下>는 일제시대를 태평세대라고 구가하면서 개인의 치부와 영달에 치닫다가 몰락하는 한 가족을 소설化한 작품으로 행복을 잘못 추구하는 비극적인 인간상을 풍자적으로 그린 근대소설의 명작이다.

2

<太平天下>는 「조광」(1938. 1~9)에 <天下太平春>으로 발표했다가 나중에 제목을 바꾼 작품으로 윤직원이 춘심을 만나러 나갔다가 집에 들어오기까지의 하루에 벌어진 사건을 그린 소설이다. 홍안백발의 풍신 좋은 일흔두 살의 윤직원이 일제 치하를 태평천하라고 하면서 고리대금업과 친일파로서 모든 영광을 스스로 만들어 누리며 손자를 군수와 경찰서장으로 만들어 명문을 이루려는 욕망에 불타다가 실의에 빠지는 이야기가 주 스토리이다.

반평생 노름판을 기웃거리고 다니다가 돈 2백냥이 생기자 그것으로 갖은 수단을 다 써 재산을 늘려가던 그의 선친인 윤용규가 화적떼에 의해서 죽게 된다. 당시 화적떼를 피해 도망갔던 윤두섭(지금의 윤직원)은 참혹하게 죽어 있는 아버지의 시체를 끌어안고 '우리만 빼놓고 어서 모두 망해라'라고 외치면서 '어디 두고 보자. 내 기어이 원수를 갚고 말 테니 — '라고 다짐을 하면서 상경한다. 그리하여 그는 고리대금업과 친일은 물론 수단을 가리지 않고 재산을 늘려 간다. 문벌이 없는 윤두섭은 네 가지 사업을 추진하여 자기의 가문을 세우려고 한다. 첫째, 족보에 도금하기, 둘째, 직함을 얻기(족보의 반열에 서서 윤장의가 된다.), 셋째, 양반과 통혼하기, 넷째, 자손 중 정말 권세 있고 실속있는 관리인 군수나 경찰서장을 배출하기의 네 가지 신조를 차근차근 실행에 옮긴다. 우선 족보를 사서 금박으로 올려 양반 중에서도

토호의 집안인 것같이 뽐내고, 윤직원이라는 직함을 얻어 명문 있는 행세를 하며 딸 손녀를 양반의 집안과 통혼하려고 애를 쓴다. 하지만 아들 윤창식은 삶의 지표를 상실하여 첩을 몇 명이나 두고 술과 마작으로 세월을 보낸다. 윤직원이 군수감으로 생각하던 창식의 아들 종수는 고향에서 군서기로 다니면서 노름에 미쳐 정신을 못 차리고, 또 그러한 종수의 아들인 경손도 아버지와 비슷한 인물로서 윤직원의 소망을 달성할 기미가 보이지 않는다. 윤직원도 어린 춘심에게 빠져 돈과 여인 속에서 불타는 욕망을 키우려고 애를 쓴다. 춘심에게 반지를 사주고 의기 있게 집에 돌아온 윤직원은 유학 가서 경찰서장이 되리라고 믿었던 종학이 사회주의 운동을 하다가 체포되었다는 소식을 듣고 이 태평천하에 어느 놈이 사회주의고 무어고 운동을 하느냐고 통탄을 한다. 그건 이 작품의 마지막 부분에 여실히 나타나 있다.

> 마지막의 으음 죽일 놈 소리는 차라리 울음소리에 가깝습니다.
> "……이 태평천하에! 이 태평천하에."
> 쿵쿵 발을 구르면서 마루로 나가고, 꿇어 앉았던 윤 주사도 종수도 따라 일어십니다.
> "……그놈의 만석꾼 집의 자식이, 세상 망쳐놀 사회주의 부랑당패에 참석을 하여? 으음 죽일 놈 ! 죽일 놈!"
> 연해 부르짖는 죽일 놈 소리가 차차로 사방으로 멀리 사라집니다. 그러나, 몹시 사나운 그 포효가 뒤에 처져 있는 가권들의 귀에는 어쩐지 암담한 여운이 스며들어 어두운 얼굴들을 면면 상고, 말할 바를 잊고 몸둘 곳을 둘러보게 합니다. 마치 장수의 죽음을 만난 군졸들처럼……

이와 같이 끝나는 <태평천하>는 일제 치하에서 치부하여 가문을 얻고 권력 있는 벼슬까지 하여 자기 집안의 영화를 구가하려는 윤직원이 몰락하는 희화적인 이야기를 풍자적으로 판소리체의 문체로 표현하여 30년대 소설의 한 정상을 이루고 있다. 그것은 다음과 같은 몇 가지 측면에서 그 나름의 의의를 지니고 있다.

3

<태평천하>는 <탁류>(1938)와 함께 채만식의 대표작일 뿐 아니라 30년대 한국 소설의 금자탑을 이룬 작품이다. 하루 동안에 벌어지는 일을 5대에 걸쳐 이야기하는 談話의 뛰어난 솜씨라든가, 온 천하가 고통 받는 일제 식민지 치하를 태평천하라고 구가하면서 윤씨 일가의 부귀와 영화를 추구하다가 실의에 빠지는 부정적인 인물들을 호감으로 대하게 하는 풍자적 기법이 뛰어난 것 등 몇 가지 특징적인 면을 보여 주고 있다.

먼저 부정적인 인물들을 통해 삶의 새로운 돌파구를 보여 주고 있다. 부친으로 인한 원한을 가슴에 품고 돌아와 친일을 해서 가문을 올리고 영화를 누리는 윤직원을 위시하여, 여인과 놀음에 빠진 그 아들 윤창식, 고향에서 군서기를 하면서 역시 놀음이나 여자에게 빠져가는 손자 종수, 그리고 그와 비슷하게 생활하는 증손자 경손 등 부정적 인물을 거부감 없이 제시하면서 경찰서장감이라던 종학이 사회주의 운동을 하다가 체포되자 실의에 빠져 '이 태평천하에 무슨 놈의 운동이야'하고 절규하는데서 우리는 부정적 인물을 희화적으로 바라보면서 윤직원이 부정하는 그곳에서 새로운 삶의 빛을 찾게 된다. 당시는 사회주의 운동이 바로 민족주의 운동과 겹쳐 있었고, 일제는 독립운동을

사회주의 운동이라고 몰아쳐 뒤집어 씌웠기 때문에 윤직원의 실망과 절규는 거꾸로 새로운 가능성을 제시하는 것이 되고 있다.

다음은 담화의 서사 기법이 뛰어나 소설 미학을 보여준다.

<태평천하>는 이야기의 허구적 시간과 소설의 담화적 시간의 묘미를 극대화시키고 있다. 이 작품의 이야기 속의 시간은 윤용규-윤직원-윤창식-윤종수-윤경손의 5대에 걸친 허구적 시간(story time)을 윤직원이 집을 나가 춘심을 만나 반지를 사 주고 집에 들어오는 하루의 담론적 시간(discourse time)으로 압축하여 서사화하고 있으면서도, 윤직원을 비롯하여 창식, 종수 등 등장인물들의 성격과, 여인과 놀음 그리고 술에 얽힌 이야기를 디테일 있게 그리고 있으니, 채만식의 뛰어난 창작력을 엿볼 수 있다. 사실 소설은 이 허구적 시간에 얽힌 사건을 어떻게 담론적 시간으로 다시 질서화하여 재구성하느냐에 그 묘미가 있다. 옛날의 <춘향전>이나 <홍길동전>과 같은 조선소설은 출생부터 사망까지의 일대기를 시간 순서대로 사건을 그려가는 단순한 서사 양식인 데 반하여 근대소설이나 더구나 현대소설에서는 이야기의 허구적 시간과 소설의 담론적 시간이 복잡하고 미묘히게 얽혀 있어 소설의 묘미는 바로 이 두 가지가 얽혀 있는 데서 오는 것이라고 할 수 있다. 이 상의 <날개>나 <지주회시>, 또는 장용학의 <요한시집>, 김성한의 <개구리> 같은 작품은 이러한 양상을 잘 드러내고 있는 작품이다. 작가의 창조는 바로 삶의 리얼한 역사나 인물의 있는 그대로를 그리는 사람이 아니요, 새로운 질서의 창조에 있다는 말도 따지고 보면 이 이야기의 허구적 시간을 어떻게 담화적 시간으로 형상화하느냐에 달려 있는 것이다. <태평천하>는 이런 면에서 새로운 서사 기법의 한 전형을 보여주는 작품이라고 할 수 있다.

끝으로 <태평천하>의 묘미는 판소리를 계승한 풍자의 문체에 있다.

우선 풍자는 풍자당하는 쪽이 돋보이게 하고 긍정적인 것을 왜소하게 하여 부정의 미학을 이루는 기법이다. 윤직원이 일제치하를 도둑을 막아주고 배부르게 먹게 해주고 마음대로 일할 수 있게 해주는 태평성대라고 찬양하면서 치부를 하고 어린 여자와 마음대로 즐기면서도 자손 중에 권세있고 실속있는 군수와 경찰서장을 시키고 싶어 야단을 피우는 것이나, 경찰서장감으로 믿었던 아들 종학이 사회주의 운동을 하다가 체포되었다는 소식을 듣고 만석꾼의 아들이 이 태평성대에 사회주의가 다 무엇이냐 하면서 실의에 빠져가는 종말이 풍자의 극대화가 되어 독자에게 청량제를 준다. 부정적인 것을 크고 소중하게 여기는 윤직원이 종학의 체포로 무너지는 종말에 와서 어딘지 가슴이 시원해지는 것을 느끼게 되는 것도 <치숙>에서와 같이 풍자적 기법이 주는 묘미다.

또한 '……하였습니다, ……물론이구요, ……하겠습니다' 등과 같이 경어법을 쓰면서 그 표현의 가락이 판소리의 그것과 비슷하게 표현되어 있어서 우리에게 익숙하고 또 풍자성이 풍부한 판소리나 민속극의 정조에 매혹되게 된다. 이것은 풍자에 알맞은 표현이요, 윤직원을 중심으로 한 부정적 인물의 표현에 적절한 것이어서 풍자와 서술 양식이 일치되고 있음을 알 수 있다.

4

세상은 재미있어 살 만하다. 부정적인 인물이나 치부나 영화에 의한 행복은 영원히 누릴 수 없는 것이다. 승승장군으로 모든 욕구가 성취되어 만석꾼이 된 윤직원이 종학이 체포되어 실의에 빠지는 종말은 우리의 가슴을 시원하게 해준다. 친일파가 아직도 잘살고 독립투사의 후손이 빈궁에 시달리는 현실보다 소설은 훨씬 존재적 현실을 당위적 존재로 승화시키고 있는 것을 알 수 있다. 여기에 <태평천하>의 문학 사적인 의미가 있다.

(蔡萬植, <太平天下>, 신원문화사, 1994)

9. 개화의식의 확산과 풍속사의 조명

1

세상은 잠시도 쉬지 않고 변한다. 물이 고여 있듯이 항상 그대로이니 세상이 그 자리에 머물러 있는 것 같이 보이지만, 기실은 잠시도 머물러 있지 않고 변한다. 십 년이면 강산도 변한다라든가 세월이 如流하고 쏜 화살과 같다는 말이 벌써 세상이 쉬지 않고 변하는 것을 말한다. 우리가 살고 있는 세상은 그 자리에 머물러 있는 것 같지만 기실은 잠시도 제자리에 있지 않고 흘러간다. 역사에서 시대를 구분하는 것 자체가 세월이 흘러감을 말하고, 세월이 흘러가는 것은 그에 따라 많은 것이 변하고 있음을 말한다. 요하의 주변에서 상동성 일부를 지배하던 夫餘 시대를 지나 만주 일대를 석권하던 고구려 시대에 접어 들고, 삼국을 통일하여 고려 시대를 맞이하는 것 자체가 세월이 쉬지 않고 변하는 것을 말한다.

이 변해 가는 세상이 가장 먼저 표출되는 것은 겉으로는 風俗의 변화이고, 속으로는 의식의 변화로 나타난다. 세상을 살아가는 데는 먼저 먹고 입고 살아가는 衣食住 외에 장가 가고 시집 가며 죽어서 장사 지내는 사람이 살아가는 데 꼭 겪어야 하는 冠婚喪祭 등 많은 관습에 의해 이루어져 풍속이 변해 가는 것을 볼 수 있다. 근대화인 개화가 이루어진 것은 불과 백년이지만 그 사이 엄청나게 풍속이 변해 있는 것을 보아도 세상이 얼마나 빨리 변하는가를 알 수 있다. 물론 그 축이 되는 기본의 틀은 크게 변하지 않는다고 해도 외형적인 것은 세상도 모르고 서서히 변해 가는 것을 볼 수 있다. 그래도 풍속이야 可視的으로 변해 가지만 의식은 눈에 띄지도 않고 바람에 연기가 날려 퍼지듯이 싹이 트고 번져 나간다. 그것은 삽시간에 세상에 번져 기존의 의식과 충돌을 일으킨다. 서울이나 평양을 비롯하여 전국의 방방곡곡에 번져 나가 기존의 의식을 흔들면서 차차 사회에 風靡하게 된다. 이러한 의식은 풍속의 개량으로 나타나고 풍속의 개량은 의식의 확산을 가져온다. 조선조의 易姓革命은 말할 것도 없고 소위 개화기라고 불리는 韓末의 변화나 6·25전쟁 때에 미국을 비롯하여 16개국 참전으로 엄청난 변화를 가져온 것등도 모두 그러한 사례가 된다. 세상은 이같이 그 의식이나 풍속이 모르는 사이에 변해가고 있는 것이 사실이다. 이광수는 1917년에 발표한 <혼인론>에서 '언제 남녀가 자유롭게 만나 서로 사랑할 수 있는 세상이 올 것인가'라고 설파하고 있는데 그것은 실현된 지 이미 오래고 이제는 사람이 보는 길에서도 서로 껴안고 가는 세상으로 변하고 있는 것이나, 정비석의 <자유부인>에서 대학 교수가 타이피스트의 무릎을 지그시 바라보았다고 해서 물의가 되었던 시절에서 지금은 무릎 위 한뼘 이상 올라간 초미니스커트가 일반화되어 있으니 그 변화란 엄청난 것이다. 우리는 한설야의 <대하>에서 이러한 의식과 풍속의 변화를 축으로 하여 개화기를 중심으로 한 의식의 확산과 풍속사의 조명을 엿볼 수 있다.

2

<大河>는 1939년 전작소설로 발표된 金南天(1911~1956)의 장편소설이다. 김남천은 일본 법정대학에 재학중이던 1929년에 카프에 가담하여 1930년 평양 고무공장 노동자 파업에 참가하고 그 체험을 희곡 <조정안>과 단편소설 <공장신문>(1931), <공우회>(1932)로 작품화하여 본격적인 문학 활동을 한다. 임화와 같이 카프 활동을 하다가 1931년 조선공산주의협의회 사건으로 2년간 복역하고 1935년 5월 21일 임화, 김기진과 협의하여 카프 해산계를 경기도 경찰국에 제출한다. 이 때의 경험을 바탕으로 한 소설 <물>은 임화와의 논쟁을 통해 작가적 실천의 문제를 당시의 문단에 제기한다. 그 뒤에 조선 중앙일보 기자로 근무하여 해방 이후에 조선문학가동맹의 서기장을 지내다가 1947년에 월북한다. 그리하여 1955년 남로당 숙청 때에 임화와 같이 숙청되어 그의 아까운 재능을 발휘하지 못하고 이데올로기의 희생이 되고 만다. 김남천은 카프 해산 이후에 고발문학론과 관찰문학론, 로망개조론 등 소설의 창작 방법에 대해 많은 비평을 발표하고 직접 창작을 한다.

김남천은 <남매>, <소년행>, <처를 때리고> 등의 단편과 <문예구락부>, <바다로 가다>, <노고지리 우지진다> 등의 중편 그리고 <대하>, <사랑의 수족관>(1939) 등 장편소설을 발표한다. 특히, 노동운동의 체험을 쓴 <물>로 이루어진 임화와의 논쟁과 <麥)>, <경영>의 대동아공영권의 허구성을 비판하고 새로운 세계의 도래로 보리를 표상화하여 그린 작품으로 논란의 대상이 되었다. 소설가로서 문학비평가로서

문학운동가로서 김남천은 그의 이론과 창작을 마음껏 펼치지 못하고 공산주의 이데올로기의 희생이 되고 말았지만, 그의 작품만은 문학적 향취를 가지고 남아 있고 특히 <대하>는 풍속소설의 한 주류로 널리 알려져 있다.

<대하>는 청일전쟁을 틈타 치부하게 된 박성권의 서자 형걸이 문우성 교사의 영향으로 새로운 눈을 떠 가는 모습을 그리고 있다. 그는 자신의 배필로 점찍어 놓은 보부가 적자인 형선의 아내가 되자 적서 차별과 사회적인 관습에 불만을 터뜨린다. 그리하여 쌍네와 관계를 가지고 기생 부용과도 사랑을 하면서 방황하게 된다. 그러나, 쌍네가 적극적으로 형걸에게 다가오고, 박성권이 부용에게 마음을 두는 등 어지러운 상황에 이어지자, 형걸은 머리를 깎고 집을 떠나기로 작정을 한다. 그 결심의 첫 단계로 문우성 선생을 찾아 간다. 이러한 사건 속에 혼인하는 풍속을 드러내고 있는데, 이 소설의 특징은 서너 가지로 요약해 볼 수 있다.

첫째는 1908~1911년의 개화기를 배경으로 개화기의 풍속을 보여주면서 개화기의 시대적 의미를 제대로 포착하지 못하고 있다. 김남천은 시대적 모순을 체험하면서 갈등을 하는 사람으로 형걸을 등장시키고 있지만, 형걸의 갈등은 시대적인 것이라기보다 私的인 것으로 보인다. 형걸이 적서 차별의 모순을 통감하면서도 자신의 배필로 점찍어 놓은 보부가 적자인 형선과 혼인하자 쌍네와 관계를 맺으면서 방황하는 것은 적서 차별의 사회 모순의 비판과 개혁의 차원으로 승화되지 못하고 극히 개인적인 감정으로 나타난 것으로 보인다. 그리고, 문우성 선생의 영향으로 개화사상에 젖기는 해도, 그것이 의식화되어 내면화 되지는 못한다. 그가 단발을 한 것도 보부가 적자인 형선과 혼인을 하자

그 반발로 한 행동으로, 오랜 관습을 깬 새로운 세계의 지향을 위한 반발은 아니어서 사적인 차원에 머물러 있다. 또한 가출만 해도 쌍네와의 관계와 아버지 박성권이 자기와 사랑을 나누던 부용에 대한 관심이 동기가 되어 집을 나가는 사적인 행위에 그치고 있다. 적서차별의 폐지와 만민 평등이라는 개화 의식을 실천하고 그것을 확대하여 사회적인 모순을 해결하려는 적극적인 행동을 보여 주지는 못하고 있다. 그것은 김남천이 개화의식에 대한 확고한 의식이 없었다는 반증이 되어서 <대하>가 소설의 전형을 형성하는 데까지 미치지 못하고 있는 것을 알 수 있다.

두번째는 풍속사적인 것이 나타나 있으며 가부장의 전통적 수구의 경향이 나타나 있다. 소설은 그 시대의 풍속을 나타내고 그 속에서 살아가는 인간의 삶을 여실하게 보여 준다. 그러니 어떠한 소설이라도 그 시대의 풍속이 나타나지 않은 소설이 없다. 비록 그 소설이 이상의 <날개>와 같은 심리주의 소설이나 장용학의 <요한 시집>과 같은 실존주의 소설이라고 해도 그 시대의 삶의 양상이나 생각을 아주 전혀 다른 곳으로 비약할 수는 없는 것이다. 물론 박태원의 <천변풍경>이나 손창섭의 <길>과 같이 그 풍속을 그대로 찍어내기도 하지만, 어느 소설이든 소설에 그 시대의 풍속이 드러나지 않는 것이 없다. <대하>에서는 혼인식이나 첫날밤, 그리고 생활의 여러 단면에 얽힌 풍속을 여실하게 볼 수 있다. 또한 이러한 풍속 속에서 옛날 전통을 지키려는 수구적인 측과 새로운 변화를 추구하려는 개혁적인 측의 충돌도 나타난다. 박성권은 청일전쟁의 틈을 타 치부를 하고는 옛날의 전통적 관습에 따라 살려는 봉건적인 인물이다. 그의 조부는 고작 지방 아전일 따름이었으나, 박성권은 嫡庶 차별을 엄격하게 지키려는 보수주의자다. 형걸이 자신의 아내로 찍어 놓은 보부를 적자인 형선과 결혼시켜 형걸은 머리를 깎고 방황하며 쌍네와 관계를 맺으며 탈출로를 찾으려 한다. <홍길동전>에서 홍길동이 서자임을 탄식하는 말을 하고 집을 나가는 장면을 연상케 하는 일이 벌어지는 것이다. 결국 형걸이는 집을 나가 문우성 선생을 찾아가 새로운 방향을 모색하려고 한다. 여기에서 수구적으로 구습을 지켜 보신하고 영화를 누리려는 경향과 새로운 세계를 지향하여 누구나 평등하게 기를 펴고 살 수 있는 세계를 지향하려는 경향의 충돌과 그 비극적인 현실을 볼 수 있다. 이러한 신구 충돌의 현상은 어느 때고 있는 것이지만 <대하>에서와 같이 적서 차별이 축이 되어 전개되는 것도 그리 흔한 일은 아니다. 이런 봉건적이면서 풍속이 잘 나타나 있는 소설로 한설야의 <탑>과 이기영의 <봄>을 들 수 있으며, 손창섭의 <길>이나 박영준의 <종각>도 같은 유형의 작품들이다.

  셋째, 인생 유전의 도도한 대하를 이루며 그 대하 속에서 새로운 지평을 여는 새로운 가능성을 보여주고 있다. 인생은 아무리 큰 파도가 밀려와도 도도히 흘러가고, 그 흘러가는 세월 속에 신구의 대립이 있는 가운데 조금씩 앞을 향해 흘러간다. 바로 이 흘러가는 물결 속에 浮浸하는 것이 바로 인생의 희노애락의 삶이다. 박성권의 치부와 축첩, 형걸과 형선의 적서 갈등과 형걸의 마음에 있는 보부의 형선과의 혼인, 형걸의 삭발과 쌍네와의 관계, 기생 부용과의 사랑의 속삭임, 형걸의 가출과 문우성 선생의 만남에 의한 진로의 모색 등 모두가 대하와 같은 인생 유전의 파노라마다. 첫날밤과 같은 재미있는 풍속을 삽입하여 인생 유전의 대하와 같은 흐름을 보여 주고 있는 것도 이 소설의 한 특징이라고 할 수 있다.

　이와 같이 <대하>는 한국의 근대소설사에서 풍속소설로서의 위상이
분명해지고 개화기의 한 삶의 양상을 이해하여 그 시대의 의미를 추
출하는 데에 한 길잡이가 될 것이다.

(金南天, <大河>, 신원문화사, 1994)

10. 순수한 성장적 삶과 관조적 소설의 미학

1

　인간은 본래 착한가, 아니면 악한가의 논의는 그치지 않는다. 인간은 본래는 착하나 이 사회가 인간을 악하게 만든다는 맹자의 **性善說**은, 인간은 본래부터 악하다는 순자의 **性惡說**을 초극하면서도 끊임없이 이의를 제기한다. 종교나 전통을 빙자해서 혹은 **王權**을 위해서 그 많은 사람을 살육하고 영토 확장을 위하여 제국주의 열강들이 약소국을 침공하여 무참하게 민간인을 학살하는 잔인한 역사를 보아도 인간이 착하다는 성선설에 의문을 갖게 된다. 영국인에 의한 식민지 원주민 학살, 일본의 중국 양민 학살, 로마나 프랑스 카톨릭의 개신교도 탄압 등 이루 다 들 수 없는 인간의 모질고 악한 면을 우리는 종종 볼 수 있다. 하지만 인간이 그렇게 악한 것만은 아니다. 다른 욕구나 환경이 가해지지 않는 한 인간이 착하고 순박하다는 것은 결코 부정할 수 없는 사실이다.

　소설에 수용되는 인간도 선과 악의 **典型**, 그 갈등으로 나타난다. 사

랑과 죽음 그리고 선악의 갈등이 소설의 영원한 테마가 되는 것도 그
것이 인간의 가장 중요한 삶의 고리이기 때문이다. 체홉이나 오영수의
소설에서와 같은 순박하고 착한 인간형이 있는가 하면, 왕을 독살하고
형수인 왕비를 취한 <햄릿>의 클로디어스 왕이나, 탁류와 같이 얽혀
비극을 겪는 <탁류>의 박제호나 정현보 같은 부정적인 인간이 반동인
으로 등장하여 인간의 양면성을 보여준다. <젊은 사자들>에 나타나는
처절한 인간애의 모습이나, 영화<남과 여>나 <퐁네프의 연인들>의 그
순수하고 아름다운 사랑은 바로 인간이 착하고 아름다운 삶의 주인공
임을 우리에게 전해 주고 있다. <날개>나 <불꽃>, <제삼인간형>에서
방황하는 지식인의 고뇌나, <태평천하>나 <꺼삐딴 리>에서 역설적으
로 현실을 초극하려는 인간의 모습은 끝없는 삶의 절규라고 할 수 있
다.

  우리는 강신재의 소설에서 그 무엇인가를 위하여 전력을 다해 현실
을 초극하려는 처절한 인간상과 마주친다. 굳건히 현실을 딛고 일어서
는 <해방촌 가는 길>의 기애나, 실은 남남이면서도 부모 때문에 의남
매가 되어 이루지 못하는 사랑에 흐느끼는 <젊은 느티나무>의 숙희와
현규, 연상과 연하라는 이룰 수 없는 사랑의 절규에 몸부림치는
<TABU>의 한영과 김인하 등을 통해 가장 소중한 것을 위하여 전력을
다하여 살아가는 인간의 순수성을 찾아볼 수 있다. 그러한 경향의 소
설들이 바로 <파도>요, <젊은 느티나무>이다.

2

<波濤>는 「현대문학」(1963. 6~1964. 2)에 발표된 작품으로 장편 <임진강의 민들레>가 上梓된 다음에 발표된 중편소설이다. 애초에는 그 후일담을 작품화하여 발표하려고 했다가 더 쓰지 못했는데도, 중편으로서 그 의미가 충분히 살아나 있다. 비평가들이 입을 모아 서정시적인 추상이나 소녀의 순수한 인간 투시니 하여 서정적 삶의 餘滴으로 보고 있듯이, <파도>는 오영수의 <갯마을>을 연상시키면서도 인생의 험한 파도를 한 소녀의 순수한 시각으로 조명하고 있는 소설 미학의 한 結晶이다. 이러한 소설 미학에 대해 작가는 <작가 노트>에서 소설의 주된 테마와 그 예술화의 미학을 다음과 같이 말하고 있다.

서정적인 작품과 금일(今日)을 사는 작가의 임무 같은 문제를 결국 생각하지 않을 수 없다. 미학적인 성과, 어느 세상에도 남녀의 집요한 정욕이 빚어내는 갈등, 불가항력으로서의 죽음의 의미 등 예술의 이름 밑에 가해지는 날마다 새로운 것일 수는 없고 꼭 금일적(今日的)이어야 할 필요는 없지만 오늘의 인간이 와 닿은 그 시점 특유의 문제들을 남 먼저 지각하고 한발 앞서려고 몸부림치는 것이 작가의 생리라면, 서툴고 다소 정리되지 않은 수법으로라도 그것과 맞서 씨름하는 것이 정당하리라고 믿어진다.

이러한 작가 의식으로 강신재는 <얼굴>과 <점순이>를 「문예」(1949)에 발표하여 문단에 데뷔한 이후 <눈물>(1951), <봄의 노래>(1952), <여정>(1954), <해방촌 가는 길>(1957), <젊은 느티나무>(1960), <황량

한 날의 동화>(1962), <TABU>(1964) 등 주옥 같은 단편과 <임진강의 민들레>(1962), <신설>(1965), <유리의 덫>(1968), <사랑의 묘약>(1971), <포켓에서 사랑을>(1981), <신사임당>(1985) 등 수많은 장편을 발표하여 문학적 역량을 과시하고 있다. 중편소설 <파도>와 <젊은 느티나무>, <간신의 처>(1984) 등은 많은 중편 중에서 그의 대표작으로 평가되는 작품으로 강신재 소설의 중추를 이룬, 강신재의 소설 미학이 완숙하게 구상화된 작품이다.

<파도>는 영실과 큰 딸 신실, 조씨 등 신만갑 일가를 중심으로 고급 창부 애경에게 빠져 있는 경식의 아버지 윤기호, 의사 집안으로 유복한 생활을 하는 성아네 집, 운천댁이라는 소실을 거느리고 사는 김 경부, 신실과 사랑에 빠져 결혼하게 되는 수철과 그의 아버지인 장달수 등 일제 치하에서 한 시대를 살아가는 사람들이 치러내는 삶의 애환을 영실의 순수한 시각으로 조명하여 그 의미를 미학적으로 형상화하고 있다. 그리고 마을 사람들의 애환을 리얼하면서도 감각적이고, 수채화같이 담담하게 재현하고 있는 것에서 성장 소설로서의 의미를 찾아볼 수 있다.

이 작품에 등장하는 사람들이 살아가는 양상은 영실과 성아의 성장적 삶의 여정에 비치는 한 영상들에 지나지 않는다. 깊은 물은 그저 멈춰 있는 것 같이 보이고 아무러한 일 없이 평온해 보이지만 사실은 격랑이 그치지 않고 있다. 이처럼 <파도>에 나타난 삶은 작가 특유의 소설 미학에 채색되어 작품 전반에 일제 치하의 어두운 현실이 깔려 있는데 적어도 겉으로는 별로 격동이 없는 듯이 보인다.

이 작품은 영실의 맑고 순수한 눈에 비치는 현실이 그녀의 성장과 함께 변모하고 있음을 보여 준다. 수철이와 집을 나간 언니 신실을 찾아 그 어려운 길을 찾아가는 영실의 적극적인 성격, 백 원장이 죽자피아노를 치며 같이 놀던 친구 성아네 집을 망연히 바라보고 있는 영실의 모습 등에서 소중한 것을 위하여 적극적으로 대응하는 그녀의 삶에 대한 자세를 발견할 수 있다. 그리고 고급 창부라는 비난을 들으면서도 경식 아버지를 받아들이는 애경의 고뇌 등 안으로 삼켜져 있을 뿐 겉으로는 드러나지 않고 있는 것이 있는데 이것은 작가가 '어느 세상에도 변함이 없는 남녀의 집요한 사랑에의 갈등과 불가항력적인 죽음의 문제'를 작가 특유의 소설 미학으로 형상화하고 있는 것이다.

라포그가 그의 ≪소설의 기술≫에서 '소설가는 숨기고 비평가는 그것을 찾아내려고 한다'라고 한 말은 이런 경우를 두고 하는 말이다. 또한 <파도>는 그 제목이 <갯마을>과 같이 바닷가 어촌에서 빚어지는 삶의 희비를 부각한 소설로 새로운 충격을 주고 있다. 어떤 상황이든 그 상황에서 욕구에 따라 살아가는 현실을 리듬감 있게 덮쳐오는 파도로 상징하여 그 내용의 전체를 포용하고 있는 것이 매우 인상적이다.

<젊은 느티나무>는 작가의 대표작으로, 널리 알려져 영화화되고 베스트셀러로도 널리 회자되는 작품이다.

남남이면서도 부부로 맺어진 부모님에 의한 義男妹라는 숙명 때문에, 사랑을 성취하지 못하고 그 갈등에 고민하고 절규하는 숙희와 현규의 서정 어린 애정이 간결하고도 극적인 구조로 구상화되어 있다. 특히 '그에게서는 언제나 비누 냄새가 난다. 아니 그렇지 않다. 언제나 그렇다고 볼 수 없다.'로 시작되는 감각적인 서두에 그만 독자들은 매료되고 만다. '나는 느티나무를 안고 웃고 있었다. 아아, 나는 그를 더 사랑하여도 되는 것이다……'라고 끝난 종말은 더욱 순수하고 밝은 아픔을 더해 준다. 이것은 <TABU>의 결말에서 느끼는 것과는 전혀 다른 건전한 내일의 지평을 가시화시켜 보여 주어 가슴 뿌듯하게 한

다.

<간신의 처>는 연산군과 간신 임사홍을 둘러싼 피비린내 나는 궁중의 비극을 예리하게 묘파한 역사소설이다. 이 작품은 「현대 문학」(1984)에 발표하여 작가의 뚜렷한 사관에 의한 역사적 공간을 투시하고 있다. '夫者妻之天也'라는 엄격한 교육 속에 자란 順姙은 판서 任元濬의 자부가 되어, 所天이 된 任士洪을 지성으로 섬긴다. 그러나 임사홍은 간신으로 변신하여 연산군의 專橫을 북돋우며 많은 충신을 축출하고 영화를 누린다. 급기야 박원준, 성희안, 유순정 등 정의파에 의해 연산군은 강화도로 축출되고 임사홍의 권력을 향한 끝없는 욕망도 한갓 물거품처럼 사라진다. 결국 순임마저 우물에 몸을 던져 소천의 뒤를 따른다. 그녀가 죽기 직전 양주댁에게 하는 말은 오늘 우리의 가슴을 찌르는 명언이라 할 수 있다.

> 그러니까 내 생각이 옳았던 게야. 대감마님이 틀리셨던 게라고. 천하를 휘어잡는 권세도 상감 버금가는 영화도 난 싫소 해야 할 경우가 사람에게는 있는 법이라. 대감께서 뭐가 어찌 되었건 그걸 잡아야 한다, 놓치지 말아야 한다 그 아니면 살아 있을 것이 없다밖에는 생각을 않으셨으니, 그게 큰 잘못일 줄 나는 알고 있었다고…… 옳지 못한 길을 가면 망하는 법이라. 대감이 가신 길은 사악했어. 사악했고 말고.

역사는 교훈이고 역사소설은 몸으로 부딛치는 삶의 현장이다. 그 현장은 오늘의 우리를 바라보고 성찰하는 거울이다. 작가는 <간신의 처>에서 오늘을 투시할 수 있는 또하나의 거울을 우리들에게 부각시키고 있다.

(康信哉, <波濤>, 신원문화사, 1995)

11. 애정의 윤리와 소시민의 삶의 지향

1

　사랑에는 여러 가지가 있다. 사랑을 위해 전력을 다하여 바치는 헌신적인 사랑이 있는가 하면, 자기만을 위하여 받고 이용하려는 이기적인 사랑이 있고, 미모나 젊음을 담보로 하는 전략적인 사랑이 있다. 헌신적인 사랑이란 내 한 몸을 바쳐서 자식을 위하려는 모성애를 비롯하여 온갖 정성을 다하여 받들고 보살펴 주며 모든 것을 바치는 남녀간의 사랑 등과 같이 받을 것을 생각하지 않고 주기만 하는 사랑으로 이 탁한 세상을 맑게 하는 井華水와 같은 역할을 한다. 이기적인 사랑은 사랑을 빙자한 온갖 甘言으로 상대방을 희생시켜 가면서 자기의 욕심을 채우려고 세상을 시끄럽게 하고 혼탁하게 하며, 전략적인 사랑은 미모나 학벌이나 재력 등 사랑의 외적인 것으로 사랑이란 미명 아래 서로 이용하여 이익을 보려는 사랑의 상품화 현상이다.

　이 세 유형의 사랑은 서로 얽혀 복잡한 형태로 나타난다. 헌신적인 사랑과 이기적인 사랑이나 헌신적인 사랑과 전략적인 사랑은 언제나 헌신적인 사랑의 純愛譜가 되고, 이기적인 사랑과 전략적인 사랑은 서로 충돌하여 전략적 사랑의 작전에 이기적인 사랑이 말려들어가 비극적인 결과를 가져온다. 가장 이상적인 사랑은 헌신적인 사람끼리의 결합이요, 가장 보기 싫고 사랑을 훼손시키는 것은 전략적 사랑끼리의 충돌이다. 이기적 사랑끼리의 결합은 그래도 사랑을 바탕으로 하는 이기주의의 발로이지만, 전략적인 사랑은 사랑을 상품화하여 어떤 목표를 달성하려는 불순한 사랑이자 사랑을 파괴시키는 난폭자이다.

하지만 헌신적인 사랑을 지속한다는 것은 쉬운 일이 아니다. 이기적인 사랑과 전략적인 사랑이 그 순수하고 아름다운 사랑을 유혹하고 협박하며 팔고 사려고 온갖 수단을 다하기 때문이다. 여기에 저항하고 견디어 나가기 위해서는 신념을 바탕으로 하는 祭儀精神과 스스로 일어설 수 있는 자생력을 지니고 있어야 한다. 이광수의 <재생>의 순영이나 김동인의 <김연실전>의 연실, 채만식의 <탁류>의 초봉 등과 같은 인물은 스스로 사랑을 지키고 가꾸려는 제의 정신의 결여로 전략적 사랑의 희생물이 되어 비극적인 주인공이 된다. 또한, 스스로 살아갈 수 있는 자생적인 힘이 없어 지원이나 동정을 받게 되면, 그것은 그 지원이나 동정을 사랑으로 착각하여 그 속에 함몰하는 비극을 겪게 된다. 재력이나 권력이 있는 사람의 노리개와 같은 사랑에 빠져 스스로 물질 속에서 행복을 느끼는 경우나, 스스로 다 주면서 소유하려는 사랑은 상대의 희생을 강요하는 이기적인 사랑이 된다. 우리는 한설야의 <청춘기>에서 제의 정신으로 사랑을 가꾸고 자생력으로 내일을 지향하는 애정의 윤리를 볼 수 있다.

2

<靑春記>는 「동아일보」(1937.7.20~11.29)에 발표된 韓雪野의 장편소설로, 몰락과 상승의 이데올로기의 미학을 그린 <황혼>(1936)과 같이 카프의 쇠퇴기에 씌어진 작품이다. 한설야는 <그릇된 동경>(1927), <인조폭포>(1928), <교차선>(1933), <황혼>(1936), <마음의 향촌>(1939), <탑>(1940) 등의 장편소설을 발표하면서 <인간수업>(1936), <신개지>(1938), <봄>(1940)의 이기영과 <바다로 간다>(1939), <대하>(1939), <노고지리 우지진다>(1940)의 김남천과 같이 가족사나 세태의 변화, 이데올로기의 쇠퇴 등을 主調로 한 장편소설들을 발표하여 가족사소설과 세태소설의 주류를 이룬다.

<청춘기>는 제의의식과 자생력으로 전략적 결혼의 강요에 굴하지 않고, 헌신적인 사랑으로 애정의 윤리를 정립하는 한설야의 대표작 중의 하나이다. 카프를 주도하던 임화가 <황혼>은 인물이 죽어 갈 수밖에 없는 환경에서 인물들을 살리려고 했기 때문에 실패한 작품이고, <청춘기>는 소시민의 세계를 무리 없이 그려낸 아담한 작품이라고 평하고 있듯이 <청춘기>는 민족 운동이 쇠퇴해 가는 1930년대 후반에 <황혼>이 민중적 삶의 지향을 무리하게 그리고 있는 데 반하여 <청춘기>는 소시민이 자기 위상에서 성실하게 살아가면서 사랑을 고이 가꾸려는 사랑의 윤리를 실천하고 있다. 여유가 있는 의학자 홍명옥의 도움으로 의사가 된 박은희는 명학의 누이인 명순이와 태호를 두고 삼각 관계가 된다. 한편으로는 상처하여 은희를 흠모하는 명학과 결혼하는 것이 신문기자인 태호보다는 훨씬 낫다고 권하는 오빠 박용의 권유를 거절하고 은희는 시골에 가서 의사 노릇을 한다. 태호는 은희

를 보면서 환상 속에서 민중적인 힘찬 삶을 사는 것으로 암시되어 있
는 철수를 그리워한다. <황혼>에서 여순이 민중적인 삶을 자각하고 애
정보다는 민중의 계도를 위하여 공장으로 들어가고 저항의 선봉에 서
는 것을 더 발전시켜, <청춘기>는 노동운동을 하는 철수는 태호와의
중개적인 인물로 설정되어 있다. 철수가 국내에 들어와 노동운동을 하
다가 검거되어 태호의 행동의 변화를 볼 수 있으나, 그 부분이 구체적
으로 드러나 있지 않으면서도 태호나 은희는 긍정적 인물로 설정되어
있다. 은희를 재력이 있는 명학에게 보내려고 태호를 신문사에서 해고
되게 하는 은희의 오빠인 박용은 바로 전략적 사랑을 맺게 하려는 부
정적 인물이다. 태호가 감옥에서 나오기를 기다리면서 시골에서 의사
노릇을 하고 있는 은희가 '어둠을 헤치는 사람은 어둠 속에서도 빛을
잡을 수 있는 것이다'라는 신념에 찬 말로 내일에의 지향으로 희망에
차 있는 자세가 고무적이다.

이러한 <청춘기>는 서너 가지의 특징을 지니고 있는 것을 볼 수 있
다.

첫째, 자생력으로 사랑의 윤리를 실천하고 있는 사랑의 제의의식을
볼 수 있다. 사랑은 그리움과 기다림 그리고 미움과 환희의 파노라마
다. 그 가운데서도 기다림의 미학은 사랑의 에센스인데, 기다림은 자
생력이 있어야 가능하고 키울 수가 있다. 자활의 능력이 없으면 사랑
이라는 미명 아래 구속되고 이완되며 타락하기 쉽다. 그러니 기다림의
미학은 자생력을 전제로 하는 것이지, 그 능력이 없으면 전략적 사랑
의 포로가 된다. 은희가 의사로서 오빠의 강요를 거절하고 시골에 가
서 태호의 재판장에 가서 철수와 철수 어머니와 누이 그리고 우선이,
태호의 주인 마누라를 만날 수 있는 것을 기대하는 것은 바로 그 제
의의식이 바탕이 되어 있기 때문이다. 달면 삼키고 쓰면 뱉는다는 말

이 있듯이 세상이 험악한데도, 은희같이 전략적 사랑을 거부하고 헌신적인 사랑을 추구하는 것은 긍정적 사랑의 한 전형임을 볼 수 있다. 이광수의 <사랑>의 석순옥이나, <재생>의 이경주와 같이 헌신적인 사랑으로 그 무엇인가를 성취해 가는 삶의 집요성을 볼 수 있다. 바로 이러한 긍정적인 삶의 자세와 헌신적인 삶의 투영이 있어서 新開地가 열리고 새로운 천지가 현실화되는 것이다. 사랑을 이기적이거나 전략적으로 이용하는 것을 거부하고 삶의 가장 중요한 축으로 활력화시키는 삶의 한 전형을 이루고 있는 것이 <청춘기>의 한 특징이다.

둘째는 이상적인 삶이 추상화되어 현실화의 간극을 볼 수 있다. 태호는 은희를 보거나 그리울 때에 그의 이상형인 철수를 생각한다. 철수는 태호가 지향하는 삶의 한 전형으로서 태호의 삶의 추구의 중개자가 되고 있다. 그러나, 그것은 추상적으로 노동 운동의 한 전형으로 추상화되어 있을 뿐 구체적으로 노동 현장에 들어가 의식의 확산을 위하여 투신하지는 않는다. 끝 부분에 일본에서 국내로 잠입하여 태호와 같이 노동 운동을 하다가 체포되어 태호와 같이 구금되어 재판을 기다리는 것으로 나타나 있지만, 이것은 돌출하여 나타나는 행동이기 때문에 그 리얼리티를 획득하지 못하고 있다. 그것은 카프의 해체로 쇠퇴해지고 풍속소설이나 퇴폐소설로 변모하고 연애소설과 역사소설로 의식이 이완되어 가는 당시의 시대 상황과 상관성이 있는 양식이다. 앞으로 나서서 직접 활동할 수 없는 현실에서 정신적인 지주로서 태호의 삶의 지침이 되는 등불이 되고 마지막에 갑작스러운 행동으로 나타나는 것은 <황혼>의 여순의 행동을 이어 가야 하는 당위성에서 나온 행동으로 볼 수 있다. 이것은 추상적 사상의 왜소한 행동으로 나타나 루카치의 훼손된 낭만주의적인 소설의 세계이다.

셋째는 소시민의 사랑의 갈등과 지향적 삶이 교차적인 구조로 나타

나 있다. 소설은 織造나 編物과 같아서 올과 발이 서로 잘 짜여져야
한다. 한쪽으로 치우치거나 균형이 깨지면 그 구조는 파탄을 일으키게
된다. <청춘기>에서는 전략적인 사랑의 욕구와 헌신적인 사랑의 욕구
가 갈등하고 일탈하면서도 마지막에 철수가 잠입하여 태호와 같이 일
을 하다가 투옥되는 데서 새로운 돌파구를 찾는다. 그것은 박용과 명
학을 주축으로 하는 이기적이고 전략적인 사랑의 성취의 축과 태수와
은희, 철수를 축으로 하는 헌신적인 사랑의 격돌과 새로운 내일의 아
지랑이를 그리게 하는 낭만성을 지니고 있다. 그것은 '어둠을 헤치려
는 사람은 어둠속에서도 빛을 잡을 수 있는 것이다'라는 은희의 불굴
의 투지와 지향적인 행동으로 해소되어 간다.

　이와 같은 <청춘기>는 소시민의 애정의 윤리를 제의 의식으로 상승
시키면서 투철한 삶의 자세로 내일의 새로운 가능성을 보여주는 한설
야의 대표작이다.

(韓雪野, <青春記>, 신원문화사, 1994)

12. 훼손된 현실의 낭만적 초극

1

현실은 언제나 복잡하고 무질서하게 보인다. 아무리 역사의 물결에 따라 도도히 흐르고 있다고 하지만, 폭력의 기치 때문에 그 흐름을 가로막고 질서를 파괴하여 현실을 훼손하는 경우가 많다. 그것은 격동과 변혁의 시대에 겪어야 하는 안전과 평온의 파괴요, 힘에 의해 안정 속에 흐르고 있는 역사의 흐름을 어지럽게 하는 일이다.

한말의 와중에서 일제의 强占期가 그 한 예요, 5·16 혁명이나 5·18 이후의 군사정권의 횡포에 의한 한국사의 정체가 바로 그런 현상이다. 그것은 곧 도도히 흐르는 한국사의 흐름을 정체시키고 안전과 성숙을 지향하는 한국인의 지향을 훼손하고 아세아적인 후진성으로 머물게 하는 것이다. 그 가운데서도 일제의 강점기는 동양을 대동아공영권으로 묶어 군립하려던 일본의 군벌들에 의해 저질러진 식민지 정책의 일환으로, 한국을 일본化하여 우리 민족을 말살하려던 것이었다. 그러나, 우리 민족은 억압과 고통의 수난을 겪어야 했음에도 불구하고 의연하게 그 강한 군벌의 권력에 대항하고 투쟁하여 조국의 자유를 얻었고, 한강변의 기적을 세계에 과시하였다.

이러한 훼손된 현실에 대응하는 자세는 다양하나 적극적으로 그 현장에서 대결하는 투쟁론이나 먼 내일을 위해 교육을 중심으로 힘을 축적하는 준비론이 있다. 丹齋 申采浩의 투쟁론과 도산 島山 安昌浩의 준비론이 그 대표를 이룬다.

단재의 투쟁론은 윤봉길 의사나 안중근 의사와 같은 독립투사의 거사나 만주나 중국에서 무력으로 투쟁한 독립군의 활동으로 나타나고, 도산의 준비론은 배재학당이나 흥사단과 같은 단체의 교육이나 경제의 발전에 의한 민족의 힘을 기르는 데에 집중된다. 이러한 훼손된 현실을 낭만적으로 초극하려는 이광수의 자세도 결국 준비론적인 도산 사상의 실천이라고 볼 수 있다. 이광수의 이러한 낭만적 초극은 중편이라 볼 수 있는 <무명>, <어린 벗에게>, <꿈>, <금십자가>와 같은 작품에 잘 드러나고 있다.

2

春圓 李光洙는 한국 근대문학의 개척자요, 근대화를 위한 논객이며, 일제 강점기 지식인 수난의 한 典型이다. 그는 <정육론>(1906)으로 문필을 잡은 후 장편소설 <서울>(1950)에 이르는 거의 반세기 동안, <어린 희생>(1910)과 <소년에 비애>, <가실> 등 단편 25편과 <무정>(1917)을 비롯하여 <재생>, <흙>, <사랑> 등 장편 35편을 발표한 대작가이다.

그는 소설 외에도 <우리 영웅>(1910),<極熊行>, <강남의 봄>과 같은 시를 발표하고 <이광수 시가집>을 낸 시인이고, <조혼의 악습>, <자녀 중심론>, <민족개조론> 등 300여 편의 논설을 발표한 論客이며, <문학의 가치>(1910), <문학이란 하(何)오>, <余의 작가적 태도> 등 50여 편의 비평을 발표한 문학비평가이다. 더구나 「조선일보」와 「동아일보」 재직시에는 사설·논설·소설·횡설수설 4설을 쓸 정도로 재기에 넘치는 논객이기도 하다. 그가 <여의 작가적 태도>에서 '나는 독자를 기쁘게 하기 위해서 윤리적 동기가 없는 소설을 써본 일이 없다'면서 다음과 같이 소설을 쓰는 究境의 동기를 말하고 있는 것은 주목할 만하다.

> 내가 소설을 쓰는 구경의 동기는 내가 신문기자가 되는 구경의 동기, 교사가 되는 구경의 동기, 내가 하는 모든 作爲의 구경의 동기와 일치하는 것이니, 그것은 곧 '조선과 조선인을 위한 봉사, 즉 의무의 이행'이다. 내가 일생에 하는 것이 조선과 조선민족의 지위 향상과 행복의 증진에 호말(毫末)만큼이라도 기여하는 것이, 내 모든 행위의 근본 동기다.

말하자면, 이광수는 조선과 조선인의 지위 향상과 행복의 증진을 위해 소설을 비롯하여 모든 글을 쓴다는 것이다. 그래서 우리는 이광수를 민족주의자요, 계몽주의자라고 말하고 도산의 준비론적 사상가라고도 일컫는다. 이러한 그의 작품에서 중편에 해당하는 <무명>, <어린 벗에게>, <꿈>, <금십자가> 등 네 편을 골라 그 특성을 조명하고 소설의 의미를 찾아 이광수 문학의 향기를 이해하는 길목에 들어서 본다.

3

<無明>(「문장」, 창간호 1939.1)은 이광수의 대표적인 중편으로 원제는 <박복한 무리들>로서 이광수가 修養同友會 사건으로 투옥되었다가 보석으로 풀려나 경의전병원(수도육국병원)에 입원했을 때에 병상에서 구술한 작품으로 문하생인 朴定鎬가 받아 쓴 것이다. 일자의 가감도 없었다는데 이 <무명>은 일대 센세이션을 불러 일으켜 도하의 지가를 올리고 명펄에 오르내리게 됐다. 그리하여 일어로도 번역되어 일본 동경에서 제정한 조선예술상을 받았다.

감옥에 들어간 지 사흘째 되던 날 病監으로 옮기어 그 안에서 다른 죄수와 같이 괴로움을 겪으면서 인도적이면서 희생적으로 생활하는 자신의 감병동의 체험을 옮긴 작품이다. '마치 윤은, 먹고 민을 못견디게 굴고 똥질하고 자고, 이 네 가지만을 위해서 살아가는 듯한' 감방의 생활과 각 인물들의 성격을 형상화하면서 그 나름의 인도주의적 의식과 불교 사상을 여실히 보여 주고 있다.

<어린 벗에게>(「청춘」, <1917.7~11. 일명 <젊은 꿈>)는 이광수의 초기 중편으로 네 편의 편지로 된 서간체 소설이다. <純愛譜>로 장안의 시가를 올린 朴啓周의 술회에 따르면, <어린 벗에게>는 이광수가 五山 학교를 떠나 세계 여행을 갔을 때 상해에 들러 당시의 亡命 청년들을 만나 같이 지낼 때에, 병석에 눕게 되자 申性模가 지극히 간호하고 돌보던 우정을 잊지 못하여 金—蓮으로 여성화하여 쓴 소설이라고 한다.

이 작품은 이광수의 초기 문장으로 장편 <무정>을 발표하면서 쓴 소설로 제1신에서 병고에 시달렸을 때에 간곡히 간호해 준 것에 대한 고마움과 병석에서 생각한 사념을 편지투로 쓰고 있다. 축복을 받은

인생이지만 죽음은 누구도 막거나 저항할 수 없는 것이요, 아무리 비천한 사람이나 王公도 피할 수 없는 것이니, 두려울 것이 없다고 자신의 사생관을 말하고 있다. 그리고, 아파 병석에 누웠을 때의 일을 회상하면서 '나는 살려 하나이다. 살아서 일하려 하나이다.'라고 스스로 다짐을 하고 있다.

제2신에서는 김일련과의 사연을 적으면서,

> 나는 조선인이로소이다. 사랑이란 말을 듣고, 맛은 못본 조선인이로소이다. 조선에 어찌 남녀가 없으오리만은 조선 남녀는 아직 사랑으로 만나 본 적이 없나이다. 조선의 지중(智衆)에 어찌 애정이 없사오리까마는 조선인의 애정은 두 잎도 되기 전에 사회의 습관과 도덕이라는 바위에 눌리어 그만 말라 죽고 말았습니다.

라고 관습이나 구도덕에 둘려 개성을 발휘 못 하는 것을 비판하면서, 정조와 品性의 도야와 事爲心이 분발, 그리고 여러 가지 미질을 배우는 것을 설파한다.

제3신에서는 해삼위(블라디보스톡)를 배회한 소감을 말하고, 제4신에서 소백산을 통과하면서 김일련에 대한 연모와 그 인연이 깊음을 말하며, 모든 것을 조물주에 맡기고 그에 따르리라고 다짐하고 있다.

이와 같이 <어린 벗에게>는 김일련과의 깊은 인연을 말하면서 이광수의 구습타파와 자유연애 사상 그리고 모든 인연과 그 맺음을 조물주에 맡기는 사념을 편지로 쓴 서간체 소설이다.

<꿈>은 이광수가 인생사 모두 헛된 꿈이라는 의식을 투영하여 전설인 <조신의 꿈>을 현대소설로 쓴 작품이다. 장덕순 교수의 <한국설화문학연구>에 설화의 꿈과 소설의 꿈에 대한 논의가 자세히 나와 있다. 주인공인 調信은 승려로서, 왕족인 김공의 무남독녀인 月禮와 달례의

시녀를 우연히 만난다. 조신은 달례가 갖고 싶어하는 벼랑의 철쭉을 꺾어다 주고는 달례의 아름다움에 매혹되어 상사병에 걸려 龍船和尙에게 사랑을 고백한다. 어느 날 낙산사에 태수 일행이 오고 그들에게서 달례가 화랑인 毛禮와 혼인을 한다는 말을 듣게 된다. 조신은 아픔을 참을 수 없어 용선화상에게 얘기를 한다. 용선화상은 사흘 안에 네 소원이 이루어질 것이니 본당에 가서 쉬라고 한다. 조신은 꿈속에서 달례와 결혼하여 2남 3녀를 낳고 행복하게 산다. 그 때 같은 스님인 平木이 나타나 조신의 딸 달보고를 달라고 해서 파란이 일어난다. 조신은 평목을 죽이고 달례의 약혼자인 모례가 나타나 꿈은 깨어지고 만다.

이처럼 <꿈>은 인생의 무상함과 영화의 헛됨을 설화에서 그 모티프를 얻어 자기의 삶과 대응하여 보여 준 소설이다.

<금십자가>(「동아일보」, 1924. 3. 22~5. 11)는 이광수의 未完의 장편으로 천주교를 중심으로 한 종교적인 소설이다. 이광수는 천주교와 기독교 그리고 불교에 심취해 있었다. 정주에서 조실부모하고 천주교의 박 대령의 눈에 띄어 집사로 일을 하고 그 뒤에는 기독교, 그리고 <이차돈의 사>를 쓸 무렵부터 불교에 심취한다. <순교자>나 <재생>, <애욕의 피안> 등에는 기독교 의식, <원효대사>, <꿈> 등에는 불교의식이 잘 나타나 있다. <금십자가>는 그의 천주교 의식을 바탕으로 한 소설이다.

(李光洙, <金十字架>, 신원문화사, 1994)

13. 격동기의 행동 미학

1

세상은 쉬지 않고 변한다. 겉으로는 평온하고 안정되어 있는 것 같지만, 세상은 잠시도 쉬지 않고 변해간다. 하지만 보이지 않는 인심이나 역사의 흐름은 그렇지 않다. 여의도나 테헤란로의 빌딩 숲이 하늘을 찌르고, 강산이 온통 아파트 숲으로 변해 가는 가시적인 변화보다 생활 기틀이 흔들리는 개인주의나 편의주의적인 사고의 **확산**, 물신주의의 노예가 되어 가는 현실이 더 문제가 되는 것도 이 때문이다. 우리는 수많은 격동의 풍랑 속에서 살아왔다. 한말의 주권 상실의 한이나 일제 치하의 암울한 시기, 해방 이후 좌우익의 혼란, 한국 전쟁의 비극, 자유당의 부패한 정치, 5·16 이후 군사 통치의 비극 등은 그 현실에 대응하는 민족의 고통을 극대화시키고 있다. 이데올로기의 대립이 격화된 현대의 격동은 그 유래를 찾기 어려운 수단의 연속이었다. 해방의 소용돌이, 민족 상잔이라는 역사의 굴곡 속에서 권력 남용과 拜金에 의한 인간성 유린, 또한 왜곡된 현실의 강요와 정신적 고향의 상실은 우리 민족을 奈落의 어둠 속에서 헤매이게 만들었다. 하지만 이런 현실의 격동 속에서도 역사는 도도히 흘러 왔으며 우리 민족은 그 현실을 슬기롭게 극복해 왔다.

선우휘 문학을 통해 우리는 그 현실에 대응하는 자세를 몇 가지로 나누어 볼 수 있다. 첫째는 순응파로서 격동의 흐름 속에 동화하여 그저 그 흐름에 따라 살아가는 일반 대중이고, 둘째는 소중한 과거를 지키려는 전통 의식과 함께 기존의 안정된 틀 속에 안주하려는 수구적 관료요, 셋째는 현실을 비판하며 그 전체를 관망하는 진일보적인 지식인들이다. 이 가운데서 그 상황을 극복하기 위한 행동파는 현실을 폭넓게 관망하며 그것에 대응해 나가는 세번째 사람들일 것이다. 바로 <불꽃>의 작가 선우휘 소설이 이런 지식인들의 심리와 행동을 분석해 주고 있다.

선우휘 소설은 주로 전쟁의 체험과 전후의 참혹한 현실을 배경으로 사회의 부조리를 조명하고 그에 대응하는 행동 모랄을 보여 주고 있다. <불꽃>이나 <깃발없는 기수>, <도전>과 같은 작품은 직접 그 상황에 대응하여 비리와 극한 상황을 극복하려는 인간의 강한 의지와 행동으로 전후 소설의 한 주축을 이룬다. 특히 <노다지>는 도도히 흐르는 역사를 배경으로 욕망에 불타는 집요한 인간상을 형상화한 대서사시로, 영화화되거나 널리 회자되고 있어 선우휘 소설의 한 정점을 이룬다.

2

<깃발없는 기수>(「새벽」1959. 12)는 단편 <불꽃>과 장편 <싸릿골의

神話>, <노다지>와 함께 선우휘의 대표작 중 하나이다. <불꽃>에서 '분명한 한가지는 외면하거나 도피하지 않는 것이다. 외면하지 않고 어떻든 정면으로 대하자. 도피할 수 없는 절박한 처지, 정면으로 대하도록 기어이 상황으로서 바싹 내 앞으로 다가온 것이다. 이미 꽃밭의 시대는 지나갔다.'고 하며 과감히 일어서는 행동 자세를 보여 주는 반면, <깃발없는 기수>에서는 미 군정 관리 퍼킨스와 같이 사는 윤임과 그녀의 애인 좌익 이철이 호텔에서 밀회하는 장면을 보고 방아쇠를 당겨 그를 처치하는 주인공의 행동 미학을 그리고 있다. 이 작품은 좌우익의 격돌 속에 한 기자의 불의와 이념 그리고 애정의 상극을 권총으로 보복하는 삶과 행동 모랄을 통해 펼쳐 보이고 있다. 이 작품은 신문사와 해방옥 그리고 행아의 집과 호텔이라는 공간에서 펼쳐지는 정치적 격동과 젊은 이들의 호기 어린 정의감, 이철을 쏘아서 탈출로를 찾으려는 지식인의 고뇌를 그린 작품으로 <불꽃>과 맥락을 같이 하고 있어 더욱 주목된다.

선우휘 문학은 언제나 혼돈한 현실을 초극하려는 행동 미학이 그 근저를 이룬다. 한국 전쟁 후 이 땅은 그야말로 신이 버린 땅이요, 가난에 시달리고 희망이 없는 버림 받은 불모지였다. 이러한 불모지, 테러와 불의가 밥먹듯이 자행되는 친일파와 간신배들의 횡포 속에서 새로운 빛을 찾아 몸을 던지는 작품 속의 주인공들은 그 암흑의 현실을 극복하려 하고 있다. 해방의 소용돌이를 보다 못해 '이 땅을 국제 입찰에 붙이는 거야……. 아주 팔아 버리는 거야. 이건 이완용과 같이 시시하게 팔아먹는 것이 아니라 민족의 대서사시를 연출해야지…….' 라는 K·김의 말에 반하여 서명 운동을 하다가, 매국노라고 흥분한 군중들이 횃불을 던져 오두막에서 타죽는 이칠성의 행동으로 비극미를 더해 주는 <십자가 없는 골고다>, 간신배와 모리배가 들끓고 테러가 난무하는 가운데 배반하고 배반당하는 잔혹한 현실을 극복하려는 삶이 부각되는 <테러리스트>, 그리고 젊은 시절의 꿈이 좋다고 하면서 지역구 관리에 철학을 가지고 있는 정씨와 점심을 먹고 온 仁杆은 두 장은 浮雲 선생에게 주고 한 장은 쓰라는 수표를 받고는 부운 운명 상담소에 가서 허위와 기만을 참지 못해 날쌔게 돈궤짝을 집어 들어 부운의 머리를 내려 갈기는 <도전>을 통해 혼돈한 현실에 행동으로 대응하는 삶의 자세를 보여 주고 있다. 이것은 또한 <깃발 없는 기수>의 서두에서 '현실은 남의 것이 아니므로 어디까지나 자기의 진실한 문제로 보고, 힘을 다하여 부딪쳐 가는 성실성과 정열에 나의 관심이 간다.'라고 한 말을 통해 더욱 드러난다.

그의 작품에서는 또한 짙은 인간애로 격동의 세상을 헤쳐 나가는 삶의 극복을 볼 수 있다. 산다는 것은 결국 죽음에 이르는 과정이다. 그러므로, 그 삶의 과정을 어떻게 살아가느냐가 중요한데 그것은 인간을 인간으로서 사랑하는 짙은 휴머니즘 정신이 바탕이 되어야 한다. 국군 유격대의 일원으로 태백산맥 속의 어느 조그마한 마을에서 철저히 의식화된 열세 살 난 김홍길, 처음에는 식음을 전폐하고 반항하다가 아저씨인 나의 진심을 알고 부대의 마스코트가 되고, 일선으로 전속된 아저씨를 따라 가 그를 위급한 상황에서 도와 주며 절명하는 홍길의 깜찍한 인간애를 그린 <열세 살 소년>이나 담임 선생의 권유로 같이 등산을 가서 이광수와 같이 독립운동을 하다가 갑자기 벙어리가 된 시인 徐浪의 이야기에 감동되어 우연히 시골에 가 서랑의 아들인 의사를 만나 서랑의 발자취를 듣고 크게 깨닫는 <묵시>와 같은 작품이 인간애에 바탕을 두고 있다.

세상이 아무리 변해도 인간은 언제나 인간이요, 그 이상이나 이하는 될 수 없다. 그러므로, 성실하고 정열적으로 긍정적인 마음가짐으로 살아가면 언젠가 밝은 사회를 이룰 수 있다. 이 <깃발 없는 기수>와 <십자가 없는 골고다> 등 여러 단편을 통해 인간의 진정한 삶의 모습을 찾아볼 수 있을 것이다.

(鮮于煇, <깃발없는 旗手>, 신원문화사, 1995)

14. 교감을 통한 인간애의 친화

1

세상은 평온한 듯하면서도 사실은 아주 복잡하다. 겉으로 봐서는 물 흘러 가듯이 막힘없이 흘러가지만 기실은 각기 다른 처지에서 다양한 증폭 속에서 복잡하게 살아간다. 갑의 행복이 반드시 을의 행복이 아니고, 을의 행복이 반드시 병의 행복이 아니라는 말이 암시하고 있듯이 세상은 각기 다른 그날의 地平을 향해 전력을 다하여 나아가고 있다. 누가 무어라고 해도 가장 소중한 것을 위해 온 힘을 다해 그것을 성취하려는 것이 사람들이 살아가는 현명한 방법이다. 하지만 그렇게 살아가는 것이 쉽지 않고 또 그렇게 전력을 다하여 살아가라고 그대로 놓아 두지를 않는다. 여러 가지 요인들이 그 길을 가로막고 또 자유롭지 못하게 방해를 한다. 그것은 사회적인 조직이나 음모에 의한 陰害일 수도 있고, 그 무엇을 이루기 위한 희생타가 될 수도 있다. 그렇게 전개되는 현실은 매우 복잡하고 다양하다. 그것이 다층적이고 다성적인 것은 말할 필요도 없다. 까뮤가 말한 부조리가 바로 이런 현실을 말하고, 사르트르의 <자유에의 길>에서 예속된 모든 기반(羈絆)을 헤치고 이것이냐 저것이냐를 택할 수 있는 자유로운 상태로 가는 모든 과정이 바로 이런 험난한 현실이다. 받음과 베풂이 고르지 못하고 나눔과 받음이 엇갈려 갈등이 고조된다. 그러니 세상이 야단스러울 수밖에 없고 세상이 복잡하고 험난할 수밖에 없다. 도하의 신문을 장식하거나 아낙네들의 귀를 즐겁게 해주는 많은 사건들이 이러한 인생의 한 단면으로 세인의 주목을 끈다. 그런데 여기에 또 큰 문제가 개재한다. 문제는 사람들의 욕구는 다양한데 그것을 이루지 못하는 데서 오는 갈등의 골이 깊어지고 불화를 가져 오는 데 있다. 그것은 서로 이해하지 못하고 反目疾視하는 데서 오는 현상이다. 이러한 갈등은 서로의 만남과 수용의 미학에 의하여 이해하고 화해하여 동일체가 되는 親和를 가져올 수 있다. 우리는 송기원의 <사람의 향기>에서 그러한 상호 교감에 의한 친화와 화해의 새로운 장을 볼 수 있다.

2

　<사랑의 향기>는 <늙은 창녀의 노래>로 친숙하고 해마다 가작을 발표하여 주목을 끄는 송기원의 작품이다. <그대 언 살이 터져 시가 빛날 때>(1983)가 상재되어 있는 시인이면서 <경외성서>(「중앙일보」 1974)로 소설로 등단하여 무게있는 작품을 발표하고 있다. 그는 평범한 일을 비상한 소설 기법으로 승화시켜 특이한 작품 세계를 구축하고 있다. <늙은 창녀의 노래>도 선창가의 술집에서 흔히 볼 수 있는 삶의 현장을 대화체의 독특한 기법으로 형상화하여 감명을 주는 하나

의 작품으로 변형시키고 있다. <채 한문장이 끝나지 않은 소설>로 실험을 시도한 조성기와 같이 실험적인 소설 미학을 모색하면서도 야단스럽게 변형의 미학을 치켜 세우지도 않고 전통적인 소설 기법 속에 새로운 변형의 미학을 접목하여 소설의 미학을 한 차원 끌어 올리는 디보데가 말하는 그저 마구 써내는 노동자적 작가는 물론 아니고 구도의 길을 가는 승려와 같은 작가라고 할 수 있다. <사람의 향기>도 주변에서 흔히 볼 수 있는 평범한 삶의 한 단면을 실타래를 풀 듯이 풀어 가면서 그 삶의 과정에 어린 삶의 한과 절규 그리고 비통과 갈등을 변형하여 허구화하고 있다. 이 <사람의 향기>는 다음과 같은 특징을 지니고 독자에게 어필하는 작품이다.

먼저 한에 맺힌 삶의 현장을 담담하게 조명하여 친화의 화해로 이끌어 가고 있다.

세상에는 사실은 걱정이 없는 사람이 없다. 겉으로 봐서 문제가 있는 사람은 말할 것도 없고, 누구나 부러워할 정도로 아주 평화롭게 살고 있는 것 같이 보이는 대다수가 사실은 남에게 말할 수 없는 어떤 아픔이 있는 것이 보통이다. 그러니 세상에는 걱정이 없는 집안이 없다고 말할 정도로 거미줄같이 얽혀진 상황 속에서 격돌하고 고민하고 갈등에 시달리면서 한 많은 세상을 살고 있다. <사람의 향기>는 이런 삶의 현장을 조명하여 비극적 현실을 친화의 화해로 이끌고 있다.

아버지가 다른 오누이, 조카 정룡의 전화를 받고 누나의 병이 심상치 않은 것을 알고 '나'는 시름에 잠긴다. 어머니, 생부, 생부의 부인인 호적상의 어머니, 의부, 큰 아버지, 큰어머니, 외삼춘, 외숙모, 이모, 이모부 등등이 다 天壽를 다하지 못하고 비명에 갔는데 누나마저도 암에 걸려 젊은 나이에 떠나려고 하니, 이 세상에 혼자 남은 것 같아

모두가 애증이 얽혀 죽음으로 가는 것을 쉽게 받아들일 수가 없다. 누이는 자신을 위해선 돈을 한 푼도 쓰지 않는다. 세탁소 일을 하면서 6남매와 9남매의 일곱째의 남편 식구들이 끊이지 않는 속에서 그 많은 사람들의 먹거리를 군소리 한번 않고 시중을 들던 누이, 이제는 중병에 걸려 사흘거리로 복국을 먹는다는 말을 듣고 '나'는 깜짝 놀라면서 어딘지 숙연해진다. 며칠 뒤에 병문안을 가자 누나는 활달한 모습으로 복요리를 먹는 것을 자랑한다. 매부를 강권하여 술을 나누면서 지난날을 회상하며 누나의 야윈 얼굴을 들여다본다. 누이는 열한살 터울이었는데 갓난아기 때부터 나를 도맡아 길러 왔다. 그런데 어머니가 바락바락 우겨서 섬으로 시집을 보냈다. 번족하니 먹고 살 수는 있다고 자신 있게 보낸 것이다. 아라사 병정이란 별명을 가진 외할머니가 아버지인 사위의 뺨을 때려 어머니와 이별하고 재가한 얽히고 설킨 환경 속에서 배가 다른 동생을 누나가 정성껏 키우고는 섬으로 시집을 가서 떨어지고 한많은 이 세상을 표류하여 오늘의 비극의 회오리 속에 휘말리고 있다. 어렸을 때에 고락을 같이 하고 여학교 때에 남학생들 사이에서 인기가 있었던 새제에 한 번 다녀오라면서 친구들의 주억에 두 남매는 할아버지 니 아버지, 엄마들의 얘기를 하면서 서로 얽혔던 미움을 풀어 버리고 화해를 한다. '나'는 누이의 아파트를 나오면서 그 아파트의 창가를 바라보며 지금까지 한번도 맡아보지 못했던 어떤 향기를 느낀다. 갈등과 한을 친화에 의한 화해로 이끄는 그 긍정적인 인간관이 공감의 장을 넓히고 있다. 이런 내용을 담담한 필치로 4대문을 열고 들어가는 신비의 세계와 같이 서사화하여 결말에 주제를 함축하고 있다.

　다음은 '말하기 소설'의 명수로서 담화적인 서사에 뛰어나고 있다.

어떤 장면의 연속으로 서사화하는 '보이는 소설(showing story)'이 아니고 서사적인 얘기를 담화적인 기법으로 장면화하여 한 작품으로 변형시키는 '이야기 소설(telling story)'의 구조들로 형성되어 있다. 더구나, 서두에 정룡의 전화로 시작하여 누이의 아파트를 나오는 결말까지의 담화적 시간 배열이 자연스러우며 허구적 시간을 자연스럽게 단선화시키고 있는 소설 기법이 원숙하게 보인다. 또한 일부러 실험적 의식을 돌출시키지 않고 담화적 시간과 허구적 시간의 併置的 配列로 부드럽게 읽을 서사 구조를 이루고 있다. 특수한 변혁적인 기법을 구사하여 새롭게 보이려고 애쓰지도 않고, 이상한 말이나 어휘로 현란케 하는 관념적인 말의 풍성도 없이 일상 생활에서 사용되는 평범한 언어 구사로 쉽게 그 속에 젖어 내면화할 수 있게 한다. 역시 라폭의 말대로 '소설가는 그 기술을 숨기고 비평가는 그것을 찾아낸다'는 말의 의미가 무엇인가를 보여 주고 있다.

3

산다는 것은 대단한 것이다. 하지만 또 어떻게 생각하면 산다는 것은 별 것도 아니다. 세상에 나만이 살고 있는 것이 아니고, 또 나만이 세상에서 시끄럽게 살 수 있는 것도 아니다. 그저 남과 같이 먹고 마시고 사랑하며 그날을 향해 오늘을 충실히 살아가면 그만이다. 또한 다들 잘 사는데 나만이 못 살고, 남들은 하늘을 날으듯이 하고 싶은 짓을 다하는데 나만 이렇게 후지게 살고 있는가고 한탄할 필요는 없다. 각기 입장이 다르고 층대와 목소리가 다르며, 각기 추구하는 인생이 있는데 어떻게 모두 다같이 고르게 살 수 있겠는가. 송기원의 <사람의 향기>는 이런 한 많은 삶의 갈등을 극복하고 친화적인 화해로 이끌어 긍정적인 의도를 성숙시키려는 의도를 보여주고 있다.

Ⅳ. 텍스트의 이해와 作家의 지향

1. 이광수 수필의 양상

Ⅰ. 동굴성인 이광수 수필

문학은 지속성과 변혁성을 지닌다. 지속성은 문학의 성숙적 연속성을 말하고 변혁성은 문학의 가변성을 말한다. 또한 지속성이 문학의 繼時的 발전을 의미한다면, 변혁성은 문학의 停止的疏通을 의미하여 이 두 고리는 연계적인 線形을 이루어 지속과 변혁이 교차된다. 그러면서도 이 두 역동력은 견인과 일탈의 상호작용에 의해 문학의 성숙과 새로운 변혁을 태동하며 지속의 지평을 열게 된다. 물론 이 지속과 변혁은 선형적인 작용태를 이루면서도 그 교차성을 변형하여 순환성으로 나타낼 때도 있다. 그것은 바다의 속 같은 작용의 본질은 선형적 교차를 이루면서도 파도와 같은 현상은 순환적인 반복으로 나타남을 말한다.

이러한 지속과 변혁의 선형적인 역동성 속에서 작가는 대응적인 창조로 한 문학 세계를 이룬다. 그것은 지속 속에서 작가의 창조적 발흥으로 나타나고, 변혁 속에서 위험을 무릅쓴 실험적 진통으로 나타난다.

여러 가지 논란 속에서도 이광수 문학 연구는 쉬지 않고 지속되고 있다. 그것은 이광수가 <어린 희생>이나 <무정> 등으로 근대문학의 형성의 중추적인 역할을 했을 뿐만이 아니라, 지속과 변혁의 근대문학의 성장 50년에 동반자로 크게 활동하여 전집 10권에 달하는 문학적 유산을 남기고 있기 때문이다.

사실 이광수의 훼절이 문학의 외적인 논리에 의한 이광수 문학의 훼손을 가져오기는 해도, 소설을 비롯하여 시, 수필, 비평에 이르는 그의 방대한 창작활동은 우리를 압도하여 그 대광맥에 노다지의 꿈을 안고 달려드는 연구자들이 끊이지 않고 후속해 오고 있다.1) 그것은 島山의 준비론을 이어 받고 민족주의를 표방하면서 천도교, 기독교, 불교 등으로 이행해 가는 그의 사상이 투영된 문학의 大森林이 연구의 새로운 지평을 제시하고 있기 때문이며, 어떤 외적 논리나 생산론적인 관련을 거부하지 않으면서 문학 연구의 자율성을 표방한 자세에서 오는 것이기도 하다. 300편이 훨씬 넘는 이광수와 그의 문학에 대한 논의가 그것을 입증하고 있으며, 한국의 근대문학의 이해와 연구는 <무정>에서 출발하는 것이 바로 시, 소설, 수필, 비평 등 모든 장르에 걸쳐 창작 활동을 지속한 이광수 문학에 대한 다양한 접근이기도 하고 여러 방법에 의한 조명의 시도이기도 하다.

문학 연구는 작품을 읽고 감상하는 데서 시작하여 그에 대한 문학적인 분석이나 평가를 거쳐 문학사의 기술로 이행된다. 만일 정독과 감상에 의한 텍스트의 불확실성을 보완하여 문학적인 평가의 지평을 열게 하는 허구적인 독자2)의 자세로 출발하지 않으면, 문학 연구는 공허한 이론의 전개나 그것을 위한 텍스트나 그 일부를 제시하는 의도의 오류(intentional fallacy)를 범하기 쉽다. 물론 작품의 선택에서부터 의도의 작용을 받게 되기는 하지만, 선택된 작품의 이해와 감상을 선행하지 않고 그 한 부분이나 인물이나 주제의 경향을 봉재식으로 논거로 제시하는 경우는 작품을 뒤로 젖혀 놓고 이론의 전개만이 있을 뿐이다. 이런 경우 작품의 총체적인 의미는 물론 그 작품이 지니는 통시적인 위상도 훼손되기 쉽다.

문학 작품은 그 자체의 구조나 문체 등 내적 요건의 분석과 생산과 수용 등 모든 요건과의 방출과 내부적인 관련 속에서 그 총체적인 의미를 정립된다. 그 작품이 지닌 오묘한 질서(order)와 구조(structure)나 그 지향적 의미를 이해하고 의미를 부여하기가 쉽지 않다. 하물며 자의적으로 뽑혀진 일부의 구조나 문체 또는 문학적인 여러 의미를 견강부회로 이론의 전개를 위한 논거로 제시 할 경우에는, 그 작품과는 거리가 먼 허실만이 시녀 구실을 할 뿐이다. 여기에서 문학 연구는 작품을 정독하는 데서 출발해야 함을 절감하게 된다.

어느 작가의 연구도 작품의 경우와 그 궤를 같이 한다. 작가의 연구는 그 작가의 작품을 읽는 데서 출발하여 개개의 작품이 의미를 통합하고 그 작가의 문학적인 총체상을 정립하여 그 공시적, 통시적 위상을 규명해 가아 할 것이다. 문학 연구가 작품이니 작기에 대힌 해석이나 이론의 자의적인 전개에 지나지 않는다고 비판하는 것도 연구가들이 작품의 유기적인 구조나 작가의 문학적 공간(literary space)의 성취 양상을 외면하고 어느 일부를 전체로 확대하거나 일부를 절단·폐쇄하여 그것을 논거로 하는 것을 지적하는 것이다.

이것은 장르의 경우도 마찬가지다. 많은 장르에 긍(亘)해 작품 활동을 한 작가의 경우는 특수한 장르에만 관심이 집중되는 경우가 많으나 기실은 그 작가가 구사한 모든 장르에 대한 연구가 병행되어 작가론의 총체적인 연구로 전이되어야 한다. 그러나, 대개의 경우는 그 작가의 주된 장르에 대한 관심이 편중되어 있음을 본다. 그런 경우에는

다른 장르의 중요한 영역이 방치되어 그 작가의 총체적인 연구가 훼
손되게 된다. 소설에 치중한 김동인의 비평이나 염상섭의 비평과 수필
의 영역, 소설의 연구에 치중한 채만식의 희곡, 김동리와 황순원의 시
등이 그런 예이다. 물론 주된 장르에 대한 연구가 선행되어야 할 것은
사실이나, 무관심하게 넘어 간 것은 작가의 문학적 총체상을 추구하는
데 탐사하지 않은 동굴과 같이 중요한 문학 유산을 그대로 방치하는
격이 된다.

이광수의 수필도 이와 같이 방치된 음지에 딩굴고 있는 셈이다. 이
광수의 수필은 <余의 自覺한 인생>(1910)에서 시작되어 <南遊雜
記>(1918), <금강산유기>(1922), <牛德頌>(1925), <五道踏破旅行>(1937),
<인생의 향기>(1946), <돌베개>(1947) 등 약 112편의 많은 수필을 발표
했으나 이광수 수필에 대한 논의가 없는 것이 바로 동굴의 우상으로
수필이 갇혀 있음을 말한다.

Ⅱ. 논설과 수필의 선형성

이광수는 논객이기를 자처하면서도, <어린희생>(1912)에서 <무
명>(1935), <국장기>(1939) 등에 이르는 단편 28편과 <무정>(1917)에서
시작하여 <재생>(1924), <군상>(1930), <흙>(1932), <사랑>(1939),
<꿈>(1947)에 이르는 장편 35편을 발표하고 <우리의 영웅>(1910), <극
웅행>(1917), <강남의 봄>(1920), <대동강>(1935), <사랑>(1905) 등 시와
<여의 자각한 인생>(1910)에서 시작하여 <남유잡기>(1918), <손가
락>(1924), <우덕송>(1925), <고금도에서 충무 유적순례>(1930), <단군

능>(1936), <인과의 리(理)>(1940), <돌베개>(1948)에 이르는 112편의 수필을 발표하고, <국문과 한문의 과도시대>(1908), <문학의 가치>(1910)에서 시작되어 <문학이란 하오>(1916), <문사와 수양>(1921), <조선문단의 현상과 장래>(1925), <중용과 철저>(1926), <여의 작가적 태도>(1931), <나의 문단생활30년>(1934), <문학과 문사와 문장>(1935), <소설가의 준비>(1936), <문학쇄언>(1940)등 50여편에 달하는 문학비평을 발표하여 문사로서의 기치를 올리고 있다. 그러나, 이광수는 문사이기를 거부하고 <情者論>(1906), <금일 我韓청년의 정육(情育)>(1916)에서 필치를 들어 <조혼의 악습>(1916), <천재야천재야>(1917), <야소교의 조선에 준 은혜>(1917), <자녀중심론>(1918), <민족개조론>(1922), <조선인의 소원>(1928), <선구자를 바라는 조선>(1928), <조선민족론>(1933), <생활개선의 급무>(1940) 등 300여편의 논설을 발표하여 논객임을 과시하고 있다. 이광수가 <여의 작가적 태도>에서 문사가 아니고 논객임을 자처하면서,

> 나는 일찌기 문사를 자처하기를 슬겨한 일은 없있다. <무정>, <개척자>을 쓴 것이나, <재생>, <혁명가의 아내>을 쓴 것이나 문학적 작품을 썼다는 의식으로 썼다기보다는 대개가 논문으로 내가 보는 당시 조선의 중심계급의 실상-그의 이상과 현실의 승리, 그의 모든 약점을 여실하게 그려 내어서 독자의 감계나 사려의 재료를 삼을 겸 조선국문의 발달에 자극을 주고, 될 수 있으면 청년의 문학욕에 불건전치 아니한 독서물을 제공하기-이를 테면 이 정치 아래서 자유로 동포에게 通情할 수 없는 심정의 일부분을 말하는 방편으로 소설의 붓을 든 것이다. 그러므로, 소설을 쓰는 것은 나의 여기다. 나는 지금도 문사는 아니다.3)

라고 한 말에서 입증되듯이 이광수는 논설에 의한 계몽과 교도의식이

앞서고 문학은 이 정치하에 통정할 수 없는 부분을 전달하기 위한 소통 수단으로 보고 있다. 이것은 조선의 양반이나 한말의 문사와 김동인, 염상섭 등이 초기에 말한 문학의 餘技說에 입각한 태도로 볼 수 있다. <무정>에서 <재생>, <군상> 3부작과 <단종애사> 등 장편을 발표하여 <무정>의 결말에 집약되어 있는 교육과 과학에 의한 입국을 지향하고 열린 가능성을 성취해 가는 과정으로의 소설들을 발표하여 소설가로서의 문명을 떨치고 있을 뿐 아니라, <우리 영웅>, <극락행>, <강남의 봄> 등 많은 시를 발표하고 <여의 자각한 인생>, <침묵의 미>(1915), <감사와 사죄>(1922), <우덕송>, <산국>(1926), <충무 유적 순례>, <꾀꼬리 소리>(1930)등 감상·기행수필을 발표하며 <문학의 가치>, <문학이란 하오>, <懸賞小說考選餘言>(1918), <우리 문필의 방향>(1924), <중용과 예술>(1926), <조선문학의 개념>(1929) 등 많은 비평을 발표하여 문단의 선봉에서 활동하면서도 문사임을 자처하지 않고 또 나는 지금도 문사가 아니라고 말하여 이광수의 문필의 지평적인 의도가 무엇인지 궁금하게 된다. 여기에서 논객으로서의 문필과 문사로서의 문필의 외연과 내포의 상관성에서 그 암시를 얻을 수 있다. 그것은 논객과 문사가 선형적으로 연계될 수 있는것을 추적하면 알 수 있는 일이다.

시는 응축된 언어로 형성되는 서정적 양식이고, 소설은 확산된 언어로 구조되는 서사적 양식이기 때문에 상상과 구조가 그 중추가 된다. 이와는 달리 수필과 비평은 그 형성 양상이 동일한 궤에 속하는 주제적 장르(thematic mode)[4]이면서도 상상과 구조를 완전하게 배제하지 못하는 장르이다. 말하자면 수필과 비평은 서정적 질서 구조(emotional ordered structure)가 아니고 고지적 질서 구조(informationally order structure)[5]의 영역에 속하여, 언어의 상징성과 질서의 구조성보다는 서술적, 고지적인 기능에 의한 전달이 그 주를 이룬다. 물론 수필의 경우도 시적 상상이나 소설적 구조에 의한 시적 수필, 서사적 수필, 희곡적 수필이라고 불리우는 만큼 시나 소설, 희곡과 같은 양식을 흡인하여 창조 문학으로서의 면모를 보여주기는 하지만, 그렇다고 시나 소설, 희곡과 같이 상상과 구조에 의한 새로운 질서의 세계를 창조하는 것은 아니다. 수필과 비평의 이러한 고지적 기능은 교시와 설득을 주로 하는 논설과 맥을 같이 하는 공분모의 영역이 있음을 알 수 있다. 그것은 논설의 교술과 설득, 계몽의 효용 기능과 수필이나 문학 비평의 서술과 전파의 그것과 같은 線形으로 연계되는 것을 말한다. 물론 여기에서 설득의 강도나 전파의 동력의 강약과 진폭은 같지 않다고 해도 상상적 체험에 의한 이해와 전파를 주로 하는 시나 소설보다는 이해와 수용으로 전달되는 수필이나 비평이 논설과 유유상종의 관계를 이루게 된다.

이와 같이 소설을 이 정치 밑에서 통정의 방편으로 삼고 시나 수필, 비평으로 문단의 주류를 형성해 가면서도 문학을 하나의 여기로 생각하며 문사이기를 꺼리고 논객으로 자처하는 것은 논설을 통해서 깅렬하게 민족과 관습, 인생 등 광범위한 부분에 걸쳐 계몽적, 성찰적, 지향적으로 사상을 전파하려는 욕구가 강하게 나타났기 때문이다. 한 예로 정치적 결사, 산업적 결사, 교육적 결사의 삼대 운동을 통해 민족의 백 년 대계를 성취할 수 있다는 <민족적 경륜>의 결말 부분을 봐도 저간의 사실을 알 수 있다.

이 세 가지 사업은 동시에 일으킬 것이니 동일한 최고간부의 지도하에 분업적으로 하는 것도 좋거니와 사업자체는 절연(截然)히 독립하는 것이 좋을 것이요, 특히 정치적 결사 이외의 것은 절대적 색채를 띠지

아니할 필요가 있는 것이다. 대개 정치적 색채를 띠면 종종의 위험이 반
(伴)하는 까닭이다.

> 조선인으로 누군들 조선인의 운명을 근심하지 아니하는 이가 있으랴.
> 또 조선인의 운명을 근심하는 이는 반드시 조선인의 생도(生途)를 궁구
> (窮究)할 것이다. 그러하거늘 지금까지의 조선의 민중적 경륜이 확립하
> 지 못하여 전민족의 거취를 찾지 못함은 심히 한탄할 일이다. 이에 우리
> 는 우리의 확신하는 바를 피력하는 것이니, 이것이 기회가 되어 민족적
> 경륜에 관한 열열하고 심각한 토구가 생기고, 아울러 금년내로 그 경륜
> 에서 나오는 제사업이 제(諸)에 취(就)하기를 바란다.6)

3·1운동 이후, 염상섭의 <만세전>에서 볼 수 있듯이 실의와 비참,
수탈과 자학의 질곡에 빠져 있는 민중의 지향적 경륜을 펼친 이 논설
에서는 그 지사적인 논조로 강력한 설득성을 나타내고 있다.

이러한 논객으로서의 논설의 설득적인 전파성은 문학비평보다는 수
필이 더 그 선형적인 궤를 같이한다. 그것은 비평은 情과 常의 문학을
주로 한 문학론으로 문학의 영역에 한정되어 있는 데 반하여 수필은
제재의 자율성과 서술적인 면에서 논설과 그 궤를 같이 하여 이광수
문학에서 수필의 위상이 창작과 논설의 가교적 역할을 하고 있음을
알 수 있다. 그러므로, 이광수가 문사이기를 주저하고 논객임을 자처
하는데 시, 소설 등에서 논설에의 선형적 가교의 위치에 있는 수필이
이광수 문학을 풍요하게 하는 중요한 장르인 것이 분명하다.

Ⅲ. 이광수 수필의 두 지주

이광수의 수필은 근대수필 형성의 주축으로 출발하여 근대수필의

지속과 변혁과 同軌를 거쳐 성숙되어 간다.

한국의 근대수필은 신라의 혜초에 의한 천축의 기행적 산문이나 이규보 등의 많은 문인의 시화류, 조선의 성현 등 많은 선비의 문집, 박지원의 <열하일기>등의 한문수필과 임란 이후의 여인들의 산문과 내간, 그리고 병자호란의 관북이나 燕京 등의 견문들을 그린 국문수필을 계승하여 형성된다. 유길준의 <서유견문록>(1885)을 거치면서 최남선과 이광수 등의 기행수필과 박종화와 변영로 등의 감상수필의 두 유형의 수필이 병립과 상충 속에 성숙과 변혁을 통해 근대수필이 형성되고 발전한다. 근대수필은 10년대에 「소년」, 「청춘」, 「학지광」, 「태서문예신보」 등에 발표되어 두 유형이 형성되어 간다. 「소년」에 발표된 최남선의 <半巡城記>(1909)나 <평양행>(1909), 「청춘」에 발표한 이광수의 <동경에서 경성까지>(1917), 한샘의 <동경 가는 길>등에서 형성되어가는 기행수필과 「소년」에 발표한 이광수의 <여의 자각한 인생>(1910), <청춘>에 실은 이광수의 <동정>(1914), <침묵의 미>(1915), <학지광>에 발표한 전영택의 <독어록>(1916), 이광수의 <천재야! 천재야>(1917), 「태서문예신보」에 실은 이일의 <민후의 적막>(1918), <고독의 비애>(1918) 등이 감상수필의 형성으로 근대수필의 두 유형을 태동하게 된다.[7]

이러한 수필은 이광수의 <금강산유기>(1922)와 최남선의 <심춘순례>(1926), <백두산근참기>(1927)를 거쳐 30년대에 와서 이병기의 <낙화암을 찾는 길에>, 현진건의 <경주기행>, 이은상의 <산 찾아 물 따라>과 같은 장편 수필이 발표되어 기행수필의 유형을 정립·발전시키고, 한편으로는 오상순의 <시대고와 그 희생>(1920), 이광수의 <감사와 사죄>(1922), <손가락>(1924), <우덕송>(1924), 남궁벽의 <자연>(1920), 박종화의 <영원한 승방몽>(1922), 주요한의 <어렸을 때 본 책>(1927)을 거쳐 김진섭, 이양하, 고유섭, 이상, 이병기, 이희승 등의 30년대의 필치에서 감상수필이 근대수필의 주류를 형성하게 된다. 이광수의 <인생의 향기>, 김진섭의 <생활인의 철학>, 이상의 <권태>, 이희승의 <청춘수송>, 이양하의 <나무> 등은 이러한 감상수필의 백미라고 할 수 있다. 이러한 수필의 두 주류는 감상수필이 그 주류를 형성하면서 생활주변의 감상의 수필화에 머무르지 않고 철학적인 통찰과 달관으로 인생과 사회, 그리고 역사에 대한 巨視的인 제재와 생활과 현실 등 微視的인 제재를 병행적으로 수용하면서 현대수필의 여명을 맞게 된다.

이광수의 수필은 근대 수필의 형성 및 성숙과 그 궤를 같이 하면서 그 중추적인 역동성을 보여 준다. 그것은 소설이나 시, 비평에서 이광수 문학의 형성과 성숙을 위한 창조성을 보여 준 것과 같이 수필에 있어서도 근대수필의 형성과 성숙의 선형적인 지속성을 보여 준다.

이광수는 <여의 자각한 인생>8)에서 시작하여 <남유잡기>(1918), <금강산유기>(1922), <손가락>(1924), <충무유적순례>(1930), <오도답파여행>(1937), <돌벼개>(1948) 등 약 112편의 수필을 발표하고 있다. 이 수필은 근대수필의 흐름과 궤를 같이 하여 감상수필이 그 주를 이루면서 기행수필이 병립되고 있음을 알게 된다. 그것은 주로 江山과 생활에 대한 애정과 당위에 기울어진 기행수필과 인생과 경험, 역사 그리고 삶을 통찰한 감상수필의 두 양식으로 나타난다. <금강산유기>나 <오도답파여행> 등으로 표상되는 기행수필과 <인생의 향기>나 <돌베개>로 나타나는 감상수필이 이광수 수필의 두 지주를 이루고 있는 것을 볼 수 있다.

Ⅳ. 이광수 수필의 특성

이광수 수필은 몇 가지 측면에서 그 특성을 살필 수 있다. 그것은 이광수 수필이 지니고 있는 특징이나 성격에의 구분일 수도 있고, 또한 주제적인 지향성이나 내적 구조의 유형일 수도 있다. 또한 근대수필의 형성과 성숙과 궤를 같이 해 온 이광수 수필의 수필사적인 위상에 의한 한 조명일 수도 있고, 논설이나 소설의 선형적인 고차에 의한 수필이나 특성의 유형화일 수도 있다. 그 특성은 몇 가지로 나누어 볼 수 있다.

첫째, 이광수 수필은 삶의 애정과 성찰을 나타내고 있다. 소설도 같은 양상이지만 이광수의 수필에도 개인적 생활에 대한 깊은 애정과 사회나 민족에 대한 통찰에 의한 의미의 반추와 지향성을 보여 준다. <손가락>이나 <어린 영혼>, <연분>(1924), <수술대 위에서>(1929), <나의 참회>(1935) 등 주로 수필집 <인생의 향기>과 <돌베개>에 수록된 작품들은 이광수의 개인의 삶의 절규나 성찰이 아로새겨지고 <우덕송>이나 <우상>(1926), <가정>(1932), <조선의희망>(1932), <도산의 인격과 무대>(1935), <죄>(1936), <信信論>(1940) 등은 사회나 일반사에 대한 관조와 비평이 서려 있어, 이광수 수필은 개인과 사회에 대한 관조의 성찰이 그 기간을 이루고 있다. <손가락>은 이광수의 삶의 애정을 나타낸 수필로 <사랑> 등 많은 작품의 원형을 이루어 이광수의 수필의 정신적 원천을 보여주고 있다.

　　그것은 내가 열 한살 적 일이다. 불과 열흘 내에 아버지와 어머니가 괴질로 돌아가시고 어린 누이 동생들과 나와만 남았을 때다.

부모는 다 돌아가셨지마는 그래도 먹고 살겠다고 내가 물을 길어 보고, 반찬을 만들고 밥을 지었다. 하루는 저녁 지을 나무가 떨어졌기로 나는 낫과 새끼 한 바랑이를 들고 뒷산으로 올라갔다. 음력 9월이다. 풀이 다 늙어서 베어만 오면 곧 아궁이에 넣을 수가 있었다.

나는 서투른 솜씨로 불 잘 붙을 만한 풀을 골라가면서 베었다. 이왕이니 내일 하루 때일 것까지도 베어 가지고 간다고 해가 저물도록 풀을 베어서 두어 단 거리나 되었을 적에, 낫이 어떤 나무 뿌리에 미끌어지면서 풀을 쥐었던 왼손 무명지 세째 마디를 썩 들어 베었다. 선뜩하기로 손을 쳐들어 보니 빨간 피가 주루루 흘러 내린다. 나는 웬 일닌지 갑자기 설움이 나서 오른 손에 들었던 낫을 집어 팽개를 치고 그 자리에 펄석 주저앉아서 울었다. 울다가 눈을 떠보면 손가락에서는 더욱 빨간 피가 흘러 내리고 그것을 보고는 설움이 나서 울었다. 이렇게 해 넘어 가는 줄도 모르고 울고 있을 때에 누가 등 뒤에서 한팔로 껴안으며 그 입을 내 입술에 마주 댈 이만큼 가까이 대이고,

"아이고 가엾어라, 너 왜 여기 앉아서 이렇게 우니? 부모 생각이 나서 그러니?" 하기로, 나는 피가 흐르는 왼손을 내밀어 보였다. 그것을 보고 그도 깜짝 놀라며, "에그머니, 이게 웬 일이야!" 하고 피 흐르는 내 손가락을 자기 입으로 빨았다. 그의 입술에는 피가 흘렀다.

"입에 피"

하고 나는 그 손을 뿌리쳤다. 그 여인은 허리를 펴서 사방을 둘러 보더니 베어 놓은 풀과 끌을 땅에 받고 직굽어선 낫을 보고 내 손고락이 베어진 까닭을 안 듯이 고개를 끄덕끄덕하고는 부리나케 풀 속으로 돌아다니면서 쑥솜(숙대에 묻은 솜 같은 것)을 뜯어다가 내 손가락에 대고, 싸매일 것이 없어서 한참 어쩔 줄 모르더니 입으로 자기의 치마 고름을 찢어서 꼭꼭 싸매었다. 다 싸매기도 전에 하얀 치맛고름 헝겊에는 주홍빛으로 피가 내어비치인다. 그리고는 그 여인이 또 내 목을 껴안고 뺨을 제뺨에 비비며 여러가지 위로하는 말을 하고는 눈물에 젖은 내 얼굴을 물끄러미 들여다 보면서,

　　"자 집으로 가요, 어두웠으니…… 울지 말아요, 초년 고생을 해야
크게 된다. 울지 말아."
　　하고는 마치 어머니가 귀여움에 못견디어 무릎 위에 앉은 어린 자
식에게 하는 모양으로, 나를 한번 더 꼭 껴안고 바르르 떨며 입을
맞추었다.
　　나는 그 여인이 내 몸을 놓기를 기다려 벌떡 이러나서 풀단을
들러매고 낫을 들고 집을 향하여 뛰어 내려왔다. 얼마를 오다가 뒤
를 돌아본즉 그 여인은 아직도 그 자리에 서서 내가 돌아 보는 것
을 보고 손을 허긴다. 또 내가 얼마를 더 가다가 돌아본즉 그 여인
은 어스름한 산 그늘로 가물가물 걸어 가는 것이 보인다.9)

　　비참하게 조실부모한 열한살의 이광수, 두 누이와 생활을 해야 하는
어린 가장, 낫에 손을 베고 실의에 빠져 있는 이광수가 입은 어느 부
인의 친절은 어머니의 품안과 같이 다사롭고 安息을 느끼기에 충분했
다. <나의 고백>(1948)에서 보듯이 비참한 소년생활에 한 생명수와 같
이 삶은 등불을 키워진 것을 서사시적 수필로 쓴 <손가락>은 이광수
의 정신사의 한 원형을 이루고 있다. 이 <손가락>에서 비롯되는 이광
수의 삶의 정한과 성찰은 <봄이 설움>(1926), <산국>(1926), <疾 추秋
왕 자연>과 <마흔살>(1930) 등 <인생의 향기>과 <돌베개>에 수록한
대개의 작품으로 나타나 있다. 그것은 계절이나 꽃, 그리고 개인의 삶
의 과정과 관련된 오뇌와 기쁨으로 나타난 관조적인 개인적 수필의
성격을 띄운다.10) 또한 사회나 인생에 대한 통찰로 삶에 대한 애정을
확대하고 있다. 그것은 개인적인 삶의 사회적인 확대이며, 한 개체의
생활의 민족이나 국가의 집단에 표집이며 의미망의 형성이다. 소설에
형상화하고 논설에서 설득하는 사상이나 관조의 의미를 수필이란 전
파 양식으로 독자에게 이해와 수용을 강요해 온다. 이광수 대표작인
수필의 하나인 <우덕송>은 이런 점에서 이광수 수필의 특성을 단적으

로 보여 주는 작품이다.

그런데 소는 어떠한가. 그의 말은 못믿성도 없고, 여우의 간교함, 사자의 교만함, 호랑이의 영큼스럼, 곰의 우직하기는 하지마는 무지한 것, 코끼리의 추하고 능굴능굴함, 기린의 외입장이 같음, 하마의 못생기고 제 몸 잘못거둠, 이런 것이 다 없고 어디를 보아도 덕성스럽고 복성스럽다. '음매'하고 송아지를 부르는 모양도 좋고 우두커니 서서시름없이 꼬리를 휘휘둘러 '팔이야 달아나거라. 내꼬리에 맞아 죽지는 말아라'하는 모양도 인자하고, 외양간에 홀로 누워서 밤새도록 슬근슬근 새김질을 하는 양은 성인이 천하사를 근심하는 듯하여 좋고, 장난군 아이놈의 손에 고삐를 끌리어서 순순히 걸어가는 모양이 예수께서 십자가를 지고 가시는 것 같아서 거룩하고, 그가 한번 성을 낼 때에 '으앙'소리를 지르며 눈을 부릅뜨고 뿔이 붉어지는지 머리가 바수어지는지 모르는 양은 영웅이 천하를 위하여 대로하는 듯하여 좋고, 들판에 나무 그늘에 구부리고 누워서 한가히 낮잠을 자는 양은 천하를 다스리기에 피곤한 대인이 쉬는 것 같아서 좋고, 그가 사람을 위하여 무거운 멍에를 메고 밭을 갈아 넘기는 것이나, 짐을 지고 가는 양이 거룩한 애국자나 종교가가 창생을 위하여 자기의 몸을 바치는 것과 같아서 눈물이 나도록 고마운 것은 물론이려니와, 세상을 위하여 일하기에 등이 벗어지고 기운이 지칠 때, 마침내 푸줏간으로 끌려 들어가 피를 쏟고 목숨을 버려 사랑하던 자에게 내 살과 피를 먹이는 것은 더욱 성인의 극치인 듯하여 기쁘다. 그의 머리에 쇠메가 떨어질 때, 또 그의 목에 백정의 마지막 칼이 푹 들어갈 때 그 '으앙'하고 큰 소리를 지르거니와, 사람들아! 이것이 무슨 뜻인 줄은 아는가. 아 다 이루었다.

소를 느리다고 하는가, 제 빠르기야 벼룩 같은 짐승이 또 있으랴, 고양이는 그 다음으로 나갈까. 소를 어리석다고 말라. 약빠르고 꾀있기는야 여우 같은 놈이 또 있나. 쥐도 그 다음은 가고, 뱀도 그만은 하다고 한다. '아아! 어리석과저. 끝없이 어리석과저. 저 어린애게라도 속과저. 병신 하나라도 속이지는 말과저. 소더러 모양없다고 말지어다. 모양내기로야 다람쥐 같은 놈이 또 있으랴. 평생에 하는 일이 도둑질하기와 첩 얻기 밖에는 없다고 한다.

소더러 못났다고 말지어다. 걸핏하면 발끈하고 쌕쌕 소리를 지르며 이를 악물고 대드는 것이 고양이, 족제비, 삵 같은 놈 있으랴. 당나귀도 그 다음은 가고 노새도 그 다음은 간다. 소는 忍辱의 아름다움을 안다. '일곱 번씩 일흔 번 용서'하기와 '원수를 사랑하며, 나를 미워하는자를 위하여 기도'할 줄 안다.

소! 소는 동물 중에 인도주의자다. 동물에 부처요, 성가다. 아리스토텔레스의 말마따나 만물이 점점 고등하게 진화하다가 소가된 것이니, 소 위사람이 있는지 없는지는 모르거니와, 아마 소는 사람이 동물성을 잃어 버리고 신성에 달하기 위하여 가장 본 받을 선생이다.11)

소의 이미지와 그 성격을 객관적으로 표현하고 있어, 사회적 수필의 성격을 띠고 있다. <감사와 사죄>, <상상>(1926), <조선의 희망>(1932), <인과 理>(1940) 등이 이런 경향에 속한다.

이광수는 이렇게 개인적 수필과 사회적 수필의 양면성을 지니고 있으나, 삶의 애정과 관조를 주로 하는 개인적 수필이 그 주를 이룬다. 사회적 수필의 경향은 논설을 통해 강력하게 전파할 수 있기 때문에 성찰과 비판의식을 주로하는 사회적 수필보다 관조와 정서를 주로 하는 개인적 수필이 주가 될 수밖에 없다.

둘째, 이광수 수필은 민족과 조국에 대한 애정과 찬미가 짙게 나타나 있다. 이런 경향은 소설이나 논설에서 짙게 나타나고, 비평<여의 작가적 태도>(1931)에서 민족애의 고조와 그 선양을 위해 소설을 쓴다고 말한 대로 이광수는 역사의 숨결이 서린 산수와 유적지를 순례하면서 식민지 치하에서 민족혼을 고조하고 찬미하는 기행수필로 나타난다. <대구에서>(1917), <해참위로서>(1917), <남유잡기>(1931),<단군

릉>(1936), <五道踏破旅行> 등 기행수필에 산수에 서린 조국에 대한 애정과 찬미가 짙게 나타나 있다. 그것은 금강산이나 남해, 행주산, 부여 등 민족의 정기가 서린 산수와 역사의 아픔이 서린 유적을 기리고 찬미하고 있음을 볼 수 있다. 8월 3일 남대문역에서 고산을 거쳐 장안사에서 백탑동에 이르는 勝景과 그 조국애를 그린 <금강산유기>은 최남선의 <심춘순예>, 이병기의 <낙화암가는 길에>과 같이 기행수필의 백미를 이루고 있다.

새벽 재 올리는 염불 소리에 잠을 깨어 조반을 마치고 표훈사에서 특별히 주문해 온 指路者에게 점심을 지우고 摩詞衍을 떠난 것이 오전 7시, 일기는 청명한 편이나 寺僧들은 7월 일기를 믿지 못할 것과 더우기 금강산의 晴雨는 골짜기를 따라 다른 것과, 작일에도 평지에는 청명하였으나 비로봉상에는 운로가 끼여 아무것도 보지 못한 것을 말하고 우리 일행의 전로는 비관합니다. 나는 '내가 올라가면 반드시 雲散霧消하여 비로봉의 승경을 보고야 말리라'하는 말로 僧尼들을 웃기고 떠났읍니다.

밤과 새벽은 沈秋와 같이 찼으나 日脚이 점점 오르매 땀이 흐르려 합니다. 동을 향하여 두어 굽이 시내를 건너면 묘길상의 대석불이니, 천연의 巨岩의 남향한 半面을 깎아 내고 부조로 大佛을 새겼는데 어른이 그 밑에 가서 팔을 활짝 들어야 結跏한 그 무릎이 만져질 만하고, 발바닥 길이가 열두뼘이나 되니 이 부처에게 신길 버선이 있다 하면, 그 속에 두 사람은 들어가 누울 것이외다. 과연 어마어마 하게도 큽니다.

나는 여기서 종교미술이 나오는 경로, 또는 모든 예술가의 잡을 태도를 봅니다. 금강산내로 말하여도 그 모든 건축과 조각과 회화가 다 승려의 손으로 되었고, 그 뿐 아니라 금강산을 찾아 거기 길을 닦고 峯과 洞의 이름을 지운 것이 다 승려의 손으로 되었읍니다. 그네는 불화를 그리기 위하여 일생에 화필을 들고 불교를 일생에 끝을 잡았습니다. 그네는 명산대찰을 돌아다니면서 혼자 생각하

고 배우고 익혀 어디서 좋은 바윗돌이나 만나거든 거기 불상을 새
길 생각을 냅니다. 그는 그날부터 百日願이나 千日願을 세워 그 속
에 암자를 맺고 제가 동냥해 온 쌀로 제 손으로 밥을 지어 먹고 제
손으로 옷을 지어 입고 그러고는 날마다 조금씩 조금씩 새깁니다.
그의 마음에는 세상의 아무 욕망도 없고 焦慮도 없이 오직 정소리
를 따라 석면에 귀가 생기고 하는 것을 보며 즐기며, 즐거울 때
소매로 이마에 땀을 씻으면서 나무아미타불을 부릅니다. 이리하여
백일이나 천일만에 그 공이 성하거든 넘치는 법뇌를 못이기여 자기
가 새겨 놓은 불상 앞에서 합장을 하고 꿇어 엎딥니다. 그러고, 그
는 세상을 버리고 그의 법뇌에서 나온 불상이 천세에 전하여 반민
에게 부처를 생각할 기회를 주는 것이외다.
　진실로 이것은 그의 전재산이요 명예요 생명이외다. 나도 일생의
사업을 할 때에 이러한 태도로 하고 싶읍니다. 나는 이윽히 호길상
(好吉祥)의 위대한 불상을 치어다보고 노승이 석양을 측면으로 받
으면서 그것을 새길 때 심리를 상상하였습니다.12)

　須彌庵을 지나 溫井嶺에 이르는 사이에 비로봉에 있는 대석불을 기
리는 이 대목만 보아도 이광수의 조국 강산에 대한 애정과 그 찬미의
정을 이해할 수 있다. 그것은 최남선의 <백두산근참기>와는 또 다른
산수의 의미와 그에 서린 민족혼의 유적을 찾아 그것을 기리는 것은
<무정>의 이형식, <재생>의 신봉구, <흙>의 허숭과 같이 조선주의의
정신을 선양하고 그것을 실천하여 <흙>의 살여울과 같이 낙원을 성취
하려는 이광수의 문학에 의한 사회적 치유와 새로운 내일을 지향하는
이상적 민족주의 정신의 발현이라고 할 수 있다. 안성을 출발하여 조
치원을 지나, 공주, 부여, 전주, 이리, 광주, 목포, 삼천포, 진주, 부산,
대구, 경주 등 오도를 답파하면서 민족의 넋이 숨쉬고 있는 사찰 유적
지 등을 회고하고 그 의미를 되새기고 있는 <五道踏破旅行>도 그의
기행수필의 표본이 된다. 전체 53신(信) 중에서 제6신인 부여의 장을

보면 더욱 그것을 실감하게 된다.

　부소산은 산이라기보다 岡이다. 羅馬의 七岡이란 어떤 것인지 모르나 아마 이러할 곳이다. 산에 기와 조각이 한 번 깔렸다. 그날 밤 화염에 튄 것이다. 御爐의 향내 맡던 곳이요, 남훈의 태평가 듣던 것이다. 여기는 대궐자리요, 여기는 귀빈이 있던 데요, 달 맞는 영일대, 달 보내는 송월대는 여기 여기요, 공 차던 축구장이 여기, 가무하던 무슨 전이 여기, 7백오십년의 영화가 일야에 사라질 때 그때의 비장참담한 광경이 눈을 감으면 보이는 듯하다. 그때에 영화의 꿈에 취하였던 구중의 궁궐이 온통 경황하며 울며 불며 엎드러지며 자빠지며 이리 뛰고 저리 물로 하던 양, 꽃같이 아름답고 세류(細柳)같이 연약한 수백의 비빈이 흑연을 헤치고 송월대의 비낀 달에 낙화암으로 가던 양, 숯고개와 사자수로 폭풍같이 밀려드는 나당 연합군의 승승한 고함 소리가 귀를 기울이면 들리는 듯하다.
　나는 청초 위에 펄떡 주저앉아서 힘껏 그때의 일을 상상하려 하였다. 내 눈 앞에는 그때의 반월성이 있다. 그때의 궁성이 있고 그때의 사람이 있다. 그때의 색채가 보이고 그때의 음성이 들린다. 나도 그때 사람이 되어서 그 속에서 노래하고 춤춘다. 그러나 번쩍 눈을 뜨면 그 '몽환은 다 사라지고 황량한 반월성지의 거칠은 풀이 보일 뿐이다. 부소산의 모양도 얌전하거니와 비스듬히 흘러 들어가는 백마강도 좋고, 멀리 눈썹같이 둘러선 청양, 정산의 연산도 좋다. 강산은 좋은 강산이다. 그러나, 그 강산도 주인을 얻어야 빛이 난다. 부여의 강산은 암만해도 문아(文雅)한 백제인을 얻어 가지고야 비로소 빛이 난다. 지금은 백제인이 없음에 그 강산을 뉘라서 빛내일까?
　부소산 동쪽 영월대 넘어에 있는 창고터를 보았다. 아직도 쌀과 밀과 콩이 까맣게 탄화해서 남아 있다. 거기서 다시 발을 돌려 문자와 같이 화서유유(禾黍油油)한 밭을 지나서 송월대 자리에 한참 발을 멈추고 궁성서문을 빠져들어서 추선장(추旋狀)으로 천인절벽을 다내려가서 백마강 물소리 들리고 절벽 밑 벽석유에 있는 것이 유명한 고란사다. 문전절벽에 도립한 노송에로 까치집이 있어 까치가 지저귀고, 또 그 밑에 보이지는 아니하나. 아마 수양 속에서는 꾀꼬리 소리가 울어 올라온다. 이 절의 내력은 가고할 史料가 연멸(煙滅)하였으나, 아마도 불법을 존숭한 백제왕실의 수호사(守護寺)일 것이다. 연화(蓮花)를 아로새긴 주춧돌이며, 빤빤히 닳아진 성돌에는 당시 귀인의 발자욱이 있을 것이다. 낙화암 상에서 방혼(芳魂)이 스러진 궁녀들도 아마 이 법당에 최후의 명복을 빌었을 것이다.[13]

창고터에 서린 부여의 영쇠성망에 어린 심회와 낙화암에서 삼천궁녀의 비화에 서린 한이 여실히 그려져 있어, 어떤 통한의 정에 감동케 한다. <남유잡기>, <상해인상기>, <해삼위에서>, <동경에서 경성까지> 등 여러 外地의 인상과 남쪽을 여행한 기행 수필에도 이광수의 예리한 관찰과 감회가 나타나 있다. 또한 <충무유적순례>나 <행주 승전봉과 권율 도원사>에서는 호국의 유훈을 이어받아 민족의 새로운 진로의 지침을 삼아야 한다는 민족의식이 발현되어 있다.

셋째, 이광수 수필은 다양한 장르의 수용과 다양한 서술양식을 보여주고 있다. 민족의식과 사회개조를 교시적으로 설득하려는 논설과는 달리, 주로 인포말한 감상수필을 발표한 이광수는 <금강산유기>과 같이 시의 삽입이나 <손가락>, <어린영혼>, <연분>, <상해의 이일>(1930), <뻐꾸기와 그애>(1930) 등과 같이 서사적 구조의 운용을 두드러지게 보여주며 간결하면서도 절연한 표현으로 독자를 압도하고 있다. 서사구조의 원용은 주로 감상수필에서 볼 수 있고 시의 삽입은 기행수필에서 볼 수 있다.

안, 걸어 본 길에는 언제나 불안이 있다. 이 길이 어디로 가는 것일까. 길가에 무슨 위험은 없나 하여 버스럭 소리만 나도 쭈뼛하여 마음이 썰다. 내 수양이 부족한 탓인가. 이 몸중에 붙은 본능인가.

이 불안을 이기고 모르는 길을 끝끝내 걷는 데도 용기가 필요하다. 이것을 보면 길 없던 곳에 첫걸음을 들여 놓은 우리 조상님네는 큰 용기를 가졌거나 큰 필요이 물렸을 것이라고 고개가 숙여진다. 성인이나 영웅은 다 첫길을 밟은 영웅들이셨다. 세상에서 어느 길치고 첫 걸음 안밟힌 길이 있으랴.

내가 걷고 있는 작은 길은 늙은 솔밭으로 산줄기 마루터기를 타고 서남쪽으로 올라간다. 보기 좋은 소나무들이 이리 비틀 저리 비틀 서로 얽히어서 사람의 손 아니 닿은 솔밭에서만 볼 수 있는 경치였다. 솔 수풀에는 언제나 바람 소리가 있는 모양이어서 우수수 소리가 은은히 울리고 산새의 연연한 노래도 들렸다. 대단히 내마음에 드는 경치였다.

이름을 지으려 무슨 '대'라고 할 만한 봉우리에 올라 섰다. 노송들이 드믄 드믄 둘러서고 머리에는 펑펑한 데가 있었다. 내몸은 마치 인간에서 멀리 떠난 곳에 와 있는 것 같았다. 기실은 평지에서 얼마 아니되는 데언마는 나무에 가리운 까닭이었다. 어디로 보아도 나무, 천리 만리를 가도 인간은 없는 것 같았다. 가엾은 우리 육안의 착각이다.14)

<돌베개>의 첫째 작품인 <죽은새>의 冒頭의 대목이다. 얼마나 간결하고 명절한 표현인가. 어느 소설의 한 장면과 같이 박진하게 풍경과 심사를 그려내고 있다.

반야(半夜)에 일어나 나막신을 끌고 후봉(後峯)에 오르니 진실로 일광은 교교(皎皎)한데 청풍은 서래(徐來)라. 한하계(寒霞溪) 푸른 안개는 멀리 몰려 오고, 북두성이 가루를 꽂은 만물초(萬物草)에 서는 부엉의 소리가 납니다..

관음봉(觀音峰) 여름날이
상등봉(上登峰) 넘으랄제
한하계(寒霞溪) 울어 예는 소리
바람 결에 들리는지고

다정(茶亭)에 잠 못이는 손이
길이 배회하더라.

월하에 만물상을 보는 것이 또한 얻어 보기 어려운 경치외다. 수
없는 봉들의 복잡한 음영에 하나도 분명히 보이는 것은 없이 모두
암영 뿐이언마는 그것이 도리어 몹시 신비해 보입니다.15)

<금강산 유기>의 시조를 삽입한 <만물봉>의 일부이다. 고풍스러운
시조를 삽입하여 중후한 감을 더하고 있다. 이런 서술 양식은 <오도답
파여행>이나 다른 기행수필에서도 구사되고 있다.

이광수 수필은 이와 같이 삶의 애정과 성찰, 민족과 조국에 대한 애
정과 찬미, 다양한 장르의 수용과 서술 양식 등의 특성으로 근대수필
의 형성과 지속의 지주를 이루면서 감상수필과 기행수필의 양립과 조
화를 이루어간다.

Ⅴ. 이광수 문학의 새로운 지평

문학 연구는 작품의 이해와 감상에서 비롯되고 그 문학성의 규명에
서 길목에 들어서게 된다. 방치되어 동굴에 갇혀 있는 작품은 땅 속의
다이아몬드와 같이 발굴되어서야 그 빛을 가지게 된다.

이광수의 수필은 무관심 속에서 동굴 속에 버려져 있어서 이광수
문학의 한 훼손으로 남아 있었다. 이에 본 논고에서는 이광수의 폭량
을 넓히고 그 지평을 당겨보기 위해 이광수 수필의 양상과 그 문학성
을 구명해 보았다. 그 논고는 다음과 같이 요약되어진다.

① 이광수 수필은 이광수 문학의 총체성을 정립하기 위하여 소설이나 비평·시에 방치되어 왔으나 그 양상의 파악과 연구가 필요하다.

② 이광수의 수필은 형상화하여 감동적 변화를 가져오는 소설과 설득을 통해 변화시키려는 비평의 전파 선형의 중간에 놓여지고 있다.

③ 이광수 수필은 근대 수필과 그 형성과 지속을 같이 하면서, 개인 수필이 주가 된 감상수필과 여행의 제재인 기행수필의 두 가지로 이루어져 있다.

④ 이광수 수필은 삶의 애정과 성찰, 민족과 조국에 대한 애정과 찬미, 다양한 장르의 수용과 서술 양식 등의 특성을 지니고 근대 수필의 형성과 지속의 지주적 위상에 선다.

이러한 이광수 수필과 소설, 비평 그리고 시의 상관성을 밝히고 인식과 구조, 그리고 이광수의 사상과의 함수적 含意를 연구하고 그 연관의 체계를 밝힐 때 이광수 문학의 총체성의 구명의 지평이 열리게 될 것이다.

(이종출교수회갑논문집, 태학사, 1990)

1) 이광수 문학의 연구로 다음과 같은 박사학위 논문이 나와 있다.
   최정석, 춘원의 대승불교사상연구, 학문사. 1977.
   한승옥, 이광수연구『무정』을 중심으로, 고려대 대학원 1980.
   구인환, 이광수소설연구, 서울대 대학원 1982.
   Grant S, Lee(이석구) Life and though of yi Kwang-su U-shinsa 1984.
   우남득, 한국근대소설의 인물·서사연구, 이화여대 대학원 1984.
   한용황, 이광수소설의 비평적 성찰, 동국대 대학원 1984.
   전문수, 초기근대소설연구, 계명대 대학원 1986. 6
   신헌재, 이광수소설의 인물연구, 성균관대 대학원 1986. 1.

　　권희돈, <무정>의 수용미학적연구, 명지대 대학원 1986. 2.
　　송명희, 이광수의 문학비평연구, 고려대 대학원 1985.
　　서정주, 이광수론의 전개양상에 대한 연구, 영남대 대학원 1987. 7.
　　이희춘, 이광수소설의 정신분석학적연구, 계명대 대학원 1988. 12.
　　김윤식, 이광수의 생애와 문학, 한길사, 1990.
2) cf, H. Link, *Rezeptions forschwng*, 1976, p.25.
　　독자와 작가의 유형을 다음 세가지로 나누고 있다.
　　① 현실적인 작가와 현실적인 독자.
　　② 추상적인 작가와 추상적인 독자.
　　③ 허구적 작가와 허구적인 독자.
3) 이광수, 『여의 작가적 태도』, 『동광』1931. 4. 이광수전집 10, 우신사, 1979. p.460.
4) p. Hernadi, *Beyond Genre* (Cornell U.P. 1972) p.163-168.
　　Hernadi는 제심점의 범위 (compass of perspective)를 사적(private), 이중적(dual)과 주석적(authorial), 인물쌍방적(interpersonal)의 네 방향으로 나누어 서정적(lylic), 서사적(narrative), 주제적 양식(thematic mode), 극적묘사(dramatic modes)의 4분법으로 나누고 있다.
5) R. Scholes, *structuaiss in literature*, (yale U.P) 1978, pp.93-94.
6) 이광수, 『민족적 경륜』, 동아일보 1924. 1.2-6. 전집10. 우신사, 1979, pp. 183-188.
7) cf. 구인환. 근대문학의 형성과 현실인식, 한샘, 1983. pp.65-72.
8) 「소년」 3권8호, 1910. 8.
9) 『영대』창간호, 1924. 8. 전집8. 우신사. 1979. pp.236-7.
10) 구인환의 수필문학론, 개문사. 1983.
11) 「조선문단」, 1924. 4. 전집8. 우신사. 1979. p.38.
12) <신생활>, 1922. 3-8. 전집9. 우신사, 1979. pp.46-47.
13) Ibid p.88
14) 『돌베개』, 『좋은씨』, Ibid: p.274.
15) 『금강산유기』, 전집9. 우신사. 1979. p.59.

2. 유려한 필치에 서린 生活의 省察

1

한국수필이라면 <메모狂>이 연상되리만치 蓮圃 異河潤先生의 수필은 유명하다. 언제부터 습관이 됐는지 알 수 없는 일이지만, 잠자리에서 떠오르는 卽興的 詩文이나 이상의 가지가지는 물론이요, 아무 종이나 닥치는 대로 메모하는 생활을 개성적인 필치로 쓴 <메모狂>은 선생의 체취를 느끼게 하는 작품으로 유명하다.

그래서인지 蓮圃先生하면 <물레방아>와 같이 <메모狂>을 생각하리만치 시와 수필은 선생이 활동한 대표적 장르가 되어 있다.

물론 愛蘭文學을 중심으로 하는 외국문학의 소개와 시문학에 대한 비평이 없는 바 아니지만 역시 본격적인 활동은 시와 수필에서 볼 수 있다.

사실 한 문인이 시나 소설 그리고 비평과 같은 여러 장르에 걸쳐서 활동하는 경우가 있으나, 대체로 중심이 되는 장르 이외에는 그저 청탁에 의해서 피동적으로 쓰는 경우가 많다. 그것은 한 문인이 두 가지 이상의 장르에 전력투구할 수 있는 재질의 한계에서 오는 소치일지도 모른다. 그러나 엘리엇이 가장 이상적인 것은 창작과 비평을 겸하는 일이다라고 말하고 있지만 ≪文學의 理論≫의 서두에서 웰렉(R.Welleek)이 말한 대로 창작은 창조적인 활동이고 비평은 일종의 학문에 가까운 것이니 전혀 그 성격을 달리 하는 이 두 장르를 겸하기란 쉬운 노릇이 아니다. 엘리엇 자신을 포함한 영국의 비평가들이 이 두 장르에 걸쳐 활동하고 있는 것을 두고 하는 말이지만 우리의 경우는 그리 흔한 일은 아니다.

이와 비슷한 경우가 시와 수필을 겸해서 활동하는 일이다. 한 편의 장편을 열 줄의 시로 쓸 수 있다는 말과 같이 시는 압축과 메타포에 의한 형태의 창조인데 비해 수필은 확산과 통찰에 의한 省察에 의한 서술이라는, 비단 운문과 산문이라는 단순한 차이 이상의 다른 양상을 지닌다. 그런데 蓮圃先生은 <물레방아>로 표상되는 시를 창조하고 있을 뿐 아니라, <메모狂>으로 집약되는 수필의 세계를 형성하고 있어 선생은 전혀 그 성질을 달리하고 있는 두 장르에서 활동하고 있음을 볼 수 있다. 여기에 ≪失鄕의 化園≫이라는 번역시를 소개히여 「海外文學」을 중심으로 하여, 외국문학을 수용하고 있음은 愛蘭文學을 중심으로 서구 문학의 수용과 함께 1930년 전후의 한국문학에서 중요한 역할을 하여 比較文學的 研究를 필요하게 된다.

평소의 대화에서도 유우머와 위트가 풍부하여 좌중의 분위기를 이끌어가고, 활달한 성품에 술을 즐기던 선생의 체취가 수필마다 아로새겨져 있는 것도 바로 詩人으로서가 아닌 隨筆家로서의 蓮圃先生의 면모를 들어내는 것이다. 더구나 「海外文學」의 중심 멤버요 「펜」등 文壇의 중추적 위치에 활동한 蓮圃先生의 수필은 문단내적인 면에서 한국문학을 조명하는 중요한 구실을 하고 남을 것이다.

蓮圃先生은 방송국과 신문사 등 언론계와 대학에서 후진을 가르치면서도 中央文協과 유네스코, 펜 등의 중심 인물로 활동하고, 아나라 <比較文學會>을 창설하여 한국문학을 국제 무대에 소개했을 뿐 아니라 劇藝術硏究會에도 가담하여 연극활동을 하는 등 다방면에 걸쳐 우리 문학과 더불어 생애를 같이 해오고 있다. 이런 蓮圃先生의 수필을 읽어 先生의 체취에 다시 접할 수 있는 것은 고마운 일이다.

2

蓮圃先生의 수필을 대하면 도도히 흐르는 강물과 같이 유연한 문장에 우선 魅了된다. 무슨 재치나 섬세한 감각의 촉수를 움직이지 않으면서도 선생의 시각에 포착된 인사나 자연에 대한 회고와 성찰이 大河와 같이 도도히 흐르고 있음을 볼 수 있다. 그것은 조약돌까지 들여다보이는 山谷의 여울물이 아니요, 연어나 잉어 등이 한번 거슬러 올라가 보고 싶은 충동을 일으키게 하는 물결이다. 때로는 기암절벽의 험준한 산기슭을 딩굴기도 하고, 또는 신록이 짙어진 산록을 읊조리기도 하는 물결, 그것이 바로 연포선생의 수필이라고 할 수 있다.

이런 연포선생의 수필은 선생의 생활 무대에 얽힌 사연들을 나타내는 <文壇과 敎壇>의 세계와 삶의 예지와 그 펼침이 아로새겨진 <生活과 抒情>, 그리고 옛날을 그리며 아쉬워하는 <回想의 언덕>, 술을 비롯하여 생활의 취미를 담는 <道樂夜話>, 학창 시절에 얽힌 <學窓餘滴>의 네 부분으로 나눌 수 있다. 이렇게 제재에 따라 편의상 나눌 수 있는 蓮圃先生의 수필은 사실은 생활에 얽힌 삶의 애환과 그 성찰의 세계로 집약되어진다.

먼저 <文壇과 敎壇>은 선생의 일생 몸담던 무대인 문단과 교단에 얽힌 사연 등으로 朴龍喆, 梁柱東, 吳一導, 孫宇聲, 金晉燮 등 문인의 생활을 회고하면서 그 생활과 인간성을 보여주고, <文壇과 敎壇>, <나와 海外交學 시대>, <나의 放送時節>, <老敎授와 캠퍼스와 學生> 등에서는 선생의 생활에 얽힌 일과 인사에 대한 회고를 유연한 필치로 표현하고 있다. 앞의 文人의 얘기나 뒤의 연포선생의 生活에 얽힌 내용을 우리 문단의 측면사로서 귀중한 자료가 될 뿐만 아니라 蓮圃先生의 생활을 조명하는데 중요한 자료가 되고도 남는다. 역시 <메모狂>에 나타나 있듯이 얼마나 철저하게 메모하고 기억하고 있으면 그렇게 날짜까지 분명하게 제시할 뿐만 아니라 人名이 정확한지 놀라지 않을 수가 없다.

다음 <生活의 抒情>은 선생의 생활의 주변에 대한 성찰을 엿볼 수 있다. 우리의 지혜가 집약된 <四葉의 클로버>, 감사와 미안의 에티켓이 결여된 우리 생활을 성찰하는 <감사와 미안의 表示>, 주화에 얽힌 여러 사연이 담긴 <鑄貨와 깔쭈기>, 내의 입지 않고 장갑을 끼지 않는 경쾌한 차림을 좋아하는 <내의와 장갑>, 외국을 누구보다도 많이 다녀온 경험에 의한 <旅行과 膳物>, 생활과 직결되어 있는 <신>, 정말 주고받는 인심을 조명한 <인심도 경우 나름>, 항싱 오해도 사고 또 웃음을 자아내게 하는 같은 이름에 얽힌 사연이 나타나는 <同名異人>, 선생의 인생론이 집약된 <五分人生論> 등의 수필이 선생의 생활에 대한 洞察과 그에 대한 깊은 성찰을 하고 있음을 보여 준다.

그리고 <回想의 언덕>은 失鄕民의 한이 서린 <물레방아 도는 마을>, 선생의 출생지이면서 동심을 가꾸던 고향을 그린 <伊川으로 왔소>, 동경 유학시절을 회상한 <歸鄕의 急行列車>, 강원도를 기차 여행하던 것을 그리는 <기차 여행의 회고>, 이천에서 서울에 와서 하숙하던 어린 시절을 만난 한 인간을 그리는 <中國人 留學生 丁君> 등 옛 생활에 얽힌 사연과 인사를 그리는 수필의 향원이다. 이 <回想의 언

덕>에서 선생의 생활의 주변에 얽힌 사연과 인사들을 그리워하는 삶의 회고가 아로새겨져 있다.

또한 <道樂夜話>에서는 담배의 내력과 생활에 얽힌 <심심草>, 선생이 평소에 즐기던 맥주의 멋과 마시는 자세를 압축한 <麥酒의 魅力>과 술의 철학을 볼 수 있는 <술 이야기> 등 선생의 취미가 잘 나타나 있다. 더구나 해박한 술에 대한 내용은 과연 술을 좋아한 선생의 면모를 엿보게 한다.

끝으로 <學窓餘滴>은 선생의 수필을 表象케 한 <메모狂>, 학자로서의 선생을 엿볼 수 있는 <書籍, 讀書, 藏書>, 글과 더불어 사는 생활을 볼 수 있는 <글빚, 책빚>, 학창 시절을 엿보게 하는 <책과 술과 벗과>, 우리 정신적 기둥의 하나인 선비의 정신을 파헤친 <선비精神>, 학창 생활의 정신인 <謝恩會와 스승의 날>, 세대 의식이 다름을 보여 주는 <所謂 旣成世代의 辯> 등 명수필이 묶여져 있다.

이렇게 선생의 수필을 나누어 본 것은 한 편의에 의한 分類에 지나지 않은 것이요, 어느 수필이든 선생의 체취가 풍기지 않는 작품이 없다. 넓고 투철한 시각에 의한 생활의 省察, 문단과 교단에 얽힌 사연들, 술의 哲學, 그리고 유연한 문장 등이 蓮圃先生의 수필의 특징으로 보여진다.

그러므로, 蓮圃先生의 수필은 수필이 무엇인지 알고 그것을 즐기려는 사람들, 그리고 문단과 교단의 측면사에 관심이 가는 사람들의 귀중한 伴侶가 되고도 남을 것이다.

(蓮圃 異河潤選集(2), 한샘, 1985)

3. 닫힌 空間의 열린 地平

I

문학은 그 누가 무어라고 해도 인생의 표현이요, 현실이나 역사의 반영이다. 아무리 반영을 중요시해도 거기에는 짙은 삶의 양상과 본질이 있으며, 아무리 인생의 존재 해명의 순수성에도 삶의 환경과 역사의 맥락을 벗어날 수는 없다. 그러기에 한국문학은 한민족의 짙은 삶과 그 역사의 반영이요, 오늘을 지향하는 한민족의 꿈이 부각된 삶의 현장이요 삶의 地平이 아닐 수 없다. 鄕歌에는 신라인의 삶의 의미와 그 지향성이 아로새겨져 있고, 高麗俗謠에는 고려인의 파란 꿈과 사랑 그리고 신앙이 부각되어 있으며, 樂章에는 조선의 사대부의 삶과 그 꿈이 표현되어 있다. 여기에 문학이 현실과는 다른 架空이나 상상의 새로운 질서의 세계이면서 현실이나 역사와 그 관계가 깊고, 문학이 삶의 현장이나 역사와 비슷하면서도 그것이 바고 현실이나 역사가 아닌 상관성이 있음을 알 수 있다. 그러나 때로는 이런 상관성이 그 效用性에 지나치게 기울어 문학을 훼손시키는 경우가 있고, 또한 그 안에 칩거하여 사회나 역사와 절연하여 상아탑 속에 칩거하는 경우도

있어서 문학과 현실이나 역사의 관계가 손상될 때도 있지만, 그것은
두 사이의 **逸脫**과 **索引作用**에 지나지 않다. 문학과 현실이나 역사의
관계는 숙명적으로 분리할 수 없는 **兩面**의 관계이다.

서울이라는 공간이나 역사도 이런 의미에서 문학과 깊은 관계가 있
다. 1394년에 漢陽으로 定都한 지 600년, 수다한 곡절과 역사적인 변
환을 거쳐 인구 1,000만이 넘는 세계3대 도시요, 빌딩과 아파트가 수
풀처럼 하늘에 솟아 있는 대도시가 되어 있다. 주변에 수많은 위성도
시를 거느리고 있으면서 사람과 차 그리고 공해에 시달리면서 살아야
하는 것이 서울이다.

이러한 서울은 언제나 작품에 수용되어 한국문학을 빛내고 있다. 이
러한 현상이나 사실이 수많은 작품에 수록되어 있다. <龍飛御天歌>나
<한양가>등에 부각되고 박태원의 <천변풍경>이나 이광수의 <무정>,
채만식의 <태평천하>, 김동리의 <인간동의>등에 잘 반영이 되어 있으
며, 참담한 전후의 상황과 그 현실을 손창섭의 <포말의 의지>, 장용학
의 <요한시집>, 안수길의 <제삼인간형>, 유주현의 <장씨 일가>, 김광
식의 <213호 주택>, 선우휘의 <불꽃>등이 발표되어 전후 상황 속의
한국인과 그 현실을 잘 나타내고 있다.

1960년을 전후해서 급변하는 사회와 역사의 현장이 문학에 반영되
어 새로운 풍속도를 이루고 있다. 그것은 전후의 복구도 채 안 되고
보리고개의 절벽을 넘으면서 새로운 내일을 가다듬어야 하는 상황 속
에서 정치적으로 방황하여 더욱 심각한 상황이 문학에 수용되고 그
현실과 역사가 바로 문학으로 형상화하고 있기 때문이다. 4·19혁명,
5·16군사혁명, 74유신헌법, 79년 10·26의 박정희대통령 시해사건, 80
년 4·15의 학생들의 대규모 시위, 6·10학생봉기사건 등 이루 다 말
할 수 없는 정치적 소용돌이 속의 사회 현상이나 삶의 절규가 문학에

수용되고 그 짙은 양상을 반영하고 있다. 60년 이후에 한국은 엄청난 정치적인 수난 속에서도 경제의 성장을 가져와 한강의 기적을 이룩하여 사회 문화적으로 크게 변하고 있다. 불과 100불도 안되던 국민소득이 1만 불에 육박하고 국민 총생산량이 세계11위임이요 민족성의 탓도 있지만 세계에서 제일 잘 먹고 마시며 잘 입고 큰 집에서 살고 있다. 그러면서도 교육환경이나 시설은 세계에서 100 등의 최하위이고, 교통사고나 산업재해가 세계 1위를 차지하고 있는 부끄러운 현실이다. 그런가 하면 남대문로나 태평로 소공동 등은 물론 여의도나 영동에는 고층빌딩의 숲을 이루고 있다. 그뿐만 아니라 파리나 런던에서 볼 수 있는 멋진 건물에 상품이 진열된 빌딩 상점이 많아, 차를 타고 가다가 보면 외국에 온 게 아닌가 하고 놀랄 정도이다. 더구나, 오렌지족으로 표상되는 졸부나 권력 밑의 젊은이들의 자태가 주목되고 젊은 주부들의 사치와 낭비의 풍조에 기울고, 집단과 가족의 이기주의가 팽배하여 나만 알고 남이나 사회를 잊고 사는 현실이 되고 있다. 이러한 사회나 현실을 반영하고 질서화한 문학의 양상은 어떠한가 우리의 관심을 끌게 된다.

Ⅱ

문학 속에 수용되어 있는 60년대 전후와 그 이후의 문학 현상은 매우 다양하고 전쟁이나 전후의 상황으로 흩어진 민족을 반가이 맞아들일 준비를 해야 할 단계에 와 있다. 그것은 50년대의 戰後文學에서 이청준의 <석화촌>이나 최인훈의 <광장> 구인환의 <판자집 그늘>, 이호철의 <서울은 만원이다>, 김승옥의 <1964 겨울> 이문구의 <관촌일기>, 김원일의 <어둠의 혼>, 이동희의 <지하수> 등에서와 같이 민족의 자아와 현실을 투영하는 시대를 지나, 70년대에 접어들어 조세희의 <난장이가 쏘아 올린 작은 공>, 김용운의 <안개꽃>, 이청준의 <이어도>나 <낮은 대로 임하소서> 등과 같이 사회와 개인의 충돌과 그 지양의 경향과 최인호의 <별들의 고향>, 조해일의 <겨울여자>, 조선작의 <미쓰양의 모험> 등 대중소설이 산업역군의 위안과 소설의 레저화 현상으로 나타난다. 또한 80년대 이후에는 유재용의 <누님의 초상>, 전상국의 <아베가족>, 문순태의 <철죽제>, 이외수의 <사부님 사부님>, 김용운의 <안개꽃>의 연작, 김원일의 <겨울골짜기>, 김주영의 <천둥소리> 등 사회와 현대의 메커니즘, 그리고 한민족의 산과 그 현장을 추구하는 작품들이 나와 현실과 공간 그리고 역사의 변천과 소설의 상응적인 변화의 양상을 보여주고 있다. 이렇게 시간의 영속성에서 시대나 사회의 변화와 같이 소설도 그 양상이 변하면서 한국인의 존재의 의미와 사회나 역사속의 한국인을 형상화하고 있다. 이것을 보면 시간은 결코 그대로 흐르지 않는 것을 알 수 있다. 무엇인가 자취를 남기고 뒤로 흘러 갈 뿐이다.

세월은 그대로 흘러가는 것 같지만, 사실은 무엇인가 앙금을 남기고 간다. 역사도 그대로 흘러 가는 것 같지만, 실상은 평온과 격동 속에서 치열한 역사의 軸을 따라 움직여 가고 있다. 하루가 그렇고 한 달이 그러며 역사의 어떤 공간도 그 軌를 벗어나지 않는다. 그것은 개인의 傳記的인 발전으로 나타나며 역사의 굴곡과 그 발전으로 치열한 역사의 현상으로 나타난다. 나폴레옹의 역사를 바꾸어 놓은 패기도 이 하루하루의 연속에 의해서 이루어졌고, 로마의 흥망이나 사라센제국의 성쇠도 다 이 하루의 연속에서 이루어지고 한 시기의 영광을 누린 것이다. 그러니 개인의 성장이나 한 민족이나 한 나라의 발전에 하루하루가 얼마나 소중한가를 알 수 있다. 그것은 하루하루의 연속이 개인사나 역사의 주춧돌이 되고 앞으로 진전하는 牽引車의 역할을 하기 때문이다. 결국 개인의 성장이나 국가의 발전은 그 주체인 한 사람 한 사람이 어떻게 그 상황에 대응하여 살아 가느냐에 따라 발전과 쇠퇴의 수레바퀴를 돌게 된다. 그렇게 중국 대륙과 중동을 석권하던 蒙古가 겨우 명맥을 유지하는 민족으로 전락하고, 中原을 정복하여 청나라를 세워 그 위세를 떨치던 滿洲族이 지금은 민족마저도 보존하기 어려운 처지에 이르고 해가 지지 않는 나라라는 대영제국도 서구의 한 왜소한 나라로 전락되고 있는 것을 보면, 인류역사는 영토와 상황의 공간과 역사와 전통의 시간의 交叉에서 이루어지는 치열한 삶의 현장의 연속이라고 할 수 있다.

Ⅲ

　한국의 60년대와 70년대는 정도의 차이는 있어도 정치적 상황이나 사회 경제적 상황이 거의 비슷한 시대다. 수출이 4만불에서 200만불 수출국이 되고, 국민소득이 100불 단계인 60년대에서 경제 5개년 계획의 차질없는 진행으로 79년에 1,000불 소득에 오르게 되었다. 산업은 1차산업에 그쳤고 보리고개는 가장 견디기 어려운 빈궁의 상징이었다. 산림녹화와 뗄감을 위하여 아카시아를 산에 심었고, 외국에서 밀수입한 통일벼가 벼 생산량을 촉진시키고, 경부고속도로가 개통되어 산업망이 구축되고 있었다. 이호철의 <서울은 만원이다>에서 보여주듯이 서울은 여의도 개발이 끝나고 여의도개발에 열을 올리어 강남시대의 문을 열고 있었다. 그러면서도 청계천은 3가까지 복개가 되어 청계천 변의 3층집의 멋스러운 풍속이 생기고 자동차학원이 하나 둘 생겨나고 있었다. 아직 도시가스는 꿈도 못꾸고 연탄과 석유곤로가 일반화되고 있었다. 구로공단이 서서히 자리가 잡혀가고, 부동산 투기가 조용히 고개를 들고 있었다. 7·4 공동성명으로 금방 통일이 될 듯이 언론이 나팔을 불고 失鄕民의 가슴이 부풀어 우리의 소원은 통일이라는 노래 소리가 다시는 부르지 않아도 될 듯이 흥분 속에 있었다.

이러한 현실을 어떻게 소설은 반영되고 있는지를 살피는 것은, 조금은 홍미로운 일이며 보람이 있는 일이 될 것이다. 이 시대의 소설의 양상은

1. 주거 공간과 생활 양식의 변화
2. 자아의 성찰과 사회적 비판과 고발
3. 대중소설에 의한 소설의 레저화

의 세 경향으로 나누어 볼 수 있다.

첫째, 서울이란 공간과 가장 밀접한 것이 주거공간이요, 그 공간도 급진전해 가는 사회의 변화에 따라 변하게 되며, 생활양식도 달라지게 된다. 이 시기의 주거는 판자집과 국민주택으로 그 공간이 나타난다. 물론 8·15 해방 후와 크게 달라진 것이 없는 상황이다. 김동리의 <혈거부족>과 비슷한 이범선의 해방촌의 <오발탄>이나 이문희의 서울역전 양동의 <黑麥> 구인환의 성동공업 뒤의 청계천의 <판자집 그늘>의 삶의 공간인 판자집, 이범선의 답십리 9평짜리 <청대문집>이나 서기원의<이 거룩한 밤의 포옹>, 이호철의 <달아지는 살들>, 조세희의 <난장

이가 쏘아 올린 작은 공>, 유재용의 <누님의 초상>과 같이 서민의 생활을 주로 그리는 국민주택이나 작은 집들, 그리고 송원희의 <비틀거리는 중간>이나 황순원의 <日月>과 <움직이는 城> 등과 많은 작품에 나오는 서울의 가옥이 주거 공간으로 그려저 있으며 삶의 공간을 이루고 있다. 이러한 주택공간은 8·15해방 후 개발을 엄두도 내지 못한 주거 환경의 개선이 80년대 전후에 와서 여의도의 成市를 지나 강남의 개발로 이어져 넓은 개인주택이 그 중심을 이룬다. 하지만 90년을 전후하여 그 전에 개발한 잠실의 대규모 아파트단지의 조성에서 목동의 대규모의 아파트로 발전하고, 분당 산본 일산 등 위성도시의 개발로 아파트가 주거 생활의 주축이 된다. 부산이나 대구 인천의 대규모 아파트는 말할 나위도 없고, 전국의 어디서나 아파트 주거의 본산이 되어 아파트문화 속의 인간의 비인간화와 황금만능의 현대인의 생활을 볼 수 있다. 이러한 삶의 공간에는 상대적인 빈궁 속에서 비인간화가 되고 部分品化(파트이즘)된 인간의 삶의 절규와 그 극복의 양상을 볼 수 있다. <판자집 그늘>에서 리어카로 노점을 하고 있는 상이군인인 형식이가 울부짖는 말에서 그 짙은 삶의 절규를 들을 수 있다.

> 이 새끼들아, 철거? 안 된다 안 돼! 못 뜯는단 말이다. 우리도 살아야겠다. 살 권리가 있단 말야. 이 새끼들아, 철거? 이것도 사는 거라고 쫓아내는 거야. 이 돼지 같은 놈들, 철거라고 숫재 나를 철거하라. 인간축에 끼지 못하는 이 병신을 철거해라. 이 세상에서 병신을 제거하고, 편하게 살아라, 이 더러운 새끼들아! 너희들만 잘 살으란 말이야.

이 얼마나 삶의 처절한 절규이며, 사회나 국가에 대한 희생당한 개인의 절규이며 안정 속에서 그 날을 이루고 싶은 정지되어 있는 현실에 대한 저주인가. 또한 소중한 옛것이 스러지고 아쉬워지는 이범선의 <청대문집>등에서 이 시기의 주택 공간에 따른 삶의 양상을 볼 수 있다.

두번째는 자아의 성찰과 사회적 비판과 고발의 양상이 그 특색으로 나타난다. 전재의 상흔도 가시지 않고 빈궁의 경제 속에서 자아를 省察하고 사회적인 비리를 비판하고 고발하는 것이 소설의 특색으로 나타난다. 서울의 삭막하고 포장마차집에 어울려 자아를 되돌아 보는 김승옥의 <1964 겨울>을 비롯하여 여의도의 신생 도시 공간과 이태원 그리고 강남의 급변해 가는 도시 공간 속에서 생활과 사랑에 얽힌 삶의 희비를 그린 김용운의 <안개꽃>, 도시의 비인간화 정신적 황폐를 풍자한 윤후명의 <서울엔 원숭이는 없다>와 도시의 공간 속에서의 우연과 그 사랑의 환상을 그린 박완서의 <꿈꾸는 인큐베타>, 여인의 가슴에 품은 비밀의 칼을 남성에 대한 보상적 보복으로 간직하면서 겉으로는 평범하게 살아가는 여인을 부각시킨 김인숙의 <칼과 사랑>과 같은 작품에서 내적인 투시 현상을 볼 수 있다. 또한 도시 노동자와 도시 근로자의 비극적인 현실을 그리면서 그 부조리의 극복을 위한 고발과 그 지향성을 보여주는 조세희의 <난장이가 쏘아 올린 작은 공>이나 환상적인 내일 속의 나를 투시하는 오인문의 <하늘에 걸린 얼굴> 등에서 날카로운 현실비판이나 내일에의 지향성을 볼 수 있다.

끝으로 대중소설의 신장과 소설의 레저화 경향이 두드러지는 현상이다. 산업사회가 발달하여 인간이 그 존엄성을 상실하여 여가 선용으로 소설을 읽고 스트레스를 푸는 현상이 두드러지게 나타나고 있다. 그것은 모든 것이 메커니즘화와 불안의 요인인 스트레스가 쌓이게 되는데, 그것을 극복하기 위하여 가벼운 소설을 읽기 때문이다. 70년 중반에 산업이 발달하여 공장은 대규모화되고, 인간은 더욱 왜소화되어 인간의 고귀성이 희석화되고 흩어지게 된다. 최인호의 <별들의 고향>을 비롯하여 조해일의 <겨울여자>, 조선작의 <미쓰 양의 모험>, 김병촌의 <내일은 비> 등 수많은 작품이 이런 대중소설의 기수를 이룬다. 이런 현상은 90년대에 더욱 두드러지게 나타나고, 소설이 흥미 위주로 나타나 일회용 컵과 같은 양상을 띠게 되어 이제는 소설이 아니고 그저 재미로 읽는 오락물의 하나로 전락한 것이다. 또한 <토정비결>이나 <열하일기>, <목민심서>, <丹>, <최후의 계엄령>과 같은 傳記物과 같은 읽을 거리가 쏟아져 나오는 것도 이러한 맥락과 같이 한다.

Ⅳ

　문학은 아무리 그것이 환상적이고 상상의 세계를 부각시켰다고 해도 결국 현실과 역사를 벗어날 수는 없다. 그것은 아무리 환상이나 상상의 세계라고 해도 현실이나 역사를 바탕으로 새로운 질서를 창조했기 때문에 결코 현실을 초극할 수는 없는 것이다. 최재서가 <날개>와 <천변풍경>을 두고 리얼리즘의 심화와 확대라고 말한 것도 결국 이 때문이다. 그러니 서울의 공간에서 시간을 거치면서 이룩한 소설의 양상은 변모하는 사회의 현상이나 의식에 따라 펼쳐지는 서울이라는 도시 공간 속에서 전개된다. 역사적인 급변의 연속 속에서 소설은 주거로서의 공간의 양상과 자아 성찰과 사회의 비판과 고발, 대중소설의 신장과 소설의 레저화 현상으로 나타나고 있다. 이러한 소설의 양상은 서울이라는 도시 공간에서 60년을 전후해서 현재에 이르는 격동과 급변의 변이 속에서 그 상황을 수용하면서 소설의 질서라는 또 하나의 미학을 이루게 된다. 이러한 소설 공간은 서울에만 정착할 필요는 없다. 보다 그 지평을 확대하고 심화시키는 데 정도 600년 서울의 새로운 소설 공간이 형성될 것이다.

(<文學 속의 서울>, 韓國評論家協會, 1994)

4. 훼손된 현실과 당위적인 질서

1

역사적 진실과 문학적 진실은 서로 일탈과 견인작용을 하면서 同軌
에 合一되기가 어려운 관계에 있다. 그것은 역사적 진실이 반드시 역
사적 현실과 일치하는 것이 아니고, 파행성으로 역사의 진로를 방해하
는 경우가 많고, 문학적 진실은 위장한 역사적 진실이 노정된 존재적
현실을 고발하고 그 치유와 새로운 地平을 가시화하여 當爲的인 역사
적 진실을 추구하기 때문이다. 더구나 현실에 투영되는 역사의식은 왜
곡되고 위장된 허위적 진실을 문학적 진실로 변형하고 그 당위성을
共感케 하여, 문학적 진실을 역사적 진실로 換置, 擴大시키려는 충돌
과 좌절이 있게 된다. 이것은 존재(sein)와 당위(sollen)의 괴리와 상승
관계이며, 문학적 형상화에 의한 현실의 변형적 상승작용이기도 한다.
여기에 역사와 역사의식, 그리고 역사적 진실과 문학적 진실의 상관성
과 그 응집의 장을 마련해야 할 의미가 있다.

세월은 쉬지 않고 흐른다. 그것이 평온한 세상이든, 피어린 격동의
시기이든, 세월은 덧없이 흘러간다. 너무 모르는 사이에 흘러가기 때

문에 세인은 흐르지 않고 정지되어 있는 것같이 착각한다. 게다가 변혁의 격동기에 세월이 흐르고 있는 것을 직감하지만, 그것이 어느새 망각의 물결 속에 빠져 들어 세월이 정지되어 있는 것같이 느껴진다. 하지만 세월은 엄청난 속도로 진로를 방해하는 격동과 변혁을 포용하면서 흘러가고 있다. 그 변혁의 소용돌이가 앙금으로 응고되어 세월의 흐름에서 한 매듭으로 點綴된다. 그, 매듭은 다층적인 積層帶를 이루어 세월의 흐름 속에서 마멸되고 응고되어 흐름의 걸림돌이 된다.

역사는 다름 아니 이 흘러가는 세월의 연속체이다. 커다란 사회적 변혁이나 혁명과 전쟁 같은 것만이 역사는 아니다. 통치권의 왕조나 지식인의 엘리트만이 역사의 주체나 견인자는 아니다. 초로의 모든 사람들이 역사의 주체요 基幹을 이룬다. 역사를 누가 혼자 만들고 창조하고 변혁시키는 것은 아니다. 물론 王權이나 英雄이 한 亂世를 평정하고 역사의 궤도를 수정하는 경우도 있기는 하다. 하지만 잠잠한 수면 속에서 물줄기가 도도히 흐르듯이 民衆 속에 의한 역사의 물결은 잠시도 쉬지 않고 흘러간다. 때로는 그것을 잠시 정지시킬 수 있고, 또는 파행적으로 운행시키는 경우도 있으나 그렇다고 도도한 역사의 물결이 정지되는 것은 아니다. 아무리 폐쇄적으로 흐름을 응고 시키고 허위적인 虛像으로 응집하여 훼손된 현실을 정지시키려고 해도 베를린 障壁은 무너지고 세계 제패를 가늠하던 초강대국이 노도와 같이 흐르는 역사의 물결을 감당치 못하여 70년대의 헛된 指標를 버리고 스스로 경제 약소국임을 자처하게 되는 것이다.

여기서 문제되는 것이 역사의 흐름과 歷史的 現實의 상관성이다. 세월의 흐름이 역사의 흐름일 수도 있지만, 그 자체가 ·역사적 진실의 구현이랄 수는 없다. 물론 역사적 진실이 바로 역사적 흐름의 主流가 될 수 있으나 세상은 그렇게 單線的만은 아니다. 역사의식이 현실적 진로의 主軸이 되고 주류를 이룰 때 역사적 현실은 역사적 진실의 구현의 場의 의미를 가지게 된다. 이런 의미에서 역사의식은 역사적 진실을 실천하는 동력의 구실을 하고, 역사적 진실은 흐르는 세월으로 보여지는 역사적 현실을 역사의식의 구현의 장애의 방향이요. 그 실천적 실상이다. 헤겔의 絶對精神이나 맑스의 生産指向이 역사의식의 典型으로 근대이후에 세계 역사의 진전과 세계인식의 한 전형이 되고 있는 것도 이 때문이다. 자유당 부정선거의 역사적 현장에서 역사적 진실은 유린되고 4·19에서는 역사적 진실이 실현되는 場이었으며, 5·16에서 시작하여 7·4유신이나 80의 5共, 6·29의 6共에 이르는 군사문화는 역사적 진실의 훼손과 좌절로 위장하여 민족주의 신기루를 현실로 착각케 한 역사적 현실이었다. 여기에 역사의 주체와 일부 독점층과의 괴리와 갈등이 고조되어 역사의 흐름의 지그재그적인 파행성을 가져오게 된다. 통치권과 그 변두리의 지배권의 투철한 역사의식이 절실하고, 위장된 역사의식의 허상을 역사적 진실로 착각케하고 허위성을 버려야 할 이유가 여기에 있다.

　문제는 역사적 진실이 어떤 양상으로 문학에 수용되어 이떤 典型性과 形象性에 의한 현실을 조명하는 문학적 진실로 변형되는가에 있다. 여기에 투철한 역사의식에 의한 작가의식이 절실해진다. 그것은 현실의 당위적 지향으로 문학적 진실을 전형화한 작품에 역사적 진실과 문학적 진실과 상관성과 間隙의 양상으로 나타나기 때문이다.

2

  어느 국가나 민족도 변혁과 같이 격동의 현실 속에서 갈등과 좌절을 겪게 마련이지만 한민족과 같이 그 곡선이 심한 민족도 없을 것이다.

  조선시대만 해도 왕자의 亂과 四大士禍, 首陽大君의 찬탈 등은 물론, 임진왜란, 병자호란, 일제의 침략 등 수많은 격동속에 휘말리어 왔다. 국권의 상실로 일제의 횡포 속의 질곡은 물론, 해방 이후 부정과 부패, 그리고 군사문화가 건국 이후의 한국의 역사의 진로를 훼손하고 또 그 궤도를 바르게 하려는 격동의 시기였다. 그러한 역사적 현실을 역사적 진실로 왜곡하고 훼손하여 역사의 정상적 흐름을 정지시키거나 심지어 후퇴시키기까지 하고 있다. 이 격동기에 우리는 변혁을 위한 爭鬪의 몫을 같이 하여 合―된 역사적 진실을 역사적 현실로 구현할 수 있는 기회를 탈취당하고 말았다. 4·19 이후 민주당 정권에 대한 5·16혁명이 그 첫째요, 10·26 이후의 80년 5·17의 계엄령에 의한 군사정권이 그 둘째요, 6·29 이후의 대중을 외면한 위장된 군사의 기득층의 독점에 의한 정치적 표류가 그 세 번째의 경우다. 이 세 번의 역사적 진실을 현실화시킬 수 있는 기회가 주로 군사정권과 그에 견인된 기성층에 의해 좌절되고 만 것이다.

  문학은 대체로 이러한 역사적 진실이 왜곡되고 유린되는 현실을 수용하여 역사적 진실을 문학적 진실로 변형한다. 그것이 시든 소설이든 형상화의 다름은 있다고 해도 작가의식에 의해 현실을 수용하여 문학적 진실을 창조해서 다시 현실에 방출하여, 문학적 진실에 의해, 역사적 진실이 왜곡되고 위장된 현실을 역사적 진실의 구현의 장으로 軌

를 수정하는 力動性을 전파한다. 여기에 문학은 전파기능과 對社會的 變革의 촉매 역할의 중요성이 있게 된다.

소설의 현실 수용과 변형은 대체로

① 不條理의 현실을 고발하여 역사적 진실이 위장되고 훼손됨을 조명하는 경향과,

② 위장되고 훼손된 역사적 진실의 복원을 위한 치유의 지평을 제시하는 경향

의 두 유형으로 나타난다. 이 경향은 二分法에 의한 정연한 유형이 될 수도 있으나, 또한 이 두 경향이 한 작품 속에서 告發과 治療로 동시에 추구하는 경향도 있다.

앞의 경향은, 최범서의 <저승 소식>이나 현기영의 <順伊 삼촌>, 조세희의 <난장이가 쏘아 올린 작은 공>, 문순태 <철쭉제꽃>, 우한용의 <불바람> 등에서 볼 수 있듯이 위장되고 왜곡된 현실의 고발에 의한 역사적 진실의 대중적 확산 작용인데 반하여, 뒤의 경향은 구인환의 <壁에 갇힌 絶叫>, 전상국의 <아베가족>, 유재용의 <누님의 肖像>, 이청준의 <당신들의 天國>, 김주영의 <전등소리>에 나타나 있듯이 위장되고 훼손된 현실을 치유하여 역사적 진실의 실현의 장을 위한 삶의 모랄의 제시라고 할 수 있다.

역사적 진실이 구현되어야 할 현실은 언제나 그 軌를 가로막고 훼손하고 不條理가 逆作用을 하는 경우가 많다. 그것은 권력의 야욕이요, 자긍에 기운 독선의 召命化이며, 위장된 민족주의에 의한 역사의 훼손이다. 이를 수용하고 조명하고 小說의 진실은 바로 부조리의 현실의 조명과 고발에 있다.

누가 뭐래도 그건 명백한 죄악이었다. 그런데 그 죄악은 30년 동

안 여태 한번도 고발되어 본 적이 없었다. 도대체가 그건 염두도
안나는 일이었다. 왜냐 하면 당시의 군 지휘관이나 경찰간부가 아
직도 권력 주변에 머문채 아직 떨어져나가지 않았으리라고 사람들
은 믿고 있기 때문이었다. 섣불리 들고 나왔다간 빨갱이로 몰릴 것
이 두려웠다. 고발할 용기는 커녕 합동유령제 한번 떳떳이 지낼 뱃
심조차 없었다.

이것은 玄其榮의 <順伊 삼촌>의 한 대목이다. 8년만에 10월 18일의
할아버지의 제사를 모시러 간 나(상수)의 시각으로 順伊 삼촌을 표상
으로 제주 4·3사태 이후 또 한번의 역사적 비극을 조명하고 그 처참
한 상황을 증언하면서 說話者의 목소리로 왜곡된 역사적 진실을 고발
하여 문학적 진실의 지표를 제시하고 있다. 문순태의 <철죽제>에서도
나(박검사)의 원한과 박판돌이의 원한을 對立的으로 교차시키면서 계
급적 갈등과 이데올로기의 갈등을 증언하면서 박영감의 달관과 최씨
의 장타경으로 어떤 지편의 가능성을 보여 주고, <녹슨 철길>에서 광
주사태를 남평역의 金萬基 역장의 시각을 통해 일제 때의 상황과 대
응하면서 녹슨 철길로 表象化되는 현실을 젊은 최명태의 동반적 증인
을 내세워 부각시켜 훼손된 현실을 예리하게 증언을 형상화하여 告發
하고 있다.

崔凡樓이 <저승소식>은 민족주의를 표방한 박대통령이 혁신의 기치
를 들을 때에 독재자의 末路를 우화적으로 형상화한 고발 소설이요,
우한용의 <불바람>에서는 영광 원자력 발전소 사건을 예견한 원자력
공해를 고발한 소설이다. 趙世熙의 <난쏘공>은 70年代 산업사회의 문
턱에서, 도시 노동자인 아버지 세대와 근로자인 아들의 세대가 사회적
부조리에 어떻게 유린되고 소외되고 있는가. 또 그에 어떻게 대응하고
저항하고 있는가를 고발하여 사회적 부조리와 메카니즘의 非理를 증

언한 작품이다. 종말에 반디불을 그리는 아버지와 비행접시의 운전사가 되고 싶다는 꼽추의 암시로 그 부조리를 치유할 수 있는 지평을 제시하고 있는 것이 주목된다. 이러한 훼손되고 위장된 역사적 진실을 고발하고 증언하여 문학은 그것을 확산하고 共感帶를 형성할 수 있고 당위적인 역사적 진실을 可視化시키게 된다.

또한 <아베의 가족>이나 <누님의 肖像>, <당신들의 天國>, <천둥소리> 등을 고발이나 증언에 그치지 않고 그 치유의 모랄을 典型化하여 문학적 진실의 현실화의 지평을 보여주고 있다. 全商國의 <아베 家族>은 6·25이후 미국으로 이민간 김호김이 어머니 (주경희)의 형 아베에 얽힌 현실을 통해 그 뿌리를 찾는 진지하고도 험란한 길을 걸어 한국을 이해하기 위해서 소주부터 그리고 굳굳이 서 있는 고목나무에서부터 시작하고 아베형의 소재를 찾는 일이라고 한 모랄을 통해 문학적 진실을 획득하고 있다. 柳在用의 <누님의 肖像>은 한국은 한국전쟁의 비극의 와중을 헤쳐나가는 누님(향숙)의 처절한 초상을 그리면서 3년이 지난 지금도 위기에 처해 있는 누님을 구해 줄 수 있는 기회가 내게 온나면 일마나 좋을까라고 훼손된 현실을 치유하는 시각으로 조명하여 문학적 진실을 구현하고 있다. 李淸俊의 <당신들의 天國>은 소록도의 훼손되고 왜곡된 삶의 현실을 조명하며, 우리의 그날은 당신들의 천국이어서는 안되고 나의 천국이어서도 안되고 우리의 천국이어야 함을 구상화하여 부조리 존재적인 현실을 조명하여 새로운 변혁의 지평을 보여주고 있다. 한국전쟁의 비극적 현실을 애정과의 상응속에서 조명한 金周榮의 <천둥소리>나, 남북의 엇갈림 속에서 장마와 구렁이의 민속신앙과의 연관 속에서 비극적 현실을 그린 윤홍길의 <장마>등도 훼손된 역사적 진실의 문학적 수용에 의한 변혁이라고 할 수 있다.

3

역사적 진실은 역사적 현실 속에서 위장되고 왜곡되어 역사 직전의 動力의 추진력이 되고, 문학적 진실은 훼손된 현실을 고발하고 증언하여 문학적 진실의 當爲的인 현실을 형상화한다. 여기에 역사적 진실과 문학적 진실의 相同性이 있으면서도 異質性으로 나타나는 이유가 있다. 그건 역사적 진실은 권력이나 社會的 不條理, 과학이나 조직의 메카니즘에 의해 훼손되고 변형되어 존재적 현실로 현실화하는데 비해 문학적 진실은 역사적 진실이 훼손된 부조리의 현실을 예술적 장치에 당위적 현실로 변형하여 문학적 진실을 질서화한다.

그러므로, 문학적 진실이 역사적 진실로 실현되면 그것은 존재적 현실의 당위적 현실화요, 한 樂園의 성취다. 역사적 축과 문학적 진실의 축은 당위적인 낙원의 실현을 위해 위 아래에서 조응하면서 서로 일탈하고 견인하는 相關性을 지니게 될 것이다.

격동기의 한국의 현실과 한국문학의 연관성도 이런 맥락에서 견인과 일탈을 거듭할 것이다. 그러면서도 현실의 변혁과 그 치유와 문학 속의 고발과 그 치유에 의한 그날의 地平을 현실화하는 낙원의 세계가 이 地上에 실현될 날을 기대해 본다.

(韓國評論家協會, ≪韓國批評文學大系≫, 東洋書籍, 1994)

5. 傷痕의 恨과 무너지는 소리들

1. 산다는 것은 괴로운 일이다. 더구나, 자기 뜻대로 산다는 것은 더 어려운 일이다. 평범하게 살기도 어려운데 마음 놓고 소망을 성취해 나가기란 그리 쉬운 일이 아니다. 살기가 어렵다는 것은 하루 세 끼만 먹고 살 수 없는 것이 인간이기 때문이다. 인간이 뜻을 마음대로 이루지 못하는 것은 과욕과 어쩔 수 없는 사회적 제약 때문이다. 인간이 사회나 국가와 연관성을 맺고 살아야 하는 운명이라는 그 자체가 벌써 개인의 욕구와 사회적 제약의 충족과 갈등을 가져 옴을 말한다. 그래서 사람들은 땅을 밟고 살면서 꿈을 그린다. 그것이 바로 현실이다. 우리는 이 현실을 넘어 유토피아가 실현되기를 기대한다. 또 그런 지평이 언제나 可視化되는 듯하다. 칼 마함이 그의 ≪이데올로기와 유토피아≫에서

> 우리들에게 있어서는 역사적 사회적 존재를 언젠가는 변형시킬 만한 작용을 갖는 존재를 초월한 표상은 모두(다만 소망의 투영뿐만 아니라) 유토피아라고 생각한다.

라고 사람들이 현실을 초극하여 유토피아를 지향한다고 말하고 있다.

우리는 많은 격동기를 거처 살아 왔다. 일제의 침략은 물론 8·15해방, 4·19, 5·16, 72. 7·4유신헌법, 80년 5공과 6·10저항과 6공 등 민족의 수난과 변혁과 그리고 새로운 지향을 위한 몸부림이 간단없이 전개되었다. 사람들의 개체는 그 격동의 渦中에서 유린되고 오늘을 누리면서 내일을 성취하기 위하여 전력을 다하지만 역사적 격동의 뒤안길에서 전쟁이나 이데올로기로 진통에 상흔(상흔)을 남기며 비극적 현실을 이루는 경우가 많아 일그러진 개인의 限을 더하고 있다. 그것은 무너지는 전통이나 가치관을 부여하고 놀라운 속도로 변해가는 현실을 嘆하고 절규하는 수구의 자세로 나타나기도 하며, 지나간 상흔의 원형을 추구하고 그 한을 치유하고 극복하려는 자세로 나타나기도 한다. <전황당인보기>나 <한씨연대기>는 그 첫째의 경우요 <당신들의 천국>이나 <그리고 함성이 들렸다>는 두번째의 경우요, <누님의 초상>, <아베가족>, <철죽제>, <장마> 등이 세번째의 경우를 나타낸 작품들이다.

소설은 이런 개인의 욕구와 사회적 제약 속에서 짓밟히는 인간상을 부각하여 戰痕이나 전통의 붕괴, 그리고 관습이나 가치관의 변혁 속에서 몸부림치고 비극화 되는 삶의 현장을 그려 개인의 욕구와 지향적 지평의 상승과 갈등 양상을 형상화하게 된다. 池用玉의 창작집 ≪물개사냥≫이 바로 그런 소설집이다.

2. 지용옥의 창작집을 보면 우선 그 제목에서 강한 향토적 색채가 짙게 나타나면서, 그 소설들의 내면에 숨어있는 문학적 현실에 관심이 가게 된다. 일상생활에 얽혀 있는 스토리이면서도 그 심층구조(deep Struature)에 매료되어 그 속에 빠져 들어간다.

지용옥은 ≪물개사냥≫이 「월간문학」(1986)에 당선된 이후 문학 창작을 繼續하여 많은 단편과 중편, 그리고 연재소설을 쓰고 있는 작가이다. 그는 충북을 주로한 삶의 옛서정과 의식이 격동하는 현실에 표류하고 비극화되는 현실을 구상화하여, 사회적 변혁과 권위주의 역풍에 매몰되는 현실을 고발하고 전래적 민속이나 관습과 충돌하는 현실을 응시하게 하고 있다. 창작집 ≪물개사냥≫에 수록된 14편의 작품은 이런 경향에 따라 몇가지 유형으로 나누어 볼 수 있다.

첫째는 변혁적 격동 속에서 존재적 현실 속의 비극을 조명하는 경향이다. <대골>이나 <바람자기>, <黑風>, <바달이>, <단말실>, <물개사냥>, <하늘재> 등과 같은 소설은 각기 그 색이나 뒤안길이 다르면서 전통적인 삶의 정을 지키면서 비극적인 傷痕을 치유하려고 겉으로는 평온한 듯 하면서 처절한 현실을 그의 독특한 기법으로 형상화하고 있다. 육이오 때 인민군으로 부역하다 후퇴하며 북으로 간 아들 대신에 다른 시체를 묻어 죽은 것으로 하였으나 그 곳이 댐 건설로 수몰되게 되자 선대의 묘와 함께 이장하려는 손자를 보다못해 그 시신을 빼앗아 강물에 던지는 <대골>, 형제 중 거의 전부가 비명에 가던가 벙드는 등의 재잉이 큰형의 묘 때문이라고 급기야는 그 묘를 이장하는 <바람자리>, 별로 가치도 없는 것을 문화재로 지정하려는 것을 끝내 반대하는 薛國魯의 소중한 것을 지키고 허위적 현실을 거부하는 강인한 자세를 보인 <黑風>, 물길 싸움 때문에 김의원을 삽으로 내리쳐 경찰서에 기소까지 되는 소작인 길만과 아내인 바달이, 지능이 모자라는 그 바달이의 가엾은 몸을 능욕하는 김의원, 그로 인해 충격으로 자살하는 <바달이>, 국민학교 때부터 라이벌이었던 친구 상우의 원한을 풀기 위해 생명을 던져 미친여울의 물개를 찾는 <물개사냥>, 같이 표창을 받은 라이벌인 장을 사고로 치장시켜 죽게 하는 30년 무사고 운전사 털보와, 손님을 다 빼앗겨 친구를 죽인 창녀인 처녀 손님이 눈이 길로 쌓여지는 하늘재에서 소로 하나가 되어 영원한 길로 가는 <하늘재> 등이 격동하는 현실에서 그 삶의 한을 뼈속까지 스민 전흔의 아픔과 현실의 허위성을 박진감 있게 부각하고 있다. <대골>의 비극적 삶을 치유하려는 할아버지나 <바람자리>에서 큰 형의 묘를 이장하는 풍수지리적 현실이나, 소작인으로 억눌리고 수탈당하고 몸까지 빼앗기는 바달이나, 사선을 넘어 친구의 원을 풀으려는 <물개사냥>의 윤호, 라이벌의식의 비극적이고 병치적인 살인의 회오로 한 몸이 되어 괴로워하는 <하늘재>에서의 털보와 처녀손님이 다 격동 속에서 겪은 비극적 한을 수용하고 초극하려는 비극적인 삶이다. 더구나, 그 전기적 체험과 존재적 현실의 교차속에서 비극적 현실의 초극의 자세가 짙게 나타난 <대골>과 <물개사냥>, <하늘재>이 역행적 서사구조의 기법으로 이야기되는 소설로 나타난 데 주목된다.

현대소설은 사건을 전달하는 서사성의 이야기(story)가 아니고 심층구조에 의해 문학적 현실을 構造化하는 담론(discourse)이다. 서두에서 결말까지 단계적으로 작중 현실을 전개시키는 것이 아니고 체험과 현실과 상상을 교차하며 새로운 질서, 곧 리얼리티에 의하여 세계 인식과 삶의 총체상을 보여 준다. <물개사냥>에서 상우와 윤호의 학창시절 라이벌의 상황을 적절하게 삽입하여 그 우정의 깊은 양상을 나타낸 것은 소설의 多層的인 삶을 현실로 획득한 것이고, 미친년 여울에서 물개를 찾기 위해 또 찾아서 건너올 때의 박진감에 찬 묘사에서 오는 긴박성은 개성적 문체의 특이성(idiocyncracy)을 나타낸 것이다. <하늘재>에서는 높은 산정을 향하여 가는 인생의 여로에 눈이 내리는 현실의 상박과 부조리를 얹고 있으면서, 특정의식으로 살인을 한 털보와 처녀손님을 원근적 병치적 구조로 정층하여 폭설 속에서 결국 두 사람이 하나가 되어 속죄의 深淵으로 빠져가는 기법이 읽는 이에게 긴박성을 더해주고 충격적 감동을 주고 있는 것이 돋보인다.

둘째는 격동적 현실의 고발과 비판이 짙게 나타나 있다. <바람이 부르는 노래> <키-임 파-압>, <인밸 개밸> <큰 나무 그늘>, <갈뫼봉에 부는 바람> <흙비> <신뫼바람> 등이 각기 그 양상이나 현실은 다르다고 해고 가치관이나 관습의 붕괴와 이데올로기의 횡포, 농촌의 허위적 현실을 고발하면서 그 치유적 비극을 보여 주고 있다. 기성층을 상징하는 빌딩의 사무실에서 손자가 할머니의 죽음으로 그 치유책을 그린 <바람이 부르는 노래>, 가수가 되겠다고 민선생의 허위적 권유에 희생되는 규일의 비극을 고발한 <키-임 파-압>, 회장의 아들인 국장의 집에 초대되어 부장 과장 계장 부인들에게 갖은 수모를 당하면서도 도사와 복실의 병치적 풍자로 그리면서 사회적 부조리를 고발한 <인밸 개밸>, 국회의원이 되기까지 陽村마을에 가서 고개를 굽실거리다가 당선된 뒤에는 양촌의 숙원을 외면 하면서 병든 노모를 마을에 두고도 노인정 준공식에 오지 않고 다른 지체 부자유 마을을 간 것을 노모의 사망으로 대상적 보복 심리를 표출한 <큰 나무 그늘>, 나타난 공비로 전율적인 상황이 된 속에서 그 몰인정과 횡포를 옛날 비극과 대응하여 그린 <갈뫼몽에 부는 바람>, 상가에서 상주인 검사와 며느리의 관례를 잊은 경박한 행동을 상여꾼들의 대응으로 응축시킨 <흙비>, 신산에 불어 오는 신뫼바람에 폐가가 된다는 전설을 소 파동으로 진통을 겪고 가산이 없어지는 현실을 고발하여 농정의 실패를 전설의 현대적 현실로 부각한 <신뫼바람> 등이다. 그 충위가 다르고 다성적 양상이면서도 격동하는 현실이나 문명 양상을 고발하면서 비판하고 있다. 특히 최루탄가스의 현실과 할머니의 품의 안식을 조명하며 격동적 현실의 치유의 길을 암시한 <바람이 부르는 노래>나 <흙비>에서는 권위주의의 결말의 참극을 그리고 있다. 신뫼바람이 일어나는 서두의 긴박한 상황을 장군으로 상징되는 <고유>과 미국소로 군상되는 외래적인 것의 상충과 갈등을 소파동의 신뙤바람이 스쳐가는 농촌의 실상으로 그린 것도 우루과이의 파고와 싼 농산물의 수입으로 진통을 겪고 있는 농촌의 암담한 현실로 암시한 민속을 표면적 구조로 하고 현실적 파동을 이면적 구조로 한 수작이다.

3. 단편집 ≪물개사냥≫은 이러한 두 경향의 작품세계를 나타내면서도 그 서사구조와 서술 양식이 독특한 것을 볼 수 있다. 흔히 소설을 감추고 보여주는 유기적이고도 함수적인 구조라고 하기도 한다. 그것은 소설이 '이야기하는 것'이 아니고, '이야기 됨'을 말한다. 설화자가 텍스트를 통해 어떤 삶의 현실을 보여주듯이 이야기하는 평면적인 구조가 아니고 설화자의 이동이나 장면화에 의한 교차 조합 삽입 자유연상법 등 다양기법에 의한 다층적이고 다성적인 구조에 의한 예술적 형태임을 말한다.

깊숙히 그 고리가 가려져 할아버지가 뼈를 빼서 띄우는 절정에 와서 그 망국의 고리가 드러나는 <대골> <네 큰형 유골을 태워야겠다>로 서두 첫 줄에서부터 긴장을 시키는 <바람자기>, 민속적인 전설의 표면적 구조의 서두에서 소파동이란 격동의 현실을 대조적으로 전개하여 변형한 농촌의 황폐화를 신랄하게 비판한 <신뙤바람>, 학창시절과 미친여울의 극한 상황을 병치적으로 진행하여 인식과 긴박의 연속성으로 긴장감을 고조한 <물개사냥>, 장과 털보, 순임과 처녀손님의 대응적 병치에 의해 폭설의 하얀 눈 속에 둘만이 있는 택시의 밀폐된 공간에서 합일되어 저승길로 향해 가는 <하늘재>이 다 그런 <이야기되는 소설>과 담론의 독특한 작품이다.

또한, 서술양식인 문체가 개성적인 특이성을 지니고 있다. <대골>이나 <단말실> <바람자리> <黑風> <인벨 개벨> <큰 나무그늘> 등에서 볼 수 있는 서두의 대화와 주로 충북을 고장으로 하는 배경묘사나 <하늘재> 등에서 볼 수 있는 정확한 자료에 의한 수치 등의 제시, 특히 미치년여울을 건너고 물개를 안고 윤호가 뒹구는 상황의 긴박한 묘사나 <하늘재>에서 눈이 오는 비탈길에서의 긴박한 상황에서의 분위기와 대화의 설정, 처녀손님과의 극적인 想像的인 병치 현상의 간결한 표현이나 눈이 쌓이고 손님이 다 내린 빈차에서의 두사람의 합일적 몰입의 묘사가 충동적 감동을 준다.

4. 지용옥의 창작집 ≪물개사냥≫은 그 서사적 충위가 두 경향으로 나뉘면서도 다층적인 구조와 개성인 문체로 작가가 지향하는 작품세계를 형성하고 있다. 가다가 구조의 경직성이나 지나친 향토적인 체취에 젖어 있는 경우도 있으나, 충북을 주로 한 살아있는 농촌의 어제와 오늘의 현실을 이중적 명암으로 나타내고 있다. 다만 모두가 단편이기 때문에 격동하는 세대와 역사적 진실의 삶의 총체상을 나타낼 수 없는 한계에 가끔 부딪치게 된다.

소설의 양식도 시대 상황에 따라 변한다. 요즘을 장편의 시대요, 대로망의 시대라고하는 것도 이러한 상황에 대한 문학적 대응 양식이다. 이런 의미에서 첫 창작집을 내는 지용옥도 삶의 총체적 변형에 의한 전형성 있는 문학 세계를 곧 보여주기를 기대한다.

(池用玉, <물개사냥>, (길) 1992)

6. 陰地에 비치는 人間의 소리

1

세상은 조용히 흘러 간다. 날이 가고 달이 가고 해가 넘어가 세상은 쉬지 않고 흘러가면서도 별로 야단스럽지가 않다. 어떻게 살다 보면 봄이 가고 가을이 지나 겨울의 문턱에 와 있게 된다. 이리저리 사람들에게 끌려 다니고 동에 번쩍 서에 번쩍 뛰어다니다 보면 이건 계절이 바뀌기도 하고 세상이 조용한 듯하면서도 쉬지 않고 변해간다. 하기야 부산의 열차사고나 목포의 비행기 추락사고, 그리고 이번의 부안 여객선 침몰 사건과 같은 세상이 떠들썩하고 신문방송마다 대서특필하는 사건이나 있어야 세상에 관심을 돌리게 되니, 이건 영락없는 세상 물정에 어두운 사람이 되고 만다. 그저 겉으로 나타난 것으로 세상을 바라보는 것 같아서 태양이 비치는 것만 눈에 띄는 것 같다. 하지만 겉으로 보이지 않더라도 얼마나 많은 일이 그늘에서 이루어져 있는지 우리는 이 세상을 들여다보면 이건 기절초풍하리만치 깜짝 놀라게 된다. 그것은 태양빛을 강하게 받듯이 세상의 관심이 되는 것보다 오히려 그늘에 가리어 눈에 잘 띄지 않는 곳에 더 소중하고 긴요한 것이 있으며, 세상이나 역사의 뒤안길을 이루고 있는가를 보면 알 수 있다. 사람의 생명은 모세혈관에 있고, 역사는 밤에 이루어진다는 말이 있듯이 세상에 중요한 것은 크고 대단한 것에만 있는 것이 아니라, 작으면서도 그늘에 가린 곳에 있고 역사는 훤하게 밝은 낮에도 이루어지지만 밤에 술과 여인에 의해 이루어진다는 것이다. 여기에 우리의 관심을 눈에 띄고 밝은 세상에만 둘 것이 아니라 이런 어둡고 그러면서 집요하게 추구하는 작고 매운 곳에 돌릴 필요가 절실해진다.

소설에서는 이런 그늘지고 가리워져 있으면서 집요하게 그 무엇을 추구해가는 인생을 조명하여 거기에 응고되어 있는 삶을 투시하는 작업이 절실해진다. 그것은 도도하게 흘러가는 세상이나 역사의 물결을 무대로 한 집단이나 한민족의 삶의 여울이나 그 비극적 현실과 내일을 위한 삶을 대로망화로 중요하지만 그늘지고 가리워진 인생의 희로애락을 그리면서 그 짙은 삶을 그리는 것도 중요하기 때문이다. 우리는 강준용 작가에서 그런 짙은 양상을 볼 수 있다.

2

작가 姜俊龍은 <하얀 궁전>(1988.4)으로 「月刊文學」에서 新人賞을 받아 문단에 등단하여 의욕적으로 작품을 발표하고 있는 신예작가이다. 또한 그전에도 장편소설 <天才의 울음>(1986)을 출간하고 단편 <철석골의 막장>(月刊文學 1986)이 가작으로 당선되고 단편 <개의 행복>(藝術界 1987)으로 신인상을 받은 바 있으면서도 다시 「월간문학」에 <하얀 궁전>으로 신인상을 받아 창작 위상을 높인 의욕이 넘치는 작가이다. 그 동안 몸으로 작품을 쓴다고 하리만치 창작에 전력을 다하여 이번에 소설집 ≪오색줄무늬 왕사탕≫을 상재하여 작단에 충격을 던지고 있다. 또한 그는 근간에 '날려고 하지 마라, 난다는 것은 인생에 있어 전진이 아니라 수직상승일 뿐이다'라는 표식 아래 전작장편 <스콜>을 상재하여 장안의 지가를 올리고 있으면서 평범한 삶을 멀리하고 오로지 창작에만 전력을 다하고 있는 패기에 넘치고 있다. 그는 문학이 쓰레기더미에 파묻혀서 상업성과 매명으로 장식화되어 있고, 수상을 위한 추한 꼴로 현실의 화려한 의상으로 갈아 입고 문학을 타락시키는 현실을 비판하면서 '문학은 예술이고 진실한 예술은 진실한 삶의 표현'이라는 어릴때부터의 문학론을 실천하기 위하여 수락산 기슭에 묻혀 창작하고 있음을 <스콜>의 '작가의 말'에서 짐작할 수 있다. 어쨌든 '난 다시 내 길을 갈 것이다. 그리고 내가 지향하는 나만의 작품을 위해 혼신의 노력을 다할 것이다.' 라고 다짐하면서 작가는 오로지 글로 자기를 나타낼 뿐이라고 말하고 있다. 소설집 ≪오색줄무늬 왕사탕≫도 이런 작가 의욕이 결정된 한 수확이다

3

강준용의 소설집 ≪오색줄무늬 왕사탕≫은 단편 <도화집> <철석골의 막장>등 7편과 중편 <太陽이 뱉어낸 그늘>과 <오색줄무늬 왕사탕>의 2편이 수록된 창작집이다. 장편소설 <스콜>의 '작가의 말'에서 보여준 나의 길을 가려는 작가의 창작의지가 잘 반영된 작품들이다.

이 소설집에 나타난 형상화된 세계의 특징은 두서너 가지로 나누어

볼 있다.

첫째는 이 소설집은 현실적인 동화를 거부하고 어둡고 그늘진 곳에서 소중한 것을 찾아 절규하는 인간상을 부각하고 있다.

그것은 세속에 묻혀 그저 출렁거리며 살아가고 있는 탁류에 같이 섞이기를 거부하고 가장 남들에게는 보잘것 없어도 가장 소중한 것을 찾아 전력을 다하는 인간을 조명하고 있다. 또한, 그것은 겉으로 드러나는 태양빛이 비치는 세계가 아니라 그늘로 가려진 동굴의 어둠 속에서 한줄기의 빛을 찾아 발버둥치는 인간상을 독특한 문체로 형상화하고 있다. 거기에는 반드시 기존의 관습을 지켜야 한다는 질서의 제약도 없고 세상 사람처럼 그렇게 돈이나 성의 노예가 되지도 않는다. 중요한 것은 무엇보다도 그늘졌어도 인간의 순수한 욕구를 성취하는 일이요, 그것을 가로막는 부조리와 맞부딪히는 일이다. 그러나, 얼핏 봐서는 정상의 궤도를 좀 벗어난 이상한 사람으로 보인다. 하지만 그저 남들 따라 돈과 성의 노예가 되고 권위주의에 젖어 있는 세상의 사람들과는 어딘가 다른 것을 볼 수 있다. 그러면서도 고향이나 인간의 뿌리를 찾아 삶의 원천을 그린다. 남의 씨앗이란 말을 듣지 않기 위해 주점을 하면서 결국 고향을 찾아가라고 하는 <도화집>의 어머니, 세속적인 편안을 버리고 어디론가 길을 찾아 헤매는 <허공에 걸린 삽화>, 고향 후배인 창명에 속아 전답과 종산까지 팔아 투자하고 나중에는 혼자 탄광을 파 들어가 마지막 티엔티를 터뜨리면서 황홀한 눈으로 바라보는 <철석골의 막장>의 백윤재, 있는자의 횡포에 직접 대응하는 <멍>의 나, 옛날 머슴인 아버지를 따라 한을 은혜로 되돌려 주려는 <오색줄무늬 왕사탕>의 황가보 등이 다 누가 무어라고 해도 자기의 가장 소중한 것을 위하여 다른 것을 돌아보지 않고 그 성취를 위해 전력을 다한다. 이것이 바로 예술은 진실한 인생의 표현이라는 작가의 의식이 짙게 나타나 있는 것이다. 이런 경향은 작가 강준용의 문학에서 성숙을 지향하는 소설 세계의 심화로, 진실하게 살려는 인간의 절규나 그 좌절의 비극을 그리는 경향으로 더욱 심화되고 있다.

둘째는 실존적인 세계 인식에 의한 유토피아의 추구적 경향이다.

이 소설집의 사람들은 평범하게 살아가는 것을 거부한다. 모두가 인생을 본질적으로 인식하고 자기 나름대로의 유토피아를 성취하려고 한다. 현실과의 타협을 거부하는 것도 이 실존의 자기와의 차이에서 온다. <허공에 걸린 삽화>의 그는 어딘가 안식처를 찾아 청량리에 갔다가 정처없이 기차를 타고 떠나면서 스스로 자문하면서 무엇인가 인식하는 것이 그 예이다.

　　대체 나는 어디로 가는 걸까. 그는 조용히 자문해 보았다. 그러나 대답을 할 수가 없었다. 그 자신마저도 모르는 말을 중얼거린 것만 같다. 바로 그때 코고는 소리를 들었다. 그 소리는 컸지만 왠지 아늑하게 들렸다. 그는 소리를 쫓아 고개를 돌렸다. 역시 옆좌석의 남자가 내는 소리였다. 남자는 한잠에 빠져 있었다. 너무나 평온하게 보였다. 순간 그의 뇌리에 불쑥 떠오르는 것이 있었다. 자신이 지금 어디로 가고 있는 것이 아니라 무엇에 쫓기고 있다는 생각이었다.

라고 스스로 투시하고 인식하는 것이 바로 실존적인 자아 인식이다. 따라서, 이 작가는 집단이니 역사니 하는 것은 관심밖이다. 오직 자아의 인식과 그 유토피아의 성취만이 있을 뿐이다. 중편 두편이 다 이런 범주에 든다.

셋째는 추리적이면서 소설의 서사 구조와 표현의 일탈에 의한 문체의 특이성이 돋보이는 점이 주목된다.

소설은 필연적인 인과 관계에 의한 서사양식이다. 소설은 많은 話素에 의한 사건의 질서가 정연한 문학이기 때문이다. 그런데, 이 소설집의 작품들은 리얼리즘을 바탕으로 하는 소설의 질서를 벗어나 변형의 일탈에 의한 서사 구조를 하고 있다. <오색줄무늬 왕사탕>이나 <태양이 뱉어낸 그늘> <멍> 등에서 볼 수 있듯이, 대체로 현재-과거-현재의 역행적인 서사구조와 과거는 다시 현재와의 교차로 스토리 라인을 이중화해서 진행하는 서사구조이면서도 끊임없이 질서에서의 일탈을 꾀하고 있다. 또한 독백이나 욕설의 삽입이나 솔리로큐(solitoguy)의 구사, 대화의 비약 등 작가의 특이한 문체가 인식이나 성취를 지향하는 서사를 형태화시키고 있다.

간단하나마 이런 특색으로 유형화해 볼 때 강준용의 소설집 ≪오색줄무늬 왕사탕≫은 작단에 새로운 관심을 끄는 소설집이다. 작가의 장인적인 창작자세나 현실을 거부하는 자아의 인식과 그 유토피아의 성취를 위한 절규와 지향, 그리고 일탈의 미학에 기거한 서사구조와 표현의 특이성으로 작단의 한 별로 떠오르고 있다. 어쩌면 이상과 손창섭의 중간은 相似性을 가지고 있으면서, 자아 인식과 그 성취에 경도될 가능성이 짙다. 그 가능성을 현실과 집단, 그리고 도도히 흐르는 역사를 수용하여 대로망화될 때에 도스토예프스키를 뛰어넘고 조이스와 포크너의 문학을 뛰어넘을 수 있을 것이다. 그것이 바로 모더니즘 소설의 리얼리즘의 극복이다. 자아에 응집하지만 말고 민족과 역사, 그리고 나나 너만이 아니고 우리를 비상시키는 대작이 나오기를 기대한다.

(강준용, <오색줄무늬의 알사탕>, 훈민정음, 1993)

7. 생활과 삶의 교차적 透視

1

산다는 것은 즐거운 일이다. 더구나, 자기가 하고 싶은 일에 전력을 다하면서 그 무엇을 성취해 가는 것은 더욱 즐겁고 의미 있는 일이다. 하지만 누구나 무엇인가를 추구하면서 거기에서 삶의 보람을 찾아 그 날의 地平을 가시화시키는 것은 아니다. 많은 사람들은 그저 주어진 狀況에서 그날그날의 일에 쫓기면서 살아갈 뿐이다. 그 무엇이 가장 소중한 일이고 그것을 성취하기 위하여 어떻게 살아야 한다는 의식도 없이 그저 남들처럼 남의 뒤를 따라 살아간다. 좋은 집에서 잘 먹고 잘 입고 아들 딸 잘 기르며 행복하게 살으려고 애를 쓴다. 나물 먹고 물마시고 팔을 베고 누웠으니 대장부 살림살이 이만하면 족하다고 安貧樂道하는 것도 그러한 삶의 하나요, 돈을 벌려고 가진 애를 쓰면서 東奔西走하여 왜 사느냐고 스스로 탄식할 정도로 정신 없이 뛰어다니는 삶도 그런 삶의 하나이다. 일에 쪼들리거나 돈이나 자기의 욕구를 달성하기 위해서 이리 끌리고 저리 뛰다 보면, 이건 세상을 사는 것이 아니고 살려지고 있는 것이다. 자기가 살고 있다는 의식도 별로 없이 그저 남들처럼 먹고 마시고 시집 장가 가서 아들 딸을 낳으면서 남부럽지 않게 살아가려고 애를 쓴다. 그러기에 옛 先人들은 달아 달아 밝은 계수나무 밑에 초가삼간 집을 짓고 부모를 모시고 처자와 같이 천년만년 살고지고라고 소박한 삶의 所願을 지니고 이 세상을 살아 온 것이다.

사실 우리는 엄격히 생각하면 이 세상을 살고 있는 것이 아니라 살려지고 있는 것이다. 그 어느 것 하나 自意에 의해서 행동하는 것이 아니고, 오래 동안 先人들이 살아 오면서 형성된 慣習이나 윤리, 그리고 살아 가는 법도의 테두리 안에서 움직일 수 밖에 없다. 그 테두리를 벗어나 소중하다는 것을 위하여 살려고 하면 여지 없이 제재가 가해진다. 사고나 정서도 민족이나 국가의 집단성을 벗어날 수 없고, 모두가 풍요한 물질 속에서 마음껏 노리고 즐기면서 잘 살으려는 세상의 흐름도 벗어 나기가 쉽지 않다. 하지만 이런 사회적인 구속을 받지 않고 세상의 흐름을 도외시하면서 자기의 가장 소중한 것을 위하여 전력을 다하여 살아가는 삶을 볼 수 있다. 누구나 살아가는 인생의 여정을 따르려고 하지 않고, 그 누가 비닌을 하기니 질타를 해도 귀담아 듣지 않고 그날의 地平을 가시화시키기 위해서 오로지 修道의 험한 길을 찾아 가는 修士들이나, 진리나 미의 창조를 위해 세상이 영화를 뒤로 하고 그 일에 몰두하는 학자나 예술가들은 말할 것도 없고, 그저 이 세상에 태어나서 남들과 같이 평범하게 살아 가는 것이 아니고 주변이 반대를 무릅쓰고 가장 소중한 일에 전력을 다하여 살아 가는 사람들은 그날의 지평을 현실화시켜 무엇인가 인생이나 역사에 플러스하면서 잘 살으려고 전력을 다하는 삶이 그것이다 그저 평범한 삶에 만족하지 않고 피를 말리면서 새로운 인생을 창조하는 創作 活動도 이런 치열한 삶의 하나이다.

이렇게 사람들은 그저 남들처럼 먹고 마시고 일하면서 행복하게 살으려는 평범한 生活과 비록 고난의 길이라도 소중한 것을 위하여 전력을 다하여 그 무엇을 성취하려는 삶의 두 방향으로 나누어진다. 이 것을 오스카 와일드는 '존재하는 것'(exist)과 '삶을 누리는 것'(life)이라고 말하고, 에리히 프롬은 '갖는 것'(haring)과 '삶을 누리는 것(being)이라고 두 방향을 나누어 말하고 있다. 그것은 인생의 살아가는 양상이 생활과 삶의 두 양상으로 나누어짐을 말한다. 작가는 예술의 創造를 위한 삶 속에서 이 두 살아가는 양상을 透視하여 그 의미를 浮刻하고 새로운 질서를 창조하려고 전력을 다한다. 柳善熙의 소설집 ≪유실된 금요일≫도 바로 생활과 삶을 투시하여 새로운 의미를 창조하려는 집요한 작업 한 결실이다.

2

유선희는 <숨어있는 빛>(1991)으로 「月刊文學」 신인상을 받고 등단하여 간단없이 창작에 불을 태우고 있는 新銳作家이다. 많은 경우 등단하고 나서 꾸준히 창작을 지속하지 못하고 고민 속에 방황하다가 스스로 迷宮을 헤매는 경우가 많은데, 유선희는 집요하게 창조의 짙은 불을 태워 등단한지 몇년만에 소설집을 上梓하리만치 창작에 전력을 다하고 있는 창작에 召命意識에 불타는 작가이다. 습작 과정을 옆에서 지켜 보고, 창작의 괴롭고도 험준한 山脈을 뚫는 과정을 바라보고 있으면, 어딘가 苦行의 길목에 들어 선 것 같은 생각이 든다. 유선희는 결코 쉽고 가볍게 작품을 쓰는 작가가 아니다. 물론 서두르지도 않고 느긋한 자세로 자기의 창작세계를 쌓아 올린다. 대개의 경우 기성 작가가 되면 構想을 대충 하고 나서 써 내려 가고, 쉬지 않고 창조의 筆鋒을 펼쳐가는데, 유선희는 그런 관습에 따르기를 거부한다. 우선 주제나 제재의 선정에 신중을 기한다. 제재를 찾기 위해 어디든지 찾아가 소재를 뒤지고 다니는 과감성을 구사하고, 그 題材를 수박 겉 핥기 식으로 소화하여 바로 창작의 廣場으로 투입시키지는 않는다. 그 제재가 익어서 나의 것이 될 때까지 기다리면서 그 제재를 안으로 삭여서 자기 것으로 만들어 간다. 제재는 소재로 벼려지기를 싫어한다. 그 많은 소재 중에서 제재가 될 가능성을 지니고 선택되어 작가의 필봉을 기다리는데, 그대로 바라보면서 吟味만 하고 있으니 안타까운 노릇이다. 그렇게 서둘러서 창작의 광장으로 등장하고 싶은 소재는 오래동안 그대로 놓아 두면서 스스로 익어가 제재가 되는 시기를 기다리게 한다. 그것은 제재의 충분한 소화에 의한 새로운 질서의 창조로 창작의 광장을 확대하려는 작가의식의 발로라고 할 수 있다. 가까운 同好人과 제재를 탐색하고 창작의 密室을 찾아가는 진취성을 보이고 있는 것이나, 치밀하게 구상을 하고 집필에 신중을 기하는 자세가 바로 이 작가가 프로의식의 기초가 되었을 때에 프로의식이 더욱 꽃핀다는 말의 의미가 무엇인지 알 수 있다. 붓을 들었다 하면 일필휘지로 단숨에 한 편을 끝내면서 언제나 자신에 차 있는 작가가 가끔 오래 동안 침묵을 지키는 것보다는 과작이면서도 꾸준히 작품을 발표하는 작가가 더 창작의 집요성을 가지는 것을 볼 수 있다. 원고지로 쓸 때는 마음에 들지 않는 부분을 지우고 다시 쓰거나 마음에 들지 않으면 破紙를 많이 내는 것도 바로 이 작가의 창작에 임하는 제의적 자세이다. 자칫 무엇인가 소명의식에 불타면서 제의의식으로 창작에 임해야 할 작가가 商業性에 휘말린 匠人의 필봉을 속세에 내던지는 일이 적지 않은데, 오

로지 창작을 통하여 그 무엇인가 樂園을 추구하는 집요한 삶의 광장
을 창조하는 일이 얼마나 소중한 한 창작의 正道인가를 보여준다. 그
것은 장인정신에 의한 창작 정신의 발로이고, 또한 문학을 통해 자기
의 삶을 완성시키려는 삶의 敬畏性의 발로이며, 영원한 낙원을 추구하
는 求道者의 수도의 여정이기도 하다. 유선희의 소설집 ≪유실된 금요
일≫은 이런 창작 자세의 한 結實이라고 할 수 있다.

3

소설집 ≪유실된 금요일≫은 단편 <숨어 있는 빛>과 <세 친구> 등
9편과 중편 <하지만 그대로 내게 남아 있는 것은> 등 10편이 유선희
의 처녀 소설집이다. 이 소설집에는 유선희의 창작활동의 첫 結實이라
는데 그 의미가 있고, 習作期를 포함해서 오래 동안 다듬고 彫琢한 창
작의 한 매듭이요, 그 길목의 이정표라는 데 이 소설집의 기념비적인
의미가 있다. 이 소설집의 의미는 다음과 같이 두어 서너의 경향의 특
징을 지니고 있다.
  첫째는 일상 생활의 애환에 깃든 생활의 의미를 조명하고 있다.
  유선희는 제재의 선택에 야단을 피우거나 거창하게 나오지 않는다.
도도히 흐르는 역사의 흐름이나 치열한 이데올로기의 대립이나 갈등
과 같은 역사나 사회 의식의 透射에 의한 도전을 한다고 야단을 부리
지 않는다. 그저 이웃에 있고 주변에 깔려 있는 평범한 생활 속에서
그 생활의 의미를 따뜻한 시선으로 조명하고 있다. 그것은 개개의 생
활에 대한 작가의 애정어리고 긍정적인 시선의 응집이요, 멀고 집단적

이 아니고 가깝고 개인적인 생활을 통한 현실의 투시하고 볼 수 있다. 조그만한 부주의로 동태가 되어 사선을 헤매는 <숨어 있는 빛>이나 고가가 되다 싶이 한 시골에 간 정혜가 알뜰히 생각하는 기수의 뜨거운 눈빛을 뒤로 하고 뻐스에 오르는 <저녁 신작로>, 전통적인 관습을 고집하면서 우길이와 희야의 사랑을 인정치 않으면서 겪는 <사랑>, 토요부부에 노인을 모시고 사는 생활의 애환을 그린 <자기시대>, 중상과 오해 속에서 갈등과 그 희생을 그리고 있는 <소모된 삶>, 미국에 가 미국여자와 결혼하여 눈이 노란 손자와 같이 귀국한 아들을 보고 탄식하다가 결국 내 손자라고 화해하는 <손에 손을 잡고>, 남편과의 성격 차이로 고초를 겪으며 영원한 평행선을 걸어야 하는 <성격차이>등 많은 작품이 일상 생활에 얽힌 애환을 따뜻한 시각으로 재현하고 있다. 거기에는 관습과 가문에 얽힌 신구의 갈등이 있고 살아지는 옛 것을 그리는 애뜻한 생활의 서정을 그리고 있다. 거기에는 질펀하게 살아 가는 생활의 여운이 있으며, 이 생활에 대한 의미가 나타나 있다.

　　─아니? 물건이┼ 마구 썩었잖아? 죽일 놈의 새끼들! 그저 남이 돈만 배껴먹을 궁리만 하지, 뭐 하나 제대로 일이나 해놓고 배껴먹어도 먹어야지, 개새끼들! 그는 아까 인부들이 그에게 들으라는 듯이 퍼붓던 상소리들이 생각난 김에 마구 욕을 해댔다. 그는 원양태의 무더기 속에 섞여 들어간 근해태 상자를 빼냈지만 아무래도 실수라고 하기엔 너무 많이 섞여 있어서 혼자서는 아무래도 힘이 들었다. 알라스카나 배링해협에서 들어 온 원양태와 근해에서 잡은 명태와는 상당한 원가 차이가 났으므로 어떻게든 한덩어리로 얼기 전에 분류를 해 놓아야 했던 것이다.
　　'개새끼들!'
　　그는 다시 한 번 짜증이 나서 인부들에게 욕을 퍼부었다. 그는 인부들을 다시 불러 정리를 시켜야겠다고 생각하면서 서둘러 통로를 나오면서 시계를 보았다.

노인에게서는 언제나 죽엄의 냄새가 난다. 무엇인지 끝나간다는 조짐이면서도 쉽게 끝나지 않는 그 냄새 때문에 영순은 지쳐나가 떨어지기를 거듭했다. 노인이 풍을 맞고 뇌수술을 하여 치매가 된 후부터 영순의 싸움은 그 냄새와의 싸움이었다.

<숨어 있는 빛>의 김사장의 말투에서 푸근한 인정미를 느낄 수 있고, <자기 시대>의 서술에서 살아가는 의미가 무엇인지를 보여주고 있다. 사실 살아가는 것은 평범하면서도 무엇인가 의미를 남기고 가는 生活의 旅程이라고 할 수 있다. 이러한 평범한 생활을 투시하여 인생의 의미와 삶의 애환을 그리는 것이 유선희 소설의 중요한 특성을 이루고 있다.

둘째는 짙으고 투철하게 성취하려는 삶의 광장을 투시하고 있다.

세상에는 그저 俗物的으로 잘 살으려는 사람은 많고 정말 소중한 것을 위하여 그 무엇을 성취하여 잘 살으려는 사람은 그렇게 많지가 않다. 그것은 어떤 가치나 질서의 창조를 위하여 생활에 흡인되지 않는 것을 말하고, 소망을 달성하기 위하여 현실의 생활에 빠지지 않고 어느 한 가지에 몰두하는 것을 말한다. 오스카 와일드나 프로이드가 말하는 존재하거나 갖는 것이 아니라 '삶을 누리는 것(being)'을 말한다. 공원에서 우연히 만난 아가씨와 매주 금요일에 40회 이상을 만나 서로 교감하다가 그녀가 떠난 후에야 카페 부도를 맞아 문을 닫는다는 말에 금요일의 유실을 통감하고 사랑의 의미를 되새기는 <유실된 금요일>이나, 최와 신 그리고 김이 해마다 제 각기 창작을 하기 위하여 겨울 여행을 떠나 치열하게 대결하는 삶을 그린 <세 친구>, 우연히 만난 옛날 독서클럽의 친구를 만나 자기를 확인하면서 삶을 키워가는

<미친 대추나무의 노래>, 어딘지 自傳的이면서도 40대 초반의 여인이 자기 존재를 확인하면서 일회적인 인생을 고히 가꿀 것을 자각하고 불태우려는 <그래도 내가 남아 있는 것은> 등은 삶의 의미와 그 삶을 成就하려는 집요한 삶의 양상이 그려져 있다.

운명은 하나의 문을 닫을 때에 또 하나의 문을 열어 놓는다. 그리고 운명은 또 인간의 긴 노정 위에 뜻밖의 선물을 함으로써 어떠한 경우라도 살 만한 인생이 되게 하는지 몰랐다. ―대개 인간에게는 보기와는 다른 면을 하나씩 다 가지고 있다고 말할 수 있다. 이를 테면 깔끔하게 생긴 여자가 의외로 살림을 터분터분하게 한다든지, 시원스러운 성격의 남자가 식성이 아주 까다롭다든지, 한 것에서 좀더 나가면 완전히 인간의 이중성을 발견할 수 있다.

나는 생각한다. 욕망이 없는 인간은 행복할 수 없는거라구. 27이라는 세월을 좀더 나는 좀더 극심한 욕망에 떼밀리어 여태껏 살아 보지 못했던 삶을 다시 한번 치열하게 엮어 나갈 것이다.

<미친 대추나무의 노래>에서 인생의 한 의미를 직시하고 있는 것이나 <하지만 그래도 내가 남아 있는 것은>에서 삶의 발자취를 뒤돌아 보면서 그 무엇을 위해서 삶을 불 태워 보겠다고 자세를 가다듬는 데에 유선희 소설의 특징이 나타난다. 사실 1회적인 나의 삶은 누구도 보상하거나 대신 해 줄 수 없는 나의 것이다. 그것이 관습이나 뷰로크라시(bareaucracy)에 의해 훼손당하고 억눌릴지라도 나의 삶은 그것을 극복하고 초극하여 어떤 삶의 성숙과 完結을 가져 와야 한다. 그 완결을 위하여 유선희는 부단히 최선의 자세를 가다듬고 있다.

세째는 '구성의 綿密性과 문체의 말쑥하고 간결한 표현을 들 수 있다.

소설은 한 건축이라고 하듯이 소설은 그 제재가 아무리 심오하고 도도하다고 해도 그것을 구상화 시킬 수 있는 서사 구조와 소설 구조로 나타난다. 그리고, 간결한 서사나 명쾌한 서술, 그리고 개성적인 文體가 소설 형성의 요건들이 여실하게 표현되야 한다. 유선희의 소설은 간결하면서도 작가의 개성이 풍기는 문체로 나타나고 있다. 가끔 時制의 혼돈이나 초점이 다면성으로 표현이 매끄럽지 못하는 경우도 있으나, 여성적인 필치로 자기의 문학 世界를 구축하고 있다.

"정멀로 고맙데이, 오늘 내 하루는 천국이었는기라."
거칠고 굳센 그의 외 손이었다. 정혜는 그의 왼 손에 희망을 걸고 싶어 야단이었다.
"방법이 있을거야. 너는 넌 무엇이든지 할 수 있다고 ―"
그가 천천히 고개를 저었다. 그의 눈에 번들번들 고이는 눈물을 정혜는 똑바로 볼 수 없었다. 또 다시 막막했다.
뻐스에 오르자 정혜는 곧장 뒤차장으로 다가갔다. 흔들리는 몸을 가까스로 가누며 기수가 한 손을 높이 들어 흔들었다. 그리고 소리 없이 허무러져서 신작로 한 복판에 네 활개를 펴고 드러 눕고 말았다.

간결한 대화로 인물의 성격을 잘 나타내어 인물의 성격을 부각시켜 주제를 함축하고 있다. 다만 때로는 지나친 서술자 개입이나 개념적인 표현으로 감상의 광장을 흐리게 하는 경우도 있고, 명쾌한 표현의 장이 텍스트화를 독자의 가슴에 안기지 못하는 경우도 있다.

4

  산다는 것은 즐거운 일인데, 하물며 소설을 창작하는 것은 더욱 행복한 일이다. 희로애락이 어린 생활과 삶의 현장을 직시하여 그 질서와 의미를 재창조하고 도도히 흐르는 역사나 세상의 흐름을 통찰하여 그 흐름의 실상을 투시하고 방향의 지평을 밝혀 인생이나 역사의 증인이 되는 것은 보다 중요한 삶의 광장이다. 그 광장에 들어서서 횃불을 높이 들고 잘 살으려는 인간상을 창조하는 것이 유선희 소설의 새로운 과제다.

(柳善熙, <유실된 금요일>, 1994)

8. 빛과 거울의 미학

1

창작은 새로운 생명의 탄생이다. 이미 존재하는 현실을 토대로 한 새로운 질서의 창조요, 허구이면서도 현실 이상의 현실 세계를 창조하는 창작은 전통과 미의식의 융합으로 형성되는 예술이다. 그러기에 <파우스트>로 근대의식을 자각케 하고, <오딧세이>의 호머와 <햄릿>의 셰익스피어, <신곡>의 단테와 같이 4대 시인의 한 사람인 괴테는 "창작은 産苦와 같다"고 말하고 있다. 창작 곧 소설은 어린 아이를 낳는 괴로움과 비슷하다는 말이다.

소설을 쓰는 것은, 산모가 어린아이를 잉태하여 10개월 동안 생명의 탄생과 체내에서의 성장을 경건하게 가꾸어, 분만의 아픔을 겪어 한 생명을 탄생하듯이, 작가가 새로운 질서의 세계를 잉태하여 사실의 탐사를 위해 발로 뛰고 내적 체험을 위하여 몸부림치다시피 하여 한 작품을 창조한다. 거기에는 잉태와 성장, 그리고 진통과 탄생이란 공통의 場이 있고, 태동에서 성숙에 이르는 수다한 과정을 거치고 성숙과 탄생에 이르는 창조의 과정이 있게 된다.

그 창조의 과정이 잉태에서 성장, 그리고 탄생에 이르는 생명 창조의 신비와 같이. 미의식에 의한 새로운 질서의 창조에도 도저히 분석해 낼 수 없는 창작의 神秘性이 깃들여 있다. 여기에 또 하나의 공통의 장이 있다. 그것은 절규와 창조의 반복이다. 어린아이를 낳은 산모는 절대로 아이를 낳지 않는다고 맹세를 한다. 잉태에서 10개월의 고통과 희열, 그리고 분만 때의 참을 수 없는 고통의 절규는 다시는 이런 고통을 겪지 않겠다고 맹세를 한다.

제왕수술로 아이를 분만하는 경우가 많은데, 그것은 산모의 불안을 볼모로 한 의술의 邪術인 경우가 많고, 산모는 적어도 한 번쯤은 직접 분만하는 창조의 건널목을 직접 넘어 볼 필요가 있다. 그렇지 않고는 정말 의미있는 생명 탄생의 신비를 체험하지 못할 수도 있다. 그런데 다시는 아이를 낳지 않겠다고 맹세한 산모는 어느새 그 맹세를 잊어버리고 또 잉태하여 창조적인 고통의 신비로운 과정을 되풀이한다.

소설가도 題材의 탐색과 내적 체험을 통한 성숙의 과정을 겪고 붓을 잡아 창조의 진통을 겪어 한 작품을 생산하기가 산고에 못지 않게 절규와 진통의 渦中을 겪게 된다. 이렇게 괴로운 창작은 다시 않겠다고 맹세하지만 어느새 새로운 제재를 탐색하기 위하여 시각을 곤두세우고, 또 최대의 정열 속으로 빠져 들어간다. 그것이 프로의식의 소산이기도 하지만, 창조의 반복성이기도 하다. 잉태와 성장, 그리고 창조의 진통이 산고와 창작의 공통 광장이여서 절규와 진통, 그리고 창조의 반복이라는 데 항구적인 연속성이 있게 된다.

전후 급진적 카톨릭파로 실존주의와 공산주의를 반대하고 <사랑의 사막>으로 아카데미상을 받고 1952년에 노벨문학상을 받은 모리악(F. Mauriac)이 "소설가는 제2의 창조가다"라고 말한 것도 이런 의미가 있다. 물론 제일의 창조가는 절대의 존재인 神이다. 신은 우주만물과 인간을 창조하는 데 비하여, 소설가는 신이 창조한 세계를 토대로 새로운 질서의 세계를 창조한다. 그 세계는 신이 창조한 세계보다 더 긴밀한 필연의 조직체로서 인생의 거울로 나타난다. 그러기에 <보봐리 부인>의 플로베르, <적과 흑>의 스탕달과 같이 불란서의 3대 사실주의 작가인 발자크는 대하소설 <인간 희극>을 쓰면서 "소설은 인생의 길가에 따라 비추는 거울이다"라고 말하고 있는 것이다.

이것은 비판적 사실주의의 시각에서 한 말이기도 하지만, 소설은 인생이란 쉬지 않고 흐르는 길가에 따라, 그것을 비추면서 새로운 질서의 세계를 창조하고 다시 그것을 인생이 길가에 반사하여 사람들의 거울이 된다. 바로 이것이 반영과 구조와 수용의 함수적인 대응관계이고, 현실이나 인생의 소설과의 대차관계이며 또 상호 相似性과 수용이 장이다.

이러한 소설의 세계는 언제나 정지되지 않고 계시적으로 반복되어 문학의 積層帶를 이루게 된다. 여기에 현실의 그것과 같이 소설의 多聲性이 더하여 현대소설이 다양한 양상을 이룬다. 작가는 이러한 소설의 유전 속에서 잉태와 변혁이 전통의 실험에 기치를 들 수도 있고, 또한 성장과 성숙의 풍요 속에 안주하여 새로운 세계를 창조할 수 잇다.

<날개>의 李箱이나 <神의 戲作>이 손창섭, <요한 詩集>의 장용학 전자의 경우요, <흙>의 이광수나 <고향>의 이기영, <三代>의 염상섭, <이어도>의 이청준은 후자의 경우라고 할 수 있다. 또한 이 두 경향을 아울러 시도하는 작가도 없지 않다. 스스로 모던 보이라고 자처하고 <천변풍경>로 리얼리즘을 확대했다는 박태원이나, <쑥국새>과 같은 인간 본연의 존재를 해명하면서도 <太平天下>과 같은 풍자적인 소설을 쓴 채만식이 그 예이다.

작가는 그 작가의 시각 차이나 삶의 **總體像**을 인식에 따라 그 경향을 달리하면서도 새로운 창조라는 광장에 응집하게 된다. 아무리 시각이나 기법의 차이를 가져와도 창조 과정을 갈등의 심화 속에 통과하지 않으면 그것은 한갓 소재 차원에서 방치되어 보기 흉한 꼴로 뒹굴게 된다.

소설보다 더 진통과 절규 속에서 치열하게 살아가는 인간상을 사실 그대로 그려도 그것은 논픽션이나 기록소설로, 창조의 신비성이 결여된 현실이 그 자체로 문학의 예술성을 인정치 않은 것도 바로 창조의 장을 거치지 않았기 때문이다. 여기에 소설의 **形象性**이 문제되고, 소설의 **典型性**도 이 형상성에 수용되었을 때에 문학적 의미를 갖게 된다.

창조는 그 베일을 벗길 수 없는 신비의 통찰이다. 그것은 계절의 변화에서 어떤 신비성을 느끼는 것과 비슷하다. 계절의 변화는 자연의 신비에 감탄케 한다. 그것도 여름이나 가을보다 봄에 더 경이롭게 한다.

여름은 신록이 짙어져 녹음이 우서시고, 산과 들이 성장의 기운이 넘치며, 가을은 황금이 들에 넘실대고 단풍의 성숙이 산곡을 뒤덮는 데 반하여 봄은 겨우내 칩거한 잠에서 깨어나 싹이 트고 꽃이 피어 자연의 신비에 감동케 한다. 그렇게 다 죽은 나무들이 무슨 신비스러운 힘을 가졌기에 **新春**이 다가오자 버들강아지부터 시작하여 산수유가 청순하게 꽃망울이 부풀고 산비탈에 쑥잎이 싹튼다. 양지바른 데서 개나리와 진달래가 서로 어울려 피며, 백목련이 고풍스러운 자태로 봄기운을 더해 준다. 설악산이나 지리산의 깊은 계곡의 물소리가 맑아지고 혹한을 어디에서 어떻게 보냈는지 알 수 없는 산새들이 여기저기 입을 열어 지절대기 시작한다.

이런 봄소식을 보면서 가끔 발을 멈추어 그 신비에 속할 때가 적지 않다. 어떻게 裸木으로 그 추위를 이기고 다사로와지자 새싹을 터트리고 꽃을 피우는지 신기한 노릇이다. 더구나, 작고 가는 가지로 모든 동숙은 동사할 강추위를 견디고, 신춘의 바람에 깊은 잠에서 깨어난 것과 같이 새싹을 돋고, 밋밋한 나뭇가지에서 잎이 나오기 전에 꽃이 피는지 모두가 알 수 없는 자연이 섭리다. 西岸의 兵馬塚에서 발견된 씨앗이 싹이 트고, 수없이 짓밟혀 그 흔적도 없는 길가에서 잡초가 또 나는 것을 보면 식물의 반복되는 四季安의 리듬과 그 超時間 속에서 살아남은 무서운 힘을 지니고 있다. 2천년 뒤에도 씨앗이 싹을 트는 생명력이 강인성을 볼 수 있는 반면에, 거기에 적응하여 생명을 이어가는 그 계시적인 생명성에 놀라게 된다.

사람들은 그저 기묘하거나 아름답다는 피상적인 감탄을 하지만, 기실은 외경의 눈으로 바라보면서 그 창조의 신비를 감지해야 할 것이다. 거제도 해금강의 千年松이나 울진 석유굴의 팔백년초, 양주의 500년 은행나무는 물론이요, 울산바위나 북악의 절벽에 외로이 서 있는 소나무, 그리고 오동도나 선운사의 동백꽃, 제주도의 風蘭이 그저 살아남은 것이 아니다. 나고 죽고, 태동하고 쇠퇴하며, 먹고 먹히우는 자연의 법칙 아래 살아남은 그 수다한 수난의 도정을, 수많은 외침과 政亂에 시달리면서도 강인하게 살아온 한민족의 그것만치나 험하고도 모진 고난도 겪으면서 살아남은 것이다. 따지고 보면 인간의 강인한 생명력도 이러한 자연의 섭리와 거기에 대응하여 適者生存하는 질서의 한 일환으로 볼 수 있다.

여기에 松都의 명기인 黃眞伊가,

山은 옛산이로되 물은 옛물이 아니로다.

晝夜에 흐르니 옛물이 있을소냐.
人傑도 이와 같아야 가고 아니 오노매라.

라고 자연의 섭리로 인간사를 조명하여 자연의 신비와 인생의 덧없음을 읊은 명시조를 볼 수 있다.

신춘에 새로운 창조로 겨우내 冬天을 견디어 낸 만물을 소생시키고 여름의 성장과 번식, 가을의 성숙과 수확, 겨울의 칩거와 인내를 거쳐 다시 신춘에 소생하는 순환적 창조적 법칙에 의해 자연은 유유히 흘러간다.

창작은 바로 이러한 자연의 섭리를 닮은 새로운 인간과 생명의 창조요, 창조의 신비성에 의한 積層과 多聲의 장에서 생동하는 삶의 공감적 형태의 형성이다. 소설에 특히 예술의 전형성과 형상성이 요구되는 것은 이 까닭이다. 소설은 바로 가변적이면서도 쇠퇴적이고 미래지향적인 삶의 총체적인 인식이며, 예술적 창조에 의한 인생의 존재 해명과 고발과 삶의 지표 제시이다.

여기에서 작가는 소설의 창조에 전력을 다하여 자기의 城을 쌓고, 그 성의 의미를 밝혀 불빛을 성 내도 성 밖으로 훤하게 비치며 세상 사람들의 등불이 되어야 한다. 이렇게 삶의 방향을 제시하는 소설의 세계를 창조하는 것은 값지고 소중한 일이 이렇게 자기의 성을 쌓아 성 밖에 빛을 드리우고 세상을 살아가는 道標를 제시하는 작가들을 볼 수 있다. 소설집 <아담의 잉태>의 김순녀도 바로 그러한 작가의 한 사람이다.

2

金順女는 <불꽃놀이>로 「예술세계」 신인상으로 등단한 이후 <종소리>, <활개치는 오뚝이>, <하나님의 식수>, <멍울> 등 단편을 발표하고 장편 <거꾸로 도는 물레방아>(1990)를 上梓하는 등 활발하게 창작 활동을 하고 있는 신예 작가이다. 김순녀는 민족의 비극적인 한이나 일상 생활에 서린 삶의 희노애락을 여류작가의 시각으로 예리하게 묘파하고 있다.

전작 장편인 <거꾸로 도는 물레방아>의 머리말에서 필리핀 여행 때 안내원이었던 미스 진의 한맺힌 6·25 비극의 피해적 현실의 절규를 듣고, 미스 진의 아픔은 우리 모두의 아픔이었고, 또한 내 가슴의 응어리가 아닐까 하면서, 이 한맺힌 응어리들을 풀기 위해 이 장편을 쓴다고 말하고 나서 다음과 같이 술회하고 있다.

> 결국 파괴란 어느 누구의 잘못에서 비롯된 것이 아닌, 더 나은 이상향을 위한 밑거름으로 우리 민족 모두가 지고 가야 할 운명의 노선이자 극복해 나가야할 과제가 아닌지, 다시 말해서 처녀가 처녀인 체 버려두면 영원히 처녀로 머물지만, 어떤 침입자가 있어 처녀성을 파괴한 뒤에는 그에 대한 고통이나 상실이나 허무가 따르기는 해도 그 진통과 함께 열매를 얻을 수 있다는 원리 같은 것 말이다. 이로 보건대 파괴는 넘어서기 위한 아픔이 아닐까 생각되어지기도 한다. 이 아픔은 우리에게 많은 상실도 주지만 또 그만한 이득도 가져다 주게 될 것이기에……

파괴를 부정적 시각에 의해서 본 것이 아니고 상실과 허무가 따르기는 해도 어떤 열매를 맺는 것이 아닌가 하는 결과 긍정론의 입장에서 있다. 김순녀의 작품이 대체로 결말에 가서 화해적인 해결로 끝나는 것도 이런 작가의 시각이 반영되어 있는 것으로 보인다.

<황혼에 부르는 노래>의 송노인이나 <종소리>의 '종소리를 듣고 한국에 온 것 같다'라고 忍苦의 恨을 되새기는 <종소리>의 어머니, 남편과 한을 남편의 죽음으로써 해소하는 <활개치는 오뚝이>의 어머니, 남편의 외도를 나도 모르게 수용하는 <구관이 명관>의 지혜, 천대와 학대의 한이 자기도 모르게 해소되는 <멍울>의 혜순 등이 모두 갈등의 고조와 심화를 인정이나 파괴 뒤의 결실이 한 시각에 의한 해소로 종말을 맺고 있다. 그것은 작가 김순녀가 지닌 역사적 일상 생활 속에 삶의 總體像을 갈등의 해소에 의한 새로운 내일의 가능성을 인식하고 추구하기 때문이다. 이러한 김순녀의 소설 특징은 그 지향성과 시각의 장이 두어서너 가지 경향으로 응축되고 있다.

첫째는 일상 생활의 삶의 앙금과 그 갈등의 고조를 나타내고 있다.

세상을 사는 것은 괴로운 일이요 갈등의 연속이라고 한다. 물론 富貴多男하고 오복을 누리고 사는 소위 말하는 행복한 사람도 많다. 하지만 인간살이는 吉凶禍福이 따르게 마련이요, 고부산은 물론 가정이나 사회살이에 갈등이 따라오게 된다. 그것은 다층적인 얽힘 속에서 가정을 이루고 또 사회를 이루어 삶의 희로애락이 이루어지기 때문이다. 또한 격동 속에 변해 가는 현대 사회에서 테크노피아나 에너토피아, 심지어는 홈토피아를 추구하면서도 이기적인 개인주의에 빠져 전통적인 가부장 제도에 바탕을 둔 전통 의식이 동요하고 이에 친족간이나 계층간의 갈등이 고조되고 있다. 아파트를 주로 하는 주거 환경의 변화도 강남이나 잠실만큼이나 급변하고 있다. 더구나, 이기주의와 가족 보호, 과시적 소비욕에 들뜨고 있는 처지에서 가부장 제도가 흔들리고 있는 실정이다. 노인정에나 꽃집 할머니와 가까이 지내는 송영

감이 며느리와의 갈등을 그린 <황혼에 부르는 노래>은 這間의 사실을
잘 말해준다.

> 　아들 내외는 식사를 끝내고 함께 나갔다. 아버님, 저 수퍼에 잠
> 깐 다녀올 테니까 그 동안 푹 쉬세요. 문은 제가 밖에서 잠그고 나
> 갈께요. 며느리는 송노인의 대답도 듣지 않고 밖에서 문을 찰깍 잠
> 궜다. 기분이 몹시 언짢았으나 어디에다 화풀이할 데가 없었다. 아
> 내가 옆에 있으면, 거기에다가 할 것인데 송노인은 혀를 끌끌 내두
> 르고 또 혼자 궁시렁거렸다. 아파트를 닭장이라고 해서 왜 그런가
> 했더니 바로 이래서로구먼, 글씨 사람을 집안에 두고 밖에서 문을
> 잠궈야. 참 별꼴 다 보고 살겠네. 송노인은 무료히 누워 멀둥거리는
> 눈을 뜨고 천정만 쳐다보았다. 좀 전의 짠한 기운은 차츰 소멸돼
> 가고 조금 힘이 나는 듯했다. 그 때였다. 띵똥, 누군가 초인종을 눌
> 렀다. 올 사람이 없는디, 누구여, 젠장헐 지가 문을 잠그고 나갔으
> 면서 초인종을 눌러야 송노인은 화가 나서 꼼짝도 하지 않았다.

작은 아들이 찾아온 것을 알 리 없는 송노인은 밖에서 딸그락 하고
열쇠를 잠그고 나가는 며느리의 하는 짓이 얄미워 앙탈을 하고 싶어
진다. 알량한 자존심으로 며느리는 아파트, 아내는 주택으로 가자고
우겨 며느리를 따라온 송노인이 병으로 신음하는데 아내는 자존심을
내세워 작은아들 진섭이네 집으로 버티고 송노인은 아들이 퇴근하면
짜증을 부리며 엉뚱한 짓을 하여 며느리와의 갈등을 표현한다.

　원래 부부는 남남이 하나가 되고 아들 부부도 마찬가지니, 부자와
부부가 한 집에 살면, 더 복잡하게 남남이 서로 얽히어 살게 된다. 우
선 아버지 어머니와 아들과 며느리의 관계가 기본이 되지만, 아버지와
아들, 아버지와 며느리, 그리고 어머니와 아들, 어머니와 며느리의 관
계에 이르면 더 복잡하게 된다. 반켄넵이 그의 ≪通過儀禮≫에서 말한

대로 淨化作用이 잘 되면 원만한 관계가 이루어지지만 그렇지 못하면 갈등이 일어나고 그 골이 깊어진다. 그 관계는 아버지와 어머니, 아버지와 아들, 어머니와 며느리, 아들과 며느리 관계가 복잡하고 다층적이다. <활개치는 오뚝이>는 이런 관계를 더 잘 나타내고 있다.

> "담배, 담배, 담배, 한 대 피워야 쓰겠네."
> 안산댁은 부지런히 담배를 찾았다. 시름과 허기를 메꾸느라 봉주사 몰래 배워둔 담배가 지금은 안산댁이 화를 가라앉히는 진정제 역할을 했다. 담배는 항상 봉주사의 머리맡에 두었었다. 세상의 여자들 통틀어 제일 불쌍하기는 안산댁 또래의 여자들일 거라고 안산댁은 늘 궁시렁거렸다. 왜정 시대에 태어나 공장 일 다니며 굶주림에 시달렸고, 출가 후에는 시부모 봉양에 봉주사 병치레에 칠남매 뒷바라지에 손끝에 물 마를 날이 없도록 일 속에 묻혀 살았다. 며느리나 얻으면 좀 편해지려나 바랬건만 며느리는 시부모 공경은커녕 오히려 제 손아귀에 넣어 흔들려고 한다. 맏이가 그 모양이니까 아랫것들도 모두 한 통속들이다. 정말 눈꼴 사나워 살 수가 없었다. 안산댁은 맘껏 담배를 빨아들였다가 허공으로 연기를 뿜어댔다.

젊어서 순임이란 앳된 여인을 가까이 해서 속을 썩이던 봉주사가 며느리를 감싸고 도는 데 화가 났고, 며느리가 얄미워 봉주사의 입원실에서 마구 담배를 태우면서 앙탈을 부린다. 결국 남편의 임종도 보지 못하고 땅 밑으로 까부라져 드는 것 같은 느낌에 빠져 들어간다.

<살아가기>도 생활에 얽힌 삶의 앙금을 여실하게 보여주고 있다. 경옥이 같은 처지에서 의상이 바뀌어진 김사장 부인, 남편 이묵연과 김사장, 그리고 총무나 경비과장 등이 서로 얽힌 관계 속에서 각기 살기 위해 사기를 하고 모략을 한다. 모두가 이기와 금욕에 어두워 남편이 형무소에 갇히고, 김사장의 화해를 거절하면서도 바르게 살려고 애

쓰는 삶의 자세에 공감의 장이 마련된다.

부부간의 갈등과 저주가 심화되어 어린 대일의 자살까지 일어난 <불꽃놀이>도 이런 범주에 속한다. 남편의 방황과 허탕에 미움과 저주의 갈등이 심화되는 이해주와 아내를 찾기 위해 어린 아들 대일과 같이 어렵게 살면서 다시 邂逅하여 정답게 살려는 홍지평의 갈등이 심화되어 절규한다. 조정관인 '내'가 관찰하면서, 남편과의 옛 아픔으로 조명하면서 조정을 시도했으나 수포로 끝나고, 몽매에도 어머니를 그리는 대일에게 이모라고 말한 것이 빌미가 되어 할머니를 따라 저 세상으로 가는 비극적 결말을 보게 된다. 그것은 이혼 청구서에 밝혀 있듯이 군에 갔다와서 의처증과 술에 의한 학대와 불안을 견딜 수 없는 갈등과 미 병사와 가까와져 결혼하려는 새 출발의 장애 요소의 제거에서 오는 비극이다.

> 엄마가 왔다. 엄마는 자기가 서울 이모라고 나를 속였다. 엄마는 내가 싫은 모양이다. 엄마 없는 세상에서는 살기 싫다. 나만 없으면, 아빠도 다른 여자와 행복하게 살 것이다. 할머니가 보고 싶다.

> 편지를 다 읽은 지평씨는 눈 깜짝할 사이에 빗속을 저만치 뛰어 갔다. 해주씨의 얼굴도 파리하게 질려 있었다. 나는 눈앞이 캄캄했다. 너무 어처구니가 없었다.
> 결국 나의 선한 거짓말이 어린 가슴에 상처만 남기고 죽음까지 초래할 줄은 꿈에도 몰랐다. 끝내는 죄악헤 동참하는 꼴이 되고 말았다. 똑같은 죄인끼리 누가 누구를 재판하겠다고. 나는 나의 어리석은 처사가 새삼 부끄러워 견딜 수가 없었다. 가만히 서랍을 열었다. 그리고 펜대를 들었다. 아무 일에나 무가치한 나는 이제 사표를 쓰리라.

누가 누구를 재판할 수 있겠느냐고 결국 조정관은 사표를 쓰고 마는 대상의 투영에 의한 자아의 성찰로 결말을 맺고 있는 것이 <불꽃놀이>의 특성이다.

둘째는 인간 존재의 본질을 추구하여 삶의 의미를 투시하고 있다.

인간이란 그렇게 성인 군자도 아니고 또 악마나 금수도 아니다. 파스칼(Pascal)이 ≪명상록≫에서 말한 대로 인간은 중간적 존재이며, 헷세(H. Hesse)의 말대로 인간은 비극적인 존재이기도 하다. 인간은 사랑도 하고 속죄도 하며 저주도 하며 질투도 하게 된다. 또한 잘 살고 싶어하고, 죽음의 벽을 피하려고도 한다. 죽음이란 숙명을 벗어날 수 없는 인간의 한계이다. 그 중에서도 사랑은 인간이 자기 욕구의 성취를 위해 활력의 장으로 성취와 죄의 양극으로 일탈되기 쉽다. 그것은 이룰 수 없는 사랑의 경우에 더 심각하게 나타난다. 관습이나 사회적 제도에 의해 결합할 수 없는 사랑은 인고의 갈등으로 뒤로 물러서든가, 부도덕하다는 비난 속에서도 그것을 성취하든가의 어려운 길을 택해야 한다. <하나님의 실수>와 <구관이 명관>이 바로 이러한 사랑의 비극을 그린 것이다.

그녀의 애원에 매달려 있는 내 마음은 지금 누구의 편에 서 있어야 할는지를 몰라 나는 한동안 어리둥절했다. 그녀는 한참을 그렇게 몸부림치며 울더니 얼굴을 감싸고 언쓰럽게 느껴졌다. 순간 나도 모르게 내 손이 그네의 볼을 더듬고 있었다. 이러면 안되지, 나는 신부야. 다짐하면서도 가슴 속에서 솟구치는 뜨거운 정열의 덩어리가 화산의 분출구처럼 솟아올라 나는 그만 자제력을 잃고 말았다. 내가 그녀를 끌어안았을 때 그녀는 비맞은 참새처럼 파르르 떨고 있었다. 그래 나 역시 지금도 부인을 사랑하고 있다고 말해 주자 우리는 영원히 행복해질 수 있을 것이야. 그녀의 작은 몸을 으스러지게 껴안는 순간, 아이가 자기 방문을 열고 뛰어나오다가 우리의 모습을 발견하고는 이내 제 방 속으로 숨어 버렸다.

신부라는 사제로서의 규범과 한 인간으로서의 욕구와 갈등이 인간의 존재 해명의 시각으로 묘파하고 있다. 건이 신부는 진정 그를 있고 있는 어린아이로 하여금 인간 존재 본질의 길로 발을 옮기는 고통을 겪게 한다. 사랑은 사랑하는 사람에게 돌려라. 누구도 무엇으로도 그것을 가로막지는 못할 것이다. 관습이나 법으로 복음이라고 규정짓는 그 높은 벽도 사랑은 뛰어넘어 巨火를 불태우게 된다.

하지만 그것은 배신, 간음, 간통, 불륜 등 각가지 죄목을 씌워서 지탄을 하고 매장을 한다. 이런 경우는 사랑의 성취가 비극적인 결말로 막을 내릴 때가 많고, 저주와 비난의 화살을 맞으며 쓰러지게 된다. <구관이 명관>이 바로 그런 상황을 심층있게 그린 작품이다.

어머니가 땅 속에 묻히면 털어낼 말이 있다던 정욱은, 어머니가 땅 속에 묻히기도 전, 그러니까 어머니가 병원에서 숨이 떨어지기가 무섭게 소주 한 병을 사들고 지혜를 이끌고 사람의 왕래가 뜸한 외진 장소로 갔다. 거기서 정욱은 술잔을 연거푸 들이마시면서 사십년간 가슴 속에 묻어둔 자신의 응어리를 털었었다. 어머니는, 어머니는, 지독한 여자였더. 마지막으로라도 회개를 하고 세상을 떠날 줄 알았는데 기어이 말 한 마디 없이 가버리는군. 몹쓸 여자 . 말하고 이번에는 병째로 술을 마셨다. 자신의 맨 정신으로는 뭉쳐진 한의 실마리를 풀어낼 용기가 없었던 모양이었다. 혀가 꼬부라지고 손발이 덜덜 떨릴때가지 취해 가지고는 정신이 몽롱한 뒤에야 말을 끄집어냈다. 우리 어머니는 배신자야. 아버지를 배신했어. 아버지가 집을 비운 사이 외간남자를 불러다 간통을 했다구. 못된 여자였어. 어머니는 어린 내 가슴에 그런 엄청남 상처를 남겨 놓고 지금껏 혼자서 고결한 척, 깨끗한 척, 살아온 여자라구. 나쁜 여자, 정말 나쁜 여자야. 난 절대로 그 일을 용서할 수 없다구, 절대로 말야.

어린 아들에 비친 어머니의 간통에서 오는 비극적인 현실이다. 성은 사람의 통과 의례이면서 유희의 대상이기도 하다. 유희의 대상일 때는 성이 상품화되지만, 통과 의례일 때 성은 사랑을 확인하고 그날의 성취적 활력소가 된다. 상품화의 경우는 댓가의 상응성이 있지만, 통과 의례일 때는 불륜의 경우는 씻을 수 없는 간통의 죄목을 뒤집어 쓰게 된다. 그것은 통과 의례에 의한 사랑의 성취를 하면서도 비난과 지탄의 대상이 되고 비극적인 실마리가 된다. 이브의 원조에서 비롯된 인간의 원초적인 비극이다.

<종소리>는 인간 한의 비극을 심화시켜 고국의 망향을 點綴한 작품이다. "마지막 소원이 있다면 한국 땅을 한 번만 가봤으면 ……거기서 교회종을 다시 들어 봤으면 ……" 하고 망향에 젖은 어머니의 한을 견디기 위해 달아매는 교회의 종을 떼어다가 다락에 두는 스틸, 교회에 종을 꼭 달아 흑인들에게 복음을 전파하려는 강목사, 일곱번째 종을 결단의 마음으로 달면서 스틸과 대결하는 강목사가 스틸 어머니를 찾아 떼어다 놓은 많은 종을 쳐서 "종소리를 들으니 한국에 온 것 같군 ……"이라고 말하는 화해의 결말로 끝나는 종소리는 인간의 한과 그에 맺힌 삶의 비극성을 형상화하고 있다.

이러한 두 경향을 띠는 김순녀의 단편소설은 사회 의식에 의한 역사나 현실의 투영과 보다 함축되고 話素의 압축된 交配에 의한 구조가 수반하여, 그 투시와 지향이 광장을 넓게 하고 있는 것이다.

3

<아담의 잉태>는 김순녀의 첫번째의 중편소설이다. 죄와 악과의 싸움을 추리소설의 기법을 원용하여 간결한 표현으로 구조화한 작품이다. 설교 준비를 하던 유목사는 갈라디아서 3장에 나오는 세례 요한의 탄생을 예고한 가브리엘의 그 비밀이 누설되지 못하게 샤가랴를 벙어리로 만든 것과 같이 갑자기 말문이 막힌다.

'만인의 기도하는 집'이란 교회 헌당의 첫 설교를 할 수 없어 아내 몰래 서울 근교에 있는 실락 기도원의 현권사님을 찾아간다. 그 사이 지나간 일이 머리를 스치는데 이정길이 아플 때 본, 병을 옮겨 주는 빛을 생각한다. 더구나 그 빛에 의해 맹장 수술을 한 여인의 일기를 보고 악마를 추방할 것을 다짐한다.

유목사는 초라한 하나의 거울을 매개로 아내의 과거를 알게 된다. 나대수의 외동딸인 아내는 바닷가를 거닐다가 겁탈당하여 거기에 놓고 간 거울, 그 거울을 하나가 소중히 지니고 있어 아내가 그것을 뺏으려 한다. 결국 아내는 여아를 낳아서 버린 과거가 드러나고, 하나의 거울로 세상을 통달하여 불교적인 이상향을 꾸민다. 결국 아내는 자살하고 하나가 유목사 앞에 나타나 정체를 밝힌다. "나는 당신을 이겼지. 나는 악마예요. 그리고 당신 아내의 딸도 아니고 ……" 유목사는 그 악의 빛과 하나의 거울이 바로 악마로 인간의 파멸을 가져오는 것이다. 유목사는 다시 빛을 찾아 목회 일을 시작할 것을 다짐한다는, 다분히 성서적이고 교훈적인 성격이 풍기는 소설이다.

이 <아담의 잉태>는 긴밀한 구조와 개성적인 문체로 인간과 죄, 죄와 악마, 죄의 회개와 용서의 문제를 상징적인 기법을 원용하여 형상화하고 있다.

갑작스러운 유목사의 입이 막히는 일, 이정길의 몸에서 여인에게로 옮겨간 빚, 그리고 악마의 거울이 삶의 이중적인 투영으로 파멸을 가져오게 하는 듯 비현실적이고 상징적인 기법으로 暗諭하면서, 빚을 향해 새로운 자세를 가다듬는 목사의 지향으로 소설의 긍적적인 지향성이 나타나 있다.

그것은 마치 괴테(Goethe)의 <파우스트>에서 파우스트 박사를 메피스토피레스가 타락시킬 대로 타락시켜 죽은 영혼을 환수하려는 것과 비슷한 서사 구조를 이루고 있다. 현대소설이 소설의 내용 그 자체를 전달하려는 것이 아니라 일종의 수단이란 의미에서 이 <아담의 잉태>는 인간의 죄와 악의 처절한 대결에 의한 죄의 단죄와 새로운 그날을 위한 동참의 의미가 무엇인가를 잘 부각시키고 있다. 죄와 거울과 악마의 연결에 의해 인간의 속죄와 그 새로운 출발이 일반化되는 그날이 올 것을 기대한다.

<아담의 잉태>의 또한 주목되는 것은 목회자의 고행의 순례 여정이다. 고아에서 머슴을 사는 소년의 불행한 시절을 통한 인생 수업은 마치 헤세의 <데미안>이나 <지성과 사랑>에서 수다한 어려운 途程을 지나 得道의 단계에 이르듯이 아내로 대두되는 죄와 속죄의 뼈아픈 고통을 지나 다시 <아담의 잉태>로 발을 내딛는 데 있다.

그렇게 힘든 과정을 통해 役事한 교회의 헌단식에 첫 설교를 할 수 없게 말문이 막힌 대목은 어떤 험준한 앞길을 예시하는 충격적인 장면이다.

> 목회란 직업은 목소리가 그 생명이다. 아무리 실력이 많고 박식하더라도 그 말의 표현이라든가 아니면 그 목소리가 사람들 듣기에

좋지 않으면, 목회는 곧 실패를 하게 마련이다. 그런데 지금 자신은 목소리가 나쁜 정도가 아니라 아예 나오지도 않는것이다. 왜일까? 자신의 생각에 무슨 잘못이 있어서일까? 거기까지 생각이 다다른 그는 지난 밤, 애써 작성한 설교 노트를 펼쳤다.

죄악이 쌓이면, 결국에는 곪은 상처가 터지고 말 것이라는 호세아 13장 12절에서 18절을 중심으로 죄의 만연은 결국 자기를 파멸로 이끌고 간다는 요지의 설교 준비가 허사가 된다. 고뇌의 과정 속에서 병의 빛과 하나로 변신한 악과의 싸움은 험준한 과정을 겪고, 아내의 자살이란 비극적인 공양물을 바치고 나서야 성직의 소명이 무엇인가를 깨닫게 된다.

하나는 바로 악마의 모습이었다. 그 언제인가 이정길의 무덤에서 나와 사람들을 아프고 병들게 하던 그 악의 빛과 같은 그 모습, 사람을 고통하게 하고 멸망으로 이끌어 가는 악의 세력, 하나의 그 더러운 몰골하며 행동 등, 모든 알송달송한 것들이 바로 악마였다. 작은 악마. 그런데 그 악의 세력을 끝내 이기지 못하고 결국 악마에게 패배당하고 말았다. 이겼어야 하는데 …… 아내를 살렸어야 하는데. 목사이면서 죽어가는 영혼, 아니 아내마저 살리지 못한 멍청이였어……

결국 능력이란 남의 잘못을 용서하고 허물을 덮어주면서 모든 어려움과 고통을 참아간다는 의미를 깨닫고 다시 빛을 찾아 목회 일을 시작하리라 다짐을 한다.

중편 <아담의 잉태>는 인간의 각죄와 악마와의 대결에서 새로운 구원의 빛을 찾아 험난한 인생 순례를 거치고 나서 득도하는 악마의 죄와 인류의 구원의 가능성을 지평화한 가작이다.

4

인간은 불가사의하면서 죄와 구원의 굴레 속에서 헤매고 있다. 이런 인간의 타락과 구원 그리고 그 지향성을 구상화하는 소설은 바로 그런 세계의 본질 해명과 유토피아의 추구를 그 主軸으로 한다. 한때는 순수문학과 민중문학을 이원적으로 구분하여 마치 대립관계에 있는 것같이 반목한 경우도 있으나, 그것은 문학의 본질을 도외시한 논의에 지나지 않는다. 그것이 인간 존재의 해명이거나 어두운 현실이나 부조리의 고발과 모랄의 제시이든 그것이 어떤 전형성을 형상화하고 있으면, 다 문학의 범주에 든다. 그것은 인간 조재의 해명과 그 부조리의 고발과 삶의 모랄의 제시가 바로 문학의 二元을 이루기 때문이다.

김순녀의 소설집 <아담의 잉태>는 바로 삶의 현실 속에서 인간 존재의 해명을 주로 하는 인간의 본질을 추구하여 삶의 의미를 가시화하고 있다. 주로 일상 생활에서 삶의 갈등을 고조화하고, 결국 죄와 구원과 같은 삶의 본질과 존재의 의미를 해명하는 경향을 띠고 있는 것은 김순녀가 사회나 역사적인 시각에 의한 삶의 총체상보다는 개개인 삶의 현실과 갈등, 그리고 그 구제를 추구하는 데 시각이 조명하고 있기 때문이다.

산고와 같은 창작의 길로 스스로 좋아서 장인 정신으로 뛰어들었으나 김순녀는 개인적인 조명을 통해서 삶의 의미를 추구하여 인간의 존재 의미를 해명하는 단계를 넘어서, 그 시간과 공간을 넓혀 역사에 투영된 삶의 총체상을 부각하는 대로망을 창작한 단계로 이행되리라 믿는다. 그렇게 될 때에 작가 김순녀는 소설집 ≪아담의 잉태≫로 터

를 닦아 소설의 상승적 성취를 달성하여 한국적인 또 하나의 빛나는
별이 될 것이다.

(金順女, <아담의 잉태>, 창우사, 1993)

9. 암흑가 진흙 속의 사랑의 장미

1

　세상은 험하고 복잡하다. 겉으로 봐서는 평온한 것 같지만 언제나 분쟁이나 전쟁이 가시지 않는다. 인류 역사가 시작된 이래 이 지구상에는 하루도 분쟁이 없는 날이 없고, 權力이나 황금을 위해 수많은 사람을 살륙하지 않은 날이 없었을 것이다. 어떻게 보면 인류 역사는 삶의 피로 물들여진 기나긴 분쟁의 발자취일지도 모른다. 급기야 카톨릭을 수용하여 중세의 暗黑期를 지배하던 로마의 홍망이 그렇고, 영국이나 스페인이 미대륙을 침공하여 그 많은 인디안을 살륙한 일이 그러하며, 왕권을 둘러 싸고 피비린내 나는 살육을 쉬지 않던 조선의 王朝가 그렇다. 거기에는 사람은 어디론가로 사라지고, 오로지 권력과 黃金의 노예가 된 인간이라는 허수아비가 있을 뿐이다. 權力은 인간을 눈먼 소경을 만들고, 황금은 인간을 무골충으로 만든다는 말이 있듯이, 바로 인간은 권력이나 황금 앞에서는 짐승의 탈을 쓴 늑대로 변한다. 사자는 그래도 山中의 왕의 명예를 위해 그렇게 약한 자나 하물며 사람을 함부로 잡아 먹지 않는다. 사람은 약자를 살륙하고 약탈을 한다. 그야말로 弱肉強食의 적자 생존의 처절한 현장이다. 그것이 자연의 섭리에 의한 흐름으로 볼 수 있지만, 거기에는 언제나 분쟁과 살육이 뒤따른다.

인간의 비극은 바로 이 권력과 황금의 그늘 아래에서 발버둥을 쳐야 하는 데에 있다. 中世는 물론 근대 이후의 帝國主義나 독재 국가에서 얼마나 많은 사람이 이 끝없는 권력의 욕구와 황금의 위력과 횡포로 희생되고 노예가 되어 금수의 탈을 쓴 그들에게 유린되었는지 알 수 없다. 영화 <쉰들러 리스트>에서 그 한 예를 볼 수 있는 나치 독일의 유태인 학살이나, 공산주의의 유토피아를 세운다고 수천만명을 희생시킨 스탈린의 만행은 말할 것 없고, 독재 국가나 자본주의 사회에서의 비인간화 현상은, 오르데 카제트의 '예술의 비인간화'의 유가 아니고 카인의 후예로서의 인간의 참혹한 悲劇의 현장이다. 12월 27일 나치 대학살의 상징인 아우슈비츠 수용소 50주년 죽음의 벽에 헌화하는 프랑스 시몬느 장관과 바웬사 폴란드대통령의 獻花가 바로 이런 인류의 죄과에 대한 애도와 속죄의 현장이다. 나치 독일의 히틀러에게 16개 수용소에서 6백만의 유태인과 2백만명의 유럽 각국의 반나치 운동가들이 학살하고, 그 중에서도 아우슈비츠 수용소에서 1백 내지 2백만명의 유태인이 학살한 곳으로 나치의 유태인 학살로 유명한 곳이다. 독일의 콜 정부가 아무리 유태인에 대해서 유화정책을 써도 그 학살의 한과 악몽은 <안네의 일기>로 유명한 안네 프랑크의 아버지인 오토 프랑크가 1월 27일 소련군의 진주로 살아났음을 영국에 있는 6촌에게 보내는 편지 사연만 보아도 당시의 상황이 얼마나 처절했던가를 알 수 있다. 인간의 권력이나 학살의 죄는 어찌 이것 뿐이겠는가. 제2차대전 때 일본군의 남경 학살을 비롯하여 캄보디아의 대학살, 보스니아의 민족 말살의 학살 등 이루 다 그 예를 들 수 없는 학살로 인간은 전권이나 황금의 노예가 되어 인간의 존엄을 말살시키고 있다. 이러한 권력과 황금의 횡포에 맞서 새로운 그날의 지표를 추구할 수 있는 것이 自由, 正義, 平等이라고 불란서 혁명을 필두로 수많은 민권운동이 벌어져 인간의 해방을 추구하여 북구 4국을 선두로 福祉國家의 낙원을 건설하고 있다.

하지만 이러한 자유, 정의, 평등을 근저로 인간의 해방을 가시화시키고는 있어도 그것이 바로 正道라고는 할 수 없다. 권력과 황금의 횡포는 반드시 거대한 몸짓으로 다가 오는 것만이 아니고 아편과 같이 서서히 물들어 스스로 자멸하게 만들어 올 수도 있다. 그것이 바로 밤의 암흑가의 칼날의 생명을 건 싸움이요, 아편에 의한 쾌락으로 스스로 자멸하게 하는 것이 그것이다. 이러한 非情한 쟁투 속에서 강인한 삶의 의지로 새로운 내일의 지평을 열어주는 무서운 힘이 있다. 그것은 죽음을 초월한 사랑과 믿음의 신앙이다. 이 중에서 사랑은 새로운 내일에의 생명을 탄생하고 믿음은 내일의 영광을 그리며 오늘을 굳건하게 사는 信念과 용기를 준다. 박인범의 장편소설 <나는 새는 발자국을 남긴다>가 바로 이런 임흑가의 진흙 속에서 사랑으로 새로운 내일을 잉태하는 처절한 삶을 그린 소설이다.

2

작가 박인범은 90년대에 등단한 新銳作家이다. 단편 <안개등>이 「전북일보」 신춘문예에 당선되고, 1993년에 「전북도민신문」에 <黑點地帶>를 연재하여 개성적인 문체와 기발하고 치밀한 서사 구조에 찬사

를 받으면서도 언제나 겸손하게 자기를 가꾼 작가이다. 그 의욕은 중
앙 무대로 향하여 <108번째의 木刻人形>으로 「文藝思潮」(1994.9)의 신
인상 당선으로 그 문학적 역량을 과시했다. 그 소설을 심사한 필자의
심사평을 보면 이 작가의 문학적 초상이 분명해질 것이다.

　　박인범씨의 <108번째의 木刻人形>은 한 마을에서 살던 땡초가
군자란 한 여인에게 짙게 타오르는 연정을 바치는 가슴이 뭉클한
삶의 여정을 목각 인형을 상징으로 그리고 있다. 목각 인형을 새기
는 각고의 힘으로 유랑극단을 따라 다니면서 가출한 군자를 찾아
다니다가 깡패들에게 희롱당하는 군자를 구하기 위해 몸으로 돌진
하여 납작하게 맞아 딩구는 결말구조가 인상적이다. 박인범씨는 이
미 전북일보 신춘문예에 당선되고, 「전북도민신문」에 <흑점지대>를
연재한 경력을 지니고 문력에 촉망을 받고 있는 작가이다. 당당한
자세로 신인상에 도전하는 그의 작가적 자세가 믿음직스럽다. 전력
투구하여 창작의 꽃을 피우기를 기대한다.

이렇게 그 기염을 토하고 있는 신예 작가 박인범이 장편소설 <새들
은 날으면서 발자국을 남긴다>를 上梓하게 된 것은 慶賀할 일이다.

3

　　박인범의 장편소설 <새들은 날으면서 발자국을 남긴다>는 「전북도
민신문」(1993.1.1~1994.5.15)에 <黑點地帶>로 連載한 소설로, 이번에 題
名을 참신하게 바꾸어 上梓한 소설이다. 그 제재의 특이함과 서사 구
조의 박진감, 그리고 간결하고 과감하게 체언으로 끝나는 문체로 관심

을 모았던 1,650매의 장편소설이다. 라스베가스의 카우 보이라고 불리우는 진우와 舞踊 등 닥치는 대로 일하는 가희와의, 깡패의 암흑 세계인 술집 뒷골목에서의 생명을 내던진 쟁투로 진흙 속에서 사랑의 장미꽃을 피게 하여 위대한 사랑의 지평을 보여준 소설이다.

술집 라스베가스 앞에서 호객 행위를 하는 미스터 카우 보이라고 불리우는 진우, 소주 한잔으로 몸을 녹이면서 주인 鄭씨로부터 라이벌 격인 '불고'의 도전에 대한 정보를 입수한다. 라스베가스의 地下室로 들어 가다가 가희를 발견하고는 황마담이 황보와 같이 운영하는 무용학원에 데려다 준다. 가희가 실수를 거듭하자 황보가 끝난 뒤 가희를 린치하는 것을 보고 진우가 뛰어 들었으나 오히려 황보에게 늘씬 맞고 만다. 백사장은 출옥할 칠성에게 회전의자를 양보해야 할 처지여서 전전 긍긍한다. 라스베가스 개관 7주년 기념을 위한 공연 준비 중 쓰러진 가희가 임신한 것을 알고 중절 수술을 강권하나 가희는 이 아이만은 절대 안된다고 우긴다. 진우는 그 애만은 낳게 해달라고 애원하면서 황마담에게 童貞을 바친다.

가희의 임신을 알고 린치하는 황보들 '불곰'패의 습격 정보를 세공하고 가희와 탈출을 시도하나 작두에게 덜미를 잡힌다. 그 벌로 가희는 라스베가스의 청소를 하고 진우는 신인왕전에 출전하는 뱁새의 스파링 상대를 하게 된다. '불곰'패의 습격에 카이젤 張의 정수리로 날아 오는 각목을 자신의 몸으로 막고 쓰러진다. 한달 뒤에 카이젤張의 주례로 제주도에서 가희와 결혼식을 올린다. 칠성이 배사장의 자리에 오르고 진우가 지배인 자리에 오르자, 황보가 복수할 것을 결심하고 가희에게 마약을 주입시킨다. 진우는 조직으로부터 구룡포에 가 강선장의 지시에 따르라는 명령을 받는다. 보름 후에 강사장과 임무를 마치고 돌아 오자 가희가 마약 중독에 걸려 있는 것에 놀란다. 홍콩행

페시픽 항공에 탑승하라는 명령을 받는다. 진우는 미행하는 그림자를 따돌리고 발걸음을 돌린다. 허만호 피살 사건이 보도되고 세일유통에 형사대가 급습하는 가운데 진우와 가희는 성 나자로의 집에 은신한다. 어느날 진우는 장수하늘소를 찾아간다. 결국 가희를 위하여 정면 대결을 할 수 밖에 없다. 장수하늘소는 불곰과 연합전선을 펴서 공격해 온다. 가희가 카이젤 장의 집으로 끌려가고 진우가 카이젤 장에게 최후 통첩을 한다. 결국 혼자 몸으로 뛰어 들다가 작두의 엽총을 맞고 쓰러지고 카이젤 장의 집은 불에 휩싸인다.

그로부터 망우리 공동 묘지에 핏덩이를 등에 업은 가희가 진우의 무덤 앞에서 흐느낀다.

"진우씨! 하나의 그것도 버려진 생명을 탄생시키기 위하여 이토록 질긴 인내와 희생이 필요했던가요……"
라고 절규하면서 그 자리에 쓰러진다.

이런 내용으로 어딘지 무협지와 같은 일면이 있으면서도 진우의 비정한 암흑세계에서의 사랑의 열기와 가희의 강인한 인내로 진흙 속에서 사랑의 장미를 꽃피게 하고 새로운 생명의 탄생을 보게 되어 인간애가 짙게 깔려 있는 것이 인상적이다. 이런 의미에서 <새들은 날으면 발자국을 남긴다>의 문학적 의미를 몇 가지로 나누어 볼 수 있다.

첫째는 술집 라스베가스를 중심으로 황금과 권력을 얻기 위한 비정의 暗黑世界가 여실히 반영되어 있다.

신문에 가끔 보도되는 것만으로도 충분히 짐작할 수 있는 깡패들의 비정의 세계는 의를 지킨다는 명목으로 이권 개입 밀수 해결사 등 갖은 사회악을 자행한다. 현대 사회에서 도시화와 폭력에 의한 인간의 말살이 가장 문제가 되고 있는데, 이 작품에서도 추리적이고 무협지의 냄새가 날 정도로 종횡무진하게 暴力을 휘두르는 사회악과 그 비리는 세상을 떠들석하게 한 연속극 <모래시계>에서도 잘 나타나 있다. 無抵抗主義者 간디도 결국 암살의 폭력으로 쓰러지고, 미국 민권 운동의 선구자인 킹목사도 암살의 폭거로 서거하고 말지 않았는가. 물론 윤봉길 의사나 안중근 의사와 같이 침략의 불의에 맞서 폭력을 쓸 수도 있으나 조직과 힘에 의한 폭력과 결탁은 자유주의를 말살하는 암적인 존재다. 롤라 메이(R. May)가 ≪현대인의 소외≫에서 말한 대로 物神主義의 갈증 속에 가치관의 상실로 독버섯과 같이 비정하게 현실을 휘저어 놓는다. 정권의 前衛隊 몫을 하고는 그 비호 아래 사회의 그늘에서 비정한 횡포를 휘내둘고 사회악의 온상이 되고 조직에 충실한다. 이 작품은 이러한 현대사회의 조직과 폭력에 의한 비정한 암흑가를 리얼하게 반영하고 있다. 보다 인과적 연관과 조직의 치밀, 그리고 악의 후예로 편향된 인식의 化石이 아쉽기는 하나 흥미있게 볼 수 있는 어두운 세계를 심도 있게 표현하고 있다.

둘째는 진우의 가희에 대한 생명을 던진 보호적 사랑과 가희의 인내와 생명 존중의 강인 자세가 인상적이다.

폭력은 폭력으로 망한다지만 또한 사랑으로 폭력을 초극하여 새로운 내일의 지평을 여는 삶의 敬畏스러운 자세도 볼 수 있다. <카라마조프兄第>의 도스토예프스키는 '인간은 행복과 똑같이 불행도 주어진다'고 말하고 인간은 행복의 天使만을 만날 수는 없다, '좋은 일에 마가 낀다'는 우리의 格言도 결국 인간에게는 행복만이 주어지지 않는다는 말이다. 인간을 파리 목숨같이 살륙하고 권력과 황금, 그리고 거기에 신까지를 결탁해 놓고 帝王 노릇을 하는 철권 속에서 사랑을 위하여 생명을 내던지는 진우에게서 권력의 횡포에 시달리는 현대인을 구제할 수 있는 한 인간형을 이루고, 강인하게 새로운 생명을 보호하고 탄생케 하는 가희에게서 생명 경시의 풍조를 초극하여 인간애의 한 전형을 볼 수 있다. <죄와 벌>의 몸을 파는 보잘 것 없는 소냐가 초인주의 권력주의에 빠져 있는 라스콜리니코프를 구제할 수 있었고, 쉰들러의 생명을 던진 인간애에 의해 수 많은 유태인의 생명을 구제할 수 있듯이, 진우의 가희에 대한 뜨거운 사랑의 승화와 가희의 생명 존중의 경외성이 짙으게 나타나 그 무서운 폭력 속에서도 내일에의 지평을 열게 되었으니 이거야 말로 폭력에 맞선 인간의 승리요, 휴머니티의 고양이라고 할 수 있다. 연실과 장수하늘소의 부축을 받으면서 진우의 무덤 앞에 선 가희가.

"아 하나의 생명을 탄생시키기 위해 이토록 질긴 인내와 희생이 필요했던가요, 진우씨……!"

이 절규는 이 소설의 주제가 압축되어 독자의 가슴을 애리게 한다. 영화 <로마제국의 滅亡>에서 보듯이 사랑은 역시 위대하다. 어떤 권력도 황금도 생명을 던지는 사랑의 무서운 힘을 꺾을 수는 없다.

셋째는 재미있게 읽을 수 있게 서사의 박력이 있고 서술도 개성적이어서 껄껄한 데가 있으면서도 興味를 더해 준다.

현대 사회는 소설을 낚시나 등산과 같이 레저화의 대상으로 삼아 추리적인 즐거움과 성의 유희에 의한 代償的 만족을 누리려고 한다. 소설이 1회용 컵과 같이 한번 읽고 버리고 버리는 商品으로 전락하고 있는 것도 이 때문이다. 사실 옛부터 소설은 재미있게 읽을 수 있는 것을 그 출발의 美學으로 보고 있다. 그 다음에 美的感動을 주고 지적 공감의 단계에까지 이르러야 소설이라는 텍스트를 두고 작가와 독자가 마주 보고 인생이나 역사의 대화를 나눌 수 있는 것이다. 이 소설의 재미는 숨기고 보여주는 서사의 구조와 개성적이면서 독특한 표현에서 온다. 이 작품은 이러한 면이 완숙하지는 않아도 독자를 끌 수 있는 어딘지 사건의 이완이나 과장적 홍분 등 어딘가 빈 구석이 있으면서도 독자를 끌어 당기는 힘을 지니고 있다.

첫 숫가락에 배부를 수는 없다. 정력을 다하여 정진할 때에 創作의 빛나는 고지에 올라갈 수 있다. 그렇다고 단숨에 그 고지에 뛰어 올라가려고 해서는 안 된다. 한번에 뛰어서 頂上에 갈 수는 없다. 늦게 등단을 했지만 패기에 넘치고 장편을 신문에 연재할 정도의 筆力을 가지고 있으니 더욱 대성하여 문단의 별이 될 수 있을 것이다. 그날이 멀리서 다가오도록 창작에 전력 투구하기를 기대하면서 이 박인범의 장편소설 <새들은 날으며 발자국을 남긴다>가 장안의 紙價를 올리고 새로운 跳躍의 촉진제가 되기를 빈다.

(박인범, <새들은 발자국을 남긴다>, 삶과 꿈, 1995)

10. 불타는 所望 그리고 抒情과 鄕土

1. 詩人의 목소리

시인의 목소리는 다양하다. 모든 시인은 제각기 독특한 목소리로 새로운 창조의 세계를 노래한다. 거기에는 삶에 대한 情恨의 절규가 있고, 심오한 洞察에 의한 계시도 있으며, 내일을 지향하는 현실의 투시와 그 확대가 있을 수 있다. 金素月이 평범한 일상생활에 얽힌 삶의 정한을 전래의 고유한 가락으로 읊고 있는 것을 비롯하여, 韓龍雲이 현실을 초월한 삶을 哲理를 삶과 역사와 현실을 照應하여 육중한 목소리로 노래하는 것이나, 李陸史가 짓밟히고 더럽혀지는 이 땅과 겨레의 절규를 메타포로 응집하고 있는 것이 다 그런 양상이다.

또한 金光均이 도시문명에 소외되고 왜소해 가는 인간상을 그림을 그리듯이 이미지로 구도하여 보여 준 것이나, 李箱이 현실과 삶을 분해하여 그 형체만으로 도식화하여 초현실의 의미를 재구성하고 있는 것이 다 시인의 특이한 장치에 의한 목소리다. 그것은 루이스가 말하는 노래하는 시나 보는 시, 생각하는 시의 어느 類型에 속하면서도 시세계나 그 시세계를 형성하는 장치가 다르듯이 시인마다 목소리가 다른 것을 말한다.

시인의 독특한 목소리는 바로 시인의 투시와 수용에 의한 세계 인식의 질량을 말하며, 그 인식을 매타포하는 개성적인 표현의 장치를 말한다. 시인과 같이 호흡하며 보이고 보면서 쌓아가는 可視圈에 있는 대상에 시인이 흡인되고 그 대상으로 새로운 세계를 창조하는 것은 바로 시인의 세계 인식과 장치의 발현이다. 그러기에 동시대의 시인이면서, 어떤 시인은 하늘과 달과 황토길을 가시권으로 수용하며, 또 다른 시인은 삶에 어린 인정과 그 정한의 메타포에 기울며, 어떤 시인은 어긋난 역사의 수레바퀴에 짓눌리고 기를 펴려고 절규하는 타락한 사회 속의 인간의 절규를 告知하는 경우가 있듯이, 시인의 觸角과 그 메타포는 다양하게 나타난다. 여기에서 시인의 召命에 대한 논의가 제기될 수 있으나, 그것은 音律性이 훼손되어서는 시의 존재가 위협받게 된다는 시의 속성을 고려할 때, 시의 어떤 기능을 편향적으로 강조하여 시의 同軌的인 목소리를 내야한다는 논의는 동의하기 어렵다. 문제는 시인이 어떠한 목소리를 내든, 시인이 시정신에 몰입하고 그것을 메타포하는 상인정신에 투철하느냐, 그렇지 않느냐에 있다. 시단의 일각에서는 남의 목소리를 흉을 내거나 類似性에 오히려 자족하는 경우나, 시정신의 정립이 없이 어떤 에콜에 동조하는 것을 볼 수 있다. 의식이 앞서 시의 예술성을 획득하지 못한 카프파가 그 한 예요, 해방 후에 시를 이데올로기 擴散의 媒體로 전락시킨 것이 또 하나의 예이다.

시는 투철한 시정신의 발현이다. 그 발현이 匠人精神에 의해 형상화될 때 시는 비로소 독특한 시인의 목소리로 나타난다. 우리는 宋東均의 시 ≪흙장미≫에서 그런 시 정신이 장인정신에 의해한 藝術性을 획득하고 있음을 볼 수 있다.

시집 ≪흙장미≫는 송동균 시인의 <琴床洞의 산자락> <井邑까지>, <저문 황토길>에 이은 제4시집이다. 최근 2,3년 동안에 발표한 시 60여편을 한데 묶은 시집으로 시세계의 성숙을 위해 집요하게 시혼을 불태워 그날의 成就를 위해 전력투구하고 있는 시인의 편력이 아로새겨진 시집이다. 더구나 짧은 기간에 이렇게 많으면서 시세계의 확대와 심화된 작품을 쓰고 있다는데 이 시인의 灼熱하고 있는 創造精神과 그 깊이를 알 수 없는 저력을 짐작하고도 남는다.

시집 ≪흑장미≫의 많은 시는 성취하고 싶은 소망에 불타는 시혼을 생활의 서정과 향토의 귀의로 연소시킨 시의 花園이다. 그것은 <所望을 여는 아침>으로 표상되어 있는 자유와 사랑의 성취를 <聖域의 바람>과 <흑장미>로 凝集하고, <초원에 핀 꿈>으로 지향하며, <눈 위를 거닐며>의 생활의 아픔과 한을 <수수깡 입에 문 아이들>의 삶과 자세를 그리며 連作詩 <琴床洞>의 哀歡이 서린 삶의 서정과 향토로 수놓여져 있는 자유와 사랑과 향토에 의한 그날의 성취를 위한 시의 편력이다. 우리는 시집 ≪흑장미≫에서 宋東均시인의 소망 성취의 基軸과 그 지향적 양상, 생활의 서정에 의한 삶의 애환, 그리고 향토에 젖은 짙은 詩人의 목소리를 들을 수 있다.

2. 사랑과 鄕土의 樂園

이러한 시집 ≪흑장미≫은 몇 가지로 나누어지는 문제로 우리의 관심을 집중시킨다. 그것은 宋東均詩人의 특이한 목소리이며, 또한 장인의식에 몰입하는 시인의 집요한 정열의 결실이라고도 할 수 있다.

첫째는 자유와 사랑의 所望 성취의 피어린 途程을 엿볼 수 있다. 시인은 꿈을 그리고, 그 꿈을 아름답게 가꾸어서 사람들을 魅惑시킨다. 宋東均도 꿈을 그리고, 그 꿈을 키워 성취하려고 몸부림치고 있는 것을 볼 수 있다. 그것이 바로 <所望을 여는 아침>의 소망의 기축이며, <수수깡을 입에 문 아이들>이 그 꿈을 성취하기 위한 자세이고, <초원에 핀 꿈>과 <흑장미>이 바로 그 꿈을 성취하는 몸부림으로 나타난다. 宋東均이 성취하려는 꿈과 樂園은 과연 무엇일까? 그것은 이 詩人의 성취의 지향성과 그 성취를 위한 자세를 궁지할 수 있는 열쇠가 될 수 있다. <所望을 여는 아침>은 그런 성취욕의 軌가 무엇인지 암시해 주고 있다.

바람이 갈잎을 흔들고
그저 씨 소리만이 들리는
벌판에 서고 싶다.

無限히 자유를 머금으며 사는 새처럼
날개를 달고
맑게 흐르는 바람에 얹혀 살고 싶다.

모든 시끄러운 것들의 記憶을 상실하고
엄마의 손끝을 붙들고
걸음마를 익히는 아가마냥
세상을 맞고 싶다.

이슬 같은 눈물 매달고
사랑을 그린다 해도
갈잎 사각이는 소리같이
맑게 열리는 가슴을 만나고 싶다.

> 都心의 네온사인보다는
> 바람에 씻기운
> 총총한 별을 주워담는
> 修女의 순정 같은 눈빛을 만나고 싶다.
>
> 바람이 갈잎을 흔들고
> 새소리 들리는 푸른 하늘 가
> 무한한 사랑이 깃을 펴는
> 벌판에 나 항상 서고 싶다.

—<所望을 여는 아침>

이 시는 벌판의 이미지에서 바람과 아가, 가슴, 눈빛으로 나타나는 성취의 여정을 거쳐 벌판의 성취를 보여준다. 하지만 첫 연의 벌판과 끝연의 벌판은 소망과 성취의 始終의 의미를 함축하고 있다. 여기에서 바람과 새소리가 자유로운 벌판은 무엇이든 수용할 수 있는 광장에서, 바람과 새소리가 들리는 하늘 가에서 사랑의 깃을 펴는, 벌판의 꿈의 성취인 낙원의 벌판으로 이행하고 있음을 볼 수 있다. 거기에서 자유와 순수, 그리고 맑게 열리는 가슴과 修女의 순정 같은 눈빛을 만나 사랑의 깃을 펴는 벌판에 서고 싶은 강력한 욕구와 자세를 볼 수 있다.

벌판으로 상징하고 있는 송동균이 성취하려는 꿈과 樂園은 바람과 새 소리, 그리고 별과 하늘로 나타나는 자유를 구가하는 聖域과 이슬 눈처럼 투명한 눈매인 채 소녀 같은 설움, 미소 머금은 흑장미로 상징된 사랑의 성취에 응집되어 있다. 이 자유와 사랑은 이 시인이 집요하게 성취하여 그 꽃을 피우려는 시세계의 모티브요 力動的인 활력소라고 할 수 있다. 벌판의 출발과 성치의 벌판의 메타포와 시세계는, <聖域의 바람>에서, 面紗布 씌운 산동이 / 서서히 보드라운 살빛을 드러내며 / 맑은 精氣를 띄우고 / 가녀린 풀잎새들이 / 聖域을 둘러싼 바람에 자유로이 나풀거리고 있다 / 수렁 속을 맴돌던 벌집 같은 삶이 / 숨통을 터뜨릴듯 바람 소리 따라 / 새기운을 일으키고, /바람 눈보다 微細한 粒子들이 / 일제히 눈을 떠 / 幽谷맑은 물을 헤저으며 / 깊은 내면을 향해 / 거세게 소용돌이치고 있다>와 같은 자유의 구가 속에 活力에 넘치는 삶의 심화와 확대로 나타난다. 그러한 자유 속에서 성취와 옛 모습을 <東京의 高麗村>에서 조명하고 있고, <臺灣 사람들>에서 大陸의 기질 속에서 그것을 성취한 한 표정을 보여 주며, <敎皇 요한 바오로 2세>의 偉容에서 바로 자유와 사랑의 象徵의 現形을 찬미하고 있다.

송동균의 또 하나의 성취의 모티브는 사랑이다. 하늘의 별 같은 청순을 익히고 갈잎 사각이는 소리같이 맑게 열리고 가슴을 조이면서 설운 사랑을 키우고 있는 흑장미에 태양처럼 달아오르는 열정을 바치는 연작시 <흑장미>에서 사랑의 꿈을 성취하려는 것을 엿볼 수 있다.

저만치 떨어져 핀 흑장미 한 송이는
어둔 커튼 들이우고
달무리처럼 설운 사랑을
키우고 있읍니다.

나는 그의 가녀린 몸 갓을
허황히 맴돌고만 있으니다.
문고리를 잡고도 차마 열지 못하고
어린 소녀 마냥 두근거리는 가슴으로

돌아서는 발걸음입니다.

— <흑장미 Ⅱ>

와 같은 서로 수줍게 대응하는 사랑의 문턱에서 울고 싶도록 수줍은 가슴으로 그 흑장미에 꿈을 키우고 있다. 숨이 차도록 숨이 마르도록 으스러지게 껴안은 바람의 포옹이 지난 날의 파란 기억을 몰고 올까 봐 두렵기만 합니다. 하고 흑장미의 고뇌와 갈등을 그리면서,

> 이젠 당신도 뜨거운 바람이 되십시오.
> 차라리 이 숨이 찬 가슴을
> 갈기갈기 발기는 바람이 되십시오.
> 그리고 그 감미로운 혀를 내미십시오.
> 진정 미어질 듯 가슴 안 바람을 앓은 꽃바람이 되십시오.

— <흑장미 Ⅲ>

라고 절규한다. 하지만 흑장미의 마음의 문은 굳게 닫히어서 그 문을 열고 사랑의 열기에 불을 붙일 수가 없는 것이다. 그 매혹적인 눈매에 吸引되면서 天使의 집을 짓고 있는 흑장미의 숭고한 영의 세계를 흠모하게 된다. '사랑에 노크하는 이 손목은 / 아직도 떨리기만 합니다 / 이젠 서서히 문을 여세요 / 당신 花心에서 이는 향기 스며들도록 / 내 끝내 고독한 바람이고 싶습니다'하고 흑장미에 의한 사랑의 성취는 고독한 바람에 의한 영적 상승으로 지향된다. 이러한 사랑의 절규는 삶의 서정과 향토성에 의해 수용되면서 이 詩人의 시세계는 더욱 자유와 사랑의 성숙적 지향을 짙게 나타나게 된다.

　둘째는 삶의 서정과 鄕土의 안식을 엿볼 수 있다.

　소망의 성취를 위하여 오늘을 살아가는 삶의 여운이 <歸家길에>,

<눈위를 거닐며>, <초원의 집>, <여름에 살며>, <빗길을 거닐며> 등에 생활인의 통찰과 달관의 자세로 부각되어 있다.

>   내 거치른 숨결
>   잔잔하게 달이 길러주고
>   오늘은 결코 외롭지 않은 길
>
>   달이 가면 내가 가고
>   내가 가면 또 달이 간다.
>   내 즐거운 집
>   고운 꿈을 가꾸러
>   오손도손 가고 있다.
>
>   — <歸家 길에>에서

  삶과 세상이 流轉하는 가운데 내 즐거운 집 고운 꿈을 가꾸리라고 그 삶의 서정을 노래하며 생활의 여운을 키운다. 그것은 바르르 떨리는 나무의 심장인 낙엽이 지평선이 무너지듯 떨어지고 낙엽을 응시하는 <落葉지는 소리>나, 사람들은 한결같이 눈을 닦고 마음으로 旅裝을 하고 하얀 벌판에 나서고 있다는 <눈위를 걸으며>로 점철되며, '어느 날 아버지는 / 빛좋은 개살구 나무가 쓸모없이 / 텃밭머리 그늘만 일으킨다고 / 흰 수염 쓸으며 투덜거리시더니 /끝내는 상기한 체 도끼 들고 뜰 밖에 나서셨다'는 <개살구>로 성찰한다. 이것은 유전하는 삶의 정을 내적으로 삼키면서 상관물에 의해 서정화된 것이다. 이러한 삶의 서정은 鄕土의 짙은 빛으로 채색된다. 母岳山 金山寺의 골짜기를 씻어 내린 맑은 정기와 同津江 물줄기의 영기를 담은 湖南人임을 자부하는 송동균 시인은 <초롱불>이나 연작시 <琴床洞>에서 향토의 짙은 목소리를 취입하고 있다. 거기에는 초롱불에 어린 향토의 정이 있

고 <별>에 어린 꿈이 있으며, <琴床洞>의 향토적인 이상향이 있다. 42
편까지 간 <琴床洞>의, 시기하고 싸우고 절규하는 생명과 현실과 역사
가 출렁이고 넘실대는 삶의 구도는 마침내 사랑으로 지향되는 이상향
으로 추구된다.

   할아버지 마을 숲에서
   정금이는 하얀 앞치마에
   햇밤을 주워담으며
   가늘게 처녀 몸살을 앓고 있었다.

   세상 아무의 손길도 스치지 않은
   반질한 햇밤이
   돌이에 바치는 제 순정 같아서
   그는 서럽도록 맑게 닦인 눈으로
   흰 구름 뜬 하늘을 바라보고 있었다.

   정금이는 거시충으로
   이따금 햇지푸라기 목띠를 두르고 있었니만
   그는 말뚝무시처럼 숲에 흰 다리를 꽂고
   늦가을 석류빛 얼굴을 찾아 올
   돌이를 기다리고 있었다.
   돌이는 언제나
   숲을 흔들고 지나는 바람이
   정금이의 가슴을 뭉클하게 떠올린 뒤에야
   찾아 오곤 했었다.
         —<琴床洞 38>

 정금이, 돌이에 대한 사랑이 성숙해가는 琴床洞은 춘동의 넋과 보리
고개의 굶주림, 이장인 밀대에 대한 춘석의 울분, 용기의 신복, 바람쇠

의 투정 등 수많은 사람들의 삶의 한과 절규가 이어지면서 사랑의 성숙을 지향한다. 이러한 식민지 시대부터의 역사와 현실의 격동 속에서 살아가고 삶의 현장에서 사랑을 키워 <소망을 여는 아침>의 벌판의 광장이 이루어질 때 琴床洞은 자유와 사랑을 구가하는 낙원이 될 것이다.

세째로 시어의 탁마와 기법이 탁월함을 볼 수 있다.

시는 모국어의 탁마이며 모국어의 생명을 연소시킨다. 시집 ≪흑장미≫는 이러한 시어의 탁마에 정열을 기울이고 모국어에 새로운 생명을 불어넣고 또 시적 구조나 신선한 메타포, 리듬, 운율의 자유로우면서도 세련된 구사 등 시의 기법이 내재화되어 있음을 보여 준다. 가버린 풀잎새들이, 아픔으로 기름을 짜내어, 뽀얗게 눈을 뜬 채, 이슬 굴리듯 투명한 눈매 등은 시어의 선택이나 메타포에서 참신한 신선미를 준다.

바르르 떨리는 나무의 심장
끼마귀떼가 바람을 일으켜
하늘 끝으로 떠난다.
꽃은 꽃으로 피기도 전
끝없는 지평선이 무너져 나가고 있다.
— <落葉지는 소리>에서

이런 메타포는 이 시인의 특이한 기법이기도 하다. 시집 ≪흑장미≫의 많은 시에서 볼 수 있는 이러한 시의 기법은 그 구조미에도 성숙성을 가진다. <소망을 여는 아침>의 ~서고 싶다, ~살고 싶다, ~맞고 싶다, ~만나고 싶다, ~서고 싶다의 열망에서 넘치는 순서나 구조에 의한 조사법을 돋보인다. 이러한 시어의 메타포와 시의 구조미 등이 그의 참신하고 독특한 시기법의 장치라고 할 수 있다.

3. 그날을 위하여

시인의 목소리는 다양하면서 시인마다 특이성을 지닌다. 宋東均의 제4시집 ≪흙장미≫는 그 전 시집의 목소리를 더욱 원숙하게 가다듬어 이 시인의 특이한 목소리를 보여준다. 그것은 자유와 사랑을 바탕으로 하면서 그것을 성취하려는 소망의 지향적 여정이요, 삶의 애환에 서린 省察과 한의 절규와 향토의 짙은 애정에 의한 성취의 목소리다. 그것은 <所望을 여는 아침>의 시동에서 <흑장미>와 <琴床洞>의 지향적 추구로 나타난다. 시집 ≪흑장미≫는 <수수깡 입에 문 아이들>의 자세로 그 소망에 불타는 삶의 서정과 향토성이 독특하고도 신선한 시어나 메타포, 시의 구조에 의해 독특한 목소리의 花園을 이루고 있다. 그 자유와 사랑이 성취되어 가는 이 시인의 목소리가 자유롭게 펼치고 벌판의 낙원이 별같이 성숙될 것을 기대한다.

(安東均, <흑장미>, 도서출판 친우, 1986)

11. 그날을 위한, 그리움과 生活의 美學

1. 그리움의 美學

사람은 누구나 내일을 그리며 산다. 성취하여 누리고 싶어 하는 그 날을 위해 全力投球하여 가파른 오늘을 살아 간다. 또한 아롱진 그날을 그리며 인지하지 않고 오늘을 힘을 다하여 살다보면, 그날이 눈앞에 다가와 있는 것을 볼 수도 있다. 하지만 그날이 쉽게 손에 잡히지는 않는다. 그날은 무지개와 같이 유혹하면서도 언제나 산 너머에서 빠꼼히 고개만 내미는 경우가 적지 않다. 현실주의자가 이상주의를 비웃는 까닭이 바로 여기에 있다. 하지만, 사람은 현실에 머물러 자족할 수 있는 안이한 존재가 아니다. 그날의 實體를 인지하고 그것의 성취를 위하여 나름대로 최선을 다하여 살아 간다. 그 살아 가는 현장이 바로 가파른 현실이요, 그 연속의 층이 역사이며, 성취된 조그마한 그날의 積層帶가 바로 문화라고 할 수 있다.

여기에서 중요한 문제가 대두된다. 그날의 실상은 무엇이며, 어떻게 그날을 성취하는가의 두 가지 문제가 그것이다. 이것은 무엇을 그리며, 어떻게 살아가는가의 성취의 대상과 방법의 문제가 된다. 먼저 무엇을 그날의 실상으로 그리는가, 또 그것을 어떻게 살아서 실현하는가의 본질과 수단의 문제가 된다. 무엇을 위해 이 고해로 일컬어지는 세상을 살아 갈 것인가. 그것은 민족일 수도 있고, 사랑일 수도 있으며, 신앙의 낙원일 수도 있다. 하지만 만인이 따를 수 있는 내일이란 그리 쉽게 설정될 수는 없다. 모든 사람이 소중한 것을 위해 사는 그 가장 소중한 것이 바로 내일의 실상이 아닐 수 없다. 문제는 그런 내일을 환상적 착오로 잘못 인지하여 절망의 비극을 맞지 않는 일이다. 잘못하면, 메에트링크(maeterink)의 <파랑새>의 주인공 찌루찌루와 미찌루와 같은 비극을 겪게 된다. 그 소중한 것이 무엇이냐의 문제보다 인지된 소중한 것이 바로 희구하는 내일의 그것이냐에 대한 믿음에 가까운 자각이 필요하다.

다음으로 믿음에 가깝게 인지된 내일을 어떻게 성취하느냐가 중요한 과제로 뒤따르게 된다. 그것은 구도자의 경외스러운 자세로 지속적인 力動性에 의해 추구될 수도 있고, 현실의 변혁에 의한 혁명으로 성취될 수도 있다.

사람들은 내일을 위해 오늘을 산다고 하지만, 그 내일의 지향성을 인지하고 그것을 성취하기 위해 祭儀意識을 가지고 세상을 살아가는 경우는 그리 많지 않다. 그저 가시적인 그날을 그리며 그것을 실현하기 위한 식물적인 자세로 살아가는 것이 보통이다. 그것은 바로 사람이 미지의 낙원보다 현실의 삶의 희로애락을 중히 여기는 까닭이다. 그러면서도 세상에는 신앙같이 인지된 그날을 위하여 오늘을 전력투구하여 사는 사람이 적지 않다. 그것은 그날의 실상을 바르게 인지하고, 그 성취를 위하여 생활의 축을 한 곳으로 압축하고 있음을 말한다. 바로 정신을 한 곳에 모두우면, 어찌 이루지 못할 것이 있으랴의 精神一到 何事不成의 자세로 그 소중한 것의 성취를 위하여 생활권을 압축함을 말한다. 龍惠園 詩集 ≪한 그루의 나무를 아무도 숲이라 하지 않는다≫가 바로 그런 삶의 응집이다.

≪한 그루의 나무를 아무도 숲이라 하지 않는다≫은 龍惠園 시인의 처녀시집이요. 근 수년간 시작에 몰두해 오면서 써 온 시 약 80편을 한데 묶어 세상에 자기의 목소리를 내보이는 시집이다.

삶과 그 아픔을 치유하고 영혼의 눈을 일깨워주는 목회 생활을 하면서 결코 버릴 수 없는 시혼을 불살라 애띠고 맑은 목소리로 그날을 위해 익어가는 憧憬의 세계와 생활에 어린 서정의 아름다움을 노래한 시집이기도 하다. 그 익히고 불타는 시혼이 삭여진 시 <옥수수>가 KBS의 '아침의 광장'에 선정되어 삶에 어린 이야기의 서정을 성숙된 技法으로 형상화했다는 好評을 받은 것만으로도 이 시인의 시의 성숙성을 짐작할 수 있다.

시집 ≪한 그루의 나무를 아무도 숲이라 하지 않는다≫의 많은 시는 그날을 그리는 불타는 시혼이 그리움과 생활의 서정에 아로 새겨진 시의 꽃밭이다. 그것은 <내 작은 소망으로>와 <어느 때인가>, <인생> 능의 신앙과 소국, 삶의 두시와 지향으로 凝集되고, <그리움>, <온 밤을 세우며>, <당신 앞에> 등으로 자아를 응시하고 아픔을 키우며, <한 그루의 나무 그늘에라도>, <그림자>, <축제가 끝난 뒤>, <봄비>, <들국화> 등으로 憧憬과 觀照의 세계에 칩거하며, <어릴 때에는>, <어느 날엔가 꼬마 아이는>, <우리 동네 생선 파는 아줌마>, <옥수수> 등으로 생활에 얽힌 밝은 웃음을 엿볼 수 있다. 또한 <종교인>의 자세로 <외로움>을 키우며, <나의 아내>, <아내의 눈빛>을 통해 자신의 산 모습을 移入하면서 <감옥 같은 날>을 극복하여 <사랑하는 이를 기다려 보셨나요>의 제의의식으로 <자유의 노래>로 젊은이여 영원한 꽃인 시인으로 춤을 추며 사랑을 노래하고 인생을 노래하고 있는

詩의 花園이 바로 詩集 ≪한 그루의 나무를 아무도 숲이라 하지 않는다≫이다. 우리는 이 시집에서 용혜원의 그리움을 키우는 基軸과 생활에 얽힌 삶으 서정과 자연에 대한 애정과 觀照에 젖은 독특한 목소리를 들을 수 있다.

2. 익히는 그리움과 生活과 自然

그날을 동경하며 사랑을 노래하고 인생을 노래한 시집 ≪한 그루의 나무를 아무도 숲이라 하지 않는다≫은 몇 가지 점에서 우리의 관심을 모두우며, 그의 독특한 목소리에 매혹케 한다. 그것은 바로 이 시집의 특이성이며, 한 경향이라고 할 수 있다.

첫째는 그리움을 익히는 所望을 집요하게 성취하려는 여정을 볼 수 잇다.

그것은 이 시집의 근간을 이루어 삶을 이루는 基軸을 이루고 있으며, 사랑과 인생을 노래하는 근원이 되고 있다. 그리움의 소망은 무엇인가가 추구해 보는 것은 바로 이 시인이 추구하는 그날이 무엇인가를 우리에게 보여 주며, 그것은 추구하는 자세를 엿볼 수 있게 한다. 그것은 <내 작은 소망으로>, <어느 때인가>, <인생> 등의 시에 함축되어 부각되어 있다.

> 내 작은 가슴에
> 소박한 꿈이라도 이루어지면
> 그 작은 기쁨에 취하여
> 내 마음에 길로만 갑니다.

언제나 당신 앞에 설 때면
짓궂은 개구장이처럼
더럽혀진 모습이었읍니다.

당신은 십자가의 아픔도
사랑의 빛으로 주셨으니
그 빛 하나하나가
우리 가슴에 사랑으로 비추입니다.

오늘은
내 작은 소망이나마
봇물처럼 쏟아져나오는
뜨거운 마음의 기도를
드리고 싶습니다.

오늘은
주여!
기도의 다리를 놓아주십시요.
당신율 만나고 싶습니다.
당신을 사랑합니다.
　　　　　　　—<내 작은 소망으로>

　내 가슴 속에 소박한 꿈이면서도 주님을 가까이 하고 만나고 싶은
열망이 당신을 사랑합니다 라는 吿白的信仰으로 물들어진 <내 작은
소망으로는>은 이 시인의 성취의 모티브에서 한 근원적인 축을 이루
고 있다. 그것은 <첫사랑>의 수줍음으로 <당신 앞에> 나서는 力動力
이 되다. 이 축에 조국과 인생의 양 날개가 펼쳐 시 세계는 확대되고
심화된다. 그것은 조국이나 민족과 사랑를 저변의 양극으로 하고 믿음

의 성취를 정점으로 하여 그어진 三角形을 이룬다.

        이 땅의 사람들은
        오천년 역사의 흐름 속에
        햐얀옷을 즐겨 입었다.
        산과 들 순수한 땅에
        사시사철 흙 속에 뒹굴어도
        아무도 흰빛을 욕되다 하지 않았다.

        봄, 여름, 가을, 철철이 흐르는 물
        기나긴 겨울 얼음장을 깨며
        잿물에 빨아도 더욱 흰빛을
        바라던 무명옷들
        이 땅은 산수가 좋아
        풍류가 있는 민족이러니
        어화 두둥실 춤추며 살았다.

                            —<어느 때인가>에서

　　이런 흰 옷으로 상징된 평화가 그토록 / 열망하던 해방이 되면서 /
이데올로기 속에서 / 좌우익이 생기면서 / 이 땅의 / 수많은 색깔중에
서 / 유난히도 파란색과 빨간색이 / 진해만 갔다 /의 조국 분단의 비극
을 직시하면서, 이 땅의 / 유린의 시절에도 지조를 지키며 살던 순수
한 사람은 어디로 갔는가고 탄식한다. 이 땅의 / 배경 음악은 슬프다 /
그래 가을만 되면 / 산은 더욱 붉게 물들이고 / 하늘은 유난히 푸르른
땅이 되었는가고 절규하면서, 어느때인가 / 순수한 자유가 / 이 땅 사
람들에게 / 모든 색깔로 자유롭게 조화를 이루게 한 날은 / 그날을 목
놓아 노래하고 있다. 그것은 자유를 누리는 그날을 그리며 희구하는
시혼의 결정이다.

무슨
이유가 있읍니까
무슨
변명이 있읍니까

인생은
벌거벗은 몸으로
정신없이 이 땅에 태어나
흰옷을 입고

별조차
그리워할 시간도 없이
쫓기던 사람들이
죽어서도 흰옷을 입습니다.

인생은
웃으려 살다가 울고마는 것

만나러 태어나
헤어짐으로 끝나고
혼자 울고 태어나
여럿이 울리고 떠나는
우리들의 이야기

—<인생>

인생은 혼자 울고 태어 났다가 여럿이 우는 가운데 가는, 그저그런 우리들의 이야기라는 洞察은 깊은 인간애에 의한 삶의 인지다. 이런 삶의 인지가 바로 삼각형의 한 저변에서 믿음의 성취를 위한 인간 성찰과 그 구제의 한 축이 되고 있다. 이같이 그날을 그리며 오늘을 사는 **基軸**이 조국과 인생을 양극으로 하여 신앙의 소망을 성취하려는 데 이 시인의 발원적 모티브가 형성되어 있다. 이 삼각을 내면화하여 그리움을 익히고 그것의 성취를 위해 수다한 편력을 겪는다. 그러고 보면 조국이나 민족과 인생은 정점인 신앙의 그날로 성취하는 삶의 광장이라고 할 수 있다.

둘째의 경향은 조국과 강산 그리고 생활의 투시와 그 서정적 수용으로 나타난다.

조국과 민족 그리고 강산은 자유와 격동과 지속에서의 생활 그리고 山水의 애정으로 나타나고, 생활의 투시와 그 서정적 수용은 생활의 희로애락과 그 성취의 절규로 나타난다.

> 이 땅의 사람들은
> 여름이면
> 무던히도 쏟아내리는
> 숲이라 하지 않는다.
>
> —<외로움>

고독을 절규하면서 산수에 어린 삶의 정을 투시한다. 그것은 주관성의 객관적 대상에의 **移入**이다.

> 누구를 기다리다
> 찾아온 찬 바람이
> 너 혼자 울게 하였는가
>
> 외로히 피어나
> 들판의 남은 가슴을
> 두드리는 여인이여

그대 또한
지만 여름날
사랑의 아쉬운
시간들의 묶음으로 피어나

외로움을
견디지 못해
차디찬 걸음으로
떠나는
가을 여인이여!

―<들국화>

들국화를 여인에 기탁하여 메타포한 이 시에 산수와 생활의 정이
융합되어 있다. 그것도 <진달래 꽃>이나 <할미꽃>, <선인장>, <해바라
기 꽃>등에도 관조의 세계와 삶의 정이 서려 투시와 조화 의미로 나
타난다. 그 중에서도 생활의 서정과 어울려 한 이야기를 형성하고 있
는 것이 <옥수수>다.

몰고 온 여름에
수 많은 이야기들이
들판으로 모여 든다.

할아버지 수염을 달고
익어가는 옥수수가
가난한 여인의
치마폭에 감싸여
이야기를 만들고 있다.

          알맹이 하나하나에
          이쁘디 이쁜
          개구장이 꼬마들의
          웃음소리가 가득차 있다.

          신나는 것은
          수 많은 이야기들이
          멋진 노래가 되어
          입안 가득히
          쏟아져내리는 것이다.

          여름이 오면
          멋진 하모니카를
          신나게 불고 싶어진다.
                              ―<옥수수>

  동심에 어린 생활의 서정이 옥수수에 이입되어 참신한 비유로 표현된 이 시는 바로 삶의 서정이 客觀的相關物과 융합되어 해학미가 생활에 투사되어 시적 감동을 더하고 있다. 그러면서 사랑과 여인, 그리고 그리움으로 시정의 주류를 이룬다.

  이렇게 민족과 산수 그리고 삶의 서정은 서로 흡인하고 융합하여 근원적 모티브를 성취하는 광장이 되고 있다. 여기에서 주목되는 것은 그 성취의 자세다. 절규하면서도 고독에 빠지고, 고독에 빠지면서도 그리움과 여인을 절규하는 자세는 바로 <종교인>에 암시되어 있다.

          군중이 소리치는 곳에선
          영웅이 되고
          홀로 있을 땐
          연약한 무릎을 꿇는다.

절망의 군중 앞에
오른손을 들어 내일을 축복하고
홀로 있을 땐
하늘을 보며 눈물을 흘리는
가장 가련해 보이는 기도자들

선약을 먼저하는
어리숙한 행동을 좋아하고
언제든
친구들 사이에
떠들고 웃음을 자아내고야마는
묘한 버릇처럼
타인의 행복을 빈다.

홀로 있을 땐
어느새
두손을 모우며
가려져가는
자신의 모습을 찾고 싶어
예수를 닮은 안식을 연습한다.
　　　　　　　　　　　　　—<종교인>

　군중 속에서는 사자같이 포효하면서도 혼자 있으면 경건한 자세로
무릎을 꿇고 외로움에 잠기며, <사람들의 예수>나 <당신 앞 아줌마>
을 찬미하며, 뜨거움과 차가움에 갈라서 흐르고 / 가까움은 멀고 / 먼
데 가까움을 준다면서 커다란 눈과/ 거짓 없는 마음엔 / 언제나 / 수
많은 이야기들을 만들어낼듯이 / 표정이 살아 있다는 아내를 응시하고
그리움을 익히면서 <온 밤을 세우며> 먼 그날을 지향한다.

셋째로 시적 메타포나 리듬과 이미지의 구사로 시의 문학성을 획득하며 匠人의 경지를 보여주고 있다.

시가 되기 위해서는 시의 여러 장치를 적절히 구사할 수 있는 능력이 장인의 경지에 이르러야 한다. <그리움>의 대조의 이미지에 의한 자연과의 同一性, <봄날에>의 자연물과의 산관적 조응의 기법, <옥수수>의 해학적이며 의인화의 기법과 서사 구조, <우리의 슬픔은 오늘에 끝나자>의 변혁적이면서도 리드미칼한 音步의 구사, <자유의 노래>의 강조를 위한 영탄과 각운의 조율미, <편집후기>의 조음적인 리듬, <인생>의 상징과 은유의 조화, <어느 때인가>의 상징적 조응, <古書에서>의 추상에 의한 삶의 투시, <감옥같은 날>의 리드미칼한 반복 등 자유롭게 기법을 구사하여 신앙의 성취를 절정으로 하여 자유와 삶을 노래하고 있어, 시의 친근감을 주는 共感帶를 이루고 있다.

3. 내일에의 期待

시인의 지향성과 그 성취의 자세는 다양하면서, 무엇을 지향하면서 어떻게 성취하는 가를 개성적인 기법으로 표현하는가에 우리의 관심이 집중된다. 시집 ≪한 그루의 나무를 아무도 숲이라 하지 않는다≫는 신앙의 님을 정점으로 민족의 자유와 생활의 서정을 모티브로 하여 그리움과 고독의 美學을 노래한 시집이며, 개성적인 시의 기법을 자유롭게 구사하여 시의 文學性을 획득한 匠人精神의 성숙을 기약한 시집이다. 첫 시집이면서도 별로 첫 시집으로 믿기지 않는 것도 신앙과 자유와 삶의 조화 속에서 오늘의 광장을 투시하고 내일에의 지향

을 감동어리게 표현하고 있는데서 오는 共感帶가 형성되고 있기 때문
이다. 다만, 가벼운 눈으로 투시하거나 손 끝으로 노래하는 유혹을 경
계하고 시 정신의 내면화로 시 세계를 심화시키고 匠人으로서의 기법
을 성숙시키는 일이 과제로 남는다.

첫 詩集의 광장 위에 詩魂을 불태우고 匠人精神의 성숙을 가늠하는
시작이 지속되어 우뚝 설 한 시인의 목소리로 돋우어지기를 기대한다.
(龍惠園, <한 그루의 나무를 아무도 숲이라 하지 않는다>, 明寶出版社, 1986)

12. 삶과 존재의 省察的 希求

1.

세상을 살아도 세상을 알기란 쉽지 않다. 하물며 인생을 알기란 더욱 어려운 일이다. 그 수를 알 수 없는 많은 사람들이 잠시 왔다가 어디로 가는지도 알 수 없는 그 머나먼 길로 떠나가 버린 이 세상을 살면서도 세상살이가 무엇인지 쉽게 짐작이 가지 않는다. 그저 남들처럼 먹고 마시고 자면서 일하지 않을 수 없으면서도, 세상 살이가 어떤 것이고, 왜 이 세상에 태어나서 살아가는지 알 수 없는 자기의 존재에 대하여 성찰할 기회도 별로 가지지 못한다. 무엇이 그리 바쁜지 이리 저리 끌려다니다가 보면 하루가 가고 한달이 가 화살같이 세월은 흘러가지만, 그 하루가 또 그 한달이 왜 그다지도 힘들고 바쁘기만 한지 알 수 없는 노릇이다.

하기야 이 세상을 사는 것처럼 복된 일은 별로 없다. 더구나, 산 좋고 물 좋은 이 강산에 태어나서 눈부시게 변모해 나가는 세상을 산다는 것은 복되고 즐거운 일이다. 새벽이면 동해의 푸른 물결에 黎明의 햇살이 온 천지를 물들이고, 낮이면 산과 들이 온통 연두색으로 물들어 금수강산을 수놓고, 모두가 정신없이 일에 몰두하여 일어서는 한국의 역군이 되어 있는 이 산하에서 생을 누린다는 것은 그 누가 무어라고 해도 천복이 아닐 수 없다. 전재의 상흔이 가시지 않은 50년 말에 개인소득이 백불도 채 안되던 나라가 그 수많은 격동을 겪으면서도 이제는 7천불을 넘어 1만불 국민소득을 넘보게 되게 한강의 기적을 이룬 한국! 이 한국에서 산다는 것부터가 우리에게 내린 축복이 아닐 수 없다.

하지만, 잘 먹고 잘 사는 것만으로 만족할 수 없는 것이 사람이다. 먹고 자고 편안하게 살기로는 개발에 편자와 같은 개팔자를 말하는데 그것은 동물의 경우를 말하는 것이요, 사람은 그것만으로 만족할 수는 없다. 잘 먹고 마시고 편안하게 자는 것 이상으로 무엇인가를 희구하게 된다. 그것도 이 유한한 존재를 超克하여 영원한 세계에 안주하고 싶은 죽음을 초월하려는 욕구일 수도 있고, 레저의 즐거움으로 세상살이에 찌든 스트레스를 해소하고 싶은 강한 희구일 수도 있다. 세상은 서로 속이고 속이면서 벌어지는 격돌과 갈등이다. 사랑이라는 판도라를 잡기 위한 회오리 속에 밀려 아우성치는 사랑의 번주곡이 바로 그런 현상이다. 또한, 유한 한계를 초극하려는 종교나 예술의 성취를 위한 소용돌이나 등산이나 낚시, 그리고 통속적 연예물이나 성의 유희에 유혹되어 가는 현실이 다 무엇인가를 희구하는 인간의 모습들이다. 그 중에서도 美를 창조하여 영원한 그날을 추구하려는 예술의 창조는 유한적인 인간의 발로이다. 하지만, 산업사회의 병폐 속에서 인간 존재가 위기에 처하고 극단적인 이기주의와 화폐의 노예가 되어 가는 현실에 미의 성취를 전력을 다하기란 그리 쉬운 일이 아니다. 외롭고도 求道의 자세로 창조의 불길을 태우지 않으면, 그 영원한 창조의 길목에 들어설 수가 없다. 여기에 시나 소설을 쓰고 음악이나 미술에 심취하여 祭儀意識으로 창조의 불길을 태우는 聖業이 절실하게 된다. 우리는 李芳遠의 시집 ≪말씀과 영상 그리고 사람≫에서 그 의욕을 볼수 있다.

2.

시집 ≪말씀과 영상 그리고 사람≫은 비평 <눈을 통해서 본 사랑의 의식>(「예술세계」1989 가을)로 신인상을 받고, 시 <내가 숨쉬는 이유는>外 (「창조문학」1991 가을)로 신인상을 받아 등단한 李芳遠의 첫시집이다. 비평에서 가꾸어진 삶의 투시와 인식을 운율의 이미지로 승화시켜 시집을 上梓하여 비평과 시작을 과시하고 있다. 원래 비평과 창작은 괴테와 같은 大文豪도 비평가를 가리켜 '저놈의 개를 내쫓아라'라고 할 정도로 견원지간의 사이라고 일컬어져 오고, 싸르트르도 비평가는 한가한 산작이에 지나지 않는다고 꼬집어서 말하고 있다.

하지만 현대문학의 泰斗라고 할 수 있는 엘리엇은 비평과 창작을 겸하는 것이 가장 이상적이라고 하면서, 20세기의 명작이라고 하는 <황무지>를 발표하고 <시의 효용과 비평의 효용>, <비평의 기능>과 같은 비평을 하고 있다. 신비평의 巨匠인 르네 웰렉이 창작과 비평은 서로 별개의 활동이라고 말하고 있어 창조와 비평을 같이 하기가 쉽지 않은데, 이방원은 출발부터 이 두 장르에 동시에 도전을 하고 있다. 너무 의욕이 앞서는 것 같다는 의구심의 눈으로 그 강한 의욕을 일단 지켜보면서 이 시집의 의미를 간추려 본다.

첫째는 일상적 삶을 투시하여 존재의 의미를 부여하고 삶을 풍요하게 가꾸려고 애쓰고 있다.

산다는 것은 무엇이고 우리의 일상 생활의 의미는 무엇인가를 통하여 삶의 존재론적 의미를 형상화하려고 애쓰고 있다.

> 따뜻한 마음으로 만든
> 커피 한 잔을
> 받는다는 것은
> 흐뭇한 일이다.
>
> 누군가를 위해
> 커피 한 잔을
> 정성껏 타는 일도
> 즐거운 일이다.
>
> 비싼 선물이나 힘든 일이 아니라도
> 따뜻하게 나눌 수 있음을
> 커피 한 잔에 감사해 본다.
>
> ―<커피 한 잔>

커피 한 잔에 담긴 따뜻하고도 즐거운 의미를 진솔하게 나타내고 있다. 삶의 즐거움이나 행복은 반드시 큰 것이나 남들의 눈에 띄는 것에만 있는 것이 아니다. 작으면서도 별로 눈에 띄지 않는데도 보기에 따라서는 즐겁고 행복이 깃들어 있다. 많은 사람들은 큰 것만 熱望하지만, 사실은 작으면서도 보람있는 所望을 가지고 그것을 성취해 가는 데에 행복이 다가온다.

<책>이나 <젊은날>, <피아노 반주>, <유년의 사진>, <옷과 눈물>, <겨울 수상>, <서민의 찬가> 등이 일상 생활에서 누구나 겪는 일에서 밝고 긍정적인 의미를 추출하고 있다.

> 눈안개
> 물보라 일듯이
> 때 아닌 사월이
> 한기조차
> 계절의 뒤바뀜으로
> 나무들은
> 겨울 옷으로
> 잠시 낭만에 젖고
> 마조이는
> 오손한 식탁의 창가
> 함께 하는 신비여!

— <나눔>

많은 사람이 관심도 두지 않는 봄의 문턱에서 바라보는 싹트는 나무들의 훈기에서 삶의 의미를 대응하여 가슴에 안아 보는 정감을 볼 수 있다. 행복이나 즐거움은 축구공과 같이 큰 것이 아니다. 사월의 연두색이 부푸는 나무 하나에서 이렇게 나눔의 의미를 음미해 볼 수 있다. 이 시인은 이런 작은 데서 삶을 투시하고 그 의미를 반추해 보면서 내일을 향하여 오늘의 삶을 가꾸고 있다.

둘째는 구원 그날을 향한 구도의 자세를 볼 수 있다.

인간은 결국 유한한 존재이다. 이 유한한 존재인 인간은 영원이나 신비의 세계에 함몰되려는 유혹 속에서 생의 절망에 빠지고 사랑의 아름답고 영원한 세계를 希求하면서 영원한 유토피아를 추구한다. 그것은 유한한 한계를 극복하여 시학의 창조의 美學으로 유토피아를 성취하려는 제의의식으로 나타난다. 이 시집에서 그런 의욕은 강하게 나타나 있다. <영원>, <이상>, <자유의 길목>, <생의 환희>, <구원>, <천

국> 등에 이런 구도의 자세가 잘 형성화되어 있다.

    1
    우리의 황홀함을
    간직한
    시간의 수레는 가득한 봄꽃을 싣고
    흰 구름 위의 동화처럼
    흐르고
    그대 얼굴 속의 깊은 진실

    2
    일의 도취
    흠뻑 빠진 사랑
    예술
    몰입의 경지 속의 기쁨
    살아서 가진 극점의 존재의 액체로
    우리들의 영원한 세계가 서 있다.

―<天國>

일과 사랑, 예술 거기에 몰입하는 기쁨 속에 우리들의 영원한 세계가 있다는 <천국>이 바로 이 시인이 희구하고 추구하는 유토피아요, 영원한 낙원이다. 이러한 낙원을 추구하기 위하여 끝없는 고뇌와 갈등 그리고 집요하게 추구하는 험한 수도의 길을 걸어가 시로써 點綴하고 있다. 아직 성숙하지 않은 메타포와 산문성을 탈피하지 못한 言表, 그리고 응축의 치밀성이 미흡한 경우가 있으면서도 시집 ≪말씀과 영상 그리고 사람≫의 지향성이 무엇인가 우리에게 잘 보여주고 있다.

3.

이 세상에 태어나서 살아가는 것은 고마운 일이다. 거기에 친한 친구와 같이 지내고 부모와 형제 그리고 사랑하는 남편과 부인, 그리고 애들과 같이 살 수 있는 것은 더 고마운 일이다. 거기에 시를 쓰고 시집을 낸다는 것은 더 고마운 일이다. 그것은 영원한 낙원의 세계를 추구하는 험한 길목의 반려자요, 동반자들이요, 유토피아를 추구하는 途程으로서의 창조의 세계이다. 우리는 그 동반자와 같이 끊임없는 자기의 연마와 성숙을 통하여 詩情을 꽃피워야 할 것이다. 이번 시집 ≪말씀과 영상 그리고 사람≫의 의미도 바로 여기에 있고, 이방원 시인에 대한 기대도 또한 여기에 있다. 성숙의 미학으로 꽃피우기를 기대한다.

(李芳遠, <말씀 영상 그리고 사람>, 1994)

13. 鄕土에 젖은 民族의 抒情

1.

우리는 정신 없이 사방을 두리번거리며 산다. 옛날에는 중국을 기웃거려 그 뒤를 따르기에 바빴고, 근래에는 일본의 그늘 아래에서 그 영향 속에 들어 갔으며, 최근에는 서구와 미국을 따르다가 자기가 어디에 서 있는지 모를 정도로 압도당하고 있다. 마이클 잭슨을 못오게 한다든지 피자보다 빈대떡 먹기 운동을 벌여도 막을 수 없이 밀어닥치는 문화의 찌꺼기에 물들어 가고 있다. 공자도 요새 아이들이 버릇이 없다고 말했지만, 요새는 군복무 삼 년을 하고 오면 후배와 말이 안 통할 정도로 급격히 변하고 있는 실정이다.

더구나, 情報時代라는 공간 속에서는 어딘가 혼자 아끼고 가꿀 수 없는 中央執權의 횡포에 휘말리게 된다. 시골의 벽촌까지 텔레비젼이 들어가 온갖 방송을 동시에 보게 되어 의식이나 삶의 정서가 거의 비슷한 현실이다. 몸은 아무리 시골에 있어도 마음은 서울의 하늘을 날고 있다. 원래 표준어 자체가 언어의 통일에 의한 백성의 好惡를 고르게 하고 性情을 비슷하게 하여 정치의 이기로 삼으려는 것이고, 시공

을 넘어선 신문이나 잡지, 그리고 동시에 하나로 그 공간을 초월하려
는 텔레비젼 등 매스콤에 의한 傳播는 지방의 鄕土性이나 개성을 잃
고 표준의 규격성에 길들어지게 된다. 니체는 근대까지 군림하던 神은
죽었다고 하면서 그 신을 대신할 超人이여 나오라고 하여 히틀러와
같은 절대주의자를 낳게 한 데 비하여, 빛은 東方으로부터라고 하면서
西歐文化의 한계를 노래한 타고르는 인도문화의 향토성을 노래하여
<데미안>이나 <지성과 사랑> 등으로 우리와 친숙한 헤르만 헷세를 인
도의 향토적 정신의 세계로 끌어들이고 있는 것을 보게 된다. 이것은
일반적인 것이 반드시 세계적이거나 민족적인 것이 아니고, 개별적이
면서 향토적인 것이 오히려 향토적임을 알 수 있다. 피자를 좋아하고
편의점이 늘어나고 또 그것을 이용한다고 세계적이라고는 할 수 없다.
국적을 알 수 없는 노래나 춤, 패션, 생활 양식은 한국적인 것이 될
수 없고, 오히려 <춘향전>이나 <양주별산대놀이>나 아리랑과 노들강
변이 우리의 숨결이 숨쉬고 있는 한국적인 것이다. 그래서 제임스 조
이스의 <유리시스>와 함께 現代文學의 최고봉인 <荒蕪地>를 쓴 엘리
어트는 고전을 정의하여 그 옛날 것을 말하는 것이 아니고 현재 속에
살아 숨쉬는 그 나라 것이어야 한다고 말하고 있다. 가장 한국적인 것
이 가장 세계적인 것이라는 점은 사물놀이나 판소리, 승무 등과 같이
세계의 어디를 가거나 찬탄해 마지 않는 것을 봐도 알 수 있는 일이
다.

　이런 의미에서 標準語 방송을 같이 보면서 서울에 동화되어 각 지
방의 향토의 숨결이 스러져 가는 것은 안타까운 일이다. 그것은 향토
적인 것이 바로 한국적인 것이요, 한국적인 것이 바로 세계적이라는
것을 생각하면 분명해지는 일이다. 그것은 鄕土的인 것을 잃는 것은
바로 韓國的인 것을 상실하는 것이기 때문이다.

　이런 상황에서 지방의 方言을 중심으로 쓰는 모임이 생기고 각 고장의 향토색이 짙은 시작 활동을 하고 詞華集을 상재하면서 향토어에 담긴 한민족 고유의 서정과 삶의 애환 그리고 시상을 凝縮하고 있는 것은 文壇의 새로운 운동으로 주목될 일이다.

2.

　詩는 삶의 서정의 운율적 표현이며, 그날의 지향하는 인간의 절규요 소망이다. 그러기에 鄕歌에는 사랑의 애틋한 恨을 노래한 <讚耆婆郎歌>나 종교적 기원을 노래한 <願往生歌> 그리고 민속적인 <處容歌>이 있고, 고려속요에는 사무치는 별리의 情恨을 서정화한 <가시리>나, 속세를 떠나 산이나 바다에 노니는 <靑山別曲>이 있으며, 歌辭에는 관동의 풍경과 인심을 노래하고 애뜻한 연군의 정을 상징화한 <關東別曲>이나,

　연군의 정을 노래한 <思美人曲>이 있다. 또한 時調에는 또한 <何如歌>나 <丹心歌>, 그리고 세조 때에 사육신의 우국지심을 노래한 애절한 가락이 있다. 또한 松都의 명기인 황진이의 가슴을 에이는 시조는 인정을 꿰뚫는 절창이다.

　　　冬至달 기나긴 밤에 한 허리를 둘어내어
　　　春風 이불 안에 서리서리 너었다가
　　　고운님 오시는 밤어든 굽이굽이 피리라.

이 얼마나 가슴을 에이는 가락인가. 또한 나병시인인 **韓何雲**은 현실에서 못다푼 한을 절규하는 <파랑새>에서

> 나는 나는
> 죽어서 파랑새 되어
>
> 푸른 하늘 푸른 들
> 날아다니며
> 푸른 노래, 푸른 울음
> 울어 에우리
>
> 나는 나는
> 죽어서 파랑새 되리

라고 나병환자로서 이루지 못한 한을 노래하고 있다. 이런 한을 간직하고 전라도의 황토길을 걸어가면서 <황토길>이나 <보리피리> 같은 정한을 노래하면서 전라도의 한을 노래하고 있다. 邦畵에서 사상공전의 흥행을 하고 있는 <서편제>도, 방언으로된 연극으로서 우리 무대의 새로운 장을 연 <품바>도 이런 장인정신으로 사는 전라도의 한을 그려 우리를 심취케 하고 있다.

俗言은 그 지방의 독특한 香趣를 더하면서 고유한 삶의 정한을 느끼게 한다. <동백꽃> <봄봄> <소나기> 등 俗言은 강원도의 순박한 삶의 정한을 나타내고, 김동인이나 황순원의 평안도 사투리, 김동리의 경상도 사투리, 오유권의 나주 사투리, 이동희의 충청도 사투리는 각기 그 고장의 구수하고도 향토적인 맛을 더하고 있다. 시의 경우는 그 농도가 더한 것을 볼 수 있다. 시에서 속언을 쓰고 있는 것은 향가의 경주의 서정을 나타낸 데서 시작되고, <井邑詞>에서 그 진면목이 나타

난다.

> 달하 노피곰 돋아샤
> 어구야 머리곰 비취시라.
>
> 줒저재 녀르신고요,
>
> 어긔야 즌데를 드대올세라
>
> 어느이다 노코세라
> 어긔야 내 가논데 점그를세라

　멀리 떠난 낭군을 그리면서 덩실 떠오르는 달을 바라보며 낭군의 안위를 염려하고 기원하는 애뜻한 女心을 노래한 이 시는 俗語 몇 마디로 전주의 향토의 香氣를 느낄 수 있다. 그것은 저재와 즌데가 함축하고 있는 사투리에서 풍기는 향취이다. '저재'와 '즌데'란 일단은 장터와 질꽉한 데의 뜻으로 풀이되면서도 여러 의미를 함축하고 있어서 이 노래를 더욱 운치있게 한다. 이러한 시의 사투리의 수용은 김소월의 평안도 定州의 향취를 더하는 것을 비롯하여 서정주의 <질마재 神話> 등의 전라도의 맛, 박목월의 경상도 사투리의 구수한 맛, 신석초의 충청도 舒川의　향기가 서리어 있어서 향토적이면서도 한국 고유한 서정을 가락에 담고 있다.

3.

이미 중앙 集中時代는 가고 있다. 더구나, 정보시대에 허물어지고 훼손되는 향토적인 것에 한국 고유한 서정과 생활의 哀歡이 서린 멋이 남아 있다. 아무리 서구의 것을 잘 수용한다고 해도 그것은 서양의 亞流에 그칠 염려가 있다. 또한, 地方時代가 활짝 열리고 있는 이때에 표준어로 응집된 시를 벗어나 향토의 多樣性 속에 한국적인 것을 모색할 필요가 있다. 방언시로 속어문학의 장을 열고 있는 그 熱氣에 박수를 보내여, 그 文學會의 무궁한 발전으로 韓國詩壇의 새로운 旗手가 되기를 빈다.

(한민족, 방언시(1), 1993)

14. 自然과 삶, 그리고 哲學의 詩學

Ⅰ

산다는 것은 즐거운 일이다. 더구나 격동기의 와중에 별탈없이 살수 있다는 것은 여간 고마운 일이 아니다. 하지만 세상을 잘 살기란 그리 쉬운 일이 아니다. 匹夫匹夫로서 평범한 삶을 누리면서 무엇인가 보람있게 소중한 것을 성취하는 것은 그렇게 쉽게 이룰 수 있는 일이 아니다.

이 아름다운 강산에 태어나서 사는 것만으로도 고마운 일이다. 옛부터 수많은 고난과 격동의 역사를 지내 왔으면서도 韓民族은 굴하지 않고 면면히 살아와 오늘의 한국을 이루고 있다.

60년대만 해도 국민소득 백불의 농업국가, 동북아 아세아의 한 모퉁이에서 전후의 폐허 속에서 방황하고 있었는데, 30년이 지난 오늘에 와서는 국민소득 7천달러에 국민 총생산량이 세계에서 열한번째이고 수출이 1천억불 달러의 공업국으로 변하여 개발도상국의 선두 주자로서 재도약을 가늠하고 있다.

더구나, 30년이란 기나긴 군사통치와 군사문화 시대를 청산하고 文

民時代의 문턱을 넘어 자유를 구가하는 선진사회를 향해 巨步를 내어 딛고 있으니, 샴페인을 너무 일찍 터트렸다는 유럽의 비아냥이 무색하게 경제성장을 가져와 세계에 군림할 날이 머지 않아 다가올 것이다. 더구나, 한국의 四季가 너무나 아름답고 청명하며 산수는 빼어나서 우리는 하늘의 축복을 듬뿍 받고 살고 있다.

개나리와 진달래가 흐드러지게 피고 수양버들이 연두색으로 늘어진 경회루는 얼마나 아름답고, 덕유산의 정기가 백련사를 감돌아 청계를 흘러오는 무주 구천동의 여름은 얼마나 시원하며, 녹음의 그늘이 푸른 색으로 묵묵히 아름다운가. 울긋불긋하게 산정과 계곡이 단풍으로 물들어진 설악산 천불동 계곡은 얼마나 놀라운 정경이며, 눈에 덮인 지리산의 천왕봉은 얼마나 의연한가. 이런 산수를 보면서 이 강산에서 살아간다는 것은 억겁을 두고 갚을 수 없는 축복이다.

하지만, 강인하게 일하면서 살기 좋은 강산에서 그저 물 흐르듯이 살아가는 것만이 능사가 아니다. 더구나, 산업사회의 병폐가 겉으로 드러나 전통적인 가치관이나 관습이 기우뚱거리고 배금주의와 메카니즘이 팽배하여 이웃을 잊고 나만을 위해서 옆의 질서를 외면하고 개인적 이기주의가 넘실대고, 향락의 탐닉과 성범죄의 만연, 강력범의 출몰에 의한 사회적 책임의 외면, 외래문화의 무분별한 추종 등에 의한 사회기강의 문란, 권력자들의 권위주의적인 횡포 등에 기존질서가 훼손되고 정신적 지주를 상실하고 있으니, 살아간다는 것도 쉬운 일이 아니다. 하물며 잘 산다는 것은 더 어려운 일이다. 문학을 한다든가 음악이나 미술을 한다든가 무엇인가 소중하면서 보람있는 것을 성취함을 이루려는, 말하자면 소중한 것을 위해 전력을 다하여 잘 살려는 것은 누구나 할 수 있는 쉬운 일이 아니다. 문학은 바로 언어의 탁마로 새로운 질서의 세계를 창조해야 하는 匠人이 되어야 하니, 工人

도 쉽지 않은데 장인이 아무나 될 수 있는 경지가 아니다. 불타는 창조정신으로 칸트가 신조로 여기는 '하늘에는 반짝이는 별이 있고, 지상에는 나의 양심이 있다'는 하늘의 섭리와 지상의 양심이 융합된 새로운 질서를 창조하는데 전력을 다하고 또 기술이 원숙해질 때에 비로소 장인으로서 시인이 되고 소설가가 될 수 있다. '보봐리 부인은 나다'라고 한 프로벨의 내재화되고 肉化된 자기 목소리를 낼 때에 비로소 '소설가는 제2의 창조자다'라고 한 몰리악의 말대로 새로운 질서의 창조자가 된다.

이렇게 이 세상을 살아가는 것도 고마운 일인데, 잘 살아가기 위해 시인이 된 것은 더구나 축복된 일이다. 한권의 장편소설을 여덟줄의 시로 쓸 수 있다는 도스토예프스키의 말대로 시인은 우주의 섭리나 세상의 모든 것-산수나 자연 그리고 정서나 思考의 세계까지 응축된 시형 속에 수용할 수 있으니, 시인이야말로 언어와 그 구조 속에 우주와 森羅萬象을 응축해서 형태화할 수 있는 장인이다. 그러니, 시인이 된 것은 우주와 인생을 시 속에서 응축할 수 있는 영광과 새로운 세계를 창소하는 세2창조자가 됨을 밀한다.

그것이 가장 소중한 것을 위하여 전력 투구하는 잘 사는 길이기도 하다.

시인이 많아도 시는 적다는 말이 있다. 그것은 아직도 우주나 인생을 시형에 담을 수 있는 창작의 원숙을 기하지 못한 것을 말하고, 시인을 장식품으로 여겨 자기 과시용으로 내걸고 시창작을 게을리 하거나 아예 내던진 데서 나온 말이다. 하지만 대개의 시인은 직업을 부업으로 치부하고 시작에 전력투구하여 새로운 창조의 기치를 들고 있다. 거기에서 장인으로서의 시인이 잘 살려는 자세를 엿볼 수 있고 시창조를 위하여 부단히 시각을 다듬고 언어의 彫琢을 게을리 하지 않고 시작에 몰두하고 장인으로서의 시인의 참모습을 볼 수 있다. 우리는 朴雄鎭의 ≪길목의 술 한잔≫에서 그런 모습을 볼 수 있다.

Ⅱ.

박웅진 시인은 출발은 늦었어도 선두 주자로서 땀흘리면서 온몸으로 뛰는 시인이다.

박웅진 시인은 이미 ≪달빛에 취한 박꽃≫(1991) ≪바람의 여울터에 잠이 드는가≫(1992) ≪가을이 詩를 믿다≫ ≪남자의 房≫(1993) 등 네 권이 시집을 내고, 그때마다 호평을 받아 왔다.

≪달빛에 취한 박꽃≫에서는 시의 바닥에 철학이 깔려 있고 '미래 지향적 현실 초극의 의지와 서정'이 나타나 있어 현실의 보람있는 삶 속에 미래지향의 의지가 응고되어 있다고 평하고 있다. 제2시집 ≪바람의 여울터에 잠이 드는가≫에서는 한국의 서정으로 삶의 의미를 읊어 시어의 탁마를 아쉬워 하고 있고, 제4시집 ≪남자의 房≫에서는 '영원하고 푸른 목소리'라 말하면서 '시는 만인의 가슴을 트이게 해주고 詩가 이 세상에서 존재한다는 것이 얼마나 소중하고 절실한 것인가를 이 시인은 입증해 놓고 있다'라고 시적 의미를 말하고 있다.

사실 등단한지 이삼년에 5권의 시집을 내는 것은 놀라운 일이다. 물론 전작이 있다고 해도 이렇게 많이 쏟아지는 것은 쉽지 않은 일이나 박웅진 시인은 ≪달빛에 취한 박꽃≫의 <책끝에>에서 '원하건데 시가 있는 인간, 시가 있는 사랑, 시가 있는 시대와 민족, 시가 있는 정치와 자유, 그리고 영원과 미래 등 그 궁극적 가치를 추구하는데 있어서 詩

를 통하여 열심히 살고 싶다'라고 자기의 목소리를 내고 있다. 시가 있는 곳에 웃음과 사랑이 있고, 그 궁극의 가치를 추구하는데 열심히 살아가야겠다고 다짐하고 있는 것으로 봐 박웅진 시인은 자연스럽게 시작의 한 단계를 넘어서고 있다.

진을주 시인이 '위대한 시인이라면 누구나 할 것 없이 위대한 철학자이다. 이는 고우차지의 말이다. 시는 사상이나 철학이 시속에 잠겨서 풍겨나야 한다는 말처럼 박웅진씨의 시에는 바닥에 사상이나 철학이 깔려 있음을 느낄 수 있다'라고 말한 것도, 그 궁극적 가치를 추구하려는 박웅진 자세가 철학에 기반을 두고 있음을 말한 것이다.

박웅진 시인은 이와 같이 등단한 지 이 삼년에 5권의 시집을 내리만치 정열적이면서 선두 주자의 성격을 과시하고, 철학에 기반을 둔 視角으로 자연과 인생, 그리고 삶을 투시하고 관조하여 마음껏 메타포를 구사하여 새로운 질서를 창조하고 시세계를 성숙되게 하고 있다.

이제 제5시집 ≪길목의 술 한 잔≫의 77편의 시의 花園을 소요하면서 날아드는 벌과 나비, 그리고 길의 의미가 무엇인가를 살펴 박웅진 시인의 시세게를 음미해 본다.

Ⅲ.

박웅진 제5시집 ≪길목의 술 한 잔≫은 77편의 시가 제각기 제주의 '여미지'와 같이 진열된 꽃들이 제각기 아름답고 그윽한 姿態를 자랑하고 있다. 한편 한편의 시가 아름다운 산수와 같이 다소곳하게 또는 멋스러운 놀이의 한 마당을 이루고 있다. 파리 로댕 박물관의 <생각하

는 사람>과 같이 성찰의 자세로 우리를 유혹하게 혹은 발을 멈추고 자기도 모르게 吸引되게 한다. 거기에는 산과 계절, 꽃 등 자연의 觀照와 소요가 있고, 질펀하게 살아가는 市中生活의 텁텁한 멋과 풍요한 삶의 윤기가 있으며, 가던 길을 멈추고 뒤돌아봐 방향을 모색하듯이 省察과 자성의 목소리가 있고, 또한 자의 내부의 목소리를 타인화한 多聲化시킨 타인의 목소리가 있다. 이 자연과 생활과 자아, 그리고 이를 다 포용한 객관화된 자아의 목소리가 한편 서사적 구도를 필드백으로 하여 시인의 써취라이트는 비치어 시의 전시회를 열고 있다. 이런 이 시집의 굴곡을 서너가지로 나누어 살펴 볼 수 있다.

첫째는 우리의 산수와 생물을 관조하고 그 의미를 추출하고 있다.

이 목소리는 주로 1부와 수록된 시들의 공통적인 광장인데, 우선 시의 제목에서부터 그것이 뚜렷이 드러나 있다.

<무등산 수박>, <남이섬의 안개>, <진달래>, <부엉이>, <가을하늘>, <무서리>, <겨울 밤>, <선인장>, <겨울강> 등 모두가 아름다운 산수와 계절, 그리고 생물들이 시인의 관조에 의해 의미가 부여되어 있다.

> 등 결은
> 텁텁한 손자국
> 럭비공처럼
> 여밀 수 없는
> 무던한 옷 맵시
>
> 두터운 흑인의 입술
> 그 향기와 빛
> 겉으로 스며나는
> 후덕한 바램

와선대의 엉덩이
길가에 주저앉아
살냄새 나는
산골 아낙

　<무등산 수박>은 노래하는 율조에 맞추면서 무등산 수박을 관조하여 형상화한 감각적이면도 심오하게 무등산 수박의 의미를 도출하고 있다. 등 결은 무늬가 있는 럭비공과 같이 터질 듯한 옷맵시로 수박을 여인상으로 의인화한 것은 참신한 감을 준다. 수박을 뽀갰을 때의 이미지를 흑인의 입술로 연상하고 설악산 千佛洞溪谷의 臥仙臺와 같이 넓은 엉덩이로 표상하고 그 향기와 청신한 맛을 길가에 주저 앉아 /살냄새 나는 / 산골 아낙으로 형상화하여, 무등산 수박이란 자연도 관조하여 애띠고 발랄하며 청신한 여인상으로 형상화하고 있다. 무등산 수박의 의미를 은유와 의인화의 비유로 이미지화하여 시화된 청신하고도 관조의 심오함을 보여 주는 작품이다.

　또한 <부엉이>에서도 부엉이는 눈을 뜨고 / 밤에만 운다 /별빛 깊은 / 적막 강산 / 눈빛이 뜨서워 온 밤을 잃는다 / 먼동이 트는 / 안개 속에 목욕하고 / 햇살 흐르는 한낮이 / 어설픈 밤이다 / 까만 밤이 되면 / 옛부터 부엉이 / 밤에만 운다라고 민요적인 2.3픕步의 가락에 부엉이로 표상되는 자연의 섭리와 신비를 자연과 인생의 同一律로 관조하여 그 본성을 직시하여 응고시키고 있다. 별빛 깊은 적막강산의 주어진 자연의 환경 속에서 눈빛이 뜨거워 속성과 온 밤을 잃는다의 행동을 통해 자연의 질서 속에 전개되는 因果의 질서에 의한 자연의 신비성을 律調化하고 있다. 이런 우주나 자연관적인 관조는 <가을 하늘>이나 <무서리> <겨울 밤> <양평의 늦가을> 등 많은 작품에 그려져 있다.

　　　가을 밤에 오시는
　　　하이얀 손님
　　　이슬빛 어린 눈빛으로
　　　창 밖에서 기다린다.

　눈의 이미지가 리얼하게 그려지고 敍事的談論이 문자 뒤에 숨어 있
는 청신한 표현으로 자연을 관조하면서 삶의 현실과 연상적 상상을
더하게 된다.

　둘째는 삶의 투시와 그 유적의 현재화로 생활을 살찌게 하고 성찰
하고 있다.

　이 시집 2부 3부가 이 경향을 주로 나타내고 있다. 이것은 오늘의
삶과 내일의 指向을 평형있게 가꾸기 위한 시인의 삶의 자세의 反映
이요, 내일의 地平을 가시화시키는 시인의 집요한 삶의 成熟을 지향하
는 삶의 지향적 欲求의 발로이다. 거기에는 <길목의 술 한잔>이나
<연안부두>와 같은 짙은 삶의 興趣가 있고, <용화사 있던 자리> <소
요산 자재암>과 같은 寂寥 속의 아늑한 삶의 소요도 있으며, <요새밑
국립공원>, <호암지의 석양>, <밤의 겨울 호수>와 같은 삶의 정지 속
의 고독의 심연을 나타내기도 한다.

　　　실눈 감치는
　　　오솔길

　　　부채살
　　　실바람
　　　수목 사이로 인다.

　　　햇살도

손목 잡히는
젊은 나절

머루
다래
입술 떨리는
간절한
계절의 눈동자여

<오솔길>의 이 간결하면서 수많은 사연이 문자뒤에 가려져 있는 시에 새삼 시적 표현의 신비스러우리만치 多層的이면서 多聲的인가를 알 수 있다. 어쩌면 영화 <남과 여>의 두 연인이 손잡고 거니는 오솔길 같기도, 하고 黃眞伊가 碧溪水를 기다리던 청산의 오솔길 같기도 하며, 光陵의 삼나무 길이나 松廣寺 뒷산인 조계산의 오솔길을 걷는 젊은 연인들의 담론이 서려 있는 것 같아 金光均의 <뎃산>이나 朴木月의 <윤사월>과 그 유를 같이 하는 작품이다. 또한 생활의 풍요와 그 구가가 짙게 나타나 자연속에서의 인생의 멋스러운 생활을 심화시키고 있는 것이 두드러진다. <길목의 술 한 잔>이나, <원안 부두>, <민속주점>과 같은 시가 그런 경향을 나타내는 시들이다.

저무는
노을 한 자락
정과 눈물 두고
西山으로 넘어 가니

살다 보면
다 그런 건가

길목의 술 한 잔

            물기 서린 한 세월
            타는 목을 적시는데

            가는 길 없는
            또아리 몸집
            하얀 달을 잠 재운다.

　저무는 노을 한자락에 정과 눈물이 얽힌 삶을 두고 서산으로 넘어
가는데, 길목길 주막집에서 나그네 길손이 물기 서린 험난하고 가시밭
길 살아온 한 세상의 絶叫와 욕구에 불타는 갈증을 탁주 한잔으로 목
을 적시는데 하현달을 잠재우면서 삶의 여울을 더듬는 광경이 눈 앞
에 선하게 나타난다. 落照의 관조와 한민족의 삶의 여울이 酒幕에서
험한 고개를 넘은 삶의 여울을 되돌아보는 길손의 모습, 거기에 沈潛
의 경지에 들어서 인생의 치열한 서사적 담론을 석양의 배경 속에 부
각시켜 주막이하 한정된 空間으로 끌어와 길손의 초탈한 한잔의 술에
메타포하고 있는 <길목의 술 한 잔>은 자연과 삶과 철학이 미적으로
응고된 秀作이다.

　또한, 박웅진 시인은 삶을 개인적인 차원에 가두지 않고 이웃과 역
사의 광장으로 확대하여 나와 너, 그리고 우리의 삶의 광장으로 조성
한다. 그러기에 박웅진 시인의 시에는 자연의 관조와 삶의 투시가 있
고 사회와 역사의 진통이 아로 새겨져 있다. <용화사 있던 자리>가 바
로 그런 시의 典型이다.

            용화사 있던 자리

            일요일 산행에
            거치는 길목

늘 호젓하고 정다웁다

정자가 들어선
마루에 걸터앉아
사미승의 목탁 소리 들리는 듯
옛 모습 그려진다

이끼 짙은 바위 아래
목소리 되새기고
늦게 피어 있는
진달래 꽃도
면면의 얼굴로
절터를 지켜본다

화산이라고 하여 경복궁 해태상과 마주 보고 있는 戀主庵의 전설이
서린 관악산, 등산객의 발이 끊이지 않고 계곡이 아름다워 마냥 휴게
소를 이룬 명산에서 용화사 있던 자리를 면상하면서 그 용화사에 어
린 역사의 뒤안길을 정자가 들어선 /마루에 걸터앉아 /사미승의 목탁
소리 들리는 듯 /옛모습 그려진다라고 구상화하여 기우제를 드리고 그
언저리에서 이루어졌던 역사의 흩어짐을 압축해서 그린다. 이끼짙은
바위아래 /목소리 되새기고 /늦게 피어있는 /진달래 꽃도 /연민의 얼굴
로 /절터를 지켜 본다고 '물소리'의 聽覺的 이미지에 연분홍 진달래의
視覺的 이미지가 이중적으로 나타나는 共感覺的 이미지로 형상화되어
역사의 뒤안길에 서린 삶의 의미를 관조하고 있다. <소요산 자재암>에
서도 소요산 자재암은 /만고에 가이 없이 /원효대사원혼 원혼의 흔적
만 /안온하다라고 소요산 등산길에 거쳐가는 자재암에 서린, 이광수의
<원효대사>에서 보인 대로 요석 공주 비련이 얽힌 원효대사의 발자취

가 서린 역사의 뒤안길을 조명하여 삶에의 흐름과 그 원류를 현재의 시각에서 형상화하고 있다. <어느 공원묘지>나 <1992를 보내며>에서도 이런 삶의 뒤안길에 서린 우리의 의미를 부각시키고 있다.

또한 이런 삶과 역사의 흐름을 다시 자아의 省察에 의한 새로운 이데아를 모색한 것이 주목된다.

> 목발 짚은 한 해가 저무는 밤에
> 나목을 어루만지며 겨울 비가 내린다.
>
> 아스팔트 위에 튕기는 물방울들이
> 시간의 잔해가 되어
> 추월선의 자동차를 밀어내고
> 벌레 먹은 네온싸인이
> 장미빛 현기증을 토하는데
>
> 아직 청산되지 않은 삶의 부채가
> 무거운 등짐으로 남아
> 절망하지 않는 맥박의 육신을
> 나의 가슴 깊은 뿌리 속에 묻고
> 한 해를 십년처럼 경작한다.

이 <자화상>은 격동의 현실을 충실하게 살아 거리의 혼돈으로 다가오는데 '아직 청산되지 않은 삶의 부채가 /무거운 등짐으로 남아 /절망하지 않는 맥박의 육신을 /나의 가슴 깊은 뿌리 속에 묻고 /한 해를 십년처럼 경작한다'라고 자아의 성찰과 삶의 자세를 가다듬고 있다. 더구나, 얼룩지고 소용돌이 치는 격동의 현실을 '목발 짚은 한 해'로 훼손된 현실을 의인화하고 '裸木을 안고 겨울비가 내린다'에 이르러 통곡하리만치 현실과 욕구의 갈등을 나목을 어루만지는 겨울비로 표상한 것은 시인의 시텍스트에 내재된 의식이 얼마나 강인한가를 짐작케한다. 이 자화상은 좌절과 갈등의 상황→뒤엉킨 삶의 현실→집요한 삶의 자세의 한 종점에서 다시 험한 현실을 뚫고 집요하게 살아가려는 성찰→현실 인식→성취적 자세가 철학적 성찰의 근본이 되어 겨울 비와 너무, 혼잡한 거리의 소재를 제재로 吸引하여 텍스트의 목소리와 시인의 목소리가 일치된 종장으로 昇華되고 있다. 이런 경향은 <멀리 떠나간다>, <사랑의 옷>, <한 점 이름없는 빛깔> 등에 잘 표현되어 있다. 단풍이 들기 시작한 /아름다운 중년 /풍만한 화면에 찬다. 외 起의 서장이 신선한 맛을 주면서 承을 넘어서, 노을이 손짓하는 문턱 농염한 사십대의 애정은 /순백의 매력 전부이던가 /버림 받을 수 없는 인생의 환희 /몰이 찬 여인의 /불타는 가을 밖에서 글을 쓰며 춤을 추는 빛깔이던가의 轉의 극적 전환에 의한 여인상을 가을 단풍의 이미지로 구가하고 또 한송이 꽃을 피우기 위하여 /이 가을 詩가 되어 누워 있는 /영원한 꽃 /이름없는 빛깔이여 라고 結을 맺어 풍면한 화면에 찬 아름다운 중년을 이름없는 빛깔 대체적 상징을 하고 있다. 그 중년의 삶의 뒤안길의 서사직 딤론은 또 '한송이 꽃을 피우기 위하여'에 한축되어 있어 시의 凝縮性을 보여주고 있다.

셋째로 끝없는 성찰과 의미의 탐색이 짙게 나타나고 있다.

산다는 것은 현상이고 그것을 透視하는 것은 성찰이고 그 존재를 탐색한다는 것은 의미 부여이다. 곧 이 모두가 철학적 성찰이요, 철학적인 개념화와 질서화라고 할 수 있다. 또한 이 성찰도 주제와 객체의 相距的 분리에 의한 침잠의 상태에서 正視하는 것을 말한다. <쏟아지는 운명>의 부제가 붙은 <他人의 소리 36>을 보면 더 여실해진다.

비처럼 쏟아지는 운명을

햇빛에 띄우고
인간 존재의 본질적 문제 앞에
진실이고 싶은 아름다운 고뇌
꿈은 아직 물 밑에 있지만
열정을 혁명처럼 식지를 않고
보다 순결하고 뜨거운
역사의 깃 털 속에서
죽어서 다시 태어나는
절규 하나
저 멀리 태고의 이끼처럼
아득하게 보인다.

어딘지 경색되고 形而上學的인 인상을 주는 이 시에서 운명을 햇빛에 띄우고 인간존재의 아름다운 고뇌를 안고, 그 얼룩진 역사의 깃털 속에서 다시 절규하나, 태고 이끼처럼 멀리 보이는 그 절규가 무엇인지 되새기게 한다.

<他人의 소리>(18-40)의 23편은 무슨 시가 주체와 객체의 상거 속에서 객체, 즉 대상을 정시하여 메타포하면서 시선을 안으로 돌리어 자연과 삶의 광장을 성찰하고 사회적 자아로 확대되어 가는 자아를 다시 內向化시켜 삶을 투시하고 관조하여 超脫의 경지를 흠모하면서 오늘을 살아간다. 그러면서 원숙해지고 삶을 더욱 푸르게 가꾸고 살려고 다짐하는 자아를 정립한다.

<값진 삶의 순간들>의 부제로 된 <他人의 소리 35>에 그 기도적인 다짐을 대할 수가 있다.

언제쯤
오느냐고 묻거든
벌써 떠났다고 말하려므나

오고 떠나는 것이 한 순간일지라도
값진 삶의 순간은 영원한 것이니

나
오늘 웃으면서
아픔의 이웃되어
늘 푸르게 살리라.

이 시는 終末論과 豫示論이 결합되어 다시 현실의 삶을 중요시하고
나 /오늘 웃으면서 /아픔의 이웃되어 /늘 푸르게 살리라 하고 어기찬
삶의 지향선을 보여주고 있다. 이것은 <他人의 소리, 40>에서 '새는
소리가 되어 죽는다 /벌레도 소리가 되어 죽는다 /오직 죽지 않는 것
은 /진정한 마음뿐 /그 소리 속에서 울려퍼지는 /他人의 소리는 /소리
가 되어 남는다'라고 저멀리 萬古의 이끼처럼 아득하게 보이는 것이
바로 소리가 되어 남는 他人의 소리임을 암시한다. 영원히 남는 他人
의 소리처럼 오늘을 응시하면 내일을 가늠하는 것이 박웅진 시인의
究竟의 과업이 될 것이다.

넷째로 청신하고 참신한 표현기법을 구사하고 있다.

시인의 목소리는 질척하거나 모가나 텍스트 목소리로 거기에 알맞
은 비유와 상징으로 適語를 선택하여 표현해야 한다. 아무리 심오한
우주나 인생의 통찰이라도 거기에 알맞은 구조와 표현이 뒤따르지 않
으면 한갓 제재의 나열에 지나지 않는다. 그래서 詩作은 시어의 선택
과 구조, 그리고 메타포에 있다고 하지 않은가. 朴雄鎭시인은 이런 메
타포와 시어의 선택, 그리고 시적 구조가 청신한 감을 주고 있다. 긴
축과 구조와 구조 속의 언어의 선택, 그리고 비유나 상징적 표현에 의
한 새로운 질서의 창조가 시의 성패를 좌우한다. 물론 모더니스트같이

지나치게 기교를 부릴 필요는 없지만 거기에 알맞은 이미지, 상징, 풍자적 표현으로 시의 평면성과 단순성을 벗어날 수 있다.

   (1) 와선대의 엉덩이
     길가에 주저앉아
     살 냄새 나는
     산골 아낙

—<무등산 수박>에서

   (2) 별빛 깊은 밤
     적막 강산
     눈빛 뜨거운
     온밤을 앓는다

—<부엉이>에서

   (3) 옷소매 스치는 주름진 살갗의
     껍질을 벗기고
     겨울 밤은 다시 일어나 울면서
     성큼성큼 돌아 오고 있다

—<겨울 강>에서

   (4) 목발 짚은 한 해가 저무는 밤에
     나목을 안고 겨울 비가 내린다.

(1)의 와선대의 엉덩이도 참신한 은유요, 元觀念이 생략된 補助觀念인 살 냄새 나는 산골 아낙이 신선한 상징적인 표현이 좋다. (2) 온밤을 앓는다의 의인화의 비유가 인상적이고, (3) 겨울 밤은 다시 일어나 울면서 /성큼 성큼 돌아오고 있다도 의태적인 의인화가 참신하다. (4)의 목발 짚은 겨울과 나목을 안고 겨울비가 내린다에서 시각과 청각

이 융합된 공감각적인 표현이 인상적이다.

그외에도 <진달래>의 유창한 반복법이나 <길목의 술 한 잔>의 變調의 묘미, <오솔길>의 단조로운 措辭의 소박미, <사랑의 意味>의 연속법의 율조 등 2,3음보에 기저한 유장한 리듬에 직감적이면서도 감각적인 참신한 메타포를 구사하여 자연과 삶, 그리고 역사에 서린 노을과 내일의 의미를 형상화하여 시의 새로운 지향성을 보여주고 있다. 하지만, 구조의 부조화, 언어의 돌출 등을 더 다듬을 때에 시의 미학은 더 원숙하게 될 것이다.

Ⅳ

산다는 것은 고마운 일이다. 하물며 시를 쓰면서 가장한 소중한 것을 성취하는데 전력을 다할 수 있는 것은 더욱 고마운 일이다. 그것도 그저 靈感의 노출과 공학론적인 구도나 과시용의 상표가 아닌 정말 영원만 그 무엇을 갈구하며 그것을 성취하기 위하여 거기에 匠人精神으로 전 노력과 굿거리를 비친다는 것은 누구나 쉽게 할 수 있는 일이 아니요, 어떤 절대자와 相距에 있으면서 그 객체를 직시하고 그 中核을 투시하여 內在化시켜 그것을 썩히고 익히어 언어적인 메타포로 형태화되는 詩作은 바로 그 구도의 길이요, 자아의 완숙의 途程이다. 이 도정을 자연과 삶의 관조와 성찰, 그리고 대상의 내재화에 의한 만고에 빛나는 그 무엇을 창조하는 聖業을, 나 오늘 웃으면서 아픔의 이웃되어 늘 푸르게 살리라 하는 자세로 達觀의 철학을 기저로 하여 전력을 다하고 있는 박웅진 시인의 제5시집 ≪길목의 술 한 잔≫은 그러한 하나의 結晶이다.

이 결정의 시집을 이정표로 오늘 웃으면서 아픔의 이웃되어 더 푸르게 시작할 일이다. 또한 그 시작의 지속적 성숙으로 더욱 아픔의 이웃되어 자연과 삶의 성찰, 그리고 역사의 뒤안길에 얽힌 삶을 노래하고 그대 예언자가 되기를 기대한다.

(朴雄鎭, <길목의 술 한잔>, 1993)

V. 비평적 시각의 표집적 진단

1. 文學의 自律性과 文學性

1.

현대사회는 복잡하고 다양한 양상 속에서 그 지향적 지평을 찾아 방황하고 있다. 두 번에 걸친 세계대전, 양이데올로기의 대립, 산업의 극대화에 의한 민간의 소외 등 격동의 회오리 속에서 내일을 향해 진통하고 있다.

쉬팽글러의 ≪서양의 몰락≫이나 가제트의 ≪藝術과 非人間化≫에서 예언한 대로 물질문명 발달로 物神主義가 팽배되고 비인간화 현상이 고조되고 있다. 칼 부레히트가 ≪불확실성의 시대≫에서 현대를 분석하여 불확실성의 시대로 규정하고 있는 것이나, 다니엘 벨이 그의 ≪이데올로기의 종언≫에서 이데올로기의 내침에 의한 現代危機의 종언의 당위성을 말한 것 또는 에리히 프롬이 물신주의에 빠진 현대사회를 비판하여 ≪소유냐 삶이냐≫를 절규하고 있는 것도 다 현대사회의 어두운 지평을 말하고 있는 것이다. 또한 게오르그의 소설 <二十五時>에서 보여 준 대로 組織이라는 메카니즘의 횡포에 인간성이 말살되고, 모라비아의 <권태>나 영화 <太陽은 외로워>에서 볼 수 있듯이 현대인은 어디에도 안주할 수 없는 소외의 孤獨의 심연으로 빠져 들어가는 것이 현대사회의 表象들이다. 이러한 현대 사회의 특징은 서너 가지로 나누어 볼 수 있다.

첫째 産業社會와 趣向文化의 현상이다.

산업사회로 중공업이나 첨단산업이 극도로 발달한 현대사회를 말한다. 현대는 수공업에서 기계공업으로 발전시킨 産業革命 이후, 대량생산과 자동화, 그리고 첨단산업에 의한 산업의 새로운 혁명을 일으키고 있다. 이러한 산업시대로 테크노피아(technopia)나 에나토피아(enertopia)를 표방하면서 모든 것이 대형화되고 조직화되고 자동화·기계화되어, 사람이 설 자리를 잃게 된다. 여기에서 문제가 되는 것은, 산업에서 이루어져 여러 현상과 그 영향으로 현대문화가 몰락하고 인간성이 상실되어 가는 일이다. 우선 산업사회는 産業團地와 그 지원으로 都市化 현상에 의한 이농현상이 일어나고 모든 것이 획일화되고 규격화되고 분업화되어 사람이 하루에 만이천 개의 부품을 붙여야 하는 파트이즘으로 전락하고 만다. 여기에 뷰로크라시(bureaucracy)에 의한 인간소외와 기대수준의 향상에 의한 갈등과 분쟁이 일어나게 된다.

이러한 현대사회에서는 문화예술이 인간이 무엇인가의 인간존재를 해명하고, 그날의 성취를 위하여 오늘을 어떻게 살아야 한다는 삶의 秩序를 창조해야 하는 본래의 기능을 상실하고, 오락문화나 취향문화로 정착하고 만다. 기술, 지식, 인구, 도시, 조직의 폭증과 제도적인 혼란으로 격동하는 현대사회에서 文化藝術이 대중의 취향을 쫓아 産業化되고 긴장과 소외를 해소하는 수단으로 전락하여 취향문화를 이루게 된다. 산업사회에서 파생되는 非人間化의 현상을 정면으로 맞서는 것이 아니고, 오히려 그것을 피하여 관능적이고 찰라적인 취향문화에 몸을 내던져 活力素를 찾으려고 한다. 大組織의 한 파트로 전락된 비인간화된 자아에 대한 혐오와 절규를 운동경기를 보거나 쇼를 보거나 섹스가 넘실대는 작품 등 취향문화에 내던져 스스로 탈출과 구제의 길을 찾으려고 하고 또한 그에 젖어들어가 反文化的인 현상이 일어난다.

둘째는 소외와 배금주의의 현상이다.

산업의 발달과 과학의 진보는 疏外 현상을 가져온다. 대공장이 온라인으로 가동되는 생산 라인에서 인간은 한 파트에 불과하다. 거기에는 어떠한 가치부여도 없고 감정의 개입이 있을 수 없다. 오로지 같은 部品을 수없이 부쳐야 하는 작업만이 있을 뿐이다. 사람은 하루 종일 같은 작업만을 반복해야 하는 생산 라인의 한 부품으로 전락하고 만다. 여기에서 인간소외는 시작된다. 또한 개인주의에 빠져 있는 현대인은 群衆 속에서도 그와 어울리지 못하고 소외의 고독에 빠지게 된다. 헤겔에 의하면, 소외는 主體와 객관적 현실이 접촉할 때 생겨나는 초역사적 관점이고 이 接點에서는 반드시 되풀이되는 것이다. 그러나, 칼 맑스는 자본주의의 노동의 분업에서 시작된다면서 헤겔의 추상적이고 형이상학적 영구불변한 싯, 곧 原罪와 같은 것으로 규정하고 있는 소외를, 역사적으로 한정하고 역사적 조건에 의존하는 하나의 과정으로 옮겨놓고 있다. 그래서 노동으로부터의 소외는 말할 나위도 없고, 群衆 속에는 고독과 소외에서 헤어나지 못하는 것이 現代人이나, 이러한 소외의식은 현대사회에서 비인간화 현상을 더욱 심화시켜 비극적 상황이 더욱 짙어가고 있다.

또한 소외와 못지 않게 현대사회를 혼미케 하는 것은, 황금만능의 拜金主義이며 그에 의한 物神主義이다. 생활의 편리를 위해 서로 교역의 수단으로 만들어진 화폐가 오히려 인간을 지배하게 된 것이다. 일하는 것 물론 화폐를 얻기 위한 것이요, 잘 산다고 뽐내는 것도 화폐의 위력을 과시하는 것이다. 넓고 화려한 住宅을 자랑하고 값비싼 옷이나 고급승용차 그리고 갖가지 값진 패물로 화폐를 과시하는 것도 다 배금주의가 빚어내는 悲劇的 現象이다. 이러한 화폐는 전통적인 가치관을 뒤바꾸어 놓고 인간을 화폐의 노예로 정착하게 한다. 결국 인간은 제 손으로 만든, 말도 하지 않고, 표정도 없으며 냄새도 나지 않는 화폐에 예속되어 방황하게 된 것이다.

세째는 뷰로크라시와 기대수준의 향상이다.

현대사회는 고도한 산업사회이면서 비인간화된 組織社會이다. 이런 조직사회에서 모든 것이 조직화되고 규격화되며 획일화되고 뷰로크라시 현상이 일어난다. 이것은 산업사회 그 자체가 대규모의 조직체임을 말하고 산업의 大型化와 오토메이션 그 자체가 한 조직체가 되어 있다. 또한 산업체에 그치지 않고 산업체, 기업과 기업, 그리고 대기업과 都市化한 사회, 말하자면 全社會가 거대한 조직체로 움직이게 된다. 이러한 뷰로크라시는 조직화, 계층화, 분업화, 전문화, 규격화되어 그 조직안에서 일정한 일을 반복하게 된다. 인간은 조직체의 한 部分에 지나지 않는다. 하루에 몇천 개의 똑같은 부품을 붙여야 한다. 거기에는 개인적인 욕구나 흥미같은 것은 개입할 수 없고, 오직 조직체가 갖는 질서만이 있을 뿐이다. 여기서 인간은 自律性을 박탈 당하고 메카니즘에 지배되는 非人間化 현상이 심화된다. 여기에서 현대의 문화예술이 인간성을 회복해야 하는 일이 얼마나 절실한가를 알 수가 있다.

다음은 期待水準의 향상이 현대사회의 갈등을 심화시키는 문제이다. 산업사회를 지향하는 현대사회로 성장을 지속하면서도 기대를 충족시켜 주지 못한다. 절대빈곤은 사라졌지만 相對的貧困이 새로운 사회문제가 되는 것도 이 때문이다. 보다 풍요하고 잘 살 수 있는 지평선이 눈앞에 보이는 데 그것이 내 손에 들어보지 않을 때의 소외와 절망은 계층간의 갈등으로 나타난다. 교육의 기대수준의 향상을 비롯하여, 의식주의 여가생활 등 남과 같이 못할 때의 갈등과 소외는 심각한 문제로 제기된다. 社會的인 성장이 個人的인 그것과 병행하는 것이 중요하다. 저소득층에 대한 사회복지와 고소득층의 自律的인 사회에의 기여로 사회를 中産層化하게 하고 유토피어적인 강한 지평선을 공동으로 추구해야 할 필요성이 바로 여기에 있는 것이다.

2.

한국도 산업사회에 접어들고 있다. 불과 20년 사이에 고도성장을 해온 반면에 현대사회가 지닌 문제점들이 可視化하게 됐다. 아직은 成熟社會는 아니라고 해도 그 문턱에 들어 서고 있는 것은 사실이다.

이런 격동 속에서 문화예술은 反文化的인 현상으로 일탈하고, 레저화와 祭儀化로 문화의 兩極現象이 심화되고 있다. 앞의 것은 가치관의 동요로 전통문화나 문화를 부정하고 實驗的인 경향으로 기울고 문화를 변혁의 수단화하려 하고 문화의 自律性을 부정하는 경향으로 나타난다. 뒤의 것은 문화를 낚시나 등산과 같이 상업성과 메스컴이 결부하여 오락화, 스트레스 해소용으로 실려는 경향과 문화를 통해 삶의 의미와 그 指向性을 추구하는 召命意識에 불타는 경향으로 양극의 대립현상으로 나타나고 있다. 이러한 문화현상은 잠시도 쉬지 않고 변모해 가는 現代社會에서 제각기 그 치유적인 역할을 분담하고 있기는 하지만 밝은 미래의 地平의 성취를 위해서 우리는 냉철히 그 실상을 正視하고 초극적 지향성을 탐색할 필요가 생기게 된다.

　　이러한 문화현상을 文學으로 축소해서 보면 다음 세 가지로 나누어
진다.

　　첫째는 문학의 레저화로 통속문학의 팽배현상이다.

　　소외와 비인간화의 질주 속에서 조직의 部分으로 전락한 현대인이
자기 해소를 할 수 있는 오락문화이며, 대중의 취향에 편승하는 취향
문학이 서점가를 휩쓸고 있는 것이 그 양상이다. 개인 소득 랭킹 20명
중에 소설가가 7명이 끼어 있으면서 문학의 不在라고 개탄하는 일본
의 경우와 같이 그러한 문학은 일시적인 흐름으로 사라지고 만다. <自
由夫人>이 전후에 그렇게 서점가를 휩쓸어 都下의 지가를 올렸어도
지금에 와서는 <자유부인>이란 작품이 있는 것도 모를 정도로 슬어지
는 예와 마찬가지로 통속문학은 문학을 레저화의 대상으로 타락시키
고 말았다. 사람들의 구미에 맞아 그 판매부수를 자랑하던 수많은 소
설이나 시집, 그리고 수필집이 어떤 位相에 놓여 있는가를 살펴보면
이 짧은 시간에 그런 통속문학에 시간을 소비할 수 있을까 회의를 품
게 될 것이다. 그것은 찰라주의, 향락주의에 빠지는 취향 문화의 그늘
에서 잠깐 미었다가 스쳐가는 것이나 또한 匠人으로서의 그 귀중한
능력을 상업주의에 업혀 타락하고 있는 작가의식의 일탈현상이다.

　　둘째는 문학을 수단화하려는 민중문학의 현상이다.

　　문학은 고귀한 인간정신의 미적 추구이며, 인생이나 현실을 정시하
면서 그날의 地平을 可視化시키는 自律的인 창조이다. 문학의 個人的
인 창조성을 부정화하고 보고나 변혁을 지향하는 촉매적인 기능을 나
타내려는 창작은 문학의 자율성을 부정하고 수단으로 變形시키게 된
다. 현대사회에서의 비인간화, 소외, 갈등 등의 고발이나 그 치유를 위
한 삶의 指標의 형상화가 아니라 계급의식에 의한 사회적 변혁의 수
단으로 문학을 전파수단으로 하는 것은 文學觀이나 시각의 차이가 있

다고 해도 문학이 가지는 예술과 문화적 영역의 일환으로 귀결된다.

박영희의 '얻은 것은 이데올로기요 잃은 것은 예술이다'라고 한 말은 결코 지나가버린 말은 아니다. 이 경향에서는 문학의 창조의 자율성을 버리고 스스로 갇혀지는 것을 잊고 있다.

세째는 인간존재를 추구하여 삶의 지표를 모색하는 경향이다.

작가는 人間存在의 해명정신과 고찰과 지향적 정신을 匠人精神으로 형상화하고 창조한다. 사람이 사는 곳에는 언제나 제기되는 보편성과 항구성을 具有하는 삶의 의미를 조명하여 인간존재를 해명하려는 것은 결국 인생이란 무엇인가를 해명하는 것이다. 그러한 인간이 어떻게 살아가야 하는가, 가장 소중한 것을 위해 어떻게 현실의 不條理를 극복하여 그날의 낙원을 성취하는 것인가, 그 욕구를 가로막는 부조리의 현실을 고발하고 그것을 확산시켜 모든 사람에 共感케 하는가를 모색하며 그것을 문학적 장치에 의해 한 작품으로 형태화하느냐가 가장 관심사가 된다. 이범선의 <誤發彈>이나 이청준의 <이어도>등은 '한국인(전쟁 후)은 비극적인 존재이다 ' '낙원은 彼岸이 아니고 뭍(현실)에 있다'라는 인간의 존재를 해닝한 작품이요 사랑을 통해서 자기를 성취시키려는 강신재의 <TABU> 같은 작품도 이런 경향이다. 또한 이청준의 <당신들의 天國>이나 조세희의 <난장이 쏘아 올린 작은 공>은 어둡거나 소외된 현실을 고발하고 있으며, 종교와 일치하는 사항을 성취를 위해 전력 투구하여 사는 <움직이는 성>이나 선우휘의 <불꽃>, 서기원의 <전야제>, 오상원 <황선지대> 등은 다 어떻게 살 것인가하는 삶의 指標를 제시하는 작품들이다. 이 세째의 경향에서는 문학의 자율성을 존중하며 문학성의 획득을 전제로 한다.

3.

文學은 현대사회를 구제할 수 있는 청량제라고 할 수 있다. 그렇다고 문학이 반문화적인 逸脫 속에서 여가문학으로 전락해서는 안되며, 실험이란 미명 아래 탈문화적인 혼란으로 빠져서는 안되며, 문학을 변혁적인 수단으로 변형하여 비문학적인 굴레 속에서 자율성을 배타해도 안된다. 문학은 어디까지나 문학이어야 하고 어떤 제재도 수용하는 문학성을 획득해야 한다.

바다는 때로는 파도가 높게 일고 또는 노도하여 風浪을 일으키지만 그 깊은 속은 겉의 풍랑에는 아랑곳 없이 도도히 흐르고 있다. 파도 곧 가라 앉은 평온을 찾게 되고, 폭풍노도도 그 울부짖음이 넓은 바다에 수용되고 만다.

문화나 문학 현상은 그 軌가 다를 리가 없다. 우리는 一回的인 삶의 현실에서 첫째의 레저의 여가 문학에 할애하는 시간을 가지고 있지 않다. 그러므로, 첫째 여가 문화나 문학은 논의의 대상이 될 수 없다. 문제는 둘째와 세째의 경향인데 이것도 형상화에 文學性에 획득과 그 自律性에 의해 극복될 수 있다. 민중의 아프고 눌린 삶의 양상이나 절규나 題材의 문제와 그것이 文學性을 획득했을 때는 人間存在의 해명이나 고발이나 삶의 지표를 제시하여 낙원을 성취하여 문학의 성취공간과 같이 하기 때문이다. 그러기에 문학은 문학이어야 하지 문학 위에 문학이 있고 문학 밑에 문학이 있는 것이 아니다. 이럴 때 문학은 인생의 영원한 동지적인 반려가 될 것이다.

(<산업사회와 문학>, 韓國文人協會 세미나(釜山), 1978)

2. 小說空間의 擴大와 同質性

1

　이렇게 滿堂을 이루어 주신 문학평론가를 위시하여 詩人, 小說家 등 文人 여러분, 가깝고도 먼 길을 기꺼이 와 주신 북한의 評論家와 文人들을 박수로 환영하고, 다음 한국평론가협회 세미나를 평양에서 열 수 있게 된 것을 쌍수로 기뻐하면서, 統一을 위한 文學的 論議를 할 수 있게 된 것은 통일을 위한 새로운 地平이 아닐 수 없습니다 하고 말해야 할 것을 이렇게 우리들만이 세미나를 할 수밖에 없는 狀況이 가슴아픈 일이 아닐 수 없다.

　南北으로 分斷된 지 40여년, 수많은 강력한 統一에의 열망을 외면하고, 그 장벽이 무너지지 않고, 역사적인 치욕과 한을 더하고 있으니, 안타까운 일이다. 臨津閣에서 自由의 다리를 바라보며, 統一展望臺에서 해금강이나 금강산을 바라보는 망향의 한이나 판문점으로 표상되는 이데올로기의 대립의 場이 바로 분단의 비극적 현실이다.

　이젠 소련이나 中國을 비롯한 공산권에서도 이데올로기가 희석화되

어가는데, 반만 년 역사를 같이 해온 同一民族이 굳게 門을 닫고, 統
一을 외면할 수는 없는 현실이다. 그 당위성과 지향성은 7·7宣言으로
새로운 문을 두드리게 되어, 통일달성을 위한 民族的 課題는 새로운
地平을 열게 되었다.

이런 統一成就의 열망 속에서 소설을 중심으로 한국문학의 통일의
지향성을 가늠해보는 것은 통일의 문을 두드리는 文學的召命의 발로
이며, 세계문학에서 통일된 한국문학의 座標를 모색, 정립하려는 작업
이기도 하다.,

2.

소설을 중심으로 한 統一을 위한 문학적 論議에 앞서서 두 가지 전
제적 논의가 필요하다. 그것은 소설의 본질과 한국소설의 변모의 基本
軌에 대한 究明이다. 그것은, 分斷狀況이 어떻게 한국소설의 변모의
진로를 변형시키고 훼손시켰으며, 통일을 위한 문학의 지평을 조명하
기 위한 가늠자리가 무엇인가를 밝힐 수 있고 또한 그것을 토대로 정
립되어야 할 統一의 文學의 가상적 구조를 이룰 수 있기 때문이다.

한국소설은 變革과 持續에 의한 상승적 발전 양상을 이루고 있다.

전대소설의 否定과 새로운 혁신으로 근대적 역사의식과 삶의 지표
를 제시한 李光洙를 비롯하여, 문학의 社會的 擴大에 의한 藝術性의
훼손을 비판하여 예술을 위한 예술을 지향한 金東仁문학을 거쳐 가진
것 없고 짓눌리는 플로레타리아의 삶을 照明하고 그 총체적 의미를
인식케 한다고 문학의 미화와 예술을 초극하려는 카프파, 다시 이데올

로기에 훼손된 문학을 예술로 환원해야 한다는 九人會 등 모두가 변혁과 지속에 의한 문학의 상승적 변모의 양상이라고 할 수 있다. 이러한 변모는 역사의식과 삶의 지표를 추구하려는 경향과 技法의 美化와 예술을 추구하는 경향이 서로 교체하면서 변모하는 것을 볼 수 있다. 李光洙의 역사의식이 김동인의 예술의식으로 김동인의 그것이 카프파의 이데올로기의 문학으로, 다시 그것이 九人會의 美意識의 추구로 나타나고 있는 것이 그런 것이다. 또한 戰後文學이 역사의식을 수용하지 않은 것이나 70년대에서 사회의식이나 민족의식이 주로 발현되고 85년을 전후해서 抒情性에의 回歸現象이 바로 그런 현상이다. 물론 30년대와 해방공간의 문학과 같이 그 두 경향이 兩立하여 文學의 새로운 地平을 열고 있는 경우도 있다. 이러한 문학의 변모의 기본궤가 分斷으로 인하여 그 方向이 각각이 혼미하거나 폐쇄되어 跛行性을 띠우고 있는 것이 오늘의 현실이다.

다음으로 소설의 兩極化現象의 오류에서 오는 현실을 볼 수 있다. 小說은 현실이나 역사를 토대로 하여 새로운 질서를 창조한다. 存在에 플러스하여 제2의 인생이나 역사를 창조한다. 인생이 무엇인가 대한 普遍性에 의한 인간존재의 해명과 유토피아를 지향하는 인간의 피어린 삶의 도정을 고발하고 모럴을 제시하여 어떻게 살 것인가의 고발과 지향적인 세계를, 독창적으로 새로운 질서를 창조하는 匠人精神에 의해 이루어지는 문학이다. 그것은 삶의 보편성의 추구인 동시에, 내일에의 지향을 가로막는 현실의 진단이면서 그것을 처방하는 모럴을 제시하는 삶의 총체적인 인지와 그것을 극복하려는 낙원지향의 발로이다. 흔히 대립적 양상으로 논의되는 이 소설의 양면은 오히려 相補的이며 접합과 循環에 의해 소설세계를 고향할 수 있다. <誤發彈>의 '한국전쟁 이후의 한국인은 비극적인 존재다'라는 인간존재의 해명은 그것대로의 독자적 의미를 가지면서 그런 인간이 어떻게 살아 그 날을 성취할 것인가의 새로운 문제를 제시하며, <난장이가 쏘아올린 작은 공>은 70년대의 **勞動者**와 근로자의 처참한 현실을 고발하면서도 **終末**에 반디불과 우주비행사에 의한 새로운 가능성을 보여 주며, <그리고 함성이 들렸다>는 비극적 현실을 어떻게 극복하는가의 삶의 모럴을 제시하면 서도 다시 인간 존재의 의미를 재구성하는 순환성을 지니게 된다.

이것은 통일지향의 소설의 경우도 그 전제가 될 수 있다. 그것은 안으로는 순수문학이니 참여문학이니 하는 논의에는 해당되지만, 남북의 소설이 대립적인 것이 아니고, 상보적이어서 일탈과 견인에 의한 변증법적 지양에 의해 통일지향의 소설 공간이 형성될 수 있음을 말한다.

이러한 전제에서의 통일지향의 소설 공간의 성취는 그 준비 과정과 실천의 **地平**을 추구하는 두 측면에서 논의가 이루어져야 할 것이다.

3.

통일 지향의 소설 공간의 성취를 위한 준비 과정으로서는 훼손된 소설공간의 회복과 **分斷小說**의 상호 수용의 두 문제로 나타난다.

우리는 분단의 장벽에 의해 서로 소설을 읽어 감상하고 그것을 **內面化**할 수 있는 자유마저 상실하게 됐다. 해방 이후의 작품은 물론이요, 카프**派**의 그것도 규제의 대상이 되어 잃어버린 그 공간에 의해 문학사가 **跛行**을 면치 못하여 한국문학사의 훼손을 가져왔다. 이 가운데에서도 해방 이후의 그것은 **分斷**으로 접할 수 없다는 현실인데 비해 해방 이전의 그것은 자의적으로 벽 속에 갇혀 있어 그 개방이 시급히 요청된다. 그것은 30年代의 小說空間이 표면적으로는 이데올로기에 편향된 카프파의 그것을 비판하는 변혁적인 양상으로 기법과 미화와 예술을 추구하는 경향이 주류를 이루면서도 역사의식에 의해 현실을 照明하고 삶의 지표를 추구하는 경향과 병립한 문학사의 실상을 보면, 在北했다는 이유로 한쪽을 배제하여 小說空間을 촉조시킬 수는 없다. <흙>이나 <三代>, <太平天下> 와 같은 일련의 작품이 없는 바 아니나, <故鄕>의 이기영, <塔>의 한설야, <大河>의 김남천, <川邊風景>의 박태원, <第二의 運命>의 이태준 등 재북작가의 소설을 배제하고는 30년대 소설공간을 운위할 수가 없다. 이것은 解放空間의 경우도 같은 軌에 놓여 있다. 더구나, 카프의 해체와 더불어 세태와 風俗小說로 전형되어 이데올로기의 빛이 消失과 30年代 小說에 비해 해방 후 발표된 미지수의 작품도 김동리, 황순원 등 여러 작가의 경향과 병립의 경향을 보이고 있어서, 이러한 소설의 배제는 더욱 문학사의 훼손만을 가져올 뿐이다. 吳鉉奉의 <解放空間의 小說硏究>에 따르면, 量的으로 풍부한 이 경향의 소설이 문학성의 획득에 실패하여 예술성을 강조하는 순수지향의 소설과 30년대 소설에서 보다 심화된 대조를 이루고 있어서, 해방공간의 소설을 있는 그대로 대할 수 있게 개방성을 띠워야 함은 말할 나위도 없다. 물론 ≪朝鮮文學史≫에서 카프系 이외의 作家를 거의 배제시키고 있는 北韓의 경우는 한국문학의 훼손이 더욱 극대화되어 있는 것은 말할 나위도 없다.

다음은 分斷小說의 상호수용으로 해방 이후의 파생적 문학의 진로를 自律的으로 다양화시키는 문제가 된다.

해방 이후, 6·25를 비롯한 수많은 사회적 격동은 文學的環境의 악순환으로 나타나고 있다. 그것은 창작의 자율성이 훼손되고 읽을 수 있는 자유가 침해되어 창작과 수용에 의한 文學的文化의 고양의 경지에 이르지 못하고 순수와 사회참여, 市民文學과 民衆文學, 문학의 제의화와 레저화 등으로 對立的 현상으로 나타나 문학을 훼손하고 상실하고, 레저化하는 양상을 띠우게 된다. 더구나, 産業化에 의한 메카니즘과 뷰로크라시(bureaucracy), 拜金主義에 의한 物神主義, 첨단과학의 발달에 의한 인간성의 상실은 소설은 한갖 테니스나 낚시와 같은 레저로 변모되고 있어서, 역사적인 세계관에 의한 삶의 인지와 來日의 성취를 위해 오늘을 사는 독자의 구도의 반려가 될 수 없게 되었다.

또한 北韓의 해방 이후의 소설은 이데올로기의 선양을 위한 집단 창작으로 편향되어서 소설의 자율성을 상실하고 있다. 그 작품도 대할 수 없으니 분단소설은 밀폐된 상태로 감금되어 있다는 셈이다. 물론 그것은 외부와 벽을 쌓고 있는 북한의 폐쇄사회가 문제되지만 우리의 수용자세도 경색되어 있어 개방성으로 대응해야 한다.

이렇게 훼손과 소설의 복원과 相互受容의 준비과정을 거쳐 통일지향적 소설의 실천적 구조를 알 수 있게 된다.

4.

다양한 한국소설에서 분단의 현실을 극복하려는 소설은 대체로 다음 세 경향으로 나누어진다. 전통과 同質性으로 분단의 비극을 억지해야 한다는 채만식의 <落照>와 같이 ①분단 비극의 豫視的 現實透視하는 경향과 6·25와 그 이후 이데올로기의 대립으로 싸우는 韓民族의 비극적 현장과 ②그 분단의 傷痕, 離散의 아픔을 수용하여 분단의 비극적 현실의 체험적 반영으로 나타나는 경향, ③분단의 아픔을 극복하여 통일지향을 추구하는 경향이 그것이다.

첫째 경향은 분단적 비극의 源泉的 추구이고, 둘째 경향은 분단의 비극현실의 체험적 현실의 반영이며 세째 경향은 분단 현실의 객관적 투시와 그 극복을 모색하는 통일지향적인 의식의 발로라고 할 수 있다.

우리의 關心은 이 세 경향 중에서도 세째의 분단 현실의 치유는 그 극복에 의한 통일지향적 경향에 있다. 그것은 어떻게 경건하고 냉철하게 분단 현실을 투시하고 남북이 통일된 소설공간으로 擴大하며 통일의 그것을 실현하느냐의 문제가 된다. 그것은 훼손된 소설공간을 회복하고 서로 이질적인 분단문학을 수용하는 준비 과정을 거쳐 통일지향의 소설공간의 확대와 深化를 기하는 것을 의미한다.

또한 그것은 변혁과 지속의 문학적 변화의 싸이클의 획득을 위한 소설의 본질과 그 자율성에 의해 문학적 문화의 고양을 의미한다. 그 작업을 위한 역동성의 기축은 서너 가지로 요약될 수 있다.

첫째, 농질성의 회복에 의한 휴머니티의 고조와 예술성을 성취하는 일이다.

이것은 반만 년 역사에 의한 한민족의 동질성을 회복하여 이질성을 배제하는 일이고, 문학의 추구라는 인간성의 옹호와 예술성의 획득에 의한 獨創的인 창조에 의한 한국소설의 상승적 발전을 의미한다. 또한 그것은 이데올로기에 의한 폐쇄적 사회에서 상실된 전통의 동질성을 정화하고, 그 바탕 위에서 인간의 보편성에 의한 인간존재의 해명과 낙원을 추구하는 현실적인 삶과 일회적인 인생을 전력투구하여 그날을 성취하려는 피어린 삶을 독창적 美的構造에 의해 새로운 소설세계를 창조하는 일이 된다. 이것은 우리의 성찰에 의한 내적인 정화와 북한의 개방적인 수용에 의해서만 가능해질 수 있다. 유일사상에 의한 현실에 변혁과 그 宣揚을 위한 이데올로기 일변의 소설적 경향의 개방에 의한 휴머니티의 고양과 예술성의 획득에 의한 소설공간의 기대는 쉬운 일은 아니지만, 뜻이 있으면 길이 있다는 신념으로 닫힌 문을 두드려야 할 것이다.

둘째는 일체의 예속을 거부하고 창작의 자율성을 획득하는 일이다.

소설이 人生이나 현실을 반영하고 재현하여 영향을 준다고 해도 창작이 어떤 이데올로기나 종교에 예속되거나 수단일 수는 없다. 소설이 사회적 변혁의 動力이 되어야 한다거나 이데올로기 실현의 전파양식이 되어야 한다는 것은 소설의 그 무엇에 예속화되고 수단이 됨을 말한다. 소설은 일체의 사상을 수용할 수는 있으나 그 사상의 노예는 될 수 없다. 현대소설이 대사상을 수용하면서도 독창성을 획득하는 것도 이 때문이다. 공감대의 형성에 의한 사회적 변혁을 가져오는 것은 전파과정의 결과이지, 목적은 아니다. 이건 또 어떠한 창작의 自由도 침해될 수 없음을 말한다. 그것은 창작 환경의 자율성을 의미한다. 題材 선택에서부터 구조나 표현은 물론이요 삶의 총체적인 인식이나 세계관이 함유된 주제의 자유로운 선택과 형성을 말한다. 말하자면 이것은 문학적 환경의 자율성을 말하는 것이고 문학의 독자적 領域의 이탈을 견제하는 견인작용이라고 할 수 있다.

세째는 문학적 문화를 확대·심화시키는 일이다.

소설은 많아도 소설이 드물다는 말이 있듯이 소설이 도덕화하여 레저화로 전락하는 現實을 인생의 삶의 의미를 내적 체험에 의해 체득케하고 가장 소중한 것을 위해 全力投球하는 삶의 총체상을 세계인식을 바탕으로 형성된 소설이 널리 전파되어 그것을 체험화하여 생활화하는 문학적 문화가 고양될 때에 이기주의, 物神主義 파트이즘을 극복하는 소설의 領土가 확대되고 심화될 것이다. 많은 사람이 말하는 현대의 위기를 극복하기 위해서는 文學的 文化가 고양되어야 한다.

5.

분단된 지 40여년 그 異質性이 심화되어 逸脫해가는 분단소설이 통일지향의 소설공간을 실현하는 것은 그리 쉬운 일이 아니다.

다만 언젠가 개방될 폐쇄의 장벽을 투시하면서 스스로 자세를 가다듬고 소설공간을 확대하고 심화할 때, 통일 지향의 소설은 성숙될 것이다. 그것은 방치되고 훼손된 30年代와 解放空間의 재북작가의 문학적 해방과 이질적인 북한소설의 수용적 검토에 의한 준비과정을 걸쳐, 韓民族의 회복에 의한 휴머니티의 고조와 독창적 예술성의 형성, 그리고 이것을 성취하기 위한 문학적 환경인 자율성에 획득, 그러한 결과에 의한 문학적 문화의 고양에 이루어 질 때 통일지향의 소설공간은 그 영토가 확대되고 심화될 것이기 때문이다. 이것을 성취하기 위한 몇가지 논의 과제를 제시해 본다.

① 잃어버리고 훼손된 文學(小說)은 어떻게 복원되어야 하는가.

② 同質性의 회복과 자율성의 획득은 가능한가.

③ 통일지향을 위한 소설의 창작환경은 개선되었다고 볼 수 있는가?

④ 南北間의 문학적 교류에 의한 상호 수용적 검토를 위해 南北文人의 상호왕래와 그 窓口가 마련되어야 하지 않겠는가.

⑤ 레저化되고 있는 추락된 문학적 空間을 통일지향으로 적극적으

로 대응하기 위해 문학적 문화의 확대로 지양시킬 수는 없는가.

(<통일지향의 문학적 논의>, 韓國評論家協會, 1987)

3. 北方文學의 受容과 統一指向

1

문학은 언제나 물과 같이 흘러 성장하고 발전하기도 하고, 여울물이 머물러 湖水를 이루듯이 한 시대나 한 경향의 文學空間을 이룬다. 鄕歌에서 고려속요를 거쳐 時調와 현대시에 이르고 한국시가의 흐름이나, 단군신화 박혁거세신화 등의 說話文學에서 가전체, <금오신화>의 漢文小說과 <홍길동전>의 국문소설을 지나 <九雲夢>, <춘향전>등의 조선소설을 거쳐 개화기소설, 근대소설로 변모 발전하는 서사문학의 흐름은 전자의 양상이다. 고려문학이니, 조선문학이니, 개화기문학이니, 해방공간의 문학이니 하는 것은 한 시대의 문학을 말하고, 카프문학이니, 主知主義文學이니, 민족문학이니, 참여문학이니 하는 것은 한 경향을 말한다.

이런 문학은 겉으로는 고여 있는 물과 같이 정체해 있는 것같이 보이지만, 그것은 지속 속에 새로운 변모를 잉태하고 있는 것이며, 흐르는 물과 같이 변혁되고 있는 것같이 보이지만 그것은 변혁 속에서 새로운 성숙을 지향하고 있는 그 복합적 현상이다. 이런 고임과 흐름의 변증법적인 상승인 문학의 持續과 變革의 상관성은 문학의 공감성으로 응집되어 文學史의 통시적인 軸을 이루게 된다.

이상이나 김광균 등에 의한 30年代의 주지주의 문학이라는 문학의 한 積層帶가 김성한, 손창섭 등의 전후소설과 조향, 전봉건 등의 주지시로 이어지는 통시적인 축이 되고 있음을 말한다. 또한 미의식에 몰입된 <벙어리 三龍이>의 나도향이나 <들>이나 <豚>의 이효석 등의 소설이 오영수나 황순원의 인생의 본질 추구의 문학으로 그 통시적 脈을 이루고 있는 것이 그 예의 하나다.

이러한 문학의 지속과 변혁적 양상은 흐르는 물이 제방이 허술하여 물이 새듯이 漏水현상이 일어나고 뚝이 터져 삽시간에 황폐화가 되듯이 문학공간의 훼손이나 축소 현상을 가져 오는 경우가 있다. 또한 문학 현상과 그 문학적 의미를 조명하는 문학관의 차이에 따라서 변이적이고 투시적인 文學史가 도출될 수도 있다.

한국문학은 문학의 실체를 형상화하여 그 문학의 공간을 확대하고 자율적인 영역을 정립하지 못하고 훼손된 문학의 장이나, 捨象된 현상으로서 문학, 그리고 그것을 경직된 시각과 단절된 현실에 의해 한국문학은 축소형의 왜소함을 자초하고 있다.

근자에 와서 해금 조치와 分斷文學의 극복과 그 정립 아울러 北方文學의 수용과 같은 적극적인 자세로 한국문학의 영역을 넓히고 거시적이고 자율적인 자세로 한국문학의 복원과 그 확대의 시각이 넓혀지고 있는 것은, 만시지탄의 감이 있으나 한국문학의 지속적 공간의 基軸과 변혁적 통시적인 脈을 융합하며 한국문학의 있는 그대로의 위상을 정립할 수 있는 계기가 성숙되어 가고 있음을 말한다.

2.

한국문학을 있는 그대로 조명하고 또 지속과 변혁을 가로막는 요인
은 여러 면에서 나타난다. 결국 문학사의 훼손으로 부각되는 그 실상
은 대체로 다음 몇 가지로 나누어 볼 수 있다.

① 일제 강점기의 관리문학
② 월・재북작가의 제외에 의한 문학사의 훼손
③ 분단에 의한 북한문학의 단절
④ 이념의 칩거에 의한 재외문학의 소원

이러한 현상은 민족의 수난사와 그 맥을 같이 한다.

① 일제 강점기의 관리문학은 일제의 식민지 통치하의 국권상 상실
의 수난 속의 현상이요 ②는 반공을 국시로 하던 제일공화國 이후의
이념의 경직에서 온 현상이며 ③ 북한문학과의 단절은 이데올로기의
거리와 충돌에 의한 6・25로 표상되는 민족의 분단비극의 폐쇄된 현
실이며 ④는 중(연변을 주로 한), 소의 이념의 차이에 의한 장벽에 의
한 민족공동체의식이 격리당한 상태에서 빚어진 현상이다. 하지만, 이
러한 현상은 民主化의 흐름과 같이 여러 측면에서 그 치유책을 모색
하고 산일되고 훼손된 한 국문학의 진지한 자세와 그 실적이 나타나
고 있다. 그것은 문학의 자율성과 그 자체내의 역동성에 의해 문학이
성숙되고 변혁되어야 한다는 기본론을 바탕으로 전개되는 한국문학의
원상찾기 현상이며 훼손된 文學史의 복원의 의지의 표명이며, 흩어지

고 버려진 문학의 수합·조명에 의한 한국문학 영역의 확대라고 할 수 있다.

우선 우리는 북방문학의 수용을 위해서 이 네 가지 유형의 극복현황과 그 가능성을 모색해 볼 필요가 있다.

먼저 ① 일제 강점기의 관리문학은 그 축소 지향에서 벗어나 자료의 수집과 그 새로운 조명으로 문학사의 재평가를 통해 일제강점기의 한국문학을 복원하는 작업이 꾸준히 진행되고 있다. 李青原에 의해 제기된 《신문학사조사》에 대한 관리문학의 비판은 검열을 통과하지 못한 유고나 해외에서 발표된 작품의 수용으로 문학사의 재편이라는 과제로 수용되어 그 작업이 꾸준히 진행되고 있다. 일제 강점기 때에 만주에서 발표된 염상섭, 안수실 등의 작품이 발표되고 일본에서 발표된 작품은 물론 상해의 독립신문이나 미주의 신문에 발표된 작품 등의 수용으로 총독부의 관리문학의 축소지향의 문학은 그 실상이 복원되고 있다. 이것은 일제강점에 의해 축소된 한국문학 공간의 확대이며 일제강점기의 문학적 저층대의 견실화 현상이다.

②의 월북이나 재북작가의 작품의 금서 조치에 의해 문학사의 훼손된 6共和國의 해금조치로 그 실상이 복원되고 작품을 조명하여 훼손된 文學史의 복원을 이루게 되었다. 물론 이기영과 최인준 등 소수작가가 해금에서 제외되고 있으나, 이기영의 <두만강>이나 한설야의 <설봉산> 등이 출간되고 있는 실정이니 일제강점기나 해방공간의 카프계열이나 계급지향적 문학은 모두가 자유롭게 조명되고 문학사에 보완되고 있다.

《신문학사조사》에서 30년대 문학을 해외문학파에 뿌리를 둔 시문학파의 경향과 이데올로기에 편향된 카프문학의 반동으로 9인회를 중심한 순수문학이 그 흐름의 기축이 되었다는 견해는 이기영의 <고향>,

김남천의 <대하>, 한설야의 <탑>이나 <황혼>, 임화의 단형서사시 등을 또한 기축으로 한 문학 시대 흐름을 이루고 있다는 방향으로 수정하고 있다. 더구나, 박태원의 <천변풍경>이나 이태준의 <복덕방>, <까마귀>, 최명익의 <張三李四> 허준의 <잔등> 등은 그 경향으로 봐 전혀 카프문학에 묶일 성질이 아닌데, 정책의 획일성에 의해 배제되어 온 것이다. 이렇게 해금조치에 의한 훼손된 文學史의 복원은 바로 자유지향의 6공화국이 가시화시킨 민주사회의 예술 추구의 한 긍정적인 측면이라고 할 수 있다.

③의 북한문학의 단절은 이데올로기의 양립적 폐쇄성과 그 문학이념의 괴리에서 그는 분단의 비극적 현실이다. 북한의 사회과학원 문학연구소에서 펴낸 ≪조선의 문예이론≫에 압축되어 있듯이 북한의 당에 예속된 문예이론에 의한 창작품에 이질이나 그 지향성의 차이에서 오는 거리는 그렇게 쉽게 조화될 수 있는 것은 아니다.

분단에 의한 북한문학의 단절은 주체사상 정립 이전에 나온 개인의 창작과 주체사상 정립 이후의 집단창작의 경향으로 나누어진다. 문학사도 안함광의 ≪조선문학사≫가 있지민 대체로 주체사상 이전의 마르크스이론에 의한 ≪조선문학사≫(2권)와 주체사상을 바탕으로 ≪조선문학사≫(5권), 그리고 1986년경 ≪조선문학사≫(2권)으로 나누어진다.

이런 단절된 북한문학에서 주체사상 정립 이전의 작품은 상당수 소개되어 그 실상을 파악할 수 있고 한국의 그것과의 편차도 도축할 수 있다. 이기영이 <땅>이나 <두만강> 한설야의 <설봉산> 박태원의 <갑오농민전쟁>을 비롯하여 많은 작품들이 출판되어 분단의 장벽을 넘어 수용되고 있다. 실천문학에 전재되고, 신원문화사에서 발간된 시와 소설의 분석에 따르면 대체로 이 시기의 北韓文學은 사회주의 리얼리즘에 의한 계급 우위성을 기저로 지주와 일제 부역자, 그리고 퇴폐적 자유주의 사상에 감염된 인텔리를 비판하고, 귀농과 토지와 노동의 생의 의미부여, 무산자 낙원 건설을 위한 삶의 자세를 부각시키고 있으며, 그런 시각으로 일제강점기에서 6·25 전후에 이르는 위대한 민중을 형상화 하고 있는 경향이다. 분단문학의 극복의 한 방법으로 恨의 승화를 들던가 동질성 회복이 논의되지만, 그것도 미 분단기의 문학은 사회주의 리얼리즘의 시각이면서도 어디까지나 민중의 생활의 동질성 속에서 전개되고 있기 때문이다.

문제는 주체사상 이후의 이데올로기로 경직된 집단창작의 분단문학 극복의 상관성에 있다. <피바다>나 <꽃 파는 처녀>와 같은 4대가극이 이미 널리 알려졌고 이형기, 윤재근 등 ≪북한의 현대문학≫(고려원), 성기조 등의 <북한 문화예술 40년>(신원문화사) 등에의 주체사상시기의 시, 소설이 소개되고 ≪북한의 문예이론≫(사회과학원 문학연구소)에 주체사상과 종자론의 북한문예이론이 그대로 출간되어, 비록 제한적이기는 하나 많은 작품과 이론을 접할 수 있게 되었다. 문제는 마르크스리얼리즘도 넘어선 주체사상에 의한 문예이론과 그 실천적 작품을 이해하고, 그것을 수용하느냐에 있다.

④의 이념과 칩거에 의한 재외문학의 소원 문제는 신속히 그 수용적 양상을 보이고 있다. 재중국, 소련의 작가가 빈번히 왕래한다든가 그 작품이 출판되고 있는 사실이 바로 북방문학 수용의 새로운 地平을 열고 있는 現況이다.

여기에서 우리가 注視할 것은 在外文人의 작품이 결코 이데올로기의 동굴에 갇혀 있지 않다는 사실이다.

고요히 샘우물에
둥근달이 조용히 뜬다.

두 줄기 그리움이
깊이 뿌리 내린 가운데
뿔 달린 사슴 하나

생동한 꿈이 되어 서 있다.
성숙한 꿈 속에
아득한 그 모양이 몽롱이 비칠 때
낙엽 몇 잎이 소리없이
지친 생각 우에 떠러진다.
　　　　　　　　　—김정오 <추억>

　「詩와 意識」(1991, 봄호)에 수록된 중국 연변 조선조 문학(시선)에 수록된 작품 중 임의로 뽑은 것이다. 그 외에도 김동호의 <남 몰래 나는 웁니다>, 김성휘의 <내 마음> 등 많은 시가 이런 서정성을 바탕으로 한 자유시다. 이런 사실로 보면, 재외작가의 문학의 수용은 그 동질성의 획득이 可視化되어 한국문학의 북방문학 수용과 통일을 지향하는 한 지평을 보여 주고 있다.

3

　北方文學의 수용과 통일지향의 어떤 同質性의 회복이나 그 止揚的 調和를 기할 수 있게 하는 것은 단절된 北韓文學과 在外作家의 문학으로 압축되어진다. 일제강점기의 관리문학의 탈피는 국내외에 散逸되어 있는 자료의 수집과 국내에서 사장된 많은 작품이나 작가의 발굴과 재평가로 극복될 수 있고, 越·在北作家의 제외로 문학사가 훼손된 것을 해금조치로 그 복원이 활발하게 진행되어 문학사의 복원은 별 구애없이 진행되고 있어서 문제가 될 리 없다. 또한 在外作家의 문학적 수용은 동질성 회복이나 한국문화의 一元的 공간의 획득을 위해서 활발하게 진행되고 있지만, 요는 분단되어 단절된 북한문학의 수용에 있다.

여기에서 또 우리는 북한문학 중에서 주체사상 정립 이전의 문학은 사회주의 리얼리즘의 시각에서 소개되고 수용될 수도 있다. 문제는 주체사상 정립 이후의 북한의 문학이다. 개인 창작으로 시, 소설이란 장르에 의한 결국 예술성을 중요시하는 시각에서 집단창작으로 새로운 신장르에 의한 민중성 획득에 종자론까지 적용한 북한문학을 수용하고 어떤 동질성을 추출해낼 수 있는가에 있다. 사실 <두만강>이나 <설봉산> <갑오농민전쟁> 등 폐쇄된 한 시기에 민중봉기로 이루어지는 한국인의 삶의 총체상이 形象化 되어 있는 방면 <꽃 파는 처녀>, <피바다>, <불멸의 역사> 등은 主體思想에 의한 민중의 혁명이든 우상화에 의한 어떤것이든 간에 典型을 형성하고 있다. 이러한 북한의 작품을 수용하거나 직접교류를 모색한다는 것은 그리 쉬운 일이 아니다.

이와 같이 한국문학을 축소화하고 훼손한 네 유형의 현상 중 세 가지는 극복되어 한국문학을 풍요하게 할 수 있다. 그중 ①, ②는 우리 자체의 문제로 극복되고 있고, ④는 전적인 수용자세로 그 성과를 거두고 있다. 문제는 ③ 분단된 北韓文學의 수용이 고립되어 있고, 統一指向의 한 걸림돌이 되어 있다.

여기에서 北方文學의 수용과 통일지향의 문학적 摸索의 몇 가지 논의점을 제시하여 공감대가 형성되고 한국문학의 확산과 그 실사의 정립의 지표로 삼았으면 한다.

① 분단상황을 초월한 文學人의 교류와 문학의 교류를 통해 상호문
학의 이해가 선행되어야 한다.

② 主體主義 정립 이전의 문학의 수용은 제한을 주지 말고 開放해
야 하며 그 실상을 이해하고 문학의 상호 편차의 이해와 수용의
가능성을 논의해야 한다.

③ 주체사상 정립 이후의 문학의 실상과 그 의미, 그리고 종자론적
주체사상 문예운동에 대한 연구와 비판이 따라야 한다.

④ 在外國作家의 작품은 文學性의 심도에 의해 소개되어야 하며, 비
판적 수용을 해야 한다.

⑤ 재외한국작가와 북한·한국의 文學에 대한 공동 토론의 장을 마
련하여 통일지향의 민족문학에 대한 견해를 압축하여 그 公分에
의한 민족문학의 지향을 정립해야 한다.

⑥ 북한이나 재외국 한국작가의 모든 자료는 관련자만이 밀실에서
독점할 것이 아니라 널리 공개해야 한다.

⑦ 한민족 동질성의 회복에 의한 민속분학의 연구와 모색을 위한
공동연구와 그 지원이 있어야 한다.

⑧ 이러한 통일지향의 문학의 정립은 南北·在外의 호혜 원칙에 의
해 開放되고 모색되어야 한다.

(<한민족통일을 위한 심포지움>, 韓國文人協會, 1991)

4. 南北文學의 超克과 그 地平

1

또 8·15광복절이 다가온다. 일제 강점기의 기반(羈絆)에서 벗어나 자주 독립을 할 수 있는 廣場으로 나오던 그날의 함성이 아직도 귀에 생생하다. 서울에서 평양에서 숨을 죽이고 살아오던 市民들이 손에 손에 태극기를 들고 대한민국 만세를 목이 터지라고 부르던 그 감격이 아직도 생생한데 남북분단이 된 지 50년의 恨이 아직도 풀리지 않고 있으니 그 누구의 탓이든 이제는 정말 통일 祖國의 신화가 이루어져야 할 때가 온 것이다. 이데올로기의 해체로 러시아를 비롯한 많은 나라가 자유주의를 구가하고 있고, 분단 국가에서 독일과 예맨, 그리고 월맹이 다 통일이 되고 유일하게 남북 분단국으로 첨예하게 이데올로기의 대립을 보이고 있으니 이건 무슨 역사적인 운명인지 모른다. 누가 농담 삼아 말한 대로 미소의 대결의 이데올로기 전쟁이 끝났는데도 그 대립을 남북이 도맡아 하고 있으니 한국인이 세계에서 가장 뛰어난 민족이라는 것이요, 다른 나라들은 자국의 이익을 위해서 경제

전쟁을 하고 있으나 북한은 이데올로기에 매달려 쿠바와 같이 저개발국으로 전락되고 만다는 것이다. 이데올로기보다는 宗敎, 종교보다는 국가, 국가보다는 민족이라는 말이있어 암시하듯이 지금 이데올로기에 매달려 있는 나라는 없다. 중국이 사회주의를 고집하고 있지만 벌써 자본주의의 길로 들어서 국민총생산량이 세계 12위이요, 사회주의 체재가 서서히 무너져 가고, 국익을 위해 대만과 이데올로기의 대립을 해소하고 공조의 길을 걸어가고 있다. 세계의 分斷國家에서 중국은 통일이 된 것이나 마찬가지지만 남북은 오히려 핵 문제를 필두로 첨예하게 대립되어 위기감을 고조하고 있으니 개탄할 일이다. 인구도 거의 배요, 수출이 세계 13위이고 국민총생산량이 세계 11위이며, 반도체나 선박 수출이 제1위이고 자동차 등 산업이 세계의 최상위권에서 그 위력을 발휘하고 있는데 어떻게 아직도 남반부 해방을 빌미로 핵 문제를 일으켜 온 세계를 위기의 먹구름 속에 헤매이게 하고 있으니 허탈감마저 느끼게 한다. 현대과학의 첨단인 반도체가 16메가D램을 개발하는 개가를 올리고 한국형 원자로를 생산하고 있으며 녹색농업의 혁신으로 봄, 가을은 물론이요, 눈이 내리는 겨울에도 野菜나 과일을 먹을 수 있는 한국이요, 농촌 어느 구석을 가봐도 전자제품 가정부삼아 몇 개씩 두고 살고 있는데 아직도 적화 통일의 꿈에서 깨어나지 못하고 있으니 이건 主體思想을 유일신으로 한 현대의 신화를 창조하고 있는 셈이다.

歷史는 겉으로는 격동과 암울의 격랑을 이루면서 속으로는 막힘이 없이 도도히 흐른다. 수많은 사건이나 정치적인 파도를 일으켜 사회와 국민이 온통 수난의 회오리 속에 빠지게 하면서도 역사는 그대로 홀러 한 역사적 공간을 이룬다. 實學에 의한 개혁의 폭풍을 겪은 英正祖 시대나 수구와 개화의 충돌 속에 외세의 침투로 한 풍랑을 일으킨 大

院君이나 한말의 전환기는 말할 것도 없고, 미소의 충돌 속에서 좌우익의 대립과 남북의 대립 더 나아가서는 한국전쟁의 발발에 의한 50년대의 암울한 역사적 현실을 겪으면서도 역사는 도도히 흘러 20세기를 막음 하고 있다. 다니엘 벨의 ≪이데올로기의 終焉≫이 적중하여 부르텐부르크의 장벽이 무너진지 오래고, 칼 맑스의 ≪자본론≫이 시행착오를 일으켜 아담 스미스의 ≪國富論≫이 더 빛을 보고 있는 때에 북한만이 그 化石化된 이데올로기에 매달려 국제의 고아가 되고 있는 현실이 언제까지 지속될는지 주목된다.

2

南北統一은 한민족에 주어진 지상 과제이다. 무슨 일이 있어도 離散半世紀를 청산하고 통일된 조국 아래 휴전선 장벽이 허물어져 남북을 자유로이 왕래하고 서로 얼싸안고 우리 所願은 통일이라는 노래가 골동품이 되는 날이 와야 한다. 이제 거의 그 시기가 성숙되고 가고 있기는 하지만, 그 이데올로기가 新春에 얼음이 스르르 녹듯이 무너지는 그날이 오는 것을 가속화시키기 위해서 각분야에서 적극적으로 대응하는 동질화운동이 振作될 때가 온 것이다. 그 가운데서 문학의 통일적인 노력은 통일문학이 지향하는 최고의 과제로 우리는 북한문학을 투시하여 한국문학의 동질의 脈을 찾아 민족통일의 기반을 다져 가야 할 것이다.

첫째 북한문학은 당에 예속된 이데올로기 문학이다.

북한의 문학은 철저히 社會主義 리얼리즘을 주로 하는 이데올로기의 문학이다. ≪조선의 문예이론≫에 따르면 북한 문학은 **黨性 革命性 階級性**을 철저히 반영시키는 김일성의 주체사상을 구현하는 문학이다. 김일성 대학 출판부에서 나온 <조선근대 및 해방전 현대소설사 연구>나 조선작가동맹에서 **上梓**한 <해방후 우리 문학> ≪현대 작가론≫ 그리고 사회과학원에서 펴낸 ≪조선의 문예이론≫이나 <남조선 민중문학의 발전과 특징> 등이나 5권으로 구상화하여 혁명의 전파의 촉매재로 사용되고 있다. 그것은 ≪해방 후 우리 문학≫에서 강조되고 있는 북로당 제3차대회에서 김일성이 강조하여 지시한 말에서 분명해진다.

문학 예술인들이 맑스－레닌주의로 더욱 무장하고 인민대중의 생활 속에 더욱 깊이 들어 간다면 그들은 우리 사회의 전형을 옳게 포착할 수 있을 것이며 그들의 작품은 우리 인민의 기대와 요구를 충족시킬 수 있을 것입니다.

또한 김일성의 '문화 예술은 인민을 위한 것이 되어야 한다'라는 연성에서 강조한 말에서 북한 문학의 특성을 이해할 수 있다.

오직 대중을 위하고 대중의 심리를 잘 알고 대중이 요구하는 글을 쓰고 말을 하며 대중을 가르치며 대중에게서 배우는 사람만이 진정한 문화인이 될 수 있다. 우리 문화 예술인들이 대중 속에 깊이 침투하여 대중과 혼연일체가 되며, 민주 조선 건설을 위한 투쟁에서 사상적으로 자기를 개변하며 인류 사회 발전 법칙에 대한 가장 선진적이며 혁명적인 과학인 맑스－레닌주의를 깊이 연구해야 한다.
이것은 김일성이 강조하고 있는 <한 민족 문화에 있어서의 두 가지 문화>에서 로동계급의 새로운 문화는 결코 빈터 위에서 생겨날 수 없습니다. 사회주의적 민족문화는 지난 날의 문화 가운데서 진보적이며 인민적인 것을 계승하여 새생활의 요구에 맞게 발전시키는 기초위에서만 성과적으로 건설될 수 있읍니다.

라고 강조한 고전의 계승 부흥과 <문화 예술은 인민을 위한 것이 되어야 한다>라는 연설에서

> 우리 문화인들은 자기의 고유한 문화 중 우수한 점을 발양하고 약한 점을 극복하며, 다른 선진국가들의 문화 중에서 우수한 것들을 심취하여 우리의 민족문화와 예술을 발전 시켜야 할 것입니다.

라고 역설한 소련을 주로 한 사회주의 문학의 수용에 의한 민족문학의 부흥을 제창한 그 노선이 북한 문학의 실상을 이루고 있다.

둘째는 북한문학은 典型과 形象을 강조하는 사회주의 리얼리즘의 문학이다.

문학은 개성적이면서도 어떤 전형의 공간을 가지게 된다. 세익스피어의 <햄릿>은 영국의 독특하며 개성적인 것을 나타내면서도 지성의 비극이라는 전형을 획득하고 있으며, 괴테의 <파우스트>는 독일의 특이하고도 個性的인 것을 형상화하면서도 영과 육을 넘나들면서도 영원한 낙원을 추구하려는 인간상이라는 전형성을 나타내어 불후의 명작이 되어 있다. <春香傳>은 남원골의 한 여인의 운명과 사랑을 나타내면서 한국인이 지니고 있는 사랑과 정절, 그리고 양반의 횡포에 대한 반항과 그 성취라는 한민족의 공감적인 광장을 마련하여 가장 사랑받는 古典이 되어 있다. 하지만 북한 문학에서는 문학에서의 개성이나 그 낙원 추구와 사랑을 부르조아지의 타락이라고 배격한다. 당을 위한 인민의 충성과 또 그 의욕을 북돋아 주고 또 전파하는 전형적 인물을 창조해야 하고 그것은 당성과 혁명성 그리고 계급성을 구현해야 한다. 거기에는 인간의 苦惱나 사랑과 죽음에 대한 인간의 상황이

나 그 초극에 대한 몸부림이 없다. 단지 당을 위하여 이데올로기의 꼭두각시 노릇을 하는 전형적인 인간이 형상화되어 있을 뿐이다. 한편 형상화를 위한 기법은 상당히 뛰어 나고 있음을 볼 수 있다. <피바다>로 표상되는 그들의 대중예술은 기법의 천착과 고유한 우리말의 발굴과 구사, 이데올로기의 형상화를 위한 창작법의 일탈과 실험 등이 북한문학의 공허한 메아리를 극복하는 수단이 되고 美學이 되어 있다.

3

반면에 한국문학은 인간 존재를 해명하려는 경향과 고발과 삶의 지표를 추구하는 문학의 양기둥이 레저화의 대상으로 대중문학으로 전락한 문학과 양극화되어 문학의 위기를 맞고 있다. <무궁화꽃이 피었습니다>가 3백여만 부가 팔리고 <동의보감> <丹> <터> <人間市場>이 베스트셀러가 되어 장안의 지가를 올리고 있는 것으로 봐서도 문학이 일회용 컵과 같은 소비품으로 전락하고 있다. 명작은 읽히지 않고 통속문학만 신문의 광고를 독차지하고 있으니 출판의 양심이 땅에 떨어지고 젊은 독자층의 산업사회에서 살아가는 자세의 변화가 가져 오는 엄청난 波高가 한국문학에 어두운 그림자를 드리우고 있다. 이런 레저화의 대상으로 추락하는 한국문학의 현장을 정리하여 북한문학과의 공통의 광장에서 統一文學이 지평을 마련해야 할 것이다.

우선 민족 分斷의 恨을 나타낸 작품을 전파하여 민족분단의 한을 체험하고 동질성에 의한 통일의 촉진 역할을 해야 한다. 우리는 다른 나라와 같이 안이하게 인생을 즐기고 이 지상을 낙원으로 착각하고 살 수는 없다. 먼저 천만 失鄕民의 한을 이해하고 북한의 삶의 현장을 알아 통일의 절대성을 인식해야 한다. 유재용의 <누님의 초상>이나 전상국의 <아베가족>, 문순태의 <철죽제>, 유기수의 <작은 뻐꾸기>와 <백일홍의 집> 현기영의 <순이 삼촌> 구인환의 <숨쉬는 영정>과 <목마른 사람들> 오정희의 <유년의 뜰> 조정래의 <인간의 문> 등 수많은 이산의 한을 그린 작품을 널리 읽게 하여 통일의 열망을 확산하여 민족의 동질성을 체험하도록 해야 할 것이다.

다음으로, 문학의 자율성의 획득과 문학적 고양에 힘써야 한다.

문학이 어떤 특정한 이데올로기나 종교에 예속되면, 문학은 그 창조의 자율성이 훼손되어 예술로 승화되지 못한다. 문학 獨自的인 창조의 광장에서 자유롭게 인간 존재를 해명하고 고발과 삶의 지표를 제시하여 인생의 지평을 가시화시킬 때에 문학의 사회적 전파와 그 교양과 행동의 다양한 活力素를 줄 수 있다. 그 무엇에 예속되어 他律的으로 어느 전형에 맞게 주조할 때에 문학은 그 보편성과 항구성에 제약을 받아 그 의미가 고착되기 쉽다. 이데올로기의 노예가 되어도 안되고 산업사회에서 레저의 대상을 전락해도 안된다. 문학은 문학으로서 그 이상도 아니고 그 이하도 아닌 문학 독자의 영역을 응고시키고 확산시켜야 한다. 그럴 때에 문학적 文化가 고양되어 통일 문학의 초석이 마련될 것이다.

끝으로 민족의 통일을 지양하기 위하여 관심을 가져야 할 일이 많은데 그 중에서 몇 가지를 열거하여 실행의 方案을 같이 모색해 보기로 한다. 우리는 백 번 말하는 것보다 한 번 실천하는 것이 중요하다.

1. 남북 문학과 문인의 상호 교류와 상호 이해
2. 남북에 흩어진 문학 유산의 공동 연구와 보존

3. 작가의 집과 문학관의 건립, 그리고 유물의 상호 교환 전시
4. 출판 문화의 진흥과 창작 기금의 적립과 상호 지원
5. 문학적 문화를 고양하는 운동과 연구

이렇게 우리 민족의 동질성을 회복하고 상호 문학을 交流하여 이해하고 공동의 장에 들어 설 때에 半世紀에 이질화된 문학의 軸이 서로 교차되면서 통일 문학의 가시적 광장이 마련될 것이다.

(統一文學會 심포지움, 1995.7)

5. 現代社會와 文學의 收容

1.

현대사회는 산업의 발달로 인간생활을 풍요롭게 한 방면에 物神主義의 팽배와 과학과 생산수단의 발달로 인간의 소외와 부품화와, 비인간화 현상이 심화되고 있다. 그것은 산업사회의 형성에 의한 사회적 변화와 인간생활의 다양화에 의한 취미생활의 변화에서 오는 현상이기도 하다. 사회는 테크노피어니 에나토피어니하여 마치 지상낙원이 실현된 것 같이 야단이지만, 인간은 외소화되고 부품화되며 소외되어 물신에 예속되어, 허상적 성취의 착각속에서 방황하고 있다. 이러한 현대사회의 문학은 어떠한 현상으로 나타나고 그것을 어떻게 바르게 수용하고 인간 구제의 반려가 되고 또 길잡이가 될 수 있을까는 우리의 주요한 관심이 아닐 수 없다.

현대사회는 기술, 인구, 도시, 조직 등이 폭증하는 대량생산과 과소비의 산업사회이다. 산업사회는 현대사회의 위기 상황을 가져 오게 하는 몇 가지 특징을 지니고 있다.

첫째는 도시화이다.

산업사회는 대규모의 생산 시설을 필요로 하고 그 시설은 공단의 조성으로 나타난다. 이 공단의 조성은 또한 그 시설 자체는 물론 그 공단을 지원하는 도로, 수도, 전기 등을 지원하는 유크리티를 형성하게 되어 도시화를 더욱 촉진시키게 된다. 울산이나 포항, 광양 등 소도시였거나 한적한 마을이 대도시로 변하고 서해안 시대의 개막을 알리는 신호도 태안에서 볼 수 있듯이 도시화로 나타난다. 문제는 이 도시화에 의해서 나타나는 이농현상이나 각종 범죄 문제 등 심각한 사회 문제가 일어나 혼탁한 양상을 띠우는데 있다. 또한 전통적 가치의 붕괴와 배금주의의 팽배로 인간성 훼손과 경시의 풍조가 확대되어 간다.

둘째는 뷰로크라시 현상이다.

산업사회는 유기적으로 형성된 이익사회이기 때문에 모든 것이 분업화되고 조직화되며, 획일화되는 뷰로크라시(bureaucracy) 현상이 나타난다. 그 결과 자동화나 조직화에 의한 인간의 자율성에 발탈되어 부품화되고, 비인간화되어 고귀한 인간성이 말살되고 유린되게 된다. 물론 컴퓨티나 온라인에 의한 편리하고 시긴 여유를 많이 향유힐 수 있는 풍요로움도 있으나, 사실은 인간은 숨을 쉬고 있으나 조직화나 자동화의 한 부품으로 전락되고 만다. 하루에 만이천 개의 부품을 부치고 있는 근로여성이나, 신호등에 따라 자동적으로 움직이는 생활 자체가 인간이 뷰로크라시의 노예가 되고 있음을 의미한다.

셋째는 기대 수준의 향상이다.

문화의 발달이 원래 인간의 성취욕에 의해 이루어진다고 하지만, 산업사회에서는 더욱 그 기대 수준이 피라밋식으로 상승되어 욕구불만의 갈등속에서 방황하게 된다. 여기에서 상대적 빈곤에서 오는 사회적 갈등과 허상적 자아의 착각에 의한 과소비와 문제의 레저화 현상이 심화되어 간다. 도한 사고나 수용의 획일성에의 취향과 성취의 단일화에 의한 송사리떼 같은 맹목적으로 유행을 추종하는 자아 상실을 가져오게 된다. 기대 수준의 충족을 위해 가치 경시는 물론, 허상적 자아나 성취를 위해서는 인명경시 등 수단을 가리지 않는 비극적 현실을 가져 오게 된다.

2.

  문학은 개인적인 창작이면서도, 사회 역사적인 현실과 밀접한 연관성을 지닌다. 아무리 미적구조가 뛰어나고 독창적이라고 하더라도 사회적인 현실의 연관성을 도외시하고는 위대한 문학이 될 수 없다. 그것은 작가 개인의 상상적 체험은 사회적 관심에 기반을 두고 있기 때문이다. 문학이 인생의 표현이라든가 문학은 역사적 삶의 총체적인 인식이라는 말은 문학의 사회적 연관성을 두고 하는 말이다. 현대사회의 문화적인 현상도 산업사회의 변화에 의해 몇 가지 특징으로 나타난다.
  첫째는 문화적 이탈 현상의 팽배이다.
  문화는 전대의 전통을 계승하면서 새로운 문화를 창조하여 새로운 전통을 형성해 간다. 그것은 앨리어트의 말대로 참다운 전통은 전통을 고수하는 복고주의가 아니라, 새로운 창조를 수용하는 계승된 전통이어야 한다. 이러한 지속적인 변화는 성숙된 사회에서의 일이요, 급격한 변화로 가치관이나 문학성의 혼란한 사회에서는 실험적이거나 부정에 의한 일탈현상으로 나타난다. 전자는 슐리얼즘이나 앙티 로망과 같은 일, 이차 대전 후나 이상의 기법의 부정과 혁신에서 볼 수 있는 현상이요, 후자는 통속문학의 풍미나 역사물의 도피 현상이 그런 예이다. 이것은 물신주의의 갈등이나 가치관의 상실, 고향의 상실, 대화나 언어의 상실, 피라밋적인 욕구의 상승에 의한 현대인의 갈등과 불안을 해소하려는 탈출구 역할을 하면서도 문학의 훼손과 올바른 이해를 저해하는 현상들이다.

둘째는 취향문화에 다른 문화의 양극화 현상이다.

현대사회에서 인간은 거대한 조직체의 한 부분에 지나지 않으며 소외되고 비인간화되어 인간성이 유린되고 말살되어 간다. 전쟁의 메카리즘이 그렇고 거대한 조직이나 온라인이 그렇다. 이런 상황에서 인간이란 무엇인가의 인간존재의 해명과 그런 인간이 어떻게 살아야 할 것인가의 지향적 정신의 추구는 외면당하게 된다. 산업사회에서 한 부품으로 전락된 인간이 언제 또 무슨 여력으로 이런 인간존재의 해명과 시대의 아픔을 같이 하고 그 증인이 되면서 구제의 길을 제시하는 본격문화에 관심을 둘 수가 없다. 문학은 그들의 레저화의 대상으로 전락하여 취향문화의 성격으로 변하게 된다. 그것은 낚시나 등산같이 레서의 내상일 뿐이다. 문학의 통속적 다락현상으로 독자의 수용적 욕구에 동조하게 된다. 문학이 단순히 여가 보내기의 역할만을 요구 받는 것은 문학의 소비지향적인 레저화로 현대사회에서의 여러 문제를 방기하는 점에서 문학의 본령에서 일탈하게 된다.

그러면서도 한편에서는 새로우면서도 독창적인 창작에 제의의식적인 양상으로 나타난다. 여기에서 문학의 성지자화가 요구된다. 문학은 인간의 현실적 삶을 새롭게 조명하고 새로운 낙원을 추구하는데 그 의미를 갖는다. 현대사회에서 물질적인 풍요를 누리고, 노동의 감소로 여가의 선용으로 허상적 행복에 취해 있을 때 <하얀전쟁>과 같이 충격을 주고 새로운 낙원 추구의 지향을 보일 필요도 있다. 여기에 소설

가의 성직화가 요구되고 사르트르를 변혁시키는 문학이나 만하임의
현실 극복 의식으로서의 유토피어의 추구의 양상을 보게 된다. 산업사
회는 문학을 레저화와 제의화의 양극단으로 확산되어 문학의 이중적
공간을 형성하고 있다.

3.

산업사회에 들어서면서 문학 작품의 홍수를 맞이하게 된다. 서점에
들러보면 문학 작품이 수 없이 쏟아져 나오고 개중에는 몇 십만부가
팔리고 엄청난 수익을 올리는 경우도 있다. 그런가 하면 문학성이 짙
은 작가이면서도 초판이 나가지 않고 그대로 쌓여 있는 경우도 있어
독자의 수용이 명작 위주가 아니요, 흥미나 선정적인 것을 선호하는
것을 알 수 있다. 그런가 하면 짙은 역사적 현실이 아니고, 한시기의
인물사가 주인공인 역사물이 많이 읽히고 있어 수용자의 산업사회에
서의 위상을 짐작 할 수 있다. 여기에서 한국문학의 다양한 양상이 나
타나고 문학의 양극화 현상에 의한 문화적 공간이 전개되고 있음을
볼 수 있다. 그 현상도 몇 가지 유형으로 나누어진다.

첫째는 레저화의 통속문학의 팽배 현상이다.

그것은 상업성과 메스컴의 합일화에 산업사회의 독자에게 여가선용
의 읽을거리를 제공하고 일회용 소비재의 역할을 하면서 대량 전파의
문학공간을 형성한다. <별들의 고향>이나 <겨울 여자>, <내일은 비>
그리고<인간시장>, <물 위를 걷는 여자>, <권태> 등과 같이 참신한 기
법으로 독자를 레저의 즐거움으로 이끄는 작품이 베스트셀러의 열풍

을 몰아 오는 것도 그런 현상이다. 다만 일회용 소비재와 같은 성격의 통속적 경향으로 문학의 본령을 일탈하여 산업사회의 한 취향문학으로 전락되는데 문제가 있다. 또한 <단>이나 <동의보감>, <목민심서>와 같은 환상적이며 허상적 현실에 심취하가나, 역사적인 전기물에 수용자가 대량소비하는 것도 그 맥락이 비슷하고, 문학의 본령에서 일탈된 현상이기도 하다.

두번째는 인간존재를 해명하고 고발하는 삶의 지표를 제시하는 본격문화의 현상이다.

문학은 인간이란 무엇인가의 인간존재를 해명하려는 경향과 낙원 추구의 삶을 가로 막는 부조리를 고발하고 그것을 어떻게 극복하고 낙원 성취의 그날을 위해 살아야 하는가의 삶의 지표를 제시하는경향의 양면을 지니고 있다. 6.25 직후에 한국은 오발탄과 같은 존재라고 해명한 <오발탄>, 인간낙원은 이어도와 같은 피안에 있는 것이 아니고 이어도란 주점에 여인이 있고 술이 있는 이 뭍에 있다고 낙원의 의미를 보여준 <이어도>, 낙원의 의미가 무엇인가를 보여주는 <산정의 신화> 등이 전사의 경우요, 70년대의 격동기의 현실의 부조리를 고발한 <난장이가 쏘아 올린 공>이나 이데올로기의 대립을 극복하고 새로운 가능성을 보여주는 <누님의 초상>이나 <아베크족> 그리고 <철죽재>, <천둥소리>, <움직이는 성> 등은 후자의 예이다. 이런 경향은 제의의식을 가지고 격동의 역사적 현실의 증언이 되고 또 성직자가 되면 내일의 안내자가 된다.

셋째는 비 문학적 텍스트의 문학적인 횡행의 현상이다.

글로 표현 됐다고 다 문학이라고 할 수는 없다. 문학은 그것이 어떤 경향의 작품이던 문학성을 구유해야 문학이라고 할 수 있다. 그것은 문학의 형상성의 획득이요, 전형성의 창조이다. 형상성은 문학을 문학이 되게 하는 예술적인 장치요, 정형성은 문학을 삶의 총체상의 인지에 의한 인간상의 전형화를 말한다. 문학의 속성의 한부분인 서사적인 내용이나, 홍미위주로 문학을 가장한 읽을 거리가 많은 것으로 취향문학의 소비대상으로 확산시키는 현상이 문제로 제시되고 있다. 아무리 그것이 설화적인 양상이라도 현상화되지 않아 문학성을 획득하지 못할 때는 그것은 비문학으로 문학의 영역에 수용될 수 없는 것이다.

4.

인생은 어차피 일회적 인생이요, 그것도 유한적 인생이요, 아무리 귀하고 가진 것이 많다고 해도 갈 때는 빈손으로 가게 된다. 또 아무리 넓은 주거 공간에서 살아도 한평에 눕게 되고, 아무리 잘 먹어도 하루에 세끼밖에 못 먹으며, 아무리 잘 입어도 한 벌 이상은 입을 수가 없다. 또한 아무리 레저를 즐긴다고 해도 그것이 삶의 의미가 아니고 오히려 시간의 낭비일 수도 있다. 거기에는 불만이 따르게 마련이고 언제나 불안과 불만이 뒤따라 다니게 마련이다. 피라밋적인 욕구는 채워지지 못하고 공허감에 빠지게 된다.

사실 우리가 읽어야 하는 작품을 다 읽기에도 시간은 부족하다. 하물며 일회용으로 다량소비되는 통속 작품에 눈을 돌릴 겨를이 없게 된다. 그것이 아무리 재미있고, 선정적이라 하더라도 그것이 우리의 사다리꼴 욕구를 성취하려는데 활력소가 될 수는 없다. 또한 홍분과 자극제의 역할을 할 수밖에 없는 일이나 작품은 많이 읽고 음미하는 것이 오히려 위험 부담을 안게 된다. 책을 고르는 비법을 1)광고에 나오는 책을 고르지 말라. 2)베스트셀러는 고르지 말라. 3)무슨 책을 살지 미리 정해놓고 가야 한다. 그건 제의의식으로 쓴 작품이 초판도 팔리지 않고 통속적인 것은 수십만권이 팔리는 현실을 보면 경청할 만한 말이다. 문학은 현대의 산업사회에서 질식되고 소외된 인간을 구제하고 내일의 낙원을 추구하여, 감동의 형태로 우리를 압도한다. 우리는 이러한 작품을 통해 인간존재의 의미를 이해하고, 고발과 삶의 모랄을 내면화하여 낙원의 그날을 성취해야 할 것이다. 문학! 그것은 영원한 인간의 고향이요, 안식처이다. 아무리 산업사회의 격변에도 문학은 인간성을 고양하고 낙원을 성취하는 안내자요, 역사적 현실을 수용하여 그날의 낙원을 성취하는 삶의 역동성을 창출하는 기폭을 이룰 것이다.

(<올바른 문학에 대한 이해>, 韓國女性文學會, 1992)

6. 남북 문학의 이질적 공간의 극복

1.

한국문학은 여러분이 아시는 대로 어쩌면 해방공간, 6.25전쟁 이후의 전후문학, 60년대 이후의 문학과 70년대 민족문학과 민중문학의 양극 상황에서 85년 이후에 비로소 거의 비슷한 경향으로 나누어진 것 같습니다. 이렇게 한국문학은 90년대에 와서 세 가지 방향으로 흐르는 것 같 습니다. 해방공간부터 지금까지 공간에 따라서 달리 변모해 오면서 85년 이후에 역시 문학의 새로운 변모가 시작되어서 크게는 2가지, 작게는 3가지 경향으로 흐르는 것 같습니다. 첫째는 흔히 말하는 순수문학이라 불리어지고 있는 그런 문학 입니다. 순수문학이란 말 자체가 잘못된 것이지만, 문학 본령의 문학옹호와 인간성의 신장을 위해서 한국인이 가지고 있는 번민과 역사적 배경, 순수한 기량성 등을 보여주는 이러한 작품들, 대체로 보아서 김동리와 황순원 계열로 이어지는 그런 작품 경향이라 보겠습니다. 그러한 작품 경향은 때에 따라서 부침이 달라지지만 해방공간에서 양립되어 있다가, 소위 민족문학으로 양립되어 있다가, 전쟁을 겪은 50년대에서는 역시 순수문학으로 보이는 문학이 이어집니다. 극한 상황에서 인간성을 추구하는 이러한 문학들이 이루어지고 60년대 초에 와서 이청준의 <석화촌>으로부터 민족성을 회복하고 거기에 밑에서 고민하는 인간성을 추구하는 그러한 문학으로, 또 한쪽에서는 이문구 계열이 싹트기 시작해서 후반부터 한국에선 순수문학이라 불리어지는 인간본연의 문학과 역시 민중문학이라고 불리어지는 소위 민족주의를 표방하는 이러한 문학의 경향으로 나누어집니다. 그러다, 70년 중반에 가서 순수문학을 지향하는 것이 조금 고개를 수그린 것이 아니고 숨어서 보여지고, 말하자면 소설<난장이가 쏘아 올린 작은 공> 등을 기점으로 해서 소위 민중문학과 민족문학을 같이 표방하는 그러한 민족문학이 주류를 이루게 됩니다.

거기에 또하나의 지향이 나타난 것이 말하자면 대중문학입니다. 이 문제는 나중에 말씀드리겠습니다. 소위 그 인간본연의 문학이라 볼 수 있는 본격 문학이, 김정수 선생님의 말씀대로 가장 중요한 본격문학이 위치를 형성하면서, 겉으로 그 현상이 주가 되지 못하는 경향이 있지만은, 꾸준히 수축을 이루어서 한국문학의 주축으로 굴러옵니다. 그 반면에 역시 사회를 고발하고 구조들을 고발하고 그것을 극복할 수 있는 삶의 경험을 지향합니다. 그렇게 보이는 문학들이 이제 60년대 후반 당시부터 시작해서 70년대 중반부터 민중문학으로 발전하여 80년대에 와서는 갈래가 나누어져 노동문학이라든가 기타의 문학으로 발전되어 갑니다. 그러나, 그것은 가만히 보면 성향은 그렇다 하더라도 문학적 자세에 있어서는 역시 사회부조리라든가 인간성을 상실하는 그러한 역사적 배경, 노동문제 등등 그러한 것을 고발하는 경향과 그것을 극복하는 경향으로 나타납니다.

조세희의 <난장이가 쏘아올린 작은 공>이 한국의 70년대 중반의 암혹기에 들어가는 그러한 상황에서의 중요한 작품으로 등장되는 것도 그런 이유입니다. 이렇게 해서 80년대 전후로 한 가지 심각한 민족문학과 민중문학의 논쟁이 시작되고 역시 겉으로 보아서는 민족문학이 주류를 이루는 그러한 현상이 이루어집니다. 그러나 사실은 그의 폭을 넓혀서 그것이 사회적 이데올로기가 아니라 하더라도 일반적으로 그것을 치유하는 경향, 그것도 같은 계열로 볼 수가 있겠습니다. 그것이 한국문학이 크게 보아서 민족 고유의 정서를 추구하는 순수한 인간성을 표현한 그러한 계열과, 그것이 비록 사상적 차이는 있다고 하더라도 민족성을 진취시키는 사회적 환경, 이데올로기 문제, 민족문제 등등이 이러한 현상을 고취시키는 것을 고발하고 그것을 극복하는 삶의 방향을 제시한 계열, 말하자면 거기에 즉 고발과 삶의 지표를 제시하는 문학으로 크게 둘로 나누어 질수가 있습니다.

그런데 70년대 중반부터 한국이 산업사회에들면서부터 소위 통속소설이나 통속문학으로 불리어진 대중문학이 등장해서 80년 중반 이후에는 역시 문단의 주류 현상을 이루는 것이 보이는 그런 양상을 띠고 있습니다. 조세희의 <난장이가 쏘아올린 작은 공>이 나오는 전후에서 소위 최인호의 <별들의 고향>이라든가 조해일의 <겨울 여자> 등의 그러한 통속소설이 나와서 소위 산업사회에 접어든 그 사회 속에서의 인간들이 말하자면 그것이 발전하는 대신에 레저문학으로 전락하는 그런 상황이 됩니다. 지금은 역시 문학을 무슨 순수한 인간성으로 보고 사회의 부조리를 고발하는 민족의 역사성을 제시하고 그것들을 추구하는 그런 지향보다는 문학이 테니스나 등산과 같이 레저문학으로 전락되어 있다는 사실입니다. 그래서 80년대 중반 이후에는 그 커다란 두 갈래에서 이제 또 새로운 갈래의 대중문학이 나타나서 대중문학이 마치 한국문학의 본류를 이루는 것 같이 보여지는 상황이 되어 모든 분야와 마찬가지로 문학도 레저문학으로 전락하는 그런 상황이 됩니다. 여러분이 잘 아시는 대로 한국의 베스트셀러하면 본격문학보다는 보통 레저문학이라고 할 수 있는 한 번에 그치는 일회성의 문학이 주류를 이루게 되는 그런 현상을 볼 수 있습니다. 물론 그중에는 이제 일종의 조정래의<태백산맥>이라든가 송기숙의 <녹두장군> 같은 훌륭한 작품도 있기는 하지만, 그러한 많은 작품들이 레저문학으로 전락되어 있는 상황입니다. 온 생명을 던져 제의화의 정신을 가지고 순수한 문학 고유 영역의 세계를 추구하는 많은 작가들 시인들이 있는가 하면, 또 일부 작가 시인들은 그 통속문학이라고 할 수 있는 그 쪽을 통해서 역시 그것도 기여한 바가 적지 않다고 보여지지만 복잡한 산업사회에서 말하자면 테니스를 한다든가 낚시를 한다든가와 같이 조금 즐거움을 갖자는 그런 극단적인 인간 수용으로 나타나서 베스트셀러가 된 사실을 볼 수가 있습니다.

90년대에 와서 그것이 서서히 극복되는 상황이 벌어지는 한국문학 현상에 비해서 북한문학은 어떻게 진행 되어 있는가 여러분은 대개 짐작이 될 것입니다. 내체로 북한문학은 1962년 이전의 문학과 1985년까지의 문학, 그리고 1985년 이후 문학의 세 갈래로 나누어질 수 있습니다.

2.

1962년 전까지의 문학은 북한의 주체사상이 정립되어가는 과정에서 북한에서의 그런 공산주의 문학과 6·25의 문학을 같이 포괄해서 볼 수가 있고, 1962년 이후 85년까지는 북한의 주체사상이 정립되어서 그것을 바탕으로 시나 소설에서 종자론을 바탕으로 해서 쓰여지는 작품들, 그리고 역시 창작은 개인 창작이 아니고 소위 집단창작으로 소설 공장이라는 것을 만들어서 북한이 이들에게 찬양하는 분량을 주는 극단적인 상황이 진행되고 있습니다. 1985년 이후에는 다시 그것이 분화되어 극단적인 성향이 조금 없어지면서 집단창작 대신에 작가이름이 보여지고 우리 문학과는 다른 그런 성향의 문학이 나타납니다. 대개 1962년까지의 문학의 주류를 이루는 월북 작가들이 주도를 이루고 있습니다. 대체로 해방전까지는 한국문단의 중심이 경성이고 많은 작가들이 말하자면 경성에 남아 있었기 때문에, 48년 전후로 많은 작가들이 월북하거나 재북하게 됩니다. 상허 이태준이 「해방전후」의 작품을 쓰고 그 쪽의 초청을 받아 「소련 기행」을 쓰게 됩니다. 소련에 가서 당시의 소련이 낙원으로 보여지는 그러한 유토피아상을 보고 가서 쓴 것이 「소련기행」입니다. 이 작품은 1946·7년에 많은 독자에게 읽히어 우리 한국에도 커다란 영향을 준 기행문인데 이렇게 인텔리인을 초청해서 북한에서는 환대해주고 특히 남쪽에 남아있던 많은 작가들이 월북하는 현상을 보게되어 1948년 한국정부가 수립한 이후까지 많은 작가들이 북한으로 넘어가서 북한 문단의 주류를 이루게 됩니다. 박태원, 이태준이라든가 이기영, 한설야 등등 많은 작가들이 월북해서 북한문학의 주류를 이루고 많은 학자들이 1962년까지는 아마도 그분들의 능력을 발휘할 수 있는 환경이 만들어졌는데 민요학자 고정옥 선생 같은 분들은 1962년까지는 크게 활동하게 됩니다. 역시 북한의 민요라든가, 전설 민담 이런 것들을 중심으로 해서 전래민요를 중심으로 한 소위 사회운동 등을 1962년 전까지 크게 벌이게 됩니다. 그러나 창작민요가 등장하는 1966년에는 별로 보이지 않는 상황이 되어 대체로

학자들이나 작가들, 시인들은 1962년 전후까지 크게 활동하면서 북한
문단의 기초작업을 하고 사회주의의 이데올로기 문학을 정립하는데
초석을 이룬 것으로 볼 수 있습니다.그것은 북한 문학사를 크게 셋으
로 나눌 때 1962년까지 나와 있던 문학사와 1966년 지나서 85년 사이
에 만들어진 ≪조선문학사≫를 보면 분명히 구별이 되고 86년 이후에
나와 있는 2권짜리 ≪조선문학사≫를 보면 북한의 문학양상이 어떻게
변모되어 있고 당과의 관계가 어떻게 되어있는가를 볼 수가 있습니다.
그러한 것들은 ≪조선문예이론≫이란 책이 우리나라에도 나와 있고
또, 조선 해방전의 작가라든가 해방이후의 북한의 작가론, 또는 소설
사 대개 그런 것은 1960년대까지의 쓰여진 것인데 해방전에 이데올로
기는 아니지만 사회 참여족으로 작품을 많이 쓴 작가들, 그 작가는 이
광수도 없고, 이효석도 없습니다. 김유정이 크게 다루어지는데 역시
김유정이 우리가 보는 향토적인 색깔이 아니고 빈곤한 민중의 문제를
다뤘다고 해서 크게 다루고, 폴란드의 북한문학을 연구해서 두 사람이
박사학위를 받았습니다. 이런 상황에서 북한의 문단은 1962년 이후부
터 이제 본격적으로 주체사상에 의한 문학운동이 전개되고 작가들은
작가 동맹의 출범에 의해서 그곳에서 지시하는 제재에 따라서 작품을
쓰는 소위 근로자로서의 작가상으로 변모되어 갑니다. 우리 나라에서
1980년대에 집단창작이 이루어져 각 대학에서 집단창작관을 만들어
집단창작을 시도한 적이 있습니다. 한창 시끄러울 때 그것이 집단 창
작으로 이루어진 ≪백두산 진달래 한라산 유채꽃≫이라는 사화집이
나와 있습니다.

　이것은 각 대학이 집단창작으로 이루어진 작품을 공동으로 묶고 있
는 그러한 작품집인데 물론 그 작품집을 보신 분들은 대체로 짐작이
되지만은 문학성보다는 이데올로기 성향 쪽으로 강력히 나타나 있고,

주로 미제국주의와 한국의 그 자본주의 사회를 공격하는 내용일변도
가 되어있는 것을 볼 수가 있습니다. 대개 여러분이 짐작하시는 대로
북한의 문학, 그중에서도 소설은 종자론이라고 해서 소설에서 세계에
서 가장 으뜸되는 이론이라고 주장되어져 있는 《조선 문예 이론》
속에 간단하게 소개되어져 있고, 또 한국에 나와있는 창작론에 조금은
소개가 되어 있습니다. 북한은 아니지만 서구에서는 창작론에 북한의
종자론이 소개가 되어 있습니다. 종자론은 조금은 아시다시피 큰 나무
를 이루고 열매를 맺듯이 주체사상을 아마 종자로 보아서 그걸 기본
으로 해서 창작되어가는 이러한 깊은 이론이 전개되고 있는 것을 볼
수 있는데, 이로써 북한과 한국을 이런 경우로 볼 때 커다란 문학적
이질 공간이 형성되고 있는 것을 보게 됩니다. 이걸 억지로 결부시킨
다면 한국의 커다란 문학의 세 주류에서 소위 순수문학이라고 불리어
지는 인간성을 추구하는 본래의 문학의 경향과 민중문학, 또 민족주의
문학, 여러가지 문학으로 애기해지는 사회주의 문학을 포함해서 고발
과 지향적 정신을 나타낸 참여문학이라는 커다란 두 줄기와 통속문학
세 가지로 본다고 하면, 북한문학은 두번째의 문학 소위 이데올로기라
든가 기타의 그 총체적인 세계인식에 따라서 그것을 인식하고 그것을
가로막는 부조리를 고발하고 그것을 극복할 수 있는 삶의 강한 세상
적 경향이라고 보면, 억지로 결부시킬 수는 있습니다. 단지 그것은 북
한은 주체사상을 기반으로 한 이데올로기 문학이라고 좁혀서 보면 되
겠습니다. 창작방법론은 역시 종자론을 중심으로 이루어진 창작방법입
니다. 우리가 소설을 주로해서 본다고 하면 북한의 소설 창작 기법은
상당히 발달되어 있습니다. 김말봉의 <찔레꽃>을 본다든가 또 북한의
이기형, 한설야의 장편소설, 박태원의 <갑오농민전쟁> 10권짜리가 나
와 있습니다. 또 한설야의 <설봉산>도 나와 있고, 이기형의 <두만강>

도 1963년 이후에 쓰여진 작품인데 <고향> <봄>에 이어지는 중요한 작품입니다. 우리는 약간 이데올로기는 다르지만 이러한 작품들만 보더라도 북한의 그 창작기법은 대단히 발달되어 있는 것을 알 수 있습니다. <찔레꽃>이라든가 이 북한의 작품을 보면 김일성 장군의 투쟁 상황을 그리는데 그대로가 실제 알 수 있는 배경묘사라든가 성격묘사라든가 그리고 사상을 튼튼화시키는 과정의 그러한 성격 창조 같은 것이 아주 뛰어났습니다. 이것은 역시 주제가 문체라는 것과 관련시켜서 본다면 주체사상을 주로한 종자론의 기법 위에서 쓰여진 작품들이기 때문에 역시 주제의 문제 또 지나친 이데올로기 성향이 문제가 되지 창작기법은 우리가 상당히 관심을 가지고 봐야 할 그런 단계에 있는 것으로 봅니다. 물론 그것은 집단 창작을 주로 하기 때문에 작가 개인의 성향이나 독특한 그 문체의 형성이 불가능하긴 하지만, 이것이 90년대에 이르러서는 작가 개인주의 문학, 창작가의 이름이 나와 있어 발표가 되는 상황이기 때문에 작가의 성향이 드러나고 물론 성향, 경향이라는 것이 일변적이기 때문에 작가의 사상이나 세계의식을 달리 할 수 없지만 주체사상을 바탕으로 해서 이루어지는 방향에서 작가의 성향을 반영한 것이 나타납니다. 이어서 북한과 한국의 이런 문학 현상을 보면 한국은 어느 문화와 마찬가지로 문학도 레저의 대상으로 타락되어 있습니다. 소위 타락이라고 볼 수가 있겠습니다. 그러나 베스트 셀러가 되어 작가들도 조금은 잘 사는 상황이 되고 지금은 모든 작가는 아니지만 입도선매가 되는 실정입니다.

단편은 잡지사에서 구할 수 없을 정도로 중편, 장편의 시대가 되고 유명한 작가들의 작품을 구하려면 그것은 몇년 전에 상당한 것을 주고 계약을 하는 그런 상황이 됐습니다. 모든 작가는 아니지만 이런 상황이 자본주의 사회 형성 속에서의 소설문학의 공간으로 마련되어 있는 셈입니다. 그러나, 북한은 그런 상황은 아니고 말하자면 당과 소위 당성과 또는 계급성과 등등 그 쪽에서 말하는 세 가지를 주도한 문학적 공간이 이루어지기 때문에 아주 이질적인 것으로 보여집니다.

이것을 두번째 민중문학 쪽으로 좁혀서 본다고 하더라도 역시 민중문학이라는 것은 모든 사상이 문학에 수용되고 그것이 문학으로서 수용되었을 때 문학이 되는 것인데, 따라서 우리는 1940년 조지훈이 쓴 글을 다시 한번 생각해 볼 필요가 있습니다. 해방의 혼란 속에서, 말하자면 좌, 우 양측에서 그런 상황의 문학을 보고 조지훈은 이렇게 얘기했습니다. "모든 사상은 문학에 수용될 수 있다. 그러나 그것이 육화가 되어야 한다." 말하자면 그 사상이 수용되는 문학이 되어야 한다는 것입니다. 공산주의도 수용할 수 있는데 그것이 문학화가 되어야 하고 문학성을 획득해야 한다. 1990년대에 와서 그 민중문학에 크게 앞서 있던 분들이 신문을 통해서 한국문학의 가능성을 제시하면서 한국문학의 첫째는 문학성 내지는 전형성을 획득해야 된다고 얘기했습니다. 누구라면 잘 아시는 그런 분들이 민중문학에 크게 참여한 일들도 거기서 그러한 두 가지 여기서 전형성과 문학성을 선택해야 한다. 이런 것을 본다면 북한의 작품이 문학성을 획득했느냐의 문제는 또 우리가 별개로 한다고 하더라도 창작기법에 있어서는 우리가 상당히 북한을 돌아봐야 할 처지가 되어있고, 그리고 창작내용이나 문학작품의 내용이나 주제의 성향은 북한이 주체사상 일변도로 되어 있고 가장 중요한 것은 문학이 당에 예속되어 있다는 점입니다. 한국은 문학의 자유성을 획득하고 있는 상황이지만 물론 그것이 약간의 문제는 있다고 하더라도 대중문학이 소위 말하자면 통속성에 예속되어 있는 처지에 있긴 하지만, 대체로 한국에서는 문학이 자율성을 획득하고 있습니다. 그러나, 북한은 문학의 자율성을 획득하지 못하고 역시 당에 예속되어 있다는 것. 그리고 문학이 운동의 한 차원이라는 것이 아마 한국과 북한 문학의 커다란 이질적인 공간의 기본이라고 생각됩니다. 보통 거기서 무엇이 쓰여지고 그것이 어떻게 찬양이 되고 지금은 김일성이 찬양이 되어서, 요사이는 김정일을 찬양하는 작품들이 많이 나오는데 우리가 김정일 찬양하고 김일성을 찬양하고 그 주체사상을 고취한 내용보다는 관심을 가져야 할 것은 역시 기법, 소설을 창조하고 시를 창조하는 그런 기법을 볼 필요가 있어서 이러한 그 남북문학의 이질적 공간이 극복될 수 있는 것은 그렇게 어려운 문제가 아니라고 봅니다. 역시 문학의 자율성이 주어진다면 그것이 어떠한 사상이든 공산주의든 사회주의든 민족주의든 모든 것이 문학의 주제가 되고 수용될 수 있는 것이기 때문에 북한이 개방성을 띤다면 남북문학의 교류라든가 한국문학의 정립은 그렇게 어려운 문제가 아니라고 생각합니다. 모든 문학의 공간이라든가 정치적 상황이 다 그렇게 말하고 있으니까 역시 문학이 예속되어 있는가 문학이 자율성을 획득하느냐가 남북문학의 이질적 공간을 이루고 그 극복이 절실함을 말하고 있습니다.

(<동수회 소식(2)>, 1995. 11. 10)

7. 폐쇄된 意識과 개방적 創造

세상에는 修業도 수없는 분야에서 이루어진다. 기능이나 종교적인 정신 수업을 비롯하여 사무직 수업, 주부 수업 등 그 종류를 헤아릴 수가 없다. 수업의 분야는 달라도 모든 수업에는 共通分母를 지니고 있다. 그것은 모든 수업은 피땀과 낭만으로 이루어진다는 것이다. 수업은 누구도 따를 수 없는 집요하고도 피어린 노력으로 그 분야의 모든 것을 터득하고 기능화하여야 하며, 그 過程에서 푸른 하늘이나 山谷의 맑은 여울 물을 보는 것과 같은 낭만이 곁들여져야 한다.

가령 佛道를 수업하는 경우 면벽으로 參禪하는 고행을 백일이나 계속하는 피어린 과정을 겪어야 하는 것이나 歌唱을 하는 사람이 심산유곡에 들어가 목에서 선지피가 나올때까지 목성을 가다듬는 것 또한 머리카락 만한 강철에 골을 두줄을 내야 하는 기능공이 되기 위해서 수천번의 반복으로 기술을 획득하는 피어린 과정을 겪어야 하는 등의 수련하는 수업의 과정을 겪게 된다.

수업은 기술의 연마나 得道의 경지에 이르는 苦行만으로는 이룰 수 없다. 거기에는 하늘을 보고 크게 웃는 仰天大笑의 기백이나 세상을 주고도 바꿀 수 없는 청산과 같은 의연한 뜻과 욕구가 우뚝 자리잡고 있어야 한다. 흔히 그것이 말하는 匠人精神을 투철하게 하기 위한 정신적인 潤滑油를 공급하는 원천이며 생을 내던지며 큰 일을 완성하려는 살아 있는 의욕을 응고시켜 주는 작용을 한다.

문학의 수업도 다른 수업과 그 軌를 같이 한다. 투철한 문학정신에 의한 문학의 창작에 정진하는 습작기나 문학을 이해하고 연구하는 이론의 심화와 그 체계화를 위한 학문적인 접근 등 문학의 감상과 창작 그리고 연구의 獨創과 체계와의 과정을 밟는 것이 그 첫 과제가 된다. 기고 만장하는 작가정신을 펼치는 기백을 술과 노래로 푸는 낭만의 아름다움이 꽃피는 것이 그 두 번째로 탐익되는 속성이다. 그러기에 문학수업은 많이 읽고 쓰면서 그 氣를 마음껏 발휘하여 우주를 마음 속에 품고 춤출 수 있는 낭만을 가다듬고 살찌게 하는 일이 그 중요한 과정이 되어 있다. 대체로 '나의 習作時代'를 보면, 名人들이 이 습작과 낭만의 交叉 속에 젊음을 불사르고 있음을 볼 수 있다.

물론 작품의 鑑賞이나 습작을 누구와 같이 할 수도 있으나 習作은 원칙적으로 혼자 하게 된다. 合評을 통한 다른 사람의 참여도 있을 수 있으나, 그래도 원고지나 워드프로세서와 맞서는 것은 개인이다. 하지만 낭만을 키우고 발상하는 것은 혼자보다는 여럿이 같이 한다. 문인 선배 명인들이 자주 가는 곳을 기웃거리기도 하고, 단골로 모일 수 있는 空間을 마련한다. 그것은 대개 다방이나 까페다. 9人會員들이 자주 모인 낙원동의 <재비>다방, 6·25때의 전재의 상황 속에서 그 무의미와 민족의 한을 되새기는 부산 남포동의 '밀다원', 전후의 폐허 속에 좌절과 비극적 현실을 술로 달래던 명동의 '돌체다방', '예술회관'이나, 정동의 '야자수' 등 이루 다 들 수 없는 공간이 문인과 그 지망생의 휴식처가 되고 낭만적 기질을 푸는 품안이 되어 그 기질을 펼치게 했다. 그러기에 옛부터 주색을 싫어하는 영웅호걸이 없다는 말과 술과

차를 멀리하는 문인이란 있을 수 없는 것이다.

이런 風土도 세월의 흐름에 따라 그 양상이 달라진다. 그것은 시대의 변화에 상응하는 문학의 外延的 擴散과 軌를 같이 하면서 문학의 독창적 창작과 창조의 영토를 훼손시키는 일이 되기도 한다.

2.

문학도 産業社會의 급변과 동반하여 변이의 양상을 거듭한다. 知識人은 머리는 한발자욱 앞서가고 발은 반발자욱 뒤로 한다지만, 대학의 文學徒는 머리와 발을 같이 앞으로 내세우려고 한다.

망토를 입고 사각모를 쓴 옛날의 대학생은 말할 것도 없고, 먹을 끼니가 없으면서도 책을 끼고 다니던 육십에서 칠십년대 초의 학생과는 달리 근래의 대학생은 이해하기 어려우리만큼 문학수업을 여러 양상으로 전개하고 있다. 그것은 급변하는 한국사회의 변이에 대한 反映이면서도 폐집된 인식의 문학적인 전파양상의 한 變形이기도 하다. 또한 化石化된 이념의 문학에 의한 확산작용이 문학수업을 斜視化된 이상기류이기도 하다.

근래의 대학에서의 문학수업은 이론적 접근에 의한 연구의 차원과 이론에 의한 운동을 전개하고 文藝運動, 그리고 창작수업의 세 형태를 이루고 있다. 물론 연구 차원에서도 문예운동이나 창작과 연관성을 유지하는 倂置와 包有의 함수관계의 복잡한 양상을 지니고 있다. 그것은 理念의 진폭에 의한 변이된 형태의 발산이며, 이념과 사회 그리고 문학이란 순환적 연관성의 점선식 표출이기도 하고, 사회적인 그것과 밀착된 현실의 模型이요 축소판이기도 하다. 그것은 각 대학의 문학회의 활동의 양상이나 그 지향적인 성격을 보면 쉽게 인지할 수 있는 상황이다.

우선 이론적인 접근에 의한 文學硏究에 위한 문학수업은 주로 대학원을 중심으로 전개된다. 물론 일부의 문학회에서 시도되고 그 주축은 대학원 학생에 의해서 시행된다. 그 형태는 대학원생만으로 진행되는 경우와 학부학생들이 중심이 되어 대학원 진학을 위한 방편과 그 연구의 豫備者로서의 준비 과정으로서 주로 이론과 先行批評을 주로 하여 그 이해와 비판을 아울러 시행한다.

이러한 연구에 의한 문학의 새로운 인식과 평가를 지향하는 경우는 대체로 그룹스타디나 세미나 형식으로 진행된다. 대체로 7~8명 내외가 모여 미리 짜여진 스케줄에 의한 스타디 토픽을 요약·발췌한 것을 중심으로 이해와 평가와 체계화를 시도한다. 이런 그룹들에 의해 자료를 발굴하고 검토하며 이론적 접근을 시도하는 경향이 주로 카프계열의 사회주의 리얼리즘에 치중하고 있는 것이 문제되고 있다. 카프나 解放空間의 비평이나 문학에 대한 관심이 쏟아지는 것은 규제되어 훼손된 문학의 복원을 위해서도 급히 연구해야 할 영역이다. 변명의 여지가 있으나, 사회주의 리얼리즘 일변도에 대한 관심의 편중은 斜視의 化石化를 초래할 위험성을 내포한 양상이다. 그 스타디 그룹의 한 기(term)의 목차를 보면 這間의 사실을 쉽게 짐작할 수 있다.

社會主義리얼리즘의 學習計劃

1. 역사적 개관
2. 1920년대의 사회주의

3. 34년 작가총회와 사회주의 리얼리즘의 성립
4. 세계관의 창작방법 논쟁
5. 루카치와 인식론주의
6. 표현주의 논쟁
7. 마르크스주의 실천논쟁
8. 인식론의 극복과 가치론의 도입
9. 방법으로서의 사회주의 리얼리즘
10. 가치론의 미학세계

이것은 그 한 예에 지나지 않지만 太學社刊의 카프비평자료총서 1~7인 <카프시대에 대한 회고와 문학사>, <푸소문학의 성립과 신경향파>, <제1차 방향전환론과 대중화론>, <문예운동의 볼세비키화>, <창작방법론>, <작가론 및 작품론> 등이 스터디 그룹의 주된 관심 대상이다. 물론 맑스, 루카치나 골드만, 누시노프, 이글튼 등의 이론의 수용도 게을리 하고 있지 않다.

文學硏究의 좌경화라는 말이 나오리만큼 이들의 논문이나 연구는 사회주의 리얼리즘에 폐칩되어 있는 것을 볼 수 있다. 아도르노나 마르쿠제의 美學도 깊은 관심의 대상이 되어 있다.

한편 이런 폐쇄된 시각과는 달리 개방적으로 문학을 연구 접근하는 경향도 없지 않다. 李光洙의 常의 文學이나 김동인의 인형조종설, 염상섭의 個性文學論, 金八峰의 大衆文化論, 崔載瑞의 世態文學論, 金南天의 視察과 로망 개조론, 金文輯의 唯美主義論 등을 정시하여 문학을 이해하고 개인적으로 접근하는 학생들의 문학수업도 적지 않다.

다음으로 文藝運動을 위한 문학수업을 하는 층위가 있다. 이 경향은 문예를 통한 社會變革의 의식을 확산하고 변혁의 역동성을 부여하는 사회운동의 일환으로 나타난다. 맑스주의 변이적이고 굴절적인 발현인 근대문학의 카프 양상보다 직접 소련의 맑스주의 이론을 수용하고 그에 기저하여 운동을 전개하는 문학수업이요 문예운동의 예비적 접근이다. 소련작가 동맹에서 펴낸 ≪文學原論≫이나 ≪혁명과 문학≫, ≪창작방법론≫ 등 사회주의 리얼리즘의 수용으로 文藝運動의 이론을 가장 견실히 무장하여 민중문학 운동의 中軸을 이루려는 수업이요 문예운동이다. 이러한 문예운동을 주로한 그룹에서는 백낙청 등의 市民文學論, 김진경 등의 민중문학운동, 조정환 등의 문예운동이론, 백진기 등의 주체사상을 기저로 한 창작운동 등으로 변이되면서 이론의 심화와 투쟁 방법등을 깊이 연구하면서 그 실천에 주력을 쏟게 된다.

특히 네번째의 주체사상에 의한 문예운동은 북한의 사회과학원 문학연구소에서 공동연구한 ≪북한의 문예이론≫이 그 가장 중요한 택스트가 되며, 특히 種子論에 의한 창작적 시각은 다음에 서술할 창작수업과 깊은 연관성을 지닌다. 또한 이러한 경향은 여러 문예계간지와 관련을 지니면서 문예운동의 새로운 국면을 보여준다. 또한 노동문학에 대한 관심도 많아 노동 현장에서의 집단 창작이나 小組에 의한 文藝의 擴散에 의한 혁명의식의 전파를 꾀하는 수련을 쌓는다.

세번째가 창작을 지향하는 문학수업이 여러 양상으로 나타난다. 70년대만 해도 창작이 文學會의 가장 중요한 일이요. 창작과 合評을 통해 문학수업을 낭만적으로 강행하면서 작품집을 내는 것이 그 전부였다. 문리대 중심의 ≪散文時代≫의 사대 중심의 ≪創作時代≫는 그러한 결실의 하나였다.

창작수업을 주로 한 學生들의 동인적 활동은 두서너 경향으로 나누어진다. 그 하나는 문학회를 중심으로 하는 창작에 전념하여 작품집을 내려는 경향과 그룹스타디를 주로 하여 종자론에 의한 집단창작으로 혁명의식의 고취와 그 전파에 힘쓰는 경우, 그리고 별로 이런것에 관여하지 않고 혼자 習作을 하는 경우도 있다.

개인이나 문학회나 同好人을 중심으로 한 창작수업은 문덕수의 ≪시창작론≫, 구인환의 ≪소설창작론≫, 장백일의 ≪수필 창작론≫ 등과 여러 외국의 창작론 등을 주로 하여, 한국작품의 이해와 새로운 창조에 예비문인으로서의 자질을 높이면서 합평회를 열고 文集 등을 발간하며 문학수업의 농도를 높이고 있다.

이런 순수한 창작수업에 비해 스타디 그룹의 민중의식이나 저항의식을 바탕으로 종자론에 의한 창작이 集團創作의 形態로 이루어지고 있다. 이들은 ≪북한의 문예이론≫, 로젠탈리의 ≪창작방법론≫, 김정웅의 ≪문예창작방법론≫ 등과 마르크스문예이론, 사회주의 리얼리즘의 기법을 구사하며 집단창작을 수련한다. 집단창작은 이념의 동일화의 과정을 거쳐 어느 대표가 쓰는 대표 집필과 여러 사람이 되받아 쓰는 리레이식의 창작방법, 그리고 완전히 같이 쓰는 공동창작의 방법에 의해 창작연습을 한다. 최근 광주청년문학회, 중앙대, 동국대, 조선대, 숭실대, 서울대, 한양대, 서울 시립대 등 대학가의 집단창작단에 의해서 펴낸 대학가 集團詩集 ≪백두의 진달래, 한라의 유채꽃≫은 집단 창작에 의한 민중의 저항과 혁명의식을 고취, 전파시키려는 창작의 한 결집이라고 할 수 있다.

하지만 문예창작과 대학생은 말할 나위도 없고 많은 학생들은 민족의 수난사와 현실의 삶의 갈등을 주로 한 작품을 창작하여 신춘문예나 각 문예지에 투고되는 것을 볼 수 있고, 대학생문학작품 현상에도 많이 투고되고 있는 것으로 봐서 청년문학의 새로운 地平을 기대해 볼 수 있다.

3.

창작은 작가의 투철한 시각에 의한 역사나 현실을 수용하여 창조되는 언어예술의 정수이다. 그것이 시든 소설이든, 격변 속에서 세계의 정상에 발돋음을 하는 한국인의 삶과 현실과 그 절규를 부각시킨 새로운 秩序의 미적 창조라고 할 수 있다. 이러한 文學作品의 젊은 기백에 의한 창조는, 먼저 세계관을 정립하여 세계를 인식하고 현실을 투시할 수 있는 안목을 기르고 그것을 치밀한 구조속에서 참신하게 서사화 할 수 있는 명상화에 의해 새로운 질서를 가진 大作을 창작하는데에 의미가 있다. 의식의 과잉이나 폐쇄된 편견, 이데올로기의 노예가 되고 변혁의 수단이 되어, 현실을 왜곡시키는 것은 모두가 무어라고 해도 문학의 본령은 아니다.

文學은 사회나 역사의 반영이기도 하나 그것이 사회나 역사는 아니다. 어디까지나 견인적인 상관성에 의해 서로 뒤얽히다가 다시 문학으로 환원해야 한다. 낭만이 넘친 대학에서 이데올로기에 폐칩되거나 모더니즘에 탐닉해서는 문학의 사상성과 예술성을 알 수 없게 된다.

대학의 文學修業은 어디까지나 낭만이 넘치면서 문학의 올바른 이해와 새로운 창조에 全力을 다할 때, 그 나라의 문학은 발전하며 변이적 地平이 보이게 될 것이다. 대학생들은 슬기로운 知性으로 이 변이적 地平의 의미를 씹으면서 창조에 매진해야 할 것이다.

(祖國과 文學, 1990)

8. 創作의 위기와 小說의 위상

1.

가을이 깊어 가 결실을 구가하고, 문화의 달의 행사는 곳곳에서 성황리에 벌어지고 있다. 들은 황금의 물결이 굽이치고 고추와 참깨가 널려진 마을은 부지깽이 손을 빌리게 바쁘다. 하늘은 드높고 산은 丹楓으로 물들고 마을 앞 신작로의 코스모스는 한들거리며 가을을 구가하는데 어딘가 소슬한 감이 드는 것은 피서철을 지난 먼 보령시의 한적한 도시에 와서인지 모른다. 그 수를 알 수 없는 비용을 드리고 뜨거운 햇빛에 많은 사람들을 모아놓고 지붕꼭지를 떼는 光復 50周年 8·15行事를 야단스럽게 치루고 나서 현수막으로 가린 것이 보기 싫게 축 늘어져 있는 中央博物館인 구총독부 앞을 지나가는 것 같은 소슬하고 어딘가 비어 있는 듯한 느낌이 가슴을 압도한다. 일반 대중과는 거리가 멀면서도 엄청나게 크고 넓은 藝術의 殿堂과 너무 멀고 교통이 불편하여 갈 수 없는 국립 미술관이 있으며, 숨가쁘게 한참 올라가야 겨우 볼 수 있는 國立劇場이 있고, 국악의 해이니 미술의 해이니 이달의 문화인물이 선정되어 문화의 유산을 기리고 있고, 문화행사를 요란스럽게 벌리고 있는 문화의 달인데, 소슬하고 무엇인가 비어있는 듯하다니 무슨 허튼 소리를 하고 있느냐고 힐난을 받을지도 모른다. 그러나, 국악이니 음악이니 미술이니 심지어 서예관까지 있는 石造로 뒤덮은 예술의 전당에 文學館 하나 없고, 당대는 물론이요 오늘에도 그 문화적인 전파로 큰 영향을 주고 있는 作家는 집 하나 없으며, 정말 소설이 읽히지 않고 초판도 나가지 않는 이 황막한 문학적 공간에 어찌 소슬함을 느끼지 않을 수 없고 그런 현실이 빚어지고 있는데 기우를 하지 않을 수 있겠는가. 코스모스 하늘 거리고 황금이 나부끼는 들판을 보면 워드워즈의 <추수하는 아가씨>나 밀레의 <晩鐘>이 떠 오르고, 스텐포트의 세익스피어집과 로렌스 올리비아卿이 출연하는 상설 연극관이 떠 올라 겉으로만 요란한 文化의 달이 을씨년스럽기만 하다. 인도와 세익스피어를 바꾸지 않겠다는 카아리일의 말이 아니라도 세익스피어는 그 생존을 의짐 받으면서도 초연이 빛나 성서 다음으로 많이 읽히는 대문호로 빛나고 있다.

하지만 그건 또 무슨 헛소리냐고 반박하고 나설지도 모른다. 서울은 전국의 도시가 대형빌딩과 아파트로 숲을 이루고 그렇게 바가지를 뒤집어 씌워도 백화점이 호황을 누리며, 조수미 독창은 물론이요, 러시아의 세계적인 발레 공연에 사람으로 미어터지고, 光復 50周年 행사의 일환으로 정명훈 등 세계적인 한국음악인을 초청하여 대성황을 이루며, 세계 58개국의 608명이 참가하여 공식행사만 13개가 벌어지는 光州비엔날레가 열리는 등 문화의 성찬을 누리고 있는데, 소설의 위기니 문학의 공백이니 잠꼬대를 하느냐고 苦笑할지도 모른다. 또한 몇 백만부나 몇 십만부가 나가 長安의 紙價를 올리고 있는 소설이 한 두 권이 아니고, 신문이나 잡지마다 거의 소설을 연재하고 있으며, 독서운동이 벌어지고 수능고사의 실시로 널리 읽혀지고 있는데, 뚱딴지 같은 소리를 한다고 비웃을 지도 모른다. 그런데 그 많이 읽히는 소설이 一

回用 컵과 같이 한 번 읽고 버려지고, 관심과 정책의 빈곤으로 본격소설이 赤潮와 기름 유출로 황폐화 되어 가는 南海岸과 같이 처참해지는 것을 억누를 수가 없다. 8·15 광복 50주년의 번지르르한 행사에서라고 文學館 건립의 삽질이라도 하고, 작가의 집 하나라도 복원이 되며 문학의 해 청사진이라도 나왔드라면 이렇게까지 自笑하지는 않았을지도 모른다.

이것은 수출이 1천억불으로 세계13번째 수출국이요, 지엔피(GNP)가 12억 중국을 누르고 11번째이며, 조선이나 반도체 전자제품은 말할 것도 없고, 현지 공장을 세워 현지인을 고용하여 세계 어디를 가거나 코리아의 명성을 떨치고 있는데, 소설을 써도 어디에 실리기가 어렵고, 실려도 쥐꼬리만한 稿料에 소설이 출간되어도 팔리지가 않아 副業을 가져야 하는 실정이니 가슴 아픈 일이다. 뉴델리의 타골기념관이나 스텐포트의 세엑스피아집이나 모스코의 톨스토이의 집, 성페테르스부르크의 도스토에푸스키의 집과 現代文學館, 푸랑크푸르트의 괴테의 집, 紹興의 노신집과 上海의 노신문학관, 동경의 근대문학관과 같은 문학관이나 작가의 집 하나 없으면서 만달러의 선진국 대열에 들어 선다고 야단을 치는 오늘이 개탄스러운데서 오는 자성의 소리이기도 한 것이다. 스페인의 철학자 우나무노가 '인간이 가장 쓰라린 고통을 갈망은 하지만 아무것도 할 수 없는 처지에 놓여 있을 때다'라는 말을 이런 경우를 두고 하는 말이다.

하지만 이제는 누구를 탓하고만 있을 수 없다. 우리 스스로 이런 소설의 危機를 진단하여 새로운 地平을 찾을 수 있는 指標를 모색해야 할 것이다.

2.

소설의 危機와 그 현상은 몇 가지 측면에서 진단해 볼 수 있다. 그 것은 현대사회변화와 문화적 空間의 다양성, 그리고 문화정책과 텍스트의 전파와 작가적 자세로 볼 수 있다.

(1) 우선 현대 사회의 급속한 변화로 소설을 비롯한 문학의 전파 확대의 위기 상황을 가져오는 것이 문제이다.

첫째 소설이 레저화의 대상으로 일회용으로 전락하고 전력을 다하여 창작하는 祭儀意識에 의한 본격소설은 소외되는 상황으로 나타난다. 현대사회는 산업사회로 고도 성장과 기술의 확대로 대량생산하여 이윤을 극대화하고 物神主義에 빠지게 된다.산업 사회는 成熟社會인 서구나 한국의 현실을 보아도 ①도시화 현상 ②뷰로크라시(bureaucracy)현상 ③期待水準의 향상으로 나타난다. 이러한 산업사회의 특징은 우리가 직면하고 있는 현상으로 도시회 현상은 도시로 나가는 離農과 농촌의 空洞化에 의한 농촌의 피폐와 젊은이들의 도시 집중으로 범죄의 증가와 갈등의 심화 현상으로 나타난다.

부로크라시 현상은 모든 것을 조직화, 규격화, 표준화, 자동화, 등으로 획일화되고, 온라인화, 부품화, 소외화하여 非人間化 현상으로 나타난다. 공장이 대형화되고 자동화되어, 원자력 발전소나 포항제철이 16명이 중앙 컴프터실에서 가동시키는 것이 그런 예의 하나요, 전자회사에서 하루에 1만 2천개의 같은 부품을 부치는 인간의 部品化(partism) 현상이 일어나, 인간 소외와 물신주의가 팽배하여 다니엘 벨이 ≪자본주의의 문화적 모순≫에서 지적한 분열과 거리의 상실의 시대가 되어

小說은 레저화의 대상으로 전락하고 만다. 그러나, 인생의 존재적 본질을 해명하고 갈등과 지향의 삶의 현장을 반영하여 삶의 지표를 제사하는 본격소설을 읽을 리가 없게 된다.

둘째 기대수준의 향상은 相對的貧困 속에 계층간의 갈등이 고조되고, 교육 불균등과 레저화의 불만으로 사회적 유대가 멀어져 개인주의에 빠지게 된다. 산림을 훼손하고 농약을 뿌려대는 골프장이 농민의 원성을 사고, 낮에 골프장이 티셔츠 하나에 16만원 짜리 티셔츠를 입고 뽑내는 여성으로 가득하고, 한자리에 천만원에 가까운 술자리와 화려한 네온이 불야성을 이루어 향락의 독버섯 속으로 끌려 가 물신으로 사회의 황폐화를 가져와 갈등이 고조되는데, 술과 위락 산업의 기형적 발전만을 가져오게 된다.

이러한 불안한 사회의 특징을 롤로 메이(Rollo May)는 그의 ≪인간의 자아 탐구≫에서 ①물신주의 갈등 ②가치관의 상실 ③고향의 상실 ④대화언어의 상실 ⑤자아 의식의 상실 ⑥피라비밑적인 욕구로 분석하여 현대인의 소외를 심층적으로 조명하고 있다. 또한 프랑스 비평가인 시몽(P.H.Simon)은 현대소설의 특징으로 연애소설의 흥행과 작가의 聖職者化로 대비하여 설명하고 있다.

이러한 산업 사회인 현대사회의 변화로 문화가 레저화의 대상으로 전락하여 소설의 위기를 가져온다. 여기에 小說은 자연히 흥미 위주의 통속소설이나 역사나 전기의 읽을 거리로 변모하여 스스로 레저의 대상이 되어 버린다.

셋째 비디오와 다이제스트에 의한 소설 텍스트의 훼손과 축소화에 의해 소설을 읽지 않은 경향을 띠운다. 현대는 전자 매체요 정보 통신의 시대다. 모든 것이 컴퓨터화하여 작가의 肉筆을 만나기 어려운 시대에 접어 들었다. 비디오나 영화는, 텔레비 영상화라는 미명 아래 소설의 원 텍스트를 마음대로 훼손하고 심지어 <歷史는 흐른다>는 주인공까지 바꾸어 놓고 거의 모든 텔레비나 비디오에서 텍스트 文學性을 도외시하고 흥행적으로 성적 장면이나 스릴을 더하여 소설을 훼손하고 있다. 또한 청소년을 위해서란 명목으로 텍스트를 요약하여 엉뚱하게 만들어 내어 문학성을 멀리하고 있다. 그러지 않아도 이리저리 밀려 사는 현대인이 소설 원 텍스트를 읽지 않고 이런 영상이나 다이제트를 보고 만족하는 것이 바로 본격 소설이 널리 전파되지 않는 주요인이된다. 또한 피시(PC)통신에 의해 소설을 내보내고 읽는 전자 영상 시대이니, 당골방에 앉아 느긋하게 본격소설을 읽을 필요를 느끼지 않는다.

(2) 빈곤하고 공연 예술 중심의 文化政策과 그 흐름에 편승하기 쉬운 作家의 姿勢와 출판의 횡포에 의해 소설의 빈곤이 더해진다.

첫째 문화정책이 지나치게 公演藝術 중심이고 문학을 진흥할 정책을 스지 않는 것이 문제이다. 경제가 발전하고 정치가 휘청거릴수록 情神文化의 축을 견실히 해야 하는데, 칼보다 무거운 펜을 다듬게 하지 않고 문화를 어떤 시녀로 선락시키는 진책을 펼치고 있는 것이 오늘의 현상이다. 젊은이들이 책을 읽지 않고 겨우 근로여성이나 일부 주부들에 의해 일히고 있는 것도 바로 문화정책의 빈곤과 광고나 문학상으로 나타나는 출판의 횡포의 영향 속에서 이루어진다. 圖書館에 좋은 소설이 들어 가야 하고, 학교나 마을 문고에 양서가 의무적으로 들어 가 누구나 쉽게 책을 대할 수 있도록 지원을 해야, 소설을 읽는 것이 습관화되고 삶을 가꾸는 촉매제 역할을 하게된다. 막스 웨바(M. Weber) 등이 독일의 고급문화를 선양하고 하바드 겐스(H. J. Gans)가 미국의 대중문화를 비판하고 고급문화화해야 한다고 주장하듯이 한국도 문학이나 미술 음악 등을 주로 하는 문화정책으로 바뀌고 특히 고

료지원이나 작가의 年金과 같은 문학의 지원은 물론 문학관이나 작가의 집을 조성하여 문학의 생활화가 이루어져야 소설의 새로운 발전을 기대할 수 있을 것이다.

둘째 傳達媒體의 횡포와 작가의 자세가 소설의 위기를 배가시키는 요인이 되고 있다. 廣告를 안하면 책이 나가지 않는다는 말이 있듯이 大衆은 매스콤의 노예가 되어 있다. 또한 문학상을 중심으로 경향이나 유파나 셋트에 의한 출판과 비평 그리고 광고, 베스트 셀러의 쌍두마차의 질주로 다른 소설이 塵埃 속에 잠기는 것도 적지 않은 문제가 된다. 또한 작가 정신이 휘청거려 너무 경색되거나 일탈하는 것도 스스로 소설의 위상을 흔드는 격이 되어 소설의 외면을 다가져 올 수도 있는 것이다. 原稿料를 제대로 주지 못하고도 죄송스러운 것이 아니고 오히려 운영의 묘미를 구사하려는 일부 문학지나 作家修業을 소홀히 하고 등단하여 여기 저기 기웃거리는 신진작가의 자세도 소설을 위태롭게 하는 한 요인을 이룬다.

3.

위에서 조명한 대로 소설의 위기를 타개할 내외의 복잡하고 暗雲에 가려 있다. 그렇다고 누구를 탓하거나 비방하고 있을 수만은 없다. 우리 스스로 소설의 위기를 극복하고 정신 문화의 中心軸의 위상을 되살리고 소설의 새로운 홍성을 가져와야 한다. 그것은 일찍이 아세아의 등불이라고 격찬한 타골(Tagore)의 말을 되새길 필요도 없이, 物神主義로 황폐화되어 삶을 문학 정신을 고양하여 보다 윤택있고 값진 삶을 위한 그 실천을 위해 몇 가지 유념하여 그 자세를 가다듬을 필요가 있다.

① 문학적 공간의 정립과 확대로 **文學的文化**의 고향을 위하여 **文學館**과 **作家**의 집의 건립을 강력히 추진한다.

② **原稿料** 지원으로 문학 지원 정책을 바꾸어 창작하는 작가가 고루 지원을 받도록 한다.

③ 일반 독자가 소설을 비롯한 도서를 쉽게 두곡할 수 있게 **圖書館法**을 고쳐 납품하도록 한다.

④ 방송이나 신문의 **原稿料**를 인상하고 원 텍스트를 훼손하지 않는 장치를 강력히 마련한다.

⑤ 소설의 올바르게 감상할 수 있게 독자를 계도하는 **讀書敎室**을 열고, 출판을 통해 홍보를 한다.

⑥ 출판과 광고, 문학상, 비평의 상업적 셋트화를 지양하고 텍스트 있는 그대로 전파할 수 있게 한다.

⑦ 흩어지지 않는 작가의 자세로 창작과 전력을 다하는 **作家情神**을 고양한다.

결국 소설의 위기를 극복하고 소실의 선양을 가져오게 하는 것은 남에게 기대할 수 없는 우리의 일이다. 우리 스스로 최선을 다할 때에 다소 위기가 있다고 해도 소설은 **山河**의 강물과 같이 마르지 않고 창작되어져 **韓國小說**을 풍요하게 할 것이다.

<소설의 위기>, 한국소설가협회, 심포지움, 1995)

9. 時調의 藝術的 創造

1

시조는 우리의 고유한 정형시다, 시인지라 그 속에 미가 창조되어
있고, 그 미는 시조의 율격과 이미지에 있다.

물론 시조에도 다른 문학의 장르와 같이 한국인의 삶의 의미와 시
대적인 격돌이나 삶의 치열한 갈등을 형상화하고 있으나 시조가 문학
으로서의 시조가 되게 하고, 시조를 언어예술로서의 한 형태를 이루고
있는 것은 시조만이 갖는 정형적인 율격과 시조에 구사되고 이미지다.

물론 한국시는 그 정형성을 맥락으로 이어져 온 한 전통이 있다. 잡
은 손을 떨치고 강을 건너다가 겪는 비극적 현장을 부각한 <公無渡河
歌>나, 치희와 화희의 빈투의 불길속에서 그 처절함과 한을 읊은 <黃
鳥歌>등의 고시가는 물론이요 향가의 정형성이 한국 정형시의 기축(基
軸)을 이루고 있다.

서동의 애끓는 사랑을 이루기 위해 동요로 읊은 <薯童謠>이 4구체
에서 시작하여 처용이 초탈한 사랑을 영상화한 <處容歌>, 삼국통일에

공이 큰 죽지랑을 기리는 <慕竹旨郎歌> 등의 8구체, 廣德이 서방의 낙원을 그리며 西方淨土를 희구하는 <願往生歌>, 忠談師가 화랑인 기파랑을 기리는 <讚耆婆郎歌>등의 10구체로 완성되는 향가의 정형적 율격은 한국의 정형시의 연원을 이루는 정형성이다. 더구나, 향가는 <풍요>나 <헌화가>과 같은 평민들의 애환을 담고 <처용가>나 <원왕생가>과 같이 초탈하면서도 영원한 정토를 희구하려는 신라인의 기원과 그날을 위한 희구를 형상화했을 뿐 아니라, <모죽지랑가>, <찬기파랑가>, <안민가>와 같이 삶의 희비에 얽힌 정한을 신선한 이미지로 律調化하여 신라인의 삶의 애환을 탁월한 예술미로 창조하고 신라인의 의식을 수용하고 있다. 그 중에서 처용가는 신라인의 범상하고 超脫한 생활의식을 청신하게 이미지화하여 우리를 압도하고 있다.

> 동경 밝이달에 밤드리노니다.
> 들어와 자리보니 가라히 네히로다
> 둘은 내에엿고 둘의 누에연가
> 본디 내해다만 이사날 엇더하릿고

　동경(경주)의 밝은 달 아래서 밤이 깊도록 놀다가(풍류를 즐기던 신라인의 생활상에 젖다가) 집에 돌어와서 자리를 보니 발이 넷이로 구나. 둘은 내 아내의 것이지만 둘은 누구의 것인가.(북받쳐 오는 분노와 질투를 억누르면서) 본디는 나와 살을 나누는 아내의 것이지만 빼앗긴 것을 어떻게 하겠느냐고 현실을 소탈한 忍苦의 미학으로 미화시켜 노래한 <처용가>은 향가에 스며 있는 한국인의 삶의 정을 이미지화한 정형시의 白眉가 아닐 수 없다. 시조의 기원을 향가에 두는 학설의 의미도 이런 풍류적인 삶의 자세와 더불어 3음보를 기초로 한 향가의 정형률에 있는 것이다.

이 3음보는 <가시리>나 <청산별곡>과 같은 고려속요에 계승되어 한국시의 전통적 가락을 이루어 <아리랑>이나 <노들강변>과 같은 민요의 주된 가락을 이루고 있어 향가의 3음보가 시조의 3음보의 淵源이 됨을 알 수 있다.

시조의 발생을 고려말로 보는 것이 통례인데, 조선에 들어와 조선초에 그 정형의 기반을 굳힌 것으로 보여지는 것도 이 한국시의 정형의 계승의 맥락에서 찾을 수 있다. '이런들 어떠하리 저런들 어떠하리'라고 세상을 물 흘러 가는 대로 살아가는 것이 어떠냐의 李芳遠의 <何如歌>에 응답하여 '이 몸이 죽고죽어 일백번 고쳐 죽어 백골이 진토되어 넋이라도 있고 없고 님향한 일편단심이야 변할 줄이 있으랴.'라고 고려유신의 절개를 펼친 鄭夢周의 <丹心歌>가 여말에 읊어진 뒤 태평세월을 구가한 맹사성의 <강호사시가>나 사육신의 비가 등이 노래되어 시조의 정형이 형성되어 정착된 것으로 보여지나, 시조의 율조의 염원은 향가에까지 거슬러 올라갈 수 있다.

물론 시조가 시인묵객의 안일한 소일의 매체가 된 데서 오는 율조의 이완이나 평민의 생활의 정을 주로 사설시조의 대두로 장형화 율격의 산조와 그 일탈을 볼 수 있으나 염격한 外在律로서 그 정형을 형태화하여 삶이 애정을 3장6구의 율조로 응축시키는데 시조의 특색이 있다. 하지만 자수에 의한 외형률을 인위적으로 맞추었다고 시조가 되는 것은 아니다. 그대로 보면 산문인 것을 시조의 자수에 맞추어 삼장으로 배열하여 시조라고 발표되는 경우를 적지 않게 보게 되는데, 그것은 시조가 아니라 시조라는 정형시의 품안에 안기고 싶은 욕구의 발로에 지나지 않는다. 전통문화로서의 시조의 위상은 그런 자수에 의한 정형의 집착에 있는 것이 아니고 정형이라는 전통에 수용되는 삶의 서정과 그 이미지화에 있는 것이다.

2

　시조면 다 시조가 아니고 시조가 되어 있어야 시조가 된다. 거기에는 작가의 치열한 시조정신이 작열하여 되고 그 정신이 시조의 정화로 이어질 때 시조의 꽃을 피울 수 있다. 그것은 시조는 외형률이나 맞추는 자수놀이가 아니고 정련되고 조화된 시어의 이미지의 형상화에 의한 예술성을 획득해야 함을 말한다. 치열한 현실을 시조화하면서도 그것을 정련하여 시조미를 형상화할 수 있게 표현하고 애끓는 사랑의 서정을 그리면서 섬세한 심서를 이미지화하여 다듬어진 시어로 아로새겨질 때 그 시조는 심오한 사상이나 치열한 현실을 수용하면서도 예술적 감흥이 물씬 풍기고 雅趣가 넘치는 문학작품이 될 것이다.

　　　동짓달 기나긴 밤을 한 허리를 버혀내어
　　　춘풍 니불아래 서리서리 넣었다가
　　　어른님 오신날 밤이어던 구비구비 피리라.

　　　마른잎에 바람나니 蓬窓이 서눌코야
　　　여름바람 정할소냐 가는대로 배시켜라
　　　北浦 南江이 어데 아니 조흐리니.

　앞의 것은 조선의 名妓인 黃眞伊의 님을 그리며 기다리는 애끓는 정을 섬세한 필치로 그린 연모사(戀慕詞……필자 명명)이요, 뒤의 것은 자연 속에 노니는 어부의 풍류를 읊은 尹善道의 漁父四時詞의 한 장이다. 연모사는 단시조이지만 그 속에 가야금 소리같이 섬세한 여인의 서정이 애절한 감각으로 표현되어 있고, 어부사시사는 넓은 바다에 묻혀 달관한 삶의 여운을 悠悠自適하게 펼쳐 한 폭의 살아있는 동양화를 이루고 있다.

'낮에 낮에 우는 새 배가 곺아서 울고요. 밤에 밤에 우는 새는 님 그리워서 운다'라는 노래에 말하듯이 동짓달의 그 기나긴 밤에 그리운 님의 생각에 가슴 아프며, 창 밖에서 내리는 눈송이와 밖의 벗은 나무 가지를 스치는 바람소리에 남의 모습을 가슴에 안아보면서 가슴 조이는 여인의 애틋한 마음, 그리고 이리저리 뒹굴며 잠 못들어 한 기나긴 밤의 안타까움을 한 허리를 봄바람이 부는 품안에 고이 넣었다가 님이 오시는 밤이면 雲泥의 情을 나누며 마음껏 풀어보겠다고 다짐하는 그 애틋함이, 동짓달 기나긴 밤과 춘풍 이불의 이미지로 대응하여 어른님 오신날 밤으로 흡인하여 구비구비 피리라는 애끓는 소원의 기원으로 맺고 있는 기법이 탁월하다. 거기에는 서술이고 산문적인 요소는 전혀 보이지 않고, 시적인 은유와 상징, 그리고 성유법에 의한 시조미학의 예술성의 형성만이 있을 뿐이다. 또한 3음보 민요의 멜로디의 기본인 3박자를 기조로 하여 3음보에 의한 유창한 리듬은 시조의 본래의 그것에 따르면서도 '서리서리, 구비구비'와 같은 의성어로 그 여울물과 같은 맑고도 느릿한 삶의 여운을 보여주고 있다.

<어부사시사>는 또 다른 시조의 예술적 묘미를 보여준다. 우선 초장의 '마른잎에 바람나니'와 '봉창이 서늘코야'의 대중적 가락이 우리의 심금을 사로잡는다. '여름바람 정할소냐. 가는 대로 배시켜라'의 중장은 여름바람이나 구름은 저녁 굷은 시어머니의 얼굴과 같이 험상궂고 종잡을 수 없다는데 그 바람에 맡기고 가는 대로 배시켜라고 읊는 초탈한 삶의 정이 마른잎과 봉창, 여름바람과 배의 이미지의 통합으로 응축되는 묘미를 보여 주고 있다. 그 응축되는 묘미를 보여 주고 있

다. 그 응축된 유장한 긴장미를 북포 남강이 어데 아니 좋으리니로 진양조와 같이 활달하게 풀어 유유자적하게 자연 속을 노니는 어부의 선경적인 심성을 표현하고 있다. 초장의 靜的인 감각으로 표현된 현실과 중장의 동적인 서정으로 표현된 삶의 지향과 종장의 흥에 넘치는 삶의 현장을 응집하여, 바다란 정태적 공간에서 배를 타고 유유자적한 미래와 현재의 이중투사의 동태적 시간을 지향하면서 시공의 삶의 광장으로 생활되는 동적인 삶의 현장으로 연축되어 있는 시조를 형성하고 있다.

> 이화에 월백(月白)하고 은한이 삼경인제
> 일지춘심을 자규야 알랴마는
> 다정도 병인 양하여 잠못들어 하노라

　李兆年의 이 시조는 일찍이 이희승 선생이 <시조감상 한수>에서 정밀하게 분석하고 감상 비평한 바가 있지만 이 시조의 초장의 대응적 조화에 의한 배경의 설정과 중장의 일지춘심과 자규의 線型的인 견인과 그 共感覺的인 서정에 의한 성석 서징을 종장의 잠못들어 이리 뒹구는 삶의 현장인 동적인 서정으로 형상화하고 있어 시조미의 극치를 이루고 있다.

　3장6구라는 정형 속에서 황진이의 연모사나 윤선도의 어부사시사, 이조년의 시조에서 보듯이 이토록 치열한 미의식으로 삶과 그 현실을 압축 비유해서 표현하는 데 시조의 특성이 있고 그 특성을 살리면서 새로운 시조미학을 정련해 가는 것이 시조문단이 안고 있는 과제이다.

　시조는 시조가 되어야 한다는 말은 바로 이러한 시조에서 볼 수 있는 이미지나 감각의 세련에 의한 언어의 조탁과 그 함축적 표현에 의한 시조의 창조이어야 함을 말한다. 時調의 詩學(Poetics of Sijo)의 형

성이 보다 치밀하면서도 시조의 예술성의 형성을 위한 진지한 접근이
필요한 소이도 바로 여기에 있다.

3

여기에서 우리는 시조가 쉽게 자수나 맞추고 생활의 여가를 즐기는
것이 아님을 알 수 있다. 자수놀이나 어설픈 창에 의한 시조의 생활화
는 전통예술로서의 시조의 예술성을 훼손시킬 뿐 아니라 시조에 함축
된 삶의 서정과 현실인식 그리고 그 지향성에 대한 왜곡된 수용이나
발현으로 전통적이고 지향적인 삶의 의미의 예술적인 수용을 왜곡할
염려가 있게 된다. 일부 발표되고 있는 시조에서 볼 수 있는 대로, 그
대로 쓰면 서술적인 산문인 것을 시조의 정형에 맞추어 늘어놓아 율
격을 맞추는 시조는 시조라는 미명을 오염시키는 자수놀이의 유희에
지나지 않는다. 거기에는 치열한 작가정신에 기저한 삶의 총체적인 인
식과 그 지향성에 대한 탐색과 쟁투나 서정에 어린 삶의 희노애락에
대한 고정되거나 폐쇄된 시각이 미약하거나 결여된 채, 생활 주변에
얽힌 삶의 서정이나 走馬看山식으로 바라본 풍물이나 명지 승경을 자
수의 율격에 맞추어 시조화하는 擬時調가 있을 뿐이다. 또한 고답적이
고 유장한 시조의 창을 보급해서 시조의 생활화를 꾀하는 일도 시조
에 대한 관심의 유발이나 습작이나 모작으로 시조의 저변확대를 꾀하
는 것은 그 나름의 일면은 있다고 해도 변혁되는 사회에 접목하기란
쉽지 않다.
　이러한 시조의 내적인 압박과 같이 시조의 시와의 위상이 크게 문

제된다. 물론 시조도 노산의 양장시조나 또 여러 시조시인이 시도하는 6연의 시조와 같은 시조로 변혁을 시도하고 있기는 하나, 그렇다고 시조의 정형성을 벗어날 수 없고 보면 시의 위상과 대응할 수 있는 장르의 정립은 되지 못하고 있다.

목월의 <윤사월>이나 노천명의 <오솔길>과 같은 시의 시조 영역의 침투는 시조의 위상 정립에 적신호가 되고 있다. 또한 치열한 현실에 대응하는 시 정신에 비해 아직도 시조는 음풍농월의 유유자적한 형태의 안일 속에서 井底之蛙가 되고 있는 현실이 큰 문제로 부각된다. 시의 전통성의 수용으로 시조형태이 소실을 예견하는 처지이고 보면 시조가 안일하게 자수놀이로 만족하고 창이나 관심의 유발이나 관심의 촉발로 시조의 생활화가 되리라는 허상은 수정되어야 할 단계에 와 있다. 시조가 전통예술의 중추적인 장르가 되고 옛과 이제를 연계시켜 주는 한국의 고유한 시형태가 되기 위해선 치열한 시조정신에 의한 삶의 총체적인 인식과 서정의 심화로 예술미를 창조하는 피어린 전력투구가 요구된다.

시조는 시조이어야 하고 시조는 예술성을 ㄱ 생명으로 한다. 치열한 작가 정신에 의한 치열한 현실과 유장한 우리의 산수와 삶을 수용한 시조의 창조를 기대해본다. 이제는 잡동사니의 시조문단의 혼탁을 정화하여 시조의 精華를 기할 때이다.

(時調生活, 9집, 1991, 여름)

저자 약력

충남 장항 출생.
서울대학교 사범대학 국어교육과 졸업
서울대 대학원 수료 (문학박사)
서울대학교 사범대학 교수
국어국문학회 대표이사 역임
한국현대소설연구회 회장
한국소설가협회 최고의원
문학과 문학교육연구소 소장

● 주요 저서
　문학개론 신고문학개론, 소설론 소설창작론
　한국근대소설연구 한국문학 그 양상과 지표
　이광수소설연구 근대작가의 삶과 문학
　근대문학의 형성과 현실 인식
　현대수필을 찾아서 문학(상하)

● 작품
　단편 <동굴주변>(1960) 이후 <산정의 신화> 등 140여편
　중편 <살아 있는 날들> 등 11편
　장편 <일어서는 산> <동트는 여명> 등 7편
　수필 <한번 사는 세상인데> 등 4백여편

● 수상
　주요섭문학상, 한국소설문학상,
　서울시문학상, 월탄문학상, 한글문학대상예총
　예술대상, 순수문학대상

한국현대소설의 비평적 성찰

인쇄일 초판 1쇄 1996년 02월 15일
        2쇄 2015년 03월 23일
발행일 초판 1쇄 1996년 02월 20일
        2쇄 2015년 03월 25일

저 자 구 인 환
발행인 정 구 형

발행처 **국학자료원**
등록일 1994.03.10, 제17-271호

서울시 강동구 성내동 447-11 현영빌딩 2층
Tel : 442-4623~4 Fax : 442-4625
www.kookhak.co.kr
E- mail : kookhak2001@hanmail.net
ISBN 978-89-6137-145-2 (93080)
가 격 15,000원

*저자와의 협의 하에 인지는 생략합니다.